Barbara Guth & Susanne Bischoff (Hrsg.)

OutSisters – InSisters – Lesben

Lesbisch-feministisches Begehren um Autonomie

für r.w.

für b.gr.

In Dankbarkeit unseren Müttern

Barbara Guth & Susanne Bischoff (Hrsg.)

OutSisters InSisters Lesben

Lesbisch-feministisches Begehren um Autonomie

Reader zum Lesbenfrühlingstreffen 2021 Bremen: «Lesbenfrühling – rising to the roots»

Druck und Distribution: tredition GmbH, Halenreie 40-44, 22359 Hamburg, Germany,
im Auftrag der Herausgeberinnen

Barbara Guth & Susanne Bischoff (Hrsg.):
OutSisters – InSisters – Lesben
Lesbisch-feministisches Begehren um Autonomie
Reader zum LFT2021 Bremen: «Lesbenfrühling – rising to the roots»

Satz und grafische Gestaltung: Kerstin Weber
Titelbild: Barbara Guth; Logo: LFT2021-Orga erweitert
Übersetzungen: Doris Hermanns
Korrektorat: Barbara Guth, Susanne Bischoff
Fotos: Nachweise bei den Autorinnen; weitere: Barbara Guth, Susanne Bischoff

ISBN Softcover: 978-3-347-54788-9
März 2022

Vertrieb: tredition und Buchhandel (Deutschland, Österreich, Schweiz, international)
Bestellung Shop: https://shop.tredition.com
Buchhandel: https://tredition.com/buchhaendler-bestellen-hier

Kontakt Herausgeberinnen: info@lft2021.de
Homepage: www.lft2021.de

Die Veröffentlichung wird vom Verein Lesbenfrühlingstreffen/LFT vor Ort e.V. mit Sitz in Northeim getragen. Sie wurde aus Ticketeinnahmen und Spenden zugunsten des LFT2021 Bremen finanziert.

Inhaltsverzeichnis

Einleitung
Barbara Guth & Susanne Bischoff

Die Liebe zwischen Frauen, die lesbische Liebe, ist großartig, revolutionär, heilend, umwerfend, Welten rettend – und ein Skandal im Patriarchat: Frauen wagen es, Männern ihre emotionale Energie, ihre Liebe und ihre Körper zu entziehen. Frauen schließen ihre Räume und sie entwickeln ihre eigene Sprache.[1]

Es war ein historisches Lesbenfrühlingstreffen im Mai 2021. Nicht nur war es das wegen der Corona-Pandemie erste hybrid ausgerichtete in der langen Geschichte aller bisherigen Lesbenfrühlingstreffen seit 1974. Das LFT2021 erregte und bewegte eine noch nie dagewesene Öffentlichkeit.

Jährlich zu Pfingsten findet dieser zweieinhalbtägige BegegnungsRaum unterschiedlicher frauenliebender Frauen mit durchschnittlich 800 bis 1000 Frauen in unterschiedlichen Städten Deutschlands statt. Meist wird nur eine kleine (regionale) Öffentlichkeit mit wenigen Artikeln, vielleicht einem kurzen TV-Bericht zum Treffen erreicht, und eine «öffentlichkeitswirksame» Demonstration findet jeweils statt.

Fast alle der ehrenamtlich, autonom organisierten Treffen haben eine Schirmfrau. Viel Arbeit steckt für jede Vorbereitungsgruppe auch darin, Fördergelder zu bekommen für eine gleichberechtigte Teilhabe frauenliebender Frauen in der Gesellschaft, für lesbische Frauen in unterschiedlichsten persönlichen, sozialen, wirtschaftlichen, gesellschaftlichen und anderen Lebenswelten.

Während einerseits die Präsenz des LFT2021 bis in englischsprachige Medien reichte, bekam andererseits die Region Bremen und deren Öffentlichkeit kaum etwas davon mit. Die zunächst begeisterte Schirmfrau gab ihren Auftrag zurück und ging, wie sie selbst schrieb, «verloren», beantragte Gelder bei der «LSBTIQ*-Community» wurden zum Teil nicht oder mit deutlichen Distanzierungen ausgezahlt. Parallel dazu gab es eine nie gesehene Solidaritätswelle mit diesem Lesbenfrühlingstreffen 2021.

---

1 I. K., Übersetzerin, Vorwort zur deutschen Ausgabe. In: Wild, Angela C.: *Lesben am Nullpunkt.* Hrsg. v. Get The L Out, 2019/2021, S. 3, https://www.gettheloutuk.com/blog/category/research.html

War von Beginn der Vorbereitungen dieses LFTs ab Sommer 2019 an eine schriftliche Dokumentation geplant gewesen, bekam sie angesichts der plötzlichen (sozial-)medialen Präsenz im positiven wie im negativen Sinn eine neue Bedeutung, auch hinsichtlich der Zielgruppen und der Gestaltung. Uns war es noch einmal wichtiger, ein einladend-schönes Buch zu gestalten.

Ein Grundanliegen der gesamten Orga-Arbeit in der Vorbereitung des LFT2021 wie auch der Dokumentation war von Beginn an immer, Lesben als Frauen, als sowohl individuelles Subjekt wie auch in kollektiver Verbundenheit in unterschiedlichen Ausprägungen patriarchal-global-kapitalistischer Weltordnungen ins Zentrum zu stellen, deren biologischer wie sozialer Status nicht per «Sprechakt» verschoben werden kann.

Die Heftigkeit, mit der dieses Grundanliegen bekämpft wurde, hat uns nicht überrascht, wohl aber bestürzt angesichts des Rückfalls in Urzeiten, in denen autonome Lesben eine Bedrohung für – ja für wen eigentlich? – darstellten. Und sie hat uns bestärkt, getreu dem Motto «Lesbenfrühling – rising to the roots» Verbindungen zu schaffen, die der erneuten Vereinnahmung, Fremddefinition von FrauenLesben entgegenwirken.

Der vorliegende Band hat deshalb unter anderem zum Ziel, jungen wie alten frauenliebenden, lesbischen und anderslebenden Frauen mit unterschiedlichen Bezügen und Hintergründen vom autonomen, radikalfeministischen bis queerfeministischen Spektrum (oder ganz ohne Verortung) Lese- und Lesbenstoff an die Hand zu geben, der neugierig macht und einlädt, über den eigenen Horizont hinauszublicken.

Die Herausgabe könnte auch die bestehende Wissenschaftslücke im queerfeministischen Diskurs durch autonom wahrnehmende und schreibende Feministinnen ein Stück weit schließen. Dies erscheint notwendig, nicht zuletzt um junge Forscherinnen queerfeministisch-intersektional aufgestellter Genderstudies zu ermutigen, alte wie neue Pfade zur Autonomie feministischer Anliegen und lesbischen Begehrens und eigener Kategorienbildungen von der Wurzel her zu entdecken. In vielen aktuellen Begriffsver(w)irrungen rund um Stonewall über Universitäten in UK bis hin zum Senat Bremen gibt es eben nicht nur ein buchstabenverkürztes L als adjektivische Zugabe, das im Labelranking nun jedermann offensteht. Wenn eine lesbische Frau aus der Reihe tanzt, merkt sie sehr schnell, dass Frauenliebe kein vergnügliches Spiel ist.

Eine nachlesbare Aufbereitung des LFT2021 Bremen zu erstellen bedeutete nach Abschluss des hybriden Lesbenfrühlingstreffens Ende Mai eine erneute Herausforderung mit gleichzeitig meist freudigem Nachklang. Als Herausgeberinnen gingen wir in Entwicklung und Gestaltung nochmals durch Höhepunkte und Tiefschläge und versuchten, alle(s) zusammen im vorliegenden Werk zu würdigen. Es ist uns deshalb eine Freude, dass sich so zahlreiche, ganz unterschiedliche Autorinnen bereit erklärt haben, noch einmal oder neu viel Arbeit in ihre Beiträge einzugeben, um damit einen erfahrbaren Lese- und AnschauRaum zu geben, der in seiner Gestaltung über eine reine Dokumentation hinauszuweisen vermag.

So war der Entstehungsprozess dieser Sammlung von Artikeln wie das LFT2021 selbst sehr komplex, viele Ideen und Wünsche konnten wir wahr werden lassen – wenn auch nicht alle. Weitere Themenbereiche, wie z.B. Lebensmodelle lesbischer Frauen, Sterbe- und Friedhofskultur, Lesben mit Kindern, Migrantinnen in Deutschland, Armut und Arbeitssituation, Gewalt, Prostitution versus sex-positiv, Ausbeutung der Erde u.a., wären uns wichtig gewesen. Jedoch mussten und wollten wir eine Wahl treffen – dies mit dem Ziel, eine möglichst breite lesbenpolitische Auswahl an Inhalten aus dem fürs LFT2021 festgelegten Programm zu vereinen, damit die Doku sowohl für den Urlaub und zum Vergnügen als auch für Forschung und politisches Netzwerken geeignet sein kann.[2]

So mögen der geneigten Leserin und dem geneigten Leser EinBlicke in die Vielfalt lesbischen Schaffens und Forschens sowie kulturellen und politischen Wirkens möglich werden. Die Mehrheit der für dieses Buch ausgewählten Autorinnen hat live mit einem Beitrag am LFT2021 teilgenommen. Einige wenige sind hinzugekommen, bei denen aus unterschiedlichen Gründen die Einbindung in das Liveevent nicht zustande gekommen war.

Dankeschön

Einen großen Dank sprechen wir allen Autorinnen und all denjenigen FrauenLesben aus, die zum Inhalt wie zum Entstehen dieser Dokumentation beigetragen haben. Insbesondere bedanken wir uns bei Monika Mengel für ihr Geleitwort, bei Doris Hermanns für die Übersetzungen aus dem Englischen und bei Kerstin Weber für die Gestaltung des Buches. Wir bedanken uns auch für die vielen Tipps einiger

2 Die Aufzählung ist unvollständig und mag Anregung für weitere Projekte sein.

feministischer Verlegerinnen zur Herausgabe sowie allen Begleiterinnen für die uns geschenkte Energie zum Durchzuhalten.

Da wir diesen Lesbenreader als Ausklang des LFT2021 begreifen, nutzen wir die Gelegenheit, uns stellvertretend für die ganze Orga-Gruppe bei allen zu bedanken, die in irgendeiner Form zum Gelingen des Ganzen beigetragen haben. Dazu gehört die Welle der Solidarität und Unterstützung spätestens ab April 2021 mit vielen Spenden, zahlreichen Schreiben, persönlichen Gesprächen und Aufmunterungen! War das Spektrum dieser Unterstützung auch altersmäßig groß, bildet sich dies ebenso im Umfang der vorliegenden Beiträge ab: Es sind Lesben zwischen 22 und 80 Jahren dabei. Das ist großartig.

Nicht zuletzt danken wir allen Orga-Frauen herzlich – insbesondere unserer Schatzmeisterin mit ihrem genauen Auge auf die Zahlen. Die Veröffentlichung wird vom Verein Lesbenfrühlingstreffen/LFT vor Ort e.V. getragen und konnte nur durch die ehrenamtliche Arbeit der Herausgeberinnen und Autorinnen entstehen. So wurde das Buch ausschließlich aus Ticketeinnahmen und solidarischen Spenden zugunsten des LFT2021 Bremen finanziert.

Unbeabsichtigt hat das LFT2021 neue Geschichte(n) geschrieben. Die Dokumentation möge dazu beitragen, dass sie nicht in Vergessenheit gerät.

Inhaltlicher Aufbau

Mit dem Titel *OutSisters – InSisters – Lesben. Lesbisch-feministisches Begehren um Autonomie* dieser Dokumentation soll bereits deutlich werden, um welche Spannbreite es geht. Durch die Schreibweise sind manche Deutungen möglich – auch beabsichtigt –, denen wir nicht vorgreifen, sondern Raum geben wollen zum angenehmen Stolpern, Lächeln, Besinnen, Anregen, in Verbindung gehen.

Dennoch: Der Titel ist in Anlehnung an Audre Lorde entstanden, mit den Fragen, wer ist «in», wer «out», wer bestimmt, wer selber bestimmen darf? Und worüber? Welche Schwestern werden für gut genug befunden, um als förderungswürdig zu gelten? Wer bestimmt innerhalb der sogenannten LSBTIQ*-«Community» über die Autonomie von Lesben? Wer bestimmt, was Lesben zu tun haben, wer hat welche Definitionsmacht?

Wir haben die Dokumentation als lebendigen lesefreundlichen Lesbenreader in fünf thematische Bereiche gegliedert, um ein Gerüst zu erhalten, dessen Übergänge gleichzeitig fließend sind, weil alles in Verbundenheit und auch unabhängig voneinander steht. So ist der Buchaufbau eine Komposition von Themen aus Theorie und Praxis mit ganz verschiedenen Hintergründen der Autorinnen und ihren Ausdrucksformen. All dies wird ergänzt von Gedichten, Liedern, Kunst, Fotos und weiteren Beiträgen, die wir als passend erachtet haben.

Dabei zeigen wir nach Einleitung und Geleitwort – wir freuen uns sehr, dass wir Monika Mengel für Letzteres gewinnen konnten – mit dem Titel «Lesbenfrühling schreibt Geschichte» Auszüge aus dem realen Leben vor und während dieses Lesbenfrühlingstreffens. Hier sind ausgewählte Beiträge, Berichte, Schreiben, Statements und Grußworte aus verschiedenen Perspektiven, die einen Rückblick auf die Geschehnisse rund ums LFT2021 festhalten, zusammengestellt. Neben dem, was die Orga-Gruppe, Teilnehmerinnen wie Mitwirkende geschaffen haben, stehen exemplarisch Auszüge aus dem destruktiven Gegenwind, der quasi durch die Hintertür patriarchaler Machtdemonstration mit dem laut posaunten Vorwurf der «Transphobie» in autonome Lesbenräume einzugreifen versucht(e). Die berührenden, stärkenden Rückmeldungen von Teilnehmerinnen, Gedanken zu «Lesben aller Geschlechter vereinigt euch» und einige Fotoimpressionen aus dem Onlinestudio beschließen dieses Kapitel. Standhalten ist eben nach wie vor eine der kraftzehrenden Aufgaben von Frauen und Lesben, womöglich noch mehr im queeren Allerlei.

Im nächsten Teil, «Auszüge erforschter Frauenliebe», stellen Autorinnen, ausgehend von Blicken in die Urgeschichte bis jüngste Geschichte, ihre Arbeiten vor. Immer wieder finden sich Fragen, Anregungen als auch verloren gegangene Wissensbereiche, die feministisches Forschen so spannend machen, weil sie eben nicht einfach kategorisiert und abgeheftet werden können.

Einer anderen Zentrierung der Fragestellungen widmen sich die Texte im anschließenden Teil mit «Feministische Perspektiven frauenliebender Frauen». Hier werden aktuelle Themen aufgegriffen, die wir bewusst zusammengelegt haben, um insbesondere die internationalen politischen Innen- wie Außenwirkungen in den Mittelpunkt zu stellen. Eine Leitfrage zum Lesen könnte auch hier sein: Welche Paradigmen werden (für wen) für gültig befunden, warum, und wer bestimmt sie?

In «FrauenLesbenWirklichkeiten» schreiben die Autorinnen in vielfältigen Überlegungen und Einblicken über Körper, Bewegung, Sinnlichkeit, Erotik, Begehren und Sexualität, Alter, Behinderung, Lesben auf der Flucht, Schönheitsbilder, Auswirkungen von Gewalt, Erkrankung, Pflege und nicht zuletzt die Auswirkungen der Corona-Pandemie. Diese Wirklichkeiten waren ein zentraler Schwerpunkt im Konzept des LFT2021. Die mitunter (fast) konträren Fragestellungen und Antworten würdigen frauenliebende Frauen in ihren individuellen wie verbindenden Wirkweisen.

Im abschließenden Kapitel zeigen wir, welche Orga-Lesben das LFT2021 Bremen als Kernteam ermöglicht haben. Dazu wird eine Übersicht über das gesamte virtuelle LFT mit Programm von Tag und Abend, Programm Selbstbestimmt, virtueller 3D-Kunstausstellung und Markt abgebildet. Auch das Konzept des Bremer Lesbenfrühlingstreffens 2021 ist enthalten, das uns als Basis für Programm und Inhalte des LFT2021 gedient hat. Ganz am Ende lohnt sich ein Blick in das Autorinnenverzeichnis – viel bewegte Lesbenwirklichkeit mit je eigenen Hintergründen und Verlinkungen zum Weiterstöbern und Verknüpfen, ganz im Sinn von Christa Reinig:

in diesem augenblick
sitzt eine frau irgendwo
denkt sich dinge aus
die wir gebrauchen können[3]

Mit diesem Zitat hat die LFT-Orga den Blog auf der Website www.lft2021.de gestartet – und damit wünschen wir euch viel Vergnügen beim Lesen und Verbinden und Entdecken lesbischen Rückgrats und Stolzes.

Wir wünschen uns, dass *OutSisters – InSisters – Lesben. Lesbisch-feministisches Begehren um Autonomie* weitere Impulse gibt und zu lesbischer, eigenständig feministischer Präsenz an vielen Orten ermutigt. Das hybride LFT2021 hat neue Netzwerke, persönliche Begegnungen und politische Zusammenschlüsse lesbisch-feministischen Aktivismus, von Forschung bis Freizeit abseits des nur scheinbar allumfassenden queeren* Credos über manchen Tellerrand und viele Ländergrenzen hinweg angestoßen.

---

3 Reinig, Christa: *Müßiggang ist aller Liebe Anfang*, Frauenoffensive, München 1980

Geleitwort
Monika Mengel

Das Geleitwort zu dieser Dokumentation zu schreiben habe ich gerne übernommen. Ich sehe es als Akt der Solidarität an, ähnlich wie die Solierklärung, die ich kurz vor dem Bremer LFT2021 mitinitiiert habe, als dieser ungeheuerliche Shitstorm über das Team hereinbrach. Spontan haben sich damals 265 Unterzeichnerinnen dem Appell angeschlossen. Ein großartiges Signal und ein Beweis für die Lebendigkeit der Lesbenszene.

Auch diese Dokumentation zeigt die Vielfalt lesbischen Lebens. Es geht um Themen, die uns angehen: um Lesbengeschichte, Lesbenkultur, Frauenforschung, um Musik, um Lesben im Alter, um Arbeit, um Lesben gegen Rassismus, gegen Rechtsradikalismus, um die Bedeutung des weiblichen Körpers, um behinderte Lesben, Fortpflanzungstechnologien, um weibliche Paardarstellungen in archäologischen Funden und um vieles mehr.

Selbstverständlich muss in dieser Dokumentation auch der frontale Angriff auf das LFT2021 einen breiten Raum einnehmen. Kaum zu fassen, wer da alles mitgemischt hat, welche Politikerin, welcher Politiker, welche Stiftung und wie viele AGs und Initiativen der LGBTIQ-Szene sich plötzlich berufen fühlten, das LFT anzugreifen. Selbst solche, die das Wort «Lesbe» im Titel tragen. Der ganze Shitstorm wirkte wie eine konzertierte Aktion. Die falschen Beschuldigungen, die mit dem Entzug von Geldern – oder zumindest der Androhung – einhergingen, dürfen nicht unkommentiert bleiben. Eines wird aber auch deutlich: Lesben sind offenbar noch immer eine Herausforderung für die patriarchale Mainstreamgesellschaft.

Für mich geht es bei diesem Eklat eindeutig um Macht und Kontrolle, um die Verdrängung von den Fleischtöpfen, kurz um den Zugang zu Fördergeldern. Vor allem aber geht es um die Deutungshoheit. Wer definiert unsere Geschichte? Daher ist die Dokumentation ein wichtiger Schritt, lesbenpolitischen Themen mehr Öffentlichkeit zu verschaffen. Diese gilt es zu verteidigen. Und zwar in allen gesellschaftlichen Bereichen. Was übrigens schon geschieht. So melden sich viele junge Frauen zu Wort, die sich ganz bewusst Radikallesben nennen. Wir haben etwas zu sagen und sollten das nicht anderen überlassen. Schon gar nicht die Definition, wer wir sind und welches Etikett wir zu tragen haben. – Nennt uns, wie ihr wollt, wir hören nicht darauf!

Gleichzeitig sehe ich in dem Angriff eine Chance. Die Zeiten, als Lesben zum LFT wie zu einem Familientreffen gefahren sind – so toll das immer war –, scheinen mit Bremen 2021 erstmal vorbei zu sein. Wir müssen uns aktiv Medienpräsenz verschaffen, um einem solchen Shitstorm gute Argumente entgegenzusetzen. Dass selbst bürgerliche Medien es nicht einmal für nötig befanden, die andere Seite, also das LFT2021-Team, um eine Stellungnahme zu bitten, gibt mir allerdings zu denken.

Auch in den Gremien der Initiativen und Stiftungen wurden uns Lesben zeitraubende Debatten aufgezwungen, die sich wie in einer Blase nur im Kreis drehten. Oder man ließ uns gar nicht erst zu Wort kommen. Solchen künstlich hochgegeigten Disputen – die zum Teil wie Tribunale wirkten – sollten wir uns künftig verweigern.

Der Fokus der Frauen- und Lesbenbewegung war nie auf das eigene narzisstische Ego gerichtet. «Frauen gemeinsam sind stark» – dieser Slogan meinte alle Frauen. Auch heute gibt es mehr als genug Gründe, sich zu engagieren: isoliert lebende Lesben; Mädchen, die auf dem Schulhof als «schwules Opfer» angepöbelt werden; junge Frauen, die von ihren Familien bedroht werden; Lesben in Diktaturen und Kriegsgebieten, die um ihr Leben und die Unversehrtheit ihres Körpers fürchten. Einer von Gewalt bedrohten jamaikanischen, afghanischen oder afrikanischen Lesbe dürfte der Streit über queer und trans, ob die sich so Bezeichnenden jetzt gezielt zu einem Lesbentreffen eingeladen werden sollten, doch egal sein.

Grundsätzlich meine ich: Jede und jeder sollte die Freiheit haben, so zu leben, wie sie oder er möchte. Für dieses Recht würde ich jederzeit auf die Straße gehen. Aber gilt das umgekehrt auch für Transaktivisten? Ich meine ausdrücklich nicht die einzelnen Betroffenen, die meinen vollen Respekt haben. Wären Transaktivisten dazu bereit, mit mir auf eine Demo gegen Genitalverstümmelung zu gehen? Vermutlich eher nicht. Das ist es, was uns unterscheidet.

Ein Blick zurück. Späte 1960er-, frühe 1970er-Jahre, der Beginn der weltweiten feministischen Bewegung, der autonomen Frauenbewegung. Das kleine Wörtchen ‹autonom› wird heute oft unterschlagen, genauso wie mal eben behauptet wird, die Frauenbewegung sei rassistisch gewesen. Schauen wir uns doch nur die alten Fotos an, wie bunt und vielfältig wir waren!

Mein erstes LFT war 1974. Damals hieß es noch Lesbenpfingsttreffen. Gut, dass es umbenannt wurde. Es klingt jetzt lebendiger, mehr nach Aufbruch und Blütezeit. Ich war als junge Journalistin aus dem Saarland nach Berlin gekommen. 1971 hatte ich in einer Rezension über Rosa von Praunheims Film *Nicht der Homosexuelle ist pervers, sondern die Situation, in der er lebt* in einem Saarbrücker Stadtmagazin von ‹Schwulen› gesprochen, so wie Praunheim im Film auch. In einer Fußnote distanzierte sich der leitende Redakteur von diesem Begriff, ließ ihn aber im Artikel stehen. Eine Zensur fand nicht statt. Cancel-Culture gab's da noch nicht.

Mich interessierte damals alles, was mit Befreiung, sexueller Revolution und Widerstand zu tun hatte. Zu Frauen fühlte ich mich instinktiv hingezogen. In Berlin angekommen, begann für mich das vorher Undenkbare sichtbar zu werden. In der alternativen Szene spielten viele damit, schwul oder lesbisch zu sein. Das galt als Gipfel der Unangepasstheit. Mittendrin, eher eingeschüchtert, jene, die tatsächlich homosexuell waren. Ihnen war nicht nach Spielen zumute. Ich selbst hatte mich zum ersten Mal in eine Frau verliebt und war entsprechend verunsichert. Auf der Suche nach Antworten stromerte ich nächtelang durch den Berliner Sub, fasziniert und gleichzeitig abgestoßen. Vor rotem Samt und Dämmerlicht sprangen mich die Klischees biederer Bürgerlichkeit an. Von freier Liebe keine Spur. Selbst die Frage «Was machst du denn so beruflich?» löste blankes Entsetzen aus. Frau lebte versteckt, Pärchen klebten aneinander – bis zur nächsten Eroberung. Fast alle hatten die tradierten Diskriminierungen verinnerlicht und führten ein aufreibendes Doppelleben. Mir, als linker Feministin, mit Günter Amendts *Sexfront* im Gepäck, war klar: Das ist nicht meine Welt. Kein Wunder, dass ich mich dort nicht ein einziges Mal verliebt habe und witzigerweise auch nicht angebaggert wurde. Frau sah es mir an: Ich war anders.

Zu dieser Zeit wurde die Liebe zwischen Frauen ungebremst in den Dreck gezogen. Boulevardzeitungen bedienten sich beim Vokabular der Nazizeit, der Pornoindustrie, des Rotlichtmilieus, verballhornten psychiatrische Begriffe. «Vom anderen Ufer», «Drittes Geschlecht», «Kesser Vater» – das war noch schmeichelhaft.

1973 traute ich mich zu einer Fete in die Dennewitzstraße. Dort war das Quartier der Homosexuellen Aktion Westberlin. Als Reporterin hatte ich das «Kiss-in» auf dem Wittenbergplatz miterlebt und war nun ziemlich neugierig auf diese mutigen Frauen. Es war nicht leicht, sie zwischen all den Männern auszumachen. Bald machten sich die Lesben von den HAW-Männern unabhängig und gründeten das Lesbische Aktionszentrum Westberlin (LAZ). Für mich wurde die Frauen- und Lesbenbewegung zur politischen Heimat.

Warum erzähle ich davon? Weil meine persönlichen Erlebnisse exemplarisch sind für viele von uns. Sich zu zeigen, selbstbewusst und frech durch die Straßen zu ziehen, Hand in Hand – das war die Befreiung. Auch wenn wir manchmal Prügel bezogen. Wir lernten allerdings auch, uns zu wehren. Das war unerhört. Das subjektiv Erlebte gehört zur lesbischen Geschichtsschreibung. Jede Lesbengeneration hat sich auf ihre Weise politisch und persönlich verwirklicht. Durch äußeren Zwang, nicht selten auch im Widerspruch zur vorherigen Generation. Wir haben das auch gemacht und zum Beispiel das angepasste Verhalten der älteren Lesben belächelt. Viele von ihnen waren in der Nazizeit als Asoziale verfolgt worden, damals so alt wie wir. Diesen Frauen waren wir entschieden zu forsch. Sie versuchten, unseren Übermut zu bremsen. Einzelne ließen sich von uns aber auch mitreißen, fingen schließlich an zu erzählen: wie sie in den späten 1920er-Jahren durch die Straßen gezogen waren, die Tanzlokale gestürmt und Frauen erobert hatten. Wir waren alle mal jung, schön und verliebt.

Rückblickend auf «unsere Zeit» ist für mich eines entscheidend: Wir waren die erste Lesbengeneration, die öffentlich war. Nicht als geduldete Andersartige, als Opfer, sondern mutig und lustvoll. Wir lehnten jede Art von Fremddefinition ab. Das aktuell gebräuchliche Potpourri aus diversen Namenskürzeln hat durchaus nichts Befreiendes. Von mir aus kann sich jede/r bezeichnen und leben, wie sie/er will. Aber wer gibt ihnen das Recht, anderen Menschen ein Etikett aufzukleben? Wer Achtsamkeit und Respekt einfordert, sollte Menschen nicht in Schubladen pressen.

Wir schufen in den 1970er-Jahren eine neue Frauenkultur, eine neue Sprache und neue Worte für uns und unsere Liebe. Was hatte es in der Geschichte nicht für ulkige Begriffe für frauenliebende Frauen gegeben? Wir lachten uns schief über Namen wie Urninginnen und Tribaden. Einen gewissen Pfiff hatten dagegen die Garçonne oder die Dyke aus den USA. Dyke wurde zum Kampfbegriff. Entscheidend war aber und völlig neu, dass wir Lesben nicht um Duldung und Anerkennung buhlten, sondern die Heterogesellschaft als Zwangsinstitution ablehnten. Wir wollten nicht die gleichen Rechte, wir wollten, dass sich diese Gesellschaft verändert. Außerdem erklärten wir uns nicht zu Opfern. Auf diesem Ticket zu reisen erschien uns zu banal.

Vielleicht das Wichtigste aus diesen Jahren: Wir definierten uns bald als Teil der autonomen Frauenbewegung. Lesben haben bei feministischen Aktionen und Projekten mitgemacht, ja sie zum größten Teil initiiert – bis hin zu §218-Kampagnen. Ich bin mir sicher: Durch die Verbindung mit dem Feminismus hatten Lesben historisch erstmals die Chance, sich als zahlenmäßig bedeutsame Gruppe aus der Isolation zu befreien und sichtbar zu werden. FrauenLesben schufen weltweit eine feministische Kultur, ja eine Infrastruktur und formulierten politische Ziele, die bis heute gültig sind.

Am 14. Januar 1974 zeigte die ARD den Film *Und wir nehmen uns unser Recht!* Im Film erzählen Lesben aus der HAW-Frauengruppe von politischen

Aktionen und ihrem persönlichen Weg aus der Isolation. Zwischendrin zeigt der Film Interviews mit nichtorganisierten lesbischen Frauen, die von heftiger Diskriminierung in der Familie und im Job berichten. Zu diesem Zeitpunkt bezeichneten sich die HAW-Frauen noch als schwul oder homosexuell. «Lesbe» wurde erst nach und nach gebräuchlich, nicht zuletzt durch die amerikanische Lesbenliteratur und Lesbenmusik. Auch wir als Rockband Flying Lesbians haben ja noch mit beiden Begriffen jongliert: «Wir sind die homosexuellen Frauen» und «I'm a Lesbian – how about you?». Für den Film hatten die lesbischen Frauen diverse Bedingungen gestellt. Ganz wichtig: Die Adresse der HAW-Frauengruppe sollte eingeblendet werden. Bei uns landeten körbeweise Briefe. Viele kamen aus kleineren Städten und Dörfern. Schüchtern fragten Frauen, ob wir ihnen Kontakt zu anderen Lesben vermitteln könnten – sie sehnten sich so nach einer Geliebten. Andere schilderten, wie verzweifelt sie in ihrer Ehe waren. Scheidung nicht möglich, das Gericht würde ihnen die Kinder wegnehmen. Androgyne Lesben – einige nannten sich Butch –, berichteten von ihrem täglichen Spießrutenlauf, von Selbstmordversuchen, Gewalt, psychiatrischer Zwangseinweisung, von Diskriminierung im Job. Die wenigsten wurden von ihren Familien akzeptiert. Gerade für sie war die Lesbenbewegung eine Befreiung.

Mit einem Schlag wurde mir als Junglesbe die ganze Tragweite meines neu gelebten Begehrens bewusst. Alle Zweifel, was ich war und wen ich liebte, fielen von mir ab. In meiner Familie hieß es auf mein Coming-out: «Willst du denn in der dunkelsten Ecke des Lebensraumes alt werden?» Das wollte ich nicht. Im Gegenteil. Heute ist meine Family größer als jeder traditionelle Familienclan.

In unseren Antwortbriefen halfen wir, so gut wir konnten. Die Briefe wurden postlagernd verschickt oder in neutralen Umschlägen, wie später auch die vom LAZ herausgegebene Zeitschrift *Lesbenpresse*. Das Wichtigste: Wir gaben den Frauen Tipps, wie und wo sie sich treffen konnten: im Frauenzentrum, im Kinderladen, im Sportverein, im Chor, im Café – unter welchem Label auch immer. «Tut euch zusammen, bildet Gruppen – Frauen gemeinsam sind stark!» Dieser Slogan der Frauenbewegung war für viele von uns Aufbruchsignal und Lebensrettung zugleich.

Wir fühlten uns unbesiegbar. Dieses Glücksgefühl ist jungen Lesben heute kaum noch vermittelbar. Einschließlich der wunderbaren Nächte beim internationalen Frauencamp auf Femø mit Musik, Feuern am Strand, kulinarischen Gelagen und Zärtlichkeit. Ich sehe noch April, eine Schwarze Amerikanerin, wie sie mit ihrem riesigen Rucksack zum Hafen geht. Mit uns hatte sie sich frei gefühlt. Die Hautfarbe spielte keine Rolle. Wie würde sie zurechtkommen, zurück in ihrem feindlichen Zuhause, als Fremde im eigenen Land?

Vieles, was wir uns damals erträumt hatten, ist Wirklichkeit geworden. Wie selbstverständlich leben Lesben heute zusammen, gründen Firmen, Hilfsorganisationen, mischen in der Politik mit, bauen Häuser, können sich in vielen Teilen der Welt frei bewegen, haben Kinder, können heiraten. Alles – wenn sie wollen.

Selbstverständlich sind diese Freiheiten hart erkämpft. Deshalb muss ich immer tief Luft holen, wenn mittlerweile von den Verdiensten queerer AktivistInnen gesprochen wird. Selbst wir Flying Lesbians gelten in diesen Zusammenhängen als «Meilenstein deutscher queerer Musikgeschichte». Darüber sind wir «not amused». Wir waren nie Flying Queers, sondern sind Flying Lesbians. Uns so zu nennen kostete echt Mut. Bis heute ist jede von uns damit sichtbar, for good and for bad. Queer, als Label für alle, wo angeblich jede mitgemeint ist, funktioniert nicht. Frauen wissen, wohin das führt.

So bedauere ich auch, dass die verschiedenen Lesbenzeichen zugunsten der Regenbogenfahne verschwinden. Ich möchte nicht falsch verstanden werden: Die Regenbogenfahne ist großartig. Ursprünglich war sie *das* Symbol der internationalen Friedensbewegung. Sie hat ihre eigene Würde. Wir nutzen sie, viele andere aber auch. Ich befürchte, dass sich ihre symbolische Kraft abnutzen könnte. Alle wandeln unterm Regenbogen: Tierschutzvereine, Hospize, Finanzinitiativen, Beerdigungsinstitute, Senioren- und Kinderheime, Bioläden und natürlich ganz massiv die Werbung.

Ich bin gegen Gleichmacherei. Deshalb kann ich nur dazu ermuntern, neue Lesbensymbole zu kreieren und/oder die alten wiederzubeleben: die Doppelaxt, das doppelte Frauenzeichen, die erhobenen Hände. Sie galten als kämpferische Zeichen, und es brauchte Mut, damit durch die Straßen zu ziehen. Ein Regenbogen ist zwar sehr schön, wirkt aber zumindest hierzulande vergleichsweise harmlos.

Speziell die aneinandergelegten Hände galten als selbstbewusste, stolze Geste. Sie bilden die Umrisse einer Vulva und symbolisieren unsere erotische Kraft. Das Zeichen war die Antwort französischer Lesben auf die sexistischen Aggressionen, die sie täglich auf der Straße erlebten. Frau muss sich das so vorstellen: Die Kerle hielten ganz nah vor dir ihre gespreizten Hände über ihr Genital und deuteten entsprechende Fickbewegungen an. Heute sind junge Frauen und andere mit einer viel brutaleren und sexistischeren Anmache konfrontiert. Damals hat uns das jedoch noch schockiert und echt wütend gemacht. Also blieb nur die Umwandlung. So wie aus den Schimpfwörtern «schwul» und «dreckige Lesbe» selbstgewählte stolze Namen wurden, so entwickelte sich auch das Vulvazeichen zur Widerstandsgeste. Widerstand ergibt auch heute wieder Sinn. Selbst Teilen der LGBTIQ-Szene scheint die Potenz der Frau suspekt zu sein.

Ganz nebenbei, unsere Symbole sind älter als so manch frisch designtes Zeichen queerer Kampagnen. Die violett, weiß, grün gestreifte Fahne der Suffragetten etwa ist – laut CSD-Lexikon – die Flagge der genderqueeren, non-binären Menschen. Angeblich kreiert von einer amerikanischen Designerin. Geklaut, würde ich sagen. Nur ein kleines Beispiel, aber so wird Geschichte ausradiert.

Ich will nicht zurück in die 1970er-Jahre. Auch nicht zur *Lesbian Nation* oder ins Land der Amazonen. Wir waren damals auch ziemlich dogmatisch und separatistisch. Viele Schwestern wagten es gar nicht, in unsere Gruppen zu kommen. Leider. Aber ich will, dass unsere Geschichte sichtbar bleibt. Sonst müssen andere Generationen nach uns sie erst wieder mühsam freilegen. Schlimm genug, dass die Nazis die Erinnerung an die erste Frauenbewegung fast auslöschen konnten. Als es Ende der 1960er-Jahre wieder losging, hätten wir unbedingt alle noch lebenden Zeitzeuginnen befragen müssen. Das versäumt zu haben bedauere ich nicht nur als Journalistin. Immerhin haben wir viele verborgene schriftliche Schätze gehoben. Ich sehe mich noch mit anderen historisch interessierten Frauen in den verstaubten Berliner Antiquariaten. Wir suchten nach den Spuren unserer «Schwestern von gestern». Einige Publikationen konnten wir nachdrucken. Zum Beispiel den *Skorpion* in drei Bänden von Anna Elisabet Weirauch mit dem ersten Band im Lesbenselbstverlag Berlin (LAZ-Publikation) 1977 und *Sind es Frauen? Roman über das dritte Geschlecht* (1901). Dieses schmale Bändchen von Aimée Duc erschien 1976 im von Lesben gegründeten Amazonen Frauenverlag.

Grundsätzlich meine ich, Lesben sollten sich wieder mehr in gesellschaftliche Diskurse einmischen und mit der internationalen feministischen Bewegung für Frauenrechte kämpfen. Raus aus der Blase, rein in die Wirklichkeit. Junge Feministinnen machen es uns vor. Das stimmt mich sehr hoffnungsvoll. Lesbenpräsenz in Parlamenten, Schulen, Jugendprojekten, Frauenverbänden und vor allem in den Medien. Sprechen wir für uns selbst. Andere werden das nicht tun. Und kämpfen wir für eine angemessene Förderung von Frauen- und Lesbenprojekten. Es steht uns zu.

Ich bin neugierig darauf, was junge Lesben denken. Mir ist egal, wie sie sich nennen: radikallesbisch, queer, schwul … Denn sie allein haben die Deutungshoheit über ihr Leben, genau wie wir. Es geht um tragfähige Bündnisse, und es geht um einen fairen, inspirierenden Austausch zwischen den Generationen. Dafür steht das Lesbenfrühlingstreffen seit je. Nutzen wir diesen kreativen Ort. Diese Dokumentation ist ein hoffnungsvoller Anfang.

Sandra Rummler: Mein Zimmer 2015

Lesbenfrühling schreibt Geschichte

Ouverture
Barbara Guth & Susanne Bischoff

You do what you have to do,
but don't sit back and let the world die.

Du tust, was du tun musst,
aber lehn dich nicht zurück und lass die Welt sterben.[1]

Rückblick auf den Orga-Prozess des LFT2021 inmitten der Corona-Pandemie
Es war ein besonderes LFT2021 vom 21. bis 23. Mai. Es war das erste hybrid durchgeführte in der Geschichte aller bisherigen Lesbenfrühlingstreffen seit 1974, das mit international und digital vernetzten um die 700 Teilnehmerinnen, Referentinnen, Musikerinnen, Moderatorinnen, Orgas und Mitwirkerinnen und Unterstützerinnen live aus dem Onlinestudio Bremen und in Zoom-Workshops durchgeführt werden konnte. Es war ein Fest an Begegnung, Kommunikation, Wissensaustausch, Generationentreffen, Lachen, Streiten, Tanzen, Genießen – alles unter Corona-Pandemiebedingungen.

Wellen im wahrsten Sinn des Wortes prägten die Entstehung des Lesbenfrühlingstreffens 2021. Mehrere Male musste die Orga umdenken und -planen, auch Wechsel in der Mitarbeit gehörten dazu. Die politische Wichtigkeit, das LFT2021 trotz aller Widrigkeiten durchzuführen und damit auch ein Signal gegen bekannte als auch neue Formen von Frauen- und Lesbenfeindlichkeit zu setzen, war ein wesentlicher Antrieb aller ab 2019 beteiligten Lesben.

Von Beginn an stellte die Orga-Gruppe den Körper als einen Schwerpunkt ins Zentrum der Ausrichtung – mit speziellem Augenmerk auf die Vielfalt der Potenziale als auch der (Zer-)Störungen weib-weiblichen Begehrens und Lebens. Es war uns eine Herzensangelegenheit, mit dem bereits in Köln 2019 spontan formulierten zweiten Teil des Mottos «rising to the roots» nach den Göttinger Signalen (2018) und den Kölner Sternen (2019) LFT-Geschichte weiterzuschreiben.

---

1 Schonfeld, Rosemary: Refrain aus «The Granny Song»

Mit der Corona-Pandemie 2020/2021 bekam das Thema Körper zusätzlich Brisanz, die Orga konnte sich für Besprechungen, Planung und Organisation ab März 2020 nicht mehr live treffen, die ganze Vorbereitung musste (quasi «körperlos») online erfolgen – 56 Zoom-Sitzungen in der Gesamt-Orga plus unzählige weitere Sitzungen in den einzelnen Arbeitsbereichen und mit Mitwirkerinnen bei Finanzen, Tages- und Abendprogramm, Technik/Regie/Kamera, Selbstbestimmt, Einführung neuer Orga-Frauen, Senat Bremen, Workshops mit dem Verein Lesbenfrühling. Teilweise sahen sich Orga-Frauen am Freitag, dem 21. Mai 2021, das erste Mal überhaupt leibhaftig. Dies alles vollkommen konträr zu dem Schwerpunkt Körper und Sinnlichkeit. Dieser eben nicht ganzheitlich spürbare Austausch als Lesben in ihrer Vielfalt und Lebendigkeit forderte die Orga-Frauen einzeln und als Team mitunter über die Grenzen der Belastbarkeit heraus.

Trotz verschiedener Wellen hat es die Orga geschafft, das LFT2021 hybrid durchzuführen – und dies doch zu einiger Zufriedenheit. Auch wenn Corona-bedingt die Teilnehmerinnen nur online dabei sein konnten, die Störungen und Shitstorms viel Energie abgezogen haben – das LFT2021 Bremen war politisch zu wichtig, um es uns von einigen wenigen verderben oder gar zerstören zu lassen. Und es ist gelungen, mit vielen begeisterten Rückmeldungen von Lesben, die teilgenommen haben. Für die Orga-Gruppe als Veranstalterin war es das endlich mögliche Lesbenfrühlingstreffen nach der einjährigen Pause durch den Ausfall des Heidelberger LFT2020 wegen der Pandemie und all den damit zusammenhängenden Unwägbarkeiten.

Einerseits bestand die Orts-Orga, die beim Abschluss des LFT2019 in Köln unter dem Beifall des Abschlussplenums mit der Überreichung des Sticks «die Ordnerin» durch den Verein Lesbenfrühling (LF) die Organisation übernahm, nur aus zwei kontinuierlich Beteiligten aus Bremen, ansonsten aus einzelnen Lesben aus dem ganzen Bundesgebiet sowie der Schweiz. Das erforderte von Beginn an eine andere Planung, als es in größeren Vorortteams mit direkten Kennenlern- und anderen Prozessen oft möglich ist, zu denen einzelne Externe dazukommen.

Die «Ordnerin», das gesammelte Wissen vieler LFTs vom Verein Lesbenfrühling zusammengetragen, war in diesen bewegenden Zeiten nur anfänglich hilfreich, gab es durch die Corona-Pandemie doch etliche Umstellungen und immer wieder neu angedachte Szenarien. Viel unbekanntes Terrain und Nichtwissen, was in welchem Zeitrahmen möglich sein würde im Rahmen der behördlichen Vorgaben zur Eindämmung des Virus und auch zum Schutz aller am LFT2021 Beteiligten. Neben den üblichen organisatorischen Aufgaben wie Referentinnen- und Musikerinnenanfragen fürs Tages- und Abendprogramm, Öffentlichkeitsarbeit, Kunstausstellung, Verpflegung, Müll und Schutz, Technik und Regie, Selbstbestimmt, Homepage, Schlafplätze, Anträge und Verhandlungen mit potenziellen Fördereinrichtungen, die Zusage mit späterer Absage der Schirmfrau im Senat Bremen, Schulen besuchen, Workshops zu unserer Fortbildung mit dem Verein Lesbenfrühling, Vereinsführung, Budgetplanung, Sitzungsvorbereitungen und Infosortierung, neue Orga-Frauen einführen, andere verabschieden, Programm zusammenstellen und aufbereiten, Ständemarkt, Inserate, Sanitätsdienst u.v.a.m. Zu all dem kam nun die Umsetzung in hybrider Form dazu, was viele technische Fragen aufwarf und manche kurzfristige Lösung erforderte, was dank des tollen Teams gelang.

Da die gesamte Vorbereitung ab März 2020 online erfolgte, bedeutete der Ausfall des LFT2020 Heidelberg zu Pfingsten auch für uns weniger Rückkopplung mit der Breite der LFT-Gemeinschaft.

Als wir eine hervorragend geeignete Schule samt Gelände angeboten bekamen, fingen wir mit dem Traum von 1000 Teilnehmerinnen an, reduzierten von September bis Dezember stufenweise über 800 auf 600, dann 400 und schließlich auf 100. Verschiedenes wäre möglich gewesen, ein großes Zelt oder mehrere auf dem Außengelände, um auch das uns großzügig angebotene Freigelände der Schule bei schlechtem Wetter nutzen und u.a. rolligerecht gestalten zu können. Der Pandemieentwicklung samt ihren Auflagen gleichsam zu folgen bzw. vorauszueilen, keine Frau zu gefährden und vielen Ansprüchen gerecht zu werden: Die Quadratur des Kreises wollte nicht aufgehen.

Zum Ende des Jahres 2020 wurde die Situation mit der Pandemie so unsicher, dass es Zeit wurde, die bereits angedachten Szenarien für eine Alternative weiterzudenken, so dass wir in Rückkopplung mit dem Verein Lesbenfrühling im Januar 2021 die Entscheidung für ein hybrides Treffen fällten. Welch nun fast gänzlich neu zu strukturierende und zu organisierende Aufgabe! Neuland für die Orga. Wie könnten wir ein hybrides LFT2021 organisieren, das trotz der virtuell mehrdimensionalen Präsenz ein Stück weit sinnliches Erleben für alle Beteiligten ermöglichen würde?

Über unsere Technikfrau (später unsere Regisseurin) fanden wir das Onlinestudio in Bremen – ein Glücksfall! Und wieder jonglierten wir mit zahlreichen Fragen: Würden sich die Kosten tragen, würden die Lesben teilnehmen, würde die Mehrheit der Referentinnen und Künstlerinnen via Zoom oder Video ihre Angebote aufrechterhalten, einige wenige direkt nach Bremen kommen? Wie geht das mit den

Tickets, mit den Kamerafrauen – diese und viele weitere Fragen mussten im Prozess bis zum «Go» der Kameras beim Opening am Freitagabend, 21. Mai 2021, auf die Sekunde genau gelöst sein.

Auch wenn die in Bremen präsente Orga mit sechs Frauen noch weniger als bei anderen LFTs vom Event hatte, übernahm sie mit der aktiven Unterstützung einzelner Frauen vom Verein Lesbenfrühling und weiteren der Orga verbundenen Frauen auch die Zoom-technische Begleitung und Moderation aller Workshops. Im Hintergrund koordinierte sie die Leitung zur Technik, zum Streamingdienst und zur Regisseurin, welche gemeinsam mit der Verantwortlichen für die studiotechnische Umsetzung des gesamten Programms in vielen Stunden Arbeit und Besprechungen mit Engelsgeduld die Anpassungen an das Studioformat erarbeitet hatte. Wir konnten glücklicherweise zwei professionelle Kamerafrauen fürs Team gewinnen, und im Zusammenwirken aller überwanden einige ihre anfängliche Kamerascheuheit.

Gemeinsam mit der Findigkeit von Studio und Streamingdienst überstanden wir ruhig und konzentriert auch einen knapp zweistündigen DOS-Angriff[2] sowie eine Hackerattacke auf ein Mailkonto am Samstag. Die Zuschauerinnen blieben dabei, reagierten flexibel auf notwendige Programmänderungen und schrieben aufmunternde E-Mails.

Ein weiterer kleiner Einblick in die Vorbereitung und Umsetzung: Aus der langerprobten Volxküche wurde ein Catering, die langjährige LFT-Köchin Anke versorgte uns und das Studioteam mit köstlichem Essen. Statt Einlassbändchen gab es Corona-Tests für alle, die das Studio betraten. Es gab konkrete Ticketpreise mit viel Spielraum zu definieren, wie viel jede Frau zahlen konnte und wollte, ebenso Corona-konforme Gruppentickets. Auch der Ticketkauf aus dem Ausland wurde möglich gemacht.

Es galt für die Orga, verständliche Texte zu schreiben, auch für Frauen, die bislang Computer eher ablehnten. Statt liebevoller Dekoration der Innenräume eines Schulgebäudes lernten wir das Wort «Aufsteller» und wie diese bedruckt werden müssen für einen flexiblen Einsatz – doch das große Plakat «Lesbenfrühlingstreffen» aus dem von Jahr zu Jahr weitergereichten Fundus hängten wir Orgas in unserem Entspannungsbereich auf. Und wir wissen nun, was Bauch-

2 DOS bedeutet Denial of Service. Es ist eine beabsichtigte Überflutung mit Seitenaufrufen, um eine Seite oder einen Sendekanal bzw. den Server zu überlasten und damit zum Absturz zu bringen. Die Herkunft ist durch mehrmalige Umleitungen oft nicht nachweisbar.

binden sind.[3] Wir lernten über Regieführung und Kameras, Slots und Streaming einige Innenansichten kennen und bestellten viele der gebuchten Hotelbetten wieder ab. Es gab auch keine Beflaggung des Bremer Rathauses – ebenso wenig wie eine Pressekonferenz. Beides war lange in Vorbereitung mit dem Senat Bremen, bis zu dem Zeitpunkt im April, wo die Bundesstiftung Magnus Hirschfeld (BMH) und unsere Schirmfrau eine Kehrtwende machten. Dafür unterstützen uns die EMMA, Die Störenfriedas, Terre des Femmes, Get The L Out, Lesbian and Gay News, WHRC-International u.a. sowie manche Lesbengruppe mit Hinweisen auf ihren eigenen Seiten!

Der Markt der Möglichkeiten für Handwerkerinnen wurde zum digitalen, die Homepage musste ständig gepflegt und für jede Veranstaltung eine Grafik für die Ankündigung im Stream vorbereitet werden. Die Kunstausstellung war digital live und noch einige Zeit nach dem LFT2021 zu besuchen. Unsere Orga-Frau für den Schutz aller Teilnehmerinnen eines Events vor Ort konnte wegen der Pandemie nicht anreisen, und wir mussten einen Sicherheitsdienst einstellen.

Immer mitbedacht war der Bereich Selbstbestimmt, leichte Sprache auf der Homepage. Doch wie die vier fantastisch engagierten Gebärden- und zwei Lautsprachedolmetscherinnen in dem Programm einsetzen? So wurde zusammen mit der Gebärdendolmetscherin Miranda die Auswahl der Veranstaltungen getroffen, anstatt dass die Teilnehmerinnen selbst entscheiden konnten, welche der vielen spannenden Vorträge, Lesungen und Workshops neben den zentralen Veranstaltungen sie gedolmetscht haben wollten.

Vom Programmheft Print wurde abgesehen, online gewann zentrale Bedeutung. Statt getöpferten Tassen und Bremer Fahrradklingeln mit dem Lesbensymbol als Mitbringsel wurde ein Crowdfunding geschaltet. Digitalität wirklich und unwirklich zugleich mitten in einer Pandemie, doch stets mit der beharrlichen Überzeugung, es wird 2021 ein Lesbenfrühlingstreffen geben, in welcher Form auch immer. Dazu geschah alles bei den meisten Frauen zeitweise oder ganz neben ihrer beruflichen Tätigkeit über mehrere Monate und allen persönlichen Einbindungen.

Drei Panels, eines aus dem Studio mit TV-Zuschaltung direkt aus Australien, wollten nicht nur inhaltlich, sondern auch technisch mit den Referentinnen vorbereitet werden. Kurz vorm LFT machte eine unserer Unterstützerinnen vom LF Schulungen

3 Bauchbinden werden die Namenseinblendungen genannt.

für die Referentinnen: Wie wird eine PowerPoint präsentiert, wie überhaupt Zoom in solcher Größe bedient? Dann der Test: Gelingt die Schaltung mit Zimbabwe, Serbien, United Kingdom und in ein Flüchtlingscamp nach Kenia für alle gleichzeitig als Referentinnen? Es gab großartige Filme zu sehen, die sekundengenau eingespielt wurden, z.T. mit anschließendem Gespräch der Regisseurin direkt mit einer der Moderatorinnen im Studio oder per Zoom. Fantastische Konzerte, Theater und Tanz aus Italien, UK, der Ukraine, New York, Amsterdam und Berlin, teilweise live aus dem Studio oder per Zoom übertragen, andere vorbereitet als Video eingespielt und eine vorbereitete Wunschdisco zum Abrocken am Samstagabend.

Auch die Mitarbeiter des Onlinestudios hatten mit solch einer lebendigen Veranstaltung autonomer Lesben mit gut 40 Angeboten noch keine Erfahrung – und sie machten so vieles möglich.

Kurzfristig abgesagte Studiobeiträge kamen hinzu – wie umstellen? Eine Band aus Berlin sprang begeistert ein und reiste an, musste also neu ins Programm und auf die Homepage. Auch nach der Absage einer DJ noch am Samstag wegen unserer «Transfeindlichkeit» fanden wir mit einer Lesbe vor Ort glücklicherweise eine professionelle DJ, die einsprang und die Abschlussdisco in nur einem Tag vorbereitete. So konnten auch wir im kleinen Team am Sonntag ein wenig tanzen – mit FFP2-Masken und Abstand – ein schönes Gefühl, in virtueller Verbundenheit mit allen anderen, doch das gemeinsame Feiern mit der Menge aller Lesben an einem Ort fehlte trotzdem.

> «Fang aber nicht mit einem Kontinent oder einem Land oder einem Haus an, sondern mit der Geographie, die dir am nächsten ist – dem Körper.»[4]

Von Beginn an stellte die Orga-Gruppe den weiblichen Körper als einen der thematischen Schwerpunkte ins Zentrum der inhaltlichen Ausrichtung – mit speziellem Augenmerk auf die Vielfalt wirkmächtigen EigenSeins als auch auf (Zer-)Störungen weib-weiblichen Begehrens und Lebens. Dies mit Blick auf die Fülle lesbischen Lebens in Geschichte, Gegenwart, Zukunft, Theorie, Praxis, Kunst wie Kultur aus vor allem autonomer lesbisch-feministischer Perspektive.

Mehrmals erlebten einige der Orga-Frauen es als schmerzhaft, wie binär denkend (um dies derzeitig häufig verwendete Wort aufzunehmen) uns bereits im

4 Rich, Adrienne: *Um die Freiheit schreiben. Beiträge zur Frauenbewegung*, Suhrkamp, Berlin 1990

Vorfeld distanziertes Misstrauen von langjährig bekannten bis freundschaftlich verbundenen Lesben entgegenschlug.

Wir hofften, mit einem Konzept, das nicht Diskriminierung, sondern Quellen und Parteilichkeit in Verbindung bringt mit verschiedenen Entwicklungen, ins Gespräch kommen zu können. Eben keine wüsten Auseinandersetzungen, was nun radikal oder queer oder wie dazwischen ist – das war unser Ansatz. Die Autonomie lesbischen Begehrens ging immer vom ganzen Körper, von allen Sinnen aus, mit all ihren verschiedenen Schattierungen. Interessanterweise wurde von manchen, denen dieses LFT2021 so bedrohlich war, dass sie es zerstören, nicht stattfinden lassen wollten, das Wort *rising,* also *aufsteigen,* als *back,* also *zurück* gelesen. Dies erfuhr die Orga-Gruppe durch die Presse, E-Mails samt Aufrufen zum Boykott des Lesbenfrühlingstreffens, selbst von lesbischen Feministinnen, denen die Fähigkeit, präzise zu lesen, unterstellt werden kann. Interessant und bedauerlich zugleich empfanden wir, dass sich auch lesbische Feministinnen vehement gegen eine aktuelle Verbindung zu ihren eigenen Wurzeln wehrten und sie gar als reaktionär darstellten.

Auch wenn die Störungen und Shitstorms im Vorfeld bis hinein ins LFT2021 viel Kraft abgezogen haben – das LFT2021 Bremen war politisch und in Verbindung vieler Lesben zu wichtig, um es uns von einigen verderben oder gar zerstören zu lassen. Jede einzelne begeisterte Rückmeldung vor, während und nach dem LFT – nicht ausschließlich von Lesben – schenkte uns Mut, Herz und Kraft zum Durchhalten.

Mit all diesen Wellen hat es die Orga-Gruppe als Ganze geschafft, das LFT2021 hybrid zu organisieren und durchzuführen. Auch wenn die Teilnehmerinnen, die meisten Referentinnen und Musikerinnen nur online dabei sein konnten, lag darin auch eine Chance: Viele hätten aus Alters- oder Erkrankungsgründen oder wegen der räumlichen Entfernung (wie Australien, USA, UK, Italien, Schweiz, Österreich, Ukraine, Niederlande, Norwegen) auch ohne Corona gar nicht anreisen können. So brachte aus den Nöten der Pandemie Geborenes manch zukunftsträchtige positive Erfahrung sowohl in Bezug auf den Nutzen technischer Möglichkeiten als auch im internationalen, generations- und kulturübergreifenden lesbenpolitischen Austausch mit sich.

Grußwort für das Opening am Samstag, 22. Mai 2021

Monika Barz

Vorgetragen von Simone Danz

Liebe lesbische Frauen,
liebe Freundinnen,
liebe frauenliebende Frauen,
liebe Schwestern!

Ich wage es kaum zu glauben! Es ist möglich geworden: die Eröffnung des Lesbenfrühlingstreffens 2021! Erstmalig virtuell! Ein historischer Moment! Wir befinden uns hier in einem Studio in Bremen – ihr an euren Bildschirmen, ihr seid verstreut, habt euch aus allen Himmelsrichtungen zugeschaltet.

Ein herzliches Willkommen euch allen, euch Mutigen, euch langjährig Teilnehmenden, euch erstmalig Reinschnuppernden, euch Schwestern, Müttern, Töchtern. Herzlich willkommen beim legendären Lesbenfrühlingstreffen (LFT).

Es ist mir eine Ehre, heute hier zur Eröffnung sprechen zu dürfen. Ich freue mich, daran teilhaben zu können, wie wir gemeinsam Verbindungen schaffen zwischen Lesben in all ihren feministischen, androgynen, queeren, non-binären, Femme- und Butch-Facetten.

Es war turbulent die letzten Wochen. Wir mussten am eigenen Leib erfahren, wie gewalttätig und zerstörerisch soziale Medien sein können, wenn sie gezielt missbraucht werden.

Das Orga-Team des LFT2021 hat den Shitstorms und den Anfeindungen standgehalten. **Sie haben allen Widrigkeiten zum Trotz durchgehalten. Ihnen verdanken wir, dass wir uns heute virtuell über alle Grenzen hinweg treffen können. Ihnen verdanken wir, dass wir dieses Wochenende lesbische Kultur, lesbisches Leben und lesbische Politik miteinander thematisieren können.**

Es gibt hier Rosen für euch alle:

© 5second

Je verleumderischer und bedrohlicher die Anfeindungen wurden, umso wichtiger wurde für das Orga-Team die Solidarität unserer feministischen Community. Und sie kam! Die Solidarität war überwältigend! Das Orga-Team spürt sie noch heute. Es war diese Solidarität von uns allen, die das Orga-Team zu dieser Höchstleistung ermutigte. Wir alle, die wir heute dabei sind, dürfen uns gegenseitig auf die Schultern klopfen und uns bedanken für die konkrete gelebte Solidarität. Das diesjährige LFT2021 wird zum Leuchtturm für mutige Lesben. Lesben, die es wagen, eine eigene Meinung laut kundzutun. Sie halten dem Druck stand, der von Teilen der LSBTTIQ-Community auf sie ausgeübt wird.

Die Anfeindung des LFT2021 hat einen gewaltigen solidarischen Ruck in unseren feministischen Reihen ausgelöst. Die Welle der Solidaritätsbekundungen kam von allen Seiten. Selbst aus dem Ausland kamen Mails und Spenden vieler Frauen. Im Inland kam moralische und finanzielle Unterstützung von heterosexuell lebenden Frauen und von Männern und Transsexuellen. Sie alle haben erkannt, dass Frauenräume generell gefährdet sind, wenn ein falscher Transphobie-Vorwurf bereits ausreicht, um öffentliche Förderungen zurückzuziehen. Frauensolidarität lässt sich *nicht* brechen. Wir lassen es *nicht* zu, dass kritische Debatten über Geschlecht, Geschlechtsidentität, Rollenstereotype und patriarchale Macht als transphob und menschenfeindlich diffamiert werden. Sie sind zentrale Themen der Frauenbewegung und feministischer Analysen. Sie gehören ins Programm des LFTs.

Debatten sind ein zentrales Merkmal von Demokratie und Meinungsvielfalt. Wir verteidigen unsere Räume, in denen wir frei denken und reden. Was ist passiert, dass dies bisher ungestraft angegriffen werden darf? Wir Lesben haben eine lange Tradition darin, basisdemokratisch, inklusiv und kontrovers zu diskutieren und wir werden es weiterhin tun!

«Lesbenfrühling – rising to the roots»
Das Motto hätte nicht besser gewählt sein können, um zu thematisieren, vor welchen Aufgaben wir stehen: rising to the roots.

‹Rising›, das bedeutet ‹aufstehen›, ‹sich erheben›, ‹aufbrechen›. ‹Sunrise›, der Sonnenaufgang, der Moment, wenn die Sonne aus dem Dunkel hervorkommt. Sie bricht immer wieder neu auf und beleuchtet neu, was bisher im Dunkel lag. Das ist ein schönes Bild. Neue Generationen brechen auf. Sie erheben sich und gehen vorwärts zu den Wurzeln des lesbischen Feminismus.

Wie soll das gehen? Wurzeln sind doch von ‹früher›, sie haben den Ruch des ‹Altmodischen›! Wurzeln liegen doch nicht vor uns, sondern zeitlich hinter und räumlich unter uns? Scheinbar ein Widerspruch. Eine philosophische Herausforderung, die das Orga-Team uns dieses Jahr mit diesem Motto auf den Weg gibt.

Steht auf, geht nach vorne zu den Wurzeln.
Aufstehen, um sich den Wurzeln neu zu stellen.
Vor welche Herausforderung stellen uns unsere Wurzeln?

Die Veranstalterinnen geben zahlreiche Hinweise auf die Wurzeln, aus denen heraus die Lesbenfrühlingstreffen genährt werden:

- Lesben treffen
- Netzwerke weiterspinnen
- Fülle feiern
- Sinne stärken im Kampf gegen patriarchale, ausbeuterische und zerstörerische Strukturen
- Sinne stärken für die weltweite Betroffenheit von Frauen
- brisante Themen aufgreifen
- sich auf das L konzentrieren
- sich gegenseitig stärken und Rückenwind geben
- all diese Traditionen sind Stärke und Besonderheit aller LFTs

Beim Nach-vorne-Gehen tauchen unweigerlich neue Fragen auf. Das Orga-Team verweist zum Beispiel auf die heikle Frage, «ob ‹queer› in seiner jetzigen Entwicklung tatsächlich

- ein befreiender Weg ist oder
- zu einer erneuten Verengung von weiblichen Rollenbildern beiträgt und
- von globalen Kämpfen ablenkt».

Der Blick die nächsten zwei Tage ist klar ausgerichtet auf die Vielfalt. Immer wieder kommen neue Themen hinzu. Sie kommen von allen Seiten, den lesbischen Müttern, den Lesben aus der queeren Bewegung, den Lesben in der Reproduktionstechnologie-Forschung, den Lesben mit Behinderungserfahrung, den Lesben aus den Wohnprojekten, den Lesben im Alter, den Lesben mit Fluchterfahrung... Lesben sind überall, und überall stellen sich spezifische Fragen, die ernst genommen werden wollen. Das LFT ist genau der Ort, an dem Raum ist für den Dialog zwischen Jung und Alt, Kulturen und Lebenswelten.

Vielfalt will gelernt sein. Wir auf den LFTs haben kollektiv viele Erfahrungsschritte gemeinsam gemacht und uns als Community eine hohe Kompetenz angeeignet. Es gehört zur DNA aller LFTs, dass wir mit Vielfalt umgehen und neugierig sind, was die andere bewegt.

Das LFT ist inklusiv und intersektional

Ich bin stolz, Teil einer lesbischen Community zu sein, die inklusiv und intersektional lesbische Themen diskutiert. Beide Begriffe, ‹inklusiv› und ‹intersektional›, werden derzeit von bestimmten Bewegungen mit Euphorie besetzt und es wird so getan, als wären es deren Erfindungen und alle anderen Bewegungen um sie herum seien es nicht. Die feministische Lesbenbewegung hatte immer die Grundhaltung, die heute inklusiv und intersektional genannt wird. Was verbirgt sich hinter diesen Zauberwörtern?

Inklusiv ist es, wenn alle frauenliebenden Frauen willkommen sind. Jede frauenliebende Frau, die sich als solche versteht und solidarisch die Regeln des LFTs achtet, ist willkommen. Inklusiv sind nicht nur Rampen für Rollstühle, Gebärdensprache und Solitickets für Frauen mit wenig Geld – inklusiv ist eine innere Haltung der Solidarität mit anderen Frauen.

Intersektional ist es, wenn wir aufmerksam wahrnehmen, wie lesbische Benachteiligungen durch vielfältige andere Faktoren geschmälert oder verstärkt werden können. Hautfarbe, Herkunft, Alter, Bildungsabschluss, Beeinträchtigungen, Religion u.a.m. können lesbische Sichtbarkeit auf unterschiedlichste Weise ermöglichen oder behindern. Intersektionalität ist Bestandteil des Feminismus und der LFTs.

Das diesjährige Programm zeigt die Vielfalt, es zeigt die Breite, mit der das Orga-Team die Vielfältigkeit lesbischen Lebens aufgreift. So unterschiedlich wir sind, wir haben alle das gleiche Ziel: die Befreiung der Frau aus patriarchalen Verengungen. Unsere Wege, die wir gehen, sind unterschiedlich: Autonomie, Separatismus, radikaler Feminismus, all die Wege sind individuell unterschiedlich. Entscheidend ist, wie im Labyrinth das gemeinsame Zentrum und Ziel zu haben. Auf dem Weg hinaus begegnen wir einander, vielleicht lächelnd mit einer, die mir bislang fremd war und meinen Zorn geweckt hat.

Das diesjährige LFT ist unvergleichbar mit allen, die wir bisher kannten. Gemeinsam machen wir uns heute auf den unbekannten Weg zu erleben, wie ein virtuelles LFT2021 sich anfühlt. Alles wird neu sein. Wir werden Begeisterndes erleben, vielleicht auch Enttäuschendes. Das gehört zu diesem historischen Experiment dazu. Lasst uns mutig die Herausforderung annehmen. Genießt die Workshops tagsüber und das kreative Kulturprogramm am Abend. Ihr könnt überall reinschnuppern, bleiben und genießen!

Ich danke von Herzen dem Orga-Team. Ihr habt meine tiefe Bewunderung, wie ihr die letzten Wochen gemeistert habt. Das wird uns allen in Erinnerung bleiben.

Der misslungene Versuch, das LFT zu verhindern[1]

Julia Beck

Übersetzung: Doris Hermanns

Am vorigen Wochenende fuhr ich zu dem am längsten existierenden Lesbenfestival in Deutschland: zum Lesbenfrühlingstreffen oder kurz gesagt zum LFT2021 Bremen. Denjenigen, die das LFT nicht kennen, kann ich sagen, es ist großartig! 2019 haben in Köln fast 800 Lesben daran teilgenommen. In diesem Jahr wurde es unter dem Motto «Lesbenfrühling – rising to the roots», einer Femmage an die radikalen Wurzeln der lesbisch-feministischen Bewegung, aus einem Studio in Bremen gesendet.

Fast jedes Jahr seit seiner Gründung 1974 wurde das LFT von einer wechselnden Lesbengruppe aus ganz Deutschland organisiert. Jede Gruppe richtet das Festival unter einem eigenen lesbenorientierten Motto in einer anderen Stadt aus. Das für 2020 geplante Festival in Heidelberg musste leider aufgrund der Pandemie abgesagt werden, aber die Organisatorinnen von 2021 waren in der Lage, es an die Abstandsregeln anzupassen und das Festival in diesem Jahr online zu veranstalten. Die Frauen haben zwei Jahre unermüdlich hart gearbeitet, um alles genau richtig zu machen. Was sie nicht eingeplant hatten, war der totale technische Ausfall, der drohte, alles platzen zu lassen.

Das LFT wurde aus der Mitte der Frauenbewegung heraus gegründet, um die Bedürfnisse und Erfahrungen von Lesben, die sich deutlich von denen der Schwulen unterscheiden, in den Mittelpunkt zu stellen. Die Absicht ist, alle Lesben unabhängig von ihrer Ethnizität, Klasse, Behinderung, Alter oder Herkunft einzuschließen. Da diesmal Lesben international angesprochen werden sollten, wurde ich eingeladen, Teil des Moderationsteams zu werden. Meine Aufgabe war es, die Sprecherinnen, Workshops und Auftritte auf Englisch anzukündigen.

Der Feminismus ist durch die intersektionalen Anstrengungen, Veranstaltungen und Konzepte zugänglich zu machen, erfolgreich, und dieses Lesbenfestival war

1 Beck, Julia: «The Failed Attempt to Cancel Lesbian Spring Fest», 2.6.2021. In: 4w.pub., https://4w.pub/lesbian-spring-fest/?fbclid=IwAR0NUM9WbBQFv4vgBNM72OXeK-939RVmON3nr3G-v0LKcnoRVgGqxqIneZ0

bestrebt, weit verbreitete feministische Themen in den Mittelpunkt zu stellen. Denn Lesbischsein und Feminismus haben gemein, dass sie Frauen in den Mittelpunkt stellen. Es ist jedoch wichtig festzustellen, dass das LFT keine ausdrücklich radikalfeministische Veranstaltung ist.

Vor zwei Jahren war das Motto des Lesbenfrühlingstreffens: «Das LFT schaut in die Sterne». Damit wurde auf den neuen Gebrauch des Asterisk (*) in der Queersprache Bezug genommen. Diese Sternchen werden an das Ende von weiblichen Begriffen angehängt, wie beispielsweise Frauen* oder Lesben*, um deutlich zu machen, dass alle Frauen mitgemeint sind, die sich als queer bezeichnen, wie auch Männer, die sich einer Transition unterzogen haben und sich selber als Lesben bezeichnen.

Es ist wichtig zu erwähnen, dass das LFT2021 Bremen nicht die erste Veranstaltung war, die Ziel von Bedrohungen von außen wurde. Das LFT von 2019 ging deutlich auf die Queerideologie ein, aber begrüßte gleichzeitig eine Diskussion des Themas. Dennoch wurde es von einer LGBT-Jugendorganisation unter Druck gesetzt, einen Workshop zu Transitionen von jugendlichen Lesben abzusagen.

Auch wenn ich am LFT2021 teilgenommen und es mitmoderiert habe, bin ich keine Sprecherin für das Orga-Team des Lesbenfrühlingstreffens, sondern teile nur meine Erfahrungen aus der Perspektive einer Außenseiterin mit. Es ist durchaus möglich, dass meine radikalfeministischen Ideen und die Absichten des LFT2021 – oder welcher Veranstaltung auch immer – nicht übereinstimmen. Das sollte kein Problem sein. Uneinigkeit muss keine Respektlosigkeit nach sich ziehen. Im Gegenteil, ich habe den größten Respekt vor den Lesben, die am LFT beteiligt sind, und ich glaube, dass die Absichten jedes Frauenortes es verdienen, als autonom wertgeschätzt zu werden.

Gleichzeitig sehe ich, dass unsere sexuellen Unterdrücker diesen Respekt nicht vor uns haben; sie benutzen unmenschliche Taktiken, um jeden Aspekt unseres Seins zu kolonisieren (beispielsweise Zwangsheterosexualität, Vergewaltigung, Pornografie, erzwungene Mutterschaft, Prostitution, Genitalverstümmelung). Ich bin fest davon überzeugt, dass Männer niemals dazu eingeladen werden sollten, unsere Grenzen egal in welcher Hinsicht zu verletzen, am allerwenigsten dadurch, dass sie sich selber als Lesben bezeichnen.

Meine persönliche politische Haltung zu diesem Thema ist bekannt. Ich habe schon oft in der Öffentlichkeit darüber gesprochen, wie genderspezifische Selbstbestimmung Frauen und Kindern in allen Lebensbereichen schadet. Ein Teil der Kontroverse hierzu kommt daher, dass ich auf rechtsgerichteten Plattformen für die Women's Liberation Front (WoLF: Frauenbefreiungsfront, DH) gesprochen habe. Ich habe auch zweimal vor dem Kongress ausgesagt, aber das ist weniger umstritten und daher kaum eine Erwähnung wert. Meine Kolleginnen von WoLF und ich scheinen die letzte heilige Kuh des Patriarchats beleidigt zu haben, daher wurde meine Teilnahme am LFT2021 Bremen als Provokation angesehen.

Aber Frauenhasser haben das LFT2021 bereits angegriffen, bevor ich zur Orga-Gruppe kam. Einer der Hauptpunkte der Auseinandersetzung war, dass die Orga-Gruppe Lesben, die eine Detransition gemacht haben, ausdrücklich eingeladen hatte, aber dass eine solch ausdrückliche Einladung nicht ebenfalls an Männer, die transitioniert sind und sich selber als Lesben bezeichnen, erfolgt ist. Dies wurde ihnen gegenüber als unfair angesehen, obwohl sie tatsächlich überhaupt nicht ausgeschlossen wurden.

Der Sturm, der in diesem Jahr losbrach, stand in einem direkten Verhältnis zu den Ängsten der Frauenhasser vor unabhängig denkenden Frauen. Es dauerte nicht lange, bis Beschuldigungen von rechtem Fanatismus aufkamen. Lesben in Deutschland wurden dazu aufgerufen, das Festival zu boykottieren. Beliebte Nachrichtenkanäle kopierten übertriebene Behauptungen auf Twitter, wo vollständige Namen und Arbeitsstellen der Orga-Frauen und Sprecherinnen gepostet wurden. Ein Flussdiagram wurde online geteilt, um die Mitschuld aller Beteiligten zu beweisen. Darauf waren die Namen und Organisationen von Lesben sowie deren Verbindungen zu sehen. Dieses Diagramm wurde von Transaktivisten erstellt und auf Twitter verbreitet. Es sollte die Existenz eines mächtigen internationalen Lesbennetzwerks beweisen.

Es schien, als ob jede Veröffentlichung, in der das Lesbenfestival verrissen wurde, ihre Behauptungen damit rechtfertigte, dass das Orga-Team, die Sprecherinnen und Moderatorinnen, einschließlich mir selber, als transfeindlich bezeichnet wurden. *L-Mag*, ein deutsches Lesbenmagazin, bemühte sich um Fairness und brachte eine dreiteilige Interviewserie, in der meine Teilnahme zweimal in Frage gestellt wurde. Das war, bevor ich auch nur eine Frau des Orga-Teams persönlich kennengelernt hatte. Es war eine merkwürdige Situation, in der ich mich befand, gleichzeitig eine Fremde zu sein, aber dennoch verantwortlich gemacht zu werden.

Zuerst schien es der übliche Backlash zu sein, an den ich von meinem Aktivismus in den USA gewöhnt war. Der gleiche Mist auf einem anderen Kontinent. Aber dann begannen plötzlich wichtige finanzielle Unterstützer, wie beispielsweise die staatlich geförderte Bundesstifung Magnus Hirschfeld (BMH), sich dahingehend öffentlich zu äußern, dass sie das Programm des LFTs in Zukunft besser prüfen würden. Die Senatorin für Frauen in Bremen sagte daraufhin ihre Rolle als Schirmfrau des diesjährigen Festivals ab. Der Senat Bremen zog seine vorab zugesagten Gelder zurück. Nur wenige lesbische Sprecherinnen und Musikerinnen sagten ihre Teilnahme am LFT2021 ab, aber die Intensität dieser Situation hat viele von uns unvorbereitet erwischt.

Das LFT ist eine Basisorganisation, die von Fördermitteln und Spenden abhängig ist, um funktionieren zu können, daher war es eine Zeitlang unklar, ob das Festival überhaupt stattfinden könnte. Einige aus dem Orga-Team weinten vor Frustration und Trauer. Andere verbrachten Stunden mit Freundinnen am Telefon, um das alles verstehen zu können.

Mit diesem ganzen Stress im Kopf war ich nervös, als ich mich auf den Weg ins Studio machte. Es war Freitagnachmittag, der 21. Mai. Nach einem Corona-Schnelltest traf ich die anderen Moderatorinnen, Mahide und Simone, um unsere Pläne für die Eröffnungsveranstaltung noch schnell zu überarbeiten. Bis dahin hatte es nur ein paar Zoom-Treffen gegeben, bevor wir uns jetzt persönlich trafen; aber wir drei verstanden uns gut, und der Abend lief besser als erwartet.

Das Studio war ausgesprochen professionell. Ein starkes Technikteam, das von einer hochkonzentrierten Frau geleitet wurde, gab uns Anweisungen, hielt die Zeit genau im Blick und kümmerte sich um alle Resonanzböden, Kameras und Scheinwerfer. In der Küche des Studios kochte eine bekannte Lesbe köstliche vegetarische Gerichte und Nachtisch, für jeden Geschmack war etwas dabei. Sie brachte sogar ihr berühmtes selbstgemachtes Chutney zum Verkauf mit – und ja, ich habe zwei Gläser gekauft.

Freitagabend konnten Lesben zu Hause einen Film ihrer Wahl anschauen (*Katzenball* oder *Rafiki*) und anschließend Fragen stellen. Sie konnten auch die virtuelle «Bar» besuchen, um andere teilnehmende Lesben zu treffen. Dieser offene Ort erwies sich als riesiger Erfolg für Lesben, die sich nach unabhängigen Diskussionen sehnten.

Der Samstagvormittag begann glücklich und mit einem weiteren Corona-Schnelltest. Ich nahm mir schnell eine Tasse Kaffee, ein Mikrofon wurde an meinem Hemd befestigt, und ich nahm an der Eröffnungsveranstaltung teil. Das Orga-Team hieß alle teilnehmenden Lesben willkommen und dankte den UnterstützerInnen des Festivals für ihre Hilfe während des noch immer andauernden Shitstorms in den Sozialen Medien. Wir hatten das starke Gefühl, dass wir Geschichte schrieben – oder besser gesagt Herstory (im Gegensatz zur englischen ‹history›, DH), wie Mahide meinte.

Gegen Mittag gab es technische Störungen, die verhinderten, dass einige Veranstaltungen und Vorträge weiter durchgeführt werden konnten und die Website zum Einloggen nicht mehr zur Verfügung stand. Zum Glück hatte das Orga-Team den Weitblick gehabt, einen professionellen Streamingdienst zu engagieren, der uns ermöglichte, in weniger als drei Stunden wieder online zu sein. Nach allen Bedrohungen und Schikanen, denen das LFT2021 in den Wochen vor dem Festival ausgesetzt war, hatten einige Frauen sehr viel feindlichere Unterbrechungen befürchtet. Aber wir haben uns von diesen Problemen nicht unterkriegen lassen. Wir blieben ruhig und machten unsere Arbeit weiter. Der Tag ging in die Nacht über. Während Lesben zu Hause an Diskussionen und Workshops teilnahmen, nahmen wir uns im Studio etwas Gutes zu essen und bereiteten uns für das Abendprogramm vor.

Ich war nach dem langen Tag müde, als ich drei neue Gesichter bemerkte. Die Frauen von Zuckerklub, einer Berliner Lesbengruppe, waren angekommen und wärmten sich auf. Der Sound von elektrischen Gitarren und Frauenstimmen weckte etwas Fröhliches tief in mir auf. Als sie spielten, tanzten wir im Studio – und ich bin mir sicher, auch die Lesben zu Hause – zu ihren unbeschwerten Pop-Rock-Beats. Wir tanzten auf der Party draußen bis tief in die Nacht zu den anderen wunderbaren Künstlerinnen des Abendprogramms.

Der Sonntag begann ähnlich wie der Samstag: Kaffee, Mikrofon, Begrüßung und Anmoderation des Tages. Nur war dieser Tag anders, denn er war der letzte Tag des Festivals. Am Morgen diskutierten Lesben über Detransition, Separatismus und feministische Standpunkte zum weiblichen Körper. Am Nachmittag wies Simone Mahide und mich darauf hin, dass wir bald unsere letzte gemeinsame Moderation haben würden. Einen Moment lang fühlte ich bittersüßen Herzschmerz. Ich wollte nicht, dass es vorbei war.

In dieser Nacht fiel mir auf, wie viel Spaß ich mit diesen Frauen gehabt hatte, während ich mit ihnen gelacht und von ihnen gelernt hatte. Susanne, eine der Hauptorganisatorinnen, erzählte mir, wie stark sie durch Veranstaltungen wie das

Lesbenfrühlingstreffen geworden ist. Sie sagte mir, dass sie heutzutage, wenn sie fest in der Welt stehen möchte, ihre Schultern zurücknimmt und die Anwesenheit von zehn oder zwanzig – oder abhängig von der Situation auch hundert – Frauen spürt, die hinter ihr stehen. In diesem Jahr standen mehr als 500 Lesben zusammen und nahmen am LFT2021 teil. Es stellte sich heraus, dass es so viele Spenden von Frauen aus der ganzen Welt gegeben hatte, dass das Festival nicht mit Schulden endete. Trotz allem, was uns in den Weg geworfen wurde, kamen Lesben in Solidarität zusammen, um zu diskutieren, sich zu verbinden und zu feiern.

Das Gefühl von gemeinsamer Macht ist etwas, das Frauen, aber vor allem junge Lesben, heutzutage dringend brauchen. Der Backlash, der uns entgegenschlägt, weil wir Frauen in unserem persönlichen und politischen Leben in den Mittelpunkt stellen, ist kein Zufall. Lesben sind prinzipiell eine direkte Bedrohung des heteronormativen Systems der männlichen Vorherrschaft. Und genau darum sind Veranstaltungen wie das LFT so besonders. Sie versorgen Lesben mit lebenswichtigen Möglichkeiten, um Themen zu bearbeiten und zusammen Kultur zu erschaffen. Diese Veranstaltungen regenerieren uns mit Stärke und einem Gefühl der Zugehörigkeit.

Mir ist völlig klar, dass die Rückschläge, die wir erleiden, in direktem Verhältnis zu der Macht stehen, die wir haben, wenn wir fest zusammenstehen. Wir als Lesben haben das Recht, unsere eigenen Veranstaltungen zu organisieren, unsere eigenen Diskussionen zu teilen, unsere eigene Politik und Musik zu schaffen – einfach alles! Wir haben das Recht, unabhängig denkende Frauen zu sein, autonome Menschen in dieser Welt.

In Deutschland bietet uns das LFT genau diesen Raum. Hier können wir feiern und kritisieren und miteinander weitermachen, ohne diesen ärgerlichen patriarchalen Druck von außen. Es liegt an uns, unsere Grenzen zu setzen, und durch den Feminismus lernen wir, dies zu tun. Ich weiß, dass ich nicht die Einzige bin, die das LFT in diesem Jahr fantastisch fand.

Mein virtuelles LFT2021-Erlebnis
Rosemary Schonfeld

Übersetzung: Doris Hermanns

Als eine Hälfte der lesbischen Band OVA war ich in den 1980er-Jahren viele Male mit Jana Runnalls in Deutschland (damals noch Westdeutschland) auf Tournee. Bei den meisten Tourneen sind wir auch bei Lesbenfrühlingstreffen aufgetreten, in der Stadt, die in dem Jahr das LFT ausrichtete. Das größte, an das ich mich erinnern kann, war in Osnabrück, wo um die 2000 Frauen waren. Die Lesbenfrühlingstreffen waren immer eine fröhliche und kraftvolle Stärkung unserer lesbischen Identität in einer patriarchalen und homophoben Welt. Lesben, die teilnahmen, fühlten sich bestärkt.

Daher habe ich mich über die Anfrage, beim LFT2021 aufzutreten, gefreut. Als ich gefragt wurde, war die Veranstaltung natürlich noch vor Ort geplant, und ich hatte vor, nach Bremen zu reisen. Aufgrund der Corona-Pandemie entschloss sich das Orga-Team, das LFT2021 als virtuelles Festival zu organisieren. Ich war sehr froh darüber. Das LFT findet bereits seit 47 Jahren statt, und es fühlte sich sehr wichtig an, diese Tradition nicht aufzugeben und sich an Techniken zu gewöhnen, die wir uns anfangs noch nicht einmal hatten vorstellen können. Internet und Handys waren damals noch nicht einmal erfunden! Ich empfand es als eine sehr interessante Herausforderung, diese Art Auftritt für ein einzigartiges LFT2021 anzubieten.

Großbritannien hat teilweise strenge Lockdown-Regeln, die sich ständig ohne Warnung ändern. Daher konnte ich kein Studio buchen, um einen Auftritt aufzunehmen. Stattdessen verwandelte ich mein Wohnzimmer für zwei Wochen in ein Videostudio. Ich baute meine Lampen und das Lautsprechersystem auf und passte mein Zimmer für die Videoaufnahme an. Aufgrund der Lockdown-Einschränkungen durfte außer mir und meiner Partnerin keine ins Haus kommen, daher hatte ich keine Technikerin, die mir helfen konnte. Das bedeutete, dass alles sehr lange brauchte: das Einstellen des Aufnahmepegels, ein Testlauf, es nochmal anhören, die Videokameras aufbauen, Filmtests machen, ausprobieren, ob das Licht in Ordnung ist usw. usw. Es war eine Menge Hin und Her zwischen der «Bühne» und der Ausrüstung, hören, schauen, prüfen. Es musste auch an Fragen der Kontinuität gedacht werden. So fiel mir beispielsweise beim Anschauen eines Songs auf, dass ich keine Schuhe angezogen hatte!

Ich hatte mich entschlossen, keinen durchgängigen Konzertauftritt aufzunehmen, und zwar weil a) das Wechseln der Gitarren eine Menge Zeit beansprucht hätte und b) ich mich zudem nicht sicher genug mit meinem Deutsch fühle, wenn ich vor einer Kamera spreche. Ich nahm jeden Song einzeln auf und stellte drei Kameras auf. Eine Kamera kaufte ich speziell für diese Veranstaltung: eine Zoom Q2n-4K. Ich benutzte auch meine kleine Canon Powershot A480 und mein Smartphone. Letztendlich verwendete ich keine Aufnahmen von meinem Handy, da die Qualität nicht gut genug war. Nachdem ich ein paar Tage experimentiert hatte, nahm ich an den nächsten zwei oder drei Tagen die Songs auf. Ich machte mehrere Aufnahmen von jedem Song und wählte die meiner Meinung nach beste Version für das Video aus.

Dann kam die Bearbeitung, für die ich iMovie benutzte. Das hat Spaß gemacht – das war etwas, das ich vorher noch nie gemacht hatte. Auch wenn es für die Übertragung Untertitel gab, entschied ich mich dafür, dass die Wörter nicht während der Songs angezeigt werden sollten. Stattdessen stellte ich ein Booklet mit den Songtexten zusammen, das heruntergeladen werden konnte.

Es war eine einzigartige Auftrittserfahrung für mich – mich mit einem Glas Wein auf dem Sofa zurückzulehnen und meinen abendlichen Auftritt beim LFT2021 anzuschauen! Kein Lampenfieber vor dem Auftritt! Aber es war merkwürdig, keinen Kontakt mit dem Publikum zu haben. Ende des Songs. Sofort der nächste, ohne Zeit zu haben, die Reaktionen des Publikums einschätzen zu können oder ein Feedback zu bekommen. Nicht die Möglichkeit zu haben, Zeit mit wunderbaren Lesben zu verbringen.

Ich habe die Auftritte der anderen Musikerinnen sehr genossen, vor allem von Rag Doll, Zuckerklub und Shishani. Wie ermutigend, solch talentierte, wütende und politische Lesben zu sehen und zu hören, sowohl junge als auch ältere! Ich habe mir auch den Vortrag über Ethel Smyth angesehen, die sehr interessant war.

Etwa eine Woche vor dem Festival wurde ich gefragt, ob ich einen Livestream eines Songs von Alix Dobkin für die Eröffnung des LFT2021 machen könne. Alix war gerade gestorben. Ich habe sie während der Jahre, in denen ich mit OVA tourte, ein paar Mal getroffen, zum ersten Mal 1978 beim Melkweg-Festival in Amsterdam. Sie hatte sogar einen unserer Songs in ihr Programm aufgenommen – einen Song namens «Little Girls», der auf unserem ersten Album «OVA» war, das wir 1978 aufgenommen haben. Sie war eine wahre Pionierin, was politische lesbisch-feministische Musik betrifft, und eine gute Songschreiberin. Ich entschied mich dafür, einen ihrer bekanntesten Songs zu singen, «The Woman in Your Life», und fühlte mich geehrt, dass ich dazu beitragen konnte, ihr einen Abschiedsgruß aus Deutschland zu senden, den sie geschätzt haben würde.

Es war unmöglich, sich der schrecklichen Beschimpfungen von der militanten Translobby nicht bewusst zu sein, mit denen das Orga-Team fertig werden und die es ertragen musste. Meiner Ansicht nach war dies Teil eines massiven patriarchalen Backlashs gegen Lesben und Feministinnen, der überall auf verschiedene Arten stattfindet. Ich denke, dass ein derartiger Backlash unvermeidlich war. Es gab jedes Mal während der letzten 2000 Jahre des Patriarchats einen, wenn Frauen, vor allem Lesben, Fortschritte machten. Der Hexenwahn begann, als Frauen finanzielle Unabhängigkeit erlangten und zum ersten Mal in die Zünfte aufgenommen wurden. Außerdem war gleichgeschlechtliche Liebe für die katholische Kirche eine Sünde – und ist es immer noch. Im 20. Jahrhundert, als die Suffragetten Erfolge erzielten, führten psychiatrische Theorien über Lesben dazu, dass Lobotomien und das Einsperren in psychiatrische Anstalten rechtlich abgesichert wurden. Und während Lesben in Berlin während der Weimarer Republik einigermaßen frei leben konnten, kamen etliche von ihnen während der Zeit des Nationalsozialismus in Konzentrationslager. Inzwischen haben einige Länder die Ehe für alle legalisiert, und während die zweite feministische Welle zur dritten Welle führt, gibt es einen allmächtigen Backlash, und es ist absehbar, wen es betrifft: Lesben und ältere Feministinnen, die stark und unabhängig sind und nach wie vor sehr bedrohlich für die patriarchalen Werte. Es braucht nicht viel, um die öffentliche Meinung gegen Lesben und Feministinnen zu wenden, und wenn das geschehen ist, folgen die PolitikerInnen. Es ist leider sehr einfach. Heutzutage geschieht es dadurch, dass Lesben und Feministinnen vorgeworfen wird, transphob zu sein – uns wird vorgeworfen, Fanatikerinnen und Unterdrückerinnen zu sein, sogar Faschistinnen. Das ist eine bekannte und effektive Propagandatechnik. «Wirf der anderen Seite vor, was du selber machst.» Ich denke nicht, dass eine von uns so einen bösartigen Backlash erwartet hatte oder dass er von der Translobby kommen würde. Aber er ist da, und wir müssen wieder einmal sehr stark sein, uns behaupten und für unsere Überzeugungen kämpfen, für das, von dem wir wissen, dass es richtig ist: Feminismus und gleichgeschlechtliche Liebe. Ich finde, dass das Orga-Team des diesjährigen LFTs unglaublich stark darin war, wie es auf all diese Angriffe reagiert hat, einschließlich des Cyberangriffs am Wochenende des Festivals. Das zeigt wieder einmal, wie stark wir sind: Nichts wird uns besiegen!

Ich möchte allen danken, die am LFT2021 beteiligt waren, aber vor allem dem Orga-Team. Allen zahlreichen und schwierigen Herausforderungen zum Trotz haben sie ein fantastisches Lesbenfestival organisiert, das stärkend und inspirierend war.

In Sisterhood.

Rising to the Roots: Bericht über eine Hexenjagd

5. Mai 2021 von: Die Störenfriedas

Das Motto des diesjährigen Lesbenfrühlingstreffens lautet «Lesbenfrühling – rising to the roots» und mit diesem Motto ...
«... blicken wir zurück und aufs Jetzt. Als Feministinnen leben wir parteiisch mit und für Frauen, und unser Begehren und unsere Aufmerksamkeit gelten Frauen in ihrer Verbundenheit und Verschiedenheit, ihren Kräften und ihren Nöten. Wir konzentrieren uns an diesem verlängerten Wochenende auf das L, also darauf, was Lesben und frauenliebendes Leben bewegt und berührt – politisch, gesellschaftlich, kreativ und sinnlich –, und bieten Lesben jeden Alters und aus verschiedenen kulturellen und sozialen Zusammenhängen dafür den Raum, den sie verdienen.»
Orga-Team des LFT2021

Weiterhin schreibt das Orga-Team:
«Das LFT ist Zeit-Raum von Lesben für Lesben: frauenliebende Frauen, Frauen, die lesbisch leben, lesbenidentifizierte Lesben, Late Bloomers, Ur- und Bewegungslesben, Jüdische Lesben, Schwarze Lesben und Lesben of Color, Lesben mit und ohne Kinder, Lesben mit Behinderung, Lesben unterschiedlicher kultureller und sozialer Hintergründe. Wir bieten Schutz und Raum für geflüchtete Lesben, Lesben aus Osteuropa und aus dem globalen Süden. Intersexuelle und detransitionierte Lesben sind ebenso wie Lesben im Coming-out willkommen. Wir freuen uns auf Lesben aus der ganzen Welt als Referentinnen, Handwerkerinnen, Musikerinnen wie Teilnehmerinnen.»

Das LFT2021 hat ein vielfältiges Programm zusammengestellt und im Grunde müsste alleine dies und das diesjährige Motto allen FrauenLesbenFeministinnen und Allys das Herz höher schlagen lassen. Weil damit eine Rückbesinnung auf die Tradition des seit 1974 bestehenden Lesbenfrühlings stattfindet und eine Konzentration auf – eben – : Lesben.

Nun, das tat es auch, und auch unser Herz schlug und schlägt höher. Wir hörten von so vielen Lesben, dass dies endlich mal wieder ein LFT sei, bei dem sie sich willkommen fühlten, sei doch in der Vergangenheit – nun ja – ein wenig der Fokus verloren gegangen, um es mal diplomatisch zu formulieren.

Seit vergangenem Montag sieht sich das Orga-Team nun einer hässlichen Hetz- und Diffamierungskampagne ausgesetzt, an der sich eine sehr große Auslese an Organisationen, Gruppierungen und Einzelpersonen beteiligt, die irgendetwas (und/oder zum Teil recht viel) mit LGBTQ* zu tun haben oder sich als LGBTQ*-solidarisch verstehen.

Die Vorwürfe: Transfeindlichkeit, Transphobie, Transexklusion, Rassismus, Verorten des LFTs in das «rechte Spektrum» und so weiter und so fort. Die «Belege», die angeführt werden, entbehren jeglicher (feministischen) Grundlage, werden teilweise wild in die Luft geschossen, weil's – nun ja – halt einfach so geht, und sie bleiben schlussendlich: Diffamierung, Verleumdung, Hass und im Besonderen Frauenhass und Lesbenhass.

Eine Einzelperson auf Twitter, die, wie uns scheint, maßgeblich an der Initiierung dieser Kampagne beteiligt gewesen ist, hat uns den Job abgenommen, einige dieser Beteiligten aufzulisten (prima, dann müssen wir das nicht tun; man beachte übrigens, was für ein Medium da den Anfang gemacht hat, das zeugt von einer gewissen Merkbefreiung).

Es beteiligten sich u.a. die Bundesstiftung Magnus Hirschfeld, der Lesbenring e.V., diverse Lesbenorganisationen aus einzelnen Bundesländern (NRW, Niedersachsen), dazu gesellten sich anschließend auch Spinnboden e.V., der VDGE e.V., etc. pp.

Im Übrigen sah sich keine der Beteiligten bemüßigt, das Orga-Team hinsichtlich ihrer Kritik zu kontaktieren, mit einer Ausnahme: Die Bundesstiftung Magnus Hirschfeld tat dies, allerdings erst im Nachhinein, medial beteiligt hatte sie sich an dieser Hetzkampagne bereits.

Die Folge: Das LFT2021 ist nun existenziell bedroht, diverse Frauenverbände haben sich entsolidarisiert und ihre Unterstützung entzogen, und Fördergelder wurden gestrichen.

Solche Kampagnen sind nicht neu, im Gegenteil, sie sind allgegenwärtig und sie häufen sich, vermutlich weil sich Widerstand regt. Vermutlich weil viele FrauenLesbenFeministinnen das über das Patriarchat gestreute Glitzerpulver wegfegen möchten, sich verlassen und verraten fühlen von einem Feminismus, wie er derzeit mainstream und möglichst hip und hübsch und quasi all-inclusive ist, es respektive offensichtlich sein muss. FrauenLesbenFeministinnen werden widerständig, weil sie sich verraten fühlen von einem Feminismus, der von ihnen erwartet, sich von ihrem Körper zu entfremden. Sie fühlen sich verraten von einem Feminismus, der es zulässt oder es ohne mit der Wimper zu zucken zulassen würde, dass Lesben (das sind übrigens Frauen mit einem biologisch weiblichen oder intersexuellen Körper, die Frauen lieben) sang- und klanglos verschwinden.

Wir haben lange überlegt, in diesem – unserem – Beitrag auf die einzelnen Vorwürfe einzugehen, sie zu erwidern, sie zu entlarven, aber uns schlussendlich dagegen entschieden, denn:

Jede FrauLesbeFeministin, die sich in ihrer Analyse und ihrem Selbstverständnis der Wurzel der Unterdrückung widmet, die das Verschwinden des L, das Unsichtbarmachen von Lesben und die durchaus besorgniserregende Transzentrierung (zu dem sich in der Vergangenheit auch z.B. Terre des Femmes, Arbeitskreis Frauengesundheit, die EMMA und Lisa Marchiano geäußert haben) und den Hass und die Gewalt, die von manchen TransaktivistInnen ausgeht (siehe «Terf is a Slur», siehe Vancouver Library usw.), verfolgt, begreift, sie versteht, was hier geschieht:

Hier setzt sich patriarchale Unterdrückung fort oder treffender formuliert: Hier geschieht eine Hexenjagd, die wieder und wieder auch von FrauenLesben selbst lanciert wird – Stichwort: internalisierter Frauenhass. Um es klar und deutlich zu sagen: Bei der Wiederkunft der Hexenverfolgung werden andere Mittel angewendet. Diesmal werden Frauen dazu abgerichtet und legitimiert, die Sache untereinander zu erledigen. Die impotenten Priester haben ihnen eingepaukt, sich gegenseitig zu zerstören. (Dankeschön an Vik Roth, die diese Aussage anlässlich dieser Hetzkampagne exhumiert hat.)

Das Orga-Team hat – wie oben bereits erwähnt – ein wunderbares und vielfältiges Programm gestaltet. Wir freuen uns darüber sehr und sagen an dieser Stelle ganz herzlichen Dank. Wir möchten alle Lesben ermuntern, daran teilzunehmen, um die Schönheit von Frauen-Zuneigung gemeinsam zu zelebrieren. Lasst uns gemeinsam debattieren, diskutieren (gerne kontrovers), lachen, weinen, feiern oder vielleicht auch mal wütend oder traurig sein.

Wir stehen solidarisch an der Seite des diesjährigen LFTs und des Orga-Teams und verurteilen diese Hass- und Verleumdungskampagne aufs Schärfste. Wir wünschen uns eine Debattenkultur, die innerfeministische Differenzen zulässt, sie nicht – derart – wie eine Dampfwalze platt macht, sondern als Bereicherung versteht.

Hier ist übrigens die Positionierung des LFTs zu den geäußerten Verleumdungen (siehe Seite 69). Wer sich diese durchliest, wird (spätestens dann) merken, dass Translesben nicht ausgeschlossen wurden. Sie wurden nur nicht explizit benannt oder – wie es offensichtlich dem Queercodex entspricht – hofiert.

Das LFT ist nun dringend auf Spenden angewiesen. Wenn ihr etwas übrig habt, dann könnt ihr finanziell unterstützen, indem ihr eine Überweisung tätigt oder PayPal nutzt. Der Trägerverein ist als gemeinnützig anerkannt.

Lesben kapern Lesbentreffen? – Moment!
Elisabeth Elstop

6. Mai 2021 in: Die Störenfriedas

Zu den Hintergründen der Konflikte um das LFT2021

Inzwischen ist deutlich, dass anlässlich des diesjährigen LFTs (Lesbenfrühlingstreffen) schon lange schwelende Konflikte aufbrechen. Aus anerkennenswerten Gründen haben die bisherigen LFTs, auch das letzte im Jahr 2019 (2020 fiel wegen Corona aus) und ebenso das jetzige versucht, diese Konflikte zu umgehen, weil bisher und jetzt keine der wirklich aktiven Orgas[1] und so gut wie keine der regelmäßigen Besucherinnen eine Spaltung entlang der Transfragen möchte. Und so sind auch dieses Jahr Transfrauen nicht ausgeschlossen, und auch dieses Jahr sind Angebote explizit transinkludierender Lesben dabei. Dies wird jedoch geflissentlich übersehen, und wir sollten überlegen, warum.

Zur Verankerung der Debatte: 2020 konnte das LFT wegen Corona nicht stattfinden. 2021 findet es statt, weil die Organisatorinnen es unter enormer Kraftanstrengung geschafft haben, das Programm so umzugestalten, dass es online läuft. Dieses Jahr gibt es also die Angebote, die Möglichkeiten, die Ansprache und die Vernetzung für Lesben – eine Ansprache und Veranstaltungen, die vor allem die Lesben, die nicht in erster Linie auf sozialen Netzwerken unterwegs sind, nach über einem Jahr verschieden intensiver Lockdowns wirklich brauchen. Willkommen!

Die Kritik konzentriert sich auf die wenigen Programmpunkte, die sich kritisch mit den Auswirkungen heutiger queerer Praxis auf Lesbenräume befassen, auf die wenigen Programmpunkte, bei denen es um die Möglichkeit tatsächlich eigener Räume für

---

1 «Orga» steht für die das jeweilige LFT organisierenden Lesben. Das LFT ist «Graswurzel», feministisch, autonom, basisdemokratisch: Es wechselt jedes Jahr die «Orga» – Lesben, die sich freiwillig melden – und den Ort. Die Orgas sind im Rahmen der bindenden Beschlüsse frei in ihren Entscheidungen und Schwerpunktsetzungen; bindende Beschlüsse gibt es seit den Anfangszeiten drei: Die VA muss barrierefrei sein (gemeint ist auf jeden Fall rolligerecht, ausgestattet mit Fahr- und Begleitdienst, Gebärdendolmetscherinnen, und in allen Bereichen so barrierearm wie möglich), rechtsradikale Lesben oder pädophile Lesben sind ausgeschlossen. Es gibt manchmal Diskussionen um die Begriffe, aber da ein hoher Konsens darüber besteht, was gemeint ist, bleiben die Beschlüsse so bestehen. Neben diesen Beschlüssen gibt es Empfehlungen; eingebracht werden Anliegen auf dem Mittelplenum, sie werden dann ausgehängt, die Abstimmung findet auf dem Abschlussplenum statt. Ansonsten gilt die Autonomie der jeweiligen Orga. Das bedeutet, dass das LFT keiner einzigen Orga «gehört».

Lesben geht, bei denen gewagt wird, Unterschiede in Lebenssituation, Sozialisation und Körpererfahrung zwischen Frauen und Transfrauen zu sehen und sie aus eigener Warte zu benennen – dass ebenfalls explizit transinkludierende Lesben im Programm Angebote machen und dass die von der jetzigen Kampagne und den Boykottaufrufen mit betroffen sind, scheint irrelevant zu sein. Dass es Transfrauen gibt, die in Kommentaren und Briefen an der Seite des LFTs stehen, gilt nicht. Dass die Aufrufe, dem LFT2021 zu schaden, auch die künftigen Orgas treffen und ideell wie finanziell belasten werden, wird geflissentlich übersehen – wird es übersehen? Oder ist diese Beschädigung möglicherweise sogar Ziel dieser Kampagne, die sich zwar in der Wucht und Reichweite, aber nicht in den Inhalten von den Angriffen unterscheidet, die bisher jede Orga, egal wie transinklusiv, irgendwann serviert bekam?

Vielleicht ist die jetzige, das Programm und das LFT2021 verzerrt darstellende Kampagne nur der bisher koordinierteste Versuch, das LFT als ältestes autonomes Treffen und älteste noch getragene autonome feministische und lesbische Organisationsform, als echte Graswurzelbewegung abzudrängen, damit die noch verbliebene unabhängige Frauen- oder Lesbenbewegung endgültig zugunsten sozialpädagogisierter, entpolitisiert (aber unter politischer Aufsicht) arbeitender Formate beseitigt werden kann. Zur Erinnerung: Auch das LFT2019 erlebte trotz seiner bewussten Zentrierung von trans* und Non-Binären, sichtbar ausgedrückt im * des L*FT, wegen eines einzigen Workshops zum Themenbereich Gruppendruck, Transidentität und junge Lesben die gleichen Angriffe wie das LFT jetzt. Merke: Keine Öffnung ist je genug. Wird das wirklich übersehen? Oder geht es nicht doch einfach nur darum, Lesbentreffen zu verhindern, und wenn es sie gibt, dafür zu sorgen, dass sich jede Diskussion zu 98% um trans* dreht. Es geht um drei _3_ Tage im Jahr. Nicht einmal für _3_ Tage gibt es unter den ** Solidarität, wenn das L mal was mit dem L machen will und sich auf Themen bezieht, die für das L von Bedeutung sind.

Die Definition des LFTs ist: frauenliebende Frauen – nicht Non-Binäre liebende Non-Binäre, nicht queerliebende Queers. Egal, welch schöpferisches, erneuerndes, befreiendes, antipatriarchales Potenzial von denen ausgehen mag – es wäre angebracht, dies anhand eigener, selber gegründeter Initiativen und Veranstaltungen zu belegen, anstatt regelmäßig auf Lesben loszugehen und die letzten Treffpunkte von Lesben sinnentleeren, übernehmen und damit zerstören zu wollen, und zwar im Namen toxischer Interpretationen ehemals queerer Ansätze, die sich absurderweise in patriarchal geformten Identitäten zeigen, die keine Grenzsetzung ertragen und die Feindbilder zur Stabilisierung brauchen.

Anstatt Vielfalt tatsächlich zuzulassen und zu unterstützen, wird lesbische, wird frauenliebende Sichtbarkeit verbannt. Einer Annäherung oder Klärung der Standpunkte soll ausdrücklich keine eigene Positionierung oder eigene lesbische Identitätsfindung vorausgehen. Stattdessen sehen wir auf der Seite der Kritisierenden eine Zusammenarbeit mit Vereinen, die vor zwei Jahren so vorgegangen sind, wie wir es auch jetzt sehen – Verleumdungen, Schmähungen in den sozialen Netzwerken, Vereine, deren Mitglieder im Netz und bei Gesprächen auch beim L*FT 2019 Doxxen (also das Verbreiten von Klarnamen im Netz) für ein legitimes Mittel und für Lesben den Begriff «Vaginafetischistinnen» für angemessen hielten. Die Aufklärung zum Thema radikaler Feminismus oder Women's Human Rights Campaign (WHRC) wird an Menschen vergeben, die mit denen zusammenarbeiten. Losgetreten wurde die diesjährige Kampagne durch einen Menschen mit Baseballschläger im Profilbild des Twitter-Accounts, jetzt umgemalt in eine auf den Kopf gestellte Doppelaxt mit Baseballschläger als Griff – dies scheint nicht problematisch, obwohl Baseballschläger das Erkennungszeichen für das Terf- oder auch Lesbenklatschen sind.[2] Ganz nebenbei: Die Unterstützenden welcher politischen Richtung laufen auch mal auf Demos mit diesen Schlägern herum? Auf Stellungnahmen seitens «der Großen» zu Texten wie dem von «Transfläche» herausgegebenen Zine[3] dürfen Lesben und Frauen sicher vergeblich warten, obwohl – oder weil? – dieses Zine eigentlich nur die logische Konsequenz aus den jetzigen Ansätzen des Transaktivismus und seines unverhohlenen Frauenhasses darstellt: Eine Vergewaltigung wird als «Cisprivileg» verstanden – nicht nur abstrakt (schließlich geschieht sie im Einklang mit der von der Frau qua «cis» selbst gewählten Rolle), sondern auch ganz konkret.

Dem Bemühen um Diskussionen wird mit dem Vorwurf einer vorgefertigten Meinung begegnet[4], und dies von denen, die jeden Versuch einer Auseinandersetzung abwenden, ihnen jeden Raum dafür entziehen und ihre institutionalisierte Macht dazu nutzen: Die Angriffe gegen das LFT2021 werden laut von denen geführt, die

---

2 Auf diesen Account soll hier nicht verwiesen werden. Einen Eindruck von der Sprache, der Oberflächlichkeit bietet die *taz*, die mal wieder ihre Frauenfeindlichkeit spazieren führt, sich dabei auf Manipulationstechniken («evangelikale Sekten» – klar doch ...!) verlässt, und deren Journalist wie die meisten anderen wohl hauptsächlich von diesem Thread abgeschrieben hat: «Frühling der Feindseligkeit» (5.5.2021; Zugriff 5.5.2021, 21:18), https://taz.de/Empoerung-ueber-Lesbenfestival-Programm/!5765371/

3 «Gegen diesen Feminismus»: https://transflaeche.blackblogs.org/wp-content/uploads/sites/1632/2021/03/Druckversion-Zine.pdf (Zugriff 5.5.2021, 20:00)

4 Siehe *Der Tagesspiegel*: «Wegen Transfeindlichkeit Lesbenfrühlingstreffen in der Kritik» (4.5.2021, 17:09) https://m.tagesspiegel.de/gesellschaft/queerspiegel/wegen-transfeindlichkeit-lesbenfruehlingstreffen-in-der-kritik/27156972.html (Zugriff 5.5.2021, 21:48)

an öffentlich geförderten Stellen sitzen. Diese privilegierten und für ihre Positionierung bezahlten Leute machen jetzt ehrenamtlich arbeitenden Lesben das Leben schwer und drohen (zum Teil erfolgreich) mit dem Entzug von Geldern. Während Baseballschläger und dieses Zine hingenommen werden, wird jede Positionierung, die Körper in irgendeiner Weise für Begehren oder für die soziale Position in der Gesellschaft für relevant hält, jedes Benennen eines Unterschieds von vorneherein als «menschenverachtend» ausgeschlossen. Was zugelassen wird, sind keine Fragen oder Kontroversen. Was zugelassen wird, ist ein großzügiges Angebot, eigene Anliegen zur Umformulierung einzureichen und anschließend zur gnädigen Genehmigung vorzulegen. Zugelassen wird ein Ergebnis: Gut, dass wir darüber (nicht) geredet haben.

Orga-Gruppen im LFT, der Lesbenring, lesbische und frauenpolitische Initiativen und auch die weitere LGBTIQ*-Community stehen jetzt wirklich vor wichtigen Entscheidungen: Wollen wir Spaltung, Trennung, oder wollen wir Spannungen aushalten, und wenn, wie wollen wir sie aushalten? Wollen wir die Unterwerfung der Lesben oder halten wir verschiedene, auch grundverschiedene Positionierungen innerhalb der Community für möglich? Kann Differenz ausgehalten werden? Können wir gegenseitige Positionen stehen lassen und trotzdem auf Bündnisse, auf Verständigung zu gemeinsamen Zielen hinarbeiten? Eines sollte klar sein: Verschwinden werden Lesben und radikale Feministinnen nicht. Auch nicht, wenn sie in die Ausgrenzungen der 60er-, 70er- und frühen 80er-Jahre zurückgeschleudert werden.

[...]

Danke für die Solidarität!

Das Logo des LFT2021 Bremen

Die gesamte Orga-Gruppe arbeitete 2020 sorgfältig an der Gestaltung unseres Logos. Es war uns allen wichtig, ein politisches Logo zu entwerfen, das auf der Autonomie lesbischen Begehrens basiert und die uns verbindenden Kernaussagen unseres gesamten Konzepts enthält. Allen Beteiligten, auch bei der schwierigen graphischen Umsetzung, ein großes Dankeschön.

Wichtig waren uns die Einbeziehung wesentlicher Symbole der Lesbenbewegung und die Verbindung der farblichen Kombination zur historischen bis aktuellen Geschichte autonomer Frauenbewegungen: So ist neben dem zweiten Teil des Mottos «Lesbenfrühling – rising to the roots» enthalten: die Doppelaxt (Labrys), deren Stiel bewusst nicht durch das Symbol der Vulva gezogen wird; das doppelte Frauenzeichen als ein in den 1980er- bis 1990er-Jahren oft als Schmuckstück verwendetes Zeichen; die zu einer Vulva aneinandergelegten Hände als «ein Symbol unserer erotischen Potenz» (siehe hierzu und zu allen Symbolen Monika Mengel, Seite 137 ff). Die Farbgebung mit Violett, Weiß und Grün ist angelehnt an die Suffragettenbewegung. Grün steht für Hoffnung, Violett für Würde und Weiß für Ehrenhaftigkeit. Dem können wir uns auch heute anschließen.

Solibriefe & Statements zum LFT2021

Flying Lesbians veröffentlicht auf der LFT2021-Website am 18. Mai 2021

Liebe FrauenLesben, Unterstützerinnen, Mitwirkerinnen ...
Wir sind überwältigt von eurem Support, von Zuspruch, Lob, konstruktiver Kritik, Rückmeldungen und vielem mehr, die uns aus allen Richtungen erreichen! Tausend Dank! Ihr findet hier eine Solidaritätserklärung, geschrieben von Monika Mengel, Cillie Rentmeister und Cristina Perincioli, Flying Lesbians, die ihr gerne unterzeichnen könnt und euch damit solidarisch mit uns, dem LFT2021 Bremen und allen, die daran beteiligt sind, zeigen könnt.
Wir danken euch herzlichst!
Die LFT2021-Orga

Solidarität mit dem LFT2021 Bremen
Das Lesbenfrühlingstreffen 2021 in Bremen sieht sich einer ungeheuerlichen Hasskampagne ausgesetzt. Mit Entsetzen verfolgen wir, die UnterzeichnerInnen, den Shitstorm gegen die Organisatorinnen dieses ältesten Lesbentreffens in Deutschland. Die Kampagne ist von Unterstellungen, persönlichen Schmähungen und Aggression geprägt. Mit unserer Unterschrift stellen wir uns schützend vor die Orga-Frauen. Wir erleben diese unsägliche Kampagne als Angriff auf die Werte und die Geschichte der Frauen- und Lesbenbewegung. Seit mehr als 50 Jahren kämpfen Frauen und Lesben weltweit für gleiche Rechte, gegen Gewalt, Versklavung und sexuell motivierte Verbrechen, gegen Rassismus und rechte Gewalt. Das aktuelle Lesbenfrühlingstreffen sieht sich diesen Werten verpflichtet. Es bietet virtuelle Räume für eine faire, konstruktive Diskussion. So wie es seit Jahren beim LFT Tradition ist.

Wir Erstunterzeichnerinnen appellieren: Schließt euch an, seid solidarisch, tragt euch als Unterstützerinnen und Unterstützer dieser Solidaritätserklärung unter folgender E-Mail-Adresse ein: koordination@lft2021.de

Cristina Perincioli, Regisseurin und Autorin
Prof. Dr. Cillie Rentmeister, Flying Lesbian
Monika Mengel, Journalistin, Flying Lesbian

Diese Solidaritätserklärung haben 265 Lesben und Gruppen/Vereine unterzeichnet.

An Frau Claudia Bernhard
Senatorin für Gesundheit, Frauen und Verbraucherschutz
Contrescarpe 72
28195 Bremen

5. Mai 2021

Betreffend Schirmfrauschaft LFT2021 Bremen

Sehr geehrte Frau Senatorin Bernhard,

wie ich über die Medien erfahre, haben Sie Ihre Schirmfrauschaft für das bundesweite Lesbentreffen LFT2021 in Bremen zurückgezogen. Ich meine, dass diese Entscheidung ein fatales Signal setzt.

Als Medienvertreterin – ich arbeite seit 27 Jahren für den Hörfunk des Westdeutschen Rundfunks – beobachte ich derzeit mit Sorge, wie durch Pressure-Groups in den sogenannten Sozialen Medien Minderheiten in einer nie dagewesenen Art und Weise verunglimpft und persönlich verfolgt werden. Ja und zu dieser Minderheit gehören nach wie vor frauenliebende Frauen.

Bisher war ich der Meinung, dass sich gerade die Partei Die Linke besonders dem Schutz von Minderheiten annimmt. Dass Sie dem Druck von Organisationen nachgeben, die zwar Demokratie und Meinungsfreiheit predigen, sie aber selbst nicht zum Maßstab ihres eigenen Handelns machen, ernüchtert mich sehr. Die Organisatorinnen des LFT2021 erleben derzeit einen Shitstorm, der nichts mit einer sachlichen Auseinandersetzung zu tun hat, der verbal gewalttätig ist, mit falschen Verdächtigungen operiert und sich gegen die gesamte Lesbenbewegung richtet.

Sie haben ja sicherlich die Stellungnahme der LFT2021-Organisatorinnen gelesen. Daraus ergibt sich für mich, dass von einer Trans-«feindlichkeit» und anderen aus der Luft gegriffenen Vorwürfen nicht die Rede sein kann. Es geht vielmehr um die Aufforderung zu einer offenen, freien kontroversen Debatte. Nach meinem Eindruck – das ergibt sich aus meiner Beobachtung auch anderer gesellschaftlicher Bereiche wie Unis, Sozialverbänden, Frauenverbänden – scheint es GegnerInnen darum zu gehen, feministische Strukturen zu schwächen und zu zerschlagen. Den Aktivisten geht es offenbar um Macht und um Ressourcen. Sie wollen verhindern, dass staatliche Zuschüsse, Förderungen etc. an reine Frauenorganisationen gehen.

Ich finde, eine linke Senatorin sollte dieses Machtgehabe durchschauen und sich schützend vor die zu Unrecht angegriffenen Organisationen stellen.

Ich darf noch einige persönliche Bemerkungen machen. Ich hatte mein Coming-out 1972. Zu dieser Zeit lebten Lesben versteckt, verängstigt am Rande der Gesellschaft. Ein Coming-out war riskant. Fast immer folgte daraus die Isolation von der Familie, der Verlust der Arbeit, die gerichtliche Aberkennung der Erziehungsgewalt über die eigenen Kinder. Ich selbst hatte das Glück, mein Coming-out als Befreiung zu erleben. Sehr bewegt haben mich persönliche Treffen mit älteren Lesben, die die Nazizeit überlebt hatten wie auch die restriktiven 50er- und frühen 60er-Jahre. Darunter waren übrigens auch viele Kommunistinnen. Die Emanzipationsbewegung der Lesben und Schwulen, vor allem aber die Frauenbewegung hat in den 1970er-Jahren völlig neue, freiere Strukturen geschaffen. Weltweit haben Frauen revoltiert. In der Regel waren es Lesben und alleinerziehende Mütter, die diesen Kampf zuvorderst aufgenommen haben. Dass dieser Befreiungsschlag, der viele gesellschaftliche Bereiche revolutioniert hat, nun durch Transaktivisten angegriffen wird, lässt doch aufhorchen.

Ich unterscheide ganz bewusst zwischen Transaktivisten und Transpersonen, von denen ich einigen freundschaftlich verbunden bin. Dass sie die Möglichkeit haben, ihrem Wunsch gemäß zu leben, würde ich immer unterstützen. Allerdings wird deren Begehren zurzeit ideologisch überfrachtet und als Kampfansage missbraucht.

Ich möchte Sie herzlich bitten, Ihre Schirmfrauschaft wieder aufzunehmen. Machen Sie sich selbst ein Bild. Es war bei vergangenen LFTs immer wieder eindrucksvoll, wie begeistert die Reden der jeweiligen Schirmfrauen vom Plenum der Lesben gefeiert wurden.

Mit freundlichen Grüßen
Monika Mengel

Frau Claudia Bernhard
Senatorin für Gesundheit, Frauen und Verbraucherschutz
Contrescarpe 72
28195 Bremen

LFT2021, 16. Mai

Sehr geehrte Frau Senatorin,

mit Erstaunen und Enttäuschung habe ich vom Rückzug Ihrer Schirmherrschaft über das LFT2021 (Lesbenfrühlingstreffen) erfahren. Als Grund kann ich mir nur die Medienkampagne vorstellen, die im Vorfeld diese traditionsreiche feministische Veranstaltung, die auch auf das deutschsprachige Ausland ausstrahlt (siehe engagierte und akzeptierende Beiträge und Medienkommentare v.a. aus der Schweiz!), v.a. als «transphob» zu verleumden versuchte.

Ich bin selbst transsexuell und habe in meiner Berliner Genderpraxis im Laufe der Jahrzehnte mehrere tausend Menschen mit «trans»-Problematik gesehen, die mich aufsuchten, weil sie sich von mir verstanden fühlten. Trotzdem wurde auch ich schon als «transphob» medial verleumdet.

Ich meine, es ist nicht angebracht und das falsche politische Signal, dieser mediengewandten und -wirkmächtigen Gruppe nachzugeben.

Ich habe mir auf die Vorwürfe hin das Programm des LFT2021 nochmals genau angesehen. Nichts «Transfeindliches» findet sich darin. Das ganze Spektrum aktueller feministischer Themen steht auf dem Programm, das sicherlich und hoffentlich in bewährter Tradition kontrovers diskutiert werden wird. Zum Glück wurden auch Vertreterinnen «umstrittener» Positionen nicht von vornherein ausgeschlossen!

Ich bitte Sie, Ihren Entschluss und Ihre Haltung nochmals zu überdenken!

Mit freundlichen Grüßen
Dr. med. Renate Försterling

Ärztliche Psychotherapeutin
Fachärztin für Innere Medizin
Schwerpunkt: Sexualmedizin

Fraueninitiative 04 e.V. Mai 2021

Wir sind als eine Organisation von feministischen Frauen und Lesben, die seit vielen Jahren am LFT teilnimmt, entsetzt über die diffamierenden Angriffe und Veröffentlichungen zum Programm des LFT2021 Bremen.

Anlass scheint ein sogenannter «Shitstorm» aus Trans- und Queerkreisen gegen das LFT2021 Bremen zu sein, der die angeblich transfeindliche Ausrichtung des LFTs an den Pranger stellt. Dem widerspricht, dass Translesben seit vielen Jahren am LFT teilnehmen und Programmangebote machen können.

Das LFT ist die letzte große Veranstaltung für Lesben in der BRD, und es hat mehr denn je eine Daseinsberechtigung, vor allem in Zeiten, in denen es Frauenveranstaltungen immer schwerer gemacht wird, überhaupt noch als solche stattzufinden, ohne sich den LSBTIQ*-Ansprüchen zu öffnen. Die Versuche, Maulkörbe zu verhängen, nehmen zu.

Unbestritten hat die Trans- und Queerbewegung eine Berechtigung, sich zu organisieren und um politische und gesellschaftliche Anerkennung zu streiten. Das ist aber kein Grund, sich gegen die feministische Frauen- und Lesbenbewegung zu stellen, es sei denn, «mensch» braucht ein Feindbild, aus dem er seine Existenzberechtigung ziehen kann.

Wir sind entsetzt über die Welle, die dem LFT2021 Bremen entgegenschlägt. Wenn schon keine Solidarität zu erwarten ist, dann doch wenigstens Gesprächskultur – miteinander sprechen, zuhören, nachfragen und konstruktiv streiten, so wie es LFT-Kultur ist. Anscheinend hält der Hass, der sich sonst übers Internet verbreitet, auch hier Einzug.

Wir bekunden hiermit ausdrücklich unsere Solidarität mit den Organisatorinnen des LFT2021 Bremen sowie den ethischen Grundsätzen und Beschlüssen zur Durchführung des LFTs.

Wir glauben, dass viele Lesben in diesem Jahr an den spannenden, informativen und kontroversen Zoom-Veranstaltungen des LFT2021 Bremen teilnehmen werden und freuen uns sehr darauf, im nächsten Jahr in Leipzig oder Halle wieder dabei zu sein.

Mit solidarischen Grüßen
die Vorstandsfrauen und die Beiratsfrauen der Fraueninitiative 04 e.V.

Brigitte Siegel, Angelika Schwarz, Petra Hansberg, Dr. Marie Sichtermann, Andrea Braun und Sabine Stadtmueller

Safia – Lesben gestalten ihr Alter e.V. Mai 2021

LFT2021 – ein mutiges Thema

Als Erstes möchten wir uns bei euch bedanken für die viele Arbeit, die ihr euch mit dem LFT2021 gemacht habt. Gerade in dieser schwierigen Zeit habt ihr mit viel Kompetenz nun ein virtuelles LFT auf die Beine gestellt.

Wir sind entsetzt über die Reaktionen auf das LFT. Das LFT hat eine lange Tradition. Wir hatten Themenspektren, die hitzig diskutiert wurden, Kunst, Kultur, viel Spaß, Verliebungen. Netzwerke konnten geknüpft werden. «rising to the roots» – ein mutiges Thema – ein kontroverses Thema. Dies zeigt uns das Ausmaß der Reaktionen. Viele haben nicht nur ihre Solidarität zurückgezogen, sondern auch Gelder, Grußworte und Angebote – und dies mit der Begründung, das Programm sei transphob und Transmenschen seien nicht erwünscht.

Was passiert gerade? Eine Spaltung der lesbischen Gemeinschaft, die sich schon vor dem LFT abgezeichnet hat, wird offensichtlich vorangetrieben. Innerhalb von Safia wurden alle Informationen und Hintergründe versendet, und die Reaktion von vielen ist Fassungslosigkeit. Wir sind froh, dass Schreiben an die Kulturdezernentin und Organisationen euch solidarisch unterstützen. Es gab auch einen Spendenaufruf, und wir hoffen, dass dieser sehr hilfreich ist. Für uns bedeutet Toleranz nicht, derselben Meinung zu sein. Toleranz bedeutet, auch wenn's nicht leicht ist, sich in die Lage zu versetzen, zuzuhören und frucht-bare Diskussionen zu führen und nicht furcht-bare ...

Transkritisch zu sein bedeutet nicht, transfeindlich zu sein. Und Kritik zu äußern ist etwas anderes, als die Solidarität zu entziehen und sich zu distanzieren. Safia bekennt sich zu den lesbisch-feministischen Wurzeln, die ins Heute und in die Zukunft wachsen und von ihrer Relevanz nichts verloren haben. Wir wollen eine Streitkultur, die uns stärkt und uns nicht die Kraft durch Spaltung nimmt.

Wir denken an euch und senden gute Energien.

Vorstand Safia
Marianne Heinsohn, Claudia George, Rosemarie Stoppelkamp

Dachverband Lesben und Alter e.V. 4. Mai 2021

Der Dachverband Lesben und Alter ist beim diesjährigen Lesbenfrühlingstreffen (LFT2021) vertreten. In unserem Grußwort würdigen wir die Leistung des Organisationsteams, unter Pandemiebedingungen ein virtuelles LFT mit einem reichhaltigen Veranstaltungsangebot zu ermöglichen. Darunter sind Veranstaltungsangebote von Referentinnen, die sich kritisch mit queeren Konzepten von Geschlechtsidentitäten befassen und Transaktivismus als Gefährdung von FrauenLesbenräumen ablehnen. Dies führte dazu, dass sich vor allem LSBTIQ-Interessenvertretungen, auch Lesbenverbände und Vereine distanzieren und teilweise eine Programmumgestaltung einfordern.

Als Vorstandsfrauen des Dachverbands Lesben und Alter sehen wir verschiedene Veranstaltungen im LFT2021-Programm und auch einige virtuelle Marktangebote kritisch. Einige der Beschreibungstexte befremden uns. Auch bedauern wir, dass das diesjährige Orga-Team sich entschieden hat, in der Einladung auf die explizite Nennung von Translesben zu verzichten. Das führt zu Missverständnissen, denn Translesben sind Teil des LFTs und gehören schon lange zu den Teilnehmerinnen.

Die Wucht der Reaktionen erschreckt uns. Es muss Raum geben für strittige Fragestellungen. Ihnen pauschal mit dem Vorwurf zu begegnen, sie seien transfeindlich, menschenverachtend und rechtspopulistisch, unterbindet jede weitere Auseinandersetzung mit unterschiedlichen Positionen.

Das LFT hat in seiner bald 50-jährigen Tradition immer wieder scharfe Debatten erlebt und ausgetragen. Jedes Orga-Team wählt in seiner Veranstaltungshoheit im Rahmen bindender Beschlüsse andere Schwerpunkte und schafft damit lesbisch-feministische Diskussionsräume, die erhalten bleiben müssen. Wir hatten gehofft, dass das LFT2021 radikalfeministische und queerfeministische Strömungen miteinander ins Gespräch bringt, doch leider finden sich diese konträren Positionen in der Programmgestaltung nicht wieder. Die Orga-Teams künftiger LFTs haben die Möglichkeit, andere Schwerpunkte zu setzen. Auf der Grundlage all unserer Unterschiedlichkeiten plädieren wir gerade auch in LSBTIQ-Zusammenhängen für eine breite, respektvolle Auseinandersetzung mit kontroversen Positionen.

Vorstand Dachverband Lesben und Alter e.V.
Jutta Brambach, Carolina Brauckmann, Felicitas Drubba, Sabine Thomsen, Reingard Wagner

Der **Dachverband Lesben und Alter e.V.** vertritt die Interessen älterer und alter lesbisch lebender Frauen. Er stärkt die Wahrnehmung für ihre spezifischen Lebenssituationen. Alles, was Frauen ein unabhängiges und wirtschaftlich gefestigtes Leben ermöglicht, ist auch ein lesbisches Thema. Zu diesen Themen gehören gesellschaftliche Teilhabe, Wohnformen, Pflege, Rentenpolitik und drohende Altersarmut.

Statt des offiziellen Pressestatements der Bundesstiftung Magnus Hirschfeld (BMH) wird hier die sowohl der Orga des LFT2021 als auch über die Anrede hinaus mehreren Verbänden und Vereinen des LSBTIQ-Spektrums als Kuratorinnen der BMH zugegangene Mail abgedruckt. An mehreren Stellen, z.B. im Statement der Orga (siehe Seite 69 f.), werden verschiedene Punkte aufgegriffen. Im Anschluss der «Kritik verschriftlicht» der BMH steht die Begründung der Rückgabe der Fördersumme nach einem einstimmigen Vorstandsbeschluss des Vereins Lesbenfrühlingstreffen/LFT vor Ort e.V. zum 30. Dezember 2021.*

Bundesstiftung Magnus Hirschfeld (BMH)
Verschickt am 27. April 2021 – Betreff: Kritik verschriftlicht

Sehr geehrte Vorständinnen des Vereins Lesbenfrühling e.V.,
sehr geehrtes Organisationsteam und sehr geehrte Vorständinnen des Lesbenfrühlingstreffen/LFT vor Ort e.V.,

die Bundesstiftung Magnus Hirschfeld (BMH) fördert das diesjährige Lesbenfrühlingstreffen mit einer Gesamtsumme von 2700 Euro. Der durch den Verein LFT vor Ort gestellte Antrag (unterschrieben von Susanne Bischoff) wurde vom Fachbeirat unserer Stiftung begutachtet, befürwortet und von mir dem Kuratorium zur Bewilligung vorgelegt. Diesem Vorschlag ist unser Kuratorium gefolgt.

Bereits in der Vergangenheit hat die BMH das LFT gefördert. Die traditionsreiche Veranstaltungsreihe und ihre Debatten- und Streitkultur halten wir für wichtig und förderwürdig. Das im Antrag Nr. 2020/10 vom 29.1.2020 für das LFT2021 formulierte Ziel, «radikal-feministische und queer-feministische Strömungen ins Gespräch zu bringen», wurde bei der Begutachtung als wichtiger Beitrag zu fruchtbaren Auseinandersetzungen innerhalb der Community erachtet.

Nun haben wir allerdings mit Sorge und Unverständnis feststellen müssen, dass das LFT2021 trans* Lesben ausschließt und das Programm explizit trans*feindliche Programmpunkte beinhaltet. Dies habe ich in zwei Telefonaten am vergangenen Donnerstag (22. April 2021, Anm. der Herausgeberinnen) Susanne Bischoff persönlich erläutert.

Die BMH kritisiert diese Ausschlüsse scharf und distanziert sich von den trans*feindlichen Inhalten des LFT2021. Beides ist mit den fundamentalen Werten und Zielen der BMH unvereinbar. Die BMH hat sich 2020 für eine Förderung des LFT2021 entschieden, da die im Antrag angestrebten Dialoge zwischen verschiedenen lesbischen/feministischen Strömungen wichtig und notwendig sind. Ein Programm jedoch, das trans* Personen explizit ausschließt und in Teilen trans*feindlich ist, hätte die BMH keinesfalls gefördert.

Die BMH greift grundsätzlich nicht in die Gestaltungsautorität von Projektträger_innen ein. Wir werden daher nicht versuchen, auf das Programm Einfluss zu nehmen. Es bestehen außerdem keine rechtlichen Möglichkeiten, die Förderung nachträglich zurückzunehmen. Wir distanzieren uns jedoch vom Programm des LFT2021 ausdrücklich, auch in der Öffentlichkeit.

Wir möchten Sie bitten, zu den trans*ausschließenden und -feindlichen Elementen im Programm des aktuellen LFT Stellung zu beziehen. Aus unserer Sicht haben die Verantwortlichen dem Ansehen dieser wichtigen Veranstaltungsreihe schweren Schaden zugefügt, der gerade auch seitens der lesbischen Community und seitens Ihres Vereins nicht unwidersprochen bleiben sollte.

Wir würden auch gern Aufklärung von Ihnen darüber erhalten, wie es möglich ist, dass der Förderantrag für das LFT2021 und das nach unserer Förderbewilligung erstellte Programm des LFT2021 sich mit Blick auf den Umgang mit trans* Personen so diametral unterscheiden können, wie wir dies leider jetzt beobachten müssen.

Die von uns festgestellten trans*ausschließenden und -feindlichen Programmelemente beim LFT2021 listen wir im Folgenden auf:

Teilnahmepolitik:
Das LFT2021 ist laut Veranstaltungswebsite «Zeit-Raum von Lesben für Lesben: Frauenliebende Frauen, Frauen, die lesbisch leben, lesbenidentifizierte Lesben, Late Bloomers, Ur- und Bewegungslesben, Jüdische Lesben, Schwarze Lesben und Lesben of Color, Lesben mit und ohne Kinder, Lesben mit Behinderung, Lesben unterschiedlicher kultureller und sozialer Hintergründe. Wir bieten Schutz und Raum für geflüchtete Lesben, Lesben aus Osteuropa und aus dem globalen Süden. Intersexuelle und detransitionierte Lesben sind ebenso wie Lesben im Coming-out willkommen».

Hier sind trans Lesben explizit nicht genannt, stattdessen aber detransitionierte Lesben. Trans* Personen sind auf dem LFT also nicht erwünscht. Es ist davon auszugehen, dass trans* Lesben weder selbstverständlich unter «Lesben» mitgemeint sind noch vergessen wurden, da detransitionierte Lesben explizit benannt sind.*

Gewaltschutzkonzept:
Auf dem virtuellen LFT2021 ist laut Veranstaltungswebsite kein Raum «für physische und verbale Gewalt, frauenfeindliche Verhaltensweisen, Ableismus, Ageismus, Antisemitismus, Rassismus, Rechtspopulismus und Pädokriminalität».

*Trans*feindlichkeit wird hier nicht benannt. Da detransitionierte Lesben unter «Teilnehmerinnen» explizit benannt sind, ist auch hier davon auszugehen, dass Trans*feindlichkeit nicht vergessen, sondern bewusst ausgelassen wurde.*

Workshop «Lesbische Identität stärken – Geschichte bewahren – Räume schaffen – Vernetzen. Die Antwort» von LAZ reloaded:
Aus dem Ankündigungstext: «Jetzt wollen wir die jungen Lesben, die mit der Genderideologie aufgewachsen sind und sie verinnerlicht haben, anziehen und stärken. Genderkritische Lesben geben sich zu erkennen, schaffen eine Plattform zum Austausch miteinander und zur Planung von Aktionen.»

Mit dem Begriff «genderkritisch» werden politische Ideologien beschrieben, die davon ausgehen, nur das biologische Geschlecht bestimme das Geschlecht einer Person, und dieses biologische Geschlecht sei nicht veränderbar. Dies spricht trans und intergeschlechtlichen Personen ihr Geschlecht und ihre Selbstbestimmung ab und ist damit trans*- und interfeindlich. Des Weiteren wird mit «Genderideologie» ein Begriff verwendet, der vornehmlich in antifeministischen, rechten Bewegungen genutzt wird, um Gleichstellungs- und Antidiskriminierungsarbeit zu diffamieren.*

Workshop «Separatismus» von Susan Hawthorne:
Im Ankündigungstext heißt es ausdrücklich: «The proletariat did not ask capitalists to join their group, but women are expected to welcome with open arms men who claim to be women. This is an expectation even in prisons, refuges and rape crisis centres and women wanting to achieve in sports and the arts are expected to allow men to take out the prizes. Separatism is once again an important political strategy.»

*Dies bedient das trans*misogyne Narrativ, trans* Frauen seien Männer, die sich als Frauen verkleiden, um in Frauenschutzräume eindringen zu können. Dieses Narrativ macht die Gewalt- und Diskriminierungserfahrungen, die viele trans* Frauen, insbesondere trans* Frauen of Color, erleben, unsichtbar bzw. dreht sie sogar um: In den allermeisten Fällen sind trans* Frauen nicht Täterinnen, sondern Opfer von Gewalt in Gefängnissen, Frauenhäusern und auf Toiletten.*

Workshop «Lesbenphobie und Frauenfeindlichkeit aus der ‹queeren› Szene» von Raddykes:
Aus dem Ankündigungstext: «Wer ist eine Lesbe und was wird heute unter ‹lesbisch› verstanden? Viele nichtlesbische Mitglieder der queeren Szene fühlen sich berechtigt, diese Frage nicht nur zu diskutieren, sondern sich dazu frauen- und insbesondere lesbenfeindlich zu äußern. Lesben wird etwa vorgeworfen, ‹Vaginafetischistinnen› zu sein. [...] Für uns ist es deshalb an der Zeit, dass wieder wir Lesben den Begriff ‹lesbisch› definieren. Statt uns die Sprache nehmen zu lassen, eignen wir sie uns von Neuem an, um das weibliche Sich-aufeinander-Beziehen zu beschreiben und uns darin wiederzufinden. So stärken wir uns nicht nur verbal, sondern verschaffen uns Rückenwind für unser alltägliches Leben. Wir sind zwei Mitfrauen der Raddykes – einer generationenübergreifenden Gruppe radikalfeministischer Lesben.»

Die Raddykes sind eine Gruppe radikalfeministischer Lesben, die Geschlecht biologisch begründen. Frau und lesbisch können nur Menschen mit weiblich zugeordneten Körpern sein. Das spricht trans Personen ihr Geschlecht und ihre Selbstbestimmung ab und ist damit trans*feindlich.*

Workshop «Detransition in Deutschland und international» von Sabet:
In diesem Vortrag werden sog. Detransitionen behandelt, d.h. das Phänomen, dass trans Personen wieder in ihr bei Geburt zugeschriebenes Geschlecht transitionieren. Dass im gesamten Workshopprogramm nur Detransitionen vorkommen, positive Erfahrungen mit Transitionen hingegen nicht, ist eine außerordentlich einseitige Darstellung. Eine Studie von Wiepjes et al. (2018) zeigt, dass nur 0,3% der Transmänner und 0,6% der Transfrauen ihre Transitionsentscheidung bereuen.*

Workshop «Genderidentität anstatt Geschlecht. Ein trojanisches Pferd für die Frauen?» von Gunda Schumann:
Aus dem Ankündigungstext: «Es gehört zu den Glaubenssätzen des ‹links›-libe-

ralen Mainstreams, dass Genderidentität ‹fluide› ist und ‹Transfrauen› und ‹Transmänner› die Dichotomie zwischen Mann und Frau aufheben. Die ‹befreite› geschlechtliche Diversität erweist sich dabei als trojanisches Pferd für die Frauen: Neben der exzessiven Diskriminierungslogik des neuen Zeitgeistes, die absolute Inklusion fordert, haben Geschlechtergerechtigkeit und der Kampf der Lesben um eine autonome sexuelle Identität keinen Platz mehr. Der Vortrag will darlegen, welche Konsequenzen dieser – vom biologischen Körper abstrahierende – Weg in der Realität haben kann: Rückfall in Geschlechtsrollenstereotype, Negation des homosexuellen Begehrens, ‹Transformierung lesbischer Mädchen in Transjungen› bei gleichzeitiger Sterilisierung und Verstümmelung ihrer Körper, Beseitigung geschützter und autonomer Frauenräume, Auslöschung der Kategorie ‹Frau› im öffentlichen Rechtsverkehr und damit auch der Frauenrechte und des Feminismus.»

Dieser Ankündigungstext konstruiert trans Personen als Bedrohung für Frauen und Frauenräume und bedient das Narrativ, eine Transidentität sei eine verkappte Homosexualität. Das spricht trans* Personen ihr Geschlecht und ihre Selbstbestimmung ab und ist damit trans*feindlich.*

Vortrag «What is the cotton ceiling?» von Angela Wild:
Aus dem Ankündigungstext: «An increasing number of transactivists on social media share the view that they are discriminated against because some lesbians refuse to have sex with them, propagating the idea that lesbianism is ‹transphobic›. Get The L Out Lesbian activist group investigated this phenomenon called the ‹cotton ceiling› and published in March 2019 a research showing that lesbians are under huge pressure within LGBT communities to accept without question that ‹transwoman are women› with implications for lesbians to be able to name themselves lesbians and lead a lesbian life. This talk details the findings of the research and discusses the political implications of these findings for lesbians, LGBT groups, charities and organizations and women-only spaces.»

Hier wird behauptet, Lesben würden gezwungen, mit trans Frauen Sex zu haben, weil sie akzeptieren sollen, dass trans* Frauen Frauen sind. Dieser Zusammenhang besteht nicht: Jemandes Geschlecht anzuerkennen bedeutet nicht, mit dieser Person Sex haben zu müssen. Mit diesem Argument trans*freie Räume zu fordern ist trans*feindlich.*

Den Vorstand des Dachvereins Lesbenfrühling ersuchen wir hiermit ebenfalls um Stellungnahme!

Freundliche Grüße

Jörg Litwinschuh-Barthel
Pronomen: er/ihm
Geschäftsführender Vorstand
Bundesstiftung Magnus Hirschfeld (BMH)
Mohrenstr. 34
10117 Berlin

Vorstand des Vereins Lesbenfrühlingstreffen/LFT vor Ort e.V.

Verschickt am 28. Dezember 2021 – Betreff: Rückgabe des Fördergeldes an die Bundesstiftung Magnus Hirschfeld (BMH)/Projektnummer 2020/10

Sehr geehrter Herr Baranowski, sehr geehrte Mitglieder des Förderausschusses,

wir teilen Ihnen hiermit mit, dass der Verein Lesbenfrühlingstreffen/LFT vor Ort e.V. die erhaltene Fördersumme für das hybride LFT2021 Bremen in Höhe von 2700 € vollständig und fristgerecht zum 30.12.2021 zurückzahlt.

Begründung:

Die von der BMH gemachten Vorhaltungen gegenüber dem Orga-Team des LFT2021 Bremen zu differenten Standpunkten sind in Form und Stil medialer Öffentlichkeit nicht mit unserer Haltung des offenen und wertschätzenden Gesprächs zu vereinbaren. Sowohl im ersten öffentlichen «Statement» der BMH als auch in der an diverse LGBTIQ*-Organisationen gegangenen detaillierten «verschriftlichten Kritik» sowie der «erneuten Stellungnahme» (alle drei namentlich verfasst von Jörg Litwinschuh-Barthel) erfolgte eine Betrachtung unter dem Stichwort der Vorhaltung vermeintlicher «Transphobie/Transfeindlichkeit». Diese trennten jeweils das Gesamtkonzept und Programm des LFT2021 komplett voneinander ab.

Im «Statement der Orga des LFT2021» wurde deutlich gemacht, dass wir sowohl den Inhalt als auch den Stil dieser Auseinandersetzung zurückweisen. Die Orga eines LFTs ist aus ihrer ehrenamtlichen und autonomen feministischen Struktur heraus zweifelsfrei gefordert, doch nicht verpflichtet, allen Standpunkten aller Diskurse Gehör zu verschaffen. Sie ist auch nicht für alle Inhalte von Workshops – selbstredend im Rahmen der bindenden Beschlüsse aller LFTs – verantwortlich. Hinzu kommt, dass es nicht der Orga-Gruppe vorzuwerfen ist, wenn differenzierende Standpunkte zu aktuell brisanten Themen fehlten: entweder durch Absage der ausgesprochenen Einladungen bzw. – nach Bekanntgabe des «Statements» der BMH – Referentinnen ihre Workshops zurückzogen.

Der Vorstand des Vereins verwahrt sich zudem gegen die vorverurteilenden bis persönlich verleumderischen Behauptungen gegenüber einzelnen Frauen der Orga-Gruppe, Referentinnen und einer Moderatorin.

Wir bedauern die Rückgabe in Bezug auf die bis dahin reibungslos verlaufende Kommunikation mit dem Vorstand der BMH. Jedoch halten wir als autonome Feministinnen die freie Programmgestaltung jeder unabhängigen Orga-Gruppe eines Lesbenfrühlingstreffens für unveräußerlich. Anders formuliert: Kritik ja, einen medialen Shitstorm durch eine staatlich geförderte Institution lehnen wir ab.

Wir weisen Sie abschließend daraufhin, dass am hybriden LFT2021 Transfrauen als Besucherinnen und aktiv Mitwirkende teilgenommen haben. Selbstverständlich wären diese auch bei einem realen Treffen wie alle anderen Teilnehmerinnen geschützt gewesen.

Mit freundlichen Grüßen

Susanne Bischoff Barbara Guth
für den Vorstand des Vereins Lesbenfrühlingstreffen/LFT vor Ort e.V.

LFT2021-Team veröffentlicht auf der LFT2021-Website am 29. April 2021

Die Orga als Gastgeberin des virtuellen LFT2021 Bremen distanziert sich von den gegen sie erhobenen Vorwürfen. Diese wurden in einer beispiellosen Medienkampagne sichtbar.

Die Orga des virtuellen LFT2021 verwahrt sich gegenüber Vorhaltungen, Teile des Programms oder teilnehmende ReferentInnen seien u.a. «faschistoid», «profaschistisch», «rechts», «menschenverachtend», «rassistisch» und/oder «trans*feindlich». Die medialen Anschuldigungen und die zudem ohne Rücksprache mit dem Orga-Team erfolgte Distanzierungskampagne greifen in die Programm- und Personalhoheit des LFT2021 ein. Sie wird mit erschreckend einseitigen Darstellungen als eine Form struktureller und psychischer Gewalt gegen Frauen und Lesben und ihren autonomen Räumen erlebt.

In der seit 1974 bestehenden Tradition der jeweils autonom und ehrenamtlich organisierten LFTs werden immer auch brisante Themen aus lesbisch-feministischer Sicht traditionell in einem gemeinsamen Rahmen zur Diskussion gestellt. Gerade dies ist eine besondere Stärke und Besonderheit aller LFTs.

Seit dem LFT2007 gibt es keinen Beschluss, dass Translesben ausgeschlossen sind. Von daher sind grundlegend alle lesbischen Frauen eingeladen. Es gibt keinen Beschluss, dass Translesben oder andere Gruppen (wie z.B. Bi-Frauen) genannt werden müssen. Dies wird in jeder Orga unterschiedlich gehandhabt und Schwerpunkte werden unterschiedlich gesetzt. Das ist die Freiheit jedes Orga-Teams. Die Orga2021 hat die Form gewählt, Translesben als lange zum LFT gehörende Frauen sprachlich nicht herauszuheben, dafür andere beispielhaft zu benennen. Zugleich gilt für jede Orga – also auch die Orga des LFT2021 –, sich «frei im Rahmen der bindenden Beschlüsse» der jeweiligen Abschlussplena zu bewegen. Außerdem ist «faschistischen, rechtsextremen, rechtspopulistischen und pädophilen Lesben die Teilnahme am LFT untersagt» (Zitate aus den bindenden Beschlüssen für alle Orgas, Stand 2019). Ein weiterer bindender Beschluss lautet: «Das LFT konzentriert sich auf lesbische Veranstaltungen. Das sind sowohl lesbenpolitische Themen als auch Themen aus unserem lesbischen Lebensalltag.»

Das diesjährige Online-LFT2021 hat genau in Bezug hierauf ein umfangreiches Konzept mit besonderem Schwerpunkt auf lesbische und frauenspezifische Themen erarbeitet und dementsprechend das Programm zusammengestellt. Dass bei der Realisation auch kontroverse Positionen von verschiedenen Referentinnen thematisch angeboten werden könnten, war der Orga bewusst und erwünscht. Die Orga hat zu einigen Punkten gezielt auch Referentinnen mit bekannt anderen Positionen angefragt – diese haben abgesagt. Außerdem hat die Orga zu einem weiteren wichtigen Anliegen aller LFTs – den Junglesbengruppen – wiederholt versucht, Referentinnen gerade aus dem sogenannten queerfeministischen Spektrum zu finden. Sie haben nicht geantwortet.

Die Orga bedauert, dass der LesbenRing e.V. inzwischen (per Twitter-Eintrag) seinen Workshop zurückgezogen hat, der die Chance geboten hätte, eine komplett andere Sicht darzustellen.

Die Orga des LFT2021 teilt keineswegs alle Positionen der einen wie der anderen oder einer dritten Seite. Sie hält allerdings die Teilnehmerinnen der jeweiligen Workshops für so erwachsen, sich inhaltlich und mit gegenseitigem Respekt zuhören zu wollen. Dies war und ist das Grundanliegen der gesamten Konzeption des LFT2021.

Die Orga lädt innerhalb des digitalen LFT2021 ein zu respektvoller Auseinandersetzung mit unterschiedlichen Positionen und Verortungen der Vielfalt lesben- und frauenspezifischer und lesben- und frauenpolitisch relevanter und gesellschaftskritischer Themen. Wo sollen diese Diskussionen wertschätzend und auf Augenhöhe stattfinden, wenn nicht während eines Lesbenfrühlingstreffens?

Wir bedanken uns an dieser Stelle herzlichst bei den vielen FrauenLesben und Organisationen, die uns bisher unterstützt haben und die uns weiterhin unterstützen werden.

© Barbara Guth

Pressebericht veröffentlicht auf der LFT2021-Website am 4. Juni 2021

Das hybride LFT2021 Bremen ist Geschichte. Über 700 Teilnehmerinnen aus 25 Ländern waren während der zweieinhalb Tage am virtuellen LFT2021 mit dem Motto «Lesbenfrühling – rising to the roots» präsent. Gemeinsam mit einem tollen Team hat es die Orga gegen alle Widerstände und Shitstorms geschafft, sowohl Teilnehmerinnen als auch Referentinnen und Musikerinnen vom 21. bis 23. Mai mitunter ein reales LFT-Feeling zu vermitteln.

Das Konzept des ehrenamtlichen Orga-Teams ist gegen alle Widerstände aufgegangen, was nur durch die unglaubliche Unterstützung vieler möglich war, nicht zuletzt und besonders von unserer Regiefrau, den beiden Kamerafrauen und dem Technikteam als auch durch die aktive Mitarbeit von Lesben vom Verein Lesbenfrühling e.V. Trotz aller medialen Angriffe in Form eines sich seit Mitte April steigernden Shitstorms wegen vermeintlicher «Transphobie» konnte das vielfältige und spannende internationale Programm die Teilnehmerinnen sowohl am Tag als auch am Abend begeistern.

In den qualitativ hochstehenden lesben-kultur-politischen Vorträgen, Lesungen, Workshops wurden Inhalte von, über und mit lesbischen Frauen geboten, die in der Öffentlichkeit und in den Medien selten als verbindende Aspekte der Fülle lesbischer Realitäten dargestellt werden. Fachlich prägnant-lebendige Diskussionen und ein respektvolles Miteinander prägten die Veranstaltungen. Junge wie ältere Lesben waren fasziniert von den vielfältigen Inhalten, der lebendigen Programmführung der drei von ihren Hintergründen sehr verschiedenen Moderatorinnen Julia Beck, Simone Danz und Mahide Lein wie auch von den umfangreichen Angeboten mit Gebärden- und Schriftdolmetscherinnen – und vernetzten sich im Verlauf der Zoom-Webinare zügig.

Die Bildschirme vibrierten: lesbisches Leben in Präsenz. Der internationale und interkulturelle Austausch wurde sichtbar in Filmen wie *Katzenball* samt Zoom-Gespräch mit der Regisseurin Veronika Minder (Schweiz), *Rafiki* (Kenia), *Audre Lorde – Die Berliner Jahre* (D), *Another Day in Paradise* (D) mit Livezuschaltung der Regisseurin Naomi Beukes-Meyer. Lesbische Biografieforschung und feministisches Publizieren hatte sowohl in Einzelvorträgen und Filmen als auch in je eigenen Panels breiten und internationalen Raum – ausführlich nachzulesen im LFT2021-Programmheft.

Zeitzeuginnengespräche der 70er- und 80er-Jahre und elementare Gesundheitsthemen von Frauen wie Heilwege mit Brustkrebs, Lesbenrespektierende Pflege oder Lesben in Coronäischen Zeiten waren bewegende Inhalte. Labyrinth und ZeitRaum als kulturelles Bewusstsein wie gelebter Weg gegenüber einer schier unausweichlichen weltweiten Gewaltdynamik schufen ebenso wie die Praxisworkshops mit Taiji/Qigong oder Yoga Verbindungen, denen auch zukünftig (wieder) mehr politische Relevanz zu wünschen ist.

Ein Highlight war das zweistündige Livepanel im Studio zum Thema «Macht – Sinnlichkeit – Würde: Feministische Positionen um Körper» mit Prof. Dr. Simone Danz (Moderation), Prof. Dr. Monika Barz, Isabel, Dr. Inge Kleine, Dr. Astrid Osterland und Dr. Susan Hawthorne. Welche Rolle spielt «der Körper» als gelebtes Subjekt oder Objekt in Politik, Pädagogik, Arbeitsmarkt, Heilkunde oder Pharmaindustrie zum Beispiel bei Geschlecht, Begehren, Gebären, Sexualität und Behinderung war eine der Fragestellungen. Selten haben so unterschiedliche Frauen so differenziert und zuhörend einige Aspekte ihres EigenSeins und ÜberLebens in einer mädchen-, frauen-, lesben-, mütter- und behindertenfeindlichen Gesellschaft ausgetauscht und manche FrauLesbe angeregt, über Gemeinsamkeiten der Verschiedenheiten und Verschiedenheiten des Gemeinsamen die eigene Stärke zu nähren.

Besonders eindrücklich erlebten viele Teilnehmerinnen die von Lepa Mlaðenović (Serbien) und Helen Thompson (UK) vorgestellte Kampagne «Lesbians for Feminist Peace Internationally» mit Referentinnen aus Zimbabwe, Uganda, Südafrika und Kenia. Eine Gruppe Schwarzer Lesben, die aus dem Flüchtlingscamp des «Block 13 LGBT+ people, Kakuma Refugee Camp» aus Kenia direkt per Handy zugeschaltet und glücklich war, unmittelbar via Zoom gehört zu werden, machte mehr als deutlich, in welch komfortabler Situation sich manche KritikerInnen dieses LFT2021 befinden.

Wenn zudem urfeministische Themen wie Separatismus (eindrücklich präsentiert von der australischen Autorin und Verlegerin Dr. Susan Hawthorne) oder die kritische Beleuchtung von Reproduktionsrechten (Dr. Renate Klein) oder deutschsprachige Gesetzesvorlagen direkt berührende Themen wie Cotton Ceiling (Angela Wild) oder Detransition (Sabet) in eine rechte biologistische Ecke geschoben werden sollen, statt aufmerksam hinzuhören, was alte bis junge lesbische Feministinnen dazu zu sagen haben, könnten gerade auch sich links verortende ProtagonistInnen der LSBTIQ*-Community eher Zweifel an der eigenen Politik kommen, statt eine mediale Hatz ausgerechnet gegen lesbische Feministinnen anzustacheln.

Die Fülle des Abendprogramms konnte überraschen und begeistern mit zwei brillanten Discos (Djane Eléni, DJ Alister) sowie Frauen-/Lesbenmusik und -theater aus Neapel (Mujeres Creando) und New York (Oxana Chi), England (Rosemary Schonfeld), der Ukraine (Olga Krause), Amsterdam (Shishani) und Berlin (Rag Doll und Sigrid Grajek). Das Trio Zuckerklub aus Berlin sprang kurzfristig für eine Künstlerin, die abgesagt hatte, ein und spielte live aus Bremen: lesbenpolitische Kultur neu und wieder gelebt. Die erste virtuelle 3D-Kunstausstellung (bis 31.8. über die Homepage zu sehen) und eine wiederholt eingespielte Diashow aus der Geschichte vieler LFTs von Leo R. Tesch rundeten das kulturelle Angebot ab.

Leider wurde der Beginn des inhaltlichen Onlineprogramms am Samstag durch zwei Denial-of-Service-Angriffe gestört, doch durch die unaufgeregte Zusammenarbeit aller Beteiligten konnte dieses die Verantwortlichen nicht sonderlich überraschende Problem in kurzer Zeit gelöst werden und das virtuelle LFT2021 Bremen bis Sonntagnacht störungsfrei stattfinden.

Manche Teilnehmerin stellte erstaunt fest, dass der Shitstorm gegen die sogenannte uneinsichtige Orga, gegen Referentinnen und Moderatorinnen im Kern antifeministisch, sprich frauenfeindlich ist. Dass die Schirmfrau» Claudia Bernhard, Senatorin für Gesundheit, Frauen und Verbraucherschutz, abhanden kam, war zwar bedauerlich, konnte jedoch verschmerzt werden. Neben bekannten Liedern der Flying Lesbians stand der Eröffnungsgruß von Prof. Dr. Monika Barz zum «legendären Lesbenfrühlingstreffen», in der sie den Raum benannte: «Debatten sind ein zentrales Merkmal von Demokratie und Meinungsvielfalt. Wir verteidigen unsere Räume, in denen wir frei denken und reden. Was ist passiert, dass dies bisher ungestraft angegriffen werden darf? Wir Lesben haben eine lange Tradition darin, basisdemokratisch, inklusiv und kontrovers zu diskutieren und wir werden es weiterhin tun!» Nicht zuletzt wurde die kurz vor dem LFT2021 verstorbene Alix Dobkin (1940–2021) für die Orga eine wichtige Stütze. Die Sängerin und lesbisch-feministische Wegleiterin hielt ihren liebevollen Schirm über das LFT2021. Es war ein besonderer Moment, als die englische Musikerin und Poetin Rosemary Schonfeld während der Ouverture zu Ehren Dobkins «The Woman in Your Life is You» live übertragen sang.

Fazit des hybriden LFT2021 Bremen

Die Orga hatte alle Kräfte gebündelt und bekam unerwartet viel Unterstützung und spürbare Solidarität von Lesben aus Deutschland und überallher. Autonome, eigenständige Lesben, Frauen – darunter auch Transfrauen – aller Generationen trugen die Orga-Gruppe mit und durch das LFT2021. Dialog und Begegnung waren auch mit verschiedenen feministischen Haltungen und Prägungen respektvoll möglich. Differenz und Unabhängigkeit von Frauen, von Mädchen, von lesbischen Frauen brauchen im ursprünglichen wie übertragenen Sinn Raum.

Das Orga-Team des LFT2021 Bremen bedankt sich herzlichst bei allen Beteiligten, MitwirkerInnen und Unterstützerinnen, bei Teilnehmerinnen, Referentinnen, Künstlerinnen und allen, die hier jetzt nicht explizit erwähnt sind, für Lob und Kritik und die vielen Solidaritäts-, Protest- und Dankesschreiben sowie für die großzügigen Spenden.

Die Orga wünscht den nachfolgenden Orga-Gruppen viel Energie und Gelassenheit und Präsenz für die Organisation der kommenden Lesbenfrühlingstreffen.

© Barbara Guth

Eine Auswahl an Rückmeldungen der Teilnehmerinnen des LFT2021 Bremen

«Was für ein wunderbares Fest – danke, danke, danke. Wir haben viereckige Augen und viele, viele neue Gedanken im Kopf. Die Diskussionen auf den LFTs sind unsere Highlights des Jahres. Wundervoll, dass wir wieder Lesben unterschiedlichsten Alters begegnet sind. Ihr seid toll!!!»

«Vielen, vielen Dank für dieses wundervolle LFT. Danke für eure Ausdauer, euren Mut und eure Ideen. Ich glaube, es sind eine Menge Funken entfacht, die in den kommenden Wochen und Monaten zu Feuern werden, die Lesben und teilweise allen Frauen Orientierung und Wärme bieten werden.»

«Danke für ein großartiges LFT. Ihr wart so engagiert und so extrem flexibel, dass ich meinen Hut ziehe. Das Programm, das ihr auf die Beine gestellt habt, war großartig, danke sehr.»

«Vielen Dank, das hat sehr gutgetan, euch und all die anderen zu sehen! Welche hätte gedacht, dass auch ein digitales LFT sich wie ein LFT anfühlen kann?»

«Danke, danke, danke, dass ihr den Mut und die Durchhaltekraft hattet, dieses LFT trotz des Shitstorms auf die Beine zu stellen. Es ist so wichtig, dass dieses LFT stattfindet, und der Raum wird so gut genutzt. Das LFT ist der Rahmen, in dem so produktive und bereichernde Gespräche erst stattfinden können. Allen Respekt für euch – ihr seid alle einfach Hammerfrauen mit Nerven aus Stahl! Haltet durch, bleibt stark!!»

«Was mich unheimlich begeistert und mitreißt, ist die großartige Offenheit, mit der queer-kritische Feministinnen sich hier plötzlich untereinander austauschen können. Es gibt plötzlich einen Raum, in dem wir über all unsere verschiedenen Erfahrungen reden können und im Zentrum steht schlicht: die Lesbe.»

«Herzlichen Glückwunsch an die gesamte Orga! Es war ein besonderes LFT, und ich fühle mich sehr geehrt, dass ich dabei mitmachen konnte.»

«Super Inhalte, feministisch, notwendig, hilfreich, Vernetzung.»

«Besonders erwähnen möchte ich noch, dass ich die Homepage geradezu perfekt finde. Sie ist sehr übersichtlich, sehr vielfältig, sehr ästhetisch, angenehm frei von all den häufig üblichen kleinen Fehlern und Macken und dann auch noch sehr barrierearm (wie übrigens das LFT selbst auch) – ein Vergnügen, ganz herzlichen Glückwunsch speziell auch dazu!»

«Die mannigfaltigen Versuche in Medien und von Teilen der Politik, uns als rechts und menschenfeindlich zu diffamieren, wenn wir Konzepten wie Selbstidentifikation nicht unbedingt zustimmen, brauchen entschiedenen und kräftigen Gegenwind. Dieses LFT leistet einen wichtigen Beitrag dazu. Danke an euch, euren Mut und das Widerstandsvermögen!»

«Und das ist, was wir brauchen: Uns zu treffen, sei es live (wenn irgend möglich) oder online (wenn live eben nicht geht) – zu unseren Bedingungen und uns auszutauschen. Und wem das nicht gefällt, soll halt eigene Treffen veranstalten.»

«Besonders gelungen die fundierten Beiträge zu dem aktuellen Thema, dem Shitstorm, wie wir damit umgehen, unsere klare feministische Haltung dazu, der Umgang mit unserer Körperlichkeit.»

«Ich hatte starke Bedenken, dass ich ein LFT vorm Computer schön finden werde. Ich habe so viele Inspirationen, Sie-kenntnisse und neue (und neu aufgeflammte) Kontakte zu tollen Frauen geschenkt bekommen – danke!!!»

«Liebe LFT Orgas – und Orgas im erweiterten Sinne, hinter den Kulissen,
danke dass ihr dieses LFT gestaltet habt, den Mut und die Energie aufgebracht habt, das so in die Welt zu schicken. Das geht wohl nur, wenn jede mit ihrem Herzen dabei ist – und das war euch anzusehen! Wie schön! Wie schön heute im Abschluss in eure Gesichter zu schauen, so viel Schönheit und kraftvolle Eigenmacht, Sinnlichkeit und Liebe. Danke, ich war gerne dabei! Danke für eure Kämpfe und euer Vermögen, u.a. durchzuhalten.
Viele liebe lesbisch-feministische Grüße, rising to the roots, seeing forward and being in the moment»

«Ganz große Anerkennung möchte ich auch für das Abendprogramm aussprechen – ich habe mich riesig gefreut, Rosemary Schonfeld wieder zu hören und auch die anderen Künstlerinnen waren alle fantastisch.»

«Ihr Tollen, Mutigen, Starken, es war ein großartiges LFT und wir ziehen unseren Hut vor euch allen. Froh und stolz, dabei gewesen zu sein!»

«Und ja, es ist wichtig, dass wir Lesben uns eigene Räume für uns schaffen.»

«Ich bin so stolz auf euch!!!! Vielen Dank für eure großartige Arbeit!!!!»

Und zum Abschluss dieser Auswahl an Rückmeldungen zum virtuellen LFT2021 Bremen noch ein ganzer Brief, der uns erreicht hat:

Liebe Orga-Frauen des LFT2021 in Bremen,

nochmals vielen Dank für euer Durchhaltevermögen und euer Engagement und das insgesamt sehr schöne Event! Nach dem technisch etwas holprigen Start am Samstag – möglicherweise durch einen Hacking-Angriff? – lief alles erfreulich reibungsfrei, und ich würde mich freuen, wenn auch bei zukünftigen LFTs eine Onlineteilnahme möglich wäre. Natürlich ist es reizvoll, in Präsenz vor Ort zu sein, aber ich könnte mir vorstellen, dass eine hybride Veranstaltung für viele Teilnehmerinnen die Schwelle herabsetzt und auf Dauer noch mehr Lesben – besonders die mit kleinem Budget, wenig Zeit, Behinderung o.Ä. – einlädt, dabei zu sein.

Für mich persönlich waren in jedem Zeitfenster mindestens 3 – 4 Vorträge, Diskussionen, Workshops, Performances, bei denen ich gern dabei gewesen wäre. Im Digitalen ist ein Wechsel zwar schnell und einfach möglich, aber eigentlich hätte ich gern alles komplett gesehen und noch viel mehr von dem unglaublich vielfältigen, bunten Programm mitgenommen. Daher meine Frage, ob weniger hier nicht mehr wäre: vielleicht nur 2 – 3 Angebote pro Zeitslot? Jedenfalls freue ich mich schon jetzt auf das LFT2022 in Dresden, das hoffentlich dem diesjährigen Motto treu bleibt und sich auf Lesbenkernthemen besinnt, statt ständig um das Thema trans* und die zugehörige Personengruppe zu kreisen.

Dazu würde ich mir wünschen, dass das LFT wieder autonomer wird und sich weniger von dem – offenbar leicht zu entziehenden – «Wohlwollen» staatlicher und aus Steuermitteln finanzierter Organisationen abhängig macht, die eine Veranstaltung für lesbische Frauen eigentlich satzungsgemäß unterstützen sollten und euch stattdessen ohne nachvollziehbaren Grund in den Rücken fallen und mit zweifelhaften und unbelegten Anschuldigungen die moralischen und finanziellen Zusagen entziehen. Ich bin nach wie vor schockiert über das in meinen Augen absolut unsägliche Verhalten der ehemaligen Bremer Schirmfrau Claudia Bernhard und der Bundesstiftung Magnus Hirschfeld. Dass noch weitere Organisationen, wie beispielsweise der LesbenRing, unisono in den «woken» Tenor einfallen und das gesamte LFT der angeblichen Transphobie bezichtigen, zeugt meiner Ansicht nach von einer zutiefst frauen-/lesbenfeindlichen und antidemokratischen Haltung, die ihresgleichen sucht.

Dass ihr die ganze Veranstaltung dennoch derart souverän vorbereitet und durchgeführt habt, ist euch hoch anzurechnen!

Herzliche Grüße und lasst euch nicht beirren!

Impressionen aus dem Studio

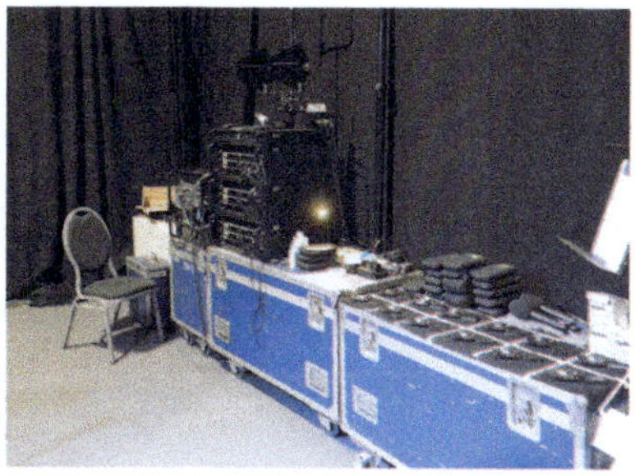

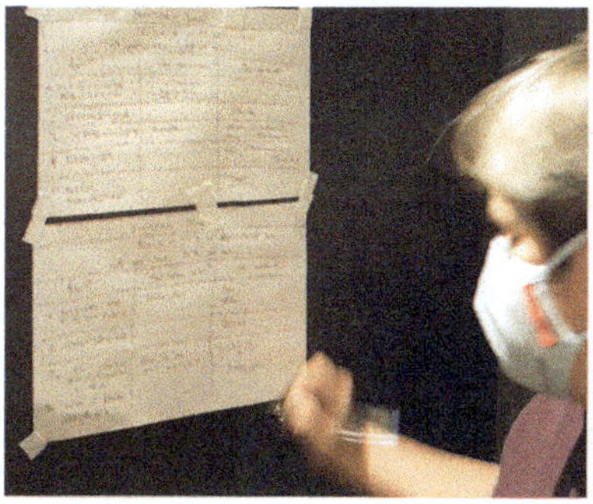

Orga-Arbeit

Köchin Anke mit dem Volx-Catering

Körperpanel live aus dem Studio am Sonntag, 23. Mai 2021

Die drei Moderatorinnen Simone, Julia und Mahide

Liveauftritt Zuckerklub im Studio am Samstag, 22. Mai 2021

DJ Alister am Sonntag, 23. Mai 2021

«Lesben aller Geschlechter vereinigt euch»?

Barbara Guth & Susanne Bischoff

... Lesben aller (Safe) Spaces ver(ge)schlecht(er)t euch?, kommen wir nicht umhin zu fragen, nachdem wir all die vorangehenden Texte nochmals gelesen hatten – und nochmals präsent wurde, worum es in diesen Angriffen gegen das LFT2021 ging.

Oder mit den Worten von Audre Lorde, nachdem sie die vier Begriffe Rassismus, Sexismus, Heterosexismus und Homophobie samt ihren Definitionen aufgelistet hat:

> *Die oben angeführten Formen menschlicher Blindheit haben eine gemeinsame Wurzel: die Unfähigkeit, Unterschiede als treibende menschliche Kraft anzuerkennen. Wo selbstbestimmte Menschen auf ein gemeinsames Ziel hinarbeiten, ist diese Kraft keine Bedrohung, sondern eine Bereicherung.*[1]

> «Man kann Radikalfeminismus eine gewisse Inflexibilität zum Vorwurf machen, gemäss der fixen Grenzen, die er zu ziehen scheint. Man kann dieses Phänomen aber auch als Vorteil sehen, als Struktur, die klare Ziele festlegt und klare Strategien fährt, um patriarchaler Unterdrückung endlich ein Ende zu setzen, und nicht mitmacht in einer postmodern-neoliberalen Zeit der Beliebigkeit, in der alle alles sein können nur um der grenzenlosen Möglichkeiten Willen, sich aber der globalen Dimension ihres Handelns nicht mehr bewusst sind, weil es in unserer traurigen vereinzelten Welt nur noch um Individuelles geht, um Gefühle, Befindlichkeiten, Identifizierung, Ichbezogenheit.»[3]

Oder um auf die Verschiedenheiten zurückzukommen:

> *Die als Utopie missverstandene Fantasie lautet, dass für die Marginalisierten eine spannungsfreie, konfliktlose Welt geschaffen wird, in der alle gleich sind – nicht im Sinne einer sozialen Gleichheit, sondern im wörtlichen Sinne, dass es keine Unterschiede mehr zu geben habe.*[2]

---

1 Lorde, Audre: *Sister Outsider – Nicht Unterschiede lähmen uns, sondern Schweigen.* Hanser, München 2021, 2. Auflage, S. 40

2 L'Amour laLove, Patsy (Hrsg.): *Beissreflexe – Kritik an queerem Aktivismus, autoritären Sehnsüchten, Sprechverboten.* Querverlag, Berlin 2017, S. 37

3 Mau, Huschke/Schon, Manuela/Werner, Caroline/Panther, Ariane/Sigel, Mira (Hrsg.): *Störenfriedas – Feminismus radikal gedacht.* BoD 2018, S. 331

Mit obigen drei Zitaten stehen die drei Themenbereiche fest, um die es geht, wenn Lesben sich für drei Tage im Jahr an einem Lesbenfrühlingstreffen – oder in ihrem täglichen Leben – ins Zentrum stellen: FrauenLesbenparteilichkeit, Autonomie und Bejahen von Unterschieden.

Bedrohung durch die Autonomie von Lesben, die sich selber definieren? Ausmustern von Unterschieden, indem alle gleich sein sollen in einer sogenannten inklusiven Community, in der die bestehenden Machtverhältnisse, wie sie seit je in der Mainstreamgesellschaft existieren, Oberhand gewonnen haben? In der manche gleicher sind als andere? In der Lesben-, Schwulen- und Transverbände nicht merken, welche patriarchalen Verhaltensmuster sie im Umgang mit Lesben an den Tag legen? In einer sogenannten Community, die Kampagnen gegen Lesben startet, in der sich all diese Pamphlete in den «diversen» Berichten in gegenseitiger Überbietung steigerten bis zum Vorwurf, die Orga und einzelne Beteiligte seien rassistisch, seien rechts? Auch der Begriff «völkisch» war neben anderen zu lesen.

Welche abgeSpaceten Vorwürfe, Forderungen, Attacken, die in dieser Art per se übergriffig sind, bekam die Orga samt der am LFT2021 beteiligten Lesben ab April 2021 zu hören! Welche abstrusen Schlussfolgerungen wurden aus einzelnen Aussagen gezogen, die an Additionsrechnungen der ersten Schulstufe erinnern. Dabei hatte das virtuelle LFT2021 Bremen mit einem breiten frauen- und lesbenparteilichen Konzept und Programm aufgewartet – woraufhin die Veranstalterinnen selber sowie einige Referentinnen und eine Moderatorin aufgrund vermeintlicher Auslassungen und inkriminierter Angebote persönlich wie inhaltlich in einer für ein Lesbenfrühlingstreffen nie dagewesenen Form angegriffen worden sind, die jeglichen Anstand und Respekt vermissen ließ.

Stein des ersten Anstoßes war, wie in vorhergehenden Texten bereits nachzulesen war, die Aufzählung bei der Einladung für Teilnehmerinnen:

> *Das LFT2021 ist Zeit-Raum von Lesben für Lesben: frauenliebende Frauen, Frauen, die lesbisch leben, lesbenidentifizierte Lesben, Late Bloomers, Ur- und Bewegungslesben, Jüdische Lesben, Schwarze Lesben und Lesben of Color, Lesben mit und ohne Kinder, Lesben mit Behinderung, Lesben unterschiedlicher kultureller und sozialer Hintergründe. Wir sprechen geflüchtete Lesben, Lesben aus Osteuropa und aus dem Globalen Süden an. Intersexuelle und detransitionierte Lesben sind ebenso wie Lesben im Coming-out willkommen.*

Dass wir als Organisatorinnen Lesben und die Vielfalt lesbischen Lebens und Schaffens ins Zentrum gestellt haben, wurde verdrängt durch die Empörung über die Nichterwähnung von Translesben in obiger Aufzählung. Was als transphob ausgelegt wurde, weil Ausschluss derselben. Anstelle der Fokussierung auf die Unterschiede von Lesben innerhalb der sogenannten Community konzentrierten sich die einförmigen Angriffe darauf, bestehende Unterschiede von LGBTIQ*-Gruppen zu negieren mit dem Resultat: Unterdrückung von Lesben und ihren Anliegen – womit wir wieder bei alten patriarchalen Mechanismen durch die Hintertüre sind: Frauenliebende Frauen, die sich als lesbische Frauen zunächst auf sich und andere Frauen zu beziehen suchen, erfahren nun Diskriminierung, weil sie sich für drei Tage an erste Stelle setzen.

Die Orga hat sich für lesbenpolitische Themen entschieden, z.B. detransitionierte Lesben. Mit der Frage bzw. dem Vorwurf, *die* sind genannt, *wir* aber nicht?, bewegen wir uns Richtung Kindergarten. Eine Diskussion über Frauenkörper, wo die Unterschiede in der Selbstwahrnehmung und -bestimmung zwischen Lesben und Translesben nicht größer sein könnten, sprechen Lesben unter sich? Nicht Transkörper, Translesben sind Hauptthema, sondern die Körper von sogenannten privilegierten Cislesben und die Themen, die für sie in diesem Zusammenhang wichtig sind? Klickt's?

Wahrscheinlich nicht, denn von Lesben wird erwartet, dass sie sich zurücknehmen, sich unterordnen, ihre Bedürfnisse unterdrücken und sich um alle anderen aus der sogenannten Community, insbesondere das T, das es bei den Marginalisierten am allerschlechtesten haben soll, kümmern. Klickt's? Wahrscheinlich wieder nicht, wenn es um die Aufdeckung endlos wiederholter Unterdrückungsformen in neuem Gewand gegen FrauenLesben geht.

Lesben benennen also Unterschiede, die sich nicht wegdiskutieren und auch nicht wegdrohen lassen. Zugegeben, es mag teilweise gemeinsame Themen zwischen Lesben und Translesben geben und bisweilen gut und richtig sein, sich bei bestimmten politischen Anliegen zusammenzutun – aber nicht bei allen. Weil Fragen, Lebenswelten, Realitäten, Körper, Herausforderungen etc. nicht dieselben sind. Was anderen Buchstaben aus der «Community» selbstverständlich zusteht. Lesben hingegen, die bestehende Unterschiede und unterschiedliche Lebensfragen von Lesben und Translesben benennen und unter sich diskutieren wollen, nicht. Aber wer hätte gedacht, dass externe Lesben-, Schwulen-, Trans- und andere Verbände darüber bestimmen wollen, worum sich Lesben zu kümmern haben? Und wer dabei an erster Stelle stehen soll? Warum nur kommt es so bekannt vor, dass Lesben im

Alle-sind-Gleich an unterster Stelle stehen und gefälligst schweigen sollen? Dabei ist weiter zu fragen, wie es kommt, dass (u.a. staatlich geförderte) Verbände, ausgelöst durch einen in höchstem Maße aggressiven Twitter-Kommentar, meinen, unmittelbar in interne Angebote und autonome Strukturen des traditionsreichen Lesbenfrühlingstreffens mit wechselvoller Geschichte, doch immer ehrenamtlich und autonom organisiert, eingreifen und autonomen Lesben staatlich geförderten Vielfalteinheitsbrei aufdrücken zu dürfen?

Mehr noch: Im Gleichen wurde/wird radikaler Feminismus und wurden/werden radikale Feministinnen als sichtbare Lesben (also Angehörige einer diskriminierten Minderheit) verunglimpft und verhöhnt – die Statements und Berichte nahmen bisweilen absurde Formen bis ins Lächerliche an. Die Überschrift einer der zahlreichen öffentlichen Bekundungen, die das Mailpostfach der Orga fluteten und zum Teil v.a. in der LGBTIQ*-Presse erschienen, trug tatsächlich den Titel: «Lesben aller Geschlechter vereinigt euch!»[4]. Der generalisierte Vorwurf war hier wie bei vielen anderen Transphobie. Belege dazu wurden regelrecht zusammengezimmert – inhaltlich auf das LFT2021-Konzept eingegangen wurde nicht. Weil also Transfrauen nicht explizit in der Einladung standen, andere schon, aber längst nicht alle, waren sie ausgeschlossen? Um es nochmals zu verdeutlichen: Alle sind gleich – alle müssen immer genannt sein – und das in einer bestimmten Hierarchie. Erneut grüßt das queere Patriarchat mit männlicher Eitelkeit.

Internationale erschreckende Entwicklungen wie in Vancouver, in London, in UK allgemein und teilweise bereits in Europa und Deutschland sind entweder unbekannt oder werden verharmlost. In Vancouver etwa stürmten 2017 transaktivistische Gruppen einen Buchladen und forderten die Entfernung einer umfangreichen Liste von Büchern aus dem Sortiment – darunter Grundlagenwerke von Mary Daly, Janice Raymond, Sheila Jeffreys, Andrea Dworkin, Adrienne Rich.[5] Wer hätte gedacht, dass in einem demokratischen Staat feministische Bücher verboten und von einigen dieser pseudolinken queeren AktivistInnen auch verbrannt werden würden? Dies soll ausgerechnet deutsche Menschen, Frauen, Lesben nicht erschüttern? J.K. Rowling, Kathleen Stock, Julie Bindel und – nebst vielen anderen – Keira Bell als detransitionierte Lesbe wurden als transhassende Verräterinnen markiert. Sie alle erleben massive Bedrohungen.

---

4 Bündnis 90/Die Grünen, Regionalbüro Kassel

5 Nachzulesen bei den Störenfriedas mit der Bücherliste:
https://stoerenfriedas.de/antifeministische-angriffe-auf-die-vancouver-womens-library/

Ja, wer hätte gedacht, dass sich eine Bundesstiftung (siehe Seite 62), die der Förderung sämtlicher Buchstaben in der Community vepflichtet ist, derart lesbenfeindlich über diese Realitäten hinwegsetzt? Zur Erinnerung: In Deutschland wurde bereits 2016 ein Vortrag des kritischen Transmanns Till Randolf Amelung an der Uni Marburg von queerfeministischen AktivistInnen verhindert. Und auch in Deutschland gilt inzwischen, wer Mary Daly und Adrienne Rich liest, als «transphob», und welche die Bücher von Jeffreys und Dworkin zur Hand nimmt, hat im sex-positiven Tempel nichts verloren. Wer hätte gedacht, dass der Kampf um Autonomie von Frauen und Lesben in ein seichtes Anything goes als politische Leitlinie umschlägt, in Gleichmacherei, die im Namen von Vielfalt, Inklusion nebst Betroffenheitshierarchien uralte patriarchale Hierarchien fortsetzt und die Unterordnung von Lesben fordert? Frauen-Lesbenparteilichkeit, Autonomie, Bejahen (und Benennen) von Unterschieden = Transphobie. Eins und eins ergibt vier, und Geld bzw. missbrauchte Macht stinkt.

«Transphobie» ist in queerfeministischen Zeiten das Maß (und der Vorwurf) aller Dinge – Frauen-, gar Lesbenparteilichkeit, die Suche nach Wurzeln und Zusammenhängen, d.h. im ursprünglichen Sinn Radikalität, ist nicht mehr gefragt, sofern sie es wagt, Fragen zu stellen, Kritik zu üben und Unterschiede zu benennen. Ebenso Programm ist die Art, Konflikte anzugehen, Angriffe und Verleumdungen zu starten; inhaltliche Auseinandersetzungen finden nicht statt, stattdessen wird das Mantra der vermeintlichen Transphobie endlos wiederholt. Angriff ist Programm.

Bremens Frauensenatorin Claudia Bernhard (Die Linke) begründete ihren Rückzug mit: «Ich kann mit meiner Schirmfrauschaft nur eine Veranstaltung unterstützen, die alle Frauen mit einschließt und trotz kontroverser Diskussionen gemeinsame Kampflinien gegen patriarchale Strukturen sucht.» Das Orga-Team bot mehrmals seinen Gesprächswunsch zu diesen Vorwürfen an. Dies lehnte Frau Bernhard ab, stattdessen wurde postwendend der bis dahin nahezu unterschriftsreife Förderantrag vom zuständigen Ressort abgelehnt. Ist es nicht die Aufgabe einer Senatorin, zumal für Frauen, zunächst einmal das Gespräch zu suchen? Stattdessen beteiligte sie sich wenige Tage nach Veröffentlichung des Statements der BMH mit dem inhaltsleeren Ruf von «Kampflinien gegen patriarchale Strukturen» qua Funktion und Position an einer beispiellosen Medienkampagne?[6] Werden also Frauen und Mädchen in Bremen nach Bernhards Worten nur gefördert, solange sie Räume be-

6 Zitiert nach Schirrmeister, Benno: «Empörung über Lesbenfestival-Programm: Frühling der Feindseligkeit». In: *taz*-nord, 5.5.2021

antragen und Inhalte beanspruchen, die «nicht explizit Personen ausschließt und trans*feindliche Positionen» vertreten?[7]

Am Rande: Transfrauen waren traditionsgemäß beim LFT2021 willkommen – sie standen lediglich nicht im Zentrum der Ausrichtung – dafür gibt es andere queere Plattformen. Verschiedene aktuelle Probleme wurden benannt, und dies parteilich in einem Lesbenraum. Es gab LFTs mit anderen Schwerpunkten. Die Haltung der Orga muss nicht mit denjenigen von Referentinnen übereinstimmen – gerade in der Auseinandersetzung mit Verschiedenheiten entsteht Neues, nicht in Gleichschaltung und indem sich eine kleine Gruppe über die Bedürfnisse der anderen hinwegsetzt bzw. von außen meint, ein- und angreifen zu dürfen.

Die Kriterien für Ausschlüsse waren klar benannt und bindend für die Bremer Orga. Es gab so viele lesbische Anliegen, von denen nur ein Bruchteil in der kurzen Zeitspanne zur Sprache, in Bild, Bewegung und Musik kommen konnte. Und by the way: Manch explizit eingeladene Lesbe(ngruppe) aus dem intersektionalen Feminismus sagte ab oder antwortete gar nicht. Schließlich verabschiedeten sich ausgerechnet die sich als queer verortenden Feministinnen im Zuge ihres eigenen, von ihnen losgetretenen Shitstorms, um anschließend zu postulieren, «andere» Standpunkte hätten keinen Platz gehabt. Ja, wer hätte das gedacht!? Aber Lesben aller Geschlechter wahllos zu «vereinigen», war nicht das Anliegen dieses Lesbenfrühlingstreffens. Und musste es auch nicht sein. Es ist lange her, dass sich FrauenLesben, die Räume für sich wollten, rechtfertigen sollten. Das tun wir auch heute nicht. Und fragen stattdessen, wie sich Sinnlichkeit und Begehren mit patriarchal emotionsloser Selbstverleugnung vereinbaren lassen.

Ein Gutes hatte die ganze Aufregung. Es machte überdeutlich, dass es frauenliebende Frauen gibt, die zur LGBTIQ*-Community dazu gehören, die «in» sind, und andere, die «out» sind. Zu Letzteren gehören insbesondere diejenigen Lesben, aber auch manch andere, die nicht im patriarchalen Communitymainstream mitschwimmen, die eigenständig sind und Unterschiede benennen, die sich nicht unterordnen. Das veranschaulichte die mediale Öffentlichkeit im Negativen wie im Positiven eindrücklich und in aller Klarheit.

7 Siehe Fußnote 5

Alles ist (un)möglich – nichts darf sein?
Wir sehen uns heutzutage also mit einer Vielzahl von alten und neueren Phänomenen konfrontiert, von denen wir nicht gedacht hätten, uns (wieder) damit auseinandersetzen zu müssen.

Einerseits scheinen grundlegende Frauenrechte in Gefahr, und damit weiterführend Lesbenrechte, die aus verschiedensten Ecken, einerseits reaktionären, fast stärker jedoch von einer sich queerfeministisch verstehenden Linken heraus in Frage gestellt werden. Widerstand gegen Vereinnahmung und Kämpfen sind autonome feministische Lesben nicht erst seit den 1970er- und 80er-Jahren gewohnt. In Zeiten erschreckender Dynamiken des Niederbrüllens, den Versuchen des Mundtotmachens bis hin zu konkreten Bedrohungen und dem Zerstören von Lebensgrundlagen und Karrieren Einzelner sind nicht nur eigenständige Feministinnen zusätzlich gefordert.

Die Orga des LFT2021 und wir als Herausgeberinnen dieser Dokumentation bleiben bei den feinen Tönen, die Zwischentöne hör- und fühlbar machen. Bei den feinen Tönen, die Fragen erlauben und Antworten suchen, die immer Parteilichkeit für FrauenLesben und Mädchen voranstellen. Dies beim Wahrnehmen und Analysieren der gesellschaftlichen Prozesse und Strukturen und voller Respekt für unsere Gegenüber – auch wenn das mitunter etwas schwierig geworden ist in Anbetracht der Methoden, die Vertreter und Vertreterinnen eines vermeintlich (!) immer und zu jeder Zeit queeren «All-inclusive-Angebots» in patriarchöser Manier gegen uns auffahren.

Viele Feministinnen mit meist linkem, emanzipatorischem Hintergrund, ältere, aber auch sehr junge, erleben diese groben Töne als eine neue Form struktureller und individueller Gewalt gegenüber freien Frauen, die in vielen Bezügen ihre Wahl treffen. Als neue Form von Gewalt, die von den sogenannt Community-eigenen Verbänden und anderen Organisationen ausgeübt wird. Zu solchen Zwängen einer Mainstreamcommunity kann nur mit Nicole Brossard gesagt werden:

> *Eine Lesbe, die nicht die Welt neu erfindet,*
> *ist eine Lesbe auf dem Weg des Verschwindens.*[8]

---

8 Brossard, Nicole: «Lesbisches Schreiben». Übersetzung: Traude Bührmann. In: Frauenbuchladen Hagazussa (Hrsg.): *... die Welt neu erfinden.* Bremen 1989, S. 69 – 71

Schon immer ging es politischen Lesben um gesellschaftliche Analyse mit dem Bestreben, Ungerechtigkeiten aufzudecken und bestehende Machtverhältnisse zugunsten von MädchenFrauenLesben zu verändern. Dass viele da nicht hinschauen und sich mit einem Mainstreamwohlfühlprogramm begnügen, mag so sein, endet aber, wie schon aufgezeigt, in trügerischer Gleichmacherei zu Ungunsten von Lesben und der Aufrechterhaltung des binären Status quo.

Gerade in einer Zeit der Beliebig- und Machbarkeit, die uns maximale individuelle Freiheit mit uneingeschränkter Selbstverwirklichung vorheuchelt, im selben Zug aber der Umgang mit dieser Freiheit darin zu bestehen scheint, Komplexität maximal zu reduzieren, indem Unterschiede ausgelöscht, Begriffe und Konzepte verdreht und so ausgelegt werden, dass sie lediglich auf eine kleine Minderheit zutreffen, die im Gleichen alle ausschließt, die dem widersprechen, ist es kaum möglich, in ein Miteinander zu kommen, wenn es um konkrete Räume geht. Um gemischte Räume für alle, aber auch um autonome Räume jeder einzelnen Gruppe, in denen aus der jetzigen Queerstarre ausgebrochen werden kann und in denen keine Angst vor Unterschieden «herrscht» und aus denen neue Visionen entstehen oder alte aufgeweckt werden.

Es muss möglich sein, politische Positionen, die mehr umfassen als die eigene Nase, zu betrachten. Ebenso braucht eine Diskussionskultur Argumente, aus denen Neues entstehen könnte und Gewachsenes, also all das, was Frauen an Wissen und Räumen seit Jahrzehnten, seit Jahrhunderten und genau genommen seit Jahrtausenden erkämpft haben, nicht achtlos über Bord geworfen wird. Anstelle von Neugier verharren die VertreterInnen dieses «Gegen» schier regungslos hinter ihrer «Front». Wieso, bleibt erneut zu fragen, sind autonome, dazu lesbische Feministinnen, derart bedrohlich für einen lauten Teil des sich in einem «Queerfeminismus» verortenden Gefüges? Weil wir Fragen stellen? Weil wir andere Antworten haben? Weil wir den guten alten Begriff der Differenzierung nicht kurzsichtig zu einem Allerlei vermischen wollen, das womöglich niemandem in der Geschlechtervielfalt Freiheit gibt? Weil wir Frauen als Geschlecht («sex») nicht von Grund auf in Frage stellen und Geschlecht für nicht beliebig «verhandelbar» halten?

Die Verbundenheit, die Verbindungen zwischen Frauen sind weit mehr als die Reduzierung auf die Einzelteile ihrer Körper und die der sexuellen Orientierung auf beliebige Körper.

Jede Frau, jedes Mädchen steht ohne radikale Abschaffung von Gewalt gegen Mädchen und Frauen nach wie vor für sich allein. Sie verfügt nie über eine genaue Verortung irgendwo auf der Welt. Jede Heimat, familiär, geografisch, ethnisch, sprachlich, kulturell, sozial, finanziell bleibt brüchig. Jede Frau, also auch jede frauenliebende Frau, die sich in ihrem sexuellen Begehren auf sich und andere Frauen bezieht, bleibt auf sich all-ein zurückgeworfen, jederzeit verletzbar in ihrem unmittelbaren Existenzrecht. Kulturelle Vergewaltigung meint eben noch etwas anderes als Homophobie, die sich zuerst gegen Männer richtet, Frauen meinen kann oder auch nicht; denn dazu bräuchten Frauen einen Anspruch auf ein In-der-Welt-Sein.

Jeder Mann, jeder Junge hat in einer von patrilinearen Gewaltmonopolen bis in die Feinheiten der Substrukturen durchdrungenen Ordnung der Geschlechter sich selbst im Glanz aller Männlichkeiten greifbar. Jede Frau kämpft ihren Weg allein, und es ist ungleich schwerer, eine andere Frau nicht als Feindin zu betrachten, wenn sie immer nur kritisiert wird. Es ist ungeheuer schwer, in Verbindung (der Community) aller Frauen – also auch Lesben – zu bleiben, wenn es doch auch Frauen sind, die sich an Faschismus, der Ausbeutung und Zerstörung von FrauenLesben beteiligen. Und leider machen sich feministische Lesben auf diese Weise gemein mit männlichen Herrschaftsstrukturen.

Wir bleiben dabei und setzen weiter auf die feinen klaren Töne. Auch wenn wir im (Gegen)Wind segeln: Alles andere ist in unserem lesbischen Begehren unter unserer Würde und der von vielen Frauen, Lesben und Mädchen weltweit. Wir sind weiter frauenlesbenparteilich, autonom, benennen Unterschiede und fokussieren die Anliegen lesbisch-feministischen Lebens in ihren Unterschieden und verfolgen unsere politische Arbeit, die sich dem Kampf für FrauenLesbenrechte in allen Facetten widmet, die weit über das Interesse einzeln-kollektiv drängelnder Individuen hinausgeht.

Darum hier abschließend und überleitend zu den weiteren Kapiteln und Beiträgen der Autorinnen noch einmal Nicole Brossard:

> *Ich glaube, dass die wahnsinnige Liebe zwischen zwei Frauen so unbegreiflich für den Geist ist, dass wir, um darüber zu sprechen oder zu schreiben, die Welt neu denken müssen, um zu verstehen, was mit uns geschieht.*[9]

---

9 Siehe Fußnote 8

Les vieilles femmes

Die
Lebenssatt
Das Ungedachte denken
Noch einmal das Herz
Über den Zaun werfen
Hinterher springen Sich
Ungeübt
Wenden dorthin
Wo alles
Beginnt.

Vera Ruhrus

Les vieilles femmes – Die alten Frauen

Auszüge erforschter Frauenliebe

«Die Welt gehört uns.» *Zu Monique Wittigs* Les Guérillères

Traude Bührmann

Während in den 1970er-Jahren die meisten Utopien in der lesbisch-feministischen Literatur in schwer zugänglichen Tälern oder versteckt hinter Bergrücken existieren, lässt Monique Wittig ihre kampflustigen und unabhängigen Guérillères sagen: «Die Welt gehört uns.»

Dieses inspirierende Buch erscheint 1969 im renommierten Pariser Minuit Verlag, 1980 dann in deutscher Sprache im Verlag Frauenoffensive unter dem Titel *Die Verschwörung der Balkis* mit dem Untertitel *Les Guérillères,* ein von der Autorin geschaffenes Wort, das sich zusammensetzt aus Kriegerin und Guerilla. Engagiert übersetzt haben das Buch Gabriele Meixner und Waltraud Hennig, ohne dass ihre Namen erwähnt werden.

Verlag Frauenoffensive

Neben der visionierten Welt der Guérillères hat dieses Buch die politischen Verhältnisse jener Zeit zum Hintergrund: 1967 die Demonstrationen gegen den US-amerikanischen Imperialismus, gegen den Vietnam-Krieg mit seinen napalmverbrannten Menschen und Dörfern, aber auch die Guerilla-Unabhängigkeitskämpfe, an denen sich etliche mit Gewehren bewaffnete Frauen beteiligen. Die Hoffnung einer neuen Welt scheint sich abzuzeichnen, aber was ist der Platz für «sie» darin, die «elles»?, fragt Wittig. Auch bezogen auf ihr Zuhause in Frankreich, wo 1967 verheiratete Frauen immer noch keine juristische Autonomie haben und noch die Genehmigung ihres Mannes brauchen, um Konten zu eröffnen, außerhalb des Hauses zu arbeiten usw. In dieser Zeit beginnt Wittig, die der maoistischen Bewegung verbunden ist, *Les Guérillères* zu schreiben.

> *Sie sagen, dass sie gelernt haben, auf ihre eigenen Kräfte zu zählen. Sie sagen, sie wissen, was sie vereint bedeuten. Sie sagen, dass diejenigen, die eine neue Sprache fordern, zuerst die Gewalt lernen. Sie sagen, dass diejenigen, die die Welt verändern wollen, sich vor allem der Gewehre bemächtigen. Sie sagen, dass sie von Null aufbrechen. Sie sagen, dass es eine neue Welt ist, die beginnt.*

Französische Cover

Mit der Überzeugung der politischen, kritischen und theoretischen Bewegungen der 60er- und 70er-Jahre, die alte Welt verändern zu können, ist für die Schriftstellerin, die Monique Wittig ist, die Notwendigkeit verbunden, andere Erzählungen zu schreiben, neue Sprachen zu kreieren, sich mit der Sprache als Material auseinanderzusetzen. In beeindruckender Weise gibt die Autorin in *Les Guérillères* ihrem politischen Denken eine literarische, eine visuelle Form. Wie jedes epische Gedicht – so wird das Buch in den französischen Literaturkreisen bezeichnet – läuft der Text in Zyklen ab. Die werden auf manchen Seiten durch einen Kreis symbolisiert, durch eine kreisende Bewegung, die jedes lineare Lesen ausschließt. Wittig gibt dem kollektiven Pronomen «elles/sie» eine aktive dynamische Kraft in permanenter Bewegung. Diese SIE begleiten die Vornamen, rhythmisch auf den rechten Seiten des Buches.

> *Sie sagen, sie sprechen, sie spielen, sie laufen, sie kämpfen, sie erzählen über die vergessenen Heldinnen der Vergangenheit, die Schwestern Trung, zum Beispiel, vietnamesischen Kämpferinnen, die im Jahr 1939 eine Frauenarmee gründeten und über drei Jahre chinesische Angriffe zurückschlugen, oder Vlasta die Amazone, die im 7. Jahrhundert, nach dem Tod ihrer Gefährtin, einen autonomen Staat ausrief und über sieben/acht Jahre einen ‹Krieg der Frauen› führte …*

Übersetzt in viele Sprachen, treffen die Utopien der Guérillères mitten in die Aufbruchstimmung der feministischen lesbischen Bewegungen der 1970er-Jahre. Sie beeinflussen individuelles Denken und die entstehenden Gruppen, wie in Frankreich die *Féministes Révolutionnaires* oder die *Gouines Rouges.*

Monique Wittig selbst legt mit drei anderen Aktivistinnen am 26. August 1970 am Pariser Triumphbogen einen Blumenstrauß nieder «für die Frau des Unbekannten Sol-

Italienischer Kreis

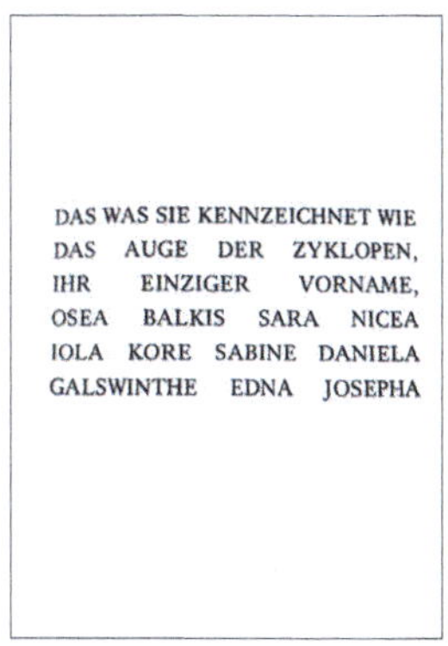
DAS WAS SIE KENNZEICHNET WIE DAS AUGE DER ZYKLOPEN, IHR EINZIGER VORNAME, OSEA BALKIS SARA NICEA IOLA KORE SABINE DANIELA GALSWINTHE EDNA JOSEPHA

Namen

daten». Kurzfristig festgenommen, erhalten sie die Aufmerksamkeit der Medien. Dieser Tag wird später als Eckdatum des Beginns der feministischen Bewegung Frankreichs (*Mouvement de Libération des Femmes,* MLF) bezeichnet.

Les Guérillères ist als Utopie eines Frauenkampfes gegen die unterdrückenden universellen Machtverhältnisse zu lesen, die sich die Frauen weiterreichen und kommentieren, indem sie die Sätze wiederholen: «Elles disent – sie sagen.»

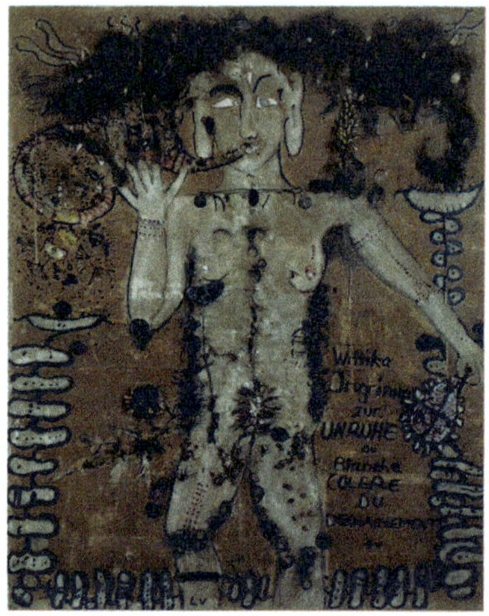

Wittika

Monique Wittig arbeitet vor allem mit Pronomen, mit dem «on» (man) in ihrem ersten preisgekrönten Roman *Opoponax, 1964.* In den *Guérillères* sind es die «elles», die das universelle Weibliche verkörpern. Ein Problem bei den Übersetzungen: Im Französischen wird in der 3. Person Mehrzahl zwischen «elles» und «ils» unterschieden, im Deutschen und Englischen gibt es nur die geschlechtlich neutralen «sie» oder «they». Also fügten die Übersetzerinnen bisweilen «Frauen» oder «women» hinzu, um das Weibliche zu verdeutlichen. Sehr zum Missfallen der Autorin, denn als Theoretikerin eines «materialistischen Feminismus» verwirft Wittig den Mythos «Frau», erklärt die Heterosexualität als politisches System, dem Lesben sich verweigern. Ihr zufolge ergibt «Frau» nur einen Sinn in heterosexuellen Denk- und Ökonomiestrukturen. Eine Feminisierung der Sprache lehnt sie ab, da sie die Geschlechterkategorien in der Sprache aufheben will. In diesem Sinne äußert sie in ihrem Essay *One is not born a woman* 1980: «Lesben sind keine Frauen.» Damit geht sie in die feministische (Streit-)Geschichte ein. Dieser oft in der Genderdebatte und von Judith Butler zitierte Satz bekommt in der queeren Bewegung der 1990er-Jahre große Bedeutung.

Zum 50. Geburtstag der Erstausgabe erscheinen *Les Guérillères* in Paris als Taschenbuch. Im renommierten Pariser Haus der Poesie wird dieses Werk an zwei Abenden mit szenischen Lesungen durch Schauspielerinnen und musika-

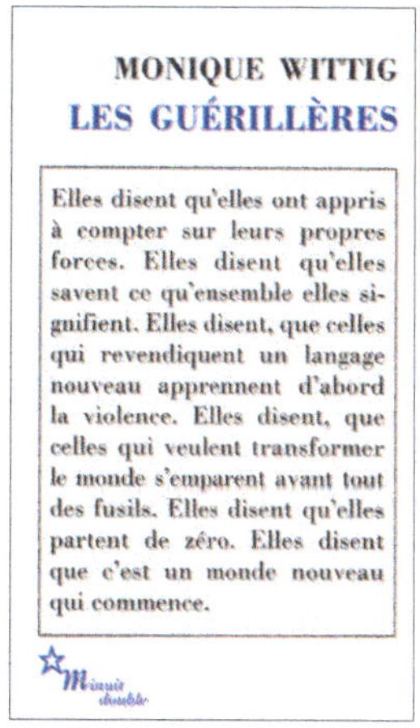

lische Interpretationen gewürdigt. Lesben und Feministinnen, die die Guérillères von Anfang an kennen, und sehr viele junge «elles» füllen den Saal sowie VertreterInnen der allgemeinen Literaturszene.

Durch die Übersetzungen ins Englische, Spanische, Italienische, Deutsche, Niederländische, Russische haben die Guérillères große Resonanz über geografische Grenzen hinweg erfahren. Sie bekommen unterschiedliche Akzente, unterschiedliche Formen, auch unterschiedliche Gesichter durch die verschiedenen Buchcover.

Alle drei Kapitel des Buches durchzieht der Krieg: Im ersten ist er gewonnen, im zweiten das Kämpfen beendet, im dritten geht der Krieg weiter. Aber Wittig imaginiert einen Sieg ihrer Guérillères.

> *Sie ziehen frei durch die ganze Welt, mögen in Bäumen hausen, aus ihren Archiven Geschichten erzählen, die datenverarbeitenden Betriebe in der Hand haben, sich kraftvoll und glücklich bewegen. Sie schreien und singen: «Die Sonne kann scheinen/die Welt gehört uns.» Und fügen hinzu: «Wenn ich mir die Welt aneigne, sei es, um mich ihrer sogleich wieder zu entledigen, sei es, um neue Beziehungen zwischen mir und der Welt zu schaffen.*

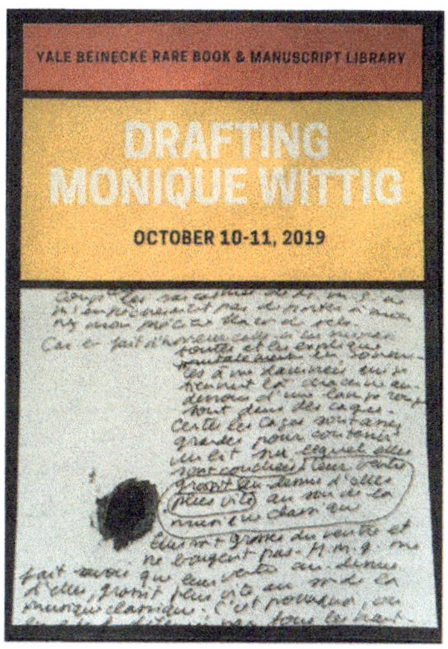

Die Kreise vervielfältigen sich, gehen ineinander über. Dieser Nachmittag gehört dazu. Danke an die Aktivistinnen des Lesbenfrühlingstreffens für Raum und Zeit, Moniques *Guérillères* vorstellen zu können, die mich durch die Jahrzehnte begleitet haben und mich immer noch bewegen. Widmen möchte ich diese Stunden allen heutigen Guérillères.

Biografisch-literarische Anmerkungen

13. Juli 1935 ist Monique Wittig in Dannemarie, Alsace, geboren, wo 2017 eine Straße nach ihr benannt wird.

1976 lässt sie sich mit ihrer Lebensgefährtin Sande Zeig in den USA nieder, wo sie an verschiedenen Universitäten, zuletzt in Tucson, Arizona, französische Literatur, auch im Bereich Genderstudies lehrt sowie theoretische Texte und Essays verfasst, veröffentlicht in *The Straight Mind* bei Beacon Press, Boston 1992.

Mit ihrer Gefährtin Sande Zeig schreibt sie das *Brouillon pour un dictionnaire des amantes* (1976), als *Lesbian peoples: Material for a dictionary* (1979), als *Lesbische Völker – Ein Wörterbuch,* ins Deutsche übersetzt von Gabriele Meixner und Verena Stefan auf Wunsch der Autorin aus der englischsprachigen Version, Frauenoffensive, München 1983.

1985 erscheint Monique Wittigs letzter (noch nicht ins Deutsche übersetzter) Roman *Virgile, non.* Les Éditions de Minuit, Paris.

Ihr Theaterstück *Voyage sans fin,* Édition Vlasta, wird in Paris aufgeführt, realisiert zusammen mit Sande Zeig.

1999 wird *Paris-la-Politique et autres histoires* veröffentlicht.

2001 organisieren Marie-Hélène Bourcier und Suzette Robichon in Paris ein internationales Colloquium zu Wittigs literarischem Werk, in «ihrer» Stadt, die sie jeden Sommer besuchte und wo sie ihren Freundinnen vom «Ballett der Vögel in ihrem Garten in Tucson» erzählte ...

Mit folgendem Zitat aus *Les Guérillères* geben ihre Lebensgefährtin Sande Zeig, ihre Mutter, Schwester, Nichte und Freundinnen den Tod Monique Wittigs in der Presse bekannt. Sie starb plötzlich und unerwartet am 3. Januar 2003 an einem Herzinfarkt in Tucson, Arizona.

> *Sie sagen, nimm dir Zeit, beachte diese neue Gattung, die eine neue Sprache sucht. Ein starker Wind fegt über die Erde. Die Sonne wird aufgehen. Noch singen die Vögel nicht. Die lila und violetten Farben des Himmels hellen sich auf.*

Am **17. Sept. 2021** wird von der Stadtverwaltung Paris ein kleiner Park nach ihr benannt: Écrivaine, militante lesbienne féministe – Schriftstellerin, lesbisch-feministische Aktivistin.

Paris, Jardin Wittig, Suzette Robichon und Alice Coffin © Marie Docher

Weitere Literatur & Quellen

Special Monique Wittig der francophonen Revue Vlasta, fictions/utopies amazoniennes, Paris 1985

Bourcier, Marie-Hélène & Robichon, Suzette (Hrsg.): *Parce que les lesbiennes ne sont pas des femmes,* Éditions gaies et lesbiennes, Paris 2005

Ecarnot, Catherine: *L'écriture de Monique Wittig.* Harmattan, Paris 2002

Bührmann, Traude (Hrsg.): *In Memoriam Monique Wittig,* Dokumentation der zweitägigen Gedenkfeier, Inselgalerie Berlin, 15./16. Februar 2003

Bührmann, Traude: *In Memoriam,* Beitrag in fembio.org; in: *Virginia – Frauenbuchkritik,* Frühjahr 2003; in: *Ihrsinn – eine radikalfeministische Lesbenzeitschrift* 27/3

Lüdicke, Luis: *Wir werden nicht als Frauen geboren,* übersetzt aus dem Englischen «One is not Born a Woman». In: *Ihrsinn – eine radikalfeministische Lesbenzeitschrift* 27/3

Shaktini, Namascar: *On Monique Wittig. Theoretical, Political, Literary essays.* University of Illinois Press, Chicago 2005

Näheres und Aktuelles kann auf der französischsprachigen Website des FreundInnenkreises, les ami.es de Monique Wittig, eingesehen werden:
https://etudeswittig.hypotheses.org/
Und auf der englischsprachigen Website:
www.moniquewittig.com

Die Kunst, zwischen den Zeiten zu tanzen: Ein Erinnerungsessay über jüdische Frauen im Widerstand und lesbische Sichtbarkeit

Oxana Chi & Layla Zami

Oxana Chi:
Im Sommer 2011 fuhr ich mit meiner Lebenspartnerin Layla Zami nach Frankreich, um in Paris den Salon Qi vorzubereiten. (Mittlerweile sind wir verheiratet.) Ich freute mich über eine Projektförderung der Fondation pour la Mémoire de la Shoah (Stiftung zur Erinnerung an die Shoah), die die Pariser Ausgabe des Kunstsalons finanzierte, nachdem im Frühjahr der Salon in Berlin von unter anderen der Stiftung Zurückgeben mitgetragen worden war.

Den Salon Qi hatte ich zu diesem Zeitpunkt zum dritten Mal erfolgreich in Berlin veranstaltet (2009 im Hoftheater Kreuzberg, 2010 im Theaterforum, 2011 in der Galerie Gondwana). Es ist ein Kunstsalon, den ich zur Erinnerung an die russisch-jüdisch-chinesische Tänzerin Tatjana Barbakoff initiiert habe. Als junge Künstlerin aus Lettland ist sie nach Düsseldorf und anschließend nach Berlin gezogen. Sie feierte Erfolge, war ein Publikumsmagnet, emigrierte nach Paris, wurde in Nizza verhaftet und in Auschwitz ermordet und geriet wie viele Künstlerinnen jener Zeit in Vergessenheit. Ihre Inszenierungen waren mitreißend, poetisch, sozial-politisch und aktivistisch. In satirischen Tänzen machte sie Ende der 1920er-Jahre auf den nahenden Nationalsozialismus aufmerksam. Wenn ihr mehr über Tatjana Barbakoff und meine künstlerische Recherche erfahren möchtet, empfehle ich euch, unseren Film *Durch Gärten tanzen* zu bestellen.[1]

Mittlerweile ist mein Salon Qi selbst auch viel gereist und fand an folgenden Orten statt: in Berlin (Filmbühne am Steinplatz, Hoftheater Kreuzberg, Grimm-Zentrum-Auditorium an der Humboldt-Universität, Bundesplatz Kino), Dresden (Jüdische Musik- und Theaterwochen im Societaetstheater) sowie im Rahmen des Festival de Danse Cannes (Atelier de la Danse n°8 *Traversées*) und zuletzt 2020 in New York (Performance Project, University Settlement).

1 Die DVD ist online bei Fembooks erhältlich: https://www.fembooks.de/Oxana-Chi-Layla-Zami-Durch-Gaerten-Tanzen.

Nun waren wir auf dem Weg nach Paris. Geplant waren Aufführungen zweier meiner abendfüllenden Solotänze zur Erinnerung an diese wunderbare Tänzerin. Die Choreographie *Durch Gärten tanzen* zeigte ich im Theater Le Dansoir de Karine Saporta. Saporta ist selbst Tänzerin, eine der bekanntesten im Tanzgeschäft, offen lesbisch und in einer festen Beziehung mit Jackie Buet, Gründerin und Direktorin des Festival international de films de femmes de Créteil in Paris. Das Stück *Tanz auf der Stelle* präsentierten wir mit einem Vortrag zu Barbakoff im Heinrich-Heine-Haus an der Cité internationale universitaire de Paris. Eine Ausstellung mit Fotografien zum Thema, auf denen ich abgelichtet bin, nachdem ich mich in Tatjana verwandelt hatte, vervollständigte den Salon. Es sind Bilder der Fotografinnen Layla Zami und Annette Hauschild, die beide mit Analogkameras arbeiteten.

Glücklicherweise hatten wir neben den Proben, Besprechungen und Aufbauten in Paris auch Zeit und Muße, Kultur zu genießen. So trafen wir in einem typischen Pariser Café im Viertel Marais, welches zwischen dem 3. und 4. Arrondissement liegt und das historische Zentrum des jüdischen Lebens in Paris bis heute mit zeitgenössischen Spuren darstellt, die Kunsthistorikerin und Schriftstellerin Emmanuelle Polack. Sie zeigte uns ihre neueste Graphic Novel über die lesbische Kunsthistorikerin und Widerstandskämpferin Rose Valland[2], die es während der deutschen Besatzung in Frankreich als Museumsangestellte geschafft hatte, Kunstwerke sicher zu verstecken, Abtransportlisten der Nazis einzusehen, um den Kunstraub von Frankreich nach Deutschland zu verfolgen, und nach Kriegsende maßgeblich an der Rückgabe von Raubkunst mitzuwirken. Emmanuelle Polack hatte auch Laylas Großmutter, die Tänzerin Elfriede Zuckerman, im hohen Alter zu ihrer spannenden und dramatischen Familiengeschichte interviewt. Es sollte ein Buch werden ... Aber dazu kann euch Layla mehr erzählen.

Layla Zami:
Meine erste Begegnung mit Emmanuelle Polack war sehr erfrischend. Es dauerte etwa ein halbes Jahr, bis wir uns wiedersahen, ich diesmal in Begleitung von Oxana. Elegant und sprühend vor geschichtlicher Leidenschaft freute sich die Historikerin, mit einer Gleichgesinnten ins Gespräch zu kommen. Wir trafen uns im Palais de Tokyo, einem innovativen und gut gelegenen Museum für zeitgenössische Kunst in Paris. Der spannende Austausch übertönte um vieles den grauen Hintergrund des Museumscafés. Emmanuelle Polack erzählte mir voller Emotionen von der Aufnah-

2 Catel, Emmanuelle Polack & Claire Bouilhac: *Rose Valland: Capitaine des Beaux-Arts.* Dupuis, Paris 2009

me, die sie mit meiner Großmutter gemacht hatte. Elfriede Zuckerman, genannt Friedel, war ein Jahr zuvor verstorben, leider kurz bevor sie Oxana kennenlernen konnte. Sie hätten sich bestimmt wunderbar verstanden und sich über ihr jeweiliges Bühnentanzstudium an der Folkwang Hochschule Essen (heute Folkwang Universität der Künste) austauschen können. Friedel hatte mir einige Geschichten über ihr Leben in den 1930er-Jahren erzählt. Wir machten oft gemeinsam Urlaub in Arosa in der Schweiz. Arosa wurde zu diesem Zwischenraum, in dem meine Oma und andere jüdische Frauen ihrer Generation ein Deutsch-Sein und eine Deutschsprachigkeit rekonstruieren und wieder-leben konnten, ohne einen Fuß nach Deutschland setzen zu müssen.

Meine Großmutter kam aus Bochum, und ihre Familie war seit 500 Jahren in Deutschland, als sie 1933 fliehen musste. Sie war gerade dabei, eine Karriere als ausgezeichnete Tänzerin zu beginnen, nachdem sie ihr Studium absolviert hatte. Sie floh gemeinsam mit meinem Großvater Jakob Zuckerman aus Düsseldorf, der nach dem Krieg eine Leitungsposition bei der Unesco in Paris innehatte. Sie reisten durch Europa, versteckten sich in Südfrankreich und schafften es schließlich, nach Portugal zu fliehen. Hingegen wurden ihre, sprich meine Verwandten (die Geschwister und Nichte meiner Großeltern), ebenfalls wie die Tänzerin Tatjana Barbakoff in Nizza verhaftet und deportiert. Als Oxana und ich 2017 nach einem Auftritt in Cannes nach Nizza reisten, spürte ich, wie die Grenzen zwischen Vergangenheit, Gegenwart und Zukunft verschwammen. Zeit rann nicht mehr linear, sondern im Kreis, wie in Oxanas Tanzkunst. Auf unheimliche und zugleich magische Weise konnte ich, konnten wir, hin und her reisen und ohne Geschichtsbuch einen besonderen Zugang zur Wahrheit über diese schrecklichen Zeiten erlangen.

Dieses Gefühl war mir seit meiner Kindheit sehr vertraut. Während der köstlichen Mahlzeiten im Luxushotel in den Schweizer Bergen schien mir meine Oma sowohl glücklich als auch traurig zu sein. Mit einem Fuß stand sie in ihrem Leben vor dem Trauma und mit dem anderen in der Gegenwart, und dann tauchte bei mir manchmal dieses unbeschreibliche Gefühl von Zwischen-den-Zeiten-Sein auf, welches mich seither mein Leben lang begleitet. Damals ahnte ich nicht, dass ich später eine Doktorarbeit über Tanz und Erinnerung verfassen würde, in der ich u.a. auch über unterschiedliche Zeitwahrnehmungen in Bezug auf Oxanas Tanz schreibe.[3]

3 Zami, Layla: *Contemporary PerforMemory: Dancing Through Spacetime, Historical Trauma, and Diaspora in the 21st Century.* transcript Verlag, Bielefeld 2020

Elfriede Zuckerman mit Kommilitonin in der Folkwang Schule. Essen, 1930er-Jahre © li:chi Verein

Da Tatjana Barbakoff in Düsseldorf gelebt hat, stelle ich mir manchmal gerne vor, wie sie und meine Großmutter sich wohl im Tanzstudio begegnet sein könnten …
Als Emmanuelle Polack von Rose Valland erzählte, dachte ich auch an meinen Großvater, der nach dem Krieg als Hauptgesandter der Library of Congress Mission nach Berlin geschickt worden war, um von den Nazis gestohlene Kunstwerke ausfindig zu machen. Ich realisierte, dass Vallands mutige Arbeit maßgebend für die spätere Aufgabe meines Großvaters gewesen sein muss. Pollack erklärte, wie die Nazis 1940 das berühmte Gebäude Jeu de Paume in Paris beschlagnahmten und bis 1944 besetzt hielten, um die unzähligen Werke, die von jüdischen KünstlerInnen, KunstsammlerInnen und Privatleuten gestohlen worden waren, zu lagern und deren Transport nach Deutschland zu organisieren. Ihr Leben aufs Spiel setzend, hat Rose Valland, die damals als Attachée de Conservation im Jeu de Paume arbeitete, erreicht, dass nach dem Krieg 45 000 Kunstwerke lokalisiert und zurückgegeben werden konnten. Valland ist eine der am höchsten ausgezeichneten Frauen der französischen Geschichte – und sie war lesbisch.

Oxana Chi:
Durch diese spannende Geschichte, in der eine Mitarbeiterin der Galerie nationale du Jeu de Paume zur Heldin wird, wurde ich auf das Museum aufmerksam. Layla und ich erkundigten uns über aktuelle Ausstellungen, und es stellte sich heraus, dass es gerade eine Ausstellung über die Künstlerin Claude Cahun gab, die auch aktiv im französischen Widerstand gewesen war. Es war eine beeindruckende Fotoausstellung, aber ihre Partnerin Marcel Moore wurde eher am Rand erwähnt. Die beiden Künstlerinnen haben sich in den 1920er-/1930er-Jahren gegenseitig abgelichtet in inszenierten Fotos und zum Teil mit ausgefallenen Kostümen und Kulissen. Allerdings gefiel mir in der Ausstellung nicht, dass Claude Cahun als Solokünstlerin dargestellt wurde, die sich selbst fotografiert haben sollte, und dass die Bilder als Selbstporträt vermarktet wurden, obwohl es für mich offensichtlich war, dass es sich um die Zusammenarbeit eines lesbischen Frauenpaares handelte. Aufgrund

Claude Cahun & Marcel Moore
Kohlezeichnung von der Künstlerin
Xiao Hong, New York, 2020
Das Bild wurde nach einem Originalfoto
im Auftrag von Oxana Chi für den Film
Killjoy in Orange Ink *gemalt*
© li:chi Verein

meiner eigenen Erfahrung als Frau, die mit ihrer Frau und auch mit anderen Frauen eng zusammenarbeitet, habe ich schnell erkannt, dass hier eine innige Kollaboration stattgefunden hatte. Schade, denn die Kunst und der Lebensweg dieser beiden Menschen berührten uns sehr.

Layla Zami:
Claude Cahun (1894–1954) und Marcel Moore (1892–1972) wurden in Frankreich geboren. Diese Hauptfiguren der surrealistischen Bewegung in Frankreich inspirierten viele KünstlerInnen, die später bekannt wurden, wie z.B. André Breton. Sie waren in Kontakt mit Gertrude Stein und Alice B. Toklas.[4] Das Frauenpaar Cahun-Moore war künstlerisch tätig in den Bereichen Fotografie, kreatives Schreiben, Design und Theater. Sie veröffentlichten gemeinsam Werke wie *Vues & Visions* und *Aveux non avenus.* Claude und Marcel interessierten sich für die Bewegung der freien spirituellen Forschung rund um Grace Constant Lounsbery und Lottie Yorska (jüdische Autorin und Performerin). Cahun und Moore gehörten dem esoterischen Theater an, welches in der Salle Adyar beheimatet war, ein Ort, in dem Tatjana Barbakoff während ihres Pariser Exils auftrat. Es entstanden spannende Frauenkollaborationen: z.B. im Jahr 1927, als das Theaterstück *Judith* von Lounsbery aufgeführt wurde. Das Bühnenbild stammte von Marcel, Claude spielte eine Rolle (La Femme), und die Tänzerin Nadja, für die Marcel viele Werbematerialien produzierte, bezauberte das Publikum mit einer Tanzdarbietung.[5] Cahun und Moore waren zudem wichtige

4 Shari Benstock: *Women of the Left Bank: Paris 1900–1940.* University of Texas, Austin 2008
5 Siehe Tirza True Latimer: *Aesthetic Allegiances: Marcel Moore and Claude Cahun.* http://cahun-moore.com/collectif-heritages-partages-de-claude-cahun-et-marcel-moore/aesthetic-allegiances-marcel-moore-and-claude-cahun/

Aktivistinnen im französischen Widerstand. Als 1935 die surrealistische antifaschistische Initiative Contre-Attaque: Union de lutte des intellectuels révolutionnaires (Gegenangriff: Union der revolutionären Intellektuellen) gegründet wurde, waren Cahun und Moore Co-Autorinnen des Gründungsmanifests. Auch setzten sich die Künstlerinnen schon zu ihrer Zeit mit stereotypen Geschlechterrollen auseinander.

Oxana Chi:
Als wir aus Paris zurückkamen, erzählten wir in feministischen Kreisen von unserer Reise. Im Mai 2012 wurde die Veranstaltungsreihe *Trans_forming Politics/Politicizing Trans** von Profx. Drx. Lann Hornscheidt (Mitgründerx des Zentrums für transdisziplinäre Geschlechterstudien) an der Humboldt-Universität Berlin organisiert. Die Vorträge und Workshops wurden von einer Fotoausstellung in der damaligen Galerie Funke begleitet. Unter der Überschrift *to dyke_trans: dis_visualizing | re_locating | de_silencing* brachte Hornscheidt verschiedene Kunstpersönlichkeiten zusammen, u.a. die südafrikanische Fotografin Zanele Muholi und Layla Zami. Auch Marcel Moore und Claude Cahun waren mit einem Foto, auf dem Cahun abgebildet war, vertreten. Für die Ausstellungseröffnung wurde ich eingeladen, einen Tanz zu konzipieren und darzubieten. Ich choreografierte eine Performance, die ich Claude Cahun und Marcel Moore widmete. Die Galerie Funke war eine Kunstoase am Chamissoplatz, die liebevoll von Claudia Funke geleitet wurde. Leider musste sie ihre wunderbaren Räume in der Willibald-Alexis-Straße im Jahr 2013 schließen. Ein weiterer Frauenkunstort ging damit verloren. Mein Tanzstück *Killjoy* erblickte dort aber glücklicherweise im Mai 2012 noch das Licht der Welt. Seitdem habe ich diese Performance, kontextualisiert und eingeführt von Dr. Layla Zami, in vielen unterschiedlichen Kontexten getanzt.[6] Im September 2019 präsentierten wir dieses Programm bei der neunten Ausgabe der Internationalen Bet Debora Konferenz, die rund um das Thema «Jewish women being present, bringing change» in Belgrad stattfand. Im Konferenzprogramm gab es viel Inspirierendes, Neues und Spannendes. Ein gemeinsames Abendessen, organisiert von der lesbischen Feministin Sonja Viličić (Leiterin des Vereins Haver Srbija) in einem Garten-Café-Restaurant, ein

6 2021: Dortmund Goes Black am Theater Dortmund, Lesbenfrühlingstreffen (Bremen), 2020: Queeres Kulturhaus Berlin in der Ausstellung *Lila Wunder 1920 Begegnungen und Verbindungen 2020 sichtbar werden – sichtbar bleiben* und im Kunsthistorischen Department am Pratt Institute, 2019: *Memory Moves Studies Project* bei Movement Research, 2017: Konferenz *Race, Power, and Privilege in Academia* an der HU, an der Universität Göttingen, beim Internationalen Symposium *Moving Memory* an der Technischen Universität im Rahmen von *2050 – Stadt der Zukunft,* 2016: an der New York University Tisch School (Jack Crystal Theater), zur Eröffnung von ELES Kunstlab *DAGESH* im Schloss Rheinsberg, bei der Tampere Universität in Finnland und am Lehrstuhl für deutsch-jüdische Literatur- und Kulturgeschichte, Exil und Migration an der Europa-Universität Viadrina.

Galeriebesuch und ein Ohrenbalsam-Konzert von Shira U'Tfila rundeten die Konferenz und unseren Aufenthalt in Belgrad ab.

Layla Zami:
Als wir in Belgrad anreisten, fiel uns auf, wie Militärflugzeuge die Luft durchbohrten. Später während unseres Aufenthalts fanden sowohl eine Militärparade als auch ein LGBT*-Pride statt, eine seltsame Zusammenstellung oder eher Nebeneinanderstellung. Von Belgrad behalten wir aber auch wunderschöne Erinnerungen im Gedächtnis. Ein Gefühl von Ruhe und Seligkeit. Die Menschen, die so viel Tragisches erlebt haben, schienen dort jeden Augenblick, jeden Schluck Kaffee in den bezaubernden Buchhandlungscafés zu genießen. Bücher haben mir schon immer Halt gegeben, lange bevor ich die Schönheit und Spiritualität der Tanzkunst mit meinem Schatz Oxana besonders zu schätzen lernte, haben die Worte für mich die Kraft gehabt, sich durch Zeit und Raum zu bewegen.

Oxana Chi und Layla Zami
Kollaboratives Autoporträt bei einem Restaurantbesuch zum Auftakt der Bet Debora Konferenz
Radost Fina Kuhinjica, Belgrad 2019
© li:chi Verein

Oxana Chi:
Tänzerisch und choreographisch war mir bei diesem Künstlerinnenpaar Claude Cahun und Marcel Moore wichtig, dass ich als frauenliebende Tänzerin die Essenz ihrer Zeit, ihrer Beziehung und ihrer Kunst berühre und mich gleichzeitig zeitgenössisch positioniere und meine Eindrücke mit Cahuns/Moores Geschichtszuschreibung ausdrücke. Da dies keine Materialsammlung ist, die nur Freude erweckt, sondern eher einer Materialschlacht gleichkommt, die zum Erinnern auffordert und zum Vergleichen von Gestern und Heute anregt, hat mir das feministische Konzept der lesbischen Autorin und Professorin Sara Ahmed geholfen. Die britisch-australische Wissenschaftlerin ist die Autorin von *Living a Feminist Life,* des *Killjoy Manifesto* und des Blogs feministkilljoy. Ich las und choreografierte zeitgleich. Ihre kritischen Texte standen mir hilfreich zur Seite, und ich entlieh mir den kraftvollen Titel *Killjoy* für meine Inszenierung. Ahmed hatte sich den Titel wiederum von der ghanaischen Schriftstellerin Ama Ata Aidoo, der Autorin

von *Our Sister Killjoy* (1977), geliehen. So wird etwas weitergetragen, ein Ausdruck, ein Name, eine feministische Benennung, ein erfundener Name, der die Energie in sich hat, die eine kraftvolle traurige Erzählung braucht, die ebenso mit Humor und Witz gespickt ist. *Killjoy* ist eine meiner Repertoire-Tanzperformances geworden. Für die Ausstellung *Lila Wunder* des Queeren Hauses Berlin erstellte ich zusätzlich den Film *Killjoy in Orange Ink*. Beide, den Tanz und den Film, haben wir beim Lesbenfrühlingstreffen 2021 in Bremen online gezeigt und viel Lob dafür erhalten. Gedreht habe ich am Times Square in Manhattan, ich arbeitete mit Archivmaterial und Bildern von meinen Reisen, machte zusätzlich Fotos von selbst erstellten Collagen. All dies diente dazu, die Geschichte Cahun/Moore-Chi/Zami auch im Film stimmungsvoll zu erzählen und die Sichtbarkeit von uns vier Frauen und vielen weiteren Frauen der Vergangenheit und der Gegenwart zu erzeugen.

Oxana Chi in Killjoy
Jack Crystal Theater
New York University, 2016
Foto von Kearra Gopee
© li:chi Verein

Late Bloomers – Frauen, die spät im Leben lesbisch werden

Yvonne Ford

Der Begriff «Late Bloomers» wird in englischsprachigen Ländern benutzt, um Frauen zu beschreiben, die spät im Leben ihre Liebe zu Frauen zu leben beginnen oder entdecken. Viele dieser Frauen waren jahrelang in Beziehungen mit Männern und sind Mütter von Kindern. Manche sind verheiratet zu dem Zeitpunkt, an dem sie sich in eine Frau verlieben, andere haben sich bereits von ihrem Partner/Mann getrennt oder sind geschieden, wieder andere sind zu diesem Zeitpunkt nicht in einer Beziehung und merken überrascht, dass sie sich zu Frauen hingezogen fühlen.

Einige Late Bloomers haben Liebesgefühle für Freundinnen oder Lehrerinnen in der Kindheit und Jugend verspürt, haben sich dann aber für Beziehungen mit Männern entschieden, weil sie keine Alternative sahen, keine Lesben als Vorbilder kannten. Für sie ist die Liebe zu einer Frau eine Wiederentdeckung ihre alten Gefühle. Für andere ist es eine völlig neue, unerwartete Erfahrung, und sie sind erstaunt, eine solche Erfahrung zu machen. Und für weitere ist es eine neue Erkenntnis, eine neue Entdeckung, die sie relativ schnell und gut annehmen können.

Für alle Frauen, die bis zu ihrer neuen Bewusstheit in ihrer Familie, an der Arbeitsstelle, im Freundeskreis und am Wohnort als heterosexuelle Frau wahrgenommen worden sind, ist die Entscheidung, eine Frau zu lieben und sich als frauenliebende Frau zu identifizieren, ein Schritt weg von der Norm in unserer Gesellschaft, von der Mehrheit zu einer Minderheit, wie groß diese Minderheit auch sein mag. Einer solchen Entscheidung wird von den Mitmenschen oft mit Unverständnis oder mit Ablehnung begegnet. Für die Frauen, die in einer Heterobeziehung leben, wenn sie ihre Liebe zu Frauen entdecken, ist die Umstellung oft sehr turbulent. Ein Prozess der Umorientierung, der über Monate, sogar Jahre anhalten kann, beginnt.

Die Herausforderungen des Coming-outs – des «Sich zur eigenen abweichenden sexuellen Identität Bekennens» – sind für junge Menschen gut dokumentiert. Weniger bekannt sind die Hürden für Frauen (und Männer), die später im Leben eine neue sexuelle Identität entdecken und annehmen, die sich in der Familie, am Arbeitsplatz und in der Gesellschaft verändern. Es ist meine Beobachtung, dass das Coming-out im späteren Leben genauso viele, wenn nicht sogar mehr Ängste, Konflikte und Herausforderungen mit sich bringt als für junge Menschen.

Die Erfahrungen von Late Bloomers

Durch eine kleine Umfrage, die ich vor einigen Jahren durchgeführt habe, konnte ich die Erfahrungen von einigen Late Bloomers erfassen und mit meinen eigenen vergleichen. Nach zwei Ehen und vier Kindern, auch als selbstständige Einwanderin (aus den USA), habe ich erst mit 48 Jahren meine lesbische Identität entdeckt. Die Frauen, die an meiner Befragung teilgenommen hatten, waren alle Teilnehmerinnen an einer der Tagungen vom Lesbischen Herbst, die ich mitorganisiert habe. Das heißt, sie waren so weit in ihrer neuen Identität gefestigt, dass sie den Wunsch hatten, an einer lesbischen Tagung teilzunehmen.

Im Durchschnitt waren die 18 befragten Frauen zu dem Zeitpunkt 57 Jahre alt; ihr Coming-out lag durchschnittlich bei 42 Jahren. Als sie ihr Coming-out hatten, waren acht verheiratet (44%), sechs (33,3%) waren bereits geschieden, zwei waren verwitwet und zwei waren Single.

Eine Mehrheit, 14 der Frauen (77%), sagten, sie hatten Probleme, die mit ihrem Coming-out verbunden waren. Eine Frau sagte, dass sie mehr Probleme mit sich selbst hatte als mit anderen Menschen. Vier Frauen berichteten, dass sie keine nennenswerten Probleme hatten.

Die Probleme wurden wie folgt beschrieben:

Psychische Probleme – 61%
Schuldgefühle, den Partner zu verletzen und zu verlassen und die Familie auf den Kopf zu stellen, Scham, internalisierte Homophobie, Angst, abgelehnt zu werden. Dies äußerte sich in Schlaflosigkeit, Konzentrationsstörungen, Angstattacken und Depression u.a.

Soziale Probleme – 50%
Verlust von alten Freunden/Freundinnen, die sich abwenden, Ablehnung durch die Familie und Arbeitskollegen, sich «verloren» fühlen, ohne Gleichgesinnte, Spannungen mit den Kindern und ihrem Umfeld (Schule, Freunde), Angst, das Sorgerecht für die Kinder zu verlieren.

Körperliche Probleme – 44%
Schlaflosigkeit, Erschöpfung, Konzentrationsstörungen, Angstattacken, Depression, Schmerzen, Magen-Darm- und Herz-Kreislauf-Störungen.

Finanzielle Probleme – 33,3%
Geldprobleme durch die Trennung, Notwendigkeit, eine Wohnung zu finanzieren, Umzug, Kosten einer Scheidung, Notwendigkeit, eine Arbeitsstelle zu suchen.

Andere – 15%
Enttäuschung, wenn die erste Beziehung zerbrach, Spannungen zwischen Partnerinnen, wenn eine immer lesbisch gelebt hat und die andere Late Bloomer ist.

Die Mehrheit der Frauen sind Mütter (von zwei bis vier Kindern pro Frau); diese Frauen berichteten, dass sie Probleme mit den Kindern hatten aufgrund ihres Comingouts, besonders wenn die Kinder im Teenageralter waren und noch zu Hause lebten.

Ein Drittel der Frauen war mit drei bis vier der oben genannten Probleme konfrontiert. Zwei Drittel hatten mindestens zwei der Probleme in diesen Bereichen erlebt.

Die Hälfte der Frauen nahm psychotherapeutische Unterstützung in Anspruch, ca. ein Drittel hat auch medizinische Behandlungen erhalten, sei es durch eine Hausärztin/einen Hausarzt oder eine stationäre Maßnahme. Sie sagten, es habe sie viel Mut gekostet, über ihre wahren Probleme zu sprechen, und dass sie nicht immer Akzeptanz dafür erfahren haben.

Die Hälfte der Frauen berichtete, dass sie Unterstützung vom Freundeskreis bekamen, aber nur vier wurden von Familienmitgliedern unterstützt. Eine der Frauen nannte eine Frauenberatungsstelle als unterstützend, eine weitere eine Lesbenberatungsstelle (Coming-out-Gruppe). Aber die Mehrheit sagte, sie wussten nicht, wo sie Unterstützung von anderen Lesben hätten bekommen können und dass sie lange Zeit dachten, sie wären die «Einzigen», die eine solche Entwicklung erlebten.

Die Schwierigkeiten am Anfang der Integration des neuen Bewusstseins sind Ausdruck der normierten heterosexuellen Umgebung und sollten nicht als Nachweis betrachtet werden, dass der Prozess an sich «krankhaft» ist. Es ist wichtig, Late Bloomers zu zeigen, dass sie nicht die einzigen Frauen sind, die ein Coming-out erlebt haben und dass ihr Weg durchaus normal ist.

Ankommen im neuen Leben

Alle der Befragten berichteten, dass ihre Kinder, Familien, Freunde und Freundinnen, ArbeitskollegInnen und NachbarInnen nach einigen Jahren nicht mehr so negativ auf ihr Lesbischsein reagierten wie am Anfang. Eine Entwicklung und Akzeptanz (oder Toleranz) der neuen Realität sind festzustellen. Einige berichteten von Annäherungen und Akzeptanz der Lebensgefährtin. Zwei der Frauen sind noch mit ihrer ersten Frauenliebe zusammen; alle anderen haben seit ihrem Coming-out mehrere Beziehungen gehabt, aber zum Teil lange Phasen des Alleinseins erlebt. Zur Zeit der Umfrage lebten elf Frauen in Beziehungen, sieben waren Single. Fast alle Frauen berichteten, dass sie mehr als zehn Lesben kennen – und dass sie Kontakt mit Lesben in ihrem Freundeskreis, in Gruppen und im Internet haben.

Als Fazit sagen fast alle Frauen, dass sie den Eindruck haben, dass sie «angekommen sind», dass sie trotz aller Probleme froh sind, «zu Hause» zu sein. Weder in der Umfrage noch im Kontakt mit zahlreichen Late Bloomers über viele Jahre habe ich Frauen kennengelernt, die ihren Schritt bereut haben und zurück in die Heterawelt gegangen sind.

Einige Zitate aus den Fragebögen:
«Meine lesbische Identität ist immer wieder am Wachsen. Ich brauche immer wieder eine liebevolle Unterstützung.»
«Ich fühle mich ganz normal, ist ja auch normal, was andere denken, ist mir egal.»
«Ich bin froh über den Zuwachs an Offenheit und Lebenserfahrung.»
«Trotz aller Probleme bin ich angekommen.»
«Meine lesbische Identität ist sehr wichtig für mich, ich bin aber nicht überall geoutet.»
«Ich bin endlich angekommen und innerlich zu Hause.»
«Ich bin angekommen und gehe damit manchmal bewusst nach außen, um uns sichtbar zu machen.»
«Ich bin zu Hause in mir und angekommen.»
«Ich mag das Wort ‹Lesbe› immer noch nicht, aber ich finde es wunderbar, jetzt einen Menschen gefunden zu haben, der mich liebt und den ich auch liebe.»
«Ich fühle mich wohl!»
«Es geht mir sehr gut.»

Die Late Bloomers haben oft weiterhin enge Bindungen in der heteronormativen Welt, zu ihren Kindern und mitunter Enkelkindern, eventuell zu Geschwistern und deren Familien, zu KollegInnen bei der Arbeit und in Vereinen, zu Freundinnen. Gleichzeitig haben sie neue Kontakte und Freundinnen in lesbischen Kreisen gewonnen. Dieses Leben «in zwei Welten» ist manchmal Quelle von Konflikten, besonders mit Lesben, deren Kinderwunsch nicht erfüllt werden konnte. Late Bloomers berichteten auch, dass sich Heterafreundinnen, die sie während vieler Jahre kannten, von ihnen abgewendet haben – zum Teil aus Eifersucht der Lebenspartnerin gegenüber, zum Teil weil sie Angst hatten, selber als lesbisch betrachtet zu werden, wenn sie so eng befreundet bleiben.

Der Einfluss von Corona

Die Daten der Befragung wurden vor Beginn der Corona-Krise erhoben. Gespräche mit Late Bloomers in den letzten zwei Jahren (2020 – 2021) ergeben ein etwas anderes Bild. Die Frauen fühlen sich oft isoliert, weil Treffpunkte für Lesben nicht mehr existieren oder die Angebote ausfallen. Einige Frauen berichten, dass sie große Schwierigkeiten haben, andere Lesben kennenzulernen und dass sie nicht glauben, dass sie eine Partnerin finden werden.

Eine weitere Erfahrung von einigen der Frauen hat mich nachdenklich gestimmt. Sie sagten, sie fühlen sich nicht akzeptiert, nicht «heimisch» in Lesbengruppen; sie haben den Eindruck, dass sie immer am Rande des Geschehens stehen. Sie beklagen, dass Lesben oft in «Cliquen» unterwegs zu sein scheinen und dass sie nicht offen für neue Frauen sind. Sie berichten, dass sie nicht eingeladen werden, sich mit den anwesenden Lesben an einen Tisch zu setzen, dass wenig getan wird, um ihnen eine Chance zu geben, von sich zu erzählen und sich zu beteiligen. Einige Frauen im Onlineworkshop beim LFT im Mai 2021 sagten, sie haben diese Erfahrungen über viele Jahre, auch bei LFTs, gemacht, und dass sie mittlerweile resigniert haben.

Erkenntnisse für die Unterstützung von Late Bloomers im Coming-out-Prozess

Zuverlässige Daten über den Anteil von Lesben in der Gesellschaft sind schwer zu bekommen – und so fehlen auch Statistiken, um einschätzen zu können, wie viele Late Bloomers es in Deutschland und anderen Ländern geben könnte. Weil diese Frauen die Möglichkeit haben, weiterhin als heterosexuelle Frauen gesehen zu werden, dürfte es zusätzlich schwierig sein, sie zu erfassen.

Late Bloomers werden mitunter als «Einwanderinnen» in die lesbische Szene gesehen. Als solche werden sie manchmal skeptisch betrachtet: «Warum erst jetzt? Waren sie ‹zu feige›, sich früher zu outen? Sind sie auf ein Abenteuer aus und werden in ihr heteronormatives Leben zurückkehren?» Solche Fragen werden von seit Jahrzehnten offen lebenden Lesben oft gestellt – offen oder versteckt. Late Bloomers fühlen sich oft «fremd» unter Lesben, verstehen die Gepflogenheiten nicht, haben die von Lesben erlebte Geschichte selber nicht erfahren.

Ich glaube, dass es wichtig ist, bei Lesbenveranstaltungen bewusst Lesben «an den Rändern» willkommen zu heißen und zu integrieren, statt davon auszugehen, dass sie sich selber einbringen werden. Dafür gibt es erprobte Methoden, aber dies setzt die Bereitschaft voraus, «neue Lesben» aufzunehmen.

Es ist auch wichtig, dass Frauenorte weiterhin existieren, dass niedrigschwellige Angebote gemacht werden, wo Late Bloomers Unterstützung und Orientierung erhalten können. Es kann sein, dass Treffpunkte außerhalb der «Community» hilfreich sind, um die Schwellenangst zu reduzieren. In Zeiten, in denen es nicht möglich ist, sich «live» zu treffen, ist es wichtig, Onlineangebote zu machen, um Kontakte zu knüpfen und zu pflegen, um lesbische Themen zu diskutieren und Kulturangebote (Lesung, Film, Musik u.a.) zu schaffen. Hierbei ist wichtig, die Frauen, die eingeloggt sind, nicht nur als Zuschauerinnen oder Zuhörerinnen zu behandeln, sondern interaktive Formate zu wählen. Und die Teilnehmerinnen zu fragen, ob sie bereit sind, sich in eine Liste einzutragen, so dass persönlicher Kontakt entstehen kann.

Weitere Schlussfolgerungen, die ich ziehe, sind:

1. Hausärzte und Hausärztinnen bräuchten mehr Informationen über Late Bloomers und die Probleme, die mit ihrem späten Coming-out verbunden sind. Dasselbe gilt für Psychotherapeutinnen und -therapeuten. Psychosomatische Kliniken und Kurhäuser sollten auch besser vorbereitet sein, um Frauen, die aufgrund ihres Coming-outs in einer Krise sind, besser zu unterstützen. Einige Frauen haben über sehr schlechte Erfahrungen in diesen Bereichen berichtet.
2. Frauenberatungsstellen werden offensichtlich nicht als Kontaktstellen für solche Fragen gesehen; vielleicht fehlen explizite Angebote für Late Bloomers oder sie sind nicht bekannt genug. Broschüren von Beratungsstellen sollten in Frauenarztpraxen und Hausarztpraxen ausliegen sowie an öffentlichen Orten wie Bibliotheken und kirchlichen Beratungsstellen, so dass die Wahrscheinlichkeit, dass Frauen sie finden, erhöht wird.

3. Late Bloomers sind oft isoliert in den Zeiten, in denen ihre Probleme am größten sind. Die geliebte Freundin kann überfordert sein, oder, wenn sie selber auch ein Late Bloomer ist, ihre eigenen Probleme mit dem Coming-out haben. Das späte Outing sollte in der Öffentlichkeit thematisiert werden, so dass dieser mögliche Lebensweg bekannter wird, um mehr Verständnis in der Gesellschaft zu erreichen. So könnten betroffene Frauen vielleicht auch schneller in Erfahrung bringen, wo sie Unterstützung bekommen können.
4. Lesbische Initiativen sollten Late Bloomers zeigen, dass sie willkommen sind. So lernen Late Bloomers andere Lesben kennen, können neue Freundinnen gewinnen, die ihre Gefühle verstehen und ihre Entwicklung akzeptieren. Aber Late Bloomers brauchen auch Chancen (und die Bereitschaft), sich über Frauen- und Lesbengeschichte zu informieren. Solidarität untereinander ist wichtig, statt Konflikte auszutragen darüber, wer die «richtigen» Lesben sind. Dies bedeutet nicht, dass alle Differenzen unterdrückt werden sollten. Im Gegenteil: Differenzen sollen wahrgenommen und zum Ausdruck gebracht werden, nicht um manche Lesben auszuschließen, sondern um den Begriff «Lesbe» zu erweitern und zu bereichern.

Initiativen

Seit 2006 war ich beteiligt an der Gründung von zwei Initiativen (ohne öffentliche Förderung): beim Lesbischen Herbst und bei den Late Bloomers (www.lesbischer-herbst.de). Der Lesbische Herbst ist die Hauptinitiative, woraus ein wenig später Late Bloomers entstanden ist. Bei der ersten Tagung vom Lesbischen Herbst 2006 hatte ich einen Workshop für Late Bloomers angeboten. Wir waren überrascht, wie viele Lesben mit Heteravergangenheit sich angesprochen fühlten und an der Tagung teilnahmen. Von rund 120 Teilnehmerinnen waren circa ein Viertel Late Bloomers. Bei der Eröffnung wurden mehrere Fragen gestellt mit der Möglichkeit, in die Mitte des Raumes zu gehen und so ein Gefühl für die anwesenden Frauen zu bekommen – Wohnort, berufstätig oder im Ruhestand, Haustiere oder nicht usw. Eine der Frage war: «Wer von euch hat Kinder?» Als die Mitte des Raumes sich füllte, war ein Raunen des Erstaunens zu hören. Eine Teilnehmerin rief entsetzt: «Wie kann das sein?! In der Vergangenheit waren alle Lesben kinderlos!» Als Mitorganisatorin der Tagung fürchtete ich, dass sich ein Eklat anbahnte. Aber während des Wochenendes war es möglich, sich über die Lebensrealitäten der Late Bloomers und «Altlesben» auszutauschen und Toleranz, auch Akzeptanz, zu schaffen. An allen folgenden Tagungen, die vom Lesbischen Herbst durchgeführt wurden, nahmen viele Late Bloomers teil.

Die Late-Bloomers-Initiative bietet Unterstützung für Frauen, die ihre Frauenliebe erst spät im Leben entdecken. Es gibt ein einfaches «Kennenlernen»-Angebot in Form einer Onlineliste «Frau sucht Frau», die Frauen ermöglicht, Kontakte zu knüpfen. Frauen aus allen Teilen Deutschlands und einige aus der Schweiz haben sich bereits angemeldet. Die Zahl der aktiven Frauen ist noch klein, aber ich habe von mehreren gehört, dass sie eine Partnerin darüber kennengelernt haben. Wochenend- und Onlineangebote, um Late Bloomers eine Gelegenheit zu geben, andere kennenzulernen und Unterstützung zu erfahren, werden seit Jahren durchgeführt. Coaching per Telefon für Frauen, die am Anfang ihres Weges stehen, wird auch angeboten.

Literatur

Boschitz, Helga: *Es fühlt sich endlich richtig an! Erfahrung mit dem späten Coming-out.* Christoph Links Verlag, Berlin 2010

Kähler, Cornelia (Hrsg.): *Lesbischer Herbst 2006. Je älter wir werden, desto lesbischer werden wir.* Verlag Dörner & Karbowy, Hattersheim am Main 2007

Parker, Patricia Kay (Hrsg.): *... und plötzlich gab es SIE.* (Band 1 und 2), Books on Demand, Norderstedt 2008, 2009

Rufli, Corinne: *Seit dieser Nacht war ich wie verzaubert. Frauen über siebzig erzählen.* Hier und Jetzt – Verlag für Kultur und Geschichte, Baden 2015

Schock, Sonja: *Und dann kamst Du ... und ich liebte eine Frau.* Verlag Krug & Schadenberg, Berlin 1999

Wadsworth, Ann: *Mrs. Medina* (deutsche Übersetzung von Andrea Krug), Verlag Krug & Schadenberg, Berlin 2006

Frieda Belinfante: Widerstandskämpferin aus den Niederlanden

Doris Hermanns

Frieda Belinfante war eine bedeutende Musikerin und eine wichtige Zeitzeugin, sie war Cellistin und die erste Dirigentin in den Niederlanden mit einem eigenen Orchester, sie war Jüdin, lesbisch und an einem der wichtigsten Anschläge während der deutschen Besatzung beteiligt. Nach Ende des Zweiten Weltkriegs ging sie in die USA, wo sie ein eigenes Symphonieorchester hatte – und 25 Jahre lang eine geheime Liebesbeziehung mit einer Frau. Geboren wurde Frieda Belinfante am 10. Mai 1904 in Amsterdam. Das Datum sollte sie später hassen, nachdem die Niederlande am 10. Mai 1940 von den Deutschen besetzt wurden.

Sie kam aus einer musikalischen Familie. Ihr Vater war ein bekannter jüdischer Pianist und hatte eine eigene Musikschule, während sich ihre nichtjüdische Mutter um Haushalt und die vier Kinder – drei Töchter und einen Sohn – kümmerte. Als Kind war sie unkompliziert und probierte gerne Dinge aus, so sprang sie beispielsweise auf fahrende Straßenbahnen auf, was sich nicht mal die meisten Jungen trauten.

Ihr Vater war in seiner Familie eine Ausnahme, denn er war anders als der Rest nicht religiös. Seine Kinder ließ er jedoch die religiöse Seite des Lebens seiner Eltern kennenlernen. Frieda hatte aber keinen engen Kontakt zu den Großeltern und auch kein Bedürfnis nach Religion und Glauben.

Musik gehörte zum Alltag in der Familie, alle Kinder spielten ein Instrument. Ab dem 7. Lebensjahr besuchte Frieda Belinfante zweimal in der Woche die Musikschule, danach das Konservatorium ihres Vaters, zwei Jahre später bekam sie von ihm ein Instrument zugewiesen: ein Cello, ein Instrument, das sie noch nie vorher gehört hatte. Aber sie liebte es sofort und fand, dass der Ton dem einer warmen menschlichen Stimme ähnelte. Was sie damals noch nicht wissen konnte, war, dass ihre Hände an sich zu klein für ein Cello waren. Sie sollte dadurch zeitlebens Probleme mit diesem Instrument haben. Mit 16 Jahren trat sie zusammen mit ihrem Vater und SchülerInnen seines Konservatoriums zum ersten Mal im Kleinen Saal des Concertgebouw in Amsterdam öffentlich auf. Zum Repertoire gehörten Werke von Beethoven, Boelmann und Dvořák. Bei diesem Konzert wurde ihr deutlich, dass sie neben der musikalischen Ausbildung und der technischen Beherrschung des Instruments auch noch den Auftritt vor einem Publikum lernen musste. Mit 15 bekam sie einen neuen Cellolehrer, Marix Loevensohn (1880–1943), einen bekannten belgischen Cellisten, der europaweite Auftritte hatte.

Um ihre Zukunft machte sich Frieda Belinfante keine Sorgen, sie liebte die Musik, übte gerne und genoss das Zusammenspiel mit anderen. Zu dieser Zeit gab es zwar viele gut ausgebildete MusikerInnen, aber nur wenig Arbeit für sie. Vor allem für Frauen war es sehr schwierig, da die meisten Orchester nur Männer zuließen – wie auch beispielsweise die Berliner und Wiener Philharmoniker. Etwas einfacher war es für Solistinnen, Sängerinnen und Pianistinnen. Aber eine Dirigentin war noch völlig undenkbar.

Auf dem Konservatorium hatte Belinfante eine Freundin, die ihr sehr nahestand, Ellen Schwarz aus Russland. Frieda war zwar sehr verliebt in sie, aber Ellen hatte eine Liebesbeziehung mit einem Russen. Da die Eltern gegen diese Beziehung waren, wartete sie sehnsüchtig darauf, 21 Jahre alt zu werden und damit volljährig. Sie wollte sich mit ihrem Geliebten in Berlin treffen, bekam aber keine Ausreisegenehmigung, woraufhin Belinfante ihr einen Ausweis fälschte – der erste, es sollten später noch zahlreiche weitere folgen, um Menschen während der Besatzung zu schützen. Ellen gelang es, mit dem gefälschten Pass nach Berlin zu kommen und letztendlich nach Russland. Belinfante ging mit dieser Situation um, wie sie auch später mit vielem umgehen sollte: Sie gab sich einen Auftrag, und den führte sie aus.

Belinfantes Eltern bestanden darauf, dass sie «etwas lernen» sollte, aber nicht darauf, dass sie heiraten solle, was ihr «Anderssein» für sie einfacher machte. «Etwas lernen» konnte sie am Konservatorium ihres Vaters, wo sie eine professionelle Musikerinnenausbildung erhielt und ihr Diplom als Musiklehrerin. Sie unterrichtete zeitlebens gerne, was ihr auch leichtfiel.

Während des Ersten Weltkriegs trennten sich ihre Eltern in gutem Einvernehmen, was Frieda Belinfante furchtbar fand. Auch wenn die Niederlande nicht direkt an diesem Krieg beteiligt waren, so hatte er doch Auswirkungen auf die Ökonomie des Landes. Musik galt jetzt als Luxus, was die finanzielle Lage der Familie erschwerte. Die Mutter hatte inzwischen eine Ausbildung als Sprachlehrerin gemacht und unterrichtete zu Hause.

Mit 17 hatte Frieda Belinfante ihren ersten Auftritt als Solistin, und im gleichen Jahr lernte sie die neun Jahre ältere Komponistin und Pianistin Henriëtte Bosmans (1895–1952) kennen. Vorher hatte sie diese nur aus der Ferne bewundert, bis ihr Lehrer sie mit zu ihr nahm. Gleich am ersten Abend machte Frieda Henriëtte eine Liebeserklärung, und die beiden waren von 1922 bis 1929 ein Paar, was in ihrem FreundInnenkreis auch bekannt war. Musik war für beide der Mittelpunkt ihres Lebens. Dass sie anders war als andere Mädchen/Frauen, wusste Belinfante, fand es aber nicht falsch.

Diskutiert wurde zu dieser Zeit nur männliche Homosexualität. Dass Frauen autonome sexuelle Gefühle haben könnten, galt damals als ausgeschlossen, so dass es in der öffentlichen Wahrnehmung weibliche Homosexualität gar nicht gab. Ihren Eltern gegenüber war Frieda, was ihre Beziehung anging, zurückhaltend, vor allem bei ihrem Vater bezweifelte sie, dass er sie akzeptieren würde – letztendlich sollten sie nie darüber sprechen, während Frieda davon ausging, dass ihre Mutter vermutete, dass es mehr als eine normale Freundschaft war. Aber Frieda bat sie, sie nichts zu fragen, denn sie würde ihr ohnehin nichts erzählen. Ernsthafte Fragen und Probleme besprach sie höchstens mit einer Tante.

Als Loevensohn ans Konservatorium in Brüssel wechselte, ging Frieda für ein halbes Jahr auch dorthin, denn er glaubte an ihr Talent und war davon überzeugt, dass sie nur ein halbes Jahr Unterricht von ihm brauchen würde, um überall Preise zu gewinnen. Nur zufällig hörte sie, dass die Ausbildung für den Prix d'Excellence zwei Jahre dauern würde – woraufhin sie sie abbrechen musste, denn das konnte sie sich aus finanziellen Gründen nicht erlauben.

Aber sie merkte auch, dass ihre Ausbildung nicht gut genug war und dass Loevensohn zwar ein guter Cellist, aber ein schlechter Lehrer war. Ihr letztes Erspartes gab sie dafür aus, nach Paris zu reisen, um dort ein paar Stunden bei Gerard Hekking zu nehmen, der erster Cellist beim Concertgebouw-Orchester gewesen war. Von ihm lernte sie in den vier Tagen, die sie sich nur in Paris leisten konnte, vor allem die Lösung ihrer technischen Probleme.

Während Henriëtte ihr erstes großes Werk schrieb, nahm Frieda ihr möglichst viel ab, damit sie komponieren konnte. Henriëtte wiederum brachte Frieda mit einem Neffen von ihr in Kontakt, der für sein neu gegründetes Haarlemse Orkest Vereniging, einem kleinen Symphonieorchester, noch StreicherInnen suchte. Sie wurde angenommen, und zum ersten Mal verdiente sie Geld mit ihrem Musizieren.

Friedas Vater war krebskrank und wusste, dass er nicht mehr lange leben würde, aber er wollte seine Tochter noch der Öffentlichkeit vorstellen; er wünschte ihr eine Karriere auf allen großen Podien, während sie diesen Ehrgeiz gar nicht hatte. Sie wollte einfach nur gut spielen und Menschen mit ihrer Musik berühren. Sie war schon glücklich, wenn sie alleine üben konnte – als großen Star auf einer Bühne sah sie sich nicht. Auch fand sie nicht, dass sie schon weit genug für diesen Auftritt wäre. Dennoch traten die beiden im Januar 1923 zusammen mit einem anspruchsvollen Programm auf. Friedas Vater spielte Werke von Bach und Stefano Galeotti, zusammen spielten sie eine Sonate von Saint-Saëns. Ihr Vater war mit ihrem Auftritt zufrieden, und es gab wohlwollende Kritiken.

Bosmans, die häufig für MusikerInnen komponierte, mit denen sie zusammen spielte oder befreundet war, widmete ihr 2. Cellokonzert ihrer Freundin und datierte es auf den 10. Mai 1923, den Tag von Friedas 19. Geburtstag. Als Frieda im Februar

1924 zum ersten Mal als Solistin mit dem Haarlemer Orchester im Concertgebouw auf der Bühne stand, sollte sie das ihr gewidmete Stück spielen. Dass sie mit einem Symphonieorchester ein Solo spielen sollte, sah der Vater, der im Sterben lag, als Krönung seiner Arbeit an. Sie musste ihm dann auch versprechen, dass sie auf jeden Fall spielen würde – was sie dann am Tag nach seinem Tod auch tat.

Nach Problemen im Haarlemer Orchester kündigte Frieda dort und übernahm «ambulante Arbeiten»; so spielte sie bei Hochzeiten und Festen, aber auch in Theatern und Kinoorchestern (es war noch die Zeit der Stummfilme), was zwar gut bezahlt wurde, sie aber nicht wirklich begeistern konnte.

Im Januar 1925 zog Frieda mit Henriëtte Bosmans zusammen. Sie kümmerte sich im Wesentlichen um den Haushalt und die Finanzen. Auch fühlte sie sich für Bosmans verantwortlich: Sie nahm sie vor den hohen Anforderungen ihrer Mutter in Schutz, kümmerte sich um Henriëttes Karriere, organisierte ihre Auftritte und schrieb Begleittexte für ihre Programme. Es gab jedoch keine Unterstützung für Frieda.

Noch zwei Mal spielte sie das 2. Cellokonzert von Henriëtte Bosmans mit dem Utrechter Symphonieorchester im Großen Saal des Tivoli in Utrecht. Aber sie merkte, dass es mit ihrer musikalischen Laufbahn nicht wirklich weiterging. Daher lernte sie Stenografie und Schreibmaschine schreiben. Mit ihren Diplomen erhielt sie für einige Monate eine Stelle als Sekretärin während einer Reorganisation im Reichsmuseum, wo sie viel über Kunst lernte.

Mit Henriëtte Bosmans und dem Flötisten Johan Feltkamp trat Belinfante sporadisch als Amsterdamsch Trio auf. Zu dieser Zeit musste Frieda erkennen, dass Henriëtte im Grunde eine Einzelgängerin war und dies auch immer bleiben würde. Zudem hatte diese immer wieder Affären mit Männern.

Als sich Feltkamp in Belinfante verliebte, heirateten die beiden 1930, obwohl er wusste, dass sie lesbisch war. Sie teilten zwar die Liebe zur Musik, und er unterstützte ihre Karriere, aber im Übrigen konnten sie wohl wenig miteinander anfangen. Mehr als einen guten Freund sah sie nicht in ihm. Die Ehe hielt dann auch nur bis 1936. Aber durch ihn gewann sie mehr Selbstvertrauen und hatte Auftritte im Radio, damals noch eine neue Erfindung, die es erst seit fünf Jahren gab und die als Wunder galt. 1931 spielte sie den ganzen Sommer über für das Radio, hatte auch sehr viele Auftritte, aber auch SchülerInnen, die sie unterrichtete. Das Unterrichten, ihren SchülerInnen den Weg in der Musik und in der Welt zeigen, sollte eine lebenslange Leidenschaft von ihr bleiben.

Nach dem Ende ihrer Ehe zog sie wieder zu ihrer Mutter. Seither trug sie nur noch Hosen und Jacketts, also keine Kleider mehr.

Mitte der 1930er-Jahre wandte Belinfante sich einem neuen Arbeitsbereich zu: Sie dirigierte das Kinderorchester einer Schule, nachdem sie erst als Frau abgelehnt worden war. Anders als ihr männlicher Konkurrent hatte sie keine Probleme damit, die Kinder im Zaum zu halten. Vor ihr hatten sie Respekt, sie hatten Spaß und waren mit großer Begeisterung bei der Sache. Die Aufführung der Kinderoper *Der Jasager* von Brecht und Weill wurde dann auch ein großer Erfolg.

Ein Jahr nach dem Ende ihrer Ehe begann ihre Liebesbeziehung mit der Amateurmalerin Dorry Kahn; sie war als Klavierlehrerin der Tochter angeblich eine «Freundin des Hauses». Mitte der 1930er-Jahre war Belinfante eine der wenigen Frauen in Amsterdam mit Führerschein und eigenem Auto.

Nach der Zeit an der Schule wechselte sie als Dirigentin zum Frauenchor der Amsterdamer Gemeinde-Universität und 1937 zum Sweelinck-Orchester derselben Universität. Sie trat als Dirigentin von Anfang an immer in einem Anzug auf, beides war noch sehr unüblich zu dieser Zeit.

Durch die Unterstützung anderer Frauen der Künstlervereinigung Kunst voor Allen (Kunst für alle) gelang es ihr, ein eigenes Orchester mit 20 Mitgliedern zu gründen: das Kleine Orkest, mit dem sie 1938 zum ersten Mal im Amsterdamer Concertgebouw auftrat. Ihr Repertoire umfasste sowohl klassische als auch moderne Musik. Bis 1940 blieb dies ein wichtiges Orchester in den Niederlanden.

1939 nahm sie als eine von drei Frauen neben sieben Männern an einem Dirigentenkurs von Hermann Scherchen, einem der wichtigsten Dirigenten der musikalischen Moderne und einem der wenigen Dirigenten, die auch unterrichteten, in Neuchâtel in der Schweiz teil. Neben dem Unterricht sprach sie mit ihm auch über Politik, Faschismus und Sozialismus, den Nationalsozialismus in Deutschland, die Judenverfolgung und die Homosexuellenverfolgung und was dies alles für KünstlerInnen bedeutete.

Mit dem Kurs war auch ein Wettbewerb verbunden, den Frieda Belinfante gewann. Eine internationale Karriere schien nur noch eine Frage der Zeit. Ihr geplanter Auftritt als Gastdirigentin beim Orchestre de la Suisse Romande, der ihr als Gewinnerin zustand, wurde jedoch durch den Ausbruch des Zweiten Weltkriegs vereitelt.

Belinfante war über die Entwicklungen in Nazideutschland von Anfang an informiert und nahm auch das Anwachsen des Nationalsozialismus in den Niederlanden wahr. Der zunehmende Antisemitismus wurde von den meisten Menschen dort nicht zur Kenntnis genommen, was sie für naiv hielt.

Nachdem am 10. Mai 1940 die Deutschen die Niederlande überfallen hatten, begingen ihr Bruder und ihre Schwägerin Selbstmord. Belinfante entschied sich, ihr Orchester, dessen Mitglieder zum Teil jüdisch waren, selber aufzulösen. Die Vorstellung, dass die Deutschen über ihr Orchester bestimmen würden, war ihr unerträglich. Sie wusste, wie die Ausgrenzungen in Deutschland vor sich gegangen waren.

In Amsterdam erlebte sie die Bombenangriffe mit wie auch die Kapitulation am 14. Mai. Viele Menschen versuchten noch verzweifelt, über den Kanal nach Großbritannien zu kommen. Belinfante aber hatte sich vorgenommen zu kämpfen. Falls die Deutschen sie ermorden wollten, müssten sie das halt tun, aber sie würde kämpfen!

Wie auch in Deutschland verschärfte sich die Situation für Jüdinnen und Juden schnell. Nach deutschem Vorbild wurde im November 1941 die niederländische Kulturkammer gegründet, bei der sich alle KünstlerInnen anmelden mussten. Dafür war jedoch eine «Ariererklärung» die Voraussetzung. «Halbjuden» konnten eine Ausnahmegenehmigung beantragen, was Belinfante jedoch nicht tat. KünstlerInnen, die sich weigerten, Mitglied zu werden, durften ihren Beruf nicht mehr ausüben – es waren nur wenige. Trotz dieses Verbotes dirigierte Belinfante noch Anfang 1942 ihr letztes Konzert vor jüdischem Publikum mit jüdischen und nichtjüdischen SchülerInnen. Anschließend zog sie sich aus dem öffentlichen Musikleben zurück.

Im Februar 1941 fand als Reaktion auf eine massive Verhaftungswelle jüdischer Männer in Amsterdam der Februarstreik statt – ein Generalstreik gegen die deutsche Besatzung. Belinfante war klar, dass diese großangelegte Protestaktion mit gnadenloser Gewalt beendet werden würde, was am zweiten Tag dann auch der Fall war.

Im gleichen Jahr entstanden die ersten Widerstandsnetzwerke in KünstlerInnenkreisen, an denen Belinfante von Anfang an beteiligt war. Es wurden neue Ausweise für alle BewohnerInnen eingeführt, wobei die der Juden und Jüdinnen gleich mit einem J versehen wurden, was deren Deportationen erleichtern sollte. Aus Wut und dem Drang, aktiv werden zu wollen, war für sie sofort klar, was zu tun war: Juden und Jüdinnen zu Ausweisen ohne J zu verhelfen. So begann sie mit dem Fälschen von Pässen, erst noch alleine, aber schnell ging sie dazu über, mit anderen zur Unterstützung der Untergetauchten zusammenzuarbeiten. Sie besorgte sich Ausweise von nichtjüdischen FreundInnen und Bekannten, die diese dann als gestohlen oder verloren meldeten. Diese änderte sie dann, wie sie es auch schon für ihre Freundin Ellen Schwarz getan hatte.

Es war keinesfalls so, dass alle KünstlerInnen sich kommentarlos der Kulturkammer anschlossen. Im Januar 1942, kurz bevor sie in Kraft treten sollte, unterschrieben 1902 von ihnen einen Brief, in dem sie sich klar und deutlich gegen diese

Institution aussprachen und für die Freiheit der Kunst. Die Reaktion der Deutschen in Form von Verhaftungen erfolgte schneller als erwartet. Dennoch rief die Gruppe, zu der neben Belinfante unter anderem auch der Grafiker und Typograph Willem Sandberg und der Künstler und Schriftsteller Willem Arondéus, die beide schwul waren, gehörten, KünstlerInnen dazu auf, jegliche Mitarbeit bei der Kulturpolitik der Nazis zu verweigern.

Nach den Razzien gab es nur noch die «Wahl» zwischen Untertauchen und Deportation. Ende Juni 1942 begannen die Deportationen, erst ins Übergangslager Westerbork und von dort aus in die Konzentrationslager im Osten. Täglich musste der Jüdische Rat 600 Menschen zur Deportation aufrufen. Für Belinfante und ihre MitstreiterInnen bedeutete dies, mehr Ausweise zu fälschen. Schon lange reichten die Pässe von Bekannten und FreundInnen nicht mehr aus, und so waren sie dazu übergegangen, Pässe zu drucken. In zwei Jahren konnten sie etwa 70 000 Ausweise drucken, die perfekt aussahen. Aber die Gefahr bestand, dass diese mit den Duplikaten beim Einwohnermeldeamt verglichen wurden. Da die Angst wuchs, kam Belinfante auf die Idee, dass die Duplikate vernichtet werden müssten.

Im Herbst 1942 plante ihre Gruppe daher einen gewaltlosen Anschlag auf das Amsterdamer Einwohnermeldeamt. Dieser sollte ausschließlich von den Männern durchgeführt werden, weil diese keine Frauen dabeihaben wollten – auch wenn es Belinfantes Idee gewesen war. Sie selber konnte nur von einem Dach in der Nähe aus zusehen. Dieser Anschlag gilt als eine der wichtigsten Aktionen des Widerstands während der Besetzung der Niederlande: Tausende von Unterlagen wurden zerstört, was den Abgleich von gefälschten Papieren mit legalen erschwerte.

So sorgfältig der Anschlag auch gewesen war, es waren doch einige Dinge dafür benötigt worden, die von Außenstehenden beschafft werden mussten. Über diese kam dann ein Verrat zustande, der zur Verhaftung von acht Beteiligten und letztendlich zu einem Prozess gegen 21 Personen führte. Zwölf Mitglieder der Gruppe wurden wenig später hingerichtet. Einen Monat nach diesem Anschlag wurden Belohnungen für den Verrat von Juden und Jüdinnen ausgesetzt.

Belinfante war anschließend sehr angeschlagen, wusste sie doch nicht mehr, wem sie noch vertrauen konnte. Es gelang ihr unterzutauchen, sie ließ sich die Haare kurz schneiden, und mehrere Monate lebte sie als Mann verkleidet. Weder von Bekannten noch von ihrer Mutter, der sie zufällig begegnete, wurde sie erkannt. Oft war sie bei der ebenfalls lesbischen Schriftstellerin Josine Reuling und stürzte sich weiter in ihre Arbeit: Ausweise zu besorgen, KünstlerInnen Geld sowie Untergetauchten Essensmarken zu bringen. Sie reiste viel durchs Land; Zeit für Reflektionen blieb ihr keine. Es war eine gehetzte Zeit, in der ihr Leben immer komplizierter wurde.

Als sie eines Tages doch als Frau erkannt wurde, wurde ihr bewusst, dass die Gefahr zu groß war, und sie entschloss sich Ende 1943, in die Schweiz zu fliehen. Dort wurde sie – vermutlich durch den Einsatz von Hermann Scherchen – als politischer Flüchtling aufgenommen. Sie kam in ein Flüchtlingslager mit etwa 160 niederländischen Jüdinnen und Juden. Dort traf Belinfante zwar Bekannte, wurde aber von einigen wegen ihres Lesbischseins abgelehnt. Trotz allem fand sie ihren Lebensmut wieder, vor allem als es ihr gelang, ein Cello zu organisieren und einen Chor zu gründen. Im August 1944 durfte sie das Lager verlassen, um in Winterthur mit Hermann Scherchen zusammenzuarbeiten.

Im Sommer 1945 ging sie nach dem Ende des Kriegs für kurze Zeit zurück in die Niederlande, wo sie jedoch schnell desillusioniert wurde. Die meisten Menschen lebten dort einfach weiter, als ob es nie eine Besatzung und keine Kollaboration gegeben hätte. Als sie sich auf eine Festanstellung als Dirigentin bewarb, wurde ihr nahegelegt, die Bewerbung zurückzuziehen, weil sie eine Frau war.

Sie wird in dieser Zeit auch den Prozess um die jüdische, ebenfalls lesbische Ans van Dijk miterlebt haben. Diese war nach einer Verhaftung vor die «Wahl» gestellt worden, entweder deportiert zu werden oder andere Juden und Jüdinnen zu verraten. Sie entschied sich für Letzteres und gehörte anschließend zu einer Gruppe von Juden und Nichtjuden, die regelrecht Jagd auf jüdische Menschen machte. Sie wurde als einzige Frau unter den 39 Verurteilten nach dem Zweiten Weltkrieg in den Niederlanden wegen ihrer Kriegsverbrechen hingerichtet – obwohl beispielsweise selbst der Leiter der Judenverfolgung in Amsterdam im Gegensatz zu ihr begnadigt wurde.

Belinfante sah keine Möglichkeit mehr, sich in den Niederlanden ein neues Leben aufzubauen. Zudem hatte sie dort alle Menschen verloren, die ihr wichtig waren. So emigrierte sie 1947 im Alter von 43 Jahren in die USA und ließ sich in Kalifornien nieder. Im Sommer 1948 wurde sie als Gastdirigentin für das Music Camp Lake Arrowhead eingeladen. Sie erhielt dafür zwar keine Bezahlung, aber sie konnte dort viele Kontakte knüpfen. Sie begann, an der University of California zu unterrichten und spielte in Hollywood Filmmusik ein.

Ab Juli 1954 dirigierte sie mit großem Erfolg das neu gegründete Orange County Philharmonic Orchestra. Außerdem baute sie ein Netzwerk von Musikschulen auf. Heute ist eines der wichtigsten Musikprogramme der USA nach ihr benannt: *The Frieda Belinfante Class Act Program.* Hierbei arbeitet das 1978 gegründete Pacific Symphony Orchestra mit zahlreichen Grundschulen aus dem Orange County zusammen.

Das Orange County Philharmonic Orchestra wurde 1962 aufgelöst, da die Society lieber Gastauftritte von berühmten Orchestern für ihre jährlichen Veranstaltungen einladen wollte. Belinfante konnte nichts für ihr Orchester tun, sie wurde selber entlassen. Sie vermutete, dass Gerüchte über ihr Privatleben, sprich: ihr Lesbischsein, mit ein Grund für die Auflösung waren.

Frieda Belinfante wollte Musik für Menschen machen, und zwar in der Öffentlichkeit. Ihr Lesbischsein sah sie als Privatsache. Enttäuscht und wütend zog sie sich zurück. Nach ihrem Umzug nach Santa Fe in New Mexico unterrichtete sie nur noch PrivatschülerInnen. Erst da lernte sie die Frau kennen, mit der sie den Rest ihres Lebens verbrachte: Bobbie Chambers.

Rückblickend sagte sie: «Die echte Freude, die ich als Kind kannte, das Vertrauen zu Menschen und der Menschheit – die sind nie wieder zurückgekommen. Ich habe großartige Menschen getroffen, und nur darum konnte ich weiterleben: weil es schöne Menschen gab. Es gibt Schönheit, auch in Menschen, aber nicht genug.»

Am 5. März 1995 starb Frieda Belinfante an Krebs.

1994, zehn Monate vor ihrem Tod, führte Klaus Müller vom Holocaust Memorial Museum in Washington, D.C., ein Interview mit Frieda Belinfante, das die Grundlage für den Film *But I Was a Girl: The Story of Frieda Belinfante ... Maar ik was een meisje* von Toni Boumans über sie bildete.

Boumans veröffentlichte 2015 auch noch eine ausführliche Biografie von Belinfante. Dadurch wurde die Erinnerung an eine bedeutende Musikerin und wichtige Zeitzeugin bewahrt.

Literatur & Quellen

Boumans, Toni: *Een schitterend vergeten leven. De eeuw van Frieda Belinfante.* Balans, Amsterdam 2015

Daniel, Lisa & Claire Jackson: *The Bent Lens. A World Guide to Gay and Lesbian Film.* Alyson, Los Angeles 2003, 2nd ed., S. 88

Graaf, Bob de & Lidwien Marcus: *Kinderwagens en korsetten. Een onderzoek naar de sociale achtergrond en de rol van vrouwen in het verzet, 1940–1945.* Bert Bakker, Amsterdam 1980

Groen, Koos: *Als slachtoffers daders worden. De zaak van de joodse verraadster Ans van Dijk.* Ambo, Baarn 1994

Metzelaar, Helen: *Zonder muziek is het leven onnodig. Henriëtte Bosmans (1895–1952). Een biografie.* Zutphen, Walburg Pers, Zutphen 2002

Müller, Klaus: «‹Ik wilde het gevaar in het gezicht kijken›. De levens van Frieda Belinfante». In: Klaus Müller & Judith Schuyf (red.): *Het begint met nee zeggen: biografieen rond verzet en homoseksualiteit 1940–1945.* Schorer, Amsterdam 2006, S. 93–127

Schwegman, Marjan: *Het stille verzet: Vrouwen in illegale organisaties: Nederland 1940–1945.* Socialistische Uitgeverij, Amsterdam 1980, 2de druk

Shaw, Gordon L.: *Keeping Mozart in Mind.* Academic Press, St. Louis 1999

Film

But I Was a Girl: The Story of Frieda Belinfante ... Maar ik was een meisje. Ein Film von Toni Boumans. USA/Niederlande 1998, 69 Min.

Weib-weibliche Bindungen in urgeschichtlichen Zeugnissen[1]

Gabriele Meixner

Bindungen zwischen Frauen sind so alt wie die Geschichte der Menschheit selbst. Diese Feststellung, so banal sie scheint, ist alles andere als selbstverständlich: Vor dem Hintergrund der männerzentrierten Deutungsgeschichte von Urgesellschaften klingt sie wie eine Kampfansage. Exemplarisch für die gängige Sicht kann die Aussage des Erbtheoretikers Wilhelm Johannsen stehen: «Der Grundriss des Lebens bleibt: Jagd und Feuermachen und am Feuer das mit den Frauen.»[2] Eine Kritik aus lesbisch-feministischer Perspektive an solchen Modellen, in denen Frauen naturgegeben als die den Männern beigeordneten Exemplare der Spezies gelten, steht noch aus. Weiterhin ist auch die Frage, welcher Art die Beziehungen zwischen Frauen am Anfang der Kulturgeschichte gewesen sein könnten, bislang nicht Gegenstand der Forschung gewesen. Dieser Beitrag soll dazu erste Orientierungen liefern.

Hinweise auf die Lebensrealität oder Weltauffassung früher Gesellschaften können am ehesten die künstlerischen Hinterlassenschaften geben, die seit der letzten Eiszeit belegt sind: Es sind dies Bilder der damals lebenden Tiere, Vulvasymbole und vor allem die Frauendarstellungen, die über die gesamte urgeschichtliche Zeit die Zahl der männlichen Abbilder bei weitem übertreffen. Die Deutung dieser materiellen, sogenannten «stummen» Zeugnisse ist – da Schriftquellen zu ihrer näheren Bestimmung fehlen – nur mittelbar möglich. Sie verlangt nach interdisziplinärer Arbeit, die jedoch nur unsystematisch verfolgt wird. Beispiele aus Ethnographie, Volkskunde und Primatologie werden oft willkürlich herangezogen. Androzentrische und heterozentrische Projektionen bilden eine Hauptfehlerquelle bei der Rekonstruktion von Urgesellschaften. Doch kann – quellenbedingt – jede Deutung nur spekulativ sein. Eine Methode, so dicht wie möglich am Vorgefundenen zu bleiben, besteht darin, die künstlerischen Dokumente nach der Gewichtung ihrer Motive zu gruppieren und sie im Gesamtfundfeld zu situieren. Eine Betrachtung langer Entwicklungsverläufe der Kunst ergibt, dass manche Konventionen der Darstellung und manche Bildinhalte über viele Jahrtausende beibehalten wurden. So kann eine erste Bestandsaufnahme erfolgen über die Bildinhalte, die darstellungswürdig waren, und die, die fehlten.

---

1 Für diesen Nachdruck des Beitrages aus *Querfeldein* (1994) wurde das Original mit der damaligen Schweizer Rechtschreibung und Zitierweise übernommen.

2 Zit. bei Gottfried Benn 1967, 95

Auf die Thematik «Frauenbeziehungen in der Geschichte» spezifiziert werde ich untersuchen, wie Frauen in den Motiven der urgeschichtlichen Kunst zueinander in Bezug gesetzt sind, und danach fragen, ob das archäologische Material Rückschlüsse darauf erlaubt, was die Bindungen zwischen Frauen ermöglicht hat und welche kulturtragenden Entwicklungen auf sie zurückgehen. Diesen Ansatz habe ich «Archäologie weib-weiblicher Bindungen» genannt.[3] Gegenstand der Untersuchung werden im folgenden Dokumente aus verschiedenen Phasen der urgeschichtlichen Kunst sein: die altsteinzeitlichen Frauenstatuetten und Tänzerinnenszenen sowie die Frauen-Paar-Figuren aus Jungsteinzeit und Bronzezeit. Eine solche epochen- und kulturenübergreifende Darstellung ist sicherlich angreifbar. Sie rechtfertigt sich durch ihr Ziel, erste Spuren zu legen, um globale Glaubenssätze patriarchaler Ideologie zu erschüttern. Aufgrund des vorgelegten Materials ist nämlich zu bezweifeln, dass die Frau-Mann-Paarbindung eine transhistorische, anthropologische Konstante und Kernzelle von menschlichen Gruppenzusammenhängen ist. Zur Kritik steht weiterhin das automatisierte Denken, das mit bestürzender Penetranz heterosexuelle Paarungspraktiken in die Bildwerke hineindeutet. Eine Analyse der frühen symbolischen Ordnung legt vielmehr nahe, dass weib-weibliche Bindungen wesentlich zu Gemeinschaftsbildungsprozessen und zu kulturellen Entwicklungen beigetragen haben und dass das Frau-Frau-Paar Sinnbild für frühe Weltanschauungen war.

Das Frauenbild als Weltbild

Die frühesten menschengestaltigen Abbilder der Kunstgeschichte sind Darstellungen von Frauen. Sie sind seit dem Jungpaläolithikum (Jüngere Altsteinzeit) belegt. Gehäuft tauchen sie im Gravettien (25 000 – 18 000 v.u.Z.) auf. Aus dieser Kulturstufe sind etwa 400 Frauenstatuetten über ganz Europa verteilt ausgegraben worden, während Darstellungen von Männern äusserst selten sind. Figürchen vom Typ der berühmten Statuette von Willendorf (Österreich) fanden sich z.B. in Lespugue (Südwestfrankreich), Dolní Věstonice (Mähren) und Kostienki (Ukraine).[4] Sie sind aus kugelförmigen Elementen aufgebaut und nach einem aussergewöhnlich einheitlichen Formenkanon gestaltet.

Die Urgeschichtsforscherin Marie König geht davon aus, dass die Frauenfiguren Urformen, universale Grundbegriffe ausdrückten. Sie sieht ihre Gestaltungsmerkmale in einer Linie mit der weit in die Evolutionsgeschichte zurückreichenden Ent-

3 Gabriele Meixner 1991

4 Zum Fundbestand im einzelnen: Z.A. Abramova 1967, 1-179; Thomas Ibeling 1989; Christian Züchner 1972

wicklung der abstrakten Symbole, in denen früheste Vorstellungen von Raum und Zeit niedergelegt wurden.

> Die Frauenstatuetten ... setzten die Orientierung im räumlichen und zeitlichen Dasein voraus. Sie veranschaulichen die Rundung der Welt mit dem Nabel als Mittelpunkt und der Vulva als Symbol für die Wiedergeburt ... Damit stand die Frau im Mittelpunkt des Kultes. *Ihr* Bild wurde verehrt.[5]

Wiedergeburtsglauben ist nicht zu verwechseln mit Fruchtbarkeitsmagie. So sind auch die zahlreichen Vulvadarstellungen der Eiszeitkunst nicht primär als Ausdruck weiblicher Fruchtbarkeit im Dienst der Vermehrung der Art zu deuten, sondern «als Zeichen der Herkunft, Symbol für erinnerte Geschichte im Sinne einer weiblichen Genealogie».[6] Festzuhalten bleibt, dass stilisierte Frauenfiguren Bedeutungsträgerinnen des altsteinzeitlichen Weltbildes waren. Für die konkreten Frauen hiess das: Sie wurden im Symbolsystem repräsentiert; Frauen waren das sichtbar gemachte Geschlecht.

Welche Lebenserfahrungen der eiszeitlichen Ahninnen könnten diese Symbolik hervorgebracht haben? Ein Beispiel mag darauf Hinweise geben. In vielen jungpaläolithischen Kunstwerken sind die Frauendarstellungen mit Lunarsymbolik verknüpft. Aus Laussel, Dordogne, stammt das Relief einer Frau, die in einer Hand ein mondsichelförmiges Horn hält, das mit 13 Kerben versehen ist – die 13 Mondmonate eines Sonnenjahres symbolisierend. Ihre andere Hand weist auf den Schoss, so dass ein Zusammenhang zum weiblichen Zyklus verdeutlicht wird. Vermutlich haben die Frauen die Entsprechungen von Mond- und Menstruationszyklen beobachtet und diese Erfahrungen miteinander ausgetauscht. Aus diesem frühen empirischen Wissen entstanden Voraussetzungen für die Schaffung erster Kalender, die menschliche und kosmische Zeit aufeinander bezogen. Vorstellbar ist, dass sich das Gruppenleben nach den Rhythmen der weiblichen Zyklizität ordnete. Die menstruellen Zyklen sind somit nicht allein in ihrem biologischen generativen Aspekt zu sehen, sondern auch in ihrer kulturellen Überformung. Judith Schlehe hat in ihrer ethnographischen Studie darauf hingewiesen, wie wichtig die symbolische Bedeutsamkeit der Menstruation für eine kulturelle Autonomie weiblicher Körperlichkeit ist, für die Vorstellung

5 Marie E. P. König 1982, 131
6 Meixner, Archäologie, wie Anm. 3, 2

> eines Frauenkörpers, der nicht nur von den Männern verwendet wird und seinen Sinn aus einem Bezug auf sie erhält, sondern der für Frauen selbst eine unmittelbare Bedeutung hat ... als auch für die Gemeinschaft der Frauen, innerhalb der gemeinsame körperliche Erfahrung spezifische Bindungsformen ermöglichen.[7]

In der Geschichte herkömmlicher Deutungen der altsteinzeitlichen Frauenfiguren wurden verschiedene Strategien verfolgt, um die Denkmöglichkeit, dass die Frauen selbst Zugang zu Symbolen hatten, dass sie selbst über Symbole verfügten, gar nicht erst aufkommen zu lassen. Sie werden zu Symbolen für die Männer gemacht. So beschreibt André Leroi-Gourhan in seinem Standardwerk *Prähistorische Kunst* die Frauenstatuetten wie folgt: «Als 1896 die ersten Darstellungen des prähistorischen Menschen oder zumindest seiner Gattin entdeckt wurden, erregten sie grosse Aufmerksamkeit.»[8] Abgesehen davon, wie unverfroren er mit seiner Wortwahl den Frauen grammatikalisch den Objektstatus zuweist, geht Leroi-Gourhan weiterhin von der Gattenbindung als Grundform eiszeitlicher Gemeinschaften aus; eine Annahme, die durch keinerlei archäologische Evidenz gestützt ist. Das Fehlen von männlichen Darstellungen übergeht er; er denkt die Männerfiguren einfach dazu: «Es ist ... wahrscheinlich, dass die Statuetten zumindest zu einem Teil Paare bildeten.»[9] Fragt sich nur, warum sie im Fundmaterial nicht erhalten sind. Die Liste derartiger Projektionen liesse sich beliebig verlängern, es sei nur noch erwähnt, dass Hans Peter Duerr, Lehrstuhlinhaber an der Reformuniversität Bremen, sich bei den Frauenfigürchen an «die Ledermaskenfrau der zeitgenössischen Pornographie» erinnert fühlt.[10]

Ein Paradestück heterozentrischen Denkens liefern die Deutungen eines Kalksteinreliefs aus Laussel, Dordogne.[11] Abgebildet sind zwei Frauenfiguren, die einander spiegelgleich, wie auf einer Spielkarte, entgegengesetzt sind und sich an den Armen zu halten scheinen. Die obere Figur ist deutlicher herausgearbeitet: Kopf, Brüste und die Arme längs des Körpers sind zu erkennen, die Schenkel sind nach oben gezogen. Die untere Figur ist undeutlicher, Kopf- und Schulterlinien sind umrissen, ihr Unterkörper scheint unter dem der oberen Gestalt zu verschwinden. Wenn auch die untere Figur nur angedeutet ist, so sind doch ihre Proportionen nach Kriterien gestaltet, die für die Frauendarstellungen des Gravettien regelhaft

---

7 Judith Schlehe 1987, 242
8 André Leroi-Gourhan 1971. Dt.: 1975, 109
9 Ders. 1964. Dt.: 1981, 139
10 Hans Peter Duerr 1984, 325
11 Abb. 279 bei Leroi-Gourhan, wie Anm. 8

sind, so dass hier unzweifelhaft von zwei Frauenkörpern auszugehen ist.[12] Dennoch interpretieren viele Forscher diese Szene als einen heterosexuellen Paarungsakt.

Max Raphael sieht hier

> die Abbildung einer Sitte, nach der Frauen dem Manne in den Tod zu folgen hatten, um dem Geschlechtsakt zu dienen, der zur Wiedergeburt des Mannes führen sollte ... Die Frau ist wesentlich kräftiger herausgearbeitet und befindet sich über dem Mann, beides erklärt sich aus der Tatsache, dass es sich um einen Geschlechtsverkehr mit einem Toten handelt, bei dem die Frau zwangsläufig auf den Mann gesetzt werden musste.[13]

Rudolf Feustel stellt gleich zwei Koitusstellungen zur Auswahl. «Entweder (liegt) ein Mann auf dem Rücken und eine Frau hockt auf ihm, oder die Frau befindet sich in Rückenlage, während der Mann davor kniet und die Beine des Weibes an sich zieht.» Als Belege führt Feustel Sexualpraktiken von «primitiven Völkern» der «Australier» und «Melanesier» an.[14] Solchen heterozentrischen Darstellungszwanges überdrüssig und um nicht unerwähnt zu lassen, dass auch in der Steinzeit sexuelle Handlungen zwischen Frauen nicht ausgeschlossen werden können, habe ich an anderer Stelle das Relief von Laussel als «Darstellung von zwei Frauen» beschrieben, «die einander wie in einem Liebesakt umschlungen halten.»[15] Die kalifornische Archäologin Marija Gimbutas deutet das Relief als frühesten Beleg für das Bild der Doppelgöttin, das in der späteren Jungsteinzeit so häufig wird.[16] Grundsätzlich stimme ich Gimbutas zu. Auch ich denke weniger an die Abbildung einer realen Szene aus dem Leben der Eiszeitfrauen als an eine symbolische Bedeutung der Doppelfigur, meine aber, dass das Konzept von Göttinnen sich in den wildbeutenden Gruppen der Altsteinzeit noch nicht entwickelt hat. Möglicherweise ist hier eine Weltauffassung ausgedrückt, in der zwei weibliche Kräfte den Zusammenhalt von sichtbarer und unsichtbarer Welt bewirken, wie die Abfolge von Tag und Nacht, Leben und Sterben.

Frauentänze

Bezüge zwischen Frauen werden in der späteiszeitlichen Phase des Magdalénien (11 000 – 9000 v.u.Z.) häufig dargestellt. Es sind dies die frühesten Dokumente

12 Zur Deutung als zwei Frauenfiguren: ebd., 582
13 Max Raphael 1978, 23 und 25
14 Rudolf Feustel 1970/71, 34 f.
15 Gabriele Meixner 1990, 17
16 Marija Gimbutas 1989, 172

Abb. 1: Tänzerinnenpaar aus Gönnersdorf/Rhein. Gravierung auf Schiefer, 10,2 cm hoch. Magdalénien um 10 500 v.u.Z. (Museum Neuwied, Jagdschloss Monrepos)

über Gruppenbildungen; sie wurden ausgedrückt in den Tanzszenen der Frauen. Das Frauenbild hat sich im Magdalénien stark stilisiert. Es zeigt sich in Profilansicht. Oberkörper und Beine sind schematisch angegeben, der Kopf fehlt. Manchmal sind Brüste und Arme abgebildet. Der Schwerpunkt liegt auf dem nach hinten gestreckten Gesäss, so dass die Darstellungen an eine Tanzhaltung erinnern. Im Gegensatz zu den Frauenstatuetten des Gravettien, die mit ihrem statischen Charakter eher höhere Wesenheiten oder Weltbildsymbole bezeichneten, legt die bewegte Haltung dieser Figuren, besonders wenn sie Gruppen bilden, die Wiedergabe von alltäglichen Szenen nahe. Die sehr verkürzte Form lässt aber auch an ein Piktogramm denken, an eine Chiffre für Frau. In sehr ähnlicher, also kanonisierter Form finden sich diese «Frauenzeichen» über ganz Europa verteilt. Sie sind als Statuetten oder Gravierungen vom Pyrenäenvorland bis zur Ukraine an bislang 20 Fundstätten belegt.[17] Oft gibt es mehrere Statuetten oder eine Vielzahl von Gravierungen in einem Siedlungsbefund. So wurden z.B. am Petersfeld (Kreis Konstanz) 15 Figürchen aus Gagat sowie auf Knochenstücke geritzte Szenenbilder ausgegraben.[18] Aus La Roche de Lalinde (Dordogne) kamen zwei Kalksteinplatten zutage, auf denen jeweils mehrere Frauengestalten hintereinander oder einander zugewandt graviert sind.[19]

Die grösste Fundhäufung wurde in Gönnersdorf bei Koblenz geborgen. Neben 13 Statuetten fanden sich mehr als 400 Gravierungen von Frauengestalten auf Schieferplatten. Wenn man bedenkt, dass in dieser Siedlung höchstens 20 Personen gelebt haben mögen, erscheint die Zahl der gravierten Darstellungen gewaltig. Auf den Gönnersdorfer Platten sind 10% der Frauen in *Paaren* abgebildet (Abb. 1). Von diesen kleinen Bildwerken geht eine starke sinnliche Wirkung aus: Die beiden Tänzerinnen begegnen sich in erotischer Gebärde, sie sind einander zugewandt, manche halten sich umarmt oder sie berühren sich mit den Brüsten oder in der

---

17 Gerhard Bosinski u. Gisela Fischer 1974, 99-113
18 Gerhard Bosinski 1982, 33ff.
19 Bosinski u. Fischer wie Anm. 17, 100

Knieregion, andere Frauen tanzen aneinander vorbei oder hintereinander her.[20] Die ersten in der Kunstgeschichte der Menschheit dargestellten Paare sind somit Frauenpaare.

In Gönnersdorf sind auch grössere Tanzszenen graviert worden. Auf einer Platte ist eine Gruppe von 16 Tänzerinnen zu entziffern.[21] Eine noch grössere Frauengruppe findet sich auf den Bruchstücken eines Knochenspans vom Petersfels: In zwei langen Reihen sind dort mehr als 80 abstrahierte Tänzerinnenfiguren hintereinander gruppiert.[22] Sicherlich haben so viele Frauen nicht an der Petersfelshöhle gelebt, es ist eher denkbar, dass hier eine Zusammenkunft von Frauen aus benachbarten Siedlungen abgebildet worden ist.

Die Tänze der Frauen könnten somit wesentlich gewesen sein für den Kontakt und den Zusammenhalt von regionalen Gruppen. Die Frauen bildeten den Kern solcher Zusammenkünfte, sie bestimmten ihren Anlass und Zeitpunkt. Möglich, dass Initiationsriten Anlass dazu boten, aber auch bestimmte jahreszeitliche Ereignisse werden eine Rolle gespielt haben. Dass in der Eiszeit die Tänze der Frauen überaus bedeutsam waren, dafür spricht die weite Verbreitung der Chiffre «Tänzerin», die zu einem universalen Ausdrucksmittel geworden war. Tänze schaffen Voraussetzungen für die Ritualisierung von Begegnungen. Die gemeinsame rhythmische Bewegung bindet die einzelne in einen allgemeinen Prozess ein, schafft Bindungen der einzelnen an die Gruppe der Frauen, oder, wie es die paarweisen Begegnungen nahelegen, an einzelne andere Frauen. Die Anthropologin Mary Douglas schreibt:

> Nur weil Menschen in Gruppen lebten und sich als Einheit ihrer Gruppe fühlten, waren sie imstande, auch andere Wesen und Dinge vorstellungsmässig zu Gruppen zusammenzufassen. Im Zentrum des ursprünglichen Bildes von der Natur steht nicht das Individuum, sondern die Gesellschaft.[23]

Grundlage der Welterkenntnis ist demnach die Wahrnehmung, zur Gruppe der Menschen zu gehören, und diese Erkenntnis konstituierte sich – wenn man von der symbolischen Ordnung auf die altsteinzeitliche Lebenswirklichkeit zurückschliesst – in der Gruppe der Frauen.

---

20 Ebd., Abb. 30, 31, 32, 36, Tafeln 64, 65, 67, 68
21 Ebd., Abb. 23
22 Hansjürgen Müller-Beck u. Gerd Albrecht Hg., 1987, Kat. Nr. 136
23 Mary Douglas 1973. Dt.: 1981, 2

In der gängigen Fachliteratur werden freilich mögliche kulturschaffende Leistungen der abgebildeten Frauen nicht thematisiert. Vielmehr wird darüber nachgedacht, dass Männer, wenn sie schon nicht dargestellt waren, zumindest die Urheber und Besitzer der Frauenbilder waren: «Nach einem gefühlsmässigen Argument wurden diese ... Frauendarstellungen von Männern graviert. Es gibt natürlich keine objektiven Argumente dagegen, dass sie beispielsweise auch oder nur von Frauen ... angefertigt wurden.» Auf die Statuetten bezogen «möchte» derselbe Autor, «wenn auch die Möglichkeit einer konkreten Begründung bislang nicht gegeben ist», «an den persönlichen Besitz einzelner Männer denken»[24]. Üblich ist auch die Vorstellung, die Frauentänze hätten der sexuellen Animierung der Männer gedient. Analogien aus Primatengesellschaften werden zur Stützung derartiger Deutungen bemüht: «In Anbetracht der Stellung der Affenweibchen während der Paarung (bringen) die Figürchen vom Petersfels, Gönnersdorf usw. die Bereitschaft zum coitus a posteriori zum Ausdruck.»[25] Allein um den Unsinn solcher Argumentation zu verdeutlichen, sieht eine Lesbenforscherin sich zu dem Hinweis veranlasst, dass zwischen Affenweibchen auch lesbische Sexualpraktiken üblich sind.[26] Ich meine, dass die Tänze sicherlich zu einer Erotisierung der alltäglichen Begegnungen zwischen Frauen beigetragen haben und zu einem starken Gefühl der Zusammengehörigkeit innerhalb der Frauengemeinschaft.

Frauenpaare

Aus Siedlungen der Jungsteinzeit und Kupfersteinzeit Südosteuropas und Anatoliens (6000–2500 v.u.Z.) sind Zehntausende von menschengestaltigen Kleinskulpturen ans Licht gekommen, unter ihnen befinden sich nur drei bis fünf Prozent männliche Abbilder. Die Archäologin Marija Gimbutas hat diese Befunde in materialreichen Publikationen dokumentiert und so weiteren Deutungen zugänglich gemacht.[27] Vor dem Hintergrund der übermächtigen Repräsentanz weiblicher Figuren, die Gimbutas als Ausdruck verschiedener Aspekte der Göttin deutet, erscheint auch eine grosse Anzahl weiblicher Doppelfiguren. Göttinnen- oder Frauenpaare gehören zum Grundbestand der jungsteinzeitlichen Kunst, sie überdauern bis in die Bronzezeit (2500–1000 v.u.Z.). Bilder von verschiedengeschlechtlichen Paaren sind in der Jungsteinzeit äusserst selten. Männerpaare kommen überhaupt nicht vor. Die weib-weibliche Bindung und die Verdoppelung weiblicher Machtfülle

---

24 Bosinski u. Fischer, wie Anm. 17, 116 und 119
25 Feustel, wie Anm. 14, 32
26 Volker Sommer 1990
27 Marija Gimbutas 1982, II; dies. 1991, 223

war zu einem Sinnbild für frühe Glaubensvorstellungen geworden: Zwei als weiblich gedachte höhere Wesen schienen die Geschicke der Menschen zu lenken. Es ist anzunehmen, dass diese Weltauffassung ihren Niederschlag in einem von Frauen getragenen Kult- und Alltagsgeschehen fand. Das Inventar von jungsteinzeitlichen Tempeln und Tempelmodellen weist auf eine ausschliesslich weibliche Priesterschaft hin.

Über Jahrtausende sind die miteinander erscheinenden Frauenfiguren nach einheitlichen Stilmerkmalen gestaltet: In der Mehrzahl sind sie ununterscheidbar dargestellt. Manche gehen aus einem gemeinsamen Unterkörper hervor, wobei die Verschmelzung von zwei Figuren oder die Verdoppelung einer einzigen gemeint sein kann. Weiterhin wird durch Berührungen die Bindung zwischen den beiden betont. Eine Marmorfigur aus Çatal Hüyük (Abb. 2) zeigt zwei Frauen nebeneinander. Sie sind gleich gross, gleichgestaltet. Die linke Frau hat ihre Hand unter die Brüste der neben ihr Stehenden gelegt. Diese wiederum berührt den Arm der anderen. Der Unterkörper der beiden Figuren erscheint ungetrennt und ist von einem Gürtel umschlungen. Doppelfigürchen aus Ton sind aus Rumänien und der Vinča-Kultur (Serbien) bekannt.[28] Manche von ihnen sind im Körperbereich ganz verschmolzen, sie haben nur noch zwei getrennte Köpfe. Aus Anatolien stammt ein Zwillingsgefäss von der Hacilar-Kultur (6. Jahrtausend v.u.Z.), das jetzt in der Abegg-Stiftung bei Bern ausgestellt ist: Zwei getrennte Frauenoberkörper gehen aus dem gemeinsamen Gefässbauch hervor.

Was könnten die weiblichen Dualitäten im Rahmen dieser frühesten sesshaften und nahrungsproduzierenden Gesellschaften der Jungsteinzeit bedeutet haben? Bei pflanzenanbauenden und vorratshaltenden Kulturen bewegten sich die gesellschaftlichen Aktivitäten nach den jahreszeitlichen Perioden von Wachstum und Saatruhe. Zeitpunkt von Aussaat und Ernte mussten genau bestimmt werden. Nach übereinstimmender Einschätzung der Forscher/innen lag die Kontrolle des Pflanzenanbaus damals in den Händen der Frauen. Möglich, dass die Abfolge der Vegetationszyklen als von zwei weiblichen höheren Wesen gelenkt gedacht wurde. Das Verschmelzen dieser Göttinnen zu einer Gestalt ist vielleicht als Ausdruck der immer wiederkehrenden Abfolge von Sommer und Winter zu werten. Aus der späteren Mythographie sind Dualitäten von Vegetationsgöttinnen vielfach bekannt.[29] Wahrscheinlich hatten die weiblichen Doppelfiguren noch weitere Bedeutungen. In Çatal Hüyük fanden sich an den Wänden der Heiligtümer drei monumentale

28 Gimbutas, wie Anm. 27, Abb. 86, 90, 100, 101
29 Erika Simon 1985, 91 ff.

Gipsreliefs von zwei nebeneinander erscheinenden Frauengestalten. Sie hatten nach oben gewendete Arme und Beine.[30] Der unirdische «Erscheinungs»-charakter der Figuren erinnert an die kosmischen Urschwestern späterer Schöpfungsmythen. Die «Schwestermütter» der Hopi erschufen gemeinsam die Erde und das Leben auf ihr.[31] Es könnten auch Gebieterinnen über Oberwelt und Unterwelt gemeint sein, wie die göttlichen Schwestern der sumerischen Mythologie, Innana und Ereshkigal.

Abb. 2: Frauenpaar aus Çatal Hüyük, Anatolien. Marmor, 16,4 cm hoch, Jungsteinzeit 5800 v.u.Z. (Museum Ankara)

Jahrtausendelang bestimmte die weibliche Genealogie in der Mutter-Tochter-Linie die Vorstellungen von menschlicher Geschichtlichkeit. Sinnbildlichen Ausdruck fand sie in Doppelfiguren, bei denen die eine kleiner gestaltet war als die andere.[32] Erstmals tauchen sie in der Jungsteinzeit auf, und sie sind in der Frühbronzezeit mehrfach belegt. Von den kykladischen Inseln sind sechs Doppelidole aus Marmor bekannt (um 2500 v.u.Z.), bei denen eine weibliche Gestalt auf dem Kopf eine ganz ähnliche, doch viel kleinere Figur trägt.[33] Solche «Kopfgeburten» könnten die gedachte Abstammung der Tochter von der Mutter veranschaulichen. Eine andere Form des Auseinanderhervorgehens in weiblicher Linie ist auf einem Alabasteridol aus Kültepe, Anatolien (um 2000 v.u.Z.), dargestellt.[34] Ein scheibenförmiges Idol, das mit einem grossen Schossdreieck als weiblich gekennzeichnet ist, trägt auf dem Bauch ein kleineres, gleichgestaltetes, aber doppelköpfiges Figürchen, das aus dem Schoss der grösseren Gestalt hervorzugehen scheint. Neben dem Aspekt der Genealogie ist gleichzeitig die Vervielfachung angesprochen, ein sich in weiblicher Linie verzweigender «Stammbaum».

Es ist schwer zu bestimmen, ob die Zwillingsfiguren Göttinnen oder reale Frauen meinten. Stark stilisierte, wie die doppelköpfigen Gestalten, stehen eher für eine Idee; die naturnäheren könnten jedoch reale Frauen darstellen, deren Verbindung auf dem Hintergrund der Glaubensvorstellungen als besonders bedeutsam er-

30 James Mellaart 1967. Dt.: 1973, 116 und 133, Abb. 23
31 Merlin Stone 1984, 290ff.
32 Gimbutas, wie Anm. 16, 171 f.
33 Jürgen Thimme, Abb. 24, Kat. Nr. 257
34 Ekrem Akurgal 1961, Abb. 25

schien: Mutter und Tochter, Schwestern, Priesterinnen, die gemeinsam den Kult der beiden Göttinnen versahen, Doppelköniginnen, wie sie in den Amazonenmythen überliefert sind, oder einfach Liebende.

Marija Gimbutas, der das Verdienst zukommt, auf die weite Verbreitung der weiblichen Doppelfiguren hingewiesen zu haben, geht von ihrem Göttinnenstatus aus. Über mögliche Bezüge zwischen Frauen, die mit solchen Glaubensvorstellungen lebten, schweigt sie sich – wie im übrigen auch alle anderen Forscher/innen – aus. Nicht aber so, wenn es sich um das Bild eines verschiedengeschlechtlichen Paares handelt. Das einzige Beispiel dieser Art stammt aus der rumänischen Gumelnitza-Kultur (Ende 5. Jahrtausend v.u.Z.) und zeigt eine Frau und einen Mann, die schlicht nebeneinander stehen. Gimbutas stilisiert sie zu «lovers» und bringt sie mit dem Ritual der Heiligen Hochzeit in Verbindung.[35] Nun verdient dieses Frau-Mann-Paar, allein von dem her, was auf der Darstellung zu sehen ist, das Attribut «Liebende» weniger als manches Frauenpaar, dessen Verbindung weitaus inniger gezeigt wird (vgl. Abb. 2). Warum sollten in Kulturen, deren Angehörige mit Bildern engverbundener Frauen- oder Göttinnenpaare vertraut waren, die Frauen nicht auch körperlich einander zugetan gewesen sein?

Doch es ist kaum möglich, Aussagen über konkrete Beziehungen zwischen Frauen aus archaischen Zeiten zu machen. Schon der Wortschatz reicht nicht hin: Begriffe wie Weltbild, Kult und Alltag, Göttin, Kunst und Liebe vermögen kaum die Jahrtausende zwischen der Gegenwart und den Steinzeiten zu überbrücken. Es bleibt jedoch festzustellen, was die frühen Gesellschaften von heutigen hinsichtlich der Bündnismöglichkeiten zwischen Frauen unterscheidet. Frauen waren im Symbolsystem urgeschichtlicher Gesellschaften übermächtig repräsentiert. Keine der als patriarchal bekannten Kulturen hat in dieser starken Gewichtung oder gar ausschliesslich Frauendarstellungen hervorgebracht. Die Bilddokumente und archäologischen Befunde legen eine weitgehende Separierung der Geschlechter nahe, ausgedrückt z.B. in den Gruppentänzen der Frauen der Altsteinzeit. Dauerhafte Frau-Mann-Paarbindungen scheinen nicht die Grundzelle der Gemeinschaften gebildet zu haben. Darauf weisen auch die Bestattungsbräuche von Çatal Hüyük hin. Frauen wurden nie zusammen mit Männern bestattet, sondern gemeinsam mit anderen Frauen und/oder Kindern.[36] Solche Befunde legen lebenslange und kulturtragende Bindungen zwischen Frauen nahe, die ihren Ausdruck auch in der Symbolwelt, in der Vielzahl von Frauen-Paarbildern fanden.

---

35 Gimbutas, wie Anm. 27, 228 f., Abb. 243
36 Mellaart, wie Anm. 30, 74 f.

Abramova, Z. A.: «Paleolithic Art in the U.S.S.R.». In: *Arctic Anthropology 4,* 1967
Akurgal, Ekrem: *Die Kunst der Hethiter.* München 1961
Benn, Gottfried: *Doppelleben.* München 1967
Bosinski, Gerhard und Fischer, Gisela: *Die Menschendarstellungen von Gönnersdorf der Ausgrabung von 1968. Der Magdalénien-Fundplatz Gönnersdorf Band 1* (Hrsg. G. Bosinski). Wiesbaden 1974
Ders.: *Die Kunst der Eiszeit in Deutschland und in der Schweiz.* Bonn 1982
Douglas, Mary: *Natural Symbols. Explorations in Cosmology.* London 1973. Dt.: *Ritual, Tabu und Körpersymbolik.* Frankfurt/Main 1981
Duerr, Hans-Peter: *Sedna. Oder die Liebe zum Leben.* Frankfurt/Main 1984
Feustel, Rudolf: «Sexuologische Reflexionen über jungpaläolithische Objekte». In: *Alt-Thüringen* II/1970/71
Gimbutas, Marija: *The Language of the Goddess.* San Francisco 1989
Dies.: *The Goddesses and Gods of Old Europe.* London 1982
Dies.: *The Civilization of the Goddess.* San Francisco 1991
Ibeling, Thomas: *Frauenstatuetten des mittleren Jungpaläolithikums aus Mitteleuropa.* Mag. Arb., Köln 1989
König, Marie E.P.: «Die Frau im Kult der Eiszeit». In: Fester, Richard u.a. (Hrsg.): *Weib und Macht. Fünf Millionen Jahre Urgeschichte der Frau.* Frankfurt/Main ²1982
Leroi-Gourhan, André: *Préhistoire de l'art occidental.* Paris 1971. Dt.: *Prähistorische Kunst.* Freiburg i.B. ³1975
Ders.: *Les religions de la préhistoire. Paléolithique.* Paris 1964. Dt.: *Die Religionen der Vorgeschichte. Paläolithikum.* Frankfurt/Main 1981
Meixner, Gabriele: «Archäologie weib-weiblicher Bindungen, Thesenpapier zum 1. Symposium deutschsprachiger Lesbenforschung». Berlin 1991
Dies.: «Weltbild und Frauenbild in der Altsteinzeit». In: Frauenbewegung und Schule. Dokumentation zu Lehrgang 36/158 vom 29. Mai bis 2. Juni 1989. (Akademiebericht Nr. 164). Akademie für Lehrerfortbildung, Dillingen 1990
Mellaart, James: *Çatal Hüyük. A Neolithic Town in Anatolia.* London 1967. Dt.: *Çatal Hüyük. Stadt aus der Steinzeit.* Bergisch-Gladbach 1973
Müller-Beck, Hansjürgen und Albrecht, Gerd: *Die Anfänge der Kunst vor 30 000 Jahren.* Stuttgart 1987
Raphael, Max: *Wiedergeburtsmagie in der Altsteinzeit.* Zur Geschichte der Religion und religiöser Symbole. Chesney, Shirley und Hirschfeld, Ilse (Hrsg.): *Wiedergeburtsmagie in der Altsteinzeit.* Frankfurt/Main 1978

Schlehe, Judith: *Das Blut der fremden Frauen. Menstruation in der anderen und in der eigenen Kultur.* Frankfurt/Main 1987

Simon, Erika: *Die Götter der Griechen.* München ³1985

Sommer, Volker: *Wider die Natur? Homosexualität und Evolution.* München 1990

Stone, Merlin: *Ancient Mirrors of Womanhood.* Boston 1984

Thimme, Jürgen: *Kunst und Kultur der Kykladen im 3. Jahrtausend v. Chr.* Karlsruhe 1976

Züchner, Christian: *Die Menschendarstellungen des französischen Jungpaläolithikums,* Dissertation, Erlangen 1972

Der vorliegende Beitrag skizziert die Grundideen der späteren Publikationen der Autorin: *Frauenpaare in kulturgeschichtlichen Zeugnissen* als Wanderausstellung (1994) und als gleichnamiges Buch, München 1995.

Erstveröffentlichung:

Meixner, Gabriele: «Weib-weibliche Bindungen in urgeschichtlichen Zeugnissen». In: *L'Homme. Zeitschrift für feministische Geschichtswissenschaft,* 1993, 4. Jg., Heft 1, *Der Freundin?,* Hrsg. von Hanna Hacker, Wien

Nachdruck in:

Marti, Madeleine/Schneider, Angelika/Sgier, Irena (Hrsg.): *Querfeldein: Beiträge zur Lesbenforschung.* Schriftenreihe des Vereins Feministische Wissenschaft Schweiz, Band 8, 1994, Bern – Zürich – Dortmund

Übersetzung ins Slowakische:

«Zensko-zenské zväzky v prehistorickych svedectvách». In: *Aspekt,* Heft 3/1994, Bratislava

Übersetzung ins amerikanische Englisch:

«Woman-Woman Bonds in Prehistory». In: *Trivia – Voices of Feminism.* Issue 7./8. September 2008

www.triviavoices.net (Anm. der Herausgeberinnen: Seite existiert nicht mehr)

Wir danken der Autorin und Madeleine Marti für die Abdruckerlaubnis des Beitrags aus *Querfeldein*.

Von Doppeläxten, Frauenzeichen und Vulvasymbolen – Lesbenzeichen der 1970er-Jahre[1]

Monika Mengel

Die 1970er-Jahre waren reich an Frauensymbolen und Lesbenzeichen. Wir waren endlich out und feierten diese epochal neue Freiheit mit allen Sinnen. Begeistert von unseren doch so unterschiedlich schönen Körpern sahen wir überall Weibliches. Selbst in der Natur: Zwei nebeneinanderliegende Bergrücken wurden zu Busenbergen, Muscheln erinnerten an Vulva und Klitoris. Diese Jahre waren weiblich-erotisch aufgeladen. Allerdings ist diese Erotik nicht zu verwechseln mit den pornografischen Bildern, denen junge Menschen, speziell junge Lesben, heute ausgesetzt sind. Wir fanden uns schön und anziehend, ohne Zwang zur Selbstoptimierung.

Symbole, Repro C. Meyer

Jede rebellische Bewegung kreiert Symbole, um ihre Besonderheit und ihre Botschaft nach außen sichtbar zu machen. Widmen wir uns also den konkreten Zeichen, die damals auf Publikationen, Fahnen, Plakaten, Flyern, auf Buttons, Aufklebern, als Amulette und Schmuck auftauchten.

Neben einer ungeheuren Vielfalt an Chiffren sind drei Zeichen besonders wichtig, die Geschichte(n) schrieben: die Labrys – eine griechische Doppelaxt, auch als Streitaxt der Amazonen bezeichnet, dann das Frauenzeichen – der Kreis mit dem gleichschenkligen Kreuz darunter. Dieses Zeichen ist universell und auch in der Wissenschaft bekannt. Vor allem aber ist es weltweit *das* Zeichen der Frauenbewegung – mal mit, mal ohne geballte Faust in der Mitte. Als Zeichen für Lesben haben wir es verdoppelt und sogar vervielfacht, was nicht nur die Zweierbeziehung, sondern auch die Ungeheuerlichkeit von Dreier- und Mehrfachbeziehungen andeuten sollte.

1 Vortrag auf dem LFT2018 Göttingen

Lesbenzeichen Nummer drei: das Vulvadreieck. Es wird gebildet durch zwei gespreizte Hände, Daumen und Zeigefinger berühren sich, so dass ein schönes Schoßdreieck angedeutet wird, und das Ganze hält frau vor sich, hoch über dem Kopf. Es war die kesse, wütende, politische Antwort der französischen Schwestern auf eine in Frankreich gebräuchliche obszöne Geste. Frau muss sich das so vorstellen: Die Kerle hielten ganz nah vor dir ihre gespreizten Hände über ihr Genital und deuteten entsprechende Fickbewegungen an. Heute sind junge Frauen und andere mit einer viel brutaleren und sexistischeren Anmache konfrontiert, auch das Internet ist voll davon. Damals aber hat uns diese Geste echt geschockt, vor allem aber wütend gemacht. Also blieb nur die Umwandlung, die Metamorphose. So wie aus «schwule Sau» und «dreckige Lesbe» selbstgewählte Ehrentitel wurden – natürlich ohne Adjektiv –, haben wir auch die provokante Geste in das Vulvazeichen verwandelt. Leider ist die Geste nicht ins kollektive Mainstreamgedächtnis eingegangen, sonst hätte Angela Merkel mit ihrer Daumenraute gewusst, *was* sie da tut. Aber das nur nebenbei.

Die Händegeste sehe ich in erster Linie als Zeichen für die eigenständige Sexualität von Lesben. Sie sind ein Symbol unserer erotischen Potenz. Vielleicht erklärt sich daraus, dass dieses Zeichen nicht weiter verbreitet wurde. Die Potenz der Frau scheint nach wie vor gefährlich zu sein.

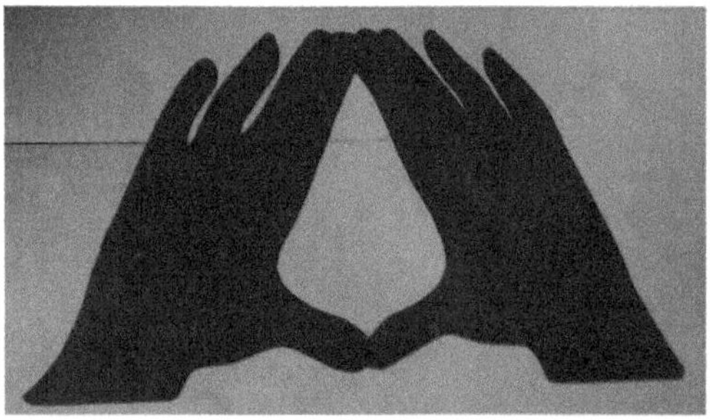
«Lesbenhände»

Wie hat es die feministische Schriftstellerin Erika Wisselinck so treffend formuliert: «Wir dachten alles neu.» Nachzulesen in ihrer von der Publizistin Gabriele Meixner verfassten Biografie. Wir dachten tatsächlich alles neu und erfanden eine Utopie von Frauen und von Lesbenleben. Ganz wichtig: Uns Lesben ging es nicht um gesellschaftliche Akzeptanz, sondern um den Widerstand gegen das Patriarchat. Das hat ja wieder eine gewisse Aktualität. Wir misstrauten den alten Bildern, der Erziehung, der männlichen Sprache – die Frauen zu Objekten oder ganz unsichtbar machte –, den männlichen Vorbildern, der Doppelmoral, der Ehe, dem Mann-Frau-Rollenspiel – übrigens auch dem Feminin-Maskulin-Rollenspiel in Lesbenbeziehungen – kurz: den zementierten Geschlechterverhältnissen. Als Lesben wollten wir frei sein, partnerschaftliche Liebesbeziehungen führen ohne Zwangscharakter. Ein Ideal, natürlich. Aber keine Utopie ohne Ideale.

Labrys, Repro C. Meyer

Warum für uns speziell die Doppelaxt wichtig wurde? Wir suchten nach Frauen, die mit dem herrschenden Frauenbild so gar nichts zu tun hatten. Vorbilder hatten wir kaum. Damals spielten Frauen weder in den Schulbüchern noch an den Universitäten, noch im Handwerk eine Rolle. Wir mussten sie erst mühsam ans Licht befördern. Denn gegeben hatte es sie.

Was hätten wir als Symbole übernehmen können? Kaum etwas eignete sich. Also schauten wir uns in Geschichte und Kunstgeschichte um: kretische Turnerinnen, die mutig über Stierhörner sprangen; heilkundige Frauen, von der Kirche als Hexen diffamiert; Suffragetten, die sich vor herannahende Rennpferde warfen oder sich gewaltsam Zugang zum britischen Parlament verschafften, und schließlich die Amazonen: schön und kämpferisch, auf dem Rücken galoppierender Pferde. Instinktiv spürten wir, dass eine Doppelaxt Stärke ausstrahlte. Ein Symbol der Macht – Macht der Symbole. Amazonen trugen Waffen. Die brauchten wir auch. Wenigstens zur Verteidigung. Wir wollten uns nichts mehr gefallen lassen und andere Frauen vor Gewalt schützen.

Übrigens, mit Legenden über die Amazonen kannte ich mich aus. Sie gehörten zu meinen Gutenachtgeschichten. Mein Vater, ein alter Lateiner und damit Kenner der Antike, hat mir mit Vorliebe aus den Sagen des klassischen Altertums vorgelesen. Diese Legendensammlung kann es in ihrer Brutalität mit jedem aktuellen Horrorfilm aufnehmen: abgeschlagene Köpfe, Adler, die einem Gefangenen die Leber bei lebendigem Leib rausreißen, alles verschlingende Meeresungeheuer, Kopfgeburten und Schlachtengetümmel. Die Amazonen waren Kämpferinnen, wehrhafte Frauen mit Pfeil und Bogen, Speeren und Doppeläxten. Das hat mir schon als Kind imponiert. Penthesilea, ihre Anführerin, heute vergleichbar mit «Wonder Woman» trug einen Brustpanzer, hatte ziemlich viele Muskeln und den berühmten irren Blick.

Bilder sind wirkmächtig, also wurden die Amazonen zum Symbol unserer neugewonnenen, kämpferischen Identität. Nicht mehr verstecken, wie die Schwestern in der Nazizeit oder in den 50er- und 60er-Jahren, keine dezenten Andeutungen mehr bei der Partnerinnensuche wie derbes Schuhwerk, Hosenröcke, Damenschlips und Kurzhaarschnitt, sondern sagen, was Sache ist. Die Doppelaxt auf T-Shirts und als Anhänger um den Hals getragen – damit war alles klar.

Übrigens, die Doppelaxt war plötzlich da, ohne Corporate-Design-Kampagne, ohne Onlinedruckereien, ohne Franchising und Marketing wie im heutigen Regenbogenland.

In der Labrys steckt eine höchst lebendige Kraft. Für den täglichen Gebrauch finde ich sie allerdings unpraktisch. In einem echten Kampf könnte frau sich selbst verletzen. Selbst die kleine silberne Doppelaxt, die wir um den Hals trugen, hat mich Nerven gekostet. Immer hingen entweder die Haare drin, als meine noch länger waren, oder ich zog mir Fäden aus dem Pullover.

Wie in der Antike eignet sich so eine Waffe eher zum Vorzeigen. Als Symbol auf Vasen und Wandfriesen oder als Teil eines Reiterinnenstandbilds. Davon gibt es ein paar schöne Exemplare in Berlin. Die Doppelaxt hat noch einen weiteren Vorzug: Sie ist schön. In ihrer Symmetrie ist sie geradezu vollkommen. Mit ihrem Mittelschaft und den beiden Seitenflügeln erinnert sie an einen Schmetterling, an eine liegende Acht – das Zeichen der Unendlichkeit – oder an zwei Mondsicheln. Manche gehen in ihrer Deutung so weit, sie als Symbol der Labia zu sehen, also der Vulvalippen. Das war dann etwas später, als die Schwestern der feministischen Spiritualität auf den Plan traten und uns mit ihrer Intuition lange vergessenes Wissen näherbrachten.

Zunächst aber ging es darum, das Kämpferische der Frauengeschichte mit unseren Utopien zusammenzubringen. Ich erinnere mich an Femø 1974. Auf dieser dänischen Insel trafen sich zu den internationalen Wochen Frauen aus aller Welt. Außer Sonnenschein, Salzwasser und Verliebtsein gab es dort auch etwas zu lernen. Frauenforschung. In Workshops diskutierten wir über politische Aktionen, Strategie, Frauengeschichte, Frauengesundheit, Literatur, Musik, Baukunst und alternative Lebensformen. Herstory, also *ihre* Geschichte. Ich erinnere mich an die norwegische Historikerin und Schriftstellerin Gerd Brantenberg. Wir saßen in der Sonne auf unseren Schlafsäcken und sie erzählte, dass die Streitaxt bereits 2000 vor unserer Zeitrechnung in fast allen früheren Kulturen am Schwarzen Meer und in der Ägäis bekannt war, besonders auf Kreta. Das dortige Labyrinth heißt übersetzt «Haus der Labrys». Die dort aufgestellten Doppeläxte sollen riesig gewesen sein. Also waren sie auch eher Kultgegenstände als tatsächliche Waffen. Waffen waren eher Pfeil und Bogen. Auch damit sind die antiken Kämpferinnen auf antiken Vasen abgebildet. Als Lesbenzeichen haben sich Pfeil und Bogen nicht durchgesetzt, obwohl in den 1970ern auch einige Shirts damit bedruckt waren und viele von uns das Bogenschießen erlernten.

Mit ihrem typischen trockenen Humor ging Gerd Brantenberg auch der Frage nach, ob sich die Amazonen – was männliche Historiker behaupteten – tatsächlich eine Brust amputiert hatten, um besser mit Pfeil und Bogen hantieren zu können. Sie knöpfte kurzerhand ihr Hemd auf, zeigte ihre blanke Brust und spannte ohne jede Mühe ihren Bogen: «Wenn dicke Kerle es mit ihrem prallen Wanst schaffen, mit Pfeil und Bogen zu schießen, dann schaffen wir das auch mit Brust.»

Aus solch höchst amüsanten kleinen Ansätzen – natürlich nicht nur auf Femø – entwickelten sich später Frauenstudien, Frauenforschung bis hin zu Genderstudies. Wir wollten unseren Teil der Geschichte offenlegen. Ich selbst habe in dieser Zeit noch ein Geschichtsstudium aufgenommen. Nicht nur auf diesem Gebiet, sondern in allen möglichen Fächern haben wir die in der Regel männlichen Dozenten vehement herausgefordert. Mit der Frage «Und die Frauen?» wurde so manche Vorlesung gesprengt.

Die Doppelaxt ziert übrigens auch das Cover der ersten und einzigen Schallplatte der Flying Lesbians. Eine silberne abstrakte Labrys auf hellrotem Grund. Monique Wittig und Sande Zeig schreiben in ihrem *Lesbische Völker: Ein Wörterbuch* über uns: «Die Flying Lesbians kommen aus Germanien und haben überall Liebesgefährtinnen. Als Sängerinnen und Musikantinnen verdanken sie ihren Ruhm der Tatsache, dass sie in der Raserei, die die gloriose Zeit einleitete, die erste Gruppe von fahrenden Sängerinnen war.» Die Autorinnen spielen darauf an, dass nicht nur wir, sondern viele Lesben damals als Nomadinnen unterwegs waren, um Beziehungen über große Distanzen hinweg zu pflegen. Die Schallplatte der Flying Lesbians ist heute nur noch antiquarisch erhältlich. Auf der CD, die wir 2007, zum Revival der Band, produziert haben, ist die Doppelaxt aber wieder zu sehen.

Als wir Ende 1975 die Platte produzierten, wussten wir durchaus, dass in den 30er- und 40er-Jahren sowohl die griechischen als auch die französischen Faschisten die Doppelaxt als Emblem hatten. Wir haben sie trotzdem genommen, denn uns war klar, dass die Faschisten dieses uralte Symbol der Frauenmacht nur geklaut hatten. So wie vieles gestohlen und für andere Zwecke missbraucht wurde und wird.

Flying Lesbians, LP-Cover

Ich war etwa 24 Jahre alt, als mich eine Freundin mit zu einer Gruppe älterer Lesben nahm. Sie trafen sich schon seit vielen Jahren privat und heimlich in einer Wohnung. Ich erinnere mich an einen Kachelofen in dunkelgrün, einen schön gedeckten Kaffeetisch mit Likör und Cognac und an etwa 10, 12 gut gekleidete, etwa 70-jährige Damen. Ich trug an dem Nachmittag eine Jeans, ein Herrenhemd und zwischen meinen Brüsten baumelte eine silberne Doppelaxt. Am Revers meines Jacketts, das ich mir noch geistesgegenwärtig übergeworfen hatte, prangte ein doppeltes Frauenzeichen. Nur wenige waren für mich als Paar erkennbar. Nicht etwa weil sie Händchen hielten oder zärtlich miteinander waren. Sie saßen höchstens etwas enger nebeneinander und waren eindeutig als Butch und Femme zurechtgemacht. Anzüge mit Weste, elegante Herrenschuhe, Herrenarmbanduhr, kurze Haarschnitte die einen. Die Femmes im Kleid oder in Bluse und Rock mit Halskette und Ohrringen. Meine Begleiterin und ich fühlten uns, als wären wir gerade aus dem Garten gekommen. Und so wurden wir auch mit strengen Augen gemustert. Das Wort lesbisch fiel nicht, auch nicht homosexuell oder schwul. Die Frauen sprachen von ihrer Bekannten oder ihrer Kollegin. Was mussten sie gelitten haben in der Nazizeit und in den 1950er-Jahren, den sogenannten Wirtschaftswunderjahren. Für Lesben und Schwule waren es keine Wunderjahre. Die Diskriminierung ging weiter und auch das Versteckspielen. Wie hatte die Schriftstellerin Verena Stefan zu mir in ihrem letzten Interview gesagt? «Wir waren die erste Lesbengeneration, die so leben konnte, wie sie wollte. Frei und privilegiert, zumindest hierzulande.» Nicht zuletzt die Frauenbewegung hat daran einen großen Anteil.

Deshalb hat für mich das Venuszeichen eine zentrale Bedeutung in der gesamten Symbolik. Auch die linke Bewegung in all ihren Spielarten hat sich vor der Frauenfrage gedrückt. Wie hieß es immer: Wenn erst der Arbeiter befreit ist, ist auch die Frau befreit. Die Genossen verteilten am 8. März Blumen, trotzdem leisteten Frauen die Reproduktionsarbeit. Frauenrechte wurden auf den Tag X verschoben. Ganz zu schweigen von ihrer Verachtung für lesbisches und schwules Leben. Auch die neue Linke, also die 68er, mussten erst mit einer Tüte reifer Tomaten daran erinnert werden, dass Frauen denken können und mitreden wollen. Merke: Wenn wir irgendwo angeblich mitgemeint sind, werden wir meist mitvergessen.

Die britische Soziologin und Psychoanalytikerin Juliet Mitchell hat ein Buch geschrieben: *Frauen – die längste Revolution*. Unser Grund, eine Revolution anzuzetteln, «is born of pain» – entstammt dem Schmerz –, so hat Helen Reddy in «I Am Woman» gesungen.

Als wir Feministinnen mit unseren Frauenzeichen auf die Straße gingen, reckten wir zunächst auch die Fäuste, denn wir waren wütend. Wütend über das Patriarchat, über den Krieg, die atomare Gefahr, wütend über Gewalt, übrigens gegenüber allen Schwächeren. Das heißt, wir selbst haben uns damals nicht als Opfer definiert, eher als Rächerinnen. Da ergab die Faust im Frauenzeichen wieder Sinn.

Das heute zu Unrecht als verstaubt geltende Venuszeichen drückte alles aus, was wir wollten. Obwohl so alt, war es höchst lebendig. Es hat uns verbunden, so wie der Kreis umfassend ist und nicht zu Fraktionierungen und Kategorisierungen taugt. Elitäres Schubladendenken macht jede Bewegung kleinlich und schwach.

Ich sehe uns noch bei Demos zur Walpurgisnacht, bei internationalen Kongressen, bei Aktionen, bei Festen. Eine ziemlich bunte, internationale Community. Nicht nur die angeblich weißen privilegierten bürgerlichen Mittelstandsfeministinnen. Frauenrechte sind Menschenrechte. Und zwar überall.

Abgesehen von der Symbolik: Das Frauenzeichen lässt sich wunderbar verdoppeln, verdreifachen und beliebig multiplizieren, bis es eine tatkräftige, sinnliche Kraft wird. Manche trugen die Buttons auch als Zeichen für Mehrfachbeziehungen. Ob die nun auf Dauer Bestand hatten oder visionär total daneben gingen, jedenfalls stand dieses Zeichen auch für neue Beziehungsmodelle. Heirat war nicht unser Ziel. Kaum eine von uns wird sich damals vorgestellt haben, dass wir heute eine anerkannte gleichgeschlechtliche Ehe haben.

Als Gabriele Meixner 1995 im Verlag Frauenoffensive ihr Buch *Frauenpaare in kulturgeschichtlichen Zeugnissen* herausbrachte, war ich wie vom Donner gerührt. Es hatte also in der Kulturgeschichte der Menschheit schon ganz früh Frauenpaare gegeben. Sogar viel früher und viel häufiger als das Mann-Frau-Paar, von Mann-Mann-Paaren ganz zu schweigen. Schon vor 12 500 Jahren wurden Tänzerinnen paarweise auf Schieferplatten graviert. In der Jungsteinzeit finden sich in Ton und Stein geritzt unzählige Darstellungen von zwei Frauen. Besonders reizend sind 5000 Jahre alte weibliche Zwillingssymbole aus einer Tempelanlage im heutigen Anatolien. Sie sind aus Goldblech, vier Zentimeter hoch und sehen aus wie die Figürchen, die wir als Kinder aus Papier ausgeschnitten und in Endlosreihe nebeneinandergelegt haben.

Zum Schluss noch einmal das Lesbenzeichen der beiden aneinandergelegten Hände, die eine ellipsenförmige Aussparung ergeben. Es ist *das* bekannteste Lesbenzeichen der 1970er-Jahre überhaupt. Wie schon erwähnt, als Antwort und Widerstandsgeste gegenüber der sexistischen Gewalt gegen Lesben. Diese oft als

Raute bezeichnete Geste symbolisiert eine Vulva und wurde damit zum Symbol lesbischer Liebe und Verbundenheit. Verbundenheit deshalb, weil wir uns nach Landlesben- und den ersten Lesbenfrühlingstreffen so verabschiedeten. Zu sehen war es auch beim Konzert der Flying Lesbians vor 20 000 Menschen in Kopenhagen. Hunderte nach oben gereckte Hände. Gänsehautfeeling. Stilisiert gab es die Hände auch als Aufkleber in lila und silber. Sie zierten Autos, Motorräder und Fahrräder. Ich habe sie auch schon an Hundeanhängern entdeckt.

Einmal, kurz nach der Wende, klopfte jemand an einer Ampel in Brandenburg an unsere Autoscheibe. «Darf ich mal fragen, was Sie da für ein Zeichen am Auto haben?», fragte der Mann höflich. «Das sind die helfenden Hände», war unsere Antwort. «Aha», meinte der nette Herr fast ehrfürchtig und dachte vielleicht an eine krankenpflegende Schwesternschaft.

Eine andere Erinnerung: der Hafen von Femø. Tränenreiche Abschiede an der Fähre. Frischverliebte mussten sich trennen. Die eine flog zurück in die Türkei, die andere in die USA. Noch lange waren die hochgereckten Hände vom Ufer aus zu sehen. In vielen Wohngemeinschaften hing jahrzehntelang ein Plakat mit dem Foto einer Lesbe aus Norwegen. Elisabeth mit breitem Lachen und hochgereckten Händen. Auch die *Lesbenpresse*, die wir im Lesbischen Aktionszentrum herausgaben, und das Buch von Cristina Perincioli, *Berlin wird feministisch,* zeigt dieses Symbol.

Tatsächlich sind auch heute noch die sich berührenden Hände international weit verbreitet. Lesbenprojekte in den USA, in Kanada, Italien und Skandinavien verwenden dieses überzeugende Motiv.

Das war die Zeitreise zu den Anfängen der Lesbenbewegung in den 1970er-Jahren. Jede Bewegung kreiert ihre eigenen Zeichen. Ich wüsste zu gerne, mit welchen Symbolen junge Lesben in – sagen wir – 100 Jahren ihre Fahnen und Poster schmücken. Mit wem werden sie sich identifizieren? Wir haben versucht, eine Utopie zu leben, und fanden für diese berauschende Zeit diese ganz eigenen starken Bilder. Sie sollten nicht in Vergessenheit geraten. Vielleicht brauchen wir sie nochmal.

Doppelte Frauenzeichen, Repro C. Meyer

Hier und überall – Lesbengeschichte (in Baden-Württemberg)[1]

Ilona Christa Scheidle

«Lesben: Hier und überall» war eine der zentralen Botschaften, die, auf weißem Bettlaken geschrieben, am 22. Mai 1994 durch die Heidelberger Altstadt getragen wurde. Das Banner war Teil der Lesbendemo, wie sie in der gastgebenden Stadt eines Lesbenfrühlingstreffens (LFT) traditionell am Samstag durchgeführt wird. Spätestens da wurde die Masse an frauenliebenden Frauen die bildbestimmende Öffentlichkeit in der romantisch gelegenen Stadt am Fluss, als Lesben die Hauptstraße und kleinere Gassen der barocken Stauferstadt gleichermaßen mit Bannern, Parolen, Küssen und Händchen haltend durchzogen. Etwa dreitausend Lesben besuchten das LFT und belesbten vor allem das Gelände der Internationalen Gesamtschule im Süden Heidelbergs; sie belegten: Lesben gibt es überall – in Stadt und Land, Jung und Alt, gestern und heute – überall.

20. Lesbenfrühling 21. bis 23. Mai 1994 in Heidelberg – «EigenSinnig – Lesbisch – Vielfältig» © Mobiles Archiv L

Organisiert hatte die Großveranstaltung das Vorbereitungsteam, die sogenannten Orga-Lesben. Die waren mehr als 30 an der Zahl, kamen aus dem ländlichen Umkreis von Heidelberg, Mannheim, Karlsruhe und anderen Orten und hatten über zwei Jahre unbezahlt zusammengearbeitet, um das Jubiläumstreffen von 20 Jahren Lesbenfrühling in Heidelberg zu feiern. Noch weitere Akteurinnen und Hilfsstrukturen der autonomen Frauenbewegungen waren aktiv, um das Motto «EigenSinnig – Lesbisch – Vielfältig» zum Gelingen zu bringen.

Das LFT-Wanderdarlehen etwa und private Kredite schufen einen finanziell gesicherten Rahmen für über 80 Veranstaltungen mit Künstlerinnen und Akteurinnen des In- und Auslandes, die in folgenden Sparten

---

1 In Memoriam Isis Bankert (gest. 2019) und Dr. Ursula Nienhaus (gest. 2020). Die beiden Wegbereiterinnen von Lesbengeschichte sicherten und bewahrten feministische Frauengeschichte für kommende Generationen. Der Beitrag wird 2022 mit wissenschaftlichem Apparat veröffentlicht. Siehe www.ilonascheidle.de und www.dykemarchrheinneckar.de/herstory/

Beiträge anboten: Geschichte und Wieder-Erinnerung, Rassismus, Politisches und Projekte, Spiel und Spaß und Spannung, sexuelle Gewalt und Gewalt und Diskriminierung, Sucht und süchtig?, Kulturelles, Aids und Safer Sex, Beziehung, Körpererfahrung und -ausdruck, Astrologie und Spiritualität sowie Film. Es war eine Megasause bei sonnigem Pfingstwetter für Körper, Geist und Sinne.

Das Programm des Heidelberger LFTs zeigt, dass es die erste kollektive Selbstreflexion von explizit lesbischen Frauen war, die ihre Geschichte, deren Tradierung und die Strukturen gesellschaftlicher Geschichtsproduktion im Rahmen der eigenen Historisierung als soziale Bewegung diskursiv verhandelte. Die Veranstaltungen fächerten diverse Themen von Lesbengeschichte auf, machten Anfänge und Entwicklungen der Bewegung sichtbar, ermöglichten intergenerativen Austausch, Verständigung unter den Akteurinnen, ebenso das Verhandeln von Definitionen, Perspektiven, theoretischen Konzepten und Fragen multirelationaler Verantwortung in Geschichte und Gegenwart.

1994 markiert den Beginn von Lesbengeschichte als Narrativ, das im Kontext feministischer Bewegungen kollektiv als Lesbenbewegungsgeschichte formiert wurde. Die Kernerzählung dieser Lesbengeschichte formuliert sie als Bewegungsgeschichte und Teil der autonom-feministischen Frauenbewegung, die mit dem Wiederaneignen der Geschichte der Alten Frauenbewegung sich in Verbindung mit den Vorgängerinnen setzte, sei dies als Kollektiv oder mit Einzelakteurinnen. Globale und Geschlechterverhältnisse waren einbezogen. Bezüge und Geschichten mit Teilen der internationalen, vorwiegend männlichen Homosexuellenbewegung wurden mit Blick auf tragfähige Bündnisse humanistischer Emanzipationsbewegungen behandelt. Das Jubiläumstreffen erweiterte demnach konventionelles historisches Fragen auf neue «herstorische» Eigengeschichten explizit als Lesbengeschichte.

Während der Abschlusskundgebung auf dem Marktplatz forderte schließlich die versammelte Demogemeinschaft, ihre Sichtbarkeit zu fördern und diskriminierungsfreie Teilhabe an Staat und Gesellschaft zu ermöglichen.

Dem medial beachteten Abschluss war ein beispielloser Kampf um Partizipation am kommunalen Leben vorausgegangen. Schließlich hatten die Orgas noch wenige Wochen vor Beginn der Großveranstaltung weder Räume finden noch kommunale Unterstützung für das LFT gewinnen können. Am 8. März bewirkten daher bewusste Regelbrüche die notwendige Wendung und später erfolgte Teilhabe in Aussicht:

1994 wurde der Internationale Frauentag erstmals bundesweit von autonom-feministischen und von organisiert-feministischen Frauengruppen aus Kirche,

Politik und Gewerkschaften gemeinsam und zusammen mit den noch jungen kommunalen Institutionen der (Frauen-)Gleichstellungsarbeit als «Frauenstreiktag» begangen. Der Frauenkampftag forderte bundesweit Gleichstellung für Frauen. Die Stadt Heidelberg hatte einen festlichen Abschluss im großen Rathaussaal für den Abend geplant, als ein lesbisches «Go in» das Rathaus mit Skandieren von «Räume für den Lesbenfrühling» in die Feier zur Förderung von Frauengleichstellung intervenierte und lesbische Anliegen hörbar machte. Beate Weber (SPD) vermochte den Ausnahmezustand im Saal als Stadtoberhaupt zu befrieden, indem sie, seit 1991 die erste Oberbürgermeisterin Baden-Württembergs, sich persönlich für die Klärung der Raumfrage verbürgte.

Als zeitgeschichtliches Ereignis kann das LFT in Heidelberg mit vielfältigen Quellen geschichtlich belegt werden. Es steht symptomatisch für den Entwicklungsstand, den frauenliebende Frauen damals in Baden-Württemberg erlebten. Ebenso kann dies auch für die anderen sechs LFTs gelesen werden, die seit den Berliner Anfängen in Baden-Württemberg stattgefunden hatten: 1980 in Spielberg bei Karlsruhe. Das erste Treffen außerhalb Westberlins führte Lesben zum Pfingstreffen ohne Motto in die ländliche Region Westdeutschlands. Offen ist die Frage, ob es an das «Kleinstadtlesbentreffen» in Heidelberg anknüpfte, das 1974 in den Räumen des selbstverwalteten Studentenwohnheims stattgefunden hatte und seitens der jungen feministischen Frauenöffentlichkeit beachtet wurde. Die 1990er zeigen auch, dass LFT-Orgas teilweise auf Öffentlichkeitsarbeit (und Traditionsbildung) gezielt verzichteten, um Gestaltungsfreiheit in der Unsichtbarkeit zu haben. 1990 in Tübingen mit dem Motto «leidenschaftlich leben», 1993 in Freiburg mit «Nieder mit den Mauern – grenzenlos lesbisch?», 1997 in Stuttgart mit «Kommerz und Solidarität» sowie 1998 in Freiburg mit dem Motto «Lesben und Lesben lassen». Auch das zweite Heidelberger Treffen 2020 war – trotz der späteren Absage wegen Corona – mit dem Motto «Come Out and Kiss» medial sichtbar.

Und sonst? – Lauter offene Fragen und noch mehr …

Kann das 1994 proklamierte «Hier und überall» auch für Geschichte reklamiert werden? Welche Geschichten von und über Lesben sind von Relevanz, um tradiert und per Geschichtsschreibung in das kommunikative und kollektive Gedächtnis eingeschrieben zu werden? Wann beginnt eine Chronologie für Lesbengeschichte? Welche Handlungen, Ereignisse, Themen, Gruppen, Frauen, Bezüge und dergleichen werden beleuchtet? Wo finden sich Belege für gelebte Liebesbeziehungen zwischen Frauen, die vor dem 20. Jahrhundert lebten? Und was macht eine Lesbe aus? Kann Lesbengeschichte auch jenseits von Metropolen und Zentren einer sogenannten Subkultur gefunden werden? Ist sie auf den vermögenden globalen Norden ausgerichtet? Also kann «lesbische Existenz» (Adrienne Rich) im historischen Prozess mit validen Fakten sichtbar gemacht werden? Wie und womit kann Lesbengeschichte his- und herstoriografiert werden?

Die folgenden Ausführungen können eine Anregung und Orientierung geben, ohne abschließende Antworten aufzuzeigen, sie möchten vielmehr einladen, in Geschichte einzutauchen, zu entdecken und eigene Orientierung zu finden.

So zeigt ein Zufallsfund aus Rottweil, dass Katharina Güldinan im ausklingenden Mittelalter der Sodomie bezichtigt wurde. Der Generalvikar der katholischen Kirche Rottweils überlieferte 1444 in einem Brief an den Bischof, die Schwester der St. Jakobsklause habe mit einer Laienfrau die sodomitische Sünde durch Beiwohnung begangen. Der Priester bat den Dekan daher um Zustimmung, eine sogenannte vorsichtige Untersuchung durchzuführen, und übergab die Beschuldigte dem bischöflichen Gericht, um die Fluchtgefahr zu mindern. Ob es 1444 tatsächlich zu einer kirchlichen «Befragung» von Katharina Güldinan kam, ist unbekannt. Ebenfalls ist unklar, ob die Begine der Sodomie überführt und verurteilt wurde und ob ihr «Fall» als Repression generell gegen Beginen als semireligiöse und kirchlich wenig regulierbare Frauengemeinschaft zu lesen ist. Weitergehende Untersuchungen können aufklären helfen, ob der Fall Katharina Güldinan die These bestätigt, dass homosoziale Räume ein homophiles und homosexuelles Leben und Lieben begünstigen. Ebenso dass abweichendes Handeln, das vor Gericht gebracht wird, in der konventionellen Historiografie zwar als verlässliche Quelle für gleichgeschlechtliche (Opfer-)Geschichte gilt, aber vorwiegend die Perspektive der Täter tradiert. Aussagen zu Alltag, gesellschaftlichen Lebenswelten, emotionalem Befinden etc. frauenliebender Frauen der Vergangenheit wird darin hingegen wenig valide ausgeführt. Dennoch – gerade auch solche Zufallsfunde verdeutlichen, in welchen Denkformationen und normierten (Schein)Gewissheiten ein Wissen um und das Lesenkönnen von Quellen als geschichtliche Grundlage geschieht und wie wir Geschichte (re)produzieren.

Heterozentrismus überwinden – lesbische Existenz finden …

Ein überraschender Fund bei Baumaßnahmen für eine Tiefgarage förderte einen mittelalterlichen Spitalfriedhof mit geschätzten 800 Grabstellen des ausgehenden 13. und 14. Jahrhunderts am Heidelberger Kornmarkt der 1980er-Jahre zutage. Dabei war Grab 45 auffallend. Der Grabungsbericht schilderte das Einzelgrab folgenderweise: «Hier ruhen zwei Skelette in einem Sarg. Es liegt jedoch keine Doppelbestattung im eigentlichen Sinne vor, bei der die Verstorbenen gleichzeitig ins Grab gebettet wurden. Vielmehr begrub man die obenliegende Leiche in einem schon vorhandenen Grab, [...] die zweite Beerdigung [fand] in einem gewissen, jedoch nicht allzu großen zeitlichen Abstand zur ersten statt [...]. Nachbestattungen später verstorbener Ehegatten in das Grab des vorangegangenen Partners sind bekannt. Bei den beiden Skeletten aus Grab 45 handelt es sich jedoch um zwei zum Zeitpunkt ihres Todes etwa 30-jährige Frauen.» Der Grabungsbericht schloss mit der Hoffnung, eine «abschließende anthropologische Untersuchung mag klären helfen, welcher Art die wahrscheinlich verwandtschaftliche Beziehung (Geschwister, Zwillinge?) der beiden Frauen war.»

Das his- und herstorische Handwerk verbietet, das weib-weibliche Grab als Lesbengrab zu benennen. Lesbe ist eine Sprachschöpfung der Neuen Frauenbewegung und drückt die Abkehr von der sexualwissenschaftlich definierten «Lesbierin» hin zur selbstbestimmten Frau aus. Moderne Begrifflichkeiten auf mittelalterliche Sachverhalte zu übertragen ist ahistorisch. Allerdings wirkt der Rahmen des binär und hierarchisch konstruierten Systems von Zweigeschlechtlichkeit und Heteronormativität einengend auf geschichtliche Deutungsmöglichkeiten. Ohne empirische Überprüfung wurde die Beziehung der beiden Frauen aus Grab 45 mit verwandtschaftlichen Bezügen gelesen, ohne Formen lesbischer Existenz im geschichtlichen Zeitenlauf als Deutungsoption heranzuziehen.

Ein weiblicher Sokrates

Die Lebensgeschichte von Caroline Rudolphi (1754–1811) hingegen erzählt in vielschichtigen Varianten und unterschiedlichen Quellentypen von ihr als frauenliebender Frau, die ledig, eigenständig und mit mehreren Berufen, sowohl als Schriftstellerin wie auch als Pädagogin erwerbstätig war. Ihre pädagogische Lehrtätigkeit als Gouvernante, Hauslehrerin oder Erziehungswissenschaftlerin im eigenen Mädchenpensionat überzeugte ihre ZeitgenossInnen derart, dass sie Rudolphi gleichrangig mit den pädagogischen Wegbereitern Pestalozzi und Rousseau erwähnten.

Als Mittlerin zwischen Klassik und Romantik schrieb Rudolphi vielbeachtete und viel rezitierte Gedichte, und sie knüpfte ihren passionierten Freundschaftsbund mit ihrer Freundin Gräfin Amalie von Münster-Meinhövel öffentlich per Lyrik. Mit der Geliebten gründete sie ihre erste Mädchenschule.

Die intellektuellen Kreise, in denen sie schließlich verkehrte, schilderten sie explizit als weiblichen Sokrates – ein Code für gleichgeschlechtlich liebende Frauen gegen Ende des Zeitalters der Aufklärung, die literarisch von der Romantik abgelöst wurde, deren Mittlerin Rudolphi auch gewesen ist. In ihrer Autobiografie schreibt sie sich selbst aktiv in den Mythos der hässlichen ledigen Lehrerin ein, die männerlos blieb.

Die dichten und emotionalen Schilderungen ihrer Frauenfreundschaften, die Rudolphi der Nachwelt in ihren Memoiren überlieferte, brachten ihren Biografen schließlich an seine Grenzen. Er bezweifelte nicht die Echtheit der Rudolphischen Berichte, doch schildert er seine Nöte damit, die er als Biograf habe, nämlich dass er an die Grenzen des Verstehens käme und dass ihm für diesen Lebensbereich seiner Protagonistin beschreibende Worte begrenzt vorlägen.

Caroline Rudolphi (1754–1811), in: Ilona Scheidle: Heidelbergerinnen, die Geschichte schrieben. *München 2006, S. 38*

Andere «_»: Freundschaftsfrauen, queere und lesbische Wegbereiterinnen ... Beschreibende Worte und klare Benennungen für frauenliebende Frauen gab es zu Zeiten etwa von Marie Baum (1874–1964) und Ricarda Huch (1864–1947) durchaus. Schließlich hatte sich seit Mitte des 19. Jahrhunderts ein staatlich reguliertes Medizinwesen entwickelt, dessen professionelle Infrastruktur eine Sexualwissenschaft generierte, infolge deren Etablierung als Spezialwissenschaft Homosexualität gleichermaßen medizinisch erfasst wie pathologisiert wurde.

Keine dieser beiden namhaften Frauen der Weimarer Republik überlieferte hingegen ein Eigenzeugnis, in dem sie sich mit Fachjargon wie «Lesbierin», homosexuelle Frau, Tribade oder dergleichen bezeichnet hätte. Und es wundert nicht, dass die Arzttochter und Chemikerin Marie Baum solche medizinisch wie wissenschaftlich definierten Begriffe nicht verwendete, als sie ihrer zehn Jahre älteren Lebensgefährtin mit dem Buch *Leuchtende Spur* posthum ein literarisches Denkmal setzte.

Baum veröffentlichte die lebenslangen Gespräche, die sie als Freundinnen miteinander per Brief geführt hatten. Ihre Auswahl an Gesprächen ermöglicht Einblicke in die Fernbeziehung, die das gemeinsame Leben umspannte, seitdem sich ihre Wege nach der Studien- und Promotionszeit in Zürich getrennt hatten. *Das Leben Ricarda Huchs* von 1950 ist zugleich die erste biografische Deutung Ricarda Huchs, die im geteilten Deutschland als «große Dichterin, vielleicht die größte deutsche Dichterin an der Seite der unvergesslichen Annette von Droste-Hülshoff» bewertet wurde. Ihr Lebensgespräch, mit der originären Sprache Ricardas, schreibt Baum in die Tradition romantischer Frauenfreundschafts- und Briefgeschichten ein; sie greift das akzeptierte Muster auf, um mit authentischen Zeitdokumenten die gemeinsame Geschichte zu erzählen, ohne sie zu benennen. So fehlen zeittypische

Benennungen für gleichgeschlechtlich Liebende oder queere Lebensweisen nicht nur in der Biografie, sondern auch in dem umfangreichen Werk, das jede der prominenten Frauen hinterlassen hat.

Ricarda Huch wurde Schriftstellerin, weil ihr eine akademisch dotierte Berufslaufbahn als promovierter weiblicher Historiker in der geschlossenen Gesellschaft von Geschichtsprofessoren der Kaiser- und Nachkriegszeit verwehrt war. Ihr sprachversiertes Werk mit den vielbeachteten Geschichtserzählungen bewogen die Preußische Akademie der Künste, die Erfolgsautorin Ricarda Huch als ersten und einzigen weiblichen Schriftsteller in die 1926 gegründete Sektion Dichtkunst aufzunehmen – eine Ehre, die sie 1933 mit dem Verweis, «was die jetzige Regierung als nationale Gesinnung vorschreibt, ist nicht mein Deutschtum», demonstrativ quittierte.

Marie Baums Berufs- und Politikerinnenlaufbahn weisen sie als wortgewandte Fachautorin der Wohlfahrtspflege, der Weimarer Reichsverfassung sowie der Staats- und Sozialwissenschaft aus. Im kulturellen Wertekanon des kaiserzeitlichen Bürgertums verwurzelt, lebte Baum selbstverständlich in der spezifischen Frauenkultur der bürgerlichen Frauen(bewegungs)-welt, engagierte sich in deren Rahmen und Praktiken für Demokratie und gesellschaftliche Liberalisierung und wahrte die Grenze zu libertären Positionen durch Schweigen und Beschweigen.

Davon unbenommen war es in Heidelberg jedem klar, der mit Marie Baum zu tun gehabt hatte, dass sie und Ricarda Huch ein Paar gewesen waren. Dieses selbstverständliche Frauenfreundschaftleben und das gesellschaftliche Wissen darum machte ein explizites Benanntwerden überflüssig, erklärte ein Zeitzeuge.

Marie Baum: Leuchtende Spur
Das Leben Ricarda Huchs
© Mobiles Archiv L

«Etiketten wie ‹lesbisch, hetero – oder homosexuell› hatten in meiner Welt keinen Platz. Selbst als ich die Arbeiten von Krafft-Ebing, Magnus Hirschfeld und anderen [Sexualwissenschaftlern I.S.] studiert hatte, wandte ich solche Begriffe niemals auf mich selbst an. […] Ich konnte in meiner sexuologischen Forschung nachweisen, dass alle gesellschaftlich definierten sexuellen Kategorien falsch und unsinnig sind.» Dies führte Charlotte Wolff (1897–1986) in ihrer Autobiografie *Augenblicke verändern uns mehr als die Zeit* aus, in der die Pionierin der Sexualwissenschaft auf ihr bewegtes Leben zurückblickte. Ihre Frauenliebe, führte sie darin aus, habe sie im liberalen jüdischen Elternhaus in Ostpreußen frei entwickeln können, ohne Repressionen befürchten zu müssen. Akte des «Otherings», als eine Servicekraft sich von der jungen jüdischen Kundin gezielt distanzierte, sie von der Gruppe ihrer StudienfreundInnen abgrenzte, ihre Bedienung im Restaurant verweigerte und von gesellschaftlicher Teilhabe ausgrenzte, das erlebte sie in den Tübinger Studienjahren 1922/23. Es folgten weitere, antisemitische und lesbophobe, lebensbedrohliche Akte, denen die Ärztin durch Flucht aus Berlin nach Paris und London entkommen konnte.

Die «internationale Jüdin mit britischem Pass» forschte schon vor der sexuellen Revolution zu Frauenliebe und Bisexualität. Mit *Love Between Women* veröffentlichte sie 1971 in London ihre sexualwissenschaftliche Pionierarbeit, die als deutsche Fassung zwei Jahre später mit dem Titel *Psychologie der lesbischen Liebe. Eine empirische Studie der weiblichen Homosexualität* erschien. Wolff beschrieb darin das Paradox des «unheimlichen Wissens», das Lesbierinnen miteinander teilten. Ohne gesellschaftlich sichtbar, ohne geschichtliche Tradierung oder als solche repräsentiert zu sein, wüssten sie voneinander und könnten sich gegenseitig erkennen. Aus Gründen der Tarnung, dem Anpassen an die heterosexuelle Welt, würden frauenliebende Frauen Mittel des Schauspiels anwenden, um gesellschaftlich unsichtbar zu sein. Der Wunsch, vor kränkenden, schmerzhaften, ja vernichtenden Erfahrungen infolge von Homophobie oder Misogynie geschützt zu sein, sei das Motiv für die Maskerade. Untereinander jedoch, da vermögen sie die verschiedenen Hüllen der Heimlichkeiten zu decodieren, da alle Trägerinnen eines gemeinschaftlich geteilten Erfahrungsschatzes von Geheimwissen seien. Für diese marginalisierte Gruppe prägte Wolff das Bild vom Untergrund, der öffentlich unsichtbar, doch auf heimliche Weise existent sei.

Wolff reflektierte Fragen von Mehrfachdiskriminierung und wies auf «eine gewisse Ähnlichkeit des Schicksals von Juden und Lesbierinnen» hin. Beide seien in allen Teilen der Welt anzutreffen, bekämen überall auf erbarmungslos direkte oder kaum spürbare Weise zu verstehen, dass sie nicht dazugehörten. Das Schicksal von «Lesbierinnen» bewertete sie hingegen schwerer als das von Juden, weil frauenliebende Frauen von der Gesellschaft vollkommen abgelehnt würden, mit Ausnahme derjenigen, die sich auf dem Gebiet von Kunst, Literatur oder akademischen Berufen qualifizierten. Ihre Veröffentlichungen waren Lichtpunkte für die Neue Frauen- und Lesbenbewegung. Sie regte an, von «Homoemotionalität» und nicht von Homosexualität zu sprechen oder den Begriff «Feministen» durch «Equalisten» zu ersetzen, da alle Feministen, ob homo- oder heterosexuell, ob Frau oder Mann, die Gleichberechtigung der Geschlechter in allen Lebenssphären forderten.

1978 gelang es der Lesbengruppe L 74, dass sie in der Berliner Amerika Gedenkbibliothek las und während der vierten Berliner Sommeruniversität für Frauen 1979 als Zeitzeugin sprach. Sie schufen so die Möglichkeit weiblicher Genealogiebildung, die eigene Geschichte als Lesben zu beforschen und zu interpretieren, und Wolff konnte sich als Leitfigur von Lesbengeschichte erleben.

Archivarisch hingegen ist ihre Tübinger Zeit nicht belegbar. Offizielle Gedächtnisspeicher wie Stadt- oder Universitätsarchiv haben keine Belege dafür, dass die Jahrhundertpersönlichkeit je in Tübingen gelebt oder gewirkt hat. Allein ihre Autobiografie, Parallelberichte und autonome Splitter erzählen von dieser Zeit.

Die oftmals dürftige lesbengeschichtliche Quellenlage seitens offizieller Archive ändert sich für die jüngere Zeitgeschichte. Das feministische und lesbenpolitische Engagement von Jutta Österle-Schwerin (*1941) und von Biggi Bender (*1956) beispielsweise sind in staatlichen Archiven des parlamentarischen Betriebs und der Bündnis Grünen gesichert: die wegweisende lesbenpolitische Rede von Österle-Schwerin 1987 im Bundestag ebenso wie die Herausforderungen, die das Protokoll des CDU-geführten baden-württembergischen Landtages der Jahrtausendwende hatte, die weibliche Begleitung einer Mandatsträgerin in Zeiten vor der Ehe für alle als Lebensgefährtin offiziell platzieren zu können.

Ohne Lesben keine Frauenbewegung

Mit dem 13. September 1968 begann in Westdeutschland und Westberlin die Neue Frauenbewegung. Anlass waren Suppentomaten, welche die hochschwangere Sigrid Damm-Rüger auf autoritär handelnde Männer des sozialistischen Studentenbundes Deutschlands (SDS) geworfen hatte, die den weiblichen Genossen weder Raum noch Zeit gaben, ihre Anliegen der 23. Delegiertenkonferenz vorzutragen. Die geworfenen Tomaten markierten die betroffenen Genossen als Paschas, die eloquent von Befreiung und Herrschaftskritik sprachen, privat hingegen die patriarchalen Verhältnisse beließen und Frauen traditionelle Rollen zuwiesen wie die Mutterrolle und die Reproduktionsarbeit.

Als alternative Geburtsstunde kursiert der 6. Juni 1971, als sich 374 Frauen öffentlich der Abtreibung «schuldig» bekannten und – nach französischem Vorbild – mit der spektakulären Aktion an die Öffentlichkeit gingen. Der Stern titelte: «Wir haben abgetrieben!», und die Frauen forderten: «Keine Almosen vom Gesetzgeber, keine Reform auf Raten, sondern die ersatzlose Streichung des §218». Mit dem bundesweiten Aufbau von Aktion-§218-Gruppen war das Prinzip der Selbstorganisation von und für Frauen gesetzt und markiert einen weiteren Beginn.

Den beiden Eckdaten ist gemein, dass Frauen selbstbestimmt handelten, dass sie autonom agierten. Gemäß der griechischen Bedeutung von *autos nomos* griffen Frauen nach ihren eigenen Gesetzen in die Welt ein, in der sie lebten. Und die Lesben? Lesbische Existenz war in der feministischen Aufbruchszeit in der Regel «mitgemeint», bis sich lesbische Akteurinnen mit ihren Anliegen aus dem Kreis des einheitlichen «Wir Frauen» lösten und eigene Gruppen und Referenzsysteme bildeten.

Für den Beginn der westdeutschen Lesbenbewegung gibt es kein eindeutiges Fanal wie den Tomatenwurf oder die Stern-Aktion; «irgendwann zwischen 1992 und 1995, je nach regionalem Standort und politischer Sicht wird des 20-jährigen Bestehens der Lesbenbewegung gedacht», schrieben Kathrin Lahusen und Anke Schäfer 1995 in ihrem ersten Lesbenjahrbuch. Wichtig sei der Februar 1972, als Frauen eine «schwule Frauengruppe» in der «Homosexuellen Aktion Westberlin» (HAW) bildeten. Denn lesbisch lebende Frauen sahen zu Beginn der politischen Offensive mehr Gemeinsamkeiten mit schwulen Männern, mit denen sie wegen der Diskriminierung der gleichgeschlechtlichen Lebensweise Ausgrenzungserfahrungen teilten, als mit heterosexuell lebenden Frauen.

Der 17. Februar 1973 ist das Datum, als Lesben erstmals mit ihren Forderungen auf die Straße zu gehen wagten. An sechs zentralen Westberliner Plätzen verteilte eine Gruppe von Lesben ihr Flugblatt «Die Verbrechen an den lesbischen Frauen». Damit initiierten sie den Beginn mehrjähriger Protestaktionen in der gesamten Republik, die in unterschiedlichster Façon gegen die verleumderische Berichterstattung im Strafprozess gegen die lesbischen Frauen Marion Ihns und Judy Anderson protestierten, die der Anstiftung zum Mord am Ehemann Ihns angeklagt waren. Im «Hexenprozess von Itzehoe» wurde nicht der Straftat, sondern der lesbischen Liebe der Prozess gemacht, wogegen couragiert vorgegangen wurde: «Wir Frauen protestieren gegen die Verketzerung der weiblichen Homosexualität [...] Sachliche Informationen können nur von den Betroffenen selbst erbracht werden – und nicht von irgendwelchen ‹Wissenschaftlern› und Lohnschreibern der Boulevard-Presse.»

In manchen Kreisen beginnt die Zeitrechnung im Sommer 1973 – mit dem internationalen Lesbentreffen auf der Insel Femø in der dänischen Ostsee, der Sommerfrische und vorfeministischen Wissensbörse. Andere datieren auf Pfingsten 1974, als das Lesbenpfingsttreffen das Motto «Homosexuelle Frauen – von der Vereinzelung zur Organisation» führte und der Kernsatz der amerikanischen Theoretikerin Ti-Grace Atkinson, «Feminismus ist die Theorie – Lesbianismus die Praxis», Kontroversen provozierte.

Ab 1975 hatte das LAZ, das Lesbische Aktionszentrum Westberlin, eigene Räume. Die HAW-Frauengruppe hatte sich so umbenannt und sich von der Schwulenbewegung, d.h. von der emanzipatorischen Homosexuellenbewegung separiert. Anlass für die Trennung und Abwendung der homosexuellen Frauen von der HAW und deren homosexuellen Männern waren sexistische Sprache und diskriminierendes Verhalten der Schwulen gegenüber Lesben und 40.– DM, die von den Männern den Lesben nicht weitergegeben worden waren, obgleich das Geld für die Frauenarbeit bestimmt gewesen war. Zeitgenössische Gesellschaftskritik förderte zudem eine radikale Patriarchats- und Heterosexismuskritik, die lesbische Frauen alsbald auch zum Auszug und Separieren von Bezügen der Frauenbewegung motivierte, obschon sie existenziell von Lesben getragen war, sei es in Frauenzentren, Arbeitsgemeinschaften, § 218-Beratungsstellen, Frauenhäusern, Gesundheits-, Mütter- und anderen Zentren.

Das Wissen um Verschiedenheit, Vielheit und Vielfalt ist ein fruchtbares Ergebnis der als «Schwesternstreit» bekannt gewordenen Auseinandersetzungen zwischen Lesben und Heteras. Als Verena Stefan 1975 *Häutungen* veröffentlichte, begann eine vitale «lesbische» Kulturproduktion in künstlerischen Sparten, die das Coming-out vieler begleitet(e).

Als Teil einer lesbischen Landesgeschichte zeugen die Aufbruchszeiten von Akteurinnen, die, mobil und vernetzt, irgendwo handelten und auch im «Ländle» als Lesben erkannt wurden, etwa 1974, als *Und wir nehmen uns unser Recht* im Fernsehen gesendet wurde und eine Protagonistin als Baden-Württembergerin gesehen wurde.

Geschichte/Archive/Geschichtswissenschaft – «belesben»

Geschichte «belesben» ist eine Wortschöpfung und Methode. Sie greift Mary Dalys Philosophie auf, die für den Ausdruck weiblicher Existenz und Handlungsmöglichkeiten sprachlich das Aktivum zu nutzen fordert. Auf historisches Arbeiten bezogen heißt das, «lesbische Existenz» nicht als Randerscheinung oder weniger «natürliches» Phänomen, noch als bloße «sexuelle Vorliebe» oder Abklatsch hetero- oder (männlich) homosexueller Beziehungen zu begreifen, sondern als «allgegenwärtige Energie, die sich im ‹Teilen, Mitteilen von Freude – körperlicher, emotionaler oder psychischer Freude› und in gemeinsamer Arbeit ausdrückt; als machtverleihende Freude, die uns ‹weniger willens [macht], Ohnmacht […] zu akzeptieren›», so formulierte es Adrienne Rich in ihrem klassischen Aufsatz zum lesbischen Kontinuum. Als Methode reflektiert Geschichte «belesben» Formen lesbischer Existenz, die es zu historisieren gilt. Sie fördert die Herausbildung eines feministischen Bewusstseins, das nach Gerda Lerner die Einsicht weckt, dass Frauen einer untergeordneten Gruppe angehören; dass sie als Gruppe unter Missständen leiden; dass ihr untergeordneter Status nicht naturbedingt, sondern gesellschaftlich produziert ist; dass sie sich mit anderen Frauen zusammentun, um die Missstände abzuschaffen; und dass sie eine Gegenvision von einer gesellschaftlichen Ordnung erarbeiten können, in der Frauen Autonomie und Selbstbestimmung zusteht.

Geschichte «belesben» ist ein aktiver Akt, der beim Forschen und Vermitteln das Selbstverständnis als Historikerin herausfordert. Um einen «lesbischen Imperialismus» und eine queere Hegemonie zu vermeiden, um etwa neue «Bindestrichgeschichten» als Addition von Lesben zur Frauen-, zur Geschlechter- und zur Queerhistory zu meiden, gilt es, gängige Sichtweisen auf Geschichte einer konstruktiven Revision zu unterziehen. Dieser Prozess, Wissen zu generieren, ist dynamisch, prozessual und interaktiv und belohnt mit einem Mehr an Wissen um die Vielfalt menschlicher Zeugnisse, Bezüge und Realitäten in der Geschichte.

Alle Quellen und Belege in: Scheidle, Ilona: *Heidelbergerinnen, die Geschichte schrieben. Frauenporträts aus fünf Jahrhunderten.* Hugendubel, München 2006, sowie auf www. ilonascheidle.de

Es ist die Liebe der Frauen
Audre Lorde

Es ist die Liebe der Frauen,
die mich so lange am Leben gehalten hat.
Die Liebe zwischen Frauen, selbst wenn sie bitter,
flüchtig oder schmerzhaft sein kann,
ist nährend und stärkend.
Und sie ist eine Antwort auf die Verzweiflung,
mit der wir ständig konfrontiert werden,
wenn wir uns mit der Realität
unseres restlichen Lebens beschäftigen.
Und in dem Ausmaß, in dem wir uns
mit der Realität da draußen beschäftigen,
brauchen wir einander
und uns selbst noch mehr!

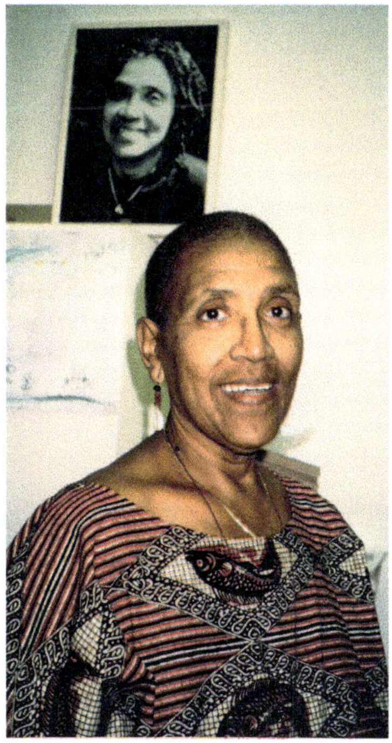

Audre Lorde im Orlanda Frauenverlag
Berlin 1991
© Dagmar Schultz

It's been the love of women that has kept me alive for so long.
That loving between women, whether it is bitter,
Whether it is transient, whether it is painful, whatever,
it is nourishing and empowering.
And it is an answer to the despair that we have to deal with all the time
when we deal with the realities of the rest of our lives.
And to the extent that we do deal with that reality out there
we need each other and ourselves even more!

Audre Lorde im Film: *Audre Lorde – Die Berliner Jahre 1984 bis 1992*
Regie: Dagmar Schultz
Buch: Dagmar Schultz mit Ika Hügel-Marshall und Ria Cheatom, 2012
Schnitt: Aletta von Vietinghoff

Der Film: *Audre Lorde – Die Berliner Jahre 1984 bis 1992* ist als Video on Demand bei Vimeo in folgenden Sprachen erhältlich: Deutsch, Englisch, Spanisch, Französisch, Polnisch.
https://vimeo.com/ondemand/audrelorde
Siehe auch: *Audre Lorde in Berlin – Eine Online Reise,* www.audrelordeberlin.com

Die Löwinnen von Paris – Frauen in Hosen an vorderster Front

Susanne Wosnitzka

> *Wenn wir jedoch verstehen wollen, warum Frauen, selbst wenn ihnen nicht der Mund verboten wird, noch immer einen sehr hohen Preis zahlen, um Gehör zu finden – und wenn wir daran etwas ändern möchten –, dann müssen wir einsehen, dass das Ganze komplizierter ist und eine lange Geschichte dahintersteht.*
>
> Mary Beard

Sie hat recht. Es. Ist. Kompliziert. Und es steht eine lange Geschichte dahinter. Auch noch unbekannte Geschichte, die ich euch teils erstmals vorstellen möchte. Was es nicht weniger kompliziert macht. Das Bekannte sind einzelne Leuchtpunkte der Frauenbewegungsgeschichte, die aber offenbar ein ganzes Lichtermeer hinter sich gehabt haben in Form einer noch unbekannten Pariser Frauenbewegung, die über klare Erkennungsmerkmale verfügte, einen Namen hatte und die meinen Überlegungen nach wegweisend für die deutsche Frauenbewegung ab 1848/49 gewesen ist.

Neue Wege

Seit Jahren beschäftige ich mich im Rahmen meiner musikwissenschaftlichen Dissertation mit mehreren historischen Augsburger Tageszeitungen, die ich für die Jahre 1746 bis 1852 hauptsächlich auf Musikkulturnachrichten in Gänze durchforstet habe. Das ergab ein unglaublich dichtes Netz an großteils unbekannten Informationen nicht nur zum Musik- und Kulturleben, das Hand in Hand ging, sondern auch zu allem, was die Menschen bewegt hat. Angefangen von seltsamen Wettererscheinungen und Naturkatastrophen (lückenlos dokumentiert) und neuen Erfindungen (und bekannten, die teils noch weiter zurückdatiert werden können), über unbekannte Episoden und Einzelschicksale aus der Französischen Revolution bis hin zu politischen Begebenheiten, die die Welt aus den Fugen gebracht haben.

Geschichte mit Lücken

Die allermeisten Publikationen zur deutschen Frauenbewegung ab 1848/49 beginnen zwar mit der Französischen Revolution um die Zeit von Napoleons Verbannung (bzw. dessen *Code Civil* 1804, der Frauen noch mehr Rechte nahm). Aber zwischen diesem und den Jahren 1848/49 klafft eine ‹Lücke›, als wäre die Frauenbewegung

1848/49 ganz plötzlich wie aus heiterem Himmel in die Welt gekommen. Diese Lücke kann ich mit meiner Theorie schließen.

Zur Beachtung vorneweg: Diese Forschungen tätigte ich ausschließlich privat in meiner Freizeit. Wegen Lohnerwerbs und anderer Forschungen konnte ich mich bislang nicht vertiefend ausführlich damit beschäftigen – dazu müsste ich auch in Paris forschen. Das Ganze stellt eine Zusammenstellung ausgewählter Highlights aus historischen Zeitungen/ Veröffentlichungen dar, an denen ich mich mit all meiner geschichtlich-wissenschaftlichen Erfahrung entlanghangele und entsprechend Querverbindungen ziehen kann als Grundlagenforschung, die weiteren Erkenntnissen und Recherchen dienen kann.

Meinen Erkenntnissen aus dem intensiven Studium in historischen Zeitungen nach ergab sich für diese ‹Lücken›-Jahre ein neues Bild – mit den Löwinnen von Paris![1]

Hosen-Crashkurs

Das Tragen von Hosen ist eine bis heute höchst politische Angelegenheit. Hosen waren – und sind in vielen Ländern und Religionen – den Männern zugedacht, einst auch als Beinkleid betitelt. Unter ‹Kleid› verstand man früher schlicht Bekleidung. Frauen hatten – weil sie keine Männer waren – Kleidung zu tragen, die sie von den Männern unterschied. Im 5. Buch Mose Vers 22 steht geschrieben: «Männerzeug darf nicht auf einer Frau sein, und ein Mann darf nicht das Gewand einer Frau anziehen. Denn jeder, der dieses tut, ist ein Gräuel für den HERRN, deinen Gott.»

Anne Lister
Gemälde von Joshua Horner, ca. 1830

Eine der berühmtesten Hosenträgerinnen war Jeanne d'Arc (~1214–1431). Sie wurde nicht auf dem Scheiterhaufen hingerichtet, weil sie es gewagt hatte, an der Spitze eines Heeres zu reiten und politische Geschicke zu lenken, sondern weil sie Männerkleidung trug. Im Gefängnis wurde ihr heimtückischerweise aber ein Kleid verwehrt; ihr wurde nur Männerkleidung in die Zelle gelegt, so dass sie bei den Prozessverhandlungen in Hosen erscheinen musste – und dann wurde behauptet, sie sei unbelehrbar, was dann neben anderen Vorwürfen die endgültige Verurteilung

1 Siehe auch meinen Vortrag «Die Löwinnen von Paris – Frauen in Hosen an vorderster Front.» (erstmals 2016 im Rahmen der Münchner Lesbenkulturtage vorgestellt) mit bislang unveröffentlichten Originalen samt These. Alle Bilder hier im Text © wikimedia.commons (gemeinfrei).

bestätigte. Einige weitere prominente Frauen in Männerkleidung waren zum Beispiel die berühmten Ladies of Llangollen, die im 18. und frühen 19. Jahrhundert in Irland/Wales lebten. Oder Anne Lister (1791–1840) mit ihren – nun nicht mehr – geheimen erotisch-brachialen Tagebüchern.

Olympe de Gouges
Pastell von Alexander Kucharski

Mesdames Sansjupons

1791 erschien die aus der Wut heraus entstandene *Erklärung der Rechte der Frau und Bürgerin* von Olympe de Gouges (1748–1793), weil Frauen in den frisch proklamierten Menschenrechten *nicht* vorkamen. In Olympes Todesjahr wird in den Augsburger Zeitungen erstmals aus Paris von einem «Klub der Weiber, die sich wie Megären betragen»[2] berichtet, die man *Sansjupons* – Ohnerock (= in Hosen) – nannte und die sich über die Wochen verteilt mit vielen Aktionen in der Stadt bemerkbar machten: vom Stören von Männerversammlungen und Ratssitzungen bis hin zum Überfallen von Gerichtsverhandlungen oder als «Terroristenweiber, welche über die Ruhe dieser Stadt [Marseille], und über ihre abnehmende Herrschaft ganz rasend sind, unter die Damen auf der Promenade gemischt, und mit Scheeren die grossen Halstücher, die Schals, die Kleider etc. vom Leibe weggeschnitten. Von Paris schreibet man ähnliche Vorfälle.»[3]

Frauen undercover

Unzählige weitere Zeitungsfunde berichten über Frauen in Hosen in der Armee (ja selbst über eine ganze 400 Köpfe starke Frauenarmee aus Dänemark gegen Napoleon, angeführt von einer Pfarrerstochter!), die als Soldaten inkognito/undercover dienten. Für einige Personen mag das nicht nur eine Chance auf ein eigenes, selbsterarbeitetes Einkommen gewesen sein, sondern die Chance auf ein neues Leben, ein Leben ‹als Mann› – zum Beispiel auch als Transgender und/oder Crossdresser und/oder lesbische Butch. Allerdings stets in der Angst aufzufliegen. Einige dieser Aufgeflogenen wurden unehrenhaft aus der Armee entlassen, andere höchst ehrenhaft, wie zum Beispiel der Fall der Dorothea Geiger, geb. Pichelt, (1790–1824), die als Theodor Pichelt für die von ihr angeschwärmte und hochverehrte Königin

2 Siehe *Augsburgische Ordinari Postzeitung,* Nro. 258. Donnerstag, den 31. Octobr. Anno 1793, S. 4
3 Siehe ebda., Nro. 205. [Nro. 206.] Montag, den 28. August. Anno 1797, S. 1

Luise von Preußen (1776–1810) gegen Napoleon in die Schlachten zog. Als «Heldin von Magdeburg» ging Pichelt, deren lange vermisste Todesdaten und Todesumstände ich 2018 ermitteln konnte, in die Geschichte ein.[4]

Mächtiges Gesetz

Diese Frauen in Hosen waren so dermaßen lästig (und es mussten viele gewesen sein), dass 1799 in Paris schließlich ein Gesetz erlassen wurde, das Frauen das Tragen von Männerkleidung und insbesondere Hosen verbot. Wer dennoch entsprechende Kleidung tragen wollte, musste dies polizeilich anmelden und die Erlaubnis jedes halbe Jahr erneut beantragen. Funfact: Dieses Gesetz galt (lange vergessen) offiziell bis ins Jahr 2013![5]

Louise Aston mit Zigarre
Gemälde von Johann Baptist Reiter

Eine weitere sehr bekannte Frau in Hosen aus dieser Zeit war Louise Aston (1814–1871), die sich von Verbannung zu Verbannung hangelte und als hosentragendes ‹Mannweib› berüchtigt war. Anonyme Briefe veranlassten eine polizeiliche Unterredung, bei der Aston bekannte, dass sie «nicht an Gott [glaube] und [...] Zigarren [rauche]. Sie beabsichtige, die Frauen zu emanzipieren und sollte es ihr Herzblut kosten. Sie halte die Ehe für ein unsittliches Institut».[6] Aston erfuhr aufgrund ihrer Emanzipationsideen eine Ausweisung aus Berlin, wo sie durch die Hauptstraßen in Männerkleidern, Sporen an den Stiefeln, die Reitpeitsche in der Hand, mit brennender Zigarre im Mund promenierte. Aufmüpfige Frauen (und Männer) schob man einfach ab. Louise Otto-Peters (1819–1895) war auf dermaßen radikale Aktionen überhaupt nicht gut zu sprechen. Hier findet sich eine klare Trennlinie, die sich später auch bei der Suffragettenbewegung in England beobachten lässt: Die *Suffragettes* waren die Radikal-Öffentlichen, die *Suffragists* die Gemäßigten, die die Bewegung im Hintergrund ‹leise› voranbrachten.

---

4 Siehe Susanne Wosnitzka: «Geiger, Johanna Dorothea geb. Pichelt. Soldat, Freiheitskampferin, Heldin von Magdeburg». In: Eva Labouvie (Hrsg.): *Frauen in Sachsen-Anhalt 2. Ein biographisch-bibliographisches Lexikon vom 19. Jahrhundert bis 1945.* Wien-Köln-Weimar (Böhlau) 2019, S. 168–171

5 Siehe https://www.spiegel.de/panorama/in-paris-ist-es-nach-214-jahren-fuer-frauen-legal-hosen-zu-tragen-a-881300.html (Stand: 24.11.2020)

6 Siehe https://www.fembio.org/biographie.php/frau/biographie/louise-aston/ (Stand: 24.11.2020)

George Sand mittendrin

Eine weitere sehr bekannte Frau war Amantine Aurore Lucile Dupin de Francueil (1804 – 1876), die sich selbst George Sand nannte. In ihren Memoiren schrieb sie zwar, dass sie von Kindesbeinen an schon immer gerne Hosen trug; historische Zeitungsberichte lassen nun den Schluss zu, dass sie offenbar ein Teil/Mitglied der Löwinnen von Paris war! Ihr Männerkleidungtragen war keinesfalls ein Alleinstellungsmerkmal in dieser Zeit.

George Sand mit Begleiter
Zeichnung von Paul Gavarni ca. 1840

Und die Frauen verlangten nach gleichberechtigter Teilhabe. 1819 bemerkte man(n), «daß bey den Frauen unsrer Zeit die Tendenz zu öffentlicher politischer Bedeutung und Wirksamkeit immer merklicher an den Tag tritt. Man höre und schaue bey uns; man höre und schaue bey unsern Nachbarn und Mustern, den Engländern. Die letzte Volksversammlung in Birmingham, die 15 000 Köpfe stark war, bestand meist aus Weibern, und in den ansehnlichsten Städten Englands bilden sich Verbindungen von politischen Reformatorinnen, die, so viel wir aus englischen Blättern vernehmen, schon jetzt bedeutendes Aufsehen erregen, und deren ganzes Thun und Treiben auf nichts Geringeres als auf Stiftung einer völligen Amazonen≈Republik hinausgeht. Welch verführendes Beyspiel für ihre Schwestern in Deutschland.»[7] Wohlgemerkt 100 Jahre *vor* den Demos der Suffragetten! 1821 entwarf ein Spanier einen *Entwurf einer politischen Konstitution für das weibliche Geschlecht!*[8] Und so geht es in einem fort in den Zeitungen.

König der Französinnen! sic!

1837 machten sich einige Pariser Frauen Gedanken um die Verwendung der Sprache: In einer von vielen tausend Frauen unterzeichneten Petition forderten sie schon damals geschlechtergerechte Sprache, in der sie ersuchten, dass nicht stets in geschichtsverfälschendem generischen Maskulinum vom «König der Franzosen», sondern auch vom «König der Französinnen» geschrieben und gesprochen werden

7 Siehe *Augsburgische Ordinari Postzeitung,* Nro. 225. Montag, den 20. Sept. Anno 1819, S. 3 f.
8 Siehe ebda., Nro. 25. Montag, den 29. Jan. Anno 1821, S. 3

sollte![9] Und noch heute wird Marlies Krämer für ihre Versuche belächelt, als Frau und Kundin auch so genannt zu werden.[10]

Die Frauenbewegung war den vielen Zeitungsberichten nach (hier nur ein paar wenige Highlights) ständig vorhanden und mal weniger, mal stärker präsent – ein permanentes Pulsieren und Wogen, das in deutschen Zeitungen aufgegriffen und diskutiert wurde; Nachrichten, die die deutschen Frauenrechtskämpferinnen, die durch die Bank belesen waren, mitbekommen haben müssten.

Die Löwinnen von Paris

Wer waren nun die Löwinnen von Paris, und welche möglichen Verbindungen gibt es nach Deutschland?

Die Löwinnen von Paris schienen zunächst als eine Art modische Entwicklung wahrgenommen worden zu sein und wurden als modische Gecken betrachtet. Sie trugen Männerkleidung und rauchten in der Öffentlichkeit (was für Frauen generell verpönt war). Der Ausdruck «Löwinnen» rührte auch daher, dass sie ihre Haare offen trugen und die Haarlocken deshalb als ‹wild› und ‹löwen(mähnen)-haft› erschienen. Nur ‹*wilde*› Frauen – Prostituierte – trugen ihre Haare offen als Erkennungszeichen, um sie nicht mit ‹*ehrbaren*› Frauen (aus Versehen versteht sich) zu verwechseln. Ein weiteres Löwinnen-Merkmal war um 1840 ein Dolch, der im Ausschnitt der Brust getragen wurde und dessen Griff nach außen auch sichtbar war. Eine im Notfall effektive Selbstverteidigung – durch die Sichtbarkeit und somit griffbereit wurde auch signalisiert, dass man den Dolch bei Bedarf einsetzen würde. Interessierte Männer hatten zwar Zutritt zu ihren Clubs und durften zuhören, hatten dort aber zu schweigen. Maria de Las Mercedes Comtesse Merlin (1789–1852) schuf ihnen mit ihrem Roman *Les lionnes de Paris* (1845) auch ein literarisches Denkmal. George Sand nahm als Anhängerin dieser *lionnes* an deren radika-

Marie d'Agoult
Gemälde von Henri Lehmann

9 Ich verbürge mich für die Richtigkeit dieser Angabe, allerdings bestehe ich hier auf Quellenschutz für weitere eigene Forschungen.

10 Siehe Helmut Schümann: «Eine Frau kämpft für ein Wort. Marlies Krämer gegen die Sparkasse». In: https://www.tagesspiegel.de/gesellschaft/panorama/marlies-kraemer-gegen-die-sparkasse-eine-frau-kaempft-fuer-ein-wort/22646114.html (Stand: 26.11.2020)

len Aktionen teil; so lässt sich zum Beispiel ihre Teilnahme bei von den Löwinnen organisierten Krawallen in und um das Gerichtsgebäude bei den Verhandlungen um die legendäre Giftmörderin Marie Lafarge (1816–1852) nachweisen.[11]

Mit Informationen geht's besser

Wichtige Informationsquellen waren nicht nur in Paris die Zusammenkünfte kluger Leute in sogenannten Salons, die auch von Frauen wie Marie d'Agoult (1805–1876, Schriftstellerin, Pseudonym Daniel Stern) geführt wurden und in denen politische Themen im Gespräch waren. In Lesezirkeln und über öffentliche Lesegesellschaften, die über internationale Presse verfügten, konnte man sich über die Vorgänge in der Welt informieren. Manche Tageszeitungen stellten täglich ein Best-of dieser Meldungen aus aller Welt zusammen, und so gelangten auch weitere Meldungen zu noch unbekannten Hosenträgerinnen mir zu Gesichte. 1846 machte sich Louise Aston in Berlin unangenehm bemerkbar und die Stadt unsicher: «Ein Zeichen unserer faulen und verkrüppelten Zustände sind unsere emanzipirten Frauen. Es hat sich jetzt ein förmlicher Klubb derselben organisirt, welche, gewöhnlich in Herrenkleidern, Cigarren im Munde, in bestimmten Kneipen zu treffen sind. Hier wird getanzt, wobei die Damen den auffordernden Theil bilden, bejubelt und ein Getränk aus Porter, Madeira und Champagner genossen. Besondere Virtuosität in diesem Genre des Frauenthums entwickelt eine Miß [Louise] Asten [Aston], die Geliebte des jungen Dichters [Rudolf] Gottschall, dem sie jetzt nach Königsberg folgen will; ferner eine Madame Schmidt, die Gattin des als Schriftsteller bekannten Max Stirner.»[12]

Gespiegelte Emanzipation

Im selben Jahr haben aber auch bereits Männer versucht, es den Frauen gleichzutun: «Hier [in Berlin] ist es in jüngster Zeit sehr oft vorgekommen, daß Männer an öffentlichen Orten in Frauenkleidung erschienen: eine eigene Emanzipationssucht, freilich charakteristisch für die hiesigen Sittenzustände.»[13] Solche (hier negativ dargestellten) Nachrichten über Männer, die versuchten, sich ebenfalls zu emanzipieren, kamen im Gegensatz zu den Meldungen zu hosentragenden Frauen allerdings sehr selten in der von mir untersuchten Presse vor. *Rebecca und ihre Töchter* sind hier-

11 Siehe *Augsburgische Ordinari Postzeitung,* Nro. 203. Dienstag, 21. Juli 1840, S. 2
12 Siehe *Augsburger Tagblatt,* No. 83. Dienstag, 24. März 1846, S. 350
13 Siehe ebda., No. 239. Dienstag, 1. September 1846, S. 1051

zulande so gut wie nicht bekannt. Diese waren eine große Gruppe von Männern in Wales, die zwischen 1839 und 1844 in Frauenkleidung ihre *riots* durchzogen.[14]

Königsberger Kloppe

Königsberg? Königsberg! Beim Klang dieses Stadtnamens klingelte etwas bei mir, das mit einer ganz bestimmten Frau zu tun hatte, und schon sah ich eine Querverbindung – wie man latentes Blut mit Luminol und UV-Licht sichtbar macht – aufploppen: Über solche Frauen, die sich ‹widernatürlich› verhielten, wurde in der Presse ausgiebig vom Leder gezogen. 1848 gab man die Schuld am politischen Umsturz und Umbruch einer Frau: Lola Montez (1821–1861), deren Geschichte Legende ist. Dabei brachte eigentlich das Verhalten von König Ludwig I. von Bayern (1786–1868) das seit Jahren schwelende Pulverfass zum Explodieren. Von Polen bis Frankreich kam es vor allem in den Städten zu brutalen Gewaltorgien, besonders in Warschau, Rastatt und Hamburg, als das Volk versuchte, die Ideen einer Demokratie umzusetzen[15] und die monarchistische Obrigkeit die Soldateska aussandte, um wieder für ‹Ruhe und Ordnung› zu sorgen. Die Pianistin und Komponistin Clara Schumann (1819–1896) zum Beispiel erlebte die Kämpfe in Leipzig am eigenen Leib, als sie – mit Kindern und hochschwanger – aus der Stadt floh. Sie verfasste in dieser Zeit ihr politischstes Lied, das *Vorwärts!* (Text: Emanuel von Geibel). In Warschau kämpften auch Frauen an vorderster Front mit; viele Teilnehmende mussten jedoch fliehen, fanden Aufnahme, aber auch Anfeindungen in anderen Ländern; sogenannte Polenlieder[16] erlebten einen Boom, in denen die Situation (meist auf bereits bekannten Melodien) besungen wurde. Das bekannteste und beliebteste, das *Jeszcze Polska nie zginęła* (*Noch ist Polen nicht verloren*) wurde zur polnischen Nationalhymne.

---

14 Siehe https://en.wikipedia.org/wiki/Rebecca_Riots (Stand: 26.11.2020)

15 Lesetipp: Hedwig Richter: *Demokratie. Eine deutsche Affäre. Vom 18. Jahrhundert bis zur Gegenwart.* C.H. Beck, München 2020

16 Siehe Bettina Hitzer: *Schlüssel zweier Welten. Politisches Lied und Gedicht von Arbeitern und Bürgern* [sic] *1848–1875.* Gesprächskreis Geschichte, Bd. 43. Bonn (Historisches Forschungszentrum) 2001. Als ‹Polenlieder› bezeichnet man in der Literaturgeschichte primär Gedichte, die als Reaktion auf den missglückten polnischen Novemberaufstand verfasst wurden. Außerdem wird der Begriff u.a. in Bezug auf Texte verwendet, die als Antwort auf die polnischen Aufstände von 1846 und 1863 sowie auf die Märzrevolution von 1848 entstanden sind. Zu den Autoren dieser Gedichte gehören sowohl namhafte Lyriker wie Adelbert von Chamisso, Georg Herwegh, Justinus Kerner, Nikolaus Lenau, August von Platen, Gustav Schwab oder Ludwig Uhland, als auch anonyme bzw. weniger bekannte Schriftsteller, die meistens aus dem Bürgertum oder dem liberal gesinnten Adel stammten. Siehe Ewa Wojno-Owczarska: «‹Polenlieder› aus der Zeit des Ersten Weltkriegs». In: Anna Wołkowicz (Hg.): *Der Erste Weltkrieg in der Literatur. Zwischen Autobiografie und Geschichtsphilosophie.* Warschauer Studien zur Kultur- und Literaturwissenschaft. Berlin, Bern, Bruxelles, New York, Oxford, Warszawa, Wien, 2018. Ausschnitt aus einer Leseprobe, https://www.peterlang.com/view/9783631762738/html/ch12.xhtml (Stand: 25.11.2020). Das generische Maskulinum wirkt auch hier wieder geschichtsverfälschend, denn auch Emilie Lehmann, Karoline Leonhard (Pierson) und Henriette Oppenheimer dichteten sogenannten Polenlieder!

Polenlieder im Selbstverlag

Lola Montez
Gemälde von Joseph Karl Stieler

Eine dieser Frauen, die in Polen in Männerkleidung mitkämpfte, Polenlieder und andere politische Lieder sowie ein erstaunliches politisches *Glaubensbekenntnis* in 22 (!) Punkten im Selbstverlag veröffentlichte, war Emilie Lehmann, über die zwar bereits minimal publizistisch berichtet wurde, zu der ich in historischen Zeitungen aber allerhand Neues entdecken konnte, besonders zu ihrem literarischen Wirken, ihrem Auftreten und Aussehen. Möglicherweise kannte sie Louise Aston, da beide nicht nur in Königsberg, sondern auch in Berlin agitierten. Ob sie sich begegnet sind? In Lehmanns Credo finden sich Hinweise, die eine Nähe zu den Löwinnen von Paris andenken lassen.

Auch Louise Aston verfasste ein solches Credo[17], die in dieser Zeit offenbar beliebtes Ausdrucksmittel waren. Das *Augsburger Tagblatt* regte sich darüber auf: «Ueber politische Glaubensbekenntnisse: Es ist wahrhaft wunderlich, wie viele politische Glaubensbekenntnisse jetzt aller Orten auftauchen, und wie Ähnlich eines dem andern ist. Männer, die sich bisher notorisch nur um Weinflaschen kümmerten, die kein Wort für die Rechte des Volkes zu sagen wagten, als das Vaterland unter Pfaffen= und Weiberherrschaft seufzte, spielen jetzt plötzlich die liberalen Löwen des Tags! Nun natürlich! jetzt ist nichts zu riskiren, wenn man sich liberal zeigt; im Gegentheil, je radicaler, desto volksthümlicher!»[18] Hochinteressant wäre es, die Glaubensbekenntnisse von Louise Aston und Emilie Lehmann zu vergleichen. Diese Arbeit sprengt hier allerdings den jetzt schon weiten Rahmen.

Wer war Emilie Lehmann?

Lassen wir zunächst ein altes Lexikon erzählen: «Lehmann, Emilie, geborne Wuttge, zu Kulm [Chełmno/Polen], einem Städtchen an der Weichsel in Westpreußen geboren, zeigte schon in ihrer frühesten Jugend viel Eigenthümliches, sonderte sich von ihren übrigen Geschlechts= und Altersgenossinnen ab, las die Helden des Cornelius und Plutarch und übte sich, statt zu nähen und zu stricken, mit ihrem Bruder in Fechtübungen. So lebte sie bis zu ihrem 15. Jahre romantisch in die Welt hinein, als der Rittmeister Lehmann in ihr elterliches Haus kam, um Emiliens Mutter, seine ehemalige Geliebte, zu besuchen. Die Mutter war unterdessen mit dem Regiments-

17 Siehe Arno Widmann: «Louise Aston: Baut sich im Busen die eigene Welt». In: https://www.fr.de/kultur/literatur/louise-aston-baut-sich-busen-eigene-welt-13276584.html (Stand: 26.11.2020)

18 Siehe *Augsburger Tagblatt,* No. 123. Donnerstag, 4. Mai 1848, S. 568

arzt Wuttge verheirathet und nun hielt L. um die 15jährige Tochter an. Sein großer Reichthum blendete; man willigte ein, obwohl die Tochter sich wenig um die ganze Heirath kümmerte. Dieser Schritt wurde für Emilie L. der Wendepunkt ihres ganzen Lebens. Sie, das 15jährige Mädchen, wurde einem 50jährigen Manne angetraut, dessen erste Frau – die jetzige Gemahlin des Kurfürsten von Hessen≈Kassel – ihm von dem damaligen Kurprinzen um Geld abgekauft worden war. Ein solch' unnatürliches Verhältniß konnte unmöglich lange bestehen; Emilie ward, nach kurzer Ehe, durch Scheidung wieder frei. Nun reiste sie nach Danzig, übergab ihr Herz und den größten Theil ihres Vermögens einem dortigen jungen Kaufmann, wurde aber von demselben verlassen. Voll Kummer kehrte sie wieder nach Kulm zurück, lebte einige Jahre in dem Hause ihrer Eltern in strenger Abgeschiedenheit, bis der, von den Polen 1846 abermals wieder versuchte, Freiheitskampf sie aus ihren Träumen herausriß und dem Leben wiedergab. L. nahm den lebhaftesten Antheil an diesem Aufstande und half mit, soweit es in ihren Kräften stand. Als sie nach dem baldigen Ende desselben sich nach Königsberg begab, wurde sie dort in die Untersuchungen über dieses Unternehmen verwickelt; sie mußte vier Monate lange in der Untersuchungshaft sitzen, in die sie – merkwürdig genug – durch einen frühern Anbeter, den jetzt seines Amtes entlassenen Polizeipräsidenten von Königsberg, Julius Lauterbach, gebracht worden war, wurde indessen vorläufig wieder freigesprochen. Während ihrer Gefangenschaft machte sie sich allerlei träumerische Gedanken über die ‹Knechtschaft des Weibes› und, als sie nun ihre Freiheit wieder erhalten, suchte sie dieselben zu verwirklichen. Dabei aber trug sie, bei ihrer Losreißung von der weiblichen Sitte, auch dem Aeussern allzuviele Rechnung; sie vertauschte die Frauenkleider mit den Beinkleidern, erregte dadurch ungeheures Aufsehen und zog sich eine Menge Feinde zu. Während aber die Presse gegen dieses ‹sittenlose Mannweib› losdonnerte, schrieb L. ihr Glaubensbekenntniß nieder und gab die ‹Briefe an eine emancipirte Frau› u. die ‹censurfreien Lieder› heraus. – Unsere Zeit hat des Großen und Interessanten zu viel, als daß sie sich noch mit solchen persönlichen Erscheinungen beschäftigen könnte, die nur durch das Ungewöhnliche die Augen auf sich ziehen wollen; hoffen wir indessen, daß keine Zeit das Wort des Dichters Lügen strafen werde: Durch Thaten herrscht der Mann, das Weib durch Sitte.»[19]

19 Siehe Wilhelm Binder (Hrsg.): *Allgemeine Realencyclopädie oder Conversationslexicon für das katholische Deutschland.* Bd. 11. Regensburg (Georg Joseph Manz) 1849. S. 894

Weitere Stimmen

Das *Augsburger Tagblatt* berichtet Ähnliches: «Der emanzipirten Dame Frau Lehmann in Königsberg ist durch ein Ministerialscript befohlen worden, die angenommene Männertracht abzulegen. Was aber in dem Ministerialreskript nicht gesagt ist, das ist: wie dieser Befehl im Falle der Renitenz von Seiten der hosentragenden Dame in Ausführung zu bringen sei. Die Königsberger Polizei soll sich deßhalb in großer Verlegenheit befinden. – In der städtischen Ressource zu Königsberg wurde kürzlich die scherzhafte Frage aufgeworfen: ob eine emanzipirte Dame in die Gesellschaft aufgenommen werden könne? Die Antwort, eines Ulpianus und Paullus würdig, lautete verneinend, weil eine emanzipirte Dame zwar aufgehört habe, eine Dame zu sein, aber noch lange kein Mann sei.»[20]

In der *Illustrirten Zeitung*[21] findet sich auch ein Bild Emilie Lehmanns, das sie als Brustbild in einer Art Uniform zeigt (die das polnische Armeemuseum nicht identifizieren konnte) mit einem der Zeit typisch polnischen Tschako. Man beachte auch den unter die linke Achsel geklemmten gekrümmten Säbel, den in der Regel polnische Kavallerieoffiziere mit sich führten! Laut *Zeitung für die elegante Welt* prozessierte sich Emilie Lehmann tapfer durch alle Instanzen bis hinauf zum König, der allerdings mit ihrem Wunsch nicht viel anfangen konnte und ihr Gesuch, Männerkleidung zu tragen, an sein Ministerium weitergab.[22] Es wurde behauptet, sie habe durch ihr Auftreten Straßenaufstände angezettelt, was sie aber widerrief, denn «das neugierige Anstarren müßiger Leute [sei] nicht so zu nennen» und sie berief sich auf Frauen wie Katharina die Große als legitime Vorbilder. Der Minister des Inneren «erklärt das Recht der Frauen, männliche Kleider zu tragen, in Preußen für unzweifelhaft [!], nur verpönt er es, wenn es aus unsittlichen Ideen hervorginge». Frau Lehmann ließ nicht locker und «wendete sich nochmals an den Minister, da er, statt sie zu bescheiden, sie beleidigt habe».[23] Das war offenbar too much.

Emilie Lehmann

20 Siehe *Augsburger Tagblatt,* No. 325. Donnerstag, 26. November 1846, S. 1436

21 Siehe *Illustrirte Zeitung,* No. 281. 18. November 1848, S. 340

22 Siehe *Zeitung für die elegante Welt.* Nr. 13. 1847. Ausgaben 1–26. Verlag L. Voss 1847, Harvard University (2009), S. 222

23 Siehe *Nürnberger Morgenblatt.* Für Leser aller Stände. Nr. 1. Sonnabend, 2. Januar 1847. Nürnberg (Stich) 1847, S. 183

Gewitzt mit der Feder

Ihr Gesuch wurde nicht gewährt, und so zog sie sich zähneknirschend, aber dennoch gewitzt aus der Öffentlichkeit zurück: «Die Frau Rittmeister Lehmann, welche wegen ihrer Emancipations≈Ideen längere Zeit großes Aufsehen machte, lebt in Königsberg gegenwärtig mehr zurückgezogen als sonst. Da ihr das Tragen männlicher Kleidung nicht gestattet worden ist, so trägt sie Beinkleider unter dem weiblichen Anzug, der dann kürzer ist, als bei anderen Frauenzimmern, und abgeschnittenes Haar, das sie nach hinten toupirt. Im Theater hat sie gewöhnlich eine Loge.»[24]

Die *Erheiterungen* in Aschaffenburg beschreiben Emilie Lehmanns Aussehen noch etwas detaillierter: «Die Farbe ihres Anzuges ist schwarz [wie der immerwährende Aufzug von Anne Lister!], ihr Haar ist kurz geschnitten, schief gescheitelt und rückwärts toupirt. Der Stock ihres Sonnenschirmes hat die Façon einer Reitgerte [wie Lola Montez stets eine bei sich führte!], die Gamaschenstiefelchen sind mit hohen Absätzen versehen. Um den Keim ihres Schnurrbartes zur vollen Blüte zu entfalten, läßt sie sich täglich rasiren.»[25]

Richard von Kralik schrieb ehrenvoll von ihr als ‹Bahnbrecherin›: «Die Emanzipationsgelüste erstreckten sich auch auf die Frauen. Die Schriftstellerin Louise Aston in Berlin nahm als Krankenwärterin am schleswig-holsteinischen Kriege teil. Emilie Lehmann, geborne Wuttge, die am polnischen Aufstand 1846 teilgenommen hatte, hatte während ihrer Gefangenschaft in Königsberg auch über die Knechtschaft des Weibes nachzudenken Gelegenheit gehabt. Nach ihrer Freilassung zog sie Männerkleidung an, schrieb ihr Glaubensbekenntniß, gab die ‹Interessanten Briefe an eine emancipirte Frau› und die ‹Censurfreien Lieder› heraus. Als Bahnbrecherin der Emancipation machte sie sich in der ganzen Welt berühmt.»[26]

Censurfreie Lieder

Bei Wilhelm Heinsius[27] fand ich die Titel ihrer Veröffentlichungen dann auch be-

---

24 Siehe *Sundine. Neu≈Vorpommersches Unterhaltungsblatt nebst einem Beiblatte.* No. 28. Mittwoch, den 14. Juli 1847 (Beiblatt). Stralsund (königliche Regierungsdruckerei) 1847, S. 110

25 Siehe *Erheiterungen. Ein Unterhaltungsblatt.* No. 158. Sonntag, 3. Oktober 1847. Aschaffenburg (Wailandt's Wittwe) 1847, S. 632

26 Siehe Richard von Kralik: *Allgemeine Geschichte der Neuesten Zeit von 1815 bis zur Gegenwart.* Bd. 2, 1836–1856. o.O. 1916. Neuausgabe Books on Demand 2016, S. 530

27 Siehe Wilhelm Heinsius: *Allgemeines Bücher≈Lexikon oder vollständiges Alphabetisches Verzeichniß aller von 1700 bis zu Ende 1846 erschienenen Bücher, welche in Deutschland und in den durch Sprache und Literatur damit verwandten Ländern gedruckt worden sind.* Bd. 10. Bearb. u. hrsg. v. Ludwig Franz Albert Schiller. Leipzig (F.A. Brockhaus) 1848, S. 488

stätigt. Von den *Censurfreien Liedern* ließ sich kein Original mehr ausfindig machen, allerdings die (schlechte) Kopie eines Originals im ehemaligen Arbeiterliedarchiv, das heute nicht mehr existiert, sich aber – nach einigem Suchen und Herumschreiben – eingegliedert in die Akademie der Künste in Berlin fand, die mir freundlicherweise eine Kopie der Kopie überließ.[28]

Zwei ihrer sieben Lieder – nämlich *An die Frauen* und *Aufruf zur Emancipation*[29] –, zu denen sie teils zu singende bekannte Melodien nennt (Noten sind nicht vorhanden, so dass sie vermutlich keine Komponistin war), möchte ich hier erstmals der Öffentlichkeit vorstellen, bevor ich zu Emilie Lehmanns politischem *Glaubensbekenntnis* komme:

An die Frauen

Sagt Frauen, wollt ihr Eu'ren Zopf
Denn tragen tausend Jahre? –
Glaubt mir, das Haar macht nicht den Kopf
Doch macht der Kopf die Haare.
Darum befreiet Euren Kopf
Von jedem Spreu, von jedem Zopf,
Wir brauchen nicht die Brocken
Viel schöner sind ja Locken.

Censurfreie Lieder
einer emancipirten Frau,
herausgegeben
von
Emilie Lehmann geb. Wuttge.

Deckblatt der Censurfreien Lieder
© Susanne Wosnitzka

Die Röcke aus, die Hosen an,
Das Schnürleib weg vom Busen! –
Wer frei sich fühlt ist jetzt ein Mann,
Wer Mann ist trage Blousen.
Was soll das Gitter um die Brust,
Zerbrecht es, Eurer selbst bewußt
Und laßt die jungen Gekken
Sich jetzt in's Schnürleib stecken.

28 Mit großem Dank an Herrn Konopatsch an dieser Stelle für die Hilfestellung.
29 Emilie Lehmann, geb. Wuttge: *Censurfreie Lieder einer emancipirten Frau* (Selbstverlag). (Der Ertrag ist zur schleunigen Anschaffung einer deutschen Flotte bestimmt.) Königsberg (Samter & Rathke), 1848. In dieser Zeit wurde die Aufstellung einer deutschen Flotte beschlossen und durchgeführt, die sich allerdings nicht lange hielt und erst wieder in der Kaiserzeit Maximalbedeutung errang.

Die Ringe ab, weg alles Gold,
Was sollen jetzt die Ketten? –
Vermünzet sie zum Freiheitssold,
Das Vaterland zu retten.
Und, wenn der Mann in's Blachfeld[30] fährt,
So schirmen wir fortan den Heerd,
Dann wollen wir, die Frauen,
An Barrikaden bauen! –

Nur immer frei und ungenirt
Und gar nicht lang' besinnen
Erst äußerlich emancipirt,
Dann kommts von selbst nach innen.

So wie das Sein, frei auch der Schein
Und wie der Schein fortan das Sein,
Dann zeigt ihr allen Landen,
Daß Ihr die Zeit verstanden.

Die «Locken» im ersten Vers können an dieser Stelle auf die Locken bzw. offen getragenen Haare der Löwinnen von Paris verweisen. Interessant ist, dass sie die Frauen nicht dazu aufruft, den Männern in die Schlacht zu folgen, sondern den Herd, das Zuhause zu schützen und damit die die ebenso wichtige Nachhut zu bilden.

Aufruf zur Emancipation

Emancipirt, emancipirt euch Alle! –
Das ist der Weg der Euch zum Himmel führt! –
Wißt Ihr es nicht daß vor dem Sündenfalle
Die ganze Schöpfung war emancipirt? –

30 Flaches, ebenes Feld, besonders wenn es mit Bäumen besetzt ist, evtl. hier Synonym für Schlachtfeld

Sogar die Thiere freuten sich der Erde,
In nackter Unschuld gingen Frau und Mann,
Man lebte ohne Sorge und Beschwerde,
Denn Keiner war des Anderen Tyrann.

Doch als nun der Freiheit ew'ge Rechte
Bracht der ersten Menschen blinder Wahn,
[Da][31] wurden alle Menschen Gottes Knechte
[Und] einer ward dem Andern unterthan.

[So/es] ward vom Feigenblatt ein Kleid gewunden,
[Es] zeigte sich der eitle Modenkram
[Und] endlich ward der Purpur[32] gar erfunden,
[Um] zu verdecken alle Schand' und Scham.

So laßt denn endlich fahren Eure Feigheit,
Denn ohne Muth erringt man sich kein Glück,
Emancipirt Euch zur wahren Gleichheit,
Denn Gleichheit bringt auch Unschuld uns zurück.

Dann brauchen wir kein Fasten und kein Beten,
Dann wird das Menschenleben schön und süß,
Dann werden die Worte des Propheten,
Dann wird die Erde wieder Paradies!

Vertrieben aus emanzipiertem Paradies

Die emanzipierte Welt zu Beginn, die entemanzipiert wurde – Emilie Lehmann sagt in ihrem *Glaubensbekenntnis*[33], dass sie sich nicht zu emanzipieren brauche, da sie durch die Tatsache, ein Leben bekommen zu haben, bereits auch als Frau emanzipiert, <gottgewollt>/<von Natur aus> und somit selbstverständlich gleichgestellt sei.

31 Die Kopie des Originals kopierte einen an dieser Stelle leicht abgerissenen Teil mit. Die Satzanfänge in eckigen Klammern sind von mir sinnstiftend rekonstruiert

32 Purpur als Synonym für die Farbe der Kardinäle, als Seitenhieb auf die Moral der Kirche, die Frauen als gleichwertige Lebewesen ausschloss und Sitten und Sittlichkeit kontrollierte

33 In: *Interessante Briefe an eine emancipirte Dame.* Herausgegeben von Emilie Lehmann, geb. Wuttge. Selbst=Verlag. Königsberg 1848. Druck von Samter & Rathke, S. 16 ff.

Wir wissen allerdings noch viel zu wenig über Emilie Lehmann, um ihr *Glaubensbekenntnis* vollständig deuten zu können. In ihrem 23 Seiten umfassenden Büchlein schrieb sie in einem Vorwort, dass sie nichts zu verbergen habe und ein paar der an sie gerichteten Schreiben von Verehrern mitveröffentlichte. Hier 5 ihrer 22 Punkte als Auswahl:

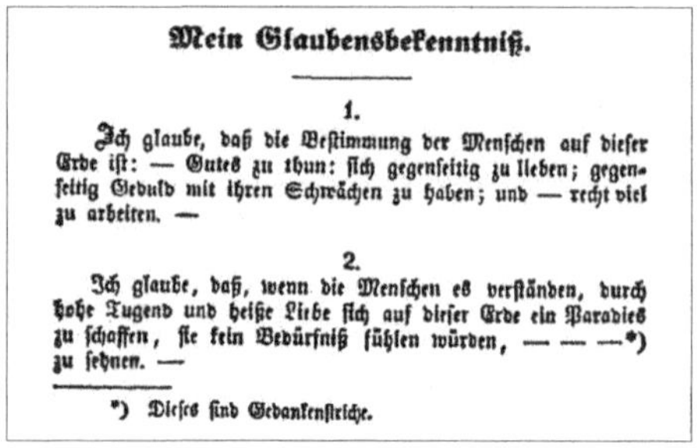
Mein Glaubensbekenntniß.

1.

Ich glaube, daß die Bestimmung der Menschen auf dieser Erde ist: — Gutes zu thun: sich gegenseitig zu lieben; gegenseitig Geduld mit ihren Schwächen zu haben; und — recht viel zu arbeiten. —

2.

Ich glaube, daß, wenn die Menschen es verständen, durch hohe Tugend und heiße Liebe sich auf dieser Erde ein Paradies zu schaffen, sie kein Bedürfniß fühlen würden, — — —*) zu sehnen. —

*) Dieses sind Gedankenstriche.

Ausschnitt aus Emilie Lehmanns Glaubensbekenntnis *© Susanne Wosnitzka*

Mein Glaubensbekenntniß

1. Ich glaube, daß die Bestimmung der Menschen auf dieser Erde ist: – Gutes zu thun: sich gegenseitig zu lieben; gegenseitig Geduld mit ihren Schwächen zu haben; und – recht viel zu arbeiten.
5. Ich glaube, daß die Natur will: – daß die mit Verstand Begabten und Kenntnißreichen lehren sollen, und die Beschränkten und Unwissenden zuhören sollen; – und nicht umgekehrt.
17. Ich glaube, daß auf unserem Planeten Mann und Frau gleiche Rechte haben: – aber die Natur hat beide doch nicht gleich ausgestattet; – daraus schließe ich, daß sie ihnen auch verschiedene Wirkungskreise angewiesen hat.
18. Ich glaube, daß ein Emancipiren der Frauen nicht nöthig ist; – denn jede Frau, die dem Manne geistig überlegen ist, ist schon von der Natur emancipirt; aber nimmermehr wird dies möglich im umgekehrten Falle.
20. Ich glaube, daß man mit den Vorurtheilen der Menge Geduld haben muß; – nicht durch Verdammen, sondern durch Erleuchten ist diese Finsterniß zu vertilgen.

Politische Nachwehen

Mit Ende 1851 waren die akuten ‹Nachwehen› der 1848/49er-Revolution größtenteils aus den Zeitungen verschwunden. Vereinzelt wurde noch über Schicksale von ausgewiesenen oder ehemals politisch verfolgten Personen berichtet, die in die USA ausgewandert sind und dort ihr politisches Glück versuchten. Hier wäre es ebenfalls hochinteressant, wie deren Ideen in den USA weiterverbreitet wurden (oder ob überhaupt) und die dortige Politik beeinflusst haben. Mit diesem Bereich habe ich mich aber noch nicht beschäftigen können.

Spuren der Löwinnen von Paris in Bayern?

Die Zeit der hosentragenden Frauen war aber noch längst nicht vorüber, denn diese (Frauen)Art hatte sich auch bis München ausgebreitet: «Kürzlich [Sommer 1851] war bei der Mittags≈Parade vor der Feldherrnhalle eine ‹emanzipirte› Dame als eleganter Stutzer gekleidet unter den Männern und schwang die Reitgerte à la Gräfin Landsfeld [= Lola Montez] seligen Andenkens; schwarze Beinkleider und ein gleiches Röckchen, eine Sammtmütze, Glace≈Handschuhe und ein seidenes Taschentuch paßten vortrefflich zu dem geschniegelten, langen schwarzen Haare und der spinnenartigen Taille des Frauenzimmers.»[34]

Münchner Feldherrnhalle vor 1891

Leider wurde hier kein Name genannt, so dass ich nicht klären konnte, um wen es sich gehandelt hat. War diese Frau eine Anhängerin der Löwinnen von Paris? War sie die einzige so gekleidete Frau in München?[35] Wäre es Louise Aston gewesen, wäre ihr Name aller Wahrscheinlichkeit nach aber genannt worden, da diese in dieser Zeit viel zu berühmt-berüchtigt war. Ihre Nachfahrinnen, die Burschenschaft Molestia (München), riefen an dieser Stelle vor der Feldherrnhalle 2019 in Männerkleidung mit einem schmetternden «Vivat Klitoria!» das Goldene Matriarchat aus. Louise Aston hätte vermutlich ihre helle Freude daran gehabt!

Ob die damals bekannten Glaubensbekenntnisse dieser Frauen als Vorlage dienten, als die weiteren Frauenrechtlerinnen ihre Forderungen und Wünsche für Gesetzesänderungen niederschrieben? Eine weitere hochspannende Frage. Mit dem Wiederauffinden der Löwinnen von Paris könnte sich meinen Forschungen und Überlegungen nach eine große Lücke in der Geschichte der Frauenbewegung insgesamt schließen lassen, die es wert ist, noch wesentlich genauer auch auf Verbindungen nach Deutschland untersucht zu werden.

---

34 Siehe *Augsburger Tagblatt*, No. 210. Samstag, 2. August 1851, S. 1173

35 Zumindest bestand in den Jahren 1848/49 eine aufmüpfige Frauen‹zelle› in Augsburg, die sich dem Kampf für die Freiheit und Gleichberechtigung verpflichtet fühlte und von brav-bieder-monarchistisch eingestellten Frauen in den Augsburger Zeitungen verbal bekämpft wurde

Heimat

Hier, wo die Leidenschaft begraben
Wurde,
Brennen Hexen und
Ketzerinnen.
Nur Schützenfeste skandieren die Zeit.
Abschied nimmt man hier
Nie zu früh.

Vera Ruhrus

Feministische Perspektiven frauenliebender Frauen

Identitätspolitik und Feminismus

Caroline Fourest

Auszug aus ihrer Rede vom 11. September bei der Veranstaltung «50 Jahre Frauenbewegung» des FrauenMediaTurms am 11./12. September 2021 in Köln

Übersetzung: Doris Hermanns

Seit mein Buch *Generation beleidigt* veröffentlicht wurde, bekomme ich auch Briefe von Eltern, die ziemlich verzweifelt sind, weil sie nicht mehr wissen, wie sie mit ihren Kindern über Gleichberechtigung sprechen sollen. Diese Eltern haben das gleiche Ziel, sie teilen die gleichen Werte wie ihre Kinder, aber nicht den gleichen Wortschatz. Manchmal verstehen sie einander gar nicht mehr. Es geht hier nicht um reaktionäre Eltern mit progressiven Kindern. Es geht hier um progressive Eltern, die für die sexuelle Emanzipation oder in der Frauenbewegung gekämpft haben, die weltoffen sind. Doch sie können nicht miteinander sprechen.

Seien wir ehrlich: Es hat immer Konflikte gegeben. Und in einer politischen und inspirierenden Bewegung sind sie absolut unvermeidlich. Die früheren Konflikte unter Feministinnen waren anspruchsvoll, philosophisch: zwischen den «Essentialistinnen» – die für mich die Vorfahren der «Woken» sind, weil sie stärker an eine angeborene Identität als an Gleichheit glaubten – und den «Dekonstruktivistinnen» wie Simone de Beauvoir mit ihrem Schlüsselsatz: «Man wird nicht als Frau geboren, man wird dazu gemacht.» Was bedeutet, dass die Zuweisung zu einem Geschlecht ein Konstrukt ist.

Heute läuft die Konfliktlinie zwischen «Universalistinnen» und «intersektionalen Feministinnen». Letztere erwecken den Eindruck, dass ihnen die Tatsache, dass sie als Frau oder Schwuler oder Lesbe oder Schwarze/r oder MuslimIn geboren sind, das Recht gibt, anderen das Sprechen zu verbieten. Nicht weil er oder sie andere unterdrückt, sondern einfach, weil er oder sie weiß, hetero oder nichtmuslimisch ist, also auf der Seite der «Unterdrücker» geboren wurde.

Doch Gleichberechtigung bedeutet, eine Welt zu schaffen, in der Menschen werden können, was sie möchten, unabhängig davon, als was sie geboren wurden, zum Beispiel als männlich oder weiblich. Das bedeutet Universalismus für mich.

Feministische Universalistinnen verurteilen alle Unterdrücker, unabhängig davon, wer sie sind, welche Hautfarbe sie haben, welches Geschlecht oder welche Religion. Sie gehen nicht davon aus, dass es Menschen gibt, die von Natur aus Opfer beziehungsweise von Natur aus Unterdrücker sind. Sie konzentrieren sich darauf, für eine bessere Welt zu kämpfen, in der alle das sein können, was sie möchten; nach dem beurteilt werden, was sie sagen, was sie *tun,* nicht was sie *sind.*

Das ist der große Unterschied zwischen «Universalismus» und dem, was wir in Frankreich «Identitäre» nennen: die Identität für entscheidend, definierend zu halten. Eine Besessenheit, die traditionell bei der extremen Rechten zu finden ist, aber heutzutage auch bei der extremen Linken. Ich persönlich bin Teil der feministischen Bewegung, die an den Dekonstruktivismus und den Universalismus glaubt. Ich glaube an eine feministische Bewegung, die alle einschließt, die das patriarchale System ernsthaft zerstören wollen. Und ich werde nie einem Mann oder einer Heterofrau verbieten, Teil meines Kampfes gegen Sexismus und Homophobie zu sein.

Wir haben alle die gleiche Würde, die gleichen Rechte. Mauern zwischen Menschen, die Gleichheit wollen, zu errichten, die auf Identitäten basieren, ist nicht nur unmoralisch, sondern auch kontraproduktiv. Es führt zu Spaltungen.

Manchmal verbirgt sich eine opportunistische Machtstrategie dahinter: andere Feministinnen auszuschließen – weil sie weiß sind, alt oder hetero –, um an ihre Stelle zu treten. Diese Strategie ist überhaupt nur möglich, weil der Feminismus Mainstream geworden ist, dank dem Kampf unserer älteren Schwestern. Für sie war es damals sehr hart. Es war schon an sich mutig, sich überhaupt als Feministin zu bezeichnen. Dadurch konnten Frauen ihre Freunde, Männer, Jobs verlieren. Und als «hysterisch» diffamiert werden. Darum sollte die neue Generation, die eine bessere Welt genießt, mehr Dankbarkeit zeigen für das, was bereits geleistet wurde.

Ich gehöre zu einer Generation, die dazwischen liegt, nicht zu der Generation, die die wirklich harte Arbeit geleistet hat, aber auch nicht zu der Generation, die nur die Früchte genießt.

GLEICHE RECHTE FÜR ALLE MENSCHEN! UNABHÄNGIG VON GESCHLECHT UND KULTUR!

Ich habe meinen Teil beigetragen: Ich habe für die Ehe für alle gekämpft – und wurde dafür von Neonazis angegriffen und geschlagen.

Aber ich möchte diese Gelegenheit nutzen, mich von ganzem Herzen bei den vorherigen Generationen zu bedanken und bei Alice Schwarzer. Für den Mut, den du hattest, und das, was du erreicht hast, Alice. Manchmal habe ich den Eindruck, dass einige junge Feministinnen sich mutig fühlen, weil sie eine andere Feministin canceln: eine wie dich, die hart für ihre Rechte gekämpft hat. Sie bezeichnen dich als «rechts» oder einfach nur als «privilegierte weiße Feministin», um dich zum Schweigen zu bringen – und deinen Platz einzunehmen.

Doch unsere Frage sollte nicht lauten: «Sag mir, was deine Identität ist, und ich werde dir sagen, ob du sprechen darfst!» Die Frage sollte lauten: «Was tust du für die Gleichberechtigung?» Punkt. Aber ich bin mir nicht sicher, ob manche intersektionalen, woken, identitären Feministinnen das auch wollen. Sie wollen erst einmal einen «Platz am Tisch», für sich selber. Viele haben einen sehr privilegierten Hintergrund, gutsituierte Familien, und kommen von Elite-Unis oder aus der Kulturindustrie. Es ist eine elitäre Strategie.

In den USA, einem wettbewerbsorientierten Land, in dem die eigene Identität genutzt werden kann, um Macht und Geld zu gewinnen, einen Gegner oder einfach nur Mitbewerber auszuschalten, funktioniert diese Strategie sehr gut. Auch in Europa fängt es an zu funktionieren. Das ist ein echter Rückschritt auf einem Kontinent, der eine völlig andere Geschichte hat als die USA mit ihren Dämonen der Rassentrennung.

Das Wiederherstellen des Konzepts der «Rasse» im Namen der «Identitätspolitik» oder der «Intersektionalität» zerstört in Europa Jahrzehnte der Dekonstruktion von Rassismus. Damit hatten wir angefangen, nachdem wir begriffen haben, was die Nazis angerichtet hatten, weil sie an die Existenz von «Rassen» glaubten. Doch es gibt nur eine «Rasse»: die Menschheit.

Menschen als unterschiedliche «Rassen» zu betrachten, weil sie eine andere Hautfarbe haben – das ist rassistisch! Auch bei dem Versuch, das Konzept ins Positive zu wenden, werden jahrhundertealte Vorstellungen und Stereotype reaktiviert, die zum Allerschlimmsten geführt haben: zur «Rassentrennung» und Vernichtung. Die «Rassenkarte» in Europa zu spielen hilft der extremen Rechten. Außerdem: Wenn du diese Karte ausspielst, um universalistische Feministinnen zu canceln, nur weil sie weiß sind, wo führt das hin?

Als die Frauenbewegung noch universell war, war sie international. Weiße fuhren in die USA, um die schwarze Bürgerrechtsbewegung zu unterstützen. Uns vereinte der gemeinsame Kampf gegen das Patriarchat. Und wir prangerten alle Vergewaltiger an, unabhängig von ihrer Hautfarbe und «Identität».

Heute gibt es in Frankreich intersektionale Feministinnen, die zwar einen jüdischen Filmproduzenten in Hollywood an den Pranger stellen, aber nicht muslimische Gurus in Paris, weil sie befürchten, der «Islamophobie» bezichtigt zu werden (die Rede ist von Tariq Ramadan, Anm. d. Red.). Und sie sind mehr daran interessiert, «Miss France» zu kritisieren als den Schleier oder den Burkini.

Von diesen Frauen ist nichts zu hören, wenn es darum geht, sogenannte Ehrenmorde oder Genitalverstümmelungen zu bekämpfen. Aber wenn jemand innerhalb einer Universität ein «falsches» Wort benutzt oder ein «falsches» Essen isst, bricht die Hölle aus.

Diese Frauen nehmen keinen Anstoß daran, dass sogar manche europäische junge Frauen plötzlich freiwillig ihr Haar aus «Sittsamkeit» und Respekt vor dem «Gesetz Gottes» bedecken, aber sie wollen einen Lehrer feuern, der dem Wokismus widerspricht. Sie wollen die Arbeiten von antirassistischen KünstlerInnen verbieten, weil die weiß sind. Sie wollen Bücher verbrennen – wie in Ontario, wo sie auf Anraten eines Beraters von Justin Trudeau *Lucky Luke* und andere bekannte Comics verbrannt haben, um «Kinder vor Stereotypen zu beschützen».

Wir sehen diese Neofeministinnen nicht, wenn es Mut für einen Kampf braucht, wie zum Beispiel für den der afghanischen Frauen.

Das Wort «Islamophobie» schützt Fundamentalisten und spaltet den Feminismus. Aber lasst euch nicht täuschen! Benutzt die richtigen Begriffe und greift die wahren Rassisten an, die gegen Muslime sind. Es gibt sie, es sind viele und sie sind eine Gefahr für die Gleichberechtigung der Menschen.

Ich bleibe optimistisch. Wenn wir eine deutliche Sprache benutzen, können wir mit der neuen Generation ins Gespräch kommen, uns wieder auf Gleichberechtigung konzentrieren und unsere Kräfte bündeln. Das Ziel ist Gleichberechtigung! Es ist nicht Diversität. Diversität ist Marketing, sie nutzt Unternehmen und Behörden. Wir wissen alle, dass wir verschieden sind. Wir müssen herausfinden, was uns verbindet – um uns gemeinsam gegen das Patriarchat zu verbünden.

Es ist möglich. Wir müssen weitermachen! Wir müssen aufstehen und sagen: Uns Feministinnen reicht die übertriebene Viktimisierung und die Besessenheit von Identität. Feminismus steht für Gleichberechtigung. Feminismus ist eine Revolution. Feminismus ist universell.

Erstveröffentlichung in: Zeitschrift EMMA, Köln, Heft 1/2022; leicht überarbeiteter Nachdruck.
Die Herausgeberinnen bedanken sich bei EMMA für die Abdruckerlaubnis.

Zum Weiterlesen: Caroline Fourest: *Generation beleidigt. Von der Sprachpolizei zur Gedankenpolizei,* Übersetzung: Carstiuc/Feldon/Hesse. Edition Tiamat, Berlin 2021

Lesbenfeindlichkeit aus der «queeren» Szene

Johanna Frey

Nach außen hin gibt sich die «queere» Szene – ein lockerer Zusammenschluss von Angehörigen der LGBT-Community sowie von Queerfeministinnen und TransaktivistInnen – als Vertretung der Interessen von Frauen, Homosexuellen, Bisexuellen und Transpersonen. Der «queeren» Selbstdarstellung nach soll «queer» für Inklusivität, Toleranz und Diversität stehen. Idealerweise sollten also alle, die unter den Begriff «queer» fallen, gleichberechtigt, konfliktfrei und harmonisch ähnliche Interessen und Werte teilen. Doch ist die «queere» Szene für Lesben tatsächlich eine gute Umgebung?

Mit Besorgnis müssen viele Lesben feststellen, dass die «queere» Szene mittlerweile eine inhärent homophobe Theorie darüber vertritt, wie Sexualität funktioniert. Demnach soll die gefühlte Geschlechtsidentität einer Person schwerer wiegen als die biologische Realität ihres Körpers. Laut der queerfeministischen Neudefinition des Wortes «Lesbe» könnte eine «Lesbe» biologisch männlich sein, und heterosexuelle Sexualakte könnten als «lesbischer Sex» bezeichnet werden. Lesben werden nun durch die «queere» Szene unter Druck gesetzt, sich ihre Abneigung vor männlichen Genitalien abzutrainieren, da sie sonst als «transphob» oder als «Vaginafetischistinnen» gelten.

Ich möchte im Folgenden zeigen, welche homophoben und frauenfeindlichen Argumentationsmuster die «queere» Szene propagiert, wie sich diese im Alltag negativ auf Lesben und andere Frauen (FrauenLesben) auswirken, welches Ausmaß dieser Druck und Hass in den sozialen Medien und im realen Leben annimmt und wie auch Institutionen und Medien, die angeblich Lesben repräsentieren, daran teilhaben.

Zunächst einmal möchte ich den Streit zwischen Radikalfeministinnen auf der einen und Queerfeministinnen sowie TransaktivistInnen auf der anderen Seite vereinfacht zusammenfassen.

Der Streit um Definitionen: Was ist eine «Frau»?

Bei dem Streit zwischen Radikalfeministinnen und Queerfeministinnen handelt es sich zu großen Teilen um einen Streit um Definitionen. Dabei geht es um die Frage, was eine Frau ist, und, damit zusammenhängend, was eine Lesbe ist. In Anlehnung an die Flying Lesbians («Wir sind die homosexuellen Frauen») gehe ich von einem Minimalkonsens darüber aus, dass unter einer Lesbe eine homosexuelle Frau verstanden wird. Diese Definition beruht auf zwei weiteren Definitionen, die geklärt werden müssen: der Definition von «Frau» und der Definition von «Homosexualität».

Radikalfeministinnen definieren «Frau» auf Basis des objektiv beobachtbaren biologischen Geschlechts als erwachsenen Menschen weiblichen Geschlechts («adult human female»). Diese Definition nimmt also den Körper und nichts anderes als Grundlage.

Queerfeministinnen dagegen weichen einer Definition von «Frau» in der Regel aus. Sie antworten auf die Frage, was eine Frau sei, häufig mit der Zirkeldefinition «eine Frau ist eine Person, die sich als Frau identifiziert». Dabei gehen sie davon aus, dass jeder Mensch eine gefühlte Geschlechtsidentität in sich trägt und messen dieser gefühlten Geschlechtsidentität eine höhere Wichtigkeit bei als dem objektiv beobachtbaren Körper. Ungeklärt bleibt allerdings, wie es zu einer Identifikation mit dem Begriff «Frau» kommt, auf welcher Basis diese Identifikation stattfindet und warum ihr eine so hohe Wichtigkeit beigemessen werden sollte. Es wird auch ignoriert, dass jede Definition von «Frau», die nicht den Körper als alleinige Grundlage nimmt, per se sexistisch ist, da sie immer auf stereotypen kulturellen Vorstellungen darüber beruht, was eine Frau ist und wie sich eine Frau verhält.

Die queerfeministische Weigerung, eine klare Definition von «Frau» zu geben, ist ein Versuch, sich der Rechenschaft über ihre eigenen Definitionen und der in ihnen enthaltenen sexistischen Annahmen zu entziehen. Queerfeministinnen versuchen, sich selbst argumentativ unangreifbar zu machen, indem sie klare Definitionen vermeiden und stattdessen ihren Gegnerinnen Empathielosigkeit, Essentialismus und eine «Reduzierung auf den Körper» vorwerfen.

Was ist Homosexualität?

Wenn man als Minimalkonsens davon ausgehen kann, dass es sich bei Homosexualität um die gleichgeschlechtliche sexuelle Orientierung handelt, ist die Definition von «Homosexualität» abhängig davon, wie man Geschlecht definiert. Radikalfeministinnen gehen im Allgemeinen davon aus, dass es sich bei Homosexualität um die sexuelle Orientierung zum gleichen Geschlecht auf Basis des biologischen Körpers handelt. Queerfeministinnen dagegen sagen, dass es sich um die sexuelle

Orientierung zwischen Personen mit derselben Geschlechts*identität* handelt. Diese gefühlte Geschlechtsidentität kann nicht objektiv festgestellt werden, so dass Homosexualität und Heterosexualität von außen nicht zu unterscheiden wären. Es handelt sich also um eine inhärent homophobe Definition davon, was Homosexualität ist.

Im Namen der Inklusivität verbreitet sich für lesbische Sexualität im Besonderen die Definition «Lesben sind Nicht-Männer, die auf andere Nicht-Männer stehen». Diese Definition, die mit der guten Absicht aufgestellt wurde, auch «nichtbinäre» Menschen in lesbischer Sexualität sichtbar zu machen, stellt nicht den positiven Bezug zu anderen Frauen in den Mittelpunkt, sondern die Abneigung gegen Männer, und ist damit ungewollt männerzentriert. Wieder einmal sind damit Männer das Maß aller Dinge.

Lesbenfeindlichkeit von Queerfeministinnen und TransaktivistInnen im Netz

Bei Queerfeministinnen und TransaktivistInnen, die sich im Netz lesbenfeindlich äußern, handelt es sich tendenziell eher um jüngere Menschen im Alter von ca. 15 bis 35 Jahren. Viele der Aussagen, die im Folgenden betrachtet werden, kommen aus dem englischsprachigen Raum, einige davon jedoch auch aus dem deutschsprachigen. Es handelt sich dabei nicht um Extrembeispiele, sondern um Aussagen, die in der «queeren» Szene normal sind.

Aus sozialen Medien hat sich die queerfeministische Definition von «Lesbe», auf deren Grundlage auch Männer als Lesben gelten können, weit verbreitet. Wenn eine Lesbe Unbehagen an dieser Perspektive äußert, folgen Vorwürfe wie «Wenn ‹Lesbe› für dich gleichbedeutend damit ist, dass du auf Brüste und Vulven stehst, bist du nicht Lesbe, sondern Terf». Queerfeministinnen und TransrechtsaktivistInnen negieren damit, dass Körperlichkeit für Sexualität Relevanz hat und verlangen von Lesben, ihre sexuelle Orientierung zu ändern. Lesben wird dabei der Vorwurf gemacht, Menschen auf ihre Körper oder Genitalien zu reduzieren und sie aufgrund ihres Körpers zu exkludieren. Biologisch männliche Personen aus der eigenen Sexualität auszugrenzen sei deshalb problematisch und diskriminierend. Frauen, die nur auf Personen mit weiblichem Körper stehen, wären deshalb «Vaginafetischistinnen» und keine validen Lesben. Damit wird die genuine lesbische Sexualität moralisch beurteilt und abgewertet. Die Grundaussage ist, dass lesbische Sexualität problematisch ist, da sie biologische Männer ausschließt, und dass Lesben allein durch ihre sexuelle Orientierung diskriminieren.

Lesben, die mit transidentifizierten Männern («Transfrauen») nicht ins Bett gehen wollen, wird dabei immerhin oft das Recht auf eine «Genitalpräferenz» zugestanden. Doch auch dieses Recht wird von einigen Queerfeministinnen und TransrechtsaktivistInnen in Frage gestellt. Argumentiert wird, dass es transfeindlich sei zu implizieren, dass Lesben im Allgemeinen nicht auf Penis stehen. Da «Transfrauen» auch Frauen seien, sei es ganz natürlich, dass Lesben auch auf «Transfrauen» stehen.

Diese Argumentationslinie läuft oft darauf hinaus, dass es für Lesben sogar unmoralisch sein soll, Penis nicht zu wollen. Auch auf persönlicher Ebene sei es diskriminierend, eine Person aufgrund ihres Körpers bzw. ihrer Genitalien aus der eigenen Sexualität auszuschließen. Lesben sollten hinterfragen, woher ihre Vorurteile gegenüber Menschen mit Penis kommen und sich diese Abneigung abtrainieren. Vereinzelt kommt es außerdem zu Aussagen wie «Ich denke tatsächlich, dass jede sexuelle Orientierung außer der pansexuellen unmoralisch ist, weil sexuelle Genitalpräferenzen unmoralisch sind».

Erst kürzlich wurde die Diskussion um Transphobie in der deutschen Lesbenszene neu angeregt, als eine Queerfeministin ähnlich argumentierte: In der sechsten Folge der ersten deutschen lesbischen Datingshow *Princess Charming* kam es zu folgender Diskussion[1] zwischen den Teilnehmerinnen: «Ich finde es vollkommen legitim, wenn man [...] nicht mit jemandem schlafen würde, der 'nen Penis hat.» – «Das ist aber transphob.» – «Nee, ich hab dann einfach 'ne Vorliebe.» – «Das ist transphob.» – «Aber ist es transphob, wenn ich sage, ich persönlich möchte nicht mit jemandem schlafen, der 'nen Penis hat?» – «Und wenn das 'ne lesbische Frau ist? Ja, dann ist es transphob.»

Dies ist nichts anderes als eine Aufforderung zur Konversion und zur Verfügbarmachung von Lesben für Männer. Die lesbische Orientierung wird als einfache «Genitalpräferenz» trivialisiert, und von Lesben wird erwartet, ihre eigenen sexuellen Grenzen zu überschreiten.

Neben diesen Aussagen in den sozialen Medien oder im Fernsehen übernehmen auch beratende Medien eine solche Rhetorik der Konversionstherapie. Als Beispiel soll hier der im Juni 2020 im amerikanischen Gesundheitsmagazin *Healthline* ver-

---

1 *Princess Charming* (2021, DE: Seapoint Productions), Staffel 1, Folge 6, 00:31:43-00:31:52

öffentlichte Artikel «How Do Lesbians Have Sex?» dienen[2]. Dort wird die Aussage getroffen, dass lesbischer Sex unter anderem «penis-in-vagina sex», «penis-in-anus sex» und «oral sex performed on the [...] penis» beinhalte. Es werden außerdem Tipps dafür gegeben, was eine Lesbe tun kann, wenn der Sexualpartner einen Penis hat, und darauf hingewiesen, dass es bei lesbischem Sex auch zu Schwangerschaften kommen kann.

Wie schlimm ist die Situation für Lesben außerhalb des Internets?

Die neuere Entwicklung, die zu großen Teilen über das Internet befeuert wird, fußt auf einer längeren Tradition, in der Transaktivisten die Grenzen von FrauenLesben überschreiten. Exemplarisch dafür sollen einige internationale Beispiele dienen.

Ausschluss von geflüchteten Lesben vom Lesbenmarsch in Toulouse (April 2021)

Das Netzwerk ALDA für geflüchtete Lesben wurde zusammen mit der Gruppe Bagdam Espace Lesbien vom Lesbenmarsch in Toulouse ausgeschlossen, der am 26. April 2021, dem Tag der lesbischen Sichtbarkeit, stattfand. Der Marsch war von Queerfeministinnen organisiert worden, die ein Problem damit hatten, dass sich ALDA und Bagdam Espace Lesbien gegen Prostitution stellten und transidentifizierte Männer nicht als Lesben anerkennen wollten. Auf einem Facebook-Post[3] von ALDA drücken die geflüchteten Lesben ihre Empörung und Verletztheit folgendermaßen aus:

«[...] Wie können und wollen Sie den Ausschluss von Lesben von einem Lesbentreffen legitimieren? [...] Lesben, die aus ihrem Land geflohen sind, die auf dem Weg ins Exil mehrfach vergewaltigt wurden, die die Ermordung ihrer Partnerinnen miterlebt haben, die öffentlich und von ihren Familien gelyncht wurden, die tagelang nackt mitten auf dem Dorfplatz gefesselt wurden und so weiter ... alles, weil sie lesbisch sind. [...]»

Das Beispiel zeigt, dass im Namen der Inklusivität transidenten Männern höhere Priorisierung als geflüchteten und traumatisierten Frauen gegeben wird. Statt

---

2 Ferguson, Sian: «How Do Lesbians Have Sex? 28 Things To Know Before Your First Time». In: *Healthline,* 4.6.2020, https://www.healthline.com/health/healthy-sex/how-do-lesbians-have-sex (zuletzt aufgerufen am 26.11.2021)

3 Vanessa (Netzwerk ALDA): Non à un rassemblement antilesbien qui exclut les lesbiennes!, auf: Facebook, 19.4.2021, https://facebook.com/55304041837767 4/posts/1447328238948883/?app=fbl, auch veröffentlicht in: Bagdam Espace Lesbien, 19.4.2021, http://www.bagdam.org/Textes-Colere2021.html (zuletzt aufgerufen am 26.11.2021)

Solidarität mit lesbischen Opfern von Gewalt und Verfolgung zu zeigen, wird eine Gruppe bevorzugt, die aus heterosexuellen Männern besteht. Wie kann dies gerechtfertigt werden innerhalb einer Strömung des Feminismus, der sich gerne damit schmückt, besonders inklusiv und intersektional zu sein?

Am selben Tag lief auf dem Lesbenmarsch in Paris ein Transaktivist mit dem T-Shirt-Aufdruck «Kill the Terf» ungehindert in der Menge mit. Dieser öffentliche Aufruf zu Gewalt gegen Frauen wurde nicht sanktioniert. Der Kontrast in der Einstellung zu Frauen, die Gewalt erfahren haben, und einem Mann, der zu Gewalt aufruft, wird dadurch besonders deutlich. (Anm. der Autorin: Dieser Instagram-Post ist nicht mehr auffindbar bzw. wurde gelöscht.)

Proteste gegen das Michfest (Michigan Womyn's Music Festival) durch Camp Trans und die Morde des Transaktivisten «Dana Rivers» an einem lesbischen Paar und deren Sohn

Das Michfest existierte fast vierzig Jahre lang von 1976 bis 2015 als Musikfestival, das nur Frauen zugänglich war und das deshalb in der lesbisch-feministischen Szene hohen Anklang fand. Im Jahr 2014 erreichte eine Schmierkampagne von TransaktivistInnen und zahlreichen Organisationen der LGBT-Community gegen das Michfest ihren Höhepunkt, als Boykottaufrufe und Entsolidarisierungsbekundungen sehr zahlreich wurden. Grund dafür war die Annahme, dass nur als Frauen geborene Frauen zum Festival zugelassen würden, weswegen das Michfest als transphob verleumdet wurde. Ein Jahr später fand das letzte Michfest statt. Der Protest gegen das Michfest und seine Einlasspolitik hat von transaktivistischer Seite lange Tradition: Von 1991 bis zum Jahr 2015 protestierte die transaktivistische Gruppe Camp Trans jedes Jahr gegen das Festival, da ihnen als transidentifierten Männern der Zugang zu dem Frauenraum verwehrt wurde. Im Jahr 2010 kam es dazu, dass auf dem Gelände des Festivals ein mit Sperma beschmierter Flyer ausgelegt wurde, auf dem stand «Echte Frauen haben Penisse». Die Rückseite lautete folgendermaßen: «Zweite-Welle-Feministinnen, eine heiße Ladung von meinem monströsen Transen-Schwanz verkörpert Frausein mehr als alle Menstruationsblut-Kunstwerke, die ihr transphoben Fotzen jemals machen könnt.»

Im November 2016, etwa ein Jahr nach dem letzten Michfest, ermordete eine Schlüsselfigur der Camp-Trans-Proteste, der Transaktivist «Dana Rivers», zwei Lesben und ihren Sohn in deren Haus. Die beiden lesbischen Opfer waren langjährige Besucherinnen des Michfests. Da das Gerichtsverfahren noch immer nicht abgeschlossen ist, sind leider nicht viele Details bekannt, und das Motiv des Täters ist noch nicht geklärt. Doch allein die Tatsache, dass ein angesehener, prominenter Transaktivist, der jahrelang für den Zugang zu einem Frauenfestival protestiert hat, plötzlich Lesben ermordet, sollte jeder Frau zu denken geben. Was bedeutet es, wenn solche Menschen an vorderster Front dafür kämpfen, dass Männer Zugang zu Frauenräumen bekommen?

Diese und zahlreiche andere Vorfälle der letzten Jahre zeigen, dass Transaktivismus nicht davor zurückschreckt, Gewalt gegen FrauenLesben anzudrohen und auszuüben und dass Teile der «queeren» Szene dies billigen.

Diese Gewalt ist oft auch sexueller Natur. Neu entstandene Seiten wie LesbianMeToo.com und UnspeakableLGBTQ.weebly.com sammeln anonym Berichte von Lesben und anderen Frauen, die der LGBTQ-Community angehören. In diesen Texten berichten Lesben unter anderem von sexueller Belästigung, Nötigung und Vergewaltigungen durch transidentifizierte Männer. Sie erzählen außerdem, dass ihr oft rein queer geprägter FreundInnenkreis sich nicht selten mit Tätern solidarisiere, da transidentifizierten Männern keine patriarchalen Verhaltensmuster zugetraut würden. Aus den Texten ergibt sich ein Muster von Erfahrungen, die einen erheblichen sozialen Druck von der queeren Szene auf Lesben deutlich machen. Lesben berichten von Unwohlsein und einem Mangel an Unterstützung innerhalb queerer Räume, von der Angst vor Ausgrenzung und Einsamkeit und von emotionaler Manipulation und Einschüchterung durch die eigene Community. Sie machen sich Sorgen über die Zukunft von Lesben, Schwulen und Bisexuellen und drücken Trauer über den Verlust ihrer Räume aus. Sie äußern Verwirrung und Zweifel, fühlen sich, als müssten sie über ihre sexuelle Orientierung schweigen oder lügen und sehen sich politisch heimatlos. Trotz der angeblichen Inklusivität der queeren Szene fühlen sich viele FrauenLesben unsicher und ausgeschlossen.

Was bedeutet dies für uns Lesben?

Ich traue allen Lesben zu, selbst ihre Schlüsse aus der Lesbenfeindlichkeit der «queeren» Szene zu ziehen und sich für oder gegen eine solidarische Haltung zur «queeren» Szene zu entscheiden. Dennoch hoffe ich, dass Lesben nicht blind queerfeministischen Theorien und Forderungen folgen, sondern sich trauen, diese zu hinterfragen. Nach außen hin gibt sich Queerfeminismus als *der* Vertreter von Inklusivität, Diversität und Toleranz schlechthin. Aber wie kann ein inklusiver Feminismus geflüchtete Lesben von einem Lesbenmarsch ausschließen? Und wie kann ein inklusiver Feminismus Lesben dazu drängen, Penis in ihrem Sexleben zu akzeptieren und zu normalisieren? Wieso stehen Frauenmörder an vorderster Front im Kampf gegen «Terfs»?

Indem der Interessenkonflikt zwischen FrauenLesben und TransaktivistInnen in der Gesellschaft zu einer Frage um die Akzeptanz und die Würde von transidentifizierten Personen konstruiert wird, fühlen sich viele Menschen, die gute Absichten haben, dazu verpflichtet, diese Gruppe gegen den angeblichen Hass von Radikalfeministinnen verteidigen zu müssen. Da sie sich aber nur oberflächlich mit dem Thema beschäftigen und nicht tiefer darüber nachdenken, ist ihnen nicht bewusst, was für absurde Folgen die «queere» Neudefinition von altbekannten Begriffen wie «Frau», «Lesbe» und «Homosexualität» hat. Die Neudefinitionen machen es Feministinnen schwerer, über die konkrete Unterdrückung zu sprechen, die FrauenLesben aufgrund ihres biologischen Geschlechts erfahren. Sie verschleiern die Grenzen zwischen Unterdrückter und Unterdrücker und schaden somit der Klassensolidarität von FrauenLesben.

Erschwerend kommt hinzu, dass Queerfeministinnen und TransrechtsaktivistInnen nicht transparent in ihrer Argumentation sind. Sie weigern sich, eine Definition von «Frau» zu geben, da eine ehrliche Antwort sie angreifbar machen würde. Doch sie benutzen eine implizite Definition von «Frau», die hochgradig sexistisch ist und nicht wissenschaftlich gerechtfertigt werden kann. Damit entziehen sie sich nicht nur der Rechenschaft über die Konsequenzen ihrer eigenen Definitionen, Theorien und Forderungen, sondern öffnen auch die Tore für Menschen mit bösen Absichten, die sich die Schwammigkeit der Begriffe zunutze machen.

Der Konflikt zwischen radikalfeministischen und queerfeministischen Lesben wird außerdem häufig als ein Generationenkonflikt dargestellt. Demnach sei die jüngere Generation von Lesben progressiver und aufgeschlossener, die ältere Generation dagegen reaktionär. Diese Darstellung entspricht nicht der Wahrheit und nimmt oft sehr grausame, altersdiskriminierende Züge an. Als junge radikalfeministische Lesbe ist es mir wichtig, dass ältere radikalfeministische Lesben von unserer uneingeschränkten Solidarität mit ihnen wissen.

Zusammen Widerstand gegen lesbenfeindliche Angriffe aus der «queeren» Szene zu leisten und konsequent keine Homophobie und Frauenfeindlichkeit zu dulden ist dabei eine Sache. Doch eine ebenso wichtige Sache ist, produktiv unsere eigenen unabhängigen lesbisch-feministischen Strukturen zu schaffen oder zu erhalten, egal wie klein diese auch sein mögen. Junge Lesben brauchen den Kontakt zu älteren Lesben. Es wäre hilfreich, zusammen die aktuelle Situation innerhalb lesbischer Kreise zu analysieren und Erfahrungen auszutauschen.

Queerfeministinnen haben uns wiederholt zu verstehen gegeben, dass sie unsere Bedenken als hysterisch abtun und dass sie keinen Interessenkonflikt zwischen den Rechten von FrauenLesben und den Forderungen von TransaktivistInnen sehen. Queerfeministische Lesben konnten es mit ihrem Gewissen vereinbaren, das LFT2021 in Bremen, ein Lesbentreffen mit 47 Jahren Tradition, so anzugreifen, dass große Teile bereits versprochener Finanzmittel wegfielen und der Aufwand, der in das Projekt floss, erheblich erhöht wurde. Die «queere» Szene versucht, Lesben im Namen der Solidarität für ein patriarchales, männerbevorzugendes, antifeministisches Projekt zu begeistern. Statt unsere Energien darauf zu verschwenden, mit ihnen zu verhandeln, sollten wir die Gemeinschaftsbildung mit anderen Lesben priorisieren.

Separatismus als Strategie zur Befreiung von Frauen

Susan Hawthorne

Übersetzung: Doris Hermanns

Zusammenfassung

In den 1970er-Jahren war Separatismus eine wichtige Theorie und Praxis von Feministinnen, und er wird wieder wichtig in einer Zeit, in der Frauenräume bedroht werden. Wenn Mitglieder von politischen Gruppen Strategien mit anderen aus der Gruppe entwickeln wollen, brauchen sie ihre eigenen Räume, um frei sprechen und handeln zu können. Das Proletariat hat keine KapitalistInnen gebeten, ihren Gruppen beizutreten, aber von Frauen wird erwartet, dass sie Männer, die behaupten, Frauen zu sein, mit offenen Armen empfangen. Diese Erwartung gilt selbst für Gefängnisse, Flüchtlingslager und Frauenhäuser, und von Frauen, die im Sport und in der Kunst etwas erreichen wollen, wird erwartet, dass sie Männern die Lorbeeren überlassen. Separatismus ist wieder einmal eine wichtige politische Strategie.

Als Zeichen des Widerstands gegen die Geschichte der Kolonialisierung in Australien würdigen wir die ursprünglichen BewohnerInnen des Landes, auf dem wir leben und arbeiten. Ich spreche zu euch vom Djiru Country in Far North Queensland, und ich erweise den Menschen, die dieses Land und seine Kultur seit 65 000 Jahren pflegen, meinen Respekt.

Ich würdige auch die vielen Frauen, unter ihnen Lesben, aus der Geschichte, die für die Rechte von Frauen gekämpft haben, was sie manchmal ihr Leben gekostet hat.

Geschichte

Ende 1975 wurde mir ein Platz im «Honours year» in Philosophie angeboten. Dies ist ein viertes Jahr eines geisteswissenschaftlichen Studiengangs in Australien. Ich fragte mich, ob sie mir erlauben würden, innerhalb der feministischen Philosophie eine Dissertation über Separatismus zu schreiben. Mitte der 1970er-Jahre gab es eine Zeit des wunderbaren radikalen Aktivismus. Radikaler Feminismus blühte auf, und es lag große Aufregung in der Luft. Dieses Studienjahr war voller Herausforderungen, nicht zuletzt wegen des Schreibens von *In Defence of Separatism* (Zur Verteidigung des Separatismus). Es gab einige wenige gute Artikel, aber im Großen und Ganzen musste ich alles selbst herausfinden.

Seit 1974 arbeitete ich beim Frauennotruf in Melbourne, und mir war die wachsende Literatur über Vergewaltigungen bekannt. Andra Medea und Kathleen Thomson schreiben in ihrem Buch *Against Rape* (1974) darüber, dass es für Frauen am wahrscheinlichsten ist, in ihrem Zuhause und/oder von jemand Nahestehendem vergewaltigt zu werden.

Ich war in der Frauenbefreiungsgruppe an der Universität aktiv, und zusammen mit drei anderen wurde ich ins «Student Representative Council» (Studierendenrat) gewählt und war Teil der lesbischen Community in Melbourne und ihrer Verbindungen zum radikalen Feminismus in den USA und Europa. Ich nahm an zahlreichen Konferenzen teil, verschlang eine Menge Literatur und gehörte zu einer Selbsterfahrungsgruppe. Mein Leben war daher rund um die Uhr lesbisch und feministisch.

Eine Strukturanalyse

Eine Analyse von Macht war die erste Herausforderung. Macht ist zentral für jede feministische Analyse, und es war notwendig, die vielen verschiedenen Formen zu erkennen, in denen sie in den Beziehungen zwischen Frauen und Männern vorkommt, um die Strategie des Separatismus zu verteidigen. Ich benannte sieben Formen der Macht, aber die beiden wichtigsten waren Zwangsmacht und Überzeugungsmacht: Zur Zwangsmacht gehört auch Gewalt, auch wenn sie nicht immer mit physischer Gewalt verbunden sein muss. Einer Frau «kann das Recht auf Zugang zu sozialer, ökonomischer oder emotionaler Unterstützung vorenthalten und die Wahrscheinlichkeit von erfolgreichem Widerstand dadurch verringert werden» (Hawthorne, 1976/2019, S. 19). Dies wird heutzutage als Zwangskontrolle bezeichnet. Androhung von Gewalt ist Teil dieser Zwangsmacht.

Auch wenn Überzeugungsmacht nicht genauso stark wie Zwangsmacht ist, so ist sie doch die stabilste Form von Macht. Frauen wollen die Macht der Einstellungen ändern, wie auch Bewegungen, die Rassismus, Homophobie, ökologische Zerstörung, die Behandlung von Tieren und Ähnliches ändern wollen. Es gibt zwei Arten von Überzeugungsmacht: rationale und irrationale. Rationale Überzeugung beinhaltet das Aufzeigen, dass Frauen weltweit in erschreckendem Ausmaß ermordet werden, und den Nachweis dazu zu erbringen (50 000 Frauen wurden 2018 von ihren Partnern oder Familien getötet). Eine andere Zahl zum Vergleich: Im

Western-Cape-Gebiet von Südafrika erleiden jährlich mehr als 500 Lesben eine «korrigierende Vergewaltigung». Viele von ihnen werden ermordet. «Korrigierende Vergewaltigungen» erfolgen, wenn eine Lesbe von einem Vergewaltiger angegriffen wird, um sie durch eine Vergewaltigung zu Heterosexualität zu «konvertieren». Dies geschieht in vielen Ländern, einschließlich der USA, Argentinien, Israel, Großbritannien, Australien (Hawthorne 2020 S. 148 ff).[1]

Eine irrationale Uberzeugung ist beispielsweise die Behauptung, dass Transgender, die sich als Frau identifizieren, weit verletzlicher sind, da die weltweiten Zahlen zeigen, dass laut der Arcus Foundation (Hawthorne 2020, S. 206 f.) 1700 Transmenschen in *sieben Jahren* ermordet wurden. Medienberichte und soziale Medien suggerieren damit immer wieder, dass die Wahrscheinlichkeit der Ermordung von Transmenschen weitaus höher sei als die von biologischen Frauen.

Zu den anderen Formen von Macht, die ich betrachtet habe, gehört Liebe und wie sie in Beziehungen zwischen Männern und Frauen funktioniert. Liebe kann bedeuten, dass eine Frau etwas tut, nur weil der Mann möchte, dass sie es tut. Das kann positiv sein, aber es kann Frauen auch zerstören, die der Liebe zu viel Bedeutung beimessen.

Unterdrückung

Ich habe mir angesehen, auf welche Arten Frauen unterdrückt werden und wie dies mit dem Prozess der Entmenschlichung zusammenhängt. Außerdem hat diese Internalisierung der Werte der Unterdrücker – vorgeschriebene patriarchale Verhaltensweisen – zur Folge, dass die Unterdrückte Angst vor der Freiheit bekommt. Die Identifikation mit dem Unterdrücker trägt zur Aufrechterhaltung der Uneinigkeit zwischen den Unterdrückten bei. Wir können dies heute an den Spaltungen, die die Transgenderlobby verursacht, sehen, die die eigentlichen Definitionen von feministisch und Feminismus untergräbt. Identifizierung mit dieser letzten «Welle» verursacht tiefe Gräben, und radikale Feministinnen werden angeprangert, während alles unternommen wird, damit sich Transmenschen «sicher» fühlen können.

Herrschaft

Wenn Macht auf eine Gruppe oder einen Teil der Gesellschaft konzentriert ist, hat diese Gruppe eine beherrschende Stellung inne. Die dominante Gruppe hat «kei-

1 Siehe auch Hawthorne 2005, 2007, 2011, 2017

nen Grund, die bestehenden Strukturen der Beziehungen zu ändern» (Hawthorne 2019, S. 40). Es geschieht nur selten, dass ein Mann bereit ist, dem System der patriarchalen Macht zu widerstehen. Und Transfrauen gehören kaum dazu.

Institutionen

Institutionen sind Systeme, die eingesetzt werden, um das Verhalten von Menschen zu kontrollieren. Das beinhaltet sowohl Rollen und Status als auch Kompetenzen und Zuständigkeiten.

Institutionen
1. kontrollieren Handlungen und Verhalten von Menschen in mindestens einem Bereich;
2. weisen bestimmte Aufgaben oder Rollen je nach Status zu; sie sind normalerweise hierarchisch;
3. haben Macht über die Menschen in ihnen und wirken sich häufig auf Menschen außerhalb der Institutionen aus.

Denk an die Institutionen, in denen du tätig bist und wie diese funktionieren.

Drei Dinge sind charakteristisch für die Unterdrückung von Frauen: Heterosexualität, Vergewaltigung und romantische Liebe.

Heterosexualität war die erste Institution, die ich mir angesehen habe, und sie hat die gleichen Merkmale wie die anderen Institutionen. Patriarchale Rollen, der Status von Männern gegenüber Frauen und die Art der Autorität, die Männer ausüben, sind zentral für das Überleben des Patriarchats und der heterosexuellen Normen. Heterosexualität wirkt sich auf alle innerhalb und außerhalb der Institution aus. Wenig überraschend sehen wir, dass Heterosexualität von der Transgenderlobby gelebt und unterstützt wird.

Vergewaltigung ist eine Manifestation von Dominanz und Zwangsgewalt. Nicht alle Männer müssen Frauen vergewaltigen, damit dies so ist. Jede Frau weiß, dass sie vergewaltigt werden *könnte*. Der Akt der Vergewaltigung sorgt dafür, die Machtverhältnisse zu wahren und hilft dabei, die Institution der Heterosexualität aufrechtzuerhalten. Fragt jede der Opfer von «korrigierender Vergewaltigung» in Südafrika, fragt die Lesben, die als Bestrafung dafür, dass sie Lesben sind, gefoltert wurden (siehe Hawthorne 2020 S. 149 ff).

Romantische Liebe: Ich bin der Ansicht, dass gleichberechtigte Beziehungen zwischen Frauen und Männern schwierig, ja vielleicht unmöglich sind in einer patriarchalen Umgebung und dass solche Beziehungen es erfordern würden, dass Männer allen Zugang zu und die Ausübung von Macht aufgeben. Ich komme daher zu dem Schluss, dass die Chancen auf Gleichberechtigung in heterosexuellen Beziehungen nur gering sind und dass romantische Liebe eine große Unterstützung der Institution der Heterosexualität ist.

Strategien

1976 habe ich vorgeschlagen, dass es zum Untergang des Patriarchats führen würde, wenn wir zwei Strategien verfolgen würden: Separatismus und lesbischen Feminismus. Das war zwar sehr hoffnungsvoll, aber ich glaube noch immer, dass dies wichtige Strategien sind, auch wenn wir uns darüber im Klaren sind, dass nicht alle Frauen das mitmachen werden.

Separatismus

Oft wird Separatismus mit Segregation verwechselt. Segregation wird den Machtlosen von den Mächtigen aufgezwungen. Sie wird benutzt, um die Unterdrückten auf signifikante Weise zu kontrollieren. Im Gegensatz dazu wird Separatismus von den Unterdrückten benutzt, um Autonomie zu erlangen und sich von den Unterdrückern zu befreien. Segregation ist ein Beispiel für Zwangsgewalt und Herrschaft. Separatismus ist eine Strategie, um Widerstand gegen die Unterdrückung zu leisten, und möglicherweise eine Strategie der Befreiung.

Wenn eine politische Gruppe eine Strategie erarbeiten möchte, so dass ihre Mitglieder sich auf politische Taktiken und Ideen einigen können, fordert und schafft sie separate Räume. Diese können in Cafés sein, in Gemeindezentren, in Privaträumen oder in halb öffentlichen Räumen wie MitarbeiterInnenkantinen oder sogar in Kinos. Als das Proletariat rebellierte, baten sie die KapitalistInnen und die Aristokratie nicht, mitzumachen (auch wenn einige es taten); als die Bürgerrechtsbewegung begann, war dies nicht den Ideen und der Politik der Weißen zu verdanken (auch wenn einige Weiße mitmachten, um die Sache zu unterstützen); als die Frauenbefreiungsbewegung sich mobilisierte, waren es Frauen, die sich zusammentaten, um gegen ihre Unterdrückung zu kämpfen.

Der Unterschied ist, dass von Frauen erwartet wird, dass sie Männer lieben.

Dieser Unterschied wird von der Transgenderlobby missbraucht, und jede Frau, die sich männerfeindlich äußert (selbst wenn ihr in ihrer Geschichte Gewalt angetan wurde), wird als engstirnig bezeichnet, während Männer, die behaupten, Frauen zu sein (und oft ein Kleid tragen), unterstützt werden.

Es gibt verschiedene Formen des Separatismus, von Gesprächen mit Frauen wie in politischen Aktionsgruppen oder in reinen Frauengemeinschaften bis hin zu den stärksten Formen, bei denen Frauen sich dazu entscheiden, den geringstmöglichen Kontakt zu Männern zu haben. Ländliche Separatistinnengemeinschaften haben in Australien existiert, in den USA und in letzter Zeit auch in Kenia und Indien. Letztere wurden aufgrund der systematischen Gewalt gegründet oder weil Frauen von Männern bestohlen werden.

Lesbischer Feminismus

Eine andere Strategie war lesbischer Feminismus. Lesbischer Feminismus fördert Beziehungen zwischen Frauen, und die politischen Auswirkungen und Ergebnisse sind beachtlich. 1974 behauptete Ti-Grace Atkinson, dass lesbischer Feminismus unentbehrlich ist, um die Natur der Machtverhältnisse zu ändern. Ich kann zahlreiche feministische Errungenschaften nennen, die von lesbischen Feministinnen initiiert, für lange Zeit von lesbischen Feministinnen getragen und von lesbischen Feministinnen auf vielerlei Weise unterstützt wurden. Viel von diesem aufschlussreichen Denken kam von lesbischen Feministinnen, in Theorie, in Lyrik, in Romanen, in der Kunst, im Theater, im Sport und in zahlreichen Institutionen, die sich langsam verändert haben.

Ohne lesbische Feministinnen, ohne Separatistinnen hätte die Frauenbefreiungsbewegung nicht überlebt (und das gilt heute genauso wie vor hundert Jahren).

Wo stehe ich jetzt?

Ich stehe zu meinem 24-jährigen Selbst, das diese Arbeit geschrieben hat, für die ich akademisch bestraft wurde (eine altmodische Form der Cancel-Culture), und ich habe keine Möglichkeit gefunden, sie zu veröffentlichen, bis ich 2019 eine seismische Verschiebung verspürte, die mich dazu brachte, sie als das Buch *In Defence of Separatism* herauszubringen. Es war eine lange Wartezeit.

Im Mittelpunkt meiner Arbeit steht die Idee, dass Menschen fähig zu Veränderungen sind. Viele Männer und einige heterosexuelle Frauen empfinden meine Worte vielleicht als bedrohlich, aber im Feminismus geht es um Veränderungen und Transformationen. Als ich mich 1973 wie Tausende andere Frauen der Frauenbefreiungsbewegung anschloss, hatte ich eine Art Erleuchtung, die dazu führte, die Welt anders zu sehen. Wenn es dir einmal bewußt geworden ist, kannst du es nicht mehr verleugnen, und das schafft Veränderung.

Weil so viele Frauen unter Gewalt und Grausamkeiten von Männern leiden, brauchen Frauen Schutzräume, um sich zu erholen, um sich selbst neu zu erschaffen oder sich einfach nur frei zu äußern.

Es ist an der Zeit, dass Männer sich auf Veränderungen einlassen und damit aufhören, die hart erkämpften Orte von Frauen zu kolonialisieren.

In diesem Krieg gegen Frauen haben einige Männer sich dazu entschieden, vor den anderen Männern zu fliehen, die ihnen zu gefährlich wurden, da sie die Normen der Maskulinität in Frage gestellt haben. Es gibt drei Möglichkeiten für solche Männer (Transfrauen, Nichtbinäre etc.):

1. Sie können den Platz von Frauen einnehmen und fordern, dass ansonsten alles beim Alten bleibt, sie behalten ihren Anspruch.
2. Sie können die Grenze überschreiten und unabhängige Organisationen aufbauen, die ihren Bedürfnissen entsprechen und andere wie sie unterstützen.
3. Sie können lesen, zuhören und ihr Wissen über Frauen erweitern, Kampagnen, die von Frauen geführt werden, Unterstützung anbieten, und es ablehnen, die Ideen, Geschichte und Aktionen von Frauen als ihre eigenen zu interpretieren. In anderen Worten, sie können sich weigern, Frauen zu kolonialisieren.

Männer sind genauso fähig zu Veränderungen wie Frauen, aber sie müssen sich verändern *wollen*. Sie müssen die Macht verweigern, die ihnen zugeschrieben wird, einfach weil sie Männer sind.

Es ist an der Zeit, sich feministische Ideen über Freiheit, Rechte, Fairness und Gerechtigkeit ernsthaft anzuhören. Hört euch die Erfahrungen von Frauen an, deren Leben aufgrund von Kultur, Hautfarbe, Religion, Andersfähigkeit oder sexueller Orientierung anders als das eure ist. Hört Lesben zu, die die Welt deutlicher erkennen aufgrund der Art und Weise, wie ihre Macht gebrochen wird, und hört heterosexuellen Frauen zu, die sich eigene Räume geschaffen haben. Hört alten Frauen zu, die schon lange auf der Welt sind und wissen, wie sie funktioniert

(Klein & Hawthorne 2021). Außerdem ist der Dialog zwischen den Generationen und über andere Unterschiede hinweg wichtig. Hör auf deine eigenen Leidenschaften und fange an, die Welt zum Besseren zu verändern.

Warum ist Separatismus jetzt wichtig?

Ich habe mitbekommen, wie die Transgenderlobby seit den 1990er-Jahren systematisch in Lesbenräume eindringt. Als sie behauptete, dass das Lesbenfestival 1991 in Melbourne transphob wäre, schrieb ich in der lesbischen Presse darüber. Als ich im Jahr 2000 ein Mitglied des Frauenzirkus in Melbourne war, einem Zirkus, der gegründet wurde, um mit Frauen zu arbeiten, die Überlebende von sexueller Gewalt waren, wollte eine «Transfrau» Mitglied werden. Ich war seit 1994 Mitglied und war entsetzt darüber, dass dies ernsthaft erwogen wurde. Aber leider wurde es das, und es spaltete den Zirkus. Frauen über 40 waren durch unsere längere Zugehörigkeit zur Frauenbefreiungsbewegung stärker betroffen. Ich schlug vor, dass der Mann gebeten werden sollte, seinen Antrag zurückzuziehen, und nach sechs Monaten entschied ich, dass ich nicht an der Show zum Jahresende teilnehmen würde – dem Höhepunkt des Jahres. Im September schrieb ich dem Zirkus einen offenen Brief:

> *Seit ich mich im April über das Transgenderthema geäußert habe, fühle ich mich extrem isoliert. Ich weiß, dass es einigen Frauen genauso geht, einige haben es mir gesagt, und ich weiß das zu schätzen. Fast niemand, außer den Frauen der Dialogue-Action-Gruppe, hat das Thema mit mir besprochen. Ich spüre das Vertrauen, das ich immer in die Frauen des Zirkus hatte, nicht mehr, teils weil ich nicht mehr weiß, was ihr denkt (mit Ausnahme von etwa acht Frauen, die gesagt haben, was sie denken, einschließlich derer mit einer entgegengesetzten Ansicht). Einige Wochen nach dem ursprünglichen Treffen im April fühlte ich mich wie eine Außerirdische, wenn ich in den Raum des Frauenzirkus kam, und auch wenn dieses Gefühl im Laufe der Zeit nachließ, so ist es nicht ganz verschwunden. Meistens stoße ich auf eine Mauer des Schweigens … Für mich war der Frauenzirkus immer eine wunderbare Organisation. Inspirierend. Engagiert. Respektlos. Witzig. Aber jetzt kann ich dieser Liste eine Reihe anderer Wörter hinzufügen. Ernüchterung. Traurigkeit. Schmerz.* (Hawthorne 2000)

Es sind nicht nur Lesbenorganisationen, sondern auch Frauennotrufe und Frauenhäuser, die für Frauen unerlässlich sind, die vor Gewalt von Männern fliehen. Ganz zu schweigen von den sicheren Orten für Lesben, die von gewalttätigen Männern angegriffen werden. Bei jeder Frau, die ein Trauma erlebt hat, wird dieses Trauma wieder verschlimmert werden, wenn ein Frauenhaus von «Transfrauen» belegt wird.

Im Moment gibt es eine finanzkräftige Lobby von Transgender, um Lesben auszulöschen, um junge Lesben in eine Transition zu locken und ihre lesbische Community für die queere (männlich geprägte) Transgendercommunity zu verlassen. Es ist für Lesben schon schwierig genug, sich an unsere Geschichte zu erinnern, aber die Ideologie des Transgenderismus macht Lesbengeschichte zu einer verbotenen Zone. Gerade als wir anfingen zu glauben, dass Lesbengeschichte aufgrund von 50 Jahren lesbischem Aktivismus etabliert würde, wird sie uns entrissen. Außerdem wird sie transphob genannt.

Wir können an den Reaktionen von Organisationen wie dem queeren Onlinemagazin *männer** auf das Programm des LFT2021 (einschließlich meiner Veranstaltung) sehen, dass sie Angst davor haben, dass wir uns zusammenschließen und uns gegen ihre Anstrengungen, uns zum Schweigen zu bringen, wehren. Wir lassen uns nicht zum Schweigen bringen.

Frauensport wird zerstört – und wir sollten nicht vergessen, dass viele Lesben ausgezeichnete Sportlerinnen sind. Frauenuniversitäten, Frauenschwimmbäder und Frauenpreise für Kunst und Literatur erlauben Männern, in sie einzudringen, als ob sie biologische Frauen wären. Selbst in der Medizin wird die Biologie verworfen, und als Ergebnis davon werden falsche Medikamente verwendet. «Transfrauen» fordern, dass sie in Schutzräumen und Gefängnissen zugelassen werden; wie bereits erwähnt, können Frauen, die an den Folgen von Traumata leiden, diesen Orten und der Anwesenheit von Männern nicht entfliehen. Wenn in einigen Jahren Statistiken ausgewertet werden, wird dann jemand fragen, warum es einen plötzlichen Anstieg der «Gewalt von Frauen» gab?

Wir brauchen dringend getrennte Räume, nicht weil wir uns «unsicher» im Sinne von «woke» fühlen, sondern weil die Bedrohungen gegen uns real sind und von männlichen Millionären finanziert werden, die jetzt behaupten, Frauen und sogar Lesben zu sein. Wir brauchen unsere ganze Kraft, um das Transgenderungetüm zu bekämpfen. Ich habe in meinem Buch *Vortex: The Crisis of Patriarchy* ausführlich über die Transgendermillionäre geschrieben.

Es gibt eine neue Energie um den radikalen Feminismus, und für Lesben ist dies ein wichtiger Moment, neue Kampagnen anzufangen und alte wiederaufzubauen, neue Energie zu gewinnen für den Kampf für lesbische Sichtbarkeit und lesbisches Leben. Es ist an der Zeit, generationsübergreifende Gruppen zu bilden, so dass die

Älteren ihr Wissen und ihre Erfahrungen und die Jüngeren ihre Energie und neue Wege der Kommunikation teilen können. Wenn wir frauenzentriert bleiben, können wir erfolgreich sein.

Literatur

Atkinson, Ti-Grace: *Amazon Odyssey.* Links Books, New York 1974 (Deutsche Ausgabe: *Amazonen-Odysee.* Übersetzung: Gesine Strempel. Frauenoffensive, München 1978)

Hawthorne, Susan: «Ancient Hatred and Its Contemporary Manifestations: The Torture of Lesbians.» In: *The Journal of Hate Studies.* Vol. 4, 2005. (1), 33-58

Hawthorne, Susan: «The Silences Between: Are Lesbians Irrelevant?» In: *Journal of International Women's Studies.* Women's Bodies, Gender Analysis, and Feminist Politics at the Fórum Social Mundial. Vol. 8., No. 3, April 2007 125–138. Online: <http://www.bridgew.edu/SoAS/jiws/April07/Hawthorne1.pdf>

Hawthorne, Susan: *Are All Lesbians Sex Mad? The Fight for Lesbians' Human Rights.* 2011. <http://radicalhub.wordpress.com/2011/08/10/are-all-lesbians-sex-mad-the-fight-for-lesbians-human-rights/#more-2347>

Hawthorne, Susan: *Dark Matters: A Novel.* Spinifex Press, Mission Beach 2017

Hawthorne, Susan: *In Defence of Separatism.* Spinifex Press, Mission Beach 2019

Hawthorne, Susan: *Vortex: The Crisis of Patriarchy.* Spinifex Press, Mission Beach 2020

Klein, Renate/Hawthorne, Susan (eds.): *Not Dead Yet: Feminism, Passion and Women's Liberation.* Spinifex Press, Mission Beach 2021

Medea, Andra/Thompson, Kathleen: *Against Rape.* Farrar Strauss and Giroux, New York 1974

Lesben und Fortpflanzungstechnologien

Renate Klein

Zwei Frauen, die Kinder wollen, brauchen im Allgemeinen keine Fortpflanzungstechnologien. Und doch ist es der IVF-Industrie gelungen, auch Lesben in ihren Griff zu bekommen, um ihnen teure Behandlungen zu verkaufen, die gefährlich sind und sie zu «Patientinnen» macht. In meinen Ausführungen werde ich das problematisieren und auch klar sagen, dass sich Lesben in Untersuchungen zum Thema Mietmutterschaft (oft auch Leihmutterschaft genannt) kritisch äußern, während schwule Männer sie bejahen.

Es wäre gut, wenn es sehr wenig zum Thema Lesben und Reproduktionstechnologien zu sagen gäbe. Diejenigen, die meine Arbeit seit den 1980er-Jahren zu diesem Thema kennen, wissen, dass ich die ganze Reproduktionsmedizin für eine gefährliche frauenausbeuterische Industrie halte, die nach wie vor eine unheimlich große Versagerquote aufweist: Nur ca. 20% aller IVF-Behandlungen (IVF: In-vitro-Fertilisation, künstliche Befruchtung) enden mit einem Kind. Viele Frauen haben kurz- und langfristige Gesundheitsschäden, und auch bei den Kindern, von denen viele jetzt schon erwachsen sind, gibt es immer mehr Gesundheitsprobleme wie beispielsweise schwere Herzerkrankungen im Alter von etwa 40 Jahren, um nur ein Problem zu nennen.[1]

Wenn ich die *Macht* hätte, würde ich diese gefährliche Industrie liebend gern mit einem einzigen Federstrich von der Bühne verschwinden lassen!!! Da ich diese Macht aber nicht besitze, muss ich leider feststellen, dass die Vorhersagen von Fortune Business für den IVF-Markt im Jahr 2021 36.39 Billionen US-Dollar betragen.[2]

36 Billionen US-Dollar!! Und wir Lesben sollen mit unseren Körpern natürlich auch zu dieser Goldgrube beitragen.

Wie konnte es so weit kommen??

In den guten alten 1980er-Jahren war es gang und gäbe für Lesbenpaare, mit Hilfe eines «turkey basters» Selbstbefruchtungen durchzuführen. Auf Deutsch heißt «turkey baster» eher prosaisch «Spritze zur Selbstinsemination» oder auch «Bechermethode». Ich lebte zu dieser Zeit in London und arbeitete an meiner Dissertation über Frauenforschung. Meine Doktormutter war in der Lesbenszene in

---

1 Laura Corradi: «Assisted Reproductive Technologies and Health-Related Issues among Women and Children: A Review Essay». In: *Dignity,* Vol. 2, Issue 6, <https://digitalcommons.uri.edu/dignity/vol6/iss2/2/>

2 https://www.globenewswire.com/news-release/2021/02/02/2167897/0/en/Global-IVF-Market-2021-Size-Share-Market-Worth-USD-36-39-Billion-and-Exhibit-10-1-CAGR-by-2026.html

Sachen Selbstbefruchtung sehr engagiert. Ihre Aufgabe war es, das Sperma von schwulen Männern in einem Einmachglas abzuholen, es dann an ihrem Busen warmzuhalten und in Windeseile mit dem Auto durch London zu rasen, um es an Lesben weiterzugeben. Die Selbstbefruchtung fand dann oft ganz schön mit Kerzen und Musik statt – also eine recht sinnliche Art und Weise, schwanger zu werden (wenn's klappt, was es oft tat).

Was wir damals besonders gut fanden, war die Tatsache, dass das Sperma von verschiedenen Männern vermischt wurde. Mit anderen Worten, wir fanden es toll, dass es für die Männer später unmöglich sein würde, Ansprüche auf «ihr» Kind zu erheben, da es ja unklar war, wer der Vater ist. Das ist sicher ein wichtiger Punkt, denn Lesbenpaaren wurden zu dieser Zeit doch recht häufig ihre heterosexuell gezeugten Kinder weggenommen, oft von früheren Ehemännern aus Rache dafür, dass ihre Ex-Frau es wagte, mit einer Frau zusammen zu sein, und weil sie nicht wollten, dass «ihre» Kinder in solchen «amoralischen» Beziehungen aufwachsen.

Wie wir aber inzwischen wissen, suchen Menschen, die durch Sperma- oder Eizellenspende gezeugt wurden – wie auch Adoptierte – oft ihr ganzes Leben lang nach den biologischen Spendern oder Spenderinnen. In Deutschland hat der Bundestag 2017 das «Gesetz zur Regelung des Rechts auf Kenntnis der Abstammung» eingeführt, und auch in vielen anderen Ländern ist es heute so, dass weder Sperma- noch Eizellenbefruchtung anonym durchgeführt werden dürfen. Also keine gemischten «Spermapakete» mehr!![3]

Allerdings werden bei Mietmutterschaft nach wie vor oft anonyme Eizellen benutzt, manchmal auch anonyme Spermaspenden, vor allem in den USA. (Zu Mietmutterschaft später mehr.)

Ich finde es heute völlig richtig, dass Kinder, wenn sie wollen, ihren Spermaspender finden und kennenlernen können. Wir wissen inzwischen, dass Anonymität zu großem Leid führen kann. Für die lesbischen Mütter kann das allerdings zu Schwierigkeiten führen. Ein Beispiel aus Australien soll das verdeutlichen.

Ein schwuler Mann, Robert (ein Pseudonym), der lange mit einer Lesbe befreundet war, half ihr, mit seinem Sperma ein Kind zu bekommen. Auf der Geburtsurkunde wurde er als Vater angegeben. Die Lesbe, inzwischen in einer neuen Beziehung, bekam ein Jahr später mit Hilfe eines anonymen US-amerikanischen Spermaspenders ein zweites Kind. Robert kümmerte sich sehr um beide Mädchen, holte sie von der

3 https://www.loc.gov/law/foreign-news/article/germany-right-to-know-biological-father-for-children-conceived-through-sperm-donation/

Schule ab und fuhr mit ihnen und seinem Partner in die Ferien. Als die Kinder zehn bzw. elf Jahre alt waren, beschlossen die beiden Lesben, nach Neuseeland überzusiedeln, um dort zu leben und zu arbeiten. Die Mutter kam ursprünglich aus Neuseeland.

Robert war damit nicht einverstanden. Die Sache ging vor zwei Gerichte, die zuerst dem Spermaspender, dann der Mutter recht gaben. Robert legte Widerspruch ein, und 2019 entschied der High Court, das höchste Gericht Australiens, dass die beiden Frauen *nicht* nach Neuseeland ziehen dürfen. Zudem erhielt der Vater erweiterte Besuchsrechte. Das alles hat Robert über eine Million australische Dollar gekostet.[4] Wie viel es die beiden Lesben gekostet hat, wurde nirgendwo erwähnt. Das Ganze hat fünfeinhalb Jahre gedauert!

Das Urteil, das jetzt als Präzedenzfall gilt, hat große Auswirkungen, nicht nur für die Mütter, sondern auch für Spermaspender. Einige Männer haben bereits Ängste geäußert, dass sie jetzt plötzlich zu Unterhaltszahlungen für ihr Spermakind verpflichtet werden könnten (wie in Großbritannien 2012 bereits zweimal geschehen).

Auch in Südafrika geht im Moment ein Fall durch die Gerichte, in dem zwei Lesben ihrem Spermaspender und seiner Mutter nach fünfjähriger Freundschaft jeglichen Zugang zu ihrem Kind verwehrt haben, was der Mann jetzt rückgängig machen will.[5]

Was ist die Moral der Geschichte?? Sehr aufpassen und vielleicht doch eher keine Kinder auf diese Art!!!

Aber kehren wir zurück in die 1990er-Jahre, als die Aids-/HIV-Epidemie ausbrach. Lesben (und alleinstehenden heterosexuellen Frauen) wurde gesagt, dass es zunehmend gefährlicher würde, Sperma von schwulen Männern zu benutzen, da es zu HIV- wie auch Hepatitis-Infektionen führen könnte.

Die Lösung? Die Spermien für sechs Monate einfrieren. Das tötet die Viren. Aber wer macht das?

Die IVF-Industrie ernannte sich damals zum Retter in der Not! Nichts lieber und wichtiger, als gestressten Lesben zu helfen, gesunde Kinder zu kriegen. War das plötzlich entdeckter Respekt für gleichgeschlechtliche Paare? Oder ein neuer Weg, sich zu bereichern?? Diese Frage muss ich wohl nicht beantworten, die Heuchelei war atemberaubend!

---

4 https://www.smh.com.au/national/what-makes-a-father-the-sperm-donor-who-asked-the-courts-to-answer-this-question-tells-his-story-20190722-p529js.html

5 https://www.iol.co.za/pretoria-news/news/after-four-years-of-seeing-son-now-barred-sperm-donor-seeks-rights-to-child-d15cff9e-44fc-43dc-82ae-3a698dc97c00

Es gab allerdings ein kleines Problem. In Australien (und auch in anderen Ländern) war es Lesben gesetzlich nicht erlaubt, Inseminationen in Kliniken durchführen zu lassen.

Ein besonders arroganter «Technodoc» – unsere Bezeichnung für Ärzte, die auf IVF spezialisiert sind – in Melbourne appellierte an die Commonwealth-Regierung, dieses diskriminierende Gesetz zu ändern. Das war im Jahr 2000. Die liberalen Feministinnen fanden das toll, und der Mann wurde ihr neuer Held. Bei mir fing das Telefon an zu läuten. Unsere Organisation FINRRAGE (ein internationales Netzwerk gegen Gen-und Reproduktionstechnologien)[6] war damals sehr bekannt, und anders als heute fragten JournalistInnen uns häufig nach unserer Meinung. Da ich als Reproduktionstechnologie-Kritikerin, aber auch als Lesbe bekannt war, fanden sie es wohl interessant, meine Reaktion zu hören.

Für mich war das ein großes Dilemma. Einerseits war ich total gegen die Idee, dass IVF-Kliniken ihre lausigen Erfolgsraten mit fruchtbaren Lesben verbessern könnten, die auf diese Weise in die IVF-Falle geraten würden. Andererseits war mir aber nicht wohl dabei, als Verräterin von Lesben zu figurieren, die mittlerweile den IVF-Arzt mit einer lautstarken Kampagne unterstützten.

So versuchte ich am Anfang, mich neutral zu verhalten und mit vielen Worten nichts zu sagen. Das war aber bald nicht mehr möglich, da sich die katholischen Bischöfe einmischten, die sich konsequent *gegen* diese Gesetzesänderung wandten – und mich und meine Kritik zu den Gen- und Reproduktionstechnologien für ihre Argumentation zitierten!! Also blieb mir nichts anderes übrig, als ehrlich meine großen Bedenken über die gefährliche Medikalisierung von Lesben zu äußern, wenn IVF-Kliniken sie in die Finger bekommen würden. Das führte dann zu Schlagzeilen wie «Klein in bed with the Catholics» – und kostete mich einige Freundschaften.

Wie ich leider vermutet hatte, wurde dieses neue Gesetz trotz der Homophobie der konservativen Regierung eingeführt (denn das frühere war tatsächlich diskriminierend!) – und die Aufnahme der Lesben in die IVF-Industrie begann.

Was sich bald herausstellte – genau wie ich befürchtet hatte – war, dass es keineswegs bei den nun in kalten sterilen Spitalräumen durchgeführten Spritzeninseminationen mit geprüftem «sauberem» Sperma blieb. Falls es nach zwei- oder dreimaliger Wiederholung nicht klappte, wurde als nächstes IVF empfohlen. In Deutschland kostet diese intrauterine Insemination im Spital übrigens heute jedes Mal 1500 Euro, und es gibt 131 sogenannte «Kinderwunschzentren», die diese durchführen.

6 http://www.finrrage.org/

Aber wie gesagt, oft klappt es nicht und die nächste Station ist IVF. Das heißt, dass *fruchtbare* Lesben zuerst einmal mittels Hormonspritzen in die Menopause (Klimakterium) versetzt werden, danach mit Fruchtbarkeitshormonen wieder fruchtbar gemacht werden, bis zwischen 10 und 20 – manchmal auch mehr – Eizellen reif sind, die dann mittels Sonde durch die Vagina (und unter Anästhesie) «geerntet» werden. Das kann zu Verletzungen von inneren Organen oder der Eierstöcke selbst führen.

Die künstliche Eizellenreifung kann zu einer lebensgefährlichen Überstimulation der Eierstöcke führen (OHHS) mit Kurzzeitfolgen wie Ohnmachtsanfällen, Embolien und Schlaganfällen sowie Langzeitfolgen wie Krebs.

Wie viele Lesben sich IVF-Behandlungen unterzogen haben – oder unterziehen – wissen wir nicht, da die Fortpflanzungsindustrie nicht für ihre Transparenz bekannt ist – unter dem Deckmantel, dass dies «privat» sei.

Besonders kreative «Technodocs» wollen nun ganz speziell Lesben gerne helfen und führten die folgende Technik ein – natürlich gegen eine zusätzliche Gebühr: *Beide* Lesben unterziehen sich der gefährlichen Eizellenreifung mittels Hormonen, gefolgt von der Eizellenernte. Dann werden ihre Eizellen in einer Petrischale *vermischt* und mit Sperma befruchtet. Die Frauen wissen dann nicht, welche Eizelle der entstehende Embryo enthält und können sich also vorstellen, sie seien beide die Mutter!! Sollte es später gewünscht werden, kann ein DNA-Test durchgeführt werden ... Es ist also etwas anders als das Mischen von Sperma. Trotzdem: Ist es eine gute Idee, dass beide Lesben ihre Gesundheit gefährden?

Da die Erfolgsraten der IVF-Industrie niedrig sind – wie gesagt kaum mehr als 20% – und die Unternehmen in der Pflicht stehen, Dividenden für die Aktionäre zu kreieren, wenn sie, wie heutzutage viele Privatkliniken in westlichen Ländern, an der Börse notiert sind, heißt das, dass die Behandlungen teuer sein müssen. Ein «einfacher» IVF-Zyklus kostet in Australien etwa 15 000 australische Dollar (etwa 7000 Euro). In Deutschland scheint es billiger zu sein. Die Zahlen, die ich fand, lagen um die 3000 bis 4000 Euro, von denen die Krankenkassen einen Teil bezahlen. Wenn dann aber sogenannte «Add ons» (Extras) dazukommen, wie «Embryo Glue» (Embryo-Klebe) im Nährmedium, damit der Embryo an der Gebärmutterschleimhaut auch schön haften bleibt (!), oder «assisted hatching», übersetzt als «assistiertes Schlüpfen», damit sich die befruchtete Eizelle besser in der Gebärmutter einnisten kann, können sich die Kosten wesentlich erhöhen. Es ist wichtig zu wissen, dass diese Extras nie richtig getestet wurden und nicht zu höheren Schwangerschaftsquoten führen. Aber sie werden den oft verzweifelten Frauen angeboten.

Oder der Einsatz von Embryo-Screening, damit auch ja ein «perfektes» Kind entsteht – Eugenik in Reinform –, mittels ICSI (Intrazytoplasmatische Spermieninjektion), bei dem ein einziges getestetes Sperma in die Eizelle eingespritzt wird – was heute in Australien bereits bei einem Drittel aller IVF-Behandlungen angewendet wird. Ursprünglich wurde das nur für IVF-Zyklen mit Männern benutzt, deren Spermienanzahl sehr niedrig war. Auch das Durchführen von Präimplantationsdiagnostik (PGD), bei der eine ganze Zelle des wachsenden Embryos entfernt und auf Chromosomenschäden untersucht wird, macht das Ganze noch viel teurer.[7]

Dazu kommt, dass im Durchschnitt mindestens drei Zyklen notwendig sind, um die Chance der Geburt eines lebendigen Kindes zu erhöhen.

Außerdem geht viel schief in den IVF-Kliniken. Embryos – frische oder eingefrorene – gehen verloren; Embryos werden verwechselt und der falschen Frau eingesetzt, so dass eine Schwarze Frau ein weißes Baby zur Welt bringt; Hormonwerte werden falsch gelesen, so dass die Behandlung abgebrochen und wiederholt werden muss. Und dann später die vielen traumatischen Fehlgeburten, die den Traum vom eigenen Kind beenden – bis zum nächsten Versuch!

Die traurige Tatsache ist, dass Frauen – ob heterosexuell oder lesbisch – zunehmend *süchtig* werden und deshalb in der IVF-Tretmühle bleiben. Ein Zyklus nach dem anderen wird durchgemacht, solange das Geld reicht (inklusive neue Hypotheken auf dem Haus). Die Karotte, die der IVF-Arzt ihnen vor die Nase hält, ist immer dieselbe: «Wir wissen jetzt, was schiefging. Beim nächsten Mal sollte es klappen ...»

Wenn es dann aber wirklich nicht mehr geht und/oder die Frau zu alt ist (also über 40), ist das Leid oft riesengroß. Leider ist es auch so, dass viele Frauen sich dann selbst als «das Problem» bezeichnen: «*Ich* konnte kein Kind bekommen» – anstatt der miserablen IVF-Technologie oder Mutter Natur, die nicht will, die Schuld zu geben.

Doch die IVF-Industrie gibt ihre Kundinnen nicht so schnell auf: Als Nächstes wird eine *Mietmutter* empfohlen!!! Auch in Ländern wie Deutschland, Österreich, der Schweiz, Frankeich und Spanien, wo Mietmutterschaft verboten ist, ist das kein Problem: Viele lokale IVF-Zentren arbeiten mit Kliniken im Ausland zusammen, so dass der Embryo beispielsweise in Deutschland hergestellt und dann eingefroren wird, um später in die Gebärmutter einer Mietmutter in den USA oder der Ukraine übertragen zu werden. Das ist zwar alles sehr teuer – 130 000 US-Dollar in den

7 https://www.theage.com.au/lifestyle/health-and-wellness/private-ivf-clinics-cost-tens-of-thousands-and-people-s-dreams-20210110-p56syk.html?btis

USA, bis 50 000 in der Ukraine und um die 80 000 US-Dollar in Griechenland –, aber wie gesagt, der *Zwang* zum eigenen Kind ist bei manchen Leuten so stark, dass Aufhören keine Option ist.

Zahlen von Lesben, die sich darauf einlassen, sind nicht bekannt, doch ist durchaus anzunehmen, dass es einige sind.

Wieder einmal ist es somit notwendig, darüber zu reden, dass auch ein *kinderfreies* Leben (was ein besserer Ausdruck ist als kinder*los)* – speziell für Lesben, aber nicht nur – genauso erfüllt sein kann wie ein Leben mit Kindern. Und dass es überall Kinder gibt, die Liebe und Fürsorge verdienen. Wie wäre es, der Freundin, die drei kleine Kinder hat, anzubieten, sich *regelmäßig* um diese zu kümmern? Nicht nur sporadisch, sondern jede Woche den ganzen Mittwochnachmittag beispielsweise!

Aber nein, unsere Gesellschaft will das noch immer nicht. Pronatalismus, also das Befürworten des Wachstums der Bevölkerung, ist nach wie vor Mode, selbst wenn es genug Umweltschutzgründe dafür gibt, weniger oder keine Kinder zu haben. Eine Frau, die nicht Mutter ist, ist für viele einfach immer noch keine richtige Frau![8]

Zudem gibt es auch Lesben, die sich leider der Heterosexualisierung der schwulen Männer anschließen: zuerst das große Hochzeitsfest und dann müssen die Babys her!! Die Familie ist begeistert: Homosexuelle Kinder zu haben bedeutet heutzutage nicht mehr, ohne Enkelkinder alt werden zu müssen ...!

Diese Heterosexualisierung hat zu einer wahren Epidemie unter schwulen Männern geführt, die plötzlich ihren unerfüllten Kinderwunsch entdecken. Der wird jetzt bereits als «social disability» (also als eine soziale Behinderung) bezeichnet. Diese Männer scheinen es nicht bedenklich zu finden, dass eine ihnen unbekannte Frau ihren Körper gegen Geld zur Verfügung stellt, um darin ein menschliches Wesen wachsen zu lassen – ein Kind –, das ihr dann aus dem Bauch herausgeschnitten wird und das sie oft nie wiedersehen wird.

Und Lesben? Machen sie mit in diesem frauenfeindlichen und ausbeuterischen Geschäft? Persönlich kenne ich keine Lesben, die Mietmütter waren – for love or for money (für Liebe oder für Geld) –, aber das Center for Surrogate Parenting in Kalifornien wirbt auf seiner Website um lesbische Kundinnen (allerdings wird der genau gleiche Text auf ihrer Website benutzt, um schwule Männer als Kunden zu gewinnen!?).[9]

---

8 Siehe Braunschweiger, Verena: *Kinderfrei statt kinderlos.* Büchner-Verlag, Marburg 2019

9 https://www.creatingfamilies.com/lgbtq-surrogacy/surrogacy-lesbian-parents/

Sind Lesben auch selbstlose Eizellen«spenderinnen», wie es so schön heißt? Das ist fast genauso gefährlich, wie Mietmutter zu sein, da eine Frau durch Überstimulierung ihrer Eierstöcke ihre Fruchtbarkeit verlieren kann und später möglicherweise krebskrank wird. Und übrigens, das neuerdings so in Mode gekommene «Einfrieren der Eizellen», das von großen Firmen wie Apple und Google für ihre Angestellten bezahlt wird, benötigt den gleichen gefährlichen hormonellen Prozess, der zudem fast zu 100% erfolglos ist, da die gefrorenen Eizellen selten richtig auftauen und sich nicht befruchten lassen. Also eine kolossale Geldverschwendung und Gesundheitsgefährdung für die Frauen!

Obwohl es, wie gesagt, zur Frage, ob Lesben Mietmütter oder Eizellen«spenderinnen» werden, nur Anekdoten gibt, hören wir immer häufiger von Lesben, denen ihre armen schwulen «Brüder» so leidtun, dass sie ihnen gerne diesen «Liebesdienst» erweisen würden – und damit ihre eigene Gesundheit aufs Spiel setzen. Und sich auch ihr ganzes weiteres Leben damit auseinandersetzen müssen, dass sie ein Kind, das sie in ihrem eigenen Körper aus *ihren Zellen* – Blut und Knochen – selbst «gemacht» und mit dem sie Zellen ausgetauscht haben, – die sie übrigens für Jahrzehnte behalten –, «freiwillig» weggegeben haben.

Wie bei heterosexuellen Frauen auch, müssen wir uns hier die wichtige Frage stellen, wie viel uns unser Leben und unsere Gesundheit eigentlich wert sind, wenn es darum geht, dass wir – wie Sklavinnen oder sich prostituierende Frauen – unsere Körper instrumentalisieren und uns von dem, was in unserem Körper/unserer Seele vorgeht, abspalten.

Klar ist, dass Millionen von Frauen von Kindheit an von Männern geschädigt und ausgebeutet werden. Wenn sie dann schöne Worte von den Babykäufern wie «Nächstenliebe» hören – «ihr seid unsere Engel, ihr seid die liebsten, gütigsten, nettesten Menschen auf der ganzen Welt, da ihr uns unseren Traum vom eigenen Kind erfüllt habt» –, dann ist das, als ob Manna vom Himmel fiele!

Ich habe darüber geschrieben und es «The Compassion Trap» (die Mitleidsfalle) genannt. Ich denke, dieses Phänomen sollte dringend von Feministinnen untersucht und diskutiert werden.[10] Nicht nur im Zusammenhang mit Mietmutterschaft, sondern auch im Zusammenhang mit den konstanten Aggressionen von Transaktivisten, die uns immer als Erstes vorwerfen, wie gemein und böse wir seien, wenn wir finden, dass ein Mann mit einem Penis eben keine Lesbe ist.

---

10 Renate Klein: «Strategies for Stopping International Surrogacy: Beyond the Compassion Trap». In: Marie Josephe Devillers & Ana-Luana Stoicea-Deram (Hrsg.): *Towards the Abolition of Surrogate Motherhood,* Spinifex Press, Mission Beach November 2021

Güte und Freundlichkeit sind ja an sich gute Eigenschaften, aber leider werden Frauen mit diesen schwammigen Begriffen oft zum Schweigen gebracht: Es wird von uns erwartet, dass wir sofort klein beigeben und uns sogar *entschuldigen*, dass wir der «imitierten» Lesbe wehgetan haben und er nun «unsicher, unglücklich und verängstigt» ist. Wegen unserer angeblichen Transfeindlichkeit!

Es ist wirklich nötig, dass wir über diese hochgeschätzte Nächstenliebe nachdenken. Denn noch Schlimmeres zeichnet sich bereits am Horizont ab.

Ich bin ja an vieles gewöhnt, aber selbst mir blieb der Mund offenstehen, als ich im Februar 2021 einen Artikel von der McGill University in Montreal, Kanada, erhielt. Darin wird ernsthaft vorgeschlagen, dass auch Transgender«frauen» (also Männer) die Chance haben sollten, mittels einer Transplantation einen Uterus zu bekommen (also ein Gebärmuttertransplant), damit sie – und das ist ein Zitat – «die Möglichkeit haben, eine Schwangerschaft zu erleben, unabhängig von den Umständen ihrer Geburt» («have the opportunity to experience pregnancy regardless of the circumstance of their birth»).

Die McGill University ist eine renommierte Universität, was es nur noch schlimmer macht, dass dort solche absurden Ideen formuliert werden, die dann auch noch in einer wichtigen Fachzeitschrift – *Bioethics* (7. Februar 2021) – veröffentlicht werden.

Uterustransplantationen werden seit 2014 durchgeführt. Sie sind ein Experiment, kosten um die 75 000 Euro und haben bis jetzt nur zu 18 Geburten geführt. Eines der ethischen Probleme ist, dass der Frau starke Immunsuppressiva gegeben werden müssen, um die Organabstoßung zu verhindern. Wie sich das auf das wachsende Kind auswirkt, weiß natürlich niemand!!

Und woher sollen denn diese Gebärmütter für Trans«frauen» kommen??? Nichts ist naheliegender als von sogenannten Trans«männern» (also biologischen Frauen), die ja ihren Uterus nicht mehr brauchen, falls sie nicht doch noch Kinder austragen wollen. Es ist sogar so, dass die Folgen von hohen Mengen Testosteron zu Schmerzen und dann zur Entfernung der Gebärmutter führen – wieso sie dann nicht an eine Trans«frau» verschenken??? Was für ein Liebesdienst!

Solche Artikel zu schreiben ist einfach abstrus. Ein männlicher Körper wird nicht zu einem Frauenkörper, auch wenn man einen Uterus hineinoperiert. Um schwanger zu werden und ein Kind auf die Welt zu bringen, braucht es doch wesentlich mehr.

Doch genug von solchen Hirngespinsten. Zurück zur Diskussion der Nächstenliebe und Empathie von Frauen. Es gibt vieles, was wir aus diesen Beispielen lernen können. Erstens weniger nett und lieb zu sein und immer zuerst alles für andere zu tun, bevor wir an uns selbst denken. (Und ich verstehe das nicht als einen individualisierten narzisstischen «Ich ich ich»-Aufruf, sondern eher so, dass die Nächstenliebe für uns Frauen als Individuen wie auch als Mitglieder der Klasse «Frauen» anfangen muss.)

Zweitens, und das ist sehr wichtig, müssen wir unseren Körper kennenlernen (oder wiederfinden). Wir sind keine Ansammlung von Einzelteilen, wie es die postmoderne Weltanschauung gerne hätte. Keine «Brüterinnen»: von der einen das Ei, von der anderen den Uterus – auswechselbar je nach Bedarf und gegen Geld.

Reproduktionstechnologien – ob für Lesben oder heterosexuelle Frauen – sind herzlose kalte Prozesse ohne Sinnlichkeit, die uns im Übrigen auch meistens gar kein Kind bescheren. Wohl aber ein Leben in Trümmern, das nun mit viel Geduld neu aufgebaut werden muss: ein langer und schmerzhafter Prozess.

Es mag banal – oder herzlos – klingen, aber letztlich ist der Satz «We can't always get what we want» (wir können nicht immer bekommen, was wir wollen) die Antwort auf den unerfüllten Kinderwunsch, egal ob er nun schon immer da war oder uns von der patriarchalen Gesellschaftsstruktur eingeimpft wurde.

Wenn wir den Zwang zum Kind ablehnen, wird das die Gewinne der Reproduktionsindustrie wesentlich verringern und zudem das Leiden von Frauen und die Zerstückelung unserer Körper vermindern, was für mich natürlich das Wichtigste ist.

Workshop «Rechte raus aus den Parlamenten» mit Vorstellung des Netzwerks

Lesben gegen Rechts

Das Netzwerk gründete sich auf dem LFT2018 in Göttingen, erstellt monatlich einen Newsletter, der ins Englische übersetzt und an ca. 700 Adressen versendet wird, zum Beispiel auch nach Frankreich, Italien, in die Niederlande, nach GB und in die USA.

Es gibt eine Website, eine Facebook-Seite und eine Seite auf Instagram – mit je über 1000 FollowerInnen. Das Netzwerk kommt ohne feste Strukturen aus. In größeren Städten bzw. Regionen wie Berlin-Brandenburg, Hamburg, Köln-Düsseldorf-Eifel, Frankfurt und Wien gibt es Regionalgruppen, die sich regelmäßig treffen (zurzeit online) und Aktivitäten planen. In weiteren Städten wie Würzburg, Nürnberg, Erfurt, Koblenz, Lübeck, Bochum, Hannover, Frankfurt (Oder), Heidelberg, Mannheim, Flensburg, in der Lüneburger Heide, im Westerwald usw. gibt es ebenfalls Aktive.

Lesben gegen Rechts sind mit Fahnen und Transparenten unterwegs bei DykeMarches und CSDs und bei Demos und Kundgebungen gegen Rechts.

Lesben gegen Rechts sprechen sich auch immer *für* etwas aus, so zum Beispiel beim lesbischen Gedenken in der Mahn- und Gedenkstätte Ravensbrück – was seit über 30 Jahren gefordert wird. Des Weiteren gibt es bei den Treffen Diskussionsmöglichkeiten zu aktuellen Themen und theoretischen Auseinandersetzungen damit. Lesben gegen Rechts unterstützt lesbische Geflüchtete und hat im Wahljahr eine Kampagne mit dem Slogan «AfD raus aus dem Bundestag – AfD raus aus den Parlamenten!» lanciert.

Lesben gegen Rechts richtet sich mit ihren Kampagnen (auch) an Lesben, denn auch Lesben wählen rechts und machen den gesamtgesellschaftlichen Rechtsrutsch mit. Deswegen ist eine Auseinandersetzung mit dem Thema notwendig:

- Warum wählen? Jede Stimme ist wichtig.
- Es gibt wesentliche Gründe, die AfD nicht zu wählen.

Beim Workshop und der im Herbst 2021 folgenden Bundestagswahl wurde deutlich, wie bedeutungsvoll es auch in der Zukunft bleibt, dass Lesben gegen Rechts – und andere – sich dem Thema «Rechte raus aus den Parlamenten» widmet und kämpft.

www.lesbengegenrechts.jimdofree.com

Von einer, die auszog, im Queerland zu leben ... und dabei das Fürchten lernte

Astrid Osterland

Dies ist ein höchst persönlicher Reisebericht ins Land der sexuellen Vielfalt. Begleitet wurde ich von Miss Marple. Sie half mir mit detektivischem Ehrgeiz dabei, Indizien zur Überprüfung meiner Wahrnehmung zu finden. Das war angesichts anhaltender Irritationen auch dringend nötig. Mein Coach und Role Model war der unerschrockene Junge aus dem Märchen «Von einem, der auszog, das Fürchten zu lernen». Er half mir, mich nicht einschüchtern zu lassen, auch wenn die Gespenster noch so bedrohlich waren. Auch das war dringend nötig.

Vor etlichen Jahren zog es mich nach Berlin, in meine alte Heimatstadt, ein Coming Home nach 45 Jahren. Meine politisch-persönliche Heimat fand ich in dem Verein, der mich und meine grauhaarigen Schwestern einbindet in das Solidarnetz unserer Community.[1] Hier brachte ich mich ein, übernahm wichtige Aufgaben und fühlte mich wohl. Zumindest bis vor einiger Zeit.

Die Metropole ist «queer», wohin das Auge blickt, und was das heißt, erschloss sich mir erst nach und nach. Gemeint mit queer sind wir, die LSBTIQA* (Lesben, Schwule, Bisexuelle, Transgender, Intersexuelle, Agender und alle sexuellen AußenseiterInnen), und weil dieser Zungenbrecher wenig alltagstauglich ist, nennt man uns, die personifizierte sexuelle Vielfalt, einfach «queer» und die dazugehörige Frauenabteilung «Queerfeminismus».

«Förderung der Akzeptanz geschlechtlicher Vielfalt» gehört zu den vornehmen Aufgaben der weltoffenen Metropole mit dem heutigen Senator für Justiz und Antidiskriminierung. Berlin, das Eldorado der Schwulen und Lesben, hat sich in ein Eldorado sexueller Vielfalt verwandelt. Alle Geschlechter gemeinsam und solidarisch unterm queeren Regenbogen – das ist die Vision, die nun Realität werden soll.

Da bin ich doch gerne dabei. Schließlich gehöre ich als Lesbe ja dazu und tauche auch gleich als Erste in der Buchstabenvielfalt von LSBTIQA* auf. Also darf ich

---

1 Der Name des Vereins spielt hier keine Rolle, weil es mir um die Analyse der Prozesse geht und nicht um die Kritik an diesem Verein. Er ist ein wichtiger und erhaltenswerter Ort nicht nur für ältere Lesben. Deswegen habe ich mich auch jahrelang dort engagiert.

mich eingebunden fühlen in die Gemeinschaft der queeren Community. Dachte ich bis vor Kurzem ... und machte mich auf, Queerland zu erkunden. Es gab viele befremdliche Stationen auf meiner Reise. Hier nur die Highlights.

Die Vielfalt, die ich meine

Der Schauplatz: eine Veranstaltung im Schwulen Museum in Berlin. Dort erwähnte ich voller Stolz unseren «Lesbenfriedhof»[2], der 2014 gerade eingeweiht worden war. Damals noch im Zustand tiefster Unschuld hielt ich nicht hinterm Berg damit, wie toll ich finde, dass wir für lesbische Sichtbarkeit auch über den Tod hinaus sorgen.

Das hätte ich lieber nicht gesagt! Denn schlagartig wurde es sehr ungemütlich im Raum. Für mich jedenfalls. Es schlug mir eine Welle der Empörung entgegen, die mir vor allem eines signalisierte: Vorsicht bei dem, was du hier in der Community sagst! Vielfalt heißt offenbar nicht, dass du mit allem willkommen bist, was deinem lesbischen Selbstverständnis lieb und teuer ist. «Separatistische» Uraltlesben, die einen Friedhof «nur» für sich beanspruchen, sind es jedenfalls nicht.

Wir wollten Lesben sichtbar machen und haben dabei irgendwen ausgeschlossen. Das geht gar nicht, wurde ich belehrt und stand vor einem Dilemma: Lesben sichtbar machen, ohne Nichtlesben auszuschließen? Wie geht das? Wo bleibt da die in queerfeministischen Kreisen so viel beschworene Sichtbarkeit? Die steht doch im Wertekatalog ganz oben. «Aber vielleicht nicht jede lesbische Sichtbarkeit», mutmaßte Miss Marple und lag goldrichtig, wie sich alsbald herausstellte.

Ein «Lesbisch-queerer Stadtplan» ... und seine Lücken

So wurde der Community jüngst ein «Lesbisch-queerer Stadtplan» überreicht, der «Orte lesbisch-queeren Lebens in Berlin» sichtbar machen will. Zu meinem größten Erstaunen gehörte das «Friedhofsareal für Lesben», immerhin das erste weltweit, nicht dazu. «Wie kommt's?», fragte ich an. «Aus Platzgründen», war die Antwort. Man könne schließlich nicht alle Orte berücksichtigen. Ein Blick in die Liste der angezeigten Projekte ergab, dass das vegan-vegetarische Café Morgenrot oder das Anticafé in den Augen der Herausgeberinnen offenbar mehr zur lesbischen Sichtbarkeit beiträgt als ein «Lesbenfriedhof», der lesbisches Dasein über den Tod hinaus

---

2 Eine von der SAPPhO-Stiftung (sappho-stiftung.de) initiierte Gemeinschaftsbestattungsfläche mit 80 Plätzen auf dem Georgen-Parochial-1-Friedhof am Prenzlauer Berg

sichtbar macht. Es ist mir fast peinlich zu erwähnen, dass ausgerechnet «mein Verein» zu den Mitherausgeberinnen dieses Stadtplans mit den blinden Flecken gehört.

Ein nächstes Rätsel tat sich auf: Wie kann es sein, dass ausgerechnet die ausschließen, die Ausschlüsse verbieten? Gilt das Versprechen der Akzeptanz von Vielfalt vielleicht nicht für alle, die unter dem Dach des Regenbogens vereint sind? Rätsel über Rätsel. Miss Marple hatte gut zu tun und stieß bei ihren Recherchen auf neue Fragen.

«Vielfalt» im «Lebensort Vielfalt»

So heißt ein schwules, öffentlich gefördertes gemeinschaftliches Wohnprojekt. Nicht etwa «Schwules Mehrgenerationen-Wohnen», sondern «Lebensort Vielfalt». Ein Blick in die annoncierte Vielfalt verrät, dass hier 22 schwule Männer und immerhin 4 FrauenLesben wohnen. Sicher nicht, weil die Schwulen nicht ohne Frauen leben können. Hinter vorgehaltener Hand erfuhr ich, dass die öffentlichen Geldgeber es so wollten. Sie haben sich ja «Vielfalt» auf die Fahnen geschrieben, und dazu braucht es in einem Schwulenprojekt eben ... Frauen, aber nicht zu viele.[3]

Vielfalt, so lernte ich als Nächstes, ist das Zauberwort, das dir Zugang zu Geld und Ressourcen verschafft. Dabei haben Frauen in diesem Fall die vornehme Aufgabe, als Türöffnerinnen für ein schwules Wohnprojekt zu fungieren ... und bleiben ansonsten unsichtbar. Wer ahnt schon, dass ein unter dem Dach der «Schwulenberatung» angesiedeltes Wohnprojekt FrauenLesben beherbergt?

Ich kam aus dem Staunen nicht raus. So hatte ich mir die gepriesene Vielfalt nicht vorgestellt, aber mein Role Model trieb mich zu weiteren Erkundungen an. Also machte ich mich unerschrocken weiter auf die Suche nach den Verheißungen des vielfältigen Lebens ... und stieß auf weitere Merkwürdigkeiten.

Ein Wohnprojekt für Lesben – Vision und Wirklichkeit

Die Berliner Lesben, in diesem Fall «mein Verein», planten seit Langem ein «Gemeinschaftliches Wohn- und Kulturprojekt» für Lesben. Ein siebenstöckiger Leuchtturm

3 In einer Befragung gaben die meisten männlichen Bewohner an, dass sie sich umgekehrte Mehrheitsverhältnisse nicht vorstellen könnten, und die Frauen beklagten die eingeschränkten Teilhabemöglichkeiten und die mangelnde Sichtbarkeit. «Also ist 'n Schwulenprojekt. Da tauchen Frauen nicht auf», bringt eine Bewohnerin es auf den Punkt. Von beiden Seiten «werden Spannungen und Ausschlüsse aufgrund der Geschlechterverteilung» beklagt. Siehe Lottmann, Ralf (2016): «Mehr als ein Leuchtturm? Der ‹Lebensort Vielfalt› – ein Wohnprojekt für ältere Schwule, Lesben und Heterosexuelle», S. 102. In: Lottmann, R., u.a. (Hrsg.): *Homosexualität_en und Alter(n)*. Wiesbaden, 2016, S. 83 ff.

lesbischer Sichtbarkeit sollte entstehen. Ich erspare euch die nervenaufreibenden Etappen, bis es endlich nach Jahren und einem aufwendigen Bewerbungsverfahren dazu kam, dass «mein Verein» den Zuschlag zum Bauen erhielt. Großes Aufatmen. Eine Heimstatt für 70 Lesben rückte in greifbare Nähe, wenn ... ja wenn nicht die S unterm Regenbogendach, sprich die Schwulen, den L einen Strich durch die Rechnung gemacht hätten. Hier keine Einzelheiten. Nur so viel: Auf dem Gelände, wo das erste Lesbenwohnprojekt der Hauptstadt hätte entstehen sollen, wird nun ein dritter Wohnort «Lebensvielfalt» gebaut, und die, die sich fragen, wie das möglich ist, stoßen unweigerlich auf die Tatsache, dass Vision und Realität im Queerland – sagen wir es vorsichtig – nicht deckungsgleich sind.

«Strukturelle Ungleichheit gibt's auch unterm Regenbogen», resümiert Miss Marple nüchtern, wie es ihre Art ist, «und wer das verschweigt, will, dass es so bleibt», füge ich – mein furchtloses Role Model im Nacken – unerschrocken hinzu. Also muss ich erwähnen, dass die S Einspruch gegen die Entscheidung erhoben und die L nicht genug Geld und Einfluss hatten, als es hart auf hart kam. Nun haben die S demnächst drei Wohnprojekte und die L eins, vorausgesetzt, es klappt endlich mit dem geplanten Bau an einem anderen Ort.

Einblick in die Gedankenwelt queerer Vielfalt

Jetzt war ich angefixt. Ich wollte genauer wissen, was das alles bedeutet und wie ich mir solcherlei Befremdlichkeiten erklären kann. Getreu dem Motto: «Es ist gut, wenn frau weiß, wovon sie spricht, bevor sie sagt, was sie davon hält», machte ich mich an die Recherche. Ich verbrachte viele Abende mit der Lektüre einschlägiger Schriften aus dem Bereich der postmodernen Gender- und Queerstudies und, na klar, auch mit Judith Butler und ihren «Gender Troubles».[4] Schließlich ist Judith die intellektuelle Influencerin des Queerfeminismus, an der keine vorbeikommt, die wissen will, worum es geht, auch wenn nicht immer verständlich ist, was Judith schreibt.

Visionen und Versprechen à la Butler

Was da am Horizont gedanklicher Höhenflüge auftauchte, hat mich erst einmal begeistert. Es schien mir, als hätte ich eine Verbündete im radikalen Geist des lesbischen Feminismus, die nun wirklich aufräumt mit all dem, was die patriarchale Wissenspro-

4 Daraus hervorgegangen ist das Manuskript «Lesbischer Feminismus in Zeiten von Queer – und wo sind ‹Wir›?» (siehe Website: sappho-stifung.de); Butler, Judith: *Das Unbehagen der Geschlechter.* Suhrkamp, Frankfurt/Main 1991.

duktion in Sachen Geschlecht und Sexualität an Verblendungen bereithält. Und das auch noch aus einer feministisch-lesbischen Perspektive. Was will das Herze mehr?

Wider die «Natur» der Zweigeschlechtlichkeit. Nichts ist natürlich, und schon gar nicht das Geschlecht

Ihr Plädoyer: Raus aus dem Geschlechterbiologismus ein für alle Mal! Na klar! Das finde ich auch: Anatomie ist nicht Schicksal, und Heterosexualität erst recht nicht! Die konterkariert das sexuelle Selbstbestimmungsrecht nicht nur von Lesben. Deswegen: Weg mit dem ganzen Heterosexismus! Da sind wir uns einig, die Judith und ich. Und natürlich: Raus aus der Enge des Zweigeschlechtersystems, rein in die endgültige Befreiung von allen Rollendiktaten! Welch eine Wohltat! Mein radikales Herz schlug höher. Zumindest das lesbische. Denn Judith hat sich all derer angenommen, die nicht ins heterosexuelle Muster passen. Dazu gehöre auch ich. Gendertrouble? Ich bin dabei!

Da wusste ich allerdings noch nicht, was mich an Trouble erwartet, wenn ich nicht ganz dabei bin, nicht allem zustimme, was mir im neuen Queerland begegnet.

Es kamen Zweifel auf, hatte Judith doch beim Sturm auf die letzte Bastion des Biologismus, Sex, das biologische Geschlecht, mitsamt der Zweigeschlechtlichkeit kurzerhand entsorgt und FrauenLesben gleich dazu. Alles nicht mehr als Konstruktionen, die das System der Zweigeschlechtlichkeit und der Heterosexualität stützen und queere Menschen ausschließen, so ihre Botschaft. Sie seien gründlich zu dekonstruieren, und so verschwand Sex, das biologische Geschlecht, im Dunkel diskursphilosophischer Begründungen, deren verschlungene Pfade ich hier nicht nachzeichnen kann. Seitdem ward es nicht mehr gesehen, zumindest in queerfeministischen Kreisen. Und dort, wo es trotzdem auftaucht, wird es zum Stein des Anstoßes mit beängstigenden Folgen. Viele wissen inzwischen, wovon ich rede.

Vom Sex befreit, blieb die Kategorie Gender zurück, und die öffnet nun Tür und Tor für viele Gender, die damit den Beweis antreten, dass Gender als fluides Wesen ganz ohne ein biologisches Geschlecht auskommt.

Gendertrouble hält Einzug im eigenen Haus

Wie sich zeigte, machte die sexuelle Vielfalt auch vor den Toren «meines Vereins» nicht Halt. Es erreichte uns die Kunde, dass XX (weiblicher Name) ab sofort XY (männlicher Name) genannt werden möchte, da er/sie/they non-binär sei. Nun hieß es in der Anrede in den Vereinsmails: «Liebe Frauen, hallo XY».

Ein männlich konnotierter Vorname in einem Lesbenverein, hervorgehoben durch eine Extraansprache? Das irritierte nicht nur mich. Immerhin verbergen sich dahinter Fragen, die das Selbstverständnis des Vereins berühren. Das sollte gerade neu justiert werden, da sich im und um den Verein herum viel verändert hatte. Es gab eine neue Geschäftsleitung, viele neue Projekte, drumherum die Sternchendebatte und dann auch noch Corona. Eine brisante Gemengelage, die alsbald ihre Dynamik entfaltete, deren Zutaten ich allerdings erst nach und nach begriff.

Von einer Mitfrau des Vereins erreichte uns ein Diskussionspapier zum Thema: «Was ist eine Frau?», und ich plädierte vereinsöffentlich für eine Diskussion darüber. Wie gesagt: Die Klärung des Vereinsprofils stand an und somit auch der Umgang mit XY als VertreterIn non-binärer Personen im Lesbenverein. Zur Diskussion darüber kam es allerdings nie, wohl aber zu einer vehementen Anklage von XY gegenüber denen, die ihrer/seiner Ansicht nach *über* ihn/sie/they statt *mit* ihm/ihr/they gesprochen haben. Er/sie/they mahnte mehr «Diskriminierungssensibilität» an, doch dann folgte sogleich der Austritt aus dem Verein, begleitet von weiteren Vorwürfen an die Adresse der Vereinsfrauen im Hinblick auf den beklagenswerten Umgang mit ihm/ihr/they. Sofort setzte ein Solidarisierungsprozess mit dem «Opfer» ein, und das war das letzte Wort zur Sache. Die Chance, in Sachen «Diskriminierungssensibilität» voneinander zu lernen, wurde vertan.

Der Fall hätte zu den unerledigten Akten gelegt werden können, wenn ... ja wenn sich nicht das Geschehen völlig unerwartet für mich auf einen ganz anderen Schauplatz verlagert hätte, nämlich auf Facebook. Der Auslöser: die Anklagen der Transphobie gegen J.K. Rowling, die weltweit erhoben wurden und auch mich erschütterten. Dazu gab es einen kritischen Kommentar von Till Amelung[5], immerhin ein Transmann, der weiß, wovon er redet. Diesen Kommentar schickte ich einer Mitfrau «meines Vereins», erklärtermaßen eine Queerfeministin, von der ich mir Aufklärung zu diesem Shitstorm erhoffte.

Was ich stattdessen erlebte, war der Beginn eines Shitstorms, in den ich plötzlich selber geriet. Denn die Angefragte reagierte nicht mit der erhofften Aufklärung,

---

5 Amelung, Till (2020): «Wann ist eine Frau eine Frau?», Zeit.online (zeit.de/kultur/2020-06-16)

sondern mit einer Fülle von Anklagen und Abwertungen, die sich nicht nur gegen den Autor, sondern auch gegen mich und andere Vereinsfrauen richteten.

Ich erfuhr, dass auch ich schuld sei am Austritt und an der Eskalation, weil ich mich *über* XY geäußert habe. Wann und wo blieb im Dunkeln, aber es war klar: *Über* jemanden zu reden ist ein schweres Vergehen, also versuchte ich, *mit* meiner Kritikerin ins Gespräch zu kommen und schrieb ihr eine Mail. Tenor: Bitte «keine Verurteilung ohne Begründung, damit wir offen und ohne Angst über das Selbstverständnis des Vereins reden können». Das stand für mich angesichts der aggressiven Tonlage auf dem Spiel, und ich versuchte zu entschärfen. «Ich freue mich auf den Dialog mit dir und die Beantwortung meiner Fragen», schrieb ich. Das allerdings war vergebliche Liebesmüh, denn die Antwort blieb aus, ganz zu schweigen von einem Dialog.

Stattdessen entdeckte ich auf ihrem Facebook-Account einen Kommentar, der mich umhaute, enthielt er doch eine Fülle von moralischen Anklagen, die jedes Mitglied der Community zum politisch Aussätzigen machen würde, vorausgesetzt, sie würden stimmen. Zwar wurde kein Name genannt, aber immerhin der Schauplatz bzw. die Ereignisse um das non-binäre Outing unseres Vereinsmitglieds und das vermeintlich skandalöse Verhalten einiger Vereinsfrauen. Diese wurden u.a. als «empathielos», «arrogant», «unverschämt» und «antifeministisch» gewürdigt. Miss Marple schloss messerscharf: Das kann nur «mein Verein» sein, und bei den «Angeklagten» muss es sich um die handeln, die sich dazu geäußert haben. Ich fühlte mich angesprochen.

Dass dieses Pamphlet mit über 80 Likes gewürdigt wurde, stachelte meinen Ärger an. Was mich beängstigte, war die Art und Weise, wie hier Feindbilder konstruiert wurden, die vor allem der Fantasie der Autorin entsprungen waren, die sich auf dem düsteren Hintergrund ihrer Verurteilungen als Lichtgestalt queerfeministischer Moral stilisieren konnte. Das bringt viele Likes, und darum geht es ja auch. Was wissen die LeserInnen schon um die wahren Hintergründe?

Also verfasste ich einen kritischen Kommentar und fragte sie: «Warum sprichst du nicht *mit* denen, *über* die du so gnadenlos urteilst?» Antworten auf meine Fragen? Fehlanzeige! Stattdessen wurde mein Kommentar umgehend gelöscht und im anschließenden Chat – ich hatte mich verwundert über das prompte Canceln geäußert – wurde ich mit Schmähungen überhäuft, die mein Selbstbild gehörig verdüsterten.

Inzwischen weiß ich, dass die Konstruktion von Feindbildern, die mit allen Mitteln bekämpft werden dürfen, sowie die Verweigerung inhaltlicher Diskussionen durchaus gängig sind in queerfeministischen Kreisen.[6] Ich erinnere mich noch mit Entsetzen, als ich zu einer Veranstaltung des LAZ reloaded e.V.[7] nur auf geheimgehaltenen Wegen kam, weil es Drohungen im Netz dagegen gab. Das schüchtert ein und nährt dieses furchtbare Freund(in)-Feind(in)-Denken, das jeden Zwischenton plattmacht und letztlich das Denken verbietet.

Exklusion statt Diskussion

Auch in Sachen «Ausschluss» sind die queerfeministischen Kämpferinnen gegen Ausschlüsse nicht zimperlich, wie ein «Manifest für Sichtbarkeit und Teilhabe für LSBTIQ*» jüngst dokumentiert. Es kursierte nach dem unsäglichen Boykott des Lesbenfrühlingstreffens 2021 in meinem Queerland und enthielt ein flammendes Bekenntnis zu «Inklusion und Solidarität», denn «Solidarität, Verbundenheit und Mitgefühl sind das Fundament unserer Community», ist da zu lesen. Schön wär's, kann ich dazu nur sagen! Denn ausgeschlossen von den Segnungen queerfeministischer Solidarität werden ausdrücklich die, denen vorgeworfen wird, sie seien es, die ausschließen. Kurios, aber wahr. Diese gehören auch zu den Lieblingsfeindinnen von Stephanie Kuhnen, einem nach eigenem Bekunden queerfeministischen Mitglied «meines Vereins» und Leiterin des Projekts «Lesbisch*.Sichtbar.Berlin»[8].

Wenn «Hass spricht»[9]

In einer öffentlichen Rede, nachzuhören auf YouTube[10], nimmt sie Lesben «mit der bizarren Eigenbezeichnung XX» ins Visier und diffamiert sie mit den bösartigsten Unterstellungen. Selbstverständlich ohne jede Begründung. Hier handele es sich um «eine biologistische Fiktion», die die Idee eines «reinen Frauenkörpers» vertritt, «der in seiner Logik direkt aus der Hölle der Vererbungs- und Rassenlehre stammt», verkündet sie.[11]

---

6 Siehe l'Amour laLove, Patsy (Hrsg.): *Beißreflexe. Kritik an queerem Aktivismus, autoritären Sehnsüchten, Sprechverboten*. Berlin 2017

7 LAZ reloaded, ein Verein, der anknüpft an die feministische Tradition des 1975 gegründeten LAZ (Lesbisches Aktionszentrum) Berlin.

8 Dieses Projekt wurde unter der Trägerschaft «meines Vereins» vom Senat gefördert. Stephanie Kuhnen war auch maßgeblich an der Veröffentlichung des erwähnten «Manifests der Spaltung und Ausgrenzung» beteiligt.

9 Titel eines Buchs von Judith Butler (*Hass spricht. Zur Politik des Performativen*. Frankfurt/Main 2006), in dem sie das Thema «Hate Speech» erörtert.

10 Stephanie Kuhnen. Rede auf dem 5. Regenbogenempfang der Stadt Mannheim, 5.8.2020, www.youtube.com/watch?v=TEI6z3xH-HU (ab Minute 35)

11 Ab Minute 45 ff.

Noch mal zum Mitschreiben: Lesben, die die Existenz zweier Geschlechter für real halten und ihre Liebe zu Frauen am gleichen Geschlecht festmachen, was sie durch ein XX symbolisieren, sehen sich im Spiegel der Rednerin als Vertreterinnen einer «rechten völkischen Erzählung», die Transmenschen zu «minderwertigen Geschlechtern deklassiert», sie «unsichtbar macht» und – noch eins obendrauf! – «vernichten» wollen.[12] Wörtlich!

Für diese mörderischen Taten schmoren sie nun, wenn es nach dem Strafbedürfnis der Rednerin geht, zu Recht «in der Hölle», und da gibt es auch kein Entrinnen. Denn es «nutzt nichts», dekretiert sie, «dass sich die XX-Vertreterinnen als feministisch und antifaschistisch verstehen wollen». Stephanie Kuhnen weiß es besser: Das «ist über Transfeindlichkeit bereits hinaus und schließt an den Antigenderismus einer AfD an», befindet sie, so als sei die Anerkennung der Zweigeschlechtlichkeit ein Alleinstellungsmerkmal rechtsradikaler Kreise.[13]

Das ist Hate Speech pur, und so habe ich diese Wutbürgerinnen des Queerfeminismus fürchten gelernt, die sich im Vollgefühl ihrer «fortschrittlichen» Moral das Recht nehmen, andere zu politisch Aussätzigen zu erklären und mit ebenjenem Hass zu verfolgen, den sie diesen unterstellen. Das nenne ich Projektion.[14]

Diese Arroganz queerfeministischen Aburteilens weckte all meine antiautoritären Impulse. Ich konnte und wollte das nicht so stehen lassen. Die Gattin runzelte die Stirn, fragte: «Muss das sein?», und kriegte ein trotziges «Ja!» zur Antwort. Mein furchtloses Role Model war sowieso dafür, und Miss Marple hatte auch noch Erklärungsbedarf. Also blieb ich am Ball.

Wie wir miteinander kommunizieren, bestimmt das Was

Gleichzeitig wurde mir klarer denn je: Die Art und Weise, *wie* wir miteinander kommunizieren, bestimmt das *Was*, die Inhalte, die zur Sprache kommen (dürfen). Ich wollte nicht, dass diese gewaltvolle Kampfrhetorik auf «meinen Verein» überschwappt und jede offene und angstfreie Diskussion über das zukünftige Selbstverständnis unmöglich macht.

---

12 Ab Minute 46 ff.

13 Offenbar ist ihr auch entgangen, dass es die sehr aktive Gruppe Lesben gegen Rechts gibt.

14 Der Fairness halber sei erwähnt, dass sie sich gleichermaßen gegen «radikalisierte, aggressive TransaktivistInnen» wendet. Das macht ihre abwertende und gewaltvolle Sprache gegenüber ihren Feindinnen aus der «XX-Welt» jedoch nicht besser.

Das teilte ich auch «meinem Verein» mit und gab allen Frauen den Chatverlauf zwischen mir und meiner «queerfeministischen Kontrahentin» aus dem Verein zur Kenntnis, damit sie sich selbst ein Bild machen können, was über sie verbreitet wird. Da glaubte ich noch an die Macht der Aufklärung. Doch der Zug war längst abgefahren, und er beschleunigte sich, als ich auf den Projektbericht unseres Vereinsmitglieds Stephanie Kuhnen stieß, der gerade auf der Website des Vereins veröffentlicht worden war und insofern als öffentliche Positionierung des Vereins verstanden werden musste.

Ihm entnahm ich, dass «mein Verein» offenbar inzwischen, ohne es zu merken, zu einem queeren Verein mutiert war, offen «für lesbische, frauenliebende, bisexuelle, trans- und intergeschlechtliche und queere Frauen».[15] So jedenfalls stand es dort. Das war mir neu, handelte es sich doch bisher laut Website um eine «offene Initiative lesbischer Frauen», die sich für «politische und gesellschaftliche Belange von Lesben» einsetzt.

«Wie kommt es zu dieser Diskrepanz zwischen dem offiziellen Selbstverständnis ‹meines Vereins› und der im Projektbericht erwähnten queerfeministischen Positionierung?», fragte ich mehrfach nach. Inzwischen tauchten immer mehr Sternchen in öffentlichen Verlautbarungen auf, und ich fürchtete eine queerfeministische Vereinnahmung des Vereins, bevor dieser sich überhaupt dazu äußern konnte. Auf dem Spiel stand die basisdemokratische Ausrichtung des Vereins, der den Mitfrauen – nicht den Mitarbeiterinnen – laut Satzung das Beschlussrecht über «grundsätzliche Angelegenheiten» einräumt. Dazu gehört natürlich auch das Bestimmungsrecht über das Selbstverständnis.

Eine Antwort auf meine Fragen, die ich auch an den Vorstand richtete, bekam ich nie. Sie wurden offenbar als Zumutung empfunden und riefen erregte Reaktionen hervor, als ich sie zum wiederholten Mal in einer Chatkonferenz vortrug, immer noch auf der Suche nach einer Antwort. Eine Mitarbeiterin beschuldigte mich diverser Vergehen, und alsbald meldete sich der Vorstand mit einer «Ermahnung» zu Wort, in der er diese Vergehen auflistete und sich von meinem vermeintlichen Fehlverhalten distanzierte. Alle Fragen nach den Begründungen für die gravierenden Anklagen verhallten im Nirwana des Schweigens. Es wurde behauptet, nicht be-

15 Projektbericht (2020) von Stephanie Kuhnen: «Empfehlungen des Projekts ‹Lesbisch*.Sichtbar.Berlin›», S. 3. Das Projekt war, wie bereits gesagt, ein von der Senatsverwaltung für Justiz, Verbraucherschutz und Antidiskriminierung gefördertes Projekt «meines Vereins».

gründet, wie so häufig in queerfeministischen Kreisen. Im Verein rumorte es allerdings gehörig. Der Vorstand ruderte denn auch alsbald zurück und entschuldigte sich mit Hinweis auf den Druck, unter dem er gestanden habe. Ich ahnte, woher der Druck kam, und konnte das Einknicken der Frauen gut nachvollziehen, allerdings aus naheliegenden Gründen nicht billigen.

Wie konnte es dazu kommen, dass ein bisher anerkanntes Mitglied des Vereins so schnell zu einer Unperson verkommt, der frau nur mit Abmahnungen und Disziplinierungen beizukommen versucht?, fragte ich mich. Das war nicht nur schlechtes Konfliktmanagement, sondern ein Politikum, denn dabei ging es um die Exklusion abweichender Stimmen[16], die ins moralische Abseits gestellt und zum Schweigen gebracht werden sollten. Statt *mit* mir zu reden, wurde *über* mich geurteilt, allen Bekenntnissen zu «respektvollen und solidarischen Umgangsformen» zum Trotz, die mir gegenüber heftig eingeklagt wurden. Aus dem Verein meines Vertrauens war eine Kampfarena geworden. Das machte mir Angst und bereitete mir schlaflose Nächte, war ich doch gerade dabei, meine politische Heimat und den Ort meiner persönlichen Zugehörigkeit zu verlieren. In meinem Alter kein Pappenstiel!

Die Gattin hatte gut zu tun, mich wieder aufzurichten. Die Pharmaindustrie half mit bewährten Mitteln, und auch mein furchtloses Role Model tat sein Bestes, mich an der Flucht zu hindern. Das wäre zwar der bequemste, aber nicht der einfachste Weg gewesen.

Ich wollte begreifen, was hier gerade passierte, und mir wurde klar: Was ich hier im Kleinen erlebe, ist das, was sich auch im Großen der Vielfaltscommunity abspielt und sich nicht zufällig am Thema «trans» festmacht. Denn Transpersonen sind für den Queerfeminismus KronzeugInnen dafür, dass Geschlechtsidentität auch ohne Sex bzw. die verpönte Biologie auskommt. Das macht sie zu Role Models der vom Sex befreiten Geschlechtervielfalt und leider auch zu unantastbaren Ikonen des transaktivistischen Queerfeminismus, die sich als die vermeintlich größten Opfer das Recht nehmen, Menschen der eigenen Community mit Verleumdungen und Boykotten niederzumachen.[17]

---

16 Ich war nicht die Einzige, die «abgemahnt» wurde.

17 Wobei daran erinnert sei, dass beileibe nicht alle Transpersonen sich von aggressiven TransaktivistInnen vertreten fühlen und ich das Eintreten für die Rechte von Transpersonen für selbstverständlich halte, vorausgesetzt es geht nicht auf Kosten der Rechte anderer Menschen (nicht nur in der Community).

Körper haben kein Geschlecht: Die entkörperte Frau

Bestärkt hat mich darin die Lektüre des Buches *Trans.Frau.Sein.* von Felicia Ewert, einer lesbischen Transfrau, die – ich traute meinen Augen kaum – ausgerechnet am Internationalen Frauentag im «Spinnboden», einem lesbischen Archiv, über «Transfeindlichkeit» referierte.[18] Soviel ich weiß, ist der Internationale Frauentag immer noch ein Kampftag für Frauen- und nicht für Transrechte. Derlei «Umwidmungen» des Frauentags halte ich für eine übergriffige Vereinnahmung feministischer Traditionen, noch dazu wenn sie zum «Kampftag» gegen FrauenLesben ohne Stern umfunktioniert werden.

Bei Felicia Ewert lernte ich, dass mit Transfrauen nicht zu spaßen ist. Im Vollgefühl ihres Opferstatus' als mehrfach Diskriminierte hat auch sie die Feindinnen fest im Visier. Das sind die sogenannten Cislesben, die den Cissexismus pflegen, weil sie daran festhalten, dass es ein biologisches Geschlecht gibt. Ihr Urteil: Solche «Feminismen» seien «ein Hort voll unreflektierter und offener Transfeindlichkeit» und ein «permanentes Sicherheitsrisiko» für Transpersonen.[19] Um diese Feindinnen alltagstauglich zu markieren, werden sie Terf *(trans-exclusionary radical feminists)* genannt und als transphob denunziert. Transphobie und der Vorwurf des Ausschlusses aus lesbischen Kreisen sind die moralischen Keulen, mit denen «Ungläubige» zum Schweigen gebracht werden sollen.

Also moralisch gerüstet, exekutiert sie ihr queeres Weltbild in einer Sprache, die unmissverständliche Vorgaben enthält: «Cissexismus ist der Schluss vom Körper auf das Geschlecht», und das sei ein «gewaltvoller Akt», weil er Transpersonen ein Geschlecht oktroyiert, das diese ablehnen. Der Merksatz lautet: «Eine Frau ist eine Frau, egal was sie trägt, wie ihre Stimme klingt oder was sie mit ihrem Körper macht.»[20] «Wenn Person eine Frau, dann Körper einer Frau!»[21] Natürlich auch mit Penis bzw. dem entsprechenden «Intimbausatz», wie sie es nennt.

Wir schließen die Augen und murmeln: Klar, reine Ansichtssache, auch wenn die Ansicht da einige Zweifel hinterlässt. Die werden durch den energischen Unterton vom Tisch gefegt. Es ginge schließlich ja nur um einen «vermeintlichen Körper»,

---

18 Ewert, Felicia: *Trans.Frau.Sein. Aspekte geschlechtlicher Marginalisierung.* Edition Assemblage, Münster 2020. Sie bezeichnet sich selbst als «queerfeministische Frau, die transgeschlechtlich» ist (S. 63), und ist «Mutter» eines Kindes, das sie mit ihrer Frau gezeugt hat.

19 Ewert, a.a.O., S. 122 f.

20 Ewert, a.a.O., S. 48

21 Ewert, a.a.O., S. 31

dessen «Organstatus» überhaupt nichts über das Geschlecht des «Organträgers» aussagt.[22] Der Schluss vom Körper auf das Geschlecht ist zu unterlassen, und deswegen «kann eine Frau auch ausgeprägte Brüste und Penis haben».[23]

Wer hätte das gedacht! Bin ich doch bisher, wie 99,99% der Menschen in diesem Lande, davon ausgegangen, dass die Zugehörigkeit zu einem Geschlecht sich durch weiblich oder männlich definierte Körpermerkmale auszeichnet. Das behalte ich aber lieber für mich. Ich will es mir ja nicht gleich mit Felicia verderben.

Die imaginierte Weiblichkeit

Ihr Wunschgeschlecht heißt «Frau». Auf gefühlt jeder zweiten Seite hämmert sie uns ein: «Ich bin eine Frau, und ich möchte mein Frausein leben und erleben können.»[24]

Ich will das ja glauben. Aber was ist das «Frausein», das da gelebt werden soll? Das Dasein an der Kasse von Rewe sicher nicht. Und noch etwas: Ist die Kategorie «Frau» seit Judith nicht längst als patriarchal kontaminiert entlarvt und im Orkus der Dekonstruktion verschwunden?, frage ich dich, Felicia. Auf welche Konstruktion von «Frau» berufst du dich da, und wo bleibt die Absage an das binäre Geschlechtermodell, das zum queeren Glaubensbekenntnis gehört? Das Ufer der Geschlechter zu wechseln schafft die Binarität ja nicht ab, sondern betont sie eher. Kein Anlass zum Jubel für mich als Uraltfeministin.

Mich überkommt der Verdacht, dass du gar nicht weißt, wovon du redest. Wer das Frausein so vorbehaltlos bejubelt, fürchte ich, hat ein Wunschbild vor Augen, nicht die Realität von Frauen im Patriarchat. Deswegen, ich bleib' vorsichtshalber bei mir: Was für dich der Ort deiner Sehnsucht ist, ist für mich der Ausgangspunkt meiner Flucht, raus aus den Zwängen und Zumutungen, die das Frausein für meinesgleichen parat hält. Schuld daran ist allerdings nicht mein biologisches Geschlecht, sondern schuld sind die, die es zum Vorwand für sexistische Diskriminierung benutzen. Stichwort: Patriarchat.

Deshalb mein Merksatz: Wenn Schluss von Anatomie auf Gender, dann Biologismus! Diesen Biologismus lehne ich natürlich ab. Aber warum soll ich gleich die Tatsache zweier biologischer Geschlechter leugnen, nur damit du dich anerkannt

22 Ewert, a.a.O., S. 25
23 Ewert, a.a.O., S. 30
24 Ewert, a.a.O., S. 137

fühlst? Das will ich ja gerne tun, doch das geht auch ohne diese Verleugnung. Ich denke: Das Bedürfnis nach Anerkennung ist ein legitimes, das nach Verleugnung nicht!

Außerdem fürchte ich, dass dem Queerfeminismus der Feminismus abhandengekommen ist, denn der Verzicht auf die Kategorie Sex käme einer Erkenntnisreduktion gleich. Aus dem Blick geriete das Geschlecht als Strukturkategorie, d.h. die Verbindung von Geschlechtskörpern und patriarchalen Verhältnissen sowie die Konsequenzen, die das für Frauen hat – alles zutiefst feministische Themen, die sich um die Ausbeutung, die Aneignung und die Zurichtung des weiblichen Körpers drehen und deren «Abschaffung» auf der feministischen Agenda steht. Die «Abschaffung» der Zumutungen wohlgemerkt, nicht der Geschlechter.

Freiheit, die ich meine: Raus aus den Rollen, nicht aus den Geschlechtern!

Während du, Felicia, das Geschlecht ignorieren oder sonst wie bearbeiten willst, plädiere ich für ein «Raus aus den Rollen, nicht aus den Geschlechtern!». Als Frau möchte ich nicht mein Geschlecht verleugnen, um ein freier Mensch zu sein. Stattdessen möchte ich die Rollenzwänge abschaffen, die mich und meinesgleichen daran hindern, mein volles Potenzial als Mensch zu entfalten. Es gilt: «Sex is *why* we are oppressed, gender is *how* we are oppressed.» Beides gehört leider zusammen im Patriarchat.

Als Feministin kann ich nicht davon absehen, dass du als Transperson eine andere Erfahrungs- und Diskriminierungsgeschichte hast als ich und daher auch andere Lösungen auf deiner Befreiungsagenda stehen. Deswegen können Transpersonen auch keine Role Models für mich sein, die mir den Weg der Befreiung weisen. Das schließt selbstverständlich nicht aus, dass ich mich für ein gleichberechtigtes Dasein aller Menschen einsetze, egal wie sie sich definieren.

Allerdings glaube ich nicht, dass das Recht auf geschlechtliche Selbstbestimmung ein revolutionärer Akt ist, der das Zweigeschlechtersystem aus den Angeln hebt, auch wenn das in queerfeministischen Kreisen noch so oft behauptet wird.[25] Was ich stattdessen beobachte, ist das Paradox eines Bedeutungsverlusts von Geschlecht bei gleichzeitiger Stabilisierung der Geschlechterordnung. Die zeigt

---

25 Siehe dazu Soine, Stefanie: «Queer als Herausforderung: Lesben zwischen Heterosexismuskritik und Lifestyle.» In: *Feministische Beiträge zur Theorie und Praxis*, H. 52/1990, S. 9 ff.

sich nämlich wenig beeindruckt von Transitionen und eigenwilligen Definitionen. Hauptsache, es gibt Männer und Frauen, die sich unterscheiden. Warum sollten nicht auch Transfrauen, die das Frausein preisen und sich um die stereotype Darstellung der Weiblichkeit bemühen, dazu gehören? Das Patriarchat hat es eher auf mich und meinesgleichen abgesehen, die das Frausein im Patriarchat als Zumutung kritisieren.

Und weil ich schon mal beim Thema Differenzen bin, noch ein brisanter Punkt: «Ich bin eine Frau, genauso eine wie ihr», rufst du uns «Cisfrauen» zu, und wenn ihr das nicht vorbehaltlos anerkennt, seid ihr meine Feindinnen. Ende der Durchsage und Beginn einer Kampfansage, die jedes Gespräch über Differenzen und Differenzierungen unmöglich macht, und das – so viel zur Ironie der Geschichte – ausgerechnet in einem politischen Milieu, das sich ständig auf die Unterschiede zwischen den Identitäten beruft, die es vorbehaltlos zu akzeptieren gilt.

«Aber nicht wenn ‹Cisfrauen› sie markieren», korrigiert die schlaue Miss Marple. «Aber sie unterscheidet doch selbst zwischen cis und trans», halte ich bockig dagegen. «Wieso darf ich das nicht?» «Weil du dann eine Terf und transphob bist», erwidert Miss Marple, womit sie leider recht hat, zumindest wenn frau transaktivistischer Propaganda glaubt.

Und nun noch etwas, was mich irritiert, Felicia. Du behauptest, die Anerkennung der Zweigeschlechtlichkeit komme einem «Todesurteil» gleich, und Transpersonen wird damit das «Existenzrecht» genommen.[26] Wie kommst du darauf, noch dazu mit Blick auf systematische Femizide[27] und ein Land, das wirklich massenhaft «Existenzen» ausgelöscht hat? Die hatten allerdings vor ihrem Tod nicht die Chance zu transitionieren und über ihr Existenzrecht zu debattieren.

Ich weiß: Die Skandalisierung der eigenen Probleme gehört zu jeder politischen Kampfrhetorik. In dieser Maßlosigkeit an diesem Platz erscheint sie mir jedoch völlig unangemessen, um nicht zu sagen zynisch denen gegenüber, deren Leben wirklich massenhaft bedroht war und ist. Der Zweck heiligt nicht jedes Mittel! Auch nicht im Transaktivismus.

---

26 Ewert, a.a.O., S. 104

27 Ca. 130 pro Jahr in diesem Land. Kurz zur Erinnerung: Ein weibliches Geschlecht zu haben bedeutet für viele Frauen ein Todesurteil, noch bevor sie geboren wurden (z.B. in Indien).

Wer Vielfalt will, muss Brücken bauen

Wenn ihr mich jetzt fragt, wie hältst du es denn nun mit der Vielfalt nach all diesen ernüchternden Erfahrungen, dann denke ich: Ja, das Zauberwort Vielfalt hat sich für mich entzaubert. Nicht im Himmel der Visionen, wo es nach wie vor seinen Platz hat, wohl aber hienieden in der Realität meiner queeren Heimatstadt, wo die Vision kurzerhand zur Realität erklärt wird und zum Regime unerbittlicher Forderungen statt einvernehmlicher Lösungen verkommt. Was nämlich bei diesem «bezaubernden» Wort verschwiegen wird, sind die Voraussetzungen, die es braucht, um sie für *alle* Beteiligten und nicht auf Kosten anderer lebbar zu machen.

Deswegen: Wer die Vielfalt preist, sollte beizeiten an den Brückenbau denken. Denn Vielfalt bedeutet Unterschiede, und die sind dazu angetan, Konflikte zu erzeugen, die wiederum in die Abgründe unüberbrückbarer Differenzen führen, wie derzeit überall zu erleben ist. Sind die Kommunikationsbrücken erst einmal gebrochen, herrscht das Recht des Stärkeren. Das sind in unserem Fall paradoxerweise die, die sich für die Schwächsten halten und daraus das Recht herleiten, den Kampf um jeden Preis zu führen. Nicht nur für ihre Rechte, sondern ebenso vehement gegen Personen aus den eigenen Reihen, so als wären diese schuld an ihrem Leiden.

Was sich da in der vielfältigen Community offenbart, ist die Konsequenz der Illusion, dass wir alle als sexuelle AbweichlerInnen gleich betroffen sind von Diskriminierung und Ausschluss. Das stimmt nicht, wie ein Blick auf die realen Verhältnisse im Patriarchat zeigt. Diese Verwechslung von kategorialer Vision und machtvoller Realität ist die Grundlage einer für den Queerfeminismus typischen Dekontextualisierung gesellschaftlicher Verhältnisse, und sie geht zulasten der FrauenLesben, deren Zugehörigkeit zum weiblichen Geschlecht ihnen auch hier zum Nachteil gereicht. Das kann ich als Feministin nicht ignorieren, und deswegen muss darüber geredet werden. Ohne Tabus und Verunglimpfungen. Wie gesagt: Aufs *Wie* kommt es an!

Wer Vielfalt will, muss Differenz wahrhaben … auch in den eigenen Reihen

Vielfalt setzt voraus, Differenz wahrzuhaben, ohne in die Abgründe unüberbrückbarer Differenzen zu stürzen. Ich weiß: Leichter gesagt als getan. «Aber was ist die Alternative?», frage ich euch. Der Kampf um jeden Preis, der mich trotz meines wackeren Begleiters das Gruseln gelehrt hat? Das kann es nicht sein! In meinem Alter kann ich mir das nicht mehr leisten, und ich habe auch keine Lust, die Pharmaindustrie ständig zu «subventionieren». Wir müssen kommunikativ abrüsten, und wir brauchen Safe Spaces für angstfreie Kommunikation. Auf allen Seiten! Im Kanonendonner lässt es sich nicht angstfrei nachdenken, und das wäre wichtiger denn je.

Ein Blick in das Denken einer hoffnungslosen Idealistin

Deswegen zum Schluss ein intimer Einblick in das Denken einer hoffnungslosen Idealistin, die daran festhält, dass politische Verständigung auch ohne Gruseln klappt. Wir haben als FrauenLesben mit oder ohne Stern Gemeinsamkeiten, weil wir vor den gleichen Herausforderungen patriarchaler Gewaltverhältnisse stehen, wenn auch von unterschiedlichen Positionen aus und mit unterschiedlichen Konsequenzen für unser Leben. Vielfalt zu leben heißt, diese Unterschiede wahrzuhaben, die sich aus den unterschiedlichen Positionen ergeben, und trotzdem auf Augenhöhe zu kooperieren. Es geht um eine «Politik der egalitären Differenz»[28], die mit den Worten von Soine[29] «weder Hierarchien, Entwertung, Ausgrenzung und Unterdrückung entnennt noch übersieht, dass es trotz trennender Erfahrungen Gemeinsamkeiten gibt, und die auch nicht leugnet, dass wir sowohl auf persönlicher als auch auf politischer Ebene darauf angewiesen sind, Identitäten auszubilden, sollen Handlungsfähigkeit und Einspruch gewährleistet sein».

«Soziale Freiheit, also die Möglichkeit, ohne Angst verschieden zu sein, ist das Ziel universaler und umfassender Emanzipation»[30], habe ich neulich gelesen, und sie ist der Lackmustest für das Funktionieren von Vielfalt. Dazu braucht es die Verklammerung von Differenz und Gemeinsamkeit. Nur Differenz spaltet, und die Behauptung, wir seien alle gleich, macht Ungleiche unsichtbar. Dafür stehe ich nicht ein.

Deshalb noch ein Wort an Felicia: Genauso wie ich deine Existenzform wahrhabe, möchte ich, dass du meine anerkennst und nicht verleumdest. Trans- und sogenannte Cisfrauen können, ja müssen koexistieren und gegebenenfalls auch kooperieren. Wie und in welcher Form müssen sie selbst für sich entscheiden. Zusammenkünfte, die der Selbstvergewisserung im Kreis der Gleichbetroffenen dienen, sind deswegen kein feindseliger Akt, sondern eine wichtige Voraussetzung, um Klarheit über die eigenen Interessen und Wege der Kooperation zu finden. Das gilt sowohl für sogenannte Cis- als auch für Translesben. Kooperation erfordert den

---

28 Prengel, Annedore: «Annäherung an eine egalitäre Politik der Differenzgedanken gegen Sexismus und Rassismus». In: *Beiträge zur feministischen Theorie und Praxis,* H. 27/1990, S. 127 ff.

29 Soine, a.a.O., S. 22

30 Hayner, Jakob: «Schutzräume. Der Ausschluss von Denken und Welt?». In: EMMA, Juli/August 2017, S. 73

Brückenbau von beiden Seiten, der eine Begegnung auf Augenhöhe zulässt. Nur so können wir respektvoll miteinander kommunizieren. Das wünschen wir uns ja erklärtermaßen beide, und das wäre doch schon mal ein gemeinsamer Ausgangspunkt für ein Gespräch miteinander. Wie wär's mit einem Treffen auf dem nächsten LFT mit allen, die diesen Anspruch der Fairness im Umgang miteinander teilen? Denn eines möchte ich zuletzt noch hinzufügen: Ich bin nicht transphob. Ich bin gewaltphob, und das ist ein himmelweiter Unterschied! Ich gehe davon aus, dass wir uns da einig sind.

Detransition

Sabet

Was ist eine Detransition/Transition?

Detransition ist das Gegenteil von Transition. Transition bedeutet, dass sich jemand in seiner Geschlechterrolle nicht wohlfühlt und/oder sich mit den eigenen körperlichen Geschlechtsmerkmalen nicht wohlfühlt und daher etwas verändern möchte. Dieses Unwohlsein mit der Geschlechterrolle und/oder körperlichen Geschlechtsmerkmalen wird auch als Genderdysphorie bezeichnet.

Personen, die transitionieren, lassen sich zum Beispiel mit dem Pronomen des anderen Geschlechts ansprechen, wählen einen Vornamen des anderen Geschlechts, nutzen die typischen Räume des anderen Geschlechts (Umkleiden und Toiletten) und gleichen sich in der Kleidung und dem Auftreten dem anderen Geschlecht an.

Zudem gibt es medizinische Optionen, sich dem anderen Geschlecht anzugleichen. Diese sind z.B. die Einnahme von gegengeschlechtlichen Hormonen, d.h. Testosteron für biologische Frauen (aka «Transmänner») und Östrogen für biologische Männer (aka «Transfrauen»).

Zudem wird ein breites Spektrum an Operationen angeboten, um sich dem anderen Geschlecht anzugleichen. Das sind im Fall von biologischen Frauen Mastektomie (Brustabnahme), Hysterektomie (Gebärmutterentfernung), Ovarektomie (Eierstockentfernung) und Penoidaufbau (Nachahmung des Penis, Hautentnahme zumeist am Unterarm oder Schenkel).

Rechtlich gesehen kann man den eingetragenen Personenstand (männlich, weiblich, «leergelassen», divers) gerichtlich ändern lassen. Dann richten sich die «Rechte und Pflichten» nach dem «neuen Geschlecht», solange dies nicht anders durch ein anderes Gesetz bestimmt wird.[1]

Detransition ist, wie bereits geschrieben, das Gegenteil von Transition, d.h., dass man mit der Angleichung an das jeweils andere Geschlecht aufhört (oder z.B. «einfach» die künstlichen Hormone absetzt).

Anstieg von Transitionen seit 2013

Seit 2013 steigen die Fälle von Transitionen weltweit rapide an, vor allem unter weiblichen Jugendlichen und Männern um die 40 (wobei ich mich hier auf biologische Frauen konzentrieren möchte).

---

1 https://www.gesetze-im-internet.de/tsg/__10.html

Die Tavistock-Klinik ist für alle Minderjährigen mit Genderdysphorie im Vereinigten Königreich zuständig. Die Klinik verzeichnet in den letzten Jahren einen drastischen Anstieg an Transitionen, dabei ist der Anstieg von biologisch weiblichen Patientinnen um einiges stärker als der der männlichen.[2]

In Kanada lässt sich ebenso ein starker Anstieg an Transitionen erkennen, dabei sind jedoch die weiblichen und männlichen Jugendlichen zusammengefasst.[3] Ähnliches sieht man auch in den USA, wo die Anzahl an durchgeführten Mastektomien aufgrund von Genderdysphorie seit 2016 einen starken Anstieg verzeichnet.[4] Die Zahlen stiegen auch im Jahr 2020 noch an. Von 2017 bis 2020 gab es laut der American Society of Plastic Surgeons (amerikanische Vereinigung für Schönheitschirurgen) ca. 28 500 Mastektomien aufgrund von Genderdysphorie in den USA. In Deutschland gibt es leider keine zentrale Erfassung der Anzahl von Minderjährigen, die eine Transition anstreben oder begonnen haben.[5] (Allerdings über die Anzahl von geschlechtsangleichenden OPs, die durch die Krankenkasse übernommen wurden.)

Für den Anstieg von Transitionen gibt es unterschiedliche Erklärungen. Transaktivisten sagen, dass sich erst seit 2013 Personen offen trauen, sich als trans zu outen und somit die Transition anzustoßen. Kritische Stimmen sagen wiederum, dass viele weibliche Teenager versuchen, der weiblichen Rolle zu entfliehen, indem sie transitionieren. Viele von ihnen sind lesbisch, depressiv und/oder magersüchtig.

Fernsehdokumentation über Detransition

Das öffentlich-rechtliche schwedische Fernsehen hat in einer investigativen Journalismusserie die Dokumentation *Trans Train* (Trans Zug) herausgebracht. Derzeit gibt es davon drei Folgen. Die kann man sich auf YouTube in Schwedisch mit englischen Untertiteln anschauen.[6]

In der ersten Folge geht es um eine weibliche Detransitioniererin (d.h., sie hatte medizinische Schritte zur Angleichung vollzogen und dann detransitioniert). In der

---

2 https://www.researchgate.net/publication/324768316_Sex_Ratio_in_Children_and_Adolescents_Referred_to_the_Gender_Identity_Development_Service_in_the_UK_2009-2016

3 https://transyouthcan.ca/

4 American Society of Plastic Surgeons, https://www.plasticsurgery.org/documents/News/Statistics/2020/body-contouring-gender-confirmation-2020.pdf

5 Wissenschaftliche Dienste des deutschen Bundestages, https://www.bundestag.de/resource/blob/673948/6509a65c4e77569ee8411393f81d7566/WD-9-079-19-pdf-data.pdf, Seite 37

6 Teil 1 von *Trans Train*, https://www.youtube.com/watch?v=sJGAoNbHYzk&t=3078s

weiteren Folge[7] geht es um eine Desisterin (d.h. sie hatte sozial transitioniert, also keine medizinischen Schritte unternommen und anschließend «desisted» [davon abgelassen]). In der derzeit dritten und letzten Folge[8] geht es um eine Transfrau, die offen davon spricht, dass sie womöglich auch gut als schwuler Mann hätte leben können. In allen drei Folgen kommen zusätzlich Fachpersonen zu Wort, d.h. klinische PsychologInnen, EndokrinologInnen, ProfessorInnen, die sich mit Gender befassen etc. Auch Pubertätsblocker und medizinische Folgen der Transition werden kritisch beleuchtet. In Schweden selbst kann man die Folgen derzeit nicht sehen, da es zu einer Klage durch eine Transperson kam, deren Elternteil sich in der Dokumentation offen über die Transition der Tochter äußerte.

Der Gerichtsfall Keira Bell

Im Vereinigten Königreich kam es zu einem Gerichtsfall gegen die Tavistock-Klinik. In der Tavistock-Klinik werden minderjährige Teenager behandelt, die eine Genderdysphorie aufweisen. Keira Bell, eine 23-jährige Detransitioniererin, sagte aus, dass die Behandlung in der Tavistock-Klinik nicht ausreichend war. Zum einen habe sich niemand für ihren psychischen Zustand und dessen Hintergründe (z.B. Alkoholsucht der Mutter, drohende Obdachlosigkeit) interessiert, zum anderen sei sie über die medizinischen Konsequenzen der Transition nicht ausreichend aufgeklärt worden.

Das Gericht sichtete darauf sämtliche Fachpublikationen zum Thema Genderdysphorie und stellte fest, dass die Behandlung mit Pubertätsblockern (PB) nicht hinreichend untersucht ist. Die sogenannten Pubertätsblocker blockieren einen Botenstoff, der für das Fortfahren der Pubertät zuständig ist. Das Medikament selbst ist für das Blockieren der Pubertät nicht zugelassen. Es handelt sich um einen sogenannten Off-Label-Use, was bedeutet, dass eine bekannte Nebenwirkung eines eigentlich für andere Zwecke entwickelten Medikaments verwendet wird.

Zudem zeigen sämtlich Studien zu Pubertätsblockern auf, dass wenn diese verschrieben werden, die Entscheidung zur Transition bereits gefällt wurde. Dass es sich um einen sogenannten «Pausenbutton» handelt, mit dem sich Jugendliche noch länger überlegen können, ob sie transitionieren wollen, lässt sich in den Studien nicht erkennen. Ältere Studien[9] zeigen, dass bei Gruppen, die Genderdysphorie aufweisen und denen keine Pubertätsblocker verschrieben werden,

---

7 Teil 2, https://www.youtube.com/watch?v=73-mLwWIgwU
8 Teil 3, https://www.youtube.com/watch?v=W3WqLT9NEnU&t=101s
9 Jungen mit Genderdysphorie, https://pubmed.ncbi.nlm.nih.gov/33854450/

sich die Genderdysphorie häufig über die Zeit auflöst – Kontrollgruppen fehlen bei neueren Untersuchungen.

Auch die Auswirkungen der Pubertätsblocker auf das Gehirn sind nicht ausreichend geklärt. Eine nachgewiesene Nebenwirkung ist jedoch, dass die Knochendichte, anders als bei Gleichaltrigen ohne Pubertätsblocker, nicht zunimmt, was eine größere Gefahr für Osteoporose im Alter bedeuten kann.

Da sich im Vereinigten Königreich nur über 16-Jährige für gegengeschlechtliche Hormone entscheiden können, Pubertätsblocker aber in 98% der Fälle zu gegengeschlechtlichen Hormonen führen, folgerte das Gericht, dass sich unter 16-Jährige sehr unwahrscheinlich für Pubertätsblocker entscheiden können.[10] Die Tavistock-Klinik ist bereits in Revision gegangen, und Ausnahmen für unter 16-Jährige sind ebenfalls derzeit möglich.

Anzahl von Detrans Personen

Die Anzahl derjenigen, die sich für eine Detransition entscheiden, unterliegt immer wieder Spekulationen. Es gibt ältere Studien[11] (vor dem Anstieg der Transitionen ab 2013), die zeigen, dass es nur eine sehr geringe Anzahl an Detransitionen gibt. Jedoch wird in der Dokumentation *Trans Train* die Frage aufgeworfen, ob es sich nicht um eine komplett andere PatientInnengruppe handelt. Auch das Symptom des ROGD[12] (Rapid Onset Gender Dysphoria bzw. plötzlich eintretende Genderdysphorie) ist neu. Früher handelte es sich um eine PatientInnengruppe, die bereits in der Kindheit äußerte, dass sie gerne das andere Geschlecht wäre. Die heutige PatientInnengruppe bemerkt dies erst in der Pubertät oder sogar später im Leben. Häufig werden dann die Lebensgeschichten narrativ so hingebogen, als habe es sich um eine Genderdysphorie ab der Kindheit gehandelt.

Es gibt ebenfalls Studien seit 2013, jedoch muss die Aussagekraft dieser in Frage gestellt werden. Hier ein paar Beispiele:

- Die U.S. Transgender Survey[13] hat 2015 in den USA stattgefunden. Hier wurden ca. 27 700 Transpersonen zu ihrer Transition und ihren Lebensumständen befragt. Unter anderem wurde gefragt, ob sie denn einmal detransitioniert hätten. Hier gaben 0,4% an, dass sie dauerhaft detransitioniert hätten. Es ist überhaupt

---

10 Urteil Gerichtsfall Keira Bell, https://www.judiciary.uk/judgments/r-on-the-application-of-quincy-bell-and-a-v-tavistock-and-portman-nhs-trust-and-others/

11 https://link.springer.com/article/10.1007%2Fs10508-014-0300-8

12 Lisa Littman über ROGD, https://journals.plos.org/plosone/article?id=10.1371/journal.pone.0202330

13 https://www.ustranssurvey.org/reports

erstaunlich, dass 0,4% der TeilnehmerInnen an der Studie Detrans waren, denn eigentlich waren sie gar nicht Teil der Zielgruppe. Demnach ist die Zahl nicht repräsentativ.

- Es gab eine Befragung von Chirurgen[14] zu Detransition im Jahr 2016. 0,27% von ca. 22 700 von Genderdysphorie betroffene Personen hatten sich nach der Operation erneut an ihren Chirurgen gewandt und Bedauern über ihre Entscheidung zur Operation geäußert. Die Frage bleibt offen, wie häufig es vorkommt, dass eine Person, die sich durch eine angleichende OP geschädigt fühlt, sich nochmal an ihren Chriurgen wendet.
- Zudem gibt es Zahlen aus Behandlungszentren: In den Niederlanden gibt es beispielsweise ein zentrales Behandlungszentrum für alle Personen mit Genderdysphorie. Dort werden auch Zahlen zu Detransitionen erfasst. Nur ist zu vermerken, dass sich viele Detrans Personen dort im Nachhinein schlecht aufgehoben gefühlt haben und daher dort nicht mehr hingehen. Die Statistik ist somit verfälscht: Die Detrans Personen gehen lieber zur lokalen Endokrinologie als zur Genderklinik.

Somit kann man zusammenfassend sagen, dass es keine aussagekräftigen Daten über die Anzahl von Detrans Personen gibt. Sie unterliegen derzeit der reinen Spekulation. In sozialen Medien gibt es auf Reddit ein Forum r/detrans, das 19 000 Mitglieder hat. Dort wird sich über Detransition ausgetauscht. Allerdings sind auch diese Zahlen nicht aussagekräftig, da sich dort alle tummeln, die sich über das Thema Detransition informieren wollen (also auch Verwandte, Journalisten etc.).

Auch gibt es private Facebook-Gruppen, in denen sich Detrans Personen austauschen können.

Persönliche Geschichte/Rolle von Trans-Selbsthilfegruppen

Zu meiner persönlichen Geschichte möchte ich hier nicht viel schreiben. Nur so viel: Ich behaupte, wenn man zu einer Trans-Selbsthilfegruppe mit der Frage geht, ob man trans ist, dann ist die Wahrscheinlichkeit, dass man transitioniert, um einiges höher, als wenn man zu Hause bleibt.

Häufig werden in solchen Gruppen gesundheitliche Risiken kleingeredet bzw. man redet so häufig über Hormone und Operationen, dass einem gesundheitlich problematische Eingriffe fast schon alltäglich erscheinen. Über Rückschritte, chro-

14 https://journals.lww.com/prsgo/Fulltext/2018/08001/Abstract__A_Survey_Study_of_Surgeons__Experience.266.aspx

nische Schmerzen, Depressionen oder Detransitionen erfährt man selten etwas in der Selbsthilfegruppe.

Auch rechtliche Aufklärung, zum Beispiel was passiert, wenn man sich plötzlich gegen die Operation entscheidet, ist wichtig. Weitere Fragen könnten sein, was ein gutes Aufklärungsgespräch über die Risiken vor der Operation involviert etc.

Studie zu Detransition

Elie Vandenbussche, selbst Detrans, veröffentlichte im April 2021 eine Studie zu Detrans Personen.[15] 237 Personen, hiervon 217 biologische Frauen, wurden online zu ihrer Detransition befragt. Die Studie ist gegliedert nach medizinischen, psychologischen, rechtlichen und sozialen Bedürfnissen (100% sind die 237 TeilnehmerInnen).

Medizinische Bedürfnisse:

- Genaue Informationen zum Absetzen oder Ändern der Hormonbehandlung (49%)
- Hilfe bei Komplikationen im Zusammenhang mit Operationen oder Hormonbehandlungen (24%)
- Informationen und Zugang zu Operationen/Verfahren, um die Transition rückgängig zu machen (15%)

Psychologische Bedürfnisse:

- Komorbide psychische Probleme im Zusammenhang mit der Geschlechtsdysphorie verarbeiten (65%)
- Lernen, mit der Geschlechtsdysphorie umzugehen; Alternativen zur medizinischen Transition finden (65%)
- Lernen, mit dem Gefühl von Reue umzugehen (60%)
- Lernen, mit den neuen körperlichen und/oder sozialen Veränderungen im Zusammenhang mit der Detransition umzugehen (53%)
- Lernen, mit internalisierter Homophobie umzugehen (52%)

Rechtliche Bedürfnisse:

- Zurückänderung des gesetzlichen Namens und/oder Personenstands (40%)
- Juristische Beratung und Unterstützung bei rechtlichen Verfahren aufgrund von ärztlichen Behandlungsfehlern (13%)

---

15 https://www.tandfonline.com/doi/full/10.1080/00918369.2021.1919479

Soziale Bedürfnisse:

- Von anderen Erfahrungen zum Thema Detransition zu hören (87%)
- Kontaktaufnahme zu anderen Detrans Personen (76%)
- Unterstützung beim Coming-out und beim Umgang mit negativen Reaktionen (57%)

Hervorzuheben ist, dass Detrans Personen sich vor allem mit anderen Betroffenen austauschen und deren persönliche Geschichte hören wollen. Plattformen hierfür sind z.B. post-trans.com, www.detransvoices.org, www.detranscanada.com, @FtMdetransed (Twitter)[16].

Nur 18% der TeilnehmerInnen fühlten sich ausreichend über die gesundheitlichen Folgen der Transition aufgeklärt (33% teilweise informiert, 45% nicht ausreichend informiert).

Über 50% der TeilnehmerInnen gaben an, von internalisierter Homophobie betroffen zu sein.

Zusätzliche psychologische Krankheiten, sogenannte Komorbiditäten, der TeilnehmerInnen sind Depressionen (70%), Angststörungen (ca. 60%), PTSD (ca. 30%), ADHS (ca. 25%), Autismus (20%), Essstörungen (ca. 20%), Persönlichkeitsstörungen, Zwangsgedanken, polyzystisches Ovarialsyndrom (physisch), dissoziative Störungen, Schizophrenie.

Gründe für die Detransition waren das «Erkennen, dass die Genderdysphorie mit anderen Problemen zusammenhängt» (70%), Gesundheitsbedenken (ca. 60%), dauerhafte Genderdysphorie trotz Transition (50%), Alternativen im Umgang mit Genderdysphorie gefunden (ca. 45%), unglücklich sein mit den sozialen Veränderungen (ca. 40%), Änderung der politischen Ansichten (ca. 40%), fehlende soziale Unterstützung bei der Transition (ca. 10%), finanzielle Bedenken (ca. 10%), Diskriminierung aufgrund der Transition (ca. 10%).

Das Durchschnittsalter der sozialen Transition bei Frauen liegt bei circa 18 Jahren. Die medizinische Transition erfolgte mit etwa 20 Jahren, die anschließende Detransition mit ca. 22 Jahren.

Hervorzuheben ist, dass 50% der Detrans Personen die Transition nicht bei ihrer Genderdysphorie geholfen hat und diese fortbesteht. Auch ist die «fehlende soziale Unterstützung bei der Transition» (10%) kein Hauptgrund für die Detransition (das wird häufig in sozialen Medien behauptet).

---

16 Detrans Voices https://twitter.com/FtMdetransed?s=20

Weitere Informationen zu Detransition

- Heft zu Detransition von post-trans.com . Das Heft kann auf der Seite bestellt und gedownloadet werden (deutsch/englisch/spanisch/französisch/niederländisch/schwedisch).[17]
- Podcast «Gender – A Wider Lens»[18] von Ayad und O'Malley
- Buch *Irreversible Damage: The Transgender Craze Seducing Our Daughters* von Abigail Shrier, Swift Press 2020
- Buch *Trans. When Ideology Meets Reality* von Helen Joyce, London 2021
- Wikipedia-Artikel zu Detransition (deutsch/englisch etc.)
- Artikel von Chantal Louis: «Von Frau zu Mann zu Frau». In: EMMA, Heft 2/2020

Aktuelle Politik (Stand August 2021)

Es gab in der letzten Legislaturperiode Gesetzesentwürfe der Opposition, eine Self-ID einzuführen (sogenanntes Selbstbestimmungsgesetz). (Das Wort «Selbstbestimmung» hierfür zu nutzen, ist ein genialer Schachzug, denn wer argumentiert schon gegen «Selbstbestimmung»?)

Das Gesetz hätte zur Folge, dass jede/r ab 14 Jahren beim Standesamt eine Änderung ihres/seines rechtlichen Geschlechts mit sofortiger Wirkung beantragen könnte. Das bedeutet biologische Männer im Frauengefängnis, biologische Männer im Frauensport, biologische Männer, die im Frauenstatut kandidieren.

Die Self-ID wird weltweit häufig an populärere Reformen gekoppelt. In der Schweiz und in Irland wurde die Self-ID an die *Ehe für alle* gekoppelt. In deutschen Gesetzesentwürfen wird Transidentität häufig an die «Abweichungen der Geschlechtsentwicklung» (inter) gekoppelt, obwohl es sich um zwei unterschiedliche Sachstände handelt.

Vor allem bedeutet die Self-ID aber auch, dass bei vielen angleichenden Operationen in Zukunft weniger hingeschaut wird, denn wenn die Person bereits rechtlich das Geschlecht geändert hat, warum soll sie die Änderung nicht auch chirurgisch vollziehen?

Gibt es hinreichende medizinische Richtlinien, die dagegenstehen und eine verantwortungsvolle medizinische Behandlung unterstreichen? All diese Fragen gilt es hoffentlich vorher zu klären.

---

17 https://files.cargocollective.com/c523136/01_Post-Trans_Booklet_DE.pdf
18 https://gender-a-wider-lens.captivate.fm/

The Granny Song
Rosemary Schonfeld

Once upon a time in a small village was a feminist who remembered what her grandmother told her about the year 1983.
Es war einmal eine Feministin in einem kleinen Dorf, die sich daran erinnerte, was ihre Großmutter ihr über das Jahr 1983 erzählte.

My Grandmother told me
When I was still quite young
That way back in 1983
When she was thirty one
Well she told me stories I just could not believe
And this is what she said to me
She said, «Child, they were building bombs that could
destroy the earth, and there was acid rain on the trees.
And when we raised our voices they said ‹it's all for the
economy›.
We did what we had to do, and we had to break the law
I'm not saying be like me, I'm just saying what we did it for.
You do what you have to do,
but don't sit back and let the world die.
Do what you have to do
But don't sit back and let the world die.
No no no no».

She said, «The rich got richer, the poor died younger.
Everybody lived on sugar beet.
And women were not safe in the street.
And the nuclear plants caused cancer
But the governments refused to answer.
And there were starving countries
Where women could not feed their babies,
While men sailed on their yachts in the sunny sees.
And no body thought they were to blame.
They said, ‹It's always been the same›.»
I can't believe all the things she said to me
Were happening back in 1983.

You do what you have to do
But don't sit back and let the world die.
Do what you have to do
But don't sit back and let the world die.

Was ist die «cotton ceiling»?
Angela Wild

Übersetzung: Doris Hermanns

Ich möchte erst einmal sagen, dass ich dem Orga-Team des LFT2021 extrem dankbar dafür bin, dass es diese wichtige Veranstaltung durchführt, vor allem für seine kompromisslose politische Haltung für Lesben, trotz des derzeitigen Klimas von wiederauflebender extremer Frauen- und Lesbenfeindlichkeit wie auch den Gewaltandrohungen und Versuchen, diese Veranstaltung zu verhindern. Ich bin dem Orga-Team des LFTs dankbar dafür, dass es standgehalten hat, und ich bin beeindruckt von der Integrität und Resilienz des Orga-Teams während dieser sicher extrem stressigen Zeit.

Für mich ist es undenkbar, dass eine Lesbenveranstaltung in der heutigen Zeit stattfinden könnte, ohne das Thema anzuschneiden, über das ich jetzt reden werde. Dennoch wird bei den meisten so genannten Lesbenveranstaltungen nie darüber gesprochen, wodurch eine der größten Bedrohungen, denen Lesben heutzutage ausgesetzt sind, ignoriert wird. Schweigen über sexuelle Gewalt ist nichts Neues. Vergewaltigungsopfer werden bekanntermaßen immer zum Schweigen gebracht. Wir müssen immer darum kämpfen, dass unsere Stimmen gehört werden, wenn wir Opfer sind. Wenn das Opfer eine Lesbe ist, können aufgrund der besonderen Unterdrückung, mit der Lesben konfrontiert sind, noch weitere Schwierigkeiten dazukommen. Die systematische Auslöschung von Lesben bedeutet, dass die Unterdrückung von Lesben weitgehend unsichtbar bleibt. Auch bedeutet der patriarchale Mythos, dass Lesben «wie Männer» sind, dass Lesben häufig als sexuell gierig und als Täter dargestellt werden, wie Männer es sind, aber auch, dass Lesben keine sexuelle Gewalt erleiden. Wie ich aufzeigen werde, ist dies nicht der Fall.

Es ist zwingend notwendig, dass über die sexuelle Gewalt, der Lesben in der LGBT-Community ausgesetzt sind, gesprochen wird, dass sie aufgedeckt und bekämpft wird. Feministinnen haben immer schon über schwierige Themen gesprochen und gegen das Schweigen gekämpft. Keine Beschimpfung oder Drohung wird mich je davon abhalten.

Sprache

Ich möchte auch besonders auf die Sprache eingehen. Diese Bemerkungen mache ich immer, wenn ich über Transgenderismus und seinen Einfluss auf Frauen und

Lesben spreche: Um eine klare politische Analyse zu ermöglichen, die auf dem biologischen Geschlecht basiert und nicht auf Gender (also dem sozialen Geschlecht), die auf materieller Realität basiert und nicht auf Ideologie, und als feministische Widerstandserklärung, verweigere ich die Benutzung patriarchaler queerer Sprache, die vorschreibt, dass wir die bevorzugten Pronomen respektieren sollen, wenn diese Pronomen dem biologischen Geschlecht der Person widersprechen. Ich stimme der Genderideologie nicht zu. Ich benutze keine «bevorzugten Pronomen». Ich benutze Pronomen, die sich auf das biologische Geschlecht der Person beziehen, und bezeichne Männer daher immer als Männer, auch wenn sie sich als etwas anderes identifizieren. Der Grund, warum ich das mache, ist, dass die Durchsetzung von bevorzugten Pronomen eine Form von erzwungener Rede ist, die darauf abzielt, die patriarchale Ideologie einzuhalten. Die Durchsetzung von bevorzugten Pronomen ist eine Form von Gaslighting.[1] Sie wollen, dass wir die biologische Realität, von der wir alle wissen, dass sie existiert, ignorieren. Es ist eine Form von emotionalem Missbrauch und eine Form der Gedankenkontrolle. Wie ich später aufzeigen werde, ist dies keine Panikmache, sondern eine von Tätern bewusst eingesetzte Strategie.

Was ist eine Lesbe?

Um die «cotton ceiling», die Baumwollgrenze[2], zu verstehen, müssen wir uns die Bedeutung des Wortes «Lesbe» anschauen. Um dies zu tun, muss ich euch auf eine linguistische und ideologische Reise zurück in der Zeit mitnehmen. In ihrem Buch *Gender Trouble* von 1990 (deutsch: *Das Unbehagen der Geschlechter,* 1991, DH) beschloss Judith Butler, dass die Kategorie «Frau» politisch irrelevant geworden sei. Butler glaubt, dass «Frau» ein Gedankenkonstrukt ist, keine materielle Realität. Sie geht davon aus, dass aufgrund der zahlreichen Variablen der Kategorie «Frau» (wie Ethnizität, Klasse usw.) niemand mehr wisse, was eine Frau ist. Daher stammt die Verschiebung von biologischem Geschlecht zu Gender, dem sozialen Geschlecht. Diese queere Verschiebung hat Konsequenzen für Lesben: Wenn wir nicht definieren können, was eine Frau ist, wie können wir dann Lesbischsein definieren?

Früher war eine Lesbe eine Frau, die sich sexuell und emotional von anderen Frauen angezogen fühlte. Da heute materielle Realität als irrelevant angesehen wird und Gender und Identität zentral stehen, ist eine Lesbe «eine Person, die sich

1 Manipulation, bei der jemand bewusst und gezielt die Selbstwahrnehmung eines anderen Menschen erschüttert: durch Lügen, Verdrehungen, Unterstellungen, bis dieser immer mehr an sich zweifelt. Dies kann Menschen in schwere Krisen treiben und erheblich belasten, bis hin zu einer psychischen Erkrankung. (DH)

2 In Anlehnung an «glass ceiling», die gläserne Decke, gegen die Frauen im Arbeitsleben stoßen. «Baumwolldecke» wäre im Deutschen missverständlich, weshalb der Begriff «Grenze» gewählt wurde. (DH)

als Frau identifiziert, die sich sexuell von einer anderen Person, die sich als Frau identifiziert, angezogen fühlt». In dieser Definition ist das biologische Geschlecht verschwunden und durch Gender ersetzt worden.

Da eine Person, die sich «als Frau identifiziert», biologisch sowohl männlich als auch weiblich sein kann, hat der Begriff «Lesbe» jegliche Bedeutung verloren. Die konkrete Bedeutung dieser Theorie für Lesben ist die «cotton ceiling».

Was ist die «cotton ceiling»?

Die «cotton ceiling», die Baumwollgrenze, leitet sich von dem feministischen Begriff der «gläsernen Decke» (vom englischen «glass ceiling», DH) ab, der von Feministinnen geprägt wurde, um die Hindernisse zu beschreiben, mit denen Frauen konfrontiert sind, wenn sie eine höhere Position an ihrem Arbeitsplatz erreichen wollen, weil diese Positionen von Männern kontrolliert werden.

Der Begriff «cotton ceiling» bezieht sich auf die Unterwäsche von Lesben, die sexuelle Kontakte mit Männern, die sich als Lesben identifizieren, verweigern. Lesben, die nur Sex mit Frauen haben, wird gesagt, dass sie Personen aus Frauenräumen und -communitys ausschließen, da nur eine sexuelle Erfahrung von einer Lesbe mit einem Mann, der sich als trans identifiziert, bestätigen und ihn zu einer «echten Lesbe» machen könne.

Der Begriff «cotton ceiling» wird Drew Deveaux zugeschrieben, einem Mann, der sich als trans identifiziert, und einem Pornodarsteller, der ihn 2012 benutzt haben soll, um die sogenannten Schwierigkeiten zu beschreiben, die Männer, die sich als trans identifizieren, in der Lesbenszene haben, akzeptiert zu werden, vor allem wenn es darum geht, lesbische Sexpartnerinnen zu finden. Tatsächlich fand Deveaux, dass Lesben zögerten, Sex mit Männern zu haben, die sich als Lesben identifizierten.

Im gleichen Jahr veranstaltete Morgan M. Page, auch ein Mann, der sich selber Frau nennt, einen Workshop bei einer Veranstaltung von Planned Parenthood (Verband für Familienplanung, DH). Der Workshop hieß «Die Baumwollgrenze überwinden» und zielte darauf ab, die «sexuellen Hindernisse zu untersuchen, mit denen queere Transfrauen konfrontiert werden». Wobei zu beachten ist, dass dieser Workshop *nicht* inklusiv war. Er war ausschließlich für Männer offen, was, worauf wir uns sicher alle einigen können, offensichtliche Doppelmoral ist, da Lesben ständig unter Druck gesetzt werden, inklusiv für alle zu sein. Lesbische Sexualität wird hier als ein Hindernis dargestellt, das Männer, die sich als trans identifizieren, überwinden müssen.

Ein weiteres frühes und berüchtigtes Beispiel der «cotton ceiling» stammt aus dem Jahr 2014: Der männliche Pornodarsteller Chelsea Poe verfolgte die lesbische Pornoschauspielerin Lily Cade öffentlich online, als sie sich weigerte, ihm eine Rolle in einer ihrer lesbischen Pornoproduktionen zu geben. Er setzte sie mit Postings sexuell unter Druck, so fragte er, ob sie schon mal Sex mit einer lesbischen Transfrau für eine Aufnahme gehabt habe, und schrieb beispielsweise, das sie Translesben falsch gendern würde, wenn sie damit angäbe, dass sie nie einen Schwanz lutschen würde, und wie verletzend es sei, dass sie Transfrauen nicht als Lesben ansehen würde und nicht mit Transfrauen filmen wolle. Schließlich hätten Transfrauen weibliche Körper.

Setzt eine Lesbe sexuelle Grenzen, wird das als eine Form von Unterdrückung von Transfrauen präsentiert. Lesben wird unterstellt, dass sie Männer unterdrücken, wenn sie nicht mit ihnen schlafen. Das ist eine sehr ähnliche Rhetorik, wie sie von Incels benutzt wird – der einzige Unterschied ist, wie die beiden Kategorien von Männern sich identifizieren. Die Manipulation geht aber noch weiter: «Transfrauen haben auch weibliche Körper.» Die Bedeutung dieses Satzes ist: «Penisse sind weibliche Organe.» Von Lesben wird erwartet, dass sie die Genitalien einer männlichen Person akzeptieren sollen, wenn diese Genitalien wundersamerweise zu weiblichen Organen werden, sobald sich ein Mann als Frau identifiziert. Penisse, die zu einem Mann gehören, der sich als trans identifiziert, werden in «girldick», «girlcock», «ladystick», «lady's penis» umbenannt. Da einige Lesben Dildos und Umschnalldildos als Teil ihrer sexuellen Praktiken benutzen, wird die angebliche Ähnlichkeit zwischen dem realen männlichen Organ und der Kunststoffnachbildung betont sowie die angebliche Widersprüchlichkeit von Lesben, die das eine akzeptieren, während sie das andere ablehnen.

Im Internet findet sich eine Diskussion von jemandem namens McKinnon, der sich mit «EchoDeathMarch» austauscht. Hierbei wird ein Szenario beschrieben, das – wie wir später sehen werden – so fiktiv nicht ist:

«Eine Lesbe verliebt sich in eine Transfrau, aber die Cislesbe blockt aufgrund der falschen Genitalien im letzten Moment ab. Alle heulen.»

Stell dir eine Lesbe vor, die einen Mann, der sich als Frau identifiziert, datet, der aber aus welchem Grund auch immer nichts über seinen Transstatus oder seine männlichen Genitalien gesagt hat. Stell dir vor, dass die Lesbe von nichts weiß. Stell dir die Reaktion der Lesbe vor, wenn sie im letzten Moment merkt, dass sie dabei ist, nicht eine sexuelle Beziehung mit einer Frau, sondern mit einem Mann einzugehen. Stell dir den Schock vor bei dem Gedanken, dass sie hereingelegt worden ist, die Angst, in einer verletzlichen Situation zu sein, von der sie nicht einschätzen kann, ob sie dieser entkommen kann, nämlich der Angst davor, dass er sie vergewaltigen könnte.

Es ist der Mann, der hier etwas vortäuscht, aber die Lesbe wird als wankelmütig und irrational beschrieben, weil sie ihre Meinung geändert hat. Anscheinend ist es nicht akzeptabel, dass sie ihre Meinung ändert, und beim Anblick eines Penis die Meinung zu ändern, ist eine Überreaktion. Sie muss das überwinden. Das Vorhandensein eines Penis wird nicht als guter Grund für eine Lesbe gesehen, mit dem Sex aufzuhören. Alle Vorstellungen von Zustimmung werden ignoriert, sie wird als eine gesehen, die dem Mann in dieser Situation Sex schuldet, oder sie wird als «transphob» bezeichnet und als engstirnig gesehen und ist daher im Unrecht.

Aber McKinnon fährt fort: «Die Cislesbe kann über ihr Genitalproblem hinwegkommen und feststellen, dass sie gut damit umgehen kann.»

Lesbischsein wird als Genitalproblem beschrieben, als ein emotionales Problem oder eine Befangenheit, die überwunden werden muss. Von Lesben wird erwartet, dass sie «damit umgehen», lernen müssen, einen heterosexuellen Akt zu vollziehen, den sie, laut Definition und laut McKinnons eigenem Eingeständnis, gar nicht wollen. Dies ist natürlich ein typisches pornografisches Fantasieszenario, in dem Frauen dazu gezwungen werden, Sex zu haben, den sie nicht haben wollen, um dann festzustellen, dass sie ihn eigentlich lieben. Es ist eine männliche Sexfantasie. In einem spezifischen Lesbenkontext ist es das queere Pendant zu «alles, was sie braucht, ist ein guter Schwanz». In diesem Szenario hat der Mann die Weigerung der Lesbe überwunden.

Ein sexuelles Szenario, in dem die Frau «nein» sagt und der Mann ihre Weigerung missachtet, ist eine Vergewaltigung. Entsprechende Zitate wurden aus den Sozialen Medien entfernt, vielleicht in einem Versuch, ihre offensichtlich missbräuchliche und vergewaltigende Natur zu vertuschen. Zum Glück haben wir Screenshots, auf denen wir beispielsweise Folgendes lesen können:

«Wie man lesbischen Sex mit einer Transfrau haben kann: Einige lesbische, bisexuelle und queere Frauen haben Penisse. Transfrauen gibt es in allen möglichen Variationen und einige von uns haben noch keine Operation gehabt oder möchten keine. Auch sind manche Transfrauen queer.» – «Wie haben Lesben Sex? (Die Antwort ist nicht so schwierig) Mythos 1: Es ist einfach, Liebe zu machen, weil du bereits die weibliche Anatomie kennst. Au contraire! Denk dran, dass zwei Menschen, die sich als Frauen identifizieren, nicht notwendigerweise die gleiche Anatomie haben. Aber selbst wenn ihr beide Cisfrauen seid, hat jede unterschiedliche Vorlieben zwischen den Laken. Lesben oder nicht, jeder Körper ist anders.» – «Sex mit Transfrauen 101: Ein Ratgeber für queere Cisfrauen. Manche Transfrauen haben einen Penis, aber fühlen sich unwohl dabei, diesen beim Sex zu benutzen. Für andere ist es in Ordnung, wenn ihre Schwänze berührt werden, sie vermeiden es aber, zu toppen oder zu penetrieren. Es gibt aber auch Transfrauen, die toppen und gerne penetrieren beim Sex (wie ich aus eigener Erfahrung als Diverse/r weiß oder jemand hat keine besonderen Vorlieben für bestimmte sexuelle Positionen). Außerdem haben viele Transfrauen eine Operation gehabt und haben überhaupt keine Penisse, stattdessen haben sie Vaginen. Was mich betrifft, so bin ich eine nicht operierte Transfrau – das bedeutet, dass ich einen Penis habe (den ich vorzugsweise ‹Klit›, ‹Schwanz› oder ‹Girldick› nenne) und ich habe mich dafür entschieden, die Form meiner Genitalien nicht zu verändern.» – «Normalerweise wird der Ausdruck ‹lesbischer Sex› für Sex von zwei Frauen miteinander benutzt. Wenn dies der Fall ist, denkt daran, dass diese Frauen sich vielleicht nicht als Lesben identifizieren. Sie könnten sich zum Beispiel als bisexuell, pansexuell, queer oder sogar heterosexuell identifizieren. Sex zwischen Frauen ist nicht auf Lesben beschränkt. Denk daran, dass auch ‹lesbischer Sex› nicht auf Cisgenderpaare beschränkt ist. Er umfasst auch andere Personen, die eine Vagina haben, Personen mit einem Penis und Personen mit intersexuellen Genitalien.»

Immer wieder erscheinen Artikel und Tweets, um «Lesben zu erziehen», dahingehend wie man am besten «Sex mit Transfrauen» haben und Penisse als weibliches Sexualorgan akzeptieren kann, die wir – wie uns gesagt wird – in unser Sexleben einbeziehen sollen. Die exklusive Art von lesbischer Sexualität wird als problematisch bezeichnet, als ob sie ein komplexes ethisches Problem darstellen würde. Es wird als gemein angesehen, eine Person aufgrund ihrer Genitalien auszuschließen, als engstirnig, ganze Gruppen aus dem eigenen Dating-Pool auszuschließen. Transmenschen auszuschließen wird als eine Form des Rassismus bezeichnet. Lesben werden als eine Hassgruppe bezeichnet, Lesbischsein als Hassverbrechen gegen Transfrauen.

Dieser sexuelle Druck erfolgt an verschiedenen Orten: Es ist «großartig», Lesben online persönlich anzugreifen, wie auch die Idee zu verbreiten, dass Lesbischsein hasserfüllt sei. Ich werde mich hauptsächlich auf Twitter und Dating-Apps beziehen, die eine grundlegende Basis der Transaktivisten bilden.

Lesbische Dating-Apps sind eine Spielwiese für autogynophile Männer geworden. Autogynophilie ist ein Fetisch, bei dem ein Mann «von dem Gedanken an sich selber als Frau sexuell erregt wird» (der Begriff stammt von Ray Blanchard, 1989).

Es gibt außer meiner eigenen keinerlei Forschung über die «cotton ceiling», und es gibt keine Forschung über die Verbreitung von Männern in lesbischen Dating-Apps. Denn wir sollen nicht offiziell bemerken, dass sie überhaupt da sind. In der Tat wird uns häufig gesagt, dass wir nicht wirklich wissen können, ob eine Person ein Mann oder eine Frau ist, wenn wir sie nur ansehen! Uns wird gesagt, dass es nicht möglich sei zu wissen, ob eine Person trans ist, und dass wir wahrscheinlich schon oft in Transfrauen verliebt waren, ohne es zu wissen. Aber wir wissen aus Erfahrungen von Lesben, dass lesbische Dating-Apps von Männern überlaufen sind. Einige dieser Männer geben sich als Frauen aus. Manche nicht. Manche bezeichnen sich als lesbisch oder queer. Manche bezeichnen sich als Männer. Alles ist möglich.

Forschung über den Gebrauch von Männern von Pornografie liefert uns einigen Kontext über die Ziele und potenziellen Motive von Männern auf Dating-Apps. Das Wort «Lesbe» war 2016, 2017, 2018 der meistgesuchte Begriff auf PornHub, 2015 der zweitmeist gesuchte und 2019 der drittmeist gesuchte. Es scheint, als ob Männer von «lesbischem Sex» völlig besessen sind.

In Großbritannien sind Lesben von lesbischen Dating-Sites ausgeschlossen worden, weil sie erklärt haben, dass sie nicht an Penissen interessiert sind.

Ein Bild auf einer Social-Media-Seite zeigt das Bild eines Moderators von «Her», der lesbischen Dating-App. Dieser Mann – und andere wie er – kann nicht nur ein Profil auf einer lesbischen Dating-App haben, auf der er Lesben sucht, sondern er arbeitet sogar für sie. Er wird dafür bezahlt, seinem sexuellen Fetisch zu frönen. Sein T-Shirt ist eine klare Zusammenfassung des Transgender-Manifests. Ohne jegliche Ironie verkündet dieser Mann, «Ihre Welt ist deine», während er die Profile von Frauen, die Frauen lieben, Männern zur Verfügung stellt, die in diese App eindringen. Dies ist ein Mann, dessen Job es explizit ist, in Orte von Lesben einzudringen, Lesben zu gaslighten, die sexuellen Grenzen von Lesben zu missachten, Lesben zum Schweigen zu bringen, Lesben von lesbischen Orten auszuschließen, dafür zu sorgen, dass autogynophile Männer sich ihre Opfer aussuchen können. All dies geschieht unter dem Deckmantel von «Inklusivität und Diversität»; es ist alles so cool und so fortschrittlich!

Lesben haben immer wieder darauf hingewiesen, dass dies alles eine Form von sexuellem Zwang und Druck ist, dass es Vergewaltigung ist und dass sexuelle Grenzen respektiert werden müssen. Lesben, die ihre Meinung vertraten, wurde gesagt, dass es keinen Zwang gäbe, dass es keinen Druck gäbe, niemand zwänge irgendwen, Sex zu haben, den sie nicht haben wollen.

Hier einige Beispiele dafür, wie Lesben online behandelt werden. Diese Drohungen wurden von Transaktivisten verschickt und richten sich gegen Lesben, die es wagen, sich für gleichgeschlechtliche Anziehung auszusprechen:

«Transphobe Cislesben brauchen es, einen Girlcock in Umerziehungslagern zu verschlingen.» – «Ich will eine Terf hassficken.» – «Terfs können an meinem Girldick ersticken.» – «fick dich, du terf bitch. wie kann eine fünfzehnjährige so engstirnig und transphob sein. ich kann mir nicht vorstellen, dass du nicht glaubst, dass ich eine frau sein kann, nur weil ich einen schwanz habe. wtf. du wirst nicht sagen, dass mein girlcock nicht wirklich weiblich ist, wenn ich deine junge terf fotze als spermaloch benutze. du wirst dich vor meinem girldick fucking verneigen. du wirst fucking ersticken an meinem girldick. fick dich.» Antwort: «Du weißt, dass ich minderjährig bin und schickst mir weiterhin Vergewaltigungsdrohungen? Alter, wtf.» – «Ich werde nicht aufhören, bis jede Lesbe trans ist oder eine Transperson datet.» – «Happy #BiVisibilityDay (Tag der Bi-Sichtbarkeit), nimm dir heute etwas Zeit, eine biphobe Terf-Lesbe für mich zu verprügeln.»

Lesben am Ground Zero

2019 habe ich einen Forschungsbericht über die «cotton ceiling» veröffentlicht mit dem Titel «Lesbians at Ground Zero» (Lesben am Ground Zero).[3] Die Forschung war als Versuch zu verstehen, zu untersuchen, was Lesben erleben, wenn sie mit Transfrauen in ihren LGBT-Gruppen konfrontiert werden oder auf Datingseiten im wahren Leben. Die Ergebnisse bestätigen, dass es einen großen Druck in LGBT-Gruppen gibt, das Mantra «Transfrauen sind Frauen» zu akzeptieren, ohne es zu hinterfragen. Für Lesben bedeutet das, dass die Definition von Lesbischsein als «gleichgeschlechtliche Anziehung unter Ausschluss von Menschen, die Penisse haben oder gehabt haben», als Form von Hassrede angesehen und streng bestraft wird. Wenn Lesben Männer sexuell ausschließen, sind Beschimpfungen und Verteufelungen wie «Terf» und «transphob» völlig normal. Dieser ständige Druck schafft eine Kultur des Terrors, die dazu führt, dass Frauen sich gegenseitig überwachen, um vom Rest der Gruppe nicht als «Terf» angesehen zu werden. 50% der lesbischen Befragten gaben an, dass sie von ihren/ihrer LGBT-Gruppe(n) ausgeschlossen wurden. 66% der lesbischen Befragten gaben an, eingeschüchtert worden zu sein oder Bedrohungen erhalten zu haben. Dieser konstante Druck ist eine Form von psychologischem Zwang und führt dazu, dass Lesben sich genötigt fühlen, Männer, die sich als Transfrauen identifizieren, als Sexualpartner zu akzeptieren.

---

3 Die Forschungsergebnisse sind ins Deutsche übersetzt worden und können gratis von der GetTheLOut-Website heruntergeladen werden: https://www.gettheloutuk.com/blog/category/research.html

Die Belästigungen, die Teilnehmerinnen beim LFT2021 erfahren haben und das LFT als Kollektiv, passen genau in dieses gewalttätige Zwangsmuster.

Lesben, die die Umfrage beantwortet haben, waren einer großen Breite sexueller Gewalt von Männern ausgesetzt, die sich selber Transfrauen nennen. Junge Lesben von 18 bis 24 Jahren schienen besonders verletzlich zu sein. Täter haben die Queertheorie, gemischt mit Schuldzuweisungen, benutzt, um sexuelle Gewalt zu rechtfertigen oder zu entschuldigen. Die sexuelle Gewalt reicht von Zwang über Online-Grooming[4], sexuelle Belästigung und Körperverletzung bis zu Vergewaltigungen durch Täuschungen oder mit körperlicher Gewalt. Es geschieht an öffentlichen Orten: in Clubs, Frauentoiletten, mit ungewollten sexuellen Berührungen, bei Vergewaltigungen durch Bekannte und im privaten Rahmen – entweder wenn Lesben verletzlich waren (betrunken, schlafend oder nicht in der Lage, sich der Situation zu entziehen) oder während Dates, wenn Frauen ihre Zustimmung zurückzogen und dann unter Druck gesetzt oder vergewaltigt wurden.

Dies ist ein Zitat einer lesbischen Überlebenden einer «cotton ceiling»-Vergewaltigung. Es bestätigt den obenstehenden Twitter-Austausch von McKinnon:

> *Der Mann, mit dem ich ein Date hatte, unwissend, war ein gemeinsamer Freund von Bekannten, er drohte mir an, mich als Terf zu outen und meinen Job zu verlieren, wenn ich nicht mit ihm schlafen würde. Ich war zu jung, um zu diskutieren und war von der Queertheorie einer Gehirnwäsche unterzogen worden, daher war er eine «Frau», auch wenn jede Faser meines Körpers die ganze Zeit schrie, stimmte ich doch zu, mit ihm nach Hause zu gehen. Er wandte körperliche Gewalt an, als ich meine Meinung änderte, nachdem ich seinen Penis sah, und vergewaltigte mich.*

Transition einer jungen Lesbe

Ein Teil der Frauen, die auf diese Art und Weise angegriffen werden, sind jung und sehr oft in der Queerszene aktiv. Die jungen mutigen Frauen, die eine Detransition gemacht haben und die sich öffentlich dazu äußern, wie Max Robinson[5], die sich vor einigen Jahren als Erste zu Wort meldete, oder «GNC centric» auf ihrem YouTube-Kanal, wie auch Frauen, die uns anonyme Zeuginnenaussagen auf der LesbianMeToo-Website schickten, sprechen über den Zusammenhang zwischen

4 Grooming bedeutet wörtlich übersetzt: vorbereiten. In Hinblick auf das Themengebiet sexuelle Gewalt – vor allem in den digitale Medien – wird der Begriff als Bezeichnung für die Planung und Vorbereitung der Gewaltausübung verwendet. (DH)

5 Das Buch von Max Robinson: *Detransition Beyond Before and After* ist 2021 bei Spinifex Press erschienen. (DH)

der Queerszene, ihrer eigenen Transition, Grooming, BDSM und der Verwässerung von Sexualität und dem Durchbrechen von sexuellen Grenzen.

Junge Frauen, die heutzutage ihre Geschlechtsidentität in Frage stellen und sich zum gleichen Geschlecht hingezogen fühlen, bezeichnen sich nicht als Lesben. Sie identifizieren sich in der Regel als queer, nichtbinär oder trans. In der Regel schließen sie sich einer Gruppe vor Ort an, aber öfter noch LGBT-Queergruppen online. Es gibt keine Lesben in diesen Gruppen. Ehrlich gesagt, werden viele dieser Gruppen von älteren Männern mit unterschiedlichen Genderidentitäten geleitet. In diesen Gruppen werden die Gendernonkonformität und die Anziehung zum gleichen Geschlecht dieser Teenagerinnen als Zeichen gesehen, dass sie Transmänner sind, keine Lesben. In diesen Gruppen werden junge Lesben mit Queertheorie bekannt gemacht. Und zur Transition ermutigt. Die Ansichten über «Sexarbeit» und BDSM werden normalisiert und sogar gefördert.. Unabhängig davon, was du davon hältst, denk daran, dass wir über Gruppen sprechen, die von erwachsenen Männern für junge Teenagerinnen geleitet werden, von denen viele Frauen sind. Wir wissen, dass sich ein erheblicher Anteil der Frauen, die eine Transition machen, höchstwahrscheinlich vom eigenen Geschlecht angezogen fühlt. Ein hoher Prozentsatz von ihnen hat eine Vorgeschichte mit psychischen Problemen, Selbstverletzungen oder Autismus.

Diese jungen Teenagerinnen werden von älteren Männern mit Hilfe der Queertheorie effektiv auf Gewalttaten vorbereitet (Englisch: grooming). Sie verinnerlichen, dass sie keine Frauen sind. Sie verinnerlichen, dass Männer, die sich als Frauen identifizieren, echte Lesben sind. Sie verinnerlichen, dass Männer, die sich als Transfrauen identifizieren, stärker unterdrückt werden, als sie (also die jungen Frauen) es je sein werden. Sie verinnerlichen, dass echte Lesben Penisse haben und dass sie Sex mit Menschen mit Penissen haben sollen. Junge Frauen, die sich vom gleichen Geschlecht angezogen fühlen, werden in der Queerszene von viel älteren Männern angegriffen, die sich als Frauen identifizieren. Viele haben sexuelle Beziehungen mit ihnen. Diese Männer stehen in den meisten Fällen auf BDSM.

Es wird deutlich, dass es für einen Teil der Mädchen, die innerhalb der Queercommunity eine Transition machen, eine klare Überschneidung von der Transition junger Lesben und der «cotton ceiling» gibt. Diese beiden Themen gehören zusammen.

Es gibt eine spezifische Fetischisierung von jungen lesbischen Teenagerinnen nach ihrer Transition. Es gibt eine spezielle Pornokategorie für «FtM», in der Frauen, die sich als trans identifizieren, in sexuellen Akten mit Männern gefilmt werden. Einige dieser Männer sind Heteromänner, manche sind Männer, die sich als trans identifizieren, einige sind Schwule. Das Ausmaß der sexuellen und emotionalen Gewalt, der diese jungen Lesben ausgesetzt sind, ist grauenhaft.

Ein Foto im Internet fasst es zusammen: der jugendliche, der kindliche Anteil des Mädchens, die Transition und doppelte Mastektomie, die Narben, die Selbstverletzungen, die Weiblichkeit, die Sexualisierung und Verdinglichung, BDSM, die Fetischisierung.

Welche politische Bedeutung hat all dies für Lesben?

Wenn wichtige LGBT-Organisationen Transrechte unterstützen, während sie gleichzeitig Lesben zum Schweigen bringen, ist es *dies*, was sie ermöglichen. Sie unterstützen nicht nur die Schädigung einer sehr verletzlichen Gruppe durch MedizinerInnen. Sie unterstützen die Konversionstherapie von jungen Lesben über Transition und über die «cotton ceiling». Sie unterstützen auch die Vorbereitung und Planung von Gewalt durch pädophile Männer zu deren sexueller Befriedigung, der verletzliche Teenagerinnen damit ausgesetzt sind. Dies ist zweifellos einer der größten Sexualskandale unserer Zeit. Während sie das tun, wagen sie es, uns, die wir Lesben, Detransitioners, Überlebende der «cotton ceiling», Whistleblower sind, als von Hass erfüllt zu bezeichnen, wenn wir die Gewalt, die uns angetan wird, anprangern.

Im Jahr 2021 sind es Lesben, die sagen, dass wir Lesben sind, die sich verstecken müssen, deren Veranstaltungen von Plattformen ausgeschlossen oder denen Finanzierungen gestrichen werden, deren Jobs in Gefahr sind. Wir sind diejenigen, die Todes- und Vergewaltigungsdrohungen erhalten, wir werden als Nazis bezeichnet, wir werden gejagt, während die Täter und ihre profilierten Unterstützer als «mutig und beeindruckend» gelobt werden.

Seit 2018 regen meine Schwestern von Get The L Out (Raus mit dem L) und ich uns ständig über dieses Thema auf. Warum werden wir dann noch immer nicht gehört? Ist es, weil sich niemand um Vergewaltigungsopfer kümmert, weil allen Teenagerinnen und Lesben egal sind? Das Thema «cotton ceiling» wird selbst in radikalfeministischen Kreisen ignoriert. Selbst genderkritische Gruppen möchten sich nicht damit beschäftigen. Das zu thematisieren bedeutet, das Offensichtliche auszusprechen: Ein Mann, der sich selber als Lesbe bezeichnet, überschreitet lesbische sexuelle Grenzen. Und ein Mann, der sexuelle Grenzen überschreitet, ist ein Vergewaltiger. Wie wir wissen, dürfen wir Männer nicht als Täter benennen. Es ist ein noch größeres Tabu, Männer, die sich als trans identifizieren, als Täter zu benennen. Denk darüber nach, wen du beschützt und wem du kein Gehör schenkst, wenn du bei diesem Thema schweigst.

Was können wir tun? LesbianMeToo

LesbianMeToo[6] ist ein Projekt in den Sozialen Medien, das von Get The L Out UK gegründet wurde. Es bietet Lesben einen Ort, ihre Erfahrungen mit sexueller Gewalt von Männern zu melden. Es geht darum, einen Raum nur für Lesben zu schaffen, in dem Lesben sich frei äußern und sprechen können. Wir nehmen alle Berichte von sexueller Gewalt auf, die von Männern ausgeht, einschließlich von den Männern, die sich selber als Frauen bezeichnen. Wir haben die Website in vielen Sprachen zugänglich gemacht, und wir nehmen Aussagen in jeder Sprache auf, natürlich auch auf Deutsch. Wir versuchen, die Website so international wie möglich zu machen. Lesben können ihre Aussagen anonym schicken; wir nehmen die Sicherheit und Anonymität von Überlebenden extrem ernst. Dies ist ein wichtiges Projekt, da uns immer wieder gesagt wird, dass die «cotton ceiling» nur ein Mythos sei, dass das nicht passiert und dass es erfunden sei.

Die #LesbianMeToo-Kampagne ist ein Instrument, um aufzuzeigen, dass diese Berichte existieren und dass Vergewaltigungsopfern zugehört werden muss, auch wenn der Mann, der sie vergewaltigt hat, sich als Frau identifiziert. Mit LesbianMeToo hoffen wir, dass wir bald so überwältigend viele Beweise auf der Website haben werden, dass sie nicht mehr geleugnet werden können. Ich rufe alle Lesben auf, diese Website zu besuchen, sie in euren Netzwerken zu teilen, sie an eure Freundinnen zu schicken, eure eigenen Berichte einzureichen, sie auf jede erdenkliche Weise zu nutzen. Zusammen können wir lesbische Überlebende sichtbar machen, zusammen können wir das Schweigen der Überlebenden von Vergewaltigungen bei «cotton ceiling» brechen.

Abschließend möchte ich sagen, dass uns oft geraten wird, dass alle Frauen in dieser Diskussion nur freundlich, akzeptierend und nicht hinterfragend sein sollen. Uns wird gesagt, dass wir die Klappe halten und es akzeptieren sollen. Ich glaube jedoch im Gegenteil, dass das, was Lesben heute brauchen, starke Abgrenzungen sind und eine laute Stimme. Jedes Mal, wenn eine Lesbe oder eine Lesbengruppe über ihre Erfahrungen spricht, einen Raum nur für Frauen schafft, an ihren sexuellen Grenzen festhält und keine sprachlichen Kompromisse schließt, hilft sie einer anderen Lesbe, das Gleiche zu tun. Ich möchte euch alle ermutigen, wie Andrea Dworkin einmal sagte, «daran zu denken, Widerstand zu leisten, nicht nachzugeben».

---

6 https://lesbianmetoo.com/#german

Feministisches Publizieren und dessen politische Relevanz

Feministische Verlage sind so alt wie das Lesbenfrühlingstreffen. Seither ist viel passiert: neue Verlage entstanden, ebenso eine Vielfalt an feministischen Büchern von und für Lesben, und selbst Mainstreamverlage veröffentlichen feministische Theorie. Die Lesbenbewegung wäre undenkbar ohne Bücher, die Patriarchatskritik leisten, feministisches Forschen, Denken und Diskutieren anregen und nicht zuletzt zu einer feministischen Lesbenkultur beitragen. Dafür waren und sind feministische Verlage und Frauenbuchläden unabdingbar – wir wären ohne sie weniger sichtbar und unsere Geschichte würde verlorengehen. Viele Verlage haben jedoch ebenso wie viele Frauenbuchläden inzwischen aufgegeben oder ihr Sortiment und ihr Zielpublikum verändert.

Wo stehen wir heute? Sind die feministischen Verlage und Frauenbuchläden noch zeitgemäß, noch relevant? Unter welchen veränderten Bedingungen arbeiten die feministischen Verlegerinnen und Buchhändlerinnen und wo sind ihre Nachfolgerinnen?

Beim LFT2021 hat ein moderiertes Onlinegespräch stattgefunden. Hier stellen sich die drei beteiligten Verlage und zusätzlich eine Zeitschrift vor.

Verlag Krug & Schadenberg, Berlin

Andrea Krug

Als wir unseren Verlag Krug & Schadenberg 1993 gegründet haben, gab es kaum Literatur von und für Lesben. Das wollten wir ändern. Wir besaßen das professionelle Know-how, gingen voller Enthusiasmus ans Werk und veröffentlichten die ersten Bücher. Mit einem Lesbensexratgeber fing es an: *Susie Sexperts Sexwelt für Lesben* machte Furore. Und bald folgte der erste Roman: *Die Wahl des Glücks,* ein Coming-out-Roman, der zu unserer Freude ein Longseller geworden ist.

Der Zeitpunkt der Gründung war günstig: Es gab über 30 Frauenbuchläden im deutschsprachigen Raum mit engagierten Buchhändlerinnen, die sich für unsere Bücher einsetzten und sie gern und viel verkauften. Das hat sich in den letzten Jahren gravierend geändert. Mit fatalen Konsequenzen: Mit jedem Frauenbuchladen, der schließen musste, fiel eine wichtige Verkaufsstelle für uns weg, und das wird leider nicht durch das Engagement einzelner Buchhändlerinnen im allgemeinen Sortiment aufgewogen. Und auch nicht durch den großen Platzhirsch mit dem kleinen a, der den Internetbuchhandel forcierte und heute dominiert. Wir sprechen unsere Leserinnen nun verstärkt direkt auf Veranstaltungen an (live und online) sowie über Social Media, E-Newsletter etc., und das zeitigt auch Erfolg, aber dennoch sind die Auflagen im Laufe der Jahre kontinuierlich zurückgegangen – im Grunde sind wir längst an der Schmerzgrenze angelangt. Ein kleines Gegengewicht dazu bildet der Aufstieg der E-Books – wir verkaufen heute bei manchen Titeln mehr digitale als Printbücher, vor allem bei der «leichten Liebesliteratur», die frau mal eben an einem Wochenende verschlingt und sich nicht unbedingt ein Leben lang ins Regal stellen möchte.

Die Schließung der Frauenbuchläden korrespondiert mit der in den letzten Jahren verstärkt zu beobachtenden Auflösung der gesamten Frauen-/Lesbeninfrastruktur: Treffpunkte, Kneipen, Frauenferien- und Bildungshäuser schließen, regionale Frauen-/Lesbenzeitschriften sind verschwunden. Damit entfallen für uns viele Orte, an denen unsere Autorinnen lesen und wir unsere Bücher bekannt machen können. Hinzu kommt die wachsende Konkurrenz um Aufmerksamkeit: Unsere Tage haben nach wie vor 24 Stunden, doch immer mehr Medien verlangen unsere Zeit: die diversen Social Media, Streaming-Dienste ... So bleibt – wie wir aus eigener Erfahrung wissen – manches Buch unaufgeschlagen, die Lesezeit ist knapp. Mit dieser Gesamtsituation umzugehen ist eine tagtägliche Herausforderung für uns.

Was uns bis heute antreibt

Vor dreißig Jahren mangelte es an unserer literarischen Repräsentation: an Literatur, in denen Lesben die Hauptrolle spielten, an Literatur, mit deren Protagonistinnen wir uns identifizieren konnten. Das aber waren die Bücher, die wir und viele andere lesen wollten. Nach den ersten Übersetzungen US-amerikanischer Bücher haben wir bald auch deutschsprachige Autorinnen gefunden, deren Romane hiesige Lebens- und Lesbenwelten widerspiegelten, wie beispielsweise die «Linda»-Trilogie von Manuela Kuck, die als «Lindenstraße für Lesben» enorm erfolgreich war. Wir fanden außerdem, es brauchte ein breites Spektrum an Literatur: Romane zum Wegfuttern am Freitagabend (wie von Karin Kallmaker, der «Queen of Lesbian Romance») bis zu literarischen Perlen aus anderer Frauen Länder wie *Die verborgene Welt* von Shamim Sarif oder *Es gibt keine Menschen im Paradies* von Mireille Best. Bald kamen auch Bücher dazu, die sich zu Klassikerinnen entwickelten wie Leslie Feinbergs Roman *Stone Butch Blues,* der hierzulande die Genderdebatte eröffnete. Es brauchte auch historische Romane, die fiktional sichtbar machten, dass es Lesben zu anderen Zeiten gegeben hat, auch wenn sie damals nicht so genannt wurden: beispielsweise *Sarahs Töchter* über jüdische Lesben im 19./frühen 20. Jahrhundert oder *Sor Juanas zweiter Traum* über die «Sappho Mexikos». Es brauchte auch ermutigende Coming-out-Literatur für junge und ältere Lesben («Late Bloomer»), die zeigte, dass frau beim Coming-out nicht der Himmel auf den Kopf fällt. Es brauchte auch (erzählende) Sachbücher zu Themen wie Lesben und Alter, Lesben und die Wechseljahre, Lesbische Lehrerinnen, Lesben und ihre Väter und Mütter, und last but not least den einen oder anderen Sexratgeber.

Heute liegt unser Schwerpunkt auf der Erzählliteratur, wobei die Coming-out-Literatur in den Hintergrund getreten ist. Das Lesbischsein der Protagonistinnen prägt die aktuellen Texte, ist aber nicht länger als «Problemzone» das zentrale Thema. In dem neuen Roman von Daniela Schenk, *Mein Herz ist wie das Meer,* beispielsweise geht es um das Thema Bipolarität, und Ahima Beerlages Memoir *Lesbisch – Eine Liebe mit Geschichte* macht lesbisch-feministische *herstory* der letzten Jahrzehnte sichtbar und lädt zum Dialog zwischen Jung und Alt, zwischen Queeraktivistinnen und Feministinnen ein.

Bücher dieser Art zu verlegen und damit nicht nur individuelle Lesebedürfnisse zu erfüllen, sondern auch zur allgemeinen lesbischen Sichtbarkeit beizutragen, treibt uns bis heute an. Dass dies ein Verdienst ist, das nicht nur unsere Leserinnen zu schätzen wissen, sondern das nach vielen Jahren des Engagements kürzlich auch «offiziell» anerkannt wurde, hat uns riesig gefreut: Wir gehören zu den von der Kulturministerin mit dem Deutschen Verlagspreis 2020 ausgezeichneten Verlagen. Der damit verbundene Geldsegen fließt sogleich in die hochwertige Ausstattung unseres nächsten Romans, *Rückblende* von Catherine Hall, ein, der endlich wieder als aufwendig gestaltetes Hardcover mit Schutzumschlag und Lesebändchen erscheinen wird.

Wir können es nicht lassen.

www.krugschadenberg.de

Verlag Spinifex Press, Australien

Susan Hawthorne & Renate Klein

Übersetzung: Doris Hermanns

Der australische Verlag Spinifex Press wurde 1991 von Susan Hawthorne und Renate Klein gegründet. Sowohl Renate als auch Susan hatten beide bereits vorher in der Verlagsbranche gearbeitet – Renate mit wissenschaftlichen Zeitschriften und Buchreihen, Susan hauptsächlich mit Belletristik und Lyrik. Wir sind radikale Feministinnen und machten uns beide Sorgen darüber, dass das, was als «feministisch» galt, obskure postmoderne Theorie war. Wir wollten feministische Bücher in die Regale bringen, die lesbar, herausfordernd, verändernd und radikal waren. Unser Grundsatz ist, feministische Bücher zu veröffentlichen, die brisant, innovativ und optimistisch sind. Spinifex hat 2021 seinen 30. Geburtstag gefeiert, und wir haben an diesem Grundsatz festgehalten.

Spinifex ist ein führender australischer Verlag mit Autorinnen, die sehr unterschiedliche Hintergründe haben – was heutzutage Diversität genannt wird. Wir veröffentlichen mehr Bücher von Lesben als jeder andere Verlag in Australien, wir haben viele First-Nations-Autorinnen aus Australien, dem Pazifik und Nordamerika, wir haben Werke von Autorinnen aus Asien und dem pazifischen Raum veröffentlicht, dem Mittleren Osten, Afrika, Europa und Süd- und Nordamerika. Etwa ein Drittel unserer Liste ist in insgesamt 20 Sprachen veröffentlicht, zuletzt in Tamil, Koreanisch und Japanisch. Wir haben zwei zweisprachige Bücher in Gurindji bzw. Türkisch und Englisch verlegt.

Spinifex ist ein radikaler feministischer Verlag, und davon gibt es nur wenige. Einige unserer Bücher sind zum Beispiel *Radically Speaking: Feminism Reclaimed,* herausgegeben von Diane Bell und Renate Klein (1996), eine umfangreiche Anthologie, die ein wichtiges historisches Nachschlagewerk ist, und das aktuelle *Not Dead Yet: Feminism, Passion and Women's Liberation,* herausgegeben von Renate Klein und Susan Hawthorne (2021), in dem Feministinnen aus der ganzen Welt, die älter als 70 Jahre sind, über die Geschichte der Frauenbewegung schreiben. Spinifex hat in seinen 30 Jahren mehr als 40 Anthologien veröffentlicht – Sachtexte, Belletristik und Lyrik.

Zu den Büchern, die mit Preisen ausgezeichnet wurden, gehören *Locust Girl* von Merlinda Bobis, *A Bit of Difference* von Sefi Atta (Deutsch von Eva Plorin: *Nur ein*

Teil von dir), *Imago* von Francesca Rendle-Short (Deutsch von Ingrid Lebe: *Molly und Mary. Die Geschichte einer Freundschaft)*, *Figments of Murder* von Gillian Hanscombe (Deutsch von Susanne Aeckerle: *Gefährliche Schwestern)*, *Last Walk in Naryshkin Park* von Rose Zwi (Deutsch von Anett Schwarz: *Letzter Spaziergang Naryshkin Park. Reise in eine fremde Heimat)*, *My Sister Chaos* von Lara Fergus, *Ngarrindjeri Wurruwarrin* von Diane Bell, *Still Murder* von Finola Moorhead, *The Word Burners* von Beryl Fletcher, *Seven Sisters of the Pleiades* von Munya Andrews und viele andere.

Uns ist wichtig, dass die Bücher, die wir veröffentlichen, sowohl redaktionell als auch von der Produktion her von hoher Qualität sind und dass das Copyright der Autorinnen geschützt wird. Uns wird oft gesagt, dass unsere Cover großartig sind (dem können wir nur zustimmen). Wir produzieren für das langfristige Überleben der Bücher und sorgen dafür, dass unsere Bücher lieferbar bleiben. Radikales feministisches Verlegen ist wichtig in einer Welt voller antiradikal-feministischer Stimmung. Häufig veröffentlichen wir schon zu Themen, bevor sie aktuell werden. Wir stehen der Transbewegung bereits seit einigen Jahren kritisch gegenüber und haben zu diesem Thema seit 2016 einige Bücher veröffentlicht, wie beispielsweise *The End of Patriarchy: Radical Feminism for Men* von Robert Jensen (Deutsch von Doris Hermanns: *Das Ende des Patriarchats: Radikaler Feminismus für Männer)*, *Transgender Body Politics* von Heather Brunskell-Evans, *Vortex: The Crisis of Patriarchy* von Susan Hawthorne, *Trigger Warning: My Lesbian Feminist Life* von Sheila Jeffreys, *Detransition: Beyond Before and After* von Max Robinson und *Doublethink: A Feminist Challenge to Transgenderism* von Janice Raymond.

Ohne radikale feministische und lesbische Verlage wäre die Welt ein weit weniger interessanter Ort. Für das Überleben und die Gesundheit von Lesben ist es entscheidend, dass wir weiterhin Bücher verlegen und diese von zahlreichen Lesben gelesen werden.

www.spinifexpress.com.au

Querverlag, Berlin

Ilona Bubeck

1995 habe ich mit meinem Kollegen Jim Baker den lesbisch-schwulen Querverlag gegründet, eine Kooperation, die für mich Neuland war. Allerdings war ich nie lesbische Separatistin, da ich linke als auch queere Bündnisse in meiner feministischen Arbeit für notwendig erachtete, so dass der Schritt für mich nicht so ungewöhnlich war. Wir beide hatten Buchhandels- und Verlagserfahrung im Gepäck: Ich war nach fünf Jahren Frauenbuchladen beim Orlanda Frauenverlag angestellt, und Jim arbeitete bereits in den USA in einem lesbisch-schwulen-feministischen Buchladenkollektiv und zuletzt in einem schwulen Buchverlag in Berlin. Wir hatten Lust auf Neues, brachten Know-how und viele Ideen für Buchprojekte mit. Von Anfang an wollten wir eine Mischung aus Sachbuch, Theorie und Literatur. Wir haben uns weniger am englischsprachigen Markt orientiert, sondern versucht, deutschsprachige Talente zu entdecken und zu fördern. In der Literatur sollte sich lesbisches Leben widerspiegeln, poetisch, literarisch, unterhaltend und durch historische Romane lesbisch-feministische Zeitgeschichte erzählt werden. Autorinnen wie z.B. Karen-Susan Fessel, Tania Witte, Corinna Waffender, Stefanie Zesewitz, Malou Berlin und Dorit David wurden durch ihre Bücher bekannt und erfolgreich und haben den einen oder anderen lesbischen Klassiker geschrieben. Zusammen mit Corinna Waffender habe ich 2001 die Krimi-Reihe *quer-criminal* ins Leben gerufen, in der Spannung mit feministischen und politisch brisanten Themen kombiniert wird. Klassiker im Sachbuch wurden Ratgeber zum lesbischen Kinderwunsch und alles Wissenswerte über die Gründung einer Regenbogenfamilie.

Eines unserer Hauptanliegen seit der Gründung ist die Dokumentation und die Vermittlung der eigenen Bewegungsgeschichte, da neue Generationen immer wieder von vorne anfangen und sich nur selten auf ihre Gründungsmütter und deren Kämpfe beziehen. Von daher wurde das umfangreiche Werk *In Bewegung bleiben – 100 Jahre Geschichte, Kultur und Politik von Lesben*, herausgegeben von G. Dennert, Ch. Leidinger und F. Rauchut, zu Recht zum Standardwerk lesbischer Bewegungsgeschichte, ebenso wie Christina Perinciolis Buch *Berlin wird feministisch*, das autobiografisch die Anfänge der Berliner feministischen Lesbengeschichte dokumentiert. Und mit *Lesben raus!* von Stephanie Kuhnen entstand eine aktuelle Bestandsaufnahme lesbischer Sichtbarkeit und Teilhabe.

In den letzten Jahren entwickelten sich aus dem akademischen Bereich Diskussionsbände und Kritiken an der Entwicklung des queeren Aktivismus, und zwar aus feministischer als auch linker Sicht. Besonders hervorheben möchte ich dabei den Sammelband *Feministisch streiten*, von Koschka Linkerhand herausgegeben, der in allen feministischen und linken Zusammenhängen breit diskutiert wurde und wird. Ebenso wegweisend die Sammelbände über die Fehlentwicklungen der queeren Identitätspolitik wie z.B. *Beißreflexe*, *Freiheit ist keine Metapher* und *Irrwege*.

Im Jahr 2021 haben wir eine essayistische Reihe ins Leben gerufen, das heißt kleine, aber feine Bücher mit Texten, die Fragen aufwerfen, Diskussionen anregen und Visionen entwerfen. Den Anfang aus lesbischer Sicht machen dabei Luise F. Pusch & Sookee mit ihrer Diskussion zu «Feminismus und Sprache» und Manuela Kay mit ihrem Manifest «Sehnsucht nach Subversion».

Der Querverlag und meine eigene Position unterscheiden sich sicher von anderen Lesbenverlagen in dem Bündnis vorrangig mit schwulen Männern und anderen queeren Menschen. Das drückt sich natürlich programmatisch durch die unterschiedlichsten Titel aus, bedeutet für mich aber auch ein weitgefasstes Diskussions- und Spannungsfeld in der feministischen Politik als auch in der Literatur.

www.querverlag.de

Virginia – Zeitschrift für Frauenbuchkritik, Berlin

Doris Hermanns

Das Angebot der Bücher aus den Frauen- bzw. Lesbenverlagen wuchs ab Mitte der 1970er-Jahre beständig. Nur wurden sie in der Regel nicht rezensiert, so dass ihnen eine breitere Öffentlichkeit fehlte. Um dies aufzufangen, wurde 1986 die Frauenbuchkritik *Virginia* von Anke Schäfer und Hinrike Gronewold (in der Küche des Daphne Verlags, der von 1984 bis zum Tod der Verlegerin Susanne Amrain 2008 Lesbenliteratur verlegte) nach dem Vorbild der US-amerikanischen *Women's Review of Books* gegründet und herausgegeben. Benannt wurde sie nach der britischen Schriftstellerin, Literaturkritikerin und Essayistin Virginia Woolf, die in den 1970er-Jahren von der Frauenbewegung wiederentdeckt wurde.

Anke Schäfer war damals eine Bücherfrau im weitesten Sinne: Nicht nur gehörte sie 1976 zu den Gründerinnen des Wiesbadener Frauenbuchladens, 1978 des Frauenbuchversands, 1986 der *Virginia Frauenbuchkritik,* 1988 des Vereins zur Förderung und Verbreitung von Frauenliteratur und übernahm 1990 den Feministischen Buchverlag, sondern sie warb als Netzwerkerin auch beständig auf Buchmessen und unzähligen anderen Veranstaltungen für Literatur von Frauen und vor allem auch von Lesben, gab einige Jahre den Lesbenkalender heraus und stand mit an der Wiege von Safia. Bis zum Jahr 2000 blieb sie die Herausgeberin der *Virginia.*

Der Aufmacher der ersten Ausgabe der *Virginia* – ein Zitat der Schriftstellerin Christa Reinig – zeigte bereits deutlich das Programm der Zeitung: «Feminismus ist mein politisches Selbstverständnis.» Dass Lesbenliteratur in jeder Ausgabe vertreten war und ist, wurde nicht speziell betont, es war ebenso selbstverständlich.

Die Reaktion war enorm und begeistert, wie die beiden Herausgeberinnen im Editorial des zweiten Hefts schrieben, die diese große Resonanz nicht erwartet hatten.

Auf meist 32 – in einigen Ausnahmefällen waren es 48 – Seiten werden bis heute vornehmlich Bücher aus den Frauenverlagen besprochen – heute zugegebenermaßen mangels Anzahl weniger als in den Anfangsjahren –, dafür liegt der Schwerpunkt jetzt auf Büchern von Frauen aus unabhängigen Verlagen, außerdem gibt es eine mehrseitige Liste mit Neuerscheinungen und Neuauflagen. Wichtig war von Anfang an, auch auf vergessene Autorinnen aufmerksam zu machen. In der gedruckten Zeitschrift gibt es in jedem Herbst einen Schwerpunktartikel über die Autorinnen des jeweiligen Gastlandes auf der Frankfurter Buchmesse. In jeder

Ausgabe gibt es Rezensionen und Lesetipps aus einem weitreichenden Spektrum, das von Belletristik und Biografien über Sachbücher zu Frauenthemen, Frauenforschung und feministischer Theorie bis zu Krimi-Kurzrezensionen und Mädchenbüchern reicht, wobei auch die Lesben nicht zu kurz kommen.

Finanziert wurde und wird die Zeitung durch Anzeigen; sowohl die Redaktion als auch die Rezensentinnen arbeiten unentgeltlich. Anfangs gab es noch die halbseitige Anzeige der Frauenbuchläden – zweiunddreißig waren es damals in Deutschland, zwei in der Schweiz und einer in Österreich, sowie große Anzeigen von Frauenverlagen.

Seit 2012 erscheint die *Virginia* im AvivA Verlag. Die Verlegerin Britta Jürgs gehört bereits seit dem Jahr 2000 zusammen mit Doris Hermanns und Susanne Webel zur Redaktion. Im Internet sind auf der Seite der *Virginia* nur die allgemeinen Angaben zu finden sowie das Editorial, das Inhaltsverzeichnis und die Neuerscheinungs-/Neuauflagenliste, nicht jedoch die Rezensionen.

Die *Virginia* erscheint zweimal jährlich zur Leipziger und zur Frankfurter Buchmesse. Außer auf den beiden großen – und einigen kleineren – Messen ist sie sowohl im Abonnement erhältlich als auch in einigen Buchhandlungen, deren Adressen auf der Website zu finden sind.

www.virginia-frauenbuchkritik.de

ans kreuz genagelt

ans kreuz genagelt
nackter körper ausgestellt
mein blick irrt umher
verliert sich in wolkenloser dämmerung
wird es tag oder nacht
meine seele am horizont der göttin entschwunden
mein herz weint blut
liebt und hasst
lüsterne blicke auf offenbartem körper
gebrochene grenzen verhüllt
warten auf explodierenden schmerz
den durchdrungene wunden
nicht locken konnten
im leiden liegt das opfer
im schmerz die lust
im körper die verlogene sünde
im nagel in der brust
der verborgene schmerz
im tod die wiedergeburt
in der liebe die heilung

ans kreuz genagelt
die tiefe meines herzens würdigend
fahre ich zur hölle

Barbara Guth

FrauenLesben Wirklichkeiten

Möglichkeiten und Grenzen der Selbstbestimmung in Zusammenhang mit Brustkrebserkrankungen

Brigitte X. Baltscheit

Der Zoom-Workshop beim LFT2021 umfasste einen Vortrag mit anschließender Diskussion.

Die PowerPoint-Präsentation war in folgende Themenbereiche gegliedert:

- Definition: Was ist Brustkrebs?
- Wie funktioniert die Umwandlung von gutartigen in bösartige Zellveränderungen?
- Mögliche Krebsvorstufen, z.B. DCIS
- Ursachen. Prävention
- Möglichkeiten der schulmedizinischen Behandlung
- Komplementärmedizin: u.a. Mistel- und Phytotherapie
- Klassische Homöopathie
- Methoden zur Stärkung der Selbstbestimmung
- Integration in den Alltag oder Umorientierung?
- Schmerz- und Angstbewältigung

Das sind einige herausragende Themen, die ich mit Beispielen besprochen habe. In der Diskussion konnten Frauen Fragen stellen, die Siefahrungen mit der eigenen Betroffenheit oder die der Lebenspartnerin/Verwandten mitteilen.

Das Fazit war, dass es guttat, eine Veranstaltung zu dem Thema auch auf dem LFT2021 zu haben, da viele von uns betroffen sind und vor allem der Austausch wichtig und hilfreich ist.

Keine Kümmerschwestern

Ahima Beerlage

Ich hatte viele Namen seit meiner Geburt: Mädel, Sportlerin, Schlampe, Flittchen, fette Kuh ... Erst nach vielen Jahren meines Daseins wählte ich meine eigenen Namen: Frau und Lesbe. Das waren die beiden Begriffe, die mir mein eigenes Leben ermöglichten; Formeln, die den Bann der Fremdbestimmung brachen. Als ich später noch Hinkefuß und Krüppel genannt wurde, half mir auch immer, mich Frau und Lesbe zu nennen. Warum? Als ich mich Lesbe nannte, kam ich mit Frauen zusammen, die mich gelehrt haben, mich so zu lieben, wie ich bin. Es war nicht mehr die modische Damenfrisur, das Kleid oder weibliche Zurückhaltung, die mich definierten. Ich rasierte mir die Haare ab, verbrachte Tage nackt oder in Arbeitshosen mit Hemd. Ich wurde durch mein Handeln und nicht durch mein Aussehen oder meine gesellschaftliche Zuordnung bestimmt. Ich tat, was ich wollte. Ich war laut und lernte Selbstverteidigung. Wenn Mann mich angrapschte oder versuchte, mich mit Verachtung zum Schweigen zu bringen, rief ich laut: «Nein!» Es war ein langes und oft schmerzhaftes Training, aus der Zwangsjacke zu schlüpfen, die mir die Rolle als Frau angelegt hatte. Wenn ich ehrlich bin, hat der Kampf nie aufgehört, denn das Patriarchat hat auf allen Ebenen Jahrhunderte Zeit gehabt, um die Unterdrückung von Frauen zu verfeinern. Als Lesbe, als frauenliebende Frau verstoße ich außerdem gegen alle Regeln. Ich kann nicht von der Hand des Vaters in die Hand eines anderen Mannes gegeben werden. Ich bin autonom. Bis heute gibt es weltweit Frauen, die durch diese Liebe in Lebensgefahr schweben. Selbst wenn die Gesellschaft und die Gesetze in Deutschland inzwischen Lesben nicht mehr ausgrenzen, weinen immer noch Mädchen bei ihrem Coming-out, weil sie Mobbing in der Schule fürchten oder weil sie ihre Eltern «enttäuschen». Eine Frau allein oder ein Frauenpaar kann längst nicht durch die Welt reisen, ohne Gefahr zu laufen, vergewaltigt oder getötet zu werden. Auch in unserem Land haben Männer die Fantasie, eine Lesbe zu vergewaltigen, um sie «auf den richtigen Weg» zu bringen – und manche leben diese Fantasie auch aus. Als Mädchen, Frau und Lesbe gibt es einen schrillen Warnton in meinem Leben: «Pass auf!» Erst unter Lesben habe ich gelernt, meinen Körper nicht dafür zu hassen, dass er mich potenziell zum Opfer macht. Erst da habe ich aufgehört, mir Schmerz zuzufügen. Ich lernte, nicht mehr einem Schönheitsideal nachzueifern, das keine Frau der Welt je erreichen wird. Ich lernte, das Gefühl, nicht zu genügen, abzumildern.

Dann passierte es, dass mein Körper so verletzt wurde, dass die Gesellschaft mich «behindert» nennt. Wieder hatte ich neue Namen: Krüppel, Hinkefuß. Viele Fähigkeiten, die ich besessen hatte, waren verschwunden. Ich fühlte mich auf ganz neue Weise unzulänglich. Und wieder waren es Frauen und Lesben, die mir halfen, damit umzugehen. Als ich zum ersten Mal das Wort «Krüppellesbe» hörte, bin ich zusammengezuckt. Aber es kam aus dem Mund einer neonbunt gekleideten Frau, die an Krücken tanzte, ich hörte eine Frau im Rolli laut jodeln. Also wählte auch ich diesen Namen für mich. Lesbe und Krüppellesbe sind meine Zauberformeln, die jeden Bann, mich unzureichend und gejagt zu fühlen, brechen können. Unter Lesben habe ich gelernt, mit dem Wort «für» zu denken und nicht mit dem Wort «gegen». Ich bin für Frauen und ihre Vielfalt – ob jung, alt, dick, dünn, laut, leise, eitel, schüchtern, grob, fein, aller Hautfarben, Größen, Fähigkeiten, physischer und psychischer Eigenarten. Mir ist es nicht immer möglich, alle Eigenarten und Verletzungen wahrzunehmen. Ich bin eine weiße Europäerin. Aber ich habe die grundsätzliche Bereitschaft, zu lernen und zu verstehen – und Unterschiede auszuhalten. Niemand muss erst hinken und Schmerzmittel nehmen, um sich in mich hineinzuversetzen. Das wünsche ich weder einer anderen, noch verlange ich es. Ich möchte nur wahrgenommen werden. Ich wünsche mir, dass mein Gegenüber das Bedürfnis hat, mich kennenzulernen und Bedingungen zu schaffen, die es Krüppellesben möglich macht, anderen gleichberechtigt begegnen zu können. Keine soll sich «kümmern», denn das hört sich für mich immer nach Kummer/Sorgenkind an. Wir Lesben wissen, wie es ist, ständig bewertet und abgewertet zu werden. Deshalb traue ich uns zu, dass wir alle Raum finden. Dabei ist lesbisch zu sein für mich eine Handlungsebene, eine Kraftebene, aus der ich jedes weitere Anderssein für mich speisen kann. Und all das fing damit an, dass ich als frauenliebende Frau einen Namen bekam: Lesbe. Dieser Name ist für mich unveräußerlich, unabdingbar, weil er mich aus der Unsichtbarkeit geführt hat. Frauenliebende Frauen wurden und werden gesellschaftlich und religiös begründet verfolgt. Die Angriffe sind über die Jahrhunderte immer differenzierter von außen nach innen geführt worden. Zuerst wurden Lesben als Hexen verbrannt, später für verrückt erklärt. Heute reicht es, ihre bloße Existenz als Angriff auf andere Minderheiten zu erklären.

Lesben, die sich selbst so genannt haben oder deren Frauenliebe durch historische Forschung belegt wurde, werden auf ganz neue Art und ungefragt umbenannt oder aus der Geschichte rückwirkend gestrichen oder vereinnahmt. Lesbentreffen werden angegriffen. Es wird versucht, diese Treffen durch Denunziation zu sprengen, Lesben werden angeklagt, anderen durch ihre bloße Existenz zu schaden. Das ist weder neu noch originell, aber es ist gefährlich. Als Krüppellesbe brauche ich Räume, in denen ich für meinen selbstgewählten Namen, für meinen Körper und für meine Liebeswahl nicht bestraft, verurteilt oder angegriffen werde, wo ich Pause habe von dem Warnton meines Lebens: «Pass auf!» Als Krüppellesbe suche ich auch eher das Umfeld von Menschen, die ihren Körper nicht hassen und die achtsam damit umgehen, dass ich oft und unfreiwillig operiert worden bin und Krankenhäuser für mich mit alptraumartigen Erlebnissen verbunden sind. Jede bringt ihre Geschichte mit, und es gibt keine Hierarchie des Leides. Jeder subjektiv erlebte Schmerz, jede Panik, Depression oder bloße Angst hat ein Recht darauf, gesehen zu werden. Keine Lesbe oder Frau sollte «die Schnauze halten» oder sich mit Gewaltandrohungen auseinandersetzen müssen. Lesbenbücher gehören weder auf Scheiterhaufen noch sollten sie mit Warnhinweisen versehen werden. Die sexuellen Präferenzen von Lesben und Frauen bedürfen keiner Rechtfertigung. Es war und bleibt ein langer Kampf, daran festzuhalten. Frauen und Lesben sind vielfältig. Es braucht Zeit und Achtsamkeit, uns wahrzunehmen und voneinander zu lernen. Durch unsere Unabhängigkeit als Frauen sind wir aber keine «Kümmerschwestern» für den Rest der Welt. Wir wollen uns nicht kümmern, sondern uns gegenseitig stärken. Deshalb braucht es LFTs.

Körper mortale: Feministische Sport- und Bewegungskultur im Diesseits von Lesben, queer, trans und Binarität

Susanne Bischoff

Aufschwung

Interessanterweise begann ein partielles Rollback im Sport schleichend Ende der 1980er- bis Mitte der 1990er-Jahre, als Frauen im Sport weltweit stärker und sichtbarer wurden.[1] Ein Rekord nach dem nächsten wurde aufgestellt, und auch mehr Mädchen in Ländern des Globalen Südens bekamen Zugang. Auffallend ist, dass Frauenforschung im Sport von einer identitätsgeleiteten Genderforschung schleichend abgelöst wurde, als Frauen präsenter in Wettkämpfen wurden und viele Männer staunend zurückließen. Kein deutscher Mann lief so schnell wie Florence Griffith Joyner, und Martina Navrátilová war nicht nur die Heldin der westdeutschen Lesbenszene.

Allein der Begriff *Sport* – das ist das erste Phänomen – löst fast immer positive oder negative Emotionen aus und ist selten völlig neutral besetzt. Der Körper ist immer dabei. Er löst als Ganzes mit allen Sinnen Emotionen aus – unabhängig davon, ob sie in Bruchteilen von Sekunden als angenehm oder unangenehm bewertet oder verpanzert werden. Jede Art von Bewegung kann kurzfristig oder tiefgreifend befreiend bis heilsam sein, doch ebenso unbewusst retraumatisierend oder bewusst als gewaltsam erlebt werden – dies zunächst unabhängig davon, ob es sich um Alltagsbewegung oder sportliches Tun handelt.

Sport, Turnen, Körperkultur, Leibeserziehung, Kampfkunst, Tanz und andere Begriffe von zunächst freiwillig definierter Bewegung in den letzten gut 100 Jahren allein deutscher Geschichte der Widersprüchlichkeiten haben im Positiven wie im Negativen für Mädchen und Jungen, für Frauen und Männer nicht unwesentlich zur individuellen wie kollektiven politischen Befreiung und Unterdrückung beigetragen. Die Emanzipation von Mädchen und Frauen sowohl in den Körper- und Rollenbildern als auch im Handlungsspektrum ab dem 19. Jahrhundert wurde wesentlich von den Bewegungsräumen, zu denen die Beziehungsmöglichkeiten, die Straße und Wohnbedingungen wie ein Sportangebot gleichermaßen gehören, gefördert oder

---

1 Siehe u.a.: Deutscher Olympischer Sportbund (Hrsg.): *100 Jahre Frauensport.* Frankfurt/Main 2011

behindert, und das nicht selten mit größten Widersprüchen.[2] Bis heute ist Mädchen- und Frauensport längst nicht für alle Mädchen und Frauen in Deutschland, europäischen Staaten oder auch als Beruf offen zugänglich.

Körper-, Bewegungs- und Sportrollenbilder sind immer gesellschaftspolitisch wirksam und haben ebenso die Arbeitswelt mitgeprägt. Die Zeugnisse z.B. der Arbeitersportvereine oder die Rolle von Sport für Kinder, Jugendliche, Frauen und Männer im NS-Faschismus oder in der DDR belegen dies reichhaltig. Körperbilder sind nicht zuletzt bedeutsam für die Begriffe von Gesundheit und Krankheit in einer Gesellschaft. In einer Gesellschaft, die zwischen Arbeit und sogenannter Freizeit trennt, erfolgt dies anders als in anderen Ordnungen.[3] So zeigt die kulturelle Einbindung ganzheitlicher Heilweisen wie der Traditionellen Chinesischen Medizin (TCM) ein gänzlich anderes Verständnis: Qigong war und ist – nach der Kulturrevolution Maos im Spektrum deutlich reduziert – fester Bestandteil eines ganzheitlichen Gesundheitsbegriffs. Ein anderes Beispiel: In vielen Schwarzen Kulturen wird bei Trauerfeiern traditionell getanzt und getrommelt. Hierzulande ist Trauern oft vom Körper «wie» abgetrennt. Dabei ist Trauern eine tiefe Bewegung aller Sinne und Elemente: geboren werden, wachsen, nähren und sterben.

Um das breite Spektrum von Sport und Bewegungsangeboten in Deutschland stichwortartig anzudeuten, eine knappe Übersicht (die enthaltenen personellen, strukturellen, wirtschaftlichen und gesundheitspolitischen Ebenen können hier nicht erläutert werden):

- Schulsport (als Regelangebot für alle Kinder und Jugendlichen)
- Breiten- und Freizeitsport für Kinder, Jugendliche und Erwachsene.
  Hierzu gehören neben den selbstorganisierten Treffen und festen Gruppen der breitgefächerte Vereins-, Volkshochschul-, Hochschul- und Betriebssport, Fitnesscenter, professionalisierte Sportreisen für Wandern, Radfahren, Tauchen, Reiten bis Freeclimbing, Bewegungszentren u.a. für Aikido, Capoeira, Qigong, Taijiquan, Yoga, Zumba.

---

2 Siehe u.a.: Kröner, Sabine: *Sport und Geschlecht: Eine soziologische Analyse sportlichen Verhaltens in der Freizeit.* Ahrensburg 1976; Pfister, Gertrud: «100 Jahre Frauen im Sport. Anfänge, Entwicklungen, Perspektiven.» In: Sobiech, Gabriele/Günter, Sandra: *Sport & Gender – (Inter-)nationale sportsoziologische Geschlechterforschung: Theoretische Ansätze, Praktiken und Perspektiven.* Springer, Wiesbaden 2017

3 Zum Begriff Freizeit siehe Opaschowski, Horst: *Pädagogik der freien Lebenszeit,* 3., völlig neu bearbeitete Auflage. Leske + Budrich, Opladen 1996. Feministisch-globale Kritik u.a. bei Mies, Maria/Bennholdt-Thomsen, Veronika: *The subsistence perspective. Beyond the globalised economy.* Spinifex Press, Melbourne 1999; Mies, Maria: *Patriarchat und Kapital.* Erweiterte Ausgabe. bge-verlag, München 2015

- Leistungs- und Hochleistungssport für Kinder, Jugendliche, Erwachsene
- Professioneller Sport
- Präventionssport
- Rehabilitations- und Behindertensport
- Die ab ca. 1900 erkämpften Frauensaunen und Frauenschwimmen
- Feministische Frauen- und Lesbengruppen/-vereine
- LGBTIQ*-Sportzusammenhänge
- Sport von und für Menschen mit geistigen und psychischen Handicaps
- Frauen-/Gendersportforschung mit allen Disziplinen (u.a. Medizin, Trainingswissenschaft, Soziologie, Geschichte, Pädagogik, Didaktik) eingebunden in politische nationale und internationale Zusammenhänge

Sport war nie nur Vergnügen, wie es der Ursprung des Wortes meint, sondern immer auch politisch umstrittenes Terrain. In der Geschichte der BRD und der DDR gab es teilweise völlig konträre Entwicklungslinien. Einigkeit herrschte nur darin: Sport bzw. Körperkultur ist gut. In der BRD waren aber bereits Ende der 1970er-Jahre übergewichtige Kinder ein Thema, und es gab Projekte an Hochschulen (beispielsweise Deutsche Sporthochschule Köln, Universität Oldenburg), den Sport grundsätzlich so «alternativ» zu verändern, dass außer im leistungsorientierten Bereich die Freude des Miteinander im Vordergrund steht. Es gibt diese Ansätze immer noch, doch haben sie im Schulsport kaum Fuß gefasst, was gesamtgesellschaftlich und gesundheitspolitisch unverständlich ist, zumal ihr materieller und personeller Aufwand oft gering ist und Leistungsmessungen oft nicht nur für die vormals Schwächeren deutlich bessere Werte erbringen als im herkömmlichen Sport- und Turngeschehen.

Frauen, Lesben und Gender: Wissenschaft und Politik um Körper und Sport

Es gab in den 1980er- bis 1990er-Jahren eine recht breite Feministische Sport- und Bewegungskultur, an der Frauen (viele Lesben!) aus Theorie und Praxis sowie Politik mitwirkten.[4] Hiervon ist bis heute wenig übriggeblieben. Aus den wenigen Professuren für Frauenforschung wurden auch im Sport Genderstudies. Erst fast unsichtbar, rutschte der Fokus zunehmend weg, dabei war von Wahl- geschweige Gewaltfreiheit noch lange nicht die Rede. Auch nahmen sich eben nicht – was erschwerend dazukam – andere Bereiche den männlichen Sozialisierungen und Ausprägungen an. Interdisziplinarität wurde durch eine queerfeministische Defi-

4 Ausgewählte Literatur im Literaturverzeichnis

Bild links: Autorin 1959
Foto Herbert Bischoff
Bild rechts: Teil der Skulptur
«Spelende kinderen»
von Alphonsa J. van Daalen
Veere, Niederlande
© Susanne Bischoff

nition von Intersektionalität ersetzt, der Fokus auf Diskriminierung und Betroffenheit gelegt. Eine mädchen- und frauenzentrierende Forschung und Praxis geriet aus dem Blickfeld. Dies wohl auch, weil der Körper als Ganzes u.a. mit Judith Butler regelrecht entkörperlicht wurde. Es wurden – so könnte eine es verkürzt formulieren – aus der «Puren Lust», dem Aufbruch und Verbinden zunehmend «Plastikleidenschaften», wie es Mary Daly trefflich schrieb.[5] Wie kann es sein, dass Butler in ihrem Band *Körper von Gewicht*[6] nicht mit einem Wort Körper, gar Sport in Bewegung, die Kämpfe, Siege, Niederlagen, den Tanz, die Gemeinschaften von Mädchen und Frauen in den unterschiedlichsten Kulturen vom Körper aus benennt?

Mit welchem Ziel handelt eine Genderforschung, die die Verletzlichkeiten und die Stärken, die Widersprüche, die Verschiedenheiten und die Wurzeln von Mädchen und Frauen von einem tendenziell andro-gynen (u.a. Frauen nehmen sich männlich definierte Kleidung, Rollenbilder und Räume) emanzipatorischen Frauenbild in ein *queeres aller Geschlechter* wandelt? Werden doch weder die Zwangsheteronormativität weiter befragt noch die männlich wie weiblich verorteten Normen näher untersucht. Oder anders ausgedrückt: Die Wurzeln der EigenMacht von Frauen werden erneut ausgeblendet. Eine EigenMacht, die sich nicht um *andro* schert, sondern frei bewegt und begehrt. Queerfeministische *Safe Spaces* sind eben keine eigenen, selbstgestalteten Räume, in denen FrauenLesbenMädchen im Zentrum stehen und bestimmen, wann sie wen hineinlassen oder nicht.

---

5 Daly, Mary: *Reine Lust. Elemental-feministische Philosophie.* Übersetzt von Erika Wisselinck, Frauenoffensive, München 1986

6 Butler, Judith: *Körper von Gewicht. Die diskursiven Grenzen des Geschlechts.* Übersetzt von Karin Wördemann, Suhrkamp, Berlin 1995

Warum fragt eine intersektionale Forschung nicht aus dem ihr eigenen Fachgebiet heraus, was z.B. die tiefe Qualität des Tanzes «One Billion Rising» sein könnte, der zu einem weltweiten Aufsteigen aller Frauen im Tanz 2012 erstmals umgesetzt wurde. Die Inspiration hatte Eve Ensler im Osten der DR Kongo. Sie besuchte Frauen, die schlimmste Vergewaltigungen überlebt hatten, die in der «City of Joy» bei Bukavu leb(t)en. Dies ist ein Ort für Frauen, die größtenteils von Dr. Denis Mukwege (Friedensnobelpreisträger 2018) als gynäkologischem Chirurg mit seinem Team im Panzihospital operiert und auch traumatherapeutisch versorgt werden. Die tiefe Kraft der inneren Bewegung dieser Frauen zeigt nicht zuletzt im Tanz eine Quelle von Ressourcen – trotz der erlebten unglaublichen Torturen durch männliche Gewalt. Da geht es nicht um Gender, es geht um schwerst traumatisierte Frauen, die aufstehen und dabei mit den unauslöschbaren Spuren in ihren Körpern mit allen Sinnen *pure Lust* für sich und im Begegnen mit anderen Frauen erleben und eine Perspektive für ihr eigenes Leben entwickeln. Aus diesem Wahrnehmen entstand ein neu choreographierter, weltumspannender Tanz in mehreren Varianten mit Symbolcharakter: «Zerreißt eure Ketten» im Innen wie Außen. Wo bleibt die Genderforschung im Sport zu diesem Thema, zu den Bewegungen, zur Gemeinschaft?[7] Was macht die freudige Power aus, wenn ich in Kinshasa in meinem Projekt die Musik auflege, Jung und Alt aufspringt und: tanzt, sich sofort erinnernd an die drei Jahre, in denen wir mit 20 bis 40 Frauen, Kindern und unterstützenden Männern

One Billion Rising, Kinshasa, 2015

Wasserträgerinnen in Goma/DR Kongo, 2014
© Susanne Bischoff

7 Film: *City of Joy*. Directed by Madeleine Gavin, 2016; auf die m.E. berechtigte Kritik an Eve Ensler, speziell sowohl zur Kommerzialisierung von «One Billion Rising» als auch ihrer Neuinterpretation der *Vagina-Monologe* «für alle Frauen» gehe ich hier nicht ein.
Thureson, Birger: *Die Hoffnung kehrt zurück. Der Arzt Denis Mukwege und sein Kampf gegen sexuelle Gewalt im Kongo*. Brandes & Apsel, Frankfurt/Main 2013; Denis Mukwege: *Meine Stimme für das Leben: Die Autobiografie*. Brunnen, Gießen 2018

an «One Billion Rising» teilnahmen und miteinander für Wochen gestärkt den mühseligen Alltag leichter durchlebten?

Wo bleibt ein Aufstehen – auch als Bewegungsforschende – bei dem Leid afghanischer Frauen und Mädchen oder der weltweit bis hin nach Deutschland reichenden grausamen Praxis der Female Genital Mutilation (FGM), die queerfeministisch oft verharmlosend als Cutting (Beschneidung) umgeschrieben wird? Eine Feministische Sport- und Bewegungsforschung hat all diese und weitere Themen (wie zu enge Schuhe, Kleidung) nicht nur miteinbezogen, sondern zur Grundlage erhoben für Fragestellungen und konkrete Angebote für MädchenFrauenLesben. Die Fragen als radikalfeministische Bewegungsforschende gelten dabei nicht zuletzt den Ressourcen. Nicht allein die individuelle Identität, sondern die Entdomestizierung von Mädchen und Frauen, die sie zum männlich-patriarchalen Objekt tags wie nachts machen, sind das Kernanliegen. Kulturelle Achtsamkeit steht dem nicht entgegen – im Gegenteil. Nicht nur für eine feministische Sportforschung lohnt es sich, nachzublättern in der bahnbrechenden Arbeit von Marianne Wex: *‹Weibliche› und ‹männliche› Körpersprache als Folge patriarchalischer Machtverhältnisse*.[8]

Von Istanbul zum nationalen Aktionsplan

Zu einer weiteren Fragestellung: Wie kann es geschehen, dass die Grundrechte aller Mädchen und Frauen, festgehalten u.a. in der Istanbul-Konvention[9], verbindungslos neben einem «Nationalen Aktionsplan für die Akzeptanz und den Schutz sexueller und geschlechtlicher Vielfalt»[10] stehen, ohne dass zumindest Fragen aufkommen?

Teile der autonomen Frauen- und Lesbenbewegung waren Ende der 80er-Jahre zu «queer» in einem linken politischen Kontext auch mit Schwulen aufgebrochen. Dieser entstand nicht zuletzt aus der Solidarität mit schwulen Männern und auch Transfrauen/-männern im Zuge der Aids-Krise. Andere Frauen – ob lesbisch oder nicht – gingen andere Wege, wie z.B. den des partiellen Separatismus. Doch es gab Räume für Begegnung. Es gab freiwillige Neugierde. Heute: Wer nicht queer ist, ist out im

---

8 Wex, Marianne (geb. 1937 – gest. 2020); Erstveröffentlichung: Verlag und Copyright Marianne Wex, Hamburg, 1979; Englisch erstmalig als: *Let's Take Back Our Space. ‹Female› and ‹Male› Body Language as a Result of Patriarchal Structures*. Frauenliteraturverlag Hermine Fees, Frankfurt/Main, 1984; Übersetzung ins Französische 1993; zahlreiche internationale Ausstellungen 1976 – 2018. Das Museum für Moderne Kunst – MoMA – in New York, USA, hat inzwischen alle Originale angekauft.

9 Nachzulesen u.a. bei: www.unwomen.de

10 www.bmfsfj.de/bmfsfj/themen/gleichstellung/gleichgeschlechtliche-lebensweisen-geschlechtsidentitaet/arbeitsgruppe-intersexualitaet-transsexualitaet/schutz-und-akzeptanz-geschlechtlicher-und-sexueller-vielfalt-73928

Feminismus – und das ist eine freundliche Umschreibung. Mädchen und Frauen, ob lesbisch, bi- oder heterosexuell, die nicht an eine externe Geschlechtervielfalt glauben, sondern mit allen Zweifeln ihre Körper annehmen, gelten bestenfalls als altbacken. Die Entfesselung der körperlichen Machbarkeitsideen wird nicht aufgehen als Befreiung, auch wenn die pharmazeutische Industrie und der Schönheitsmarkt das suggerieren. Wo bleibt hier die laute Kritik aus den Reihen der Gendersportforschung? Es braucht eine wirkliche Kritik am kapitalistischen Markt der Schönheitsindustrie, die Körper baut, und ebenso an narrativen Selbstbeschreibungen mit unumkehrbaren Folgen durch Hormone und Operationen. Label kann ich aufkleben und wieder abnehmen – den Körper mit all seinem historischen Wissen über Generationen, mitunter über Kulturen gewachsenen Stärken und Verletzungen nicht austauschen. Genau hier wäre also eine Fortführung intersektionaler Forschung und kritische Stellungnahme zum Körpermarkt gefragt, statt sich auf Nebengleisen individueller Selbstverwirklichung zu tummeln, die elementare Grundlagen feministischer Patriarchats-, Klassen- und Kapitalismuskritik vermissen lässt.[11]

Stattdessen gibt es vermehrt Fragebögen zu Gesundheit und Sport von LGBTIQ* von Universitäten, die nicht mehr unterschiedliche Formen von Diskriminierung (oder positive Erlebnisse) erheben. Es werden «alle Geschlechter» oder «Queers» (seien sie lesbisch, schwul, bisexuell, inter, trans*, non-binary, agender, demisexuell usw.) gleichsam einheitlich befragt. Allein die Unterschiede zwischen Lesben und Schwulen sind im realen Leben enorm. Frausein als Realität im Patriarchat kommt gar nicht mehr vor. Ich kann als Frau gute Erfahrungen machen und als Lesbe negative und umgekehrt, beides ist möglich. Wenn ich anfange, die Basis als Frau auszulassen und mit dem Label «cis» verkürze und gar mit anderen wie «schwul» zu vermischen, können grundlegende Fragen nicht mehr gestellt werden. Fragen, die die Hälfte der Menschheit betreffen.

Diese verkürzte Forschungspraxis und -politik findet sich in zahlreichen Studiengängen und wirkt bis hinein in Gesetzesvorlagen. Sportpolitik wird umgesetzt über Handreichungen und Programme mit dem Ziel der «Gendersensibilität». Führend hierbei sind nicht zuletzt Frauen in Verbänden und Professorinnen an Genderinstituten zu einerseits Sport- und andererseits Gesundheitsforschung (beides vormals erkämpfte Frauenforschung), die, teilweise ursprünglich eher autonom-feminis-

11 Siehe hierzu auch die Eröffnungsrede beim LFT2021 von Monika Barz, vorgetragen von Simone Danz in diesem Buch, S. 31 ff.

tisch, sich seit etwa Mitte der 1990er-Jahre Richtung Queerfeminismus entwickelt haben und heute verstärkt zu «trans» und LGBTIQ* forschen und lehren. Das L ist dabei, wenn überhaupt beforscht, immer mit «queer» besetzt als «cis» und «transgender», wahlweise «non-binary». Brach früher die sogenannte androgyne Lesbe als Butch die klassisch weibliche Rolle und erkämpfte sich damit einen autonomen Raum, ohne das Geschlecht zu wechseln oder sich ein Label mit Pronomen umzuhängen, scheint der Rollen- samt fluidem Geschlechtswechsel heute für viele Jugendliche ein Ausweg aus der zunehmenden Sexualisierung von Mädchen- und Frauenkörpern – nicht zuletzt im Sport. Die Gewalt gegen Mädchen und Frauen ist nicht gesunken, sie ist alltäglich. Frausein jedoch ist kein adjektivisches Gefühl, sondern substanzielle Realität.

Diese Wissenschaftsverkürzung primär identitätsgestützter Ansätze bedeutet beispielsweise: Der Widerspruch, den jede Leistungssportlerin bis heute gesellschaftlich aushalten muss, einerseits mit sogenannten männlichen Werten und Rollen zu trainieren und zu kämpfen, um Erfolge zu erzielen, und andererseits durch neu eingeschränkte Frauenkörperbilder binär eingeengt zu werden, wird im Frauen- und Lesbensport selbst nicht weiter erforscht. Aktuelle politische Forderungen werden in einem «alle Frauen*» verwischt. Dies wird keiner gerecht. Wenn zudem der riesige Einfluss der externen Geldgeber, der Sponsoren, sowohl in der Wissenschaft wie für jede einzelne Leistungssportlerin hinzugenommen wird, bleibt mit Bell Hooks die Frage: Hat nicht eine Forschung, die zwischen Frauen- und Queerforschung und -politik trennt – dabei Lesben der Kategorie *queer* zuordnet – das Ringen um eine «Politik des Standorts» in ihrer radikalen Aufgabe und Chance der «Bildung einer antihegemonialen kulturellen Praxis» längst zugunsten einer reformistischen Einpassung an die Drittmittelindustrie aufgegeben?[12]

Um ein anderes Beispiel zu Rollenbildern im Frauensport aufzugreifen: Fußballspielerinnen, auch die meisten Lesben westlich orientierter Staaten, tragen derzeit lange Haare und wirken in der Medienpräsenz – überspitzt ausgedrückt – erschreckend gleichförmig. Als feministische Sport- und Bewegungsforscherin hätte ich dazu eine Fülle von Fragen, z.B. zu ihren Rollen- und Körper(vor)bildern, zu ihren Wurzeln und ihren Ängsten. Diese finde ich nur selten bis gar nicht in der aktuellen Gendersportforschung gestellt. Stattdessen bekommen Transfrauen und -männer eine

12 Siehe Hooks, Bell: *Sehnsucht und Widerstand. Kultur, Ethnie, Geschlecht.* Dt. Ausgabe Orlanda, Berlin 1996, S. 145

überdimensionale Aufmerksamkeit. Nicht einmal wird die tatsächlich empathische Frage in den Fokus gerückt, warum eine international bekannte Fußballspielerin, Kumi Yokoyama, die sich mit 20 Jahren (freiwillig?) einer Mastektomie unterzog, für sich den Weg zu «Transgendermann» gegangen ist?[13] Müssten zwischen der Akzeptanz individueller Entscheidungen und feministischer Grundlagenforschung, die wiederum Einfluss auf die Sozialisation von Millionen von Mädchen und Jungen hat, nicht einige Etappen liegen? Und warum bleibt Yokoyama im Frauenteam, während reihenweise Transfrauen in Frauenteams drängen?[14]

Transgender am Beispiel Schule und Sportverein

Zur Situation von Transgender im deutschen Schulsport ein Zitat aus einer offiziellen Broschüre für SchülerInnen in NRW von 2020:

> *Für einige trans*Jugendliche – nicht für alle – stellt Schulsport eine psychisch-emotionale Belastung dar. Einige trans* Schüler_innen nehmen aufgrund eines hohen Leidensdruckes nicht am Sportunterricht teil. Dieser Leidensdruck, auch Dysphorie genannt, bezieht sich auf das Unwohlsein oder die Ablehnung des eigenen Körpers oder von Teilen des Körpers, die als nicht zum eigenen Geschlecht passend empfunden werden. Da Sport das körperlichste Schulfach ist, sollten vorgelegte Atteste unbedingt akzeptiert und Ersatzaufgaben besprochen werden.*[15]

In den wenigen Sätzen wird bereits das ganze Dilemma deutlich. Leidensdruck wird zu «Dysphorie».[16] Ein an sich klar definierter Begriff aus der Traumaforschung und -therapie wird in einem Nebensatz neu bestimmt. Das «eigene Geschlecht» wird von jeglicher Biologie abgetrennt. KörperBewegung als nicht zuletzt therapeutische Heilkraft wird zudem tendenziell abgelehnt – lieber ein Attest. Dabei wäre ein guter Sportunterricht so wichtig.

---

13 Kumi Yokoyama, s.u.a.: https://sumikai.com/nachrichten-aus-japan/sport/japanische-fussballnationalspielerin-outet-sich-als-transgender-295311

14 Zur Kritik intersektionaler Wissenschaftskriterien s. auch Amelung, Till Randolf (Hrsg.): *Irrwege. Analysen aktueller queerer Politik.* Querverlag, Berlin 2020; Fourest, Caroline: *Generation Beleidigt: Von der Sprachpolizei zur Gedankenpolizei.* Edition TIAMAT, Berlin 2020; zur Kritik der Genderstudies s.a.: L'Amour laLove, Patsy (Hrsg.): *Kritik an queerem Aktivismus, autoritären Sehnsüchten, Sprechverboten.* Querverlag, Berlin 2017; Linkerhand, Koschka: *Feministisch streiten: Texte zu Vernunft und Leidenschaft unter Frauen.* Querverlag, Berlin 2018

15 In: SCHLAU NRW und dem Netzwerk Geschlechtliche Vielfalt Trans* NRW e.V. (Hrsg.): *Trans* und Schule, Infobroschüre für die Begleitung von trans*Jugendlichen im Kontext Schule in NRW.* 2019/2020, S. 17

16 Maßgeblich für die begriffliche Neubestimmung im Deutschsprachigen: *Geschlechtsinkongruenz, Geschlechtsdysphorie und Trans-Gesundheit: S3-Leitlinie zur Diagnostik, Beratung und Behandlung.* AWMF-Register-Nr. 138|001. 2019 unter Federführung der Deutschen Gesellschaft für Sexualforschung (DGfS)

In Deutschland gibt es eine massive Zunahme von non-binären und queeren* Mädchen. Sehe ich dies einerseits positiv, als Signal dafür, die neuen verengten binären RollenKörperBilder und Handlungsoptionen partiell aufzubrechen, geraten doch sehr viele Mädchen, auch weil sie modern und engagiert sein wollen, in den «Trans Train» – derzeit geschätzte 15 bis 20%. Die Medien – online, Print und vermehrt das Fernsehen – sind voller Berichte über sogenannte Transkids. Wie sich das im Einzelnen auf den Sport in allen Bereichen auswirken wird, ist noch nicht abzusehen. Anders als z.B. in Spanien sind bislang von Frauensportverbänden keine Kritik oder Bedenken laut geworden. Ich vermute, vielen ist die Problematik gar nicht bewusst.

Gut mit Verbänden und Universitäten vernetzt, wird diese Entwicklung auch gefördert von «Seitenwechsel – Sportverein für FrauenLesbenTrans*Inter* und Mädchen e.V.». Zusammen mit zehn anderen Lesben gründete ich diesen Verein 1988 bewusst als FrauenLesbenMädchen-Sportverein. Der Verein hat eine lange beeindruckende Entwicklung auch im internationalen Raum für die Beteiligung an Lesben- und Schwulensportspielen (z.B. den Gay und EuroGames) genommen und viel für die Theorie und Praxis im Lesben-, Frauen- und speziell im Mädchensport geleistet. Seit einigen Jahren ist der Verein queerfeministisch ausgerichtet. Zweifelsfrei wird weiterhin wichtige Arbeit erbracht, Lesbengruppen ohne trans* sind heute aber nicht mehr möglich. Was bedeutet das für frauenliebende Frauen, Lesben und intersexuelle Lesben, die diese Vermischung nicht wollen – werden sie dann als «transphob» markiert?

Feministische Sport- und Bewegungskultur erkenne ich im Verein in Konzept und Politik nur noch rudimentär. Im Jahr 2021 wurde die «Charta für geschlechtliche Vielfalt» mit neun Punkten veröffentlicht, die von möglichst vielen Sportvereinen und Verbänden mit einer «Verpflichtungserklärung» unterzeichnet werden soll.[17] Auch wenn manches durchaus Sinn ergibt, wie etwa in Punkt 8: «Mehrfachdiskriminierungen durch Überschneidung von z.B. Rassismus, Antisemitismus, Klassismus, Behindertenfeindlichkeit, Sexismus, LSBTIQ*-Feindlichkeiten gleichermaßen mitzudenken und zu bekämpfen», erschreckt nicht nur der teils rüde Tonfall. Denn Frauen, Lesben kommen, außer in diesem Punkt unter LSBTIQ* subsumiert, gar nicht mehr vor. Dafür wird in Punkt 3 gefordert: «... eine inklusive Sprache zu verwenden, die alle Geschlechter (wirklich alle) anspricht und keine Geschlechterstereotype transportiert.» In Punkt 9 heißt es: «... regelmäßig alle Maßnahmen zur

17 www.charta.seitenwechsel-berlin.de/charta

geschlechtlichen Vielfalt im Verein zu kommunizieren, zu thematisieren und fortlaufend zu aktualisieren.»

Es macht mich ratlos, wenn ich bei Seitenwechsel ein Vereinsangebot lese zu «Rücken*Gesundheit für Personen, die Binder (ge)tragen (haben)», was sich an «Trans*, Inter* und nichtbinäre Personen bzw. Personen, die Binder (ge)tragen (haben)», richtet. Haben wir in den 1970er-, 1980er- und 1990er-Jahren nicht gerade für das Ablegen einengender Kleidung gekämpft? Natürlich hat es auch Butches gegeben, die Binder trugen. Auch ist mir die Auswirkung klar, doch wird mit folgendem Satz wie mit einer körperlich angeborenen oder erworbenen Behinderung umgegangen: «Binder zwingen uns in eine nach vorn gezogene Haltung, die zu Nacken-, Brust-, Schulter- und Rückenschmerzen oder -verspannungen führen können. Das Atmen fällt schwer. Binder beschränken die Bewegungsfreiheit und können zu Fehlhaltungen/Dysbalancen führen.» Es sind nicht die Binder, die zwingen. Es sind fast immer junge Frauen und manchmal auch Interpersonen, die aus vielerlei Gründen ihren Körper nicht annehmen können.

Es ist dies die Praxis eines Vereins. Sie trifft sich mit der oberen politischen Ebene: Die Sportministerinnen und -minister sowie Sportsenatorinnen und -senatoren der Länder legten 2019 im Rahmen queerer* Gesundheit im Sport «diversitätssensibel» einen Grundstein, der durchaus konsequent 2020 u.a. zu dem Ergebnis führte: Es ist «schlecht» (wörtlich!, Anmerkung S.B.), «Angebote, die nur auf ein Geschlecht ausgerichtet sind», zu machen.[18]

Wo bleibt das Recht von Mädchen und Frauen, «nein» zu sagen, als Gruppe wie im Einzelfall? Wo bleiben Mädchen, Jugendliche, Lesben, die sich eben nicht in einem traditionellen Sportverein bewegen wollen? Drängende Fragen zu den erschreckend hohen Zahlen von kranken, über- und untergewichtigen, depressiven, autistischen, allergischen Kindern und Jugendlichen werden dagegen nicht mehr von der Gendersportforschung interdisziplinär bearbeitet. Kein anderes Fachgebiet hat ein größeres Instrumentarium zur Verfügung! Was sich insgesamt entwickeln wird, ist im Zuge der von den Transverbänden bis zur Ampelkoalition massiv geforderten Grundgesetzänderung zur Self-ID noch gar nicht abzusehen. Es gibt zunehmend hilflose Eltern, kritische Stimmen werden generalisiert als «transphob» bezeichnet und werden ignoriert. Neue Broschüren und Kinderbücher über «mein Transkind» fluten den Markt. Rechten, also reaktionären Kräften mit einem rückschrittlichen Mädchen-/Frauen- und heteronormierten Familienbild wird so gleichzeitig in die Hände gespielt.

---

18 Siehe in der weiterführenden Literatur: Organisationsteam der BuNT 2020 (Hrsg.), S. 18

Verinnerlichte Homophobie wird selten im queeren Feminismus thematisiert, ja die Frage danach geradezu abgewehrt. Zweifel sind angebracht bei einem Konzept «geschlechtliche Vielfalt» als feministische Befreiung, indem gegenderte Einhörner fernab von Biologie und Materialismuskritik zum Standard erhoben werden. Wie kann so ein wirksamer Zugang zu dem Jahrtausende alten Wissen hetero-, bisexueller und frauenbegehrender Frauen wieder und weiter entdeckt werden?[19] Ein Wissen, das nie losgelöst war von Körper und grundlegenden Elementen von Bewegung, Tanz, Sinnlichkeit, Begehren, Abtreibung, Gebären und Sterben in eigenen Räumen. Simone de Beauvoir, Ursula Scheu oder Leslie Feinberg waren in ihren so unterschiedlichen Ansätzen in ihren Fragestellungen oft weitaus radikaler, da sie weder das Geschlecht (sex) noch die Klasse Frau in ihrer Existenz je in Frage stellten.[20] Die Konstruktion und Dekonstruktion von Rollen und Unterdrückung bis hin zu systemischer Gewalt betrifft immerhin die Hälfte der Menschheit: Frauen – als Geschlecht.

Kinshasa, 2014
© Susanne Bischoff

Selbstverteidigungskurs, Kinshasa, 2015

Beispiel Gay Games und Lesbensport

Angelehnt im Konzept an die Olympischen Spiele, doch mit wesentlich offeneren Leistungskategorien, waren die Gay Games auf einem guten Weg, zu einer Parität zwischen Lesben und Schwulen zu kommen und auch partiell tradierte

19 Siehe u.a. die Quellenarbeiten von Marija Gimbutas: *Göttinnen und Götter des Alten Europa – Mythen und Kultbilder*. Dt. Übersetzung, Arun-Verlag, Uhlstädt-Kirchhasel 2010; *Die Zivilisation der Göttin. Die Welt des Alten Europa*. Zweitausendeins, Frankfurt/Main 1996/2012

20 Beauvoir, Simone: *Das andere Geschlecht. Sitte und Sexus der Frau*. Dt. 1951 (1. Aufl.); Scheu, Ursula: *Wir werden nicht als Mädchen geboren – wir werden dazu gemacht*. Fischer, Frankfurt/Main 1977; Feinberg, Leslie: *Stone Butch Blues: Träume in den erwachenden Morgen*. Krug & Schadenberg, Berlin 2008

Rollen und Regeln zu sprengen. So erinnere ich mich an ein älteres Frauenpaar im Paartanz aus UK bei den Spielen in Sydney 2002. Die eine im guten Sinn dick und präsent mit ihrer kraftvoll-weiblichen Ausstrahlung, die andere eher dem Typ Butch entsprechend. Beide Frauen wechselten ständig und wunderschön die Führungsrollen. Es war ein Genuss zum Nähren: RollenSpiel und Raum nehmen, sinnlich, erotisch im schönsten Sinn. Viele Lesben, die früher und um diese Zeit an den Spielen teilnahmen, erzählten von sie stärkenden Erfahrungen. Inzwischen sind die Gay Games (2023 in Hongkong) und die EuroGames (2023 in Bern) für «alle» offen. «Trans/queer» nimmt immer mehr Raum ein, Lesben werden marginalisiert. Diese Entwicklung wird von den zuständigen Verbänden gefördert. So berichteten während der European Lesbian*Conference 2017 in Wien junge Lesben aus Zypern, dass ihre kleinen, gut funktionierenden Lesbengruppen durch Transfrauen regelrecht aufgemischt würden, diese ungeheuer aggressiv seien und die Lesben frustriert die Gruppen verließen. Die internationale Sportverbandsfrau reagierte auch auf meine expliziten Nachfragen mit Schweigen, und wenige Monate später erschienen die neuen Standards zu «trans».

Beispiel Brustkrebserkrankungen

Es waren Frauen mit Brustkrebs oder nach einer Brustkrebs-OP, die in Selbstfürsorge begannen, sich in den 1980er- und 1990er-Jahren zu organisieren. Inzwischen ist dies längst eine weltweite Bewegung. Doch noch immer schämen sich Frauen, wenn sie durch chirurgische Eingriffe eine oder beide Brüste verlieren. Die Brüste gelten als Symbol von Weiblichkeit, so eigenwillig sie sich auch im nicht erkrankten Zustand von Jugend bis Alter entwickeln können. Susan Brownmiller präzisierte 1984:

> *Offensichtlich gibt es so etwas wie eine durchschnittliche Brust nicht. Doch die westliche Zivilisation hat sich dafür entschieden, die erstaunliche Vielfalt zu leugnen, denn hier präsentiert sich die verpackte Brust der Welt und erzwingt eine Einheitsform, die entsprechend der Zeit als höchst erotisch und modisch gilt.*[21]

Nicht wenige Frauen mit oder nach einer Brustkrebserkrankung haben vor vielen Jahren angefangen, sich mit einer oder beiden abgenommenen Brüsten zu zeigen und sich nicht länger zu einem Brustaufbau mit Implantaten von Ärzten und Ehemännern zur Erfüllung der weiblichen Schönheitsnorm überreden zu lassen. Sich zu zeigen: auch nackt. Inzwischen gibt es viele Angebote für Gymnastik und

---

21 Brownmiller, Susan: *Weiblichkeit.*, Fischer, Frankfurt/Main 1984, S. 37

Sport bis hin zu Nordic Walking, Schwimmen, Qigong und spezieller Kräftigungsgymnastik oder Gerätetraining kurz nach dem ersten Teil der abgeschlossenen Behandlung (OP, ggf. Chemotherapie, wobei hier oft bereits mit aktiver Bewegung begonnen werden kann). Dies sind u.a. feste Bestandteile der Rehabilitationsangebote. Darüber hinaus entstehen in diesen Gruppen viele soziale Kontakte. Nicht wenige Frauen machen erstmals in ihrem Leben positive Körpererfahrungen oder entdecken verloren geglaubte Ressourcen gänzlich neu – der verletzte und verletzliche Körper als Quelle des «All-Eins-Seins» – wie es Ute Manan Schiran formulierte.[22] Trotz mancher Skepsis gegenüber allopathischer Medizin sind für die Erlebens- und Wohlfühlzeit riesige Fortschritte erzielt worden. Bei Brustkrebs kann in medizinisch gut ausgestatteten Staaten inzwischen sehr häufig auf die Entfernung der ganzen Brust plus zahlreicher Lymphknoten zugunsten brusterhaltender minimalinvasiver OPs (mit der Entfernung von 1–5 Lymphknoten) verzichtet werden. Trotzdem bleibt diese Erkrankung schwerwiegend und ist oft mit langer Medikamentengabe und natürlich auch mit Rückfällen verbunden – an denen keine Frau selbst schuld ist.

Selten bekommen auch Männer Brustkrebs, doch sie gehören eben nicht in die Brustkrebsgruppen der Frauen. Ein Mann im Raum – und die gesamte Atmosphäre verändert sich – ganz unabhängig von der sexuellen Orientierung. Häufig merken die Männer selbst, dass ihre Geschichte eine ganz andere ist und gehen freiwillig. Was wird es, wenn «Transgender» für alle und jederzeit konsequent weitergedacht, zukünftig für Leitlinien der Krankenkassen geben?

Feministische Sport- und Bewegungskultur und Genderforschung

Als Mädchen wollte ich räumliche Freiheiten, erfuhr zum Glück von meinen Eltern recht viel Unterstützung, doch hasste ich alles Klischee-Mädchenhafte, Badeanzüge besonders, und als Jugendliche, die das Wort «lesbisch» noch gar nicht kannte, gab es auch Zeiten, in denen ich meinen Körper hasste, speziell meine Brüste. Meine Rettung war der Sport, Volleyball, 1967 in Westdeutschland nahezu unbekannt und geschlechtsneutral besetzt.

Als Diplomsportlehrerin und Bewegungstherapeutin habe ich in sehr verschiedenen Bereichen gearbeitet und die Feministische Sport- und Bewegungskultur in Westberlin und der BRD mitbegründet. Die erste offiziell so benannte Lesbensportgruppe entstand 1982, angestoßen von einer türkischen Lesbe mit schlechten Schulsporterfahrungen im autonomen Lesbenprojekt «LesTra». Diese lesbische

22 Schiran, Ute Manan: *Am Küstensaum der Zeit – Gedanken zum Umgang mit elementaren Kräften.* Berlin 2010, 2. Auflage; Essay: «Rückkehr zur Erde oder Sterben ist ein aktives Verb». In: *Lachesis* Nr. 28

Frau fragte mich nach meinem «alternativen Sport», ob ich nicht Lust hätte, ihn mit uns Lesben gemeinsam zu probieren. So begann Lesbensport mangels Sporthalle an der Amazonen-Statue mitten im Tiergarten im damaligen Westberlin.

Bereits während meines Studiums interessierten mich Alternativen zum herkömmlichen Sport und Sportunterricht. Dies geschah u.a. in Auseinandersetzung mit den reformpädagogischen Bewegungen der 1920er-Jahre als auch mit den Ursprüngen des «Deutschen Turnens» durch F. L. Jahn. Aus Anfang des 19. Jahrhunderts für Soldaten revolutionär neuartigen Übungsformen wurden später überall installierte Geräte mit Bewegungsnormen, Leistungs- und Haltungsnoten: Aus dem einen Bach überquerenden Baumstamm wurde der Schwebebalken – für viele Mädchen ein Horrorgerät. Aus einer zu überkletternden Mauer ein Kasten, aus einem Baum ein Klettergerüst usw. Die Fragen stell(t)en sich also: Wie kann interdisziplinäres Wissen neu und sinnstiftend verbunden werden für individuelle und kollektive Körper- und Bewegungsfreiheit im Sport wie im Alltag? Je nach Sportpolitik und individuellem Glück machen Mädchen positive Erfahrungen – oder eben nicht. Es gibt vermeintlich immer die Guten und die Schlechten im Sport. Wie viele Mädchen können nicht werfen! Nicht weil sie es «von Natur» aus nicht können, sondern weil sie die Technik nicht erlernen. Wenn ich nicht gut werfen, fangen und schlagen kann, hat dies Auswirkungen auf meine Wahrnehmung, auf mein Mich-im-Raum-Bewegen und Mich-gegebenenfalls-verteidigen-Können, was immer auch auf mein Körperfühlen und Körperbewusstsein wirkt. Wenn durchtrainierte Schwarzgurtträgerinnen im Karate und Judo, die in alle Richtungen fallen können, große Unsicherheiten haben, aus einer Höhe von 1,5 m zu springen, hat dies mit der Begrenztheit der Bewegungsrichtungen zu tun – nicht mit der Unfähigkeit der Frauen.[23]

Auch zu fragen war und ist: Wie kann ich trotz körperlicher Handicaps/Behinderungen und Erkrankungen Alternativen entwickeln, die nicht nur Kompensation heißen? Persönlich bekam ich die eindrücklichste Demonstration durch eine rollstuhlfahrende Aikidolehrerin: Mit welcher Klarheit sie uns über sich springen ließ und elegant in die Fallrolle zu Boden führte, hat sich eingeprägt. Gerade sie schenkte mir damit mehr inneres Wissen und Bewusstsein über spiralige Bewegungen im Kontakt miteinander als manche Frauen und Männer ohne sichtbare Handicaps.

---

23 Erfahrung S.B. in einem Angebot bei F.I.S.T., einem internationalen feministischen Kampfkunstmeeting 1983/84

Sport als Wort aus dem Lateinischen zunächst für den englischen Fußball als Regelspiel von Männern als Begriff genommen, bedeutet vom Wortstamm *desportare* sich wohlfühlen, sich vergnügen. Das ist eine wichtige Wurzel, um sowohl Sport- und Bewegungsforschung in Geschichte und Gegenwart zu verstehen als auch feministisch zu kritisieren – interdisziplinär und interkulturell. Welche Regeln gelten wie und warum, wer setzt sie – welche habe ich so verinnerlicht, dass ich die Regel gar nicht kenne, also auch nicht verneinen kann. War Anfang 1900 Lieselott Diem als erste deutsche Motorradfahrerin revolutionär, war bis Ende der 1970er-Jahre Frauen der Stabhochsprung verboten. Der erste Weltcup für Frauen im Skispringen fand 2011, olympisch 2014, statt. Selbst bei nahezu identischer Sprungleistung von Frauen und Männern soll die männliche Besorgnis (?) um die frei flottierende oder gequetschte Gebärmutter Frauen nach wie vor ihre Grenzen aufzeigen.

Die vielen Gewalterfahrungen, sexuelle und sexualisierte Gewalt im Besonderen, sind bereits früh in die Feministische Sport- und Bewegungskulturforschung und breite Praxis der 1980er- bis 1990er-Jahre eingeflossen, längst nicht nur in der Selbstverteidigung, sondern z.B. auch in Tanz und in Ballspielen, in Akrobatik und in ein fachübergreifendes Konzept «FrauenSport»[24], in Sport von Frauen mit Handicaps, Ski- und Kanufahren bis in den Schul-, Freizeit- und Hochschulsport. Es gab eine große Angebotsvielfalt, von der die Nachfolgerinnen häufig wenig übernommen und weiterentwickelt haben. Immer wieder haben wir beim EntWickeln dieser Konzepte in der Praxis körperliche Leistungsfähigkeiten von Frauen festgestellt, die die herkömmliche bis queerfeministische Sportwissenschaft bis heute nicht oder eben nur als «Ausnahmen» für möglich hält. Für mich waren dies wiederholt deutliche Hinweise auf ein generationenübergreifendes FrauenKörperWissen, was in der Forschung als Thema überhaupt nicht auftaucht und nicht auftauchen soll. Nach wie vor werden Frauen meist als defizitär, genauer: als die (!) anderen des (!) Norm-Mannes umgangen. Der Mann bleibt das Maß und Subjekt, die Frau die Abweichung und Objekt.

So ist es zwar nach aktuellem Kenntnisstand richtig, dass Männer einen physischen Vorteil haben, der je nach Aktivität und Sportart zwischen 10% und 160% liegt: schwerer um 20 bis 40%, stärker um 30 bis 60% (besonders bei Aktivitäten im Oberkörperbereich), explosiver um 33%, Laufen um 10 bis 15%, Treten um 20%, Schlagen um 160%, Scrum-Kräfte im Rugby um 40 bis 60% , Sauer-

24 Siehe Bischoff, Susanne in den Literaturangaben

stoffaufnahme (VO_2) max. um 20 bis 40%, Werfen um 20 bis 30%, Gewichte um 30 bis 50%.[25] Diese blanken Zahlen mögen zeigen, dass es nicht angeht, Frauenräume im Sport für «alle Transgender» zu öffnen – auch eine weitere Reduktion der Testosteronwerte für Transfrauen kann und würde nicht das Grundproblem regeln.

Wenn es eine autonome Frauenforschung auch im Sport (wieder) gäbe, würden dann nicht ganz andere Kategorien/Maßstäbe und Messinstrumente berücksichtigt werden, die Frauen nicht länger zum Objekt machten, sondern endlich zum Subjekt unter Gleichen eigenständig in unterschiedlichen Zusammenhängen und Kulturen aufstehen ließen? Wie viele Normen und Rekorde würden purzeln?[26]

Stattdessen sehen sich im Jahr 2021 viele Mädchen mit 10, 11, 12 Jahren Pornos an, machen sich Gedanken über Analverkehr, um den Ansprüchen der ebenso von der Pornoindustrie vollgedröhnten Jungen genügen zu können. Das ist die brutale Realität. Wundert es wirklich, dass viele Mädchen keine andere Lösung sehen, als entweder non-binary oder transgender werden zu wollen, um diesem massiven Missbrauch ihrer Körper zu entkommen? Manch eine lässt sich lieber die Brüste operativ entfernen, als sich mit einer rundum verhassten Weiblichkeit zu identifizieren. Da kommt das Angebot der verkehrten Zuschreibung des Geburtsgeschlechts gerade recht. Ernsthaft: Etwas, das für intersexuelle und wenige sich als transidentitär wahrnehmende Menschen als menschenwürdige Lösung gedacht ist, wird zur pädagogisch-psychologisch-medizinisch-biologisch-politischen Leitlinie – nicht zuletzt im Sport?

Auch in der queerfeministischen Sportforschung wird der dekonstruierte Mädchen- und Frauenkörper aufgelöst bis zum Nichtvorhandensein im geschlechtslos identitären «queer» bis «cis» und bleibt gerade darin binären Bildern verhaftet. Altes, gemeinschaftliches, oft kulturübergreifendes FrauenKörperwissen – auch z.B. um Tanz, Menstruation, Schwangerschaft, Geburt, Abtreibung – verschwindet erneut. Scharf formuliert: Es gibt eher ein Zuraten für Binder, Hormone und Mastektomie als ein breites Angebot für positive Körpererfahrungen, die die Lebensbedingungen von Mädchen und Frauen zur Grundlage nimmt – dies ganz unabhängig

---

25 Zitiert nach Blade, Linda: «Über die olympischen Spiele und Integrität: Warum soll man Männern erlauben, mit Frauen zu konkurrieren?». Offener Brief an die Offiziellen des IOC, Mai 2021, dt. Übersetzung als PDF, 2021

26 Dazu der interessante Bericht: Ross, Annika: «Diese Frauen gehen an ihre Grenzen!». In: EMMA 2022, Heft 1

von der sexuellen Orientierung, die ohne männliche Gewaltstruktur immer auch eine freie Wahl wäre.[27]

Verfestigt die Idee «zugewiesener Geschlechter» und machbarer Körperformung nicht heteronormative Rollen und bürgerlich-kapitalistische Interessen zugleich, ohne an den Gewalt- und Machtverhältnissen etwas zu ändern? Wenn jedes vierte bis fünfte Mädchen nicht mehr ihrem Geburtsgeschlecht angehören will und gleichzeitig jede dritte Frau mindestens einmal in ihrem Leben von einem Mann Gewalt erfährt, der Körper immer mehr zum Produkt statt zum Wunder der Natur wird, Prostitution als «sex-positiv» und Leihmutterschaft zum willkommenen Markt zum Wohle des Mannes wird, kann diese Entwicklung nur in eine trügerische Freiheit führen. Sie könnte für die Hälfte der Menschheit, Frauen, eher einem Salto rückwärts, also einem *Körper mortale,* gleichkommen – mit wissenschaftlicher und staatlicher Begleitung.

Abschwung

Jungen und älteren Frauen (auch Jungen und Männern) zum Ausbrechen aus den Geschlechterrollen Pronomenrunden, Hormone, geschlechtsfixierende Operationen mit lebenslangen irreversiblen Folgen einer rein narrativen Geschlechtsidentität anzubieten, ist ein pädagogischer, psycho- und traumatherapeutischer, medizinischer wie politischer Irrweg marktorientierter Fortschrittsgläubigkeit. Die gültige Prämisse der Weltgesundheitsorganisation (WHO), die Gesundheit als hohes Gut vom Zusammenwirken physischer, psychischer und sozialer Faktoren definiert, wird ad absurdum geführt. Historisch ist dies ein bekannter Mechanismus: Immer in Zeiten weib-weiblichen Aufbegehrens kommt irgendwer vorbei, schickt autonome Frauen und Lesben zurück an Herd und Platz – und lockt mit Finanztöpfen zur Beteiligung an der Macht. Wo nicht zuletzt der NS-Faschismus Mädchen- und FrauenKörper über das Medium Sport zum Objekt überhöhte, wird eine narrative Überindividualisierung nicht den Status von Frauen im Patriarchat ändern, gar das Patriarchat abschaffen. Deshalb sind sowohl das Wissen, die Forschung und die Politik um FrauenKörperBewegung kein randständiger Bereich, der nur wenige tangiert. Denn es betrifft alle Frauen (und damit auch Lesben) unabhängig davon,

27 Wenn zwischen Homosexualität von Frauen und Männern kein Unterschied auch in den Tabus/Bestrafungen gemacht wird, wird negiert, dass jedes patriarchale System männlich-homoerotische Komponenten enthält, ja geradezu darauf baut. Deutlich zu sehen im NS-Faschismus, aber auch in den sexuellen Handlungen von Männern mit männlichen Jugendlichen, z.B. im Iran. Siehe Klaus Theweleit: *Männerphantasien*. Matthes & Seitz, Berlin 2019 (1. Ausgabe Rowohlt 1981).

ob sie als Mädchen oder Erwachsene täglich 10 kg schwere Wasserbehälter über weite Strecken schleppen müssen oder im modischen Freizeitlook die Hantel zum Sternchenhimmel drücken.

Eine queerfeministisch orientierte Forschung und Politik, die sich eben nicht am labyrinthischen Prinzip allen Lebens für demokratische Prozesse und dem Wissen von Frauen orientiert – mit und ohne Sport –, droht in den Irrgärten ihrer eigenen Paradigmen unterzugehen. Wären – mit dieser Frage schließe ich den Aufriss des komplexen Themas Sport – nicht gerade aus feministischer Sicht Zweifel an der Allübertragbarkeit der Kategorie Identität angebracht? Dies mahnte bereits der Begründer des Identitätsbegriffs Erik H. Erikson an, auch weil sich seine Entwicklungsbegriffe vornehmlich an «westlich», stark individuell ausgerichteten Gesellschaften orientieren.[28]

Literaturauswahl mit weiteren Anregungen

Bischoff, Susanne: «Die Lust am Leben eigener Bewegungsutopien im Patriarchat. Autonomie von Mädchen und Frauen im Sport». In: Schenk, Silvia (Hrsg.): *Frauen – Bewegung – Sport.* VSA Verlag, Hamburg 1986

Dies. (Hrsg.): *«... auf Bäume klettern ist politisch. Texte aus der Feministischen Sport- und Bewegungskultur».* FrühlingsErwachen, Hamburg 1993

Dies.: «Mit meiner Lust die Partnerin treffen – Ein Beitrag zum Sport und zur Selbstverteidigung». In: Marti, Madeleine/Schneider, Angelika/Sgier, Irena/Wymann, Anita (Hrsg.): *Querfeldein. Beiträge zur Lesbenforschung.* eFeF-Verlag, Bern, Zürich, Dortmund 1994

Dies.: «FrauenSport. Entwicklung und Bausteine eines feministischen Bewegungskonzepts». Diplomarbeit DSHS Köln 2000. Auszug auf der Homepage

Dies.: «Linksherum und ungezähmt. Für Bewegung rechtslastiger KörperBilder». In: *Lachesis* (Fachzeitschrift für Heilpraktikerinnen) 7/2002

Dies.: «15 Jahre Seitenwechsel – FrauenLesbenSportverein Berlin: Nicht nur auf Bäume klettern ist politisch – ein rückblickender Geburtstagsgruß». In: *Geburtstagsbroschüre, Seitenwechsel – FrauenLesben Sportverein Berlin e. V.,* 2003; Nachdruck in der Zeitschrift K(r)ampfader, Kassel 2003

Blade, Linda/Kay, Barbara: *Unsporting: How Trans Activism and Science Denial are Destroying Sport.* Rebel News Network Ltd 2021

---

28 Erikson, Erik H.: *Identität und Lebenszyklus.* Suhrkamp, Berlin 1973

Organisations-Team der BuNT 2020 (Hrsg.): «BundesNetzwerkTagung der queeren Sportvereine, Digitale Woche vom 22. bis 28. November 2020». Komplette Broschüre abrufbar: https://fis.dshs-koeln.de/portal/de/publications/homo-und-transnegativitat-im-sport-erfahrungen-von-lsbtq-personen-im-sport-in-europa (225b1f4a-303f-4fbb-85c6-6b2ca9ece4cf).html

Dennert, Gabriele: «Gesundheit lesbischer, bisexueller und queerer Frauen* und Queergesund*-Studie. Eine kurze Einführung in die Queergesund*-Studie auf der Fachtagung ‹Partizipation schafft Gesundheit›». 17.2.2017. www.wissensportal-lsbti.de/videoportal/gabriele-dennert-gesundheit-lesbischer-bisexueller-und-queerer-frauen-und-queergesund-studie

Fair Play for Women: fairplayforwomen.com/campaigns/sports-campaign

Franke, Pia/Schanz, Barbara (Hrsg.): *FrauenSportKultur: Beiträge zum 1. Frauen-Sport und Kulturfestival des adh*. Afra-Verlag, Butzbach 1998

Hartmann-Tews, Ilse/Braumüller, Birgit/Menzel, Tobias (DSHS Köln): «Sexuelle Orientierung, Geschlechtsidentität und Sport. Ausgewählte Ergebnisse und Handlungsempfehlungen». Köln 2019. www.out-sport.eu

Hartmann-Tews, Ilse/Menzel, Tobias, Braumüller, Birgit: «Experiences of LGBTQ+ individuals in sports in Germany». Institute of Sociology and Gender Studies, German Sport University Cologne, Cologne, Germany. In: *German Journal of Exercise and Sport Research,* 2509 – 3142, Springer 2021

Palzkill, Birgit: *Zwischen Turnschuh und Stöckelschuh: Die Entwicklung lesbischer Identität im Sport.* AJZ Verlag, Bielefeld 1990

Palzkill, Birgit/Scheffel, Heidi/Sobiech, Gabriele (Hrsg.): *Bewegungs(t)räume. Frauen – Körper – Sport*. Frauenoffensive, München 1991

Schlau NRW/Netzwerk Geschlechtliche Vielfalt Trans* NRW e.V. (Hrsg.): *Trans* und Schule. Infobroschüre für die Begleitung von trans* Jugendlichen im Kontext Schule in NRW.* 2019/2020

Alt. Lesbisch. Pflegebedürftig. Überlegungen für eine lesbenrespektierende Pflege und Begleitung

Felicitas Drubba

Als Vorstand des Dachverbands Lesben und Alter hatten wir keine einheitliche Haltung zum LFT2021 Bremen, entschieden uns aber mehrheitlich dafür, mit Grußwort und Workshop vertreten zu sein.

In Bezug auf das Thema Lesben, Alter und Pflege ist es wichtig, dass unser Beitrag dokumentiert wird und Impulse gibt für die weitere fachliche Diskussion.

Lesbisch lebende, häufig feministisch geprägte Frauen befassen sich seit Langem mit dem Thema, wie sie alt werden wollen und was ihnen im Fall der Pflegebedürftigkeit wichtig ist. Sie haben hierzu bereits Konzepte entwickelt.

Die Historie zum Thema «Lesbenrespektierende Pflege» lässt sich bis ins Jahr 2002 zurückverfolgen. Überlegungen, die im Facharbeitskreis anders.altern stattfanden, führten dazu, dass sich die traditionelle Altenarbeit für Interessen und Bedürfnisse älterer Lesben öffnete. Ein Jahr später gründeten Birgit Röschmann und Bea Trampenau in Hamburg «Pflege.Andersrum» und entwickelten Kriterien für eine lesbenrespektierende Pflege, ein wichtiger Meilenstein, der 2004 in ein Netzwerk Lesben und Alter mündete. Zunächst per Mailingliste für Fachfrauen in der Pflege und für MultiplikatorInnen wurden regelmäßige Fachtagungen auch zu weiteren Themen organisiert.

2009 gründete sich der Dachverband. Seit 2017 ist der Dachverband für Lesben und Alter ein eingetragener Verein. Die Schwerpunktthemen sind soziale Teilhabe, Pflege, Wohnen, Existenzsicherung im Alter, offene SeniorInnenarbeit.

Die Weiterführung des Themas «Lesbenrespektierende Pflege» erfolgte 2015 durch Dr. Gabi Stummer, deren Konzept unter dem Titel «Kultursensible Pflege für Lesben und Schwule» vom Kölner rubicon veröffentlicht wurde. Seit 2019 ist der Dachverband im Beirat, inzwischen auch in direkter Begleitung des bundesweiten AWO-Projektes zur Öffnung der Altenhilfe-Einrichtungen für LSBTIQ* aktiv. Damit gewährleisten wir, dass die Sichtbarkeit lesbischen Lebens in seiner Besonderheit eingebracht wird.

In unserem LFT2021-Workshop ging es auch darum, einen Einblick in das Selbstverständnis der Pflegeprofession zu geben.

Die Grundlage pflegerischen Handelns bildet der ganzheitlich angelegte Pflegeprozess. Dieser nimmt die einzigartige Lebensgeschichte und Entwicklung jedes Menschen, seine Begabung, Fähigkeiten, Fertigkeiten und Behinderung in den Blick. Ein wichtiger Aspekt ist hier auch das Einbeziehen von An- und Zugehörigen, das soziale Umfeld sowie Lebensgewohnheiten der zu Pflegenden.

Im Kern bedeutet dies, dass grundsätzlich die Biografie die Grundlage für die Pflege, die Begleitung und die Betreuung der zu Pflegenden bildet. Den Menschen im Blick zu haben ist auch der Ansatz der kultursensiblen Pflege.

Die Frage jedoch, wie eine tatsächliche Annäherung der Beratungsangebote oder der versorgenden Pflegeeinrichtungen an die Zielgruppe der alten lesbischen Frauen gelingen kann, stellt sich nach wie vor. Umfassende Erkenntnisse zu Lebenswelten von älteren Lesben und ihren verschiedenen Lebenslagen fehlen. Die Besonderheiten lesbischen Lebens sind in ihrer Historie und in ihren individuellen Auswirkungen auf das Selbstverständnis wenig bekannt.

Hinzu kommt, dass nicht selten die Kenntnis, wie eine heutige Pflegeeinrichtung von innen aussieht und wie die ambulante Pflege organisiert wird, fehlt.

Die Lösung ist relativ einfach: das aktive Aufeinanderzugehen. Ein favorisierter Begriff dafür ist der «generationsübergreifende Dialog». Die Methode ist nicht wirklich neu und kann wertvolle Erkenntnisse erzielen. Gerda Lerner sagte schon, dass Zukunft Vergangenheit braucht.

Wenn die junge Frau heute erklärt, sie brauche für nichts mehr wirklich zu kämpfen, weil ihr ja alle Möglichkeiten offen ständen, dann ist es wichtig, die Historie genau dazu kennenzulernen.

Es stellt sich die Frage, wie eine junge Generation diese Kenntnis erlangen kann, wenn der Themenbereich und damit auch die Errungenschaften der Frauen- und Lesbenbewegung zwar erforscht und durchaus dokumentiert sind, jedoch nicht weitergegeben werden. An den Hochschulen sind sie seit Aufkommen der Genderstudies in den 1990ern weitaus weniger Gegenstand von Lehre und Forschung als die Auseinandersetzung mit Geschlechterkonstruktionen. Diese Diskontinuität in der Wissensüberlieferung wirkt sich letztendlich auch auf das praktische Handeln in Pflege, Beratung und Begleitung aus.

Wenn eine respektvolle Versorgung, in der es auch um viel Nähe geht, gelingen soll, dann sollten Pflegende oder Beratende möglichst viele Dimensionen lesbischen Lebens kennen.

Fragen zur korrekten Ansprache, Wissen um besondere Erkennungszeichen und deren Symbolik, das erkämpfte Selbstverständnis, der Wunsch nach Autonomie, Bedeutung von Netzwerken, Verbünden, Wahlfamilien und das Streben nach Freiheit und Gerechtigkeit ... Das sind nur einige Aspekte lesbischen Lebens. Selbstverständlich gibt es auch ganz andere zu berücksichtigende Aspekte, zumal viele Lesben, die jetzt altern, mit einem widerständigen Leben nicht unbedingt viel zu tun hatten. Gleichwohl entsprechen auch ihre Biografien nicht der angenommenen weiblichen «Normalbiografie».

Viele ältere und alte Lesben sehen sich nicht als vulnerable Gruppe. Ihre Kämpfe und Erfolge haben sie stark und auch stolz gemacht. Das Wissen und die Lebenserfahrung der heute alten lesbischen Frauen bergen eine große Chance des Empowerments. Dadurch kann gemeinsam im bereits benannten generationsübergreifenden Dialog an einer Verbesserung der Beratungs- und Versorgungssituation gearbeitet werden.

Alt, lesbisch, pflegebedürftig? Damit sich das gut fügt, muss es Möglichkeiten geben, dass diejenigen mitreden und sich einbringen, die es betrifft. Fachfrauen sollten hier auch kontinuierlich Einfluss nehmen.

Seit einigen Jahren bewegt sich da schon das eine und andere. Es gibt Ansätze einer an der Lebenswelt orientierten Pflege, die inzwischen öfter auch als «queere Pflege» bezeichnet wird. Wobei es dabei wieder gilt, darauf zu achten, dass das lesbische Leben hier nicht erneut «übersehen», sondern explizit benannt und wahrgenommen wird.

Kinder auf der Rückbank – Gefühle und Verhältnisse in Coronäischen Zeiten

Gabriele Freytag

Auf meine Frage, «Wie geht es dir/Ihnen?», antworten die meisten auch nach über einem Jahr Corona mit einem knappen «gut». Als Ergänzung gab es bisweilen zu hören: «Im Vergleich zu anderen haben wir/habe ich es ja prima.» Mit den anderen waren am Anfang die ItalienerInnen gemeint, später US-AmerikanerInnen, irgendwann InderInnen und fast alle dazwischen. Bedauert wurden «Menschen in der Stadt» – und immer wieder «arme Leute ohne Balkon in engen Wohnungen». Die Befragten selber beklagten sich selten und formulierten noch seltener konkrete oder gar drastische Ängste (wenngleich ich vermutete, dass sie genau von diesen heftig heimgesucht wurden). Alles o.k. so weit, nur merkte man das Denken in Klischees und dahinter die rastlose Suche nach Bildern und Worten für das nie Dagewesene, Überwältigende. Im Chaos von Angst und Verwirrung wurde nach dem Nächstbesten gegriffen.

Bewunderung gilt, auch das oft und ähnlich wiederholt, denjenigen, die «an vorderster Front» arbeiten – wobei damit bald nicht mehr nur die im Gesundheitssektor Tätigen benannt wurden, sondern auch das Personal von Supermärkten, Altenheimen, öffentlichen Verkehrsmitteln, Kindergärten und manchmal sogar die sonst nicht allseits beliebten LehrerInnen oder PolitikerInnen. Selber auszustehen, so mein Eindruck, hatte man so gut wie nichts. Schlecht ging es stets den anderen. So hatte man das Schlimmste externalisiert.

Den Antworten gemeinsam war eine auffällige Wortknappheit, auch bei sonst durchaus auskunftsfreudigen Mitmenschen. Das norddeutsche «Muss ja» erfuhr quasi neue Hochkonjunktur. Menschen erzählten sparsam von sich persönlich. Allenfalls konnte man Floskeln hören, wie z.B. dass Corona «nerve» und man «endlich sein altes Leben zurückhaben wolle».

Insgesamt kam mir die Bevölkerung (mich selbstverständlich eingeschlossen) in diesen langen Monaten vor wie Kinder, die auf dem Rücksitz eines potenziell maroden Autos eingepfercht sitzen, ihre Angst tapfer im Zaum halten und eigentlich nur eines wollen: wissen, wann wir endlich da sind. Wie lange dauert es noch? Wann können wir aussteigen, uns wieder frei bewegen und lange ausruhen?

Von der Rückbank aus ist der Einfluss gering. Das Steuer halten andere in der Hand. Bleibt nur zu hoffen, dass die FahrerInnen sich auf dem neuen Terrain leidlich gut orientieren und nicht grundlegend falsch abbiegen, Sackgassen einschlagen oder sich sonst wie verirren und verrennen.

Die eigenen Möglichkeiten sind beschränkt auf Quengeln, Ablenken oder auch mal richtig Ärger machen – je nach Gemüt und Gesinnung. Ansonsten hält man aus und wartet ab. Am besten geht es denen, die über Fantasie verfügen, sich angenehmer Gesellschaft erfreuen und nicht zu sehr auf unmittelbare Bedürfnisbefriedigung angewiesen sind. Wer jetzt gute Vorräte angelegt hat, zehrt davon. Wer gerade so richtig loslegen wollte, findet sich drastisch ausgebremst.

Je länger die Reise dauerte und je konfuser die am Steuer Sitzenden wirkten, desto mehr wurde bereits vorhandene ängstliche Ungeduld mit Unsicherheit durchmischt. Dass man irgendwann ankommen würde, konnten wir vielleicht gerade noch glauben. Doch in welchem Zustand würden wir dann sein? Wen und was würden wir auf der Strecke gelassen haben? Und welchen Preis würde uns diese holperige und strapaziöse Reise abverlangen? Wir begnügten uns mit Dankbarkeit, wenn der Tank nicht explodierte und uns alles um die Ohren flog. Wenn es nur irgendwie zu Ende gehen würde, ohne dass wir auf der Intensivstation landeten, dachten wir verzagt – dann sei doch schon eine Menge gewonnen.

Wo das Ganze hingehen sollte, blieb indes umstritten. Bei der Rückkehr zur Normalität (das schöne «alte Leben») schieden sich die Geister. Viele Menschen wollten gerade nicht, dass es wieder so werden würde wie vorher – sondern hofften, dass die Welt sich durch den «Weckruf Covid-19» wandeln würde in Richtung mehr Gerechtigkeit, Hilfsbereitschaft, Sorge für die Umwelt und Besinnung auf das Wesentliche. Pandemie als Katharsis schien im ersten Jahr eine große Option. Getreu dem Motto «Krise als Chance», das nach meiner Beobachtung vor allem die Deutschen lieben, wollte man der Corona-Epidemie nur allzu gerne einen tieferen Sinn abringen.

Im Frühjahr 2020 hatte ich nicht wie geplant meine Berufstätigkeit Richtung Ruhestand reduziert, sondern im Gegenteil ehemalige und aktuelle PatientInnen ermutigt, psychotherapeutische Unterstützung in Anspruch zu nehmen. «Je mehr Sie jetzt Ängsten, Verwirrung, Traurigkeit oder sonstigen Gefühlen Raum geben, desto besser werden Sie diese besondere Zeit überstehen» war meine Ansage in einer Rundmail vom April 2020.

Mein Angebot wurde angenommen. Mir schienen die Menschen, denen ich in meiner Praxis begegnete, erfreulich gut aufgestellt. Einige wenige erlebten Angstkrisen – doch die konnten wir gut auflösen, und zwar nicht wie von mitbehandelnden ÄrztInnen empfohlen mit Psychopharmaka und stationärer Unterbringung, sondern mit unserer bewährten Redekur in vertrauensvoller Beziehung.

Im Großen und Ganzen sah ich Stabilität und keinen Mangel an der vielgepriesenen psychischen Resilienz (der Robustheit, die nicht die Verhältnisse anklagt, sondern die Verantwortung für ihre Bewältigung dem Individuum überträgt).

Im November 2020, nach meiner Rückkehr aus Italien, fühlte ich mich unsicher, den Beruf weiter in einem 15-Quadratmeter-Zimmer auszuüben. Nach langen Überlegungen schlug ich Outdoor-Psychotherapie vor, selbstverständlich mit der Option, dass man sich auch online begegnen könnte. Mit einer Ausnahme, einer Klientin in einer sehr gefährdeten physischen Situation, wollten alle mit mir spazieren gehen. (Dieses Setting war nur möglich, weil ich einige Jahre vorher meine Kassenzulassung abgegeben hatte und nun frei praktizierte – unter dem Schirm der gesetzlichen Krankenkassen blieb die Behandlung im Freien auch während der Pandemie verboten.)

So wurde mir gegen Ende meiner Berufstätigkeit noch eine unerwartet neue Erfahrung beschert: die im schönsten Sinne ambulante = wandernde Psychotherapie.

Bei jedem Wetter (das war ausdrücklich die Vereinbarung) liefen wir los und saßen bisweilen auf Bänken oder Feldsteinen, trotzten mit guter Ausrüstung Wind, Regen und Schnee. Wir kamen uns näher als sonst. Als Therapeutin konnte und wollte ich nicht länger ein unbeschriebenes Blatt bleiben. Corona betraf uns alle. Normalerweise wird in der tiefenpsychologischen Psychotherapie eine geteilte Betroffenheit nicht thematisiert. Derartige Abstinenz schien in der Pandemie nicht länger sinnvoll. Nach wie vor standen die PatientInnen im Mittelpunkt, doch es entstand ein überlappendes Segment, wo wir von unseren gemeinsamen oder auch unterschiedlichen Befindlichkeiten sprachen.

Davon einige Ausschnitte:

Langsam schlich sich Corona in die Träume, die immer mehr von Angst erfüllt wurden. Die Oasen von Entspannung und Lebensfreude wurden kleiner und mussten gut gepflegt werden. Erquickender Schlaf war unendlich kostbar.

Kleinere Irritationen konnten inzwischen großen Ärger oder Verzweiflung auslösen. Bei vielen wurde das Selbstvertrauen von Woche zu Woche etwas brüchiger, der Wirkungskreis kleiner. Wenn das so weitergeht, so ein Patient, traue ich mir größere Unternehmungen schon bald gar nicht mehr zu (so sie denn wieder möglich werden).

Der direkte Kontakt mit dem Gegenüber fehlte oft schmerzlich, z.B. in Schule und Universität. LehrerInnen und DozentInnen berichteten, wie anstrengend es sei, «ins Leere hinein» zu sprechen und zu handeln. Und selbst als wieder Präsenz angesagt war, wirkten SchülerInnen seltsam abwesend und schwer erreichbar.

Viele Menschen, besonders die Berufstätigen und andere Sorgende, fühlten sich über alle Maßen belastet und hatten oft Mühe, ihren Ärger darüber zu unterdrücken.

Das Bedürfnis nach Sicherheit und Rückhalt wuchs und ließ Beziehungen überleben, die unter anderen Umständen vielleicht beendet worden wären. Alleinlebende fanden sich mit ihrer Lebensform benachteiligt, denn für sie lebensnotwendige Kontakte waren zeitweise nicht mehr erlaubt. Allgemein war ein näheres Zusammenrücken in der Familie (die selbstverständlich auch Wahlfamilie bedeuten konnte) zu beobachten.

Zur Rolle der Wahlfamilien in der lesbisch-schwulen Community empfehle ich die Untersuchung von Vera Ruhrus, *Das ist alles unsere Lebenszeit. Ältere Lesben und Schwule in der Corona-Krise* – zu beziehen über den Verein rubicon in Köln. Ruhrus befragte neun Personen über die Zeit vom Beginn der Pandemie bis Dezember 2020 und stellte u.a. fest, wie geübt gerade Lesben und Schwule in der Bewältigung von schwierigen Situationen sind und wie gut bereits geknüpfte Netze tragen.

Von denen, die sich zurückziehen und vereinsamen, hören wir wenig. Es ist zu befürchten, dass sie in der Pandemie noch leiser und unbemerkter vom Schirm der Aufmerksamkeit verschwinden ...

Allgemein schätzte man das Gute, das sich in der Nähe befand: Ob es nun Menschen waren, Tiere, Haus und Garten oder einfach die umgebende Natur.

Das Schlechte im Nahbereich, insbesondere wenn es von Gewalt geprägt war, wurde noch gefährlicher, als es sowieso schon immer gewesen war. Hilfe war oft schwer erreichbar. Viele Menschen zögerten, Unterstützung zu suchen, wurden vertröstet oder gar abgewiesen.

Doch es gab auch Ausnahmen: Das erste Mal in meinem Berufsleben erlebte ich den Tod einer Patientin – schulmedizinisch zwar absehbar, aber dennoch waren wir von Hoffnung auf eine gute Wendung erfüllt gewesen. Neben meiner Trauer war ich geradezu glücklich, dass sie alle Unterstützung erfahren hatte, die sie brauchte, und, wie ich hinterher von ihren Angehörigen erfuhr, liebevoll begleitet aus dem Leben gegangen war.

Mir schien, dass überproportional viele Menschen in meinem Umfeld starben. Das konnte zwar Zufall sein, doch mir kam es vor, als würde die Lebenskraft in einer unsicheren und verdüsterten Zeit bei manchen schneller versiegen.

Das Gefühl von Verbundenheit und Kontingenz, essenziell für ein gutes Lebensgefühl, erfuhr drastische Eintrübungen. Digitaler Kontakt schlug zwar Brücken, doch nicht immer waren diese Brückenschläge befriedigend.

Der Körper, so berichteten diverse PatientInnen, wird ängstlich belauscht und abgecheckt. Kratzt es im Hals? Schmecke oder rieche ich schlechter? Ist womöglich meine Temperatur erhöht? Jederzeit könnte der Körper – in der Regel ohne dass man es mitbekommt – von einem klitzekleinen Angreifer geentert werden, der seine Zellproduktion übernimmt, Schmerzen und Unwohlsein verursacht, im schlimmeren Fall einen Krankenhausaufenthalt nach sich zieht und im allerschlimmsten Fall zum Tode führt.

Manche hatten den Eindruck, dass sie zunehmend verlernten, tief zu atmen.

Sterblichkeit in jedem einzelnen Moment des Lebens war den meisten vorher nicht dermaßen präsent. Blitzschnell konnte man nun von der Welt der Gesunden in die der Kranken geworfen werden. Der Körper mutierte zu einer Art Tretmine: Bei Unvorsichtigkeit drohte Explosion mit Verheerungen, die womöglich nicht wiedergutzumachen waren. Der Zünder war scharf gestellt. Stetige Wachsamkeit bot die besten Überlebenschancen. Wir leben im Alarmzustand – und die Gefahr droht von den Mitmenschen. Je distanzierter sie bleiben, desto besser. Misstrauen schien nicht die schlechteste Option.

Wenn es allen oder auch nur vielen ähnlich geht, rätselten wir, wie wird sich das in Zukunft auf unser Miteinander auswirken? Nicht nur Kinder waren davon betroffen, dass die spontane und natürliche Hinwendung zum Nächsten verboten wurde.

Wir wussten längst nicht mehr, auf was wir uns verlassen konnten: auf die Regierung, die VirologInnen, das Gesundheitssystem, den kritischen Verstand? Auf die Familie, die FreundInnen, die eigene Stärke, das Immunsystem? Was raten Wissenschaft und Forschung denn wirklich, wenn auch die gegenteilige Meinung als wissenschaftlich fundiert daherkommt? Werden wir gut versorgt oder gegängelt, sollen wir kritisieren oder zustimmen oder am besten stets beides zugleich?

Sind wir bereit, unsere Hoffnung an was auch immer zu hängen, Hauptsache, es verspricht Linderung von der Angst? Können wir überhaupt beurteilen, welche Vorschläge sinnvoll sind und welche nicht? Sind die Voraussetzungen für Gewissheiten gegeben? Wir finden den Weg im Gehen, das kennen die meisten. Doch diesmal ist der Boden stetig schwankend, und die Orientierungspunkte von heute können morgen schon verschwunden sein.

Und auf was, das stellte sich in Therapien als lohnende Frage heraus, kommt es eigentlich gerade am meisten an – welcher Wert ist den einzelnen und der Gesellschaft in einer bedrohlichen Situation zentral?

Solidarität und Gemeinsinn verbanden sich zu Beginn der Pandemie mit Hilfe im direkten Umfeld. NachbarInnen lernten sich kennen und schätzen, die zuvor nur wenig miteinander zu tun gehabt hatten. Man sprach miteinander und bot Unterstützung an. Das gute Gefühl, in der Not auf Beistand zählen zu können, machte sich breit. Junge Menschen, sonst gerne als konsumorientiert und auf Digitales fixiert verschrien, erfuhren zwischenmenschliche Aufwertung, als sie für Ältere einkauften.

Später manifestierte sich Solidarität in der Forderung, dass in der Care-Arbeit Tätige, die in gemeinsamer Anstrengung die Gesellschaft am Laufen hielten, endlich auch finanziell die Anerkennung erhalten sollten, die sie durch Klatschen auf Balkonen bereits bekommen hatten. Auch gefährliche und unterbezahlte Arbeitsplätze wie in der fleischverarbeitenden Industrie wollte man verbessern, wenn nicht sogar ganz abschaffen. Wir alle zusammen – oder gar nicht. Niemand rettet sich allein.

Irgendwann hatte sich der Solidaritätsbegriff vom Zwischenmenschlichen losgekoppelt und daran gehängt, ob man bereit war, sich kritiklos so einzuschränken, wie es die Regierung beschlossen hatte – und von dort aus war es nur noch ein kleiner Schritt bis dahin, dass die einzige und mit Nachdruck verlangte Solidaritätsbekundung in der Pandemie darin zu bestehen schien, sich möglichst schnell und vollständig impfen zu lassen.

Where have all the flowers gone? Wohin und wann hatten sich die Utopien verflüchtigt?

Was würden wir den Kindern auf der Rückbank erzählen? Würden wir sie verstehen in ihrer Ungeduld? Könnten wir ihre Empfindungen von Haltlosigkeit und Bedrohung liebevoll annehmen? Könnten wir sagen: Ich kann nachvollziehen, dass ihr euch trotz des Vertrauens, das ihr tapfer zu halten versucht, dennoch in Momenten (kurzen oder auch längeren) im Stich gelassen fühlt. Es ist in Ordnung, wenn ihr euch fragt, ob wir wirklich so gut beschützt sind, wie wir (verwöhnt, wie viele von uns sind) bislang angenommen hatten. Ihr lernt gerade, so würden wir loben, wie ihr euch am besten rüstet für eine Zeit, in der das Gefühl von Sicherheit immer knapper werden wird. Ein Gefühl, könnten wir hinzufügen, das der größte Teil der Weltbevölkerung sowieso nicht kennt.

Ich hoffe, könnten wir sagen, dass ihr jetzt die Welt verstehen lernt in ihrer ganzen chaotischen und dennoch logischen Verschränktheit, dass ihr begreift, was es bedeutet, die Ökonomie nicht von der Gesundheit abzutrennen, den Himmel nicht von der Erde, die Tiere nicht von den Menschen und die Menschen nicht von der Luft, dem Wasser, den Bergen und den Blumen.

Wenn es die Liebe ist, würden wir sagen, welche die Welt zusammenhält, dann lasst uns jetzt dringend so viel wie irgend möglich davon aufbringen und Herzen und Hirne weit ausbreiten. Wenn wir alle verbunden sind, dann brauchen wir einander mehr, als wir bisher zugeben wollten und konnten. Das westliche Ideal war die Unabhängigkeit, auch gerne (fälschlicherweise) als Freiheit verbrämt.

Das ist vorbei.

«Es ist in Ordnung zu begreifen, dass es im Leben etwas Unergründliches gibt, ein Element der Unsicherheit, es ist in Ordnung zu begreifen, dass wir Hilfe brauchen, dass es ein äußerst selbstloser und großzügiger Akt ist, um Hilfe zu rufen, da er anderen erlaubt, uns zu helfen, und uns erlaubt, uns helfen zu lassen. Manchmal rufen wir um Hilfe. Und manchmal bieten wir Hilfe an, und dann sieht diese feindselige Welt auf einmal ganz anders aus. Dann ist es eine Welt, in der Hilfe empfangen und Hilfe gegeben wird, und in solch einer Welt verliert die zwingende, zielstrebige Welt, so wie ich sie sehe, etwas von ihrer Dringlichkeit und Verzweiflung. In einer großzügigen Welt, in der Hilfe zur Verfügung steht, wäre es nicht so notwendig, derart hartnäckig an der Welt, so wie ich sie sehe, festzuhalten.»

Die zentrale Metapher dieses Textes wurde inspiriert von Valeria Luisellis Roman, *Archiv der verlorenen Kinder,* Kunstmann, München 2019.

Das Schlusszitat stammt aus *Die Kunst, sich zu verlieren: Ein Wegweiser* von Rebecca Solnit, Matthes & Seitz, Berlin 2020, und ist zitiert aus einem Vortrag von Abt Paul Haller im San Francisco Zen Center.

Ich muss nicht schön sein – ich bin stark. Eine Rekalibrierung des Körpergefühls

Isabel

Als Kind wollte ich unbedingt schön sein. Als Jugendliche habe ich Geld und Zeit in den Versuch investiert, meinem Körper Schönheit als eine Leistung abzuverlangen – aus verschiedensten Gründen meist ohne Erfolg. Heute bin ich erwachsen, und schön bin ich immer noch nicht. Stattdessen bin ich stark, schlau, erfolgreich – und einigermaßen zufrieden. Lass mich, liebe Leserin, dir meinen Weg beschreiben.

Schönheit liegt bekanntermaßen im Auge des Betrachters. Die offensichtliche Frage ist dann, welcher Betrachter? Der, der die Definitionsgewalt hat – also das Patriarchat, und im Patriarchat der Mann. Die Schönheit als Eigenschaft ist eine, die sich besonders schwer definieren lässt, aber die dennoch ungeachtet ihrer Unstimmigkeiten von Frauen erwartet, ja gefordert wird. Das bedeutet in einer Dekade Schlankheit bis ins medizinische Untergewicht, in der nächsten große Brüste und weite Hüften. Das bedeutet geschminkte Gesichter, aber so, dass man ihr nicht ansieht, dass sie geschminkt ist, oder es bedeutet Smokey Eyes und überzeichneten Lidstrich. Es bedeutet hohe Schuhe, kurze Röcke und rasierte Beine. Vor allem bedeutet es Druck. Der Druck begleitet mich jeden Tag auf dem Weg zur Arbeit vorbei an Werbetafeln, auf denen mit schönen Frauen für alles zwischen Autos und Faltencreme geworben wird. Die meisten Frauen in den Filmen und Serien, mit denen ich mich abends ablenken will, sind schön – und wenn sie es nicht sind, ist das entweder ein Problem, der Witz oder eine Charakterschwäche. Im Radio singen Männer darüber, wie schön Frauen sind oder sein sollten, und Frauen darüber, wie schön sie sind oder gern wären. Käme heute ein außerirdisches Wesen auf die Erde und schaute sich ein wenig um, könnte man dem armen Alien keinen Vorwurf machen, wenn es daraus schlösse, Schönheit sei die primäre Aufgabe der Frau, der Dreh- und Angelpunkt ihrer Existenz.

Leider ist sie das für viele Frauen tatsächlich. Auch ihnen kann das niemand vorwerfen, weil es uns schon in der Kindheit mitgegeben wird, dass wir schön sein sollen und schön sein wollen sollen. Im Patriarchat ist Schönheit eine Währung, die Frau angeblich zum Aufstieg, zu Respekt und Glück führen kann – ohne sie hat Frau keinen Wert.

Schon kleine Mädchen sorgen sich um ihr Aussehen und hoffen, als Frauen schön zu werden.

Dabei ist die Schönheit eine sehr wechselhafte Muse. Die Trends wandeln sich, und wir Frauen sollen uns, einem Luxusprodukt gleich, das Jahr für Jahr durch das neue Modell ersetzt wird, mir ihr wandeln. So übt das Patriarchat Kontrolle aus auf uns, indem es uns vorschreibt, wie unsere Körper auszusehen haben. Nicht nur bestimmt es damit unser Aussehen, sondern auch den Inhalt unserer Köpfe, denn wer sich sorgt, ob die Haare sitzen oder die Schminke verwischt, hat weniger Zeit für revolutionärere Gedanken.

Zudem kontrolliert es das Geld, das es uns ohnehin nicht geben will. Während wir immer noch geringer bezahlt werden und uns finanzielle Unabhängigkeit, die zur Freiheit so wichtig ist, mühsam erkämpfen müssen, wird zugleich erwartet, dass wir nahezu unendliche Beträge in die Schönheit investieren. Denn: All die Produkte und Dienstleistungen kosten. Zusammengenommen kommen die Schminkprodukte, Rasierklingen beziehungsweise Wachsstreifen beziehungsweise Haarentfernungen, Friseurtermine, Maniküren, Modekäufe und so weiter oft auf dreistellige Ausgaben im Monat. Dazu kommt die Zeit, die all die Schönheit beansprucht – bis zu mehrere Stunden am Tag.

Denn der Frauenkörper ist eine einzige Problemzone, aufgeteilt und im eigenen Kopf zunehmend fragmentiert in Einzelteile, von denen jedes irgendwie verbessert werden muss. Vom Haaransatz bis zu den Fußnägeln gibt es für jeden Zentimeter irgendein Produkt, eine Kur, eine Prozedur oder eine Operation, mühsam hergestellt, vermarktet und angeboten von Männern, für die unsere Unsicherheit ein gutes Geschäft ist. Die Frau wird gegen ihren Körper aufgehetzt, der sie, so das Narrativ, von ihrer wahren eigentlich verdienten Schönheit abhält und sich den wandelnden Normen der Schönheit widersetzt. So bekämpfen wir uns selbst, statt das Patriarchat, und hungern der flüchtigen Schönheit, der Anerkennung nach, statt der Freiheit.

Jede kennt den Spruch: Wer schön sein will, muss leiden! Ich habe ihn seit der Kindheit oft zu hören bekommen, teils im Scherz, wenn ich mich über unbequeme Kleidung oder Verhaltensrestriktionen beschwerte, teils im Ernst in Diskussionen über Vorzüge und Risiken von Nasen- und Brust-OPs oder permanenter, das heißt tätowierter Schminke. Haarentfernung tut weh, Schminke trocknet die Haut aus, schöne Kleidung ist eng oder kurz oder unbequem, hohe Schuhe verletzen permanent die Füße, und Schönheitsoperationen kommen mit schier endlosen Listen an Risiken und Komplikationen daher. Aber sie machen schön, wird uns gesagt. Und so leiden wir, weil wir schön sein wollen, weil wir schön sein wollen sollen.

Was hat Frau dann davon, das alles auf sich zu nehmen? Hauptsächlich ein zerstörtes Selbstwertgefühl. Denn Schönheit ist unerreichbar. Sie ist keine Beförderung, die Frau nach harter Arbeit endlich wohlverdient verliehen bekommt, noch ist sie ein irgendwann beendetes Handarbeitsprojekt. Stattdessen ist sie eine fragile Fremdbestimmung, die jederzeit durch sich wandelnde Ideale oder auch nur das Vergehen von Zeit zurückgenommen werden kann, ein unmenschliches Ideal, das nicht dazu gedacht ist, von Menschen erreicht zu werden. Denn ist Frau einmal wirklich und unzweifelhaft schön, ist an ihr kein Geld mehr zu verdienen und keine Unsicherheit mehr auszunutzen, die Kontrolle geht abhanden, und so macht so mancher Mann und so manche Industrie es sich sogleich, teils unbewusst, teils kalkuliert, teils gar aus reiner Wut auf Frauen, die Selbstbewusstsein wagen, zum Ziel, doch etwas an ihr auszusetzen zu finden.

Schönheit ist flüchtig und muss also wieder und wieder erneuert werden, durch mehr Produkte, mehr Prozeduren. Eine Fünfzehnjährige, der ich Englisch-Nachhilfe gebe, kommentierte während einer der Stunden, dass sie meine Haare möge – «mit Schminke wärst du richtig schön». In dem Moment war ich sprachlos. Später sprach ich sie nochmal darauf an; sie meinte, es war doch ein Kompliment. Sie versteht nicht, warum ich mein Gesicht nicht verändern will, meine Sorgen findet sie unbegründet. Im Verlauf der Wochen erklärte sie mir, sie liebe es, Fotos von sich selbst zu machen. Nicht weil sie sich schön findet, denn ungeschminkt kann sie nach eigenen Worten kaum in den Spiegel schauen, geschweige denn das Haus verlassen. Sondern weil sie die Fotos filtern kann, und wenn ihr Gesicht, schon von einer Tagesroutine von zwölf Produkten umgestaltet, dann digital so weichgezeichnet ist, dass ich sie kaum noch erkennen kann, dann ist sie mit ihrem Aussehen auf dem Foto fast zufrieden.

Ihre Nase würde sie trotzdem gern ändern lassen, wenn sie alt genug ist. Ob ich sicher bin, dass ich keine Schminke will? Sie wäre auch gern bereit, mir das beizubringen. Es reichte ja, sagt sie, wenn ich Puder, Eyeliner und was auf den Lippen trage, für den Anfang. An dem Abend, komme ich mir komisch vor, als ich in den Spiegel schaue.

Die Macher des Ideals sind Männer, die ihre sexuellen Wünsche zur Norm erklären. Doch im Privaten wird dieser Druck oft von anderen Frauen wie der Nachhilfeschülerin, die ihn selbst empfinden, weitergegeben. So waren es vor allem andere Mädchen, die sich in der Schule über mich lustig machten, wenn ich ungeschminkt war, oder die aufgrund meiner mangelnden Kurven witzelten, ich sei vielleicht eher ein Junge. Auch das ist meiner Ansicht nach ein Ausdruck der eigenen Unsicherheit, ein Versuch, wenn schon nicht schön, dann wenigstens schöner zu sein als eine andere. Fünfzehnjährige Mädchen entscheiden nicht, was schön ist. Wir bekommen es vermittelt, wenn wir sehen, wie Frauen und Mädchen im Fernsehen aussehen, oder wenn wir Sprüche von Erwachsenen hören, und zu Beginn der Pubertät ist es schon bis in die Knochen internalisiert.

Ich erinnere mich, ich werde wohl um die zwölf oder dreizehn gewesen sein, wie ich bemerkte, dass außer mir keine Frau und kein Mädchen Haare an den Beinen hatte, und wie mich die Erkenntnis, bestärkt von Kommentaren von männlichen Mitschülern und von Rasierwerbungen im Nachmittagsfernsehen, so sehr verunsicherte, dass ich meine Mutter um einen Rasierer bat. Sie kaufte ihn mir, in meiner Lieblingsfarbe, und brachte mir bei, wie ich die Haare, die die Jungen meiner Klasse und die schönen Frauen auf dem Bildschirm so eklig fanden, entfernen kann. Dass es okay ist, sie zu lassen, wo sie sind, das brachte mir niemand bei.

All die Erwartungen lehren uns Scham und trennen uns von unserem Körper. Wir lernen, uns für unsere Körper zu schämen, wenn wir sie nicht anpassen. Wenn ich es morgens einmal nicht geschafft hatte, früh genug aufzustehen, um mich zu rasieren, konnte ich weder kurze Hosen tragen noch mit meinen, natürlich rasierten, Freundinnen in den Pool springen, denn jemand könnte die Stoppeln des Vortags sehen. Kleidung, die mir gefiel und die bequem wäre, blieb im Schrank liegen, denn sie war nicht schön, nicht «in» genug. Als Teenagerin trug ich einen ausgepolsterten BH und stellte mir vor, mir später die Brüste vergrößern zu lassen. Vielleicht wäre ich dann schön. Und in der Jagd nach Schönheit und dem Kampf gegen die Realitäten des Körpers beginnen wir den Körper zu verabscheuen. Er ist nicht länger der Kern des Selbst, sondern die widerspenstige Hülle, die in Form gezwungen werden muss.

Meine Beziehung zu Essen ist noch immer kompliziert, abgeschaut von einer Mutter, die von Diät zu Diät sprang, obwohl ihr Körper meinem noch wachsenden in seiner Form so ähnlich war. Mein erster Freund, mit dem ich fast zwei Jahre zusammen war, weil er nett war und mich schön fand und es mir gefiel, schön gefunden zu werden, bemerkte einmal, dass ich fast nichts aß. Der Kommentar machte mich damals, mit vierzehn, stolz. Er hätte mich besorgt machen sollen. Ich habe mir damals, als eine von unendlich vielen Mädchen, das Empfinden von Hunger abtrainiert. Wenn wir uns darauf konzentrieren, wie wir aussehen, wie wir wahrgenommen werden, ob wir wahrgenommen werden, vergessen wir, unserem Körper zuzuhören. Wir fühlen unsere Haut von außen, nicht von innen; wir beobachten uns selbst als körperloser, kalter Beobachter, der uns mit den unzähligen Stimmen des Patriarchats Kritik ins Ohr raunt und unsere eigenen Bedürfnisse und Empfindungen übertönt. Zur Schönheit gehört, Männern zu gefallen. Raum für die Frage, ob mir denn die Männer gefallen, für die ich schön bin und schön sein soll, bleibt da nicht.

Schwierig ist das auch dann, wenn wir selbst lieben oder geliebt werden. Egal wie schön ich meine letzte Freundin fand, es kam nicht gegen die Tausende von

Stimmen der Gesellschaft an. Egal wie schön sie mich fand, hörte ich die Gegenargumente lauter als ihre liebevollen Worte, ja war überzeugt, dass sie unrecht hatte. Ihr ging es genauso, und es war eine wiederkehrende herzzerreißende Frustration, jeweils der Frau, die wir liebten, dabei zuhören zu müssen, als wie unliebenswert sie sich empfand. Umso perfider nistete es sich im Kopf ein, wenn sie an sich eine Eigenschaft kritisierte, die wir teilten.

Gegen Ende meiner Teenagerjahre verbreitete sich mit überraschender Geschwindigkeit die Aussage und die dazugehörende soziale Bewegung, alle Frauen seien schön. Die Frauen hinter dem Slogan hatten ohne jeden Zweifel gute Intentionen, und ich will überhaupt nicht bestreiten, dass die ganze Sache der einen oder anderen ein besseres Körpergefühl oder Selbstwertgefühl mitgegeben hat. Doch meiner Meinung nach ist schon der Ansatz falsch. Es kann nicht darum gehen, Männer zu überzeugen, dass alle Frauen schön und begehrenswert sind. Es kann auch nicht darum gehen, Frauen zu überzeugen, dass sie schön sind, während im gleichen Atemzug Kosmetik angeboten wird. Natürlich kann jede Frau das Spiel mitspielen, durch alle Reifen springen und die Schönheit jagen. Die meisten können, mit großem Aufwand an Geld und Zeit, sich auch dem Ideal annähern oder das Problem, welches der natürliche Frauenkörper für das Patriarchat darstellt, genügend übertünchen. Aber das Ziel muss meiner Meinung nach sein, die Schönheit von ihrem Podest zu stoßen und uns von ihrem teuer manikürten Klauengriff zu befreien. Schönheit ist nicht unsere Aufgabe oder unser Wert. Schönheit ist nicht das Bußgeld dafür, als Frau zu existieren. Schönheit ist eine Ablenkung.

Der Frauenkörper ist etwas Wundervolles. Frauen sind wundervoll, beeindruckend, anziehend, inspirierend. Aber wir sind nicht schön. Nach patriarchaler Bestimmung nicht in unserer natürlichen Form, unverändert und ohne Scham. Das eigene Empfinden, auch bemalt und angepasst, verändert sich nicht. Deswegen schlage ich vor, wir alle vergessen die Idee der Schönheit, lassen sie fallen wie ein unbequemes Kleidungsstück, das wir nicht länger tragen wollen. Wir haben Besseres verdient als Schönheit. Unsere Körper sind keine dekorativen Objekte. Unsere Körper leben, und jedes Leben stammt aus unseren Körpern. Unsere Körper atmen und fühlen und brauchen und können und nehmen Raum ein. Das alles ist so viel mehr als nur schön.

Unsere Körper tragen uns durch die Welt und lassen uns leben und erleben. Wir können Sonne und Wind auf der Haut spüren, können Vögel hören und das ganze Spektrum an Farben sehen, das die Welt zu bieten hat. Wir können lachen, sprechen, singen, können tanzen und uns bewegen und können lieben. All das ist wundervoll. Wir verdienen es und sollten uns erlauben, all diese Erfahrungen zu machen, nicht nur von außen, sondern ganz und gar von innen.

Deswegen lade ich die Leserin ein, einmal die Spiegel zu verhängen. Ich lade dich ein, dich zu bewegen, vielleicht einen neuen Sport oder eine neue Kunst auszuprobieren und zu spüren, wie sich dein Körper bewegt, wie du dich fühlst. Ist dir warm? Hast du Durst? Spürst du, wie stark du bist, dass du dich so bewegen kannst, was du schaffen kannst? Halte das Gefühl fest. Unsere Körper sind ausdauernd, sie sind beweglich, sie sind weich, sie sind stark. Wir sind stark.

Vielleicht kommst du zu anderen Erkenntnissen als ich. Mir geht es nicht darum, Frauen zu verurteilen oder auf die endlose Liste von Ansprüchen und Erwartungen noch eine weitere Pflicht zu setzen. Wir alle sind aufgewachsen in einem Patriarchat, das uns Schönheit anerzieht und abverlangt, dem es nützt, uns gegen unsere Körper zu richten. Bevor ich wagte, Schönheit fallenzulassen, war ich sicher, meine Jagd nach ihr geschehe um meiner selbst willen. Aber was ist eine Wahl, wenn die Alternative undenkbar ist?

Seit mittlerweile ein paar Jahren habe ich, Schritt für kleinen Schritt, viele Schönheitserwartungen abgelegt. Ich rasiere mich nicht mehr. Ich schminke mich nicht mehr. Ich trage die Kleidung, die sich gut anfühlt, und esse das, worauf ich Hunger habe. Es tut meinem Körper gut, ihn zu akzeptieren und zu pflegen, statt ihm abzuverlangen, anderen zu gefallen.

Gleichzeitig habe ich angefangen, jede Woche schwimmen zu gehen. Es ist einfach, in meinem Körper zu sein, wenn ich das kalte Wasser spüre oder die Anstrengung oder die Stärke meines Körpers, die mich über Wasser hält und vorwärts treibt. Wenn ich mich auf Atem und Rhythmus und Bewegung konzentrieren muss, um nicht unterzugehen, bleibt kein Raum im Kopf für Fragen nach dem Aussehen. Ich muss nicht in den Spiegel schauen, um zu spüren, dass ich stärker werde, dass ich mehr Raum einnehme. Essen ist nichts mehr, das dick macht und Schönheit zerstört, sondern etwas, das mir die Energie gibt, zu tun und zu erleben, und das den Hunger stillt, den ich endlich wieder spüren kann. Meine Körperhaare sind von stacheligen Stoppeln zu weichen Locken ausgewachsen, an denen ich mich nicht mehr störe. Mein Gesicht ist voller Emotionen und frei von Puder. Ich betrachte mich kaum noch im Spiegel.

Zu Anfang war es nicht einfach. Es gab Widerstand, böse Blicke, blöde Sprüche. Aber inzwischen fühle ich mich in meinem Körper zu Hause. Wir sind ein Ganzes in mehr oder weniger harmonischem Zusammenleben, in dem ich ihn gut behandle und existieren lasse, wie er ist und wie es ihm guttut, und er mich fühlen und tun lässt und mir sagt, was er braucht. Mein Körper ist kein Gegner, der mir Schönheit vorenthält. Mein Körper bin ich, und ich verdiene es, gut und liebevoll behandelt zu werden. Du verdienst das auch, liebe Leserin.

Das ist, gerade in einer Gesellschaft, die darauf fixiert ist, den Frauenkörper in Einzelteile zerlegt zu verändern und zu verkaufen, nicht immer einfach. Ich vermute, ganz ohne Aufwand wird es für mich nie sein, in meinem Körper zu bleiben. Aber es wird einfacher. Je mehr es zur Routine wird, all die Dinge nicht mehr zu tun, desto weniger denke ich an sie.

So viel verspreche ich: Der Druck lässt irgendwann nach. Wir müssen nicht schön sein.

Heute schaue ich in den Spiegel und betrachte mich, statt mit der vertrauten Kritik, mit Wohlwollen. Ich bin nicht schön. Und das ist okay. Ich bin so viel mehr als schön. Ich bin stark.

Der Feind im Innern – Täterintrojekte

Ingeborg Kraus

In meine Praxis kommen überwiegend Frauen. Das Thema «Täterintrojekte» ist täglich Brot in der Behandlung und betrifft Frauen aus allen Schichten und jeder Herkunft: Sie sagen mir, dass sie sich hassen, sich abstoßend und hässlich finden, sich als dumm und unfähig betrachten und zu nichts fähig seien ...

Die Befreiung der Frauen muss auch auf psychologischer Ebene stattfinden. Denn wenn sich Frauen mental von ihren Unterdrückern befreien, haben diese keine Macht mehr über sie.

Ich habe viele Artikel über Prostitution geschrieben, in denen ich den Zusammenhang zwischen früher Traumatisierung und dem Einstieg in die Prostitution erläutere. Denn: Ein gebrochener Selbstwert begünstigt diesen Einstieg. Hier kann man nicht von Freiwilligkeit sprechen. Auch Staaten, die Prostitution als Job wie jeden anderen betrachten, tragen Täterstrukturen in sich und schaffen so kollektive Täterintrojekte.

Ein Mann, der seine Partnerin in der «Beziehung» misshandelte, sagte ihr: «Ich habe Angst vor dem Tag, wenn du ein Selbstbewusstsein erlangst.» Denn: Selbstabwertung ist die effektivste Maschinerie, Frauen gefügig zu halten und mit ihnen machen zu können, was man will.

Männliche Gewalt gegen Frauen ist alarmierend: Jede 3. Frau erlebt körperliche Gewalt, jede 4. Frau erlebt körperliche Gewalt in der Beziehung/Ehe, ca. 58% der Frauen erleben sexuelle Belästigung, und jedes 4. Mädchen ist Opfer sexualisierter Gewalt. So sehen die Zahlen aus der bundesweiten Studie von 2004 aus. Gesunken ist die Gewalt seitdem nicht. Durch Corona sind die Zahlen sogar noch gestiegen, und in den sozialen Medien sind neue Formen hinzugekommen.[1]

Gewalt gegen Frauen verursacht nach offiziellen Schätzungen jährlich in Europa 228 Milliarden Euro Kosten.[2] Dabei berücksichtigt diese Hochrechnung noch nicht einmal die Langzeitauswirkungen auf die körperliche und geistige Gesundheit der betroffenen Frauen und Kinder sowie die transgenerationellen Folgen von Gewalt:

posttraumatische Belastungsstörungen, Angstreaktionen, Depressionen, Reviktimisierung, Fortsetzung der Gewalt in der nächsten Generation etc.

Was macht diese Gewalt mit uns Frauen? Was macht es mit einem Kind, wenn es permanent abgewertet wird? Wie organisiert sich die Psyche innerlich, um nicht daran zugrunde zu gehen? Warum setzt sich der Täter in der Psyche des Opfers so lange fest? Warum schütteln die Opfer diese Sätze nicht einfach ab, wenn sie frei sind? Die Forschungen zu Täterintrojekten sind komplex und noch lange nicht abgeschlossen. Und die klinischen Beobachtungen korrespondieren nicht immer mit den Klassifikationsmodellen oder therapeutischen Angeboten.

Ich möchte das Thema «Täterintrojekte» aus verschiedenen Schulen, auch in seiner sehr kurz gefassten historischen Entwicklung skizzieren:

- Psychoanalyse
- Die Weiterentwicklung in der Traumatherapie/Hypnotherapie/PITT (Jochen Peichel, Luise Reddemann, Michaela Huber)
- Feministische Perspektive

Die Psychoanalyse:

Es gab zu Zeiten von Sigmund Freund einen Psychiater namens Pierre Janet, der von Täterintrojekten sprach und sie sehr gut beschrieben hat. Von ihm stammt der Satz:

> *Ein Trauma, das man nicht realisiert, muss man wieder erleben oder reinszenieren.* (Janet, 1889)

Was bedeutet das? Kann eine traumatische Erfahrung als Erinnerung in einem steckenbleiben und das Opfer verleiten, ein ähnliches Trauma wiederzuerleben? In der Tat ist die Reviktimisierung bei Opfern sehr hoch: Laut dem WHO-Bericht von 2021[3] ist die Wahrscheinlichkeit, dass Frauen, die in ihrer Kindheit körperliche und sexuelle Gewalt erlebt haben, 16 mal höher, als Erwachsene wieder häusliche Gewalt zu erleben. In der nationalen Studie von «Mémoire Traumatique» von 2015[4] wurde herausgefunden, dass 70% der Kinder, die sexuelle Gewalt erlebt haben, als Erwachsene erneut Opfer sexueller Gewalt werden.

Ich erinnere mich an einen Gerichtsprozess in meiner Stadt, wo ein Mann wegen Vergewaltigung verurteilt wurde. Er wurde im Gerichtssaal gefragt, warum er diese Tat begangen habe. Er sagte, weil die Frau sich nicht gewehrt habe. An diesem Abend habe er mehrere Frauen überfallen, die anderen wehrten sich, so der Täter, sein Opfer jedoch nicht. Sie ließ es mit sich geschehen.

Natürlich ist durch die Reaktion des Opfers die Schuld des Täters keineswegs geringer einzustufen. Das Opfer hat mit Erstarrung reagiert. Sie hat vielleicht «gelernt», in Gefahren so zu reagieren. Und aus psychotraumatologischer Sicht können das Hinweise auf eine Vortraumatisierung sein. Ihr neuronales Netzwerk hat auf eine eingeübte Reaktion zurückgegriffen.

Was macht ein kindliches Trauma mit uns, so dass wir uns gegen Gefahren nicht mehr richtig wehren können? Warum ist das so?

Die Psychoanalyse spricht von Täterintrojekten.
Täterintrojekte sind für die Psychoanalyse etwas, das von außen reingeworfen wurde und rausgeholt werden muss. Ein Introjekt ist ein Täter im Innern nach dieser Theorie, und der/die AnalytikerIn soll es entfernen. Dafür wird in der Analyse insbesondere die Methode der Übertragung verwendet. Diese hilft, in der therapeutischen Beziehung neue Erfahrungen zu machen. So können die traumatischen Prägungen korrigiert und überschrieben werden.

Beispiel: *Eine Patientin, die Opfer sexueller Gewalt durch ihren Vater wurde, reinszeniert in der Analyse manche Situationen: z.B. Anerkennung über erotisches Verhalten zu erhalten.*

Leider wurden solche Situationen von vielen Analytikern in den Anfängen bis weit in die 1980er-Jahre der Psychoanalyse häufig missbraucht.[5] Es war für Frauen ein Risiko, überhaupt eine Analyse zu machen, weil es nicht selten vorkam, dass sie dort wieder sexuell traumatisiert wurden. Es passierte demzufolge keine positive Gegenübertragung, sondern eine Fortsetzung von sexuellem Missbrauch.

In den letzten Jahrzehnten gab es eine Weiterentwicklung des Ansatzes zu Täterintrojekten. Aus Deutschland sind hier u.a. Luise Reddemann und Michaela Huber zu nennen. Ein Täterintrojekt wird hier nicht mehr als ein Fremdkörper im Innern betrachtet, sondern als ein Selbstanteil, also etwas, was zur eigenen Person gehört.

Täterintrojekte sind entstanden, um zu überleben. Das ist der Grund, warum man sie mit guten Ratschlägen nicht einfach so beseitigen kann, nach dem Motto: «Denk doch nicht so negativ über dich!» Betroffene verstehen diese Ratschläge, sie wollen sie auch umsetzen, sie können es aber nicht und fühlen sich anschließend sogar noch dafür schuldig.

Das Täterintrojekt kommt nicht von außen, es wird innen erzeugt als eine Reaktion auf eine traumatische Erfahrung. Es ist eine Reaktion auf eine verstörende Situation. Täterintrojekte haben eine positive Funktion: Sie sind entstanden, um zu überleben und zu schützen. In gewissen schweren Situationen, wie bei ritueller Gewalt oder anderen Formen chronischer Misshandlung in der Kindheit, gibt es nur zwei Alternativen zum Täterintrojekt: Psychose oder Selbstmord. Und deshalb gehen Täterintrojekte nicht von allein weg, da sie ja überlebenswichtig waren. In der Behandlung ist es deshalb sehr wichtig, die schützende Absicht dieser Glaubenssätze zu verstehen, um sie nachträglich abbauen zu können.

Täterintrojekte entstehen in einer Situation der Todesangst:
Wenn man in eine Situation gerät, wo Flucht und Kampf nicht mehr möglich sind, dann wäre jeglicher weiterer Widerstand lebensbedrohlich. Aus der Tierwelt wissen wir, dass Tiere eine gewisse Überlebenschance haben, wenn sie sich tot stellen. Tote Tiere könnten nämlich giftig sein. Das wissen Beutejäger, und die Opfer wissen das auch. Sie haben mit diesem Trick eine gewisse Restchance, dass der Täter von ihnen ablässt. Hier hilft also nur noch der Totstellreflex. Man muss sich «abschalten», der Körper schüttet Beta-Endorphine aus. Es passiert eine parasympathische Aktivierung: Der Blutdruck geht runter, man bekommt einen Tunnelblick. Gleichzeitig ist man voller Adrenalin, und man darf sich nicht bewegen, und eine Stimme sagt, «rühr dich nicht mehr», und dann beginnt die Dissoziation, die «out of body experience». Dissoziation ist eine Notfallreaktion zum Überleben.

In solchen Situationen entsteht eine Stimme, die sagt: «Sei innerlich tot. Du bist nichts wert, du bist eine Null ...» Mit dem Totstellreflex ist auch eine generalisierte Entwertung gekoppelt.[6] Diese Erfahrung wird als Täterintrojekt verinnerlicht. Ein Täterintrojekt weiß, wie man überlebt. Zum Beispiel durch Stillhalten, durch nichts mehr tun. Das Trauma selbst, und auch die Sätze, die mit dem Trauma entstanden sind, die zum Überleben gedient haben, bleiben im Nervensystem gespeichert und können durch Trigger wieder aktiviert werden.

Beispiel 1: *Eine Patientin hat in ihrer Kindheit sexuelle Gewalt erlebt. Sie kommt aus Südamerika und kam nach Deutschland, weil sie für eine Doktorarbeit ausgewählt wurde. In ihrem Heimatland hatte sie Lösungen für sich gefunden, mit ihren Ängsten umzugehen. Ihr Perfektionismus brachte sie oft an ihre Grenzen, in ihrer Sprache und ihrer gewohnten Umgebung kam sie jedoch damit zurecht. In Deutschland erlebte sie leider gleich zu Beginn ihres Aufenthalts einen körperlichen Angriff und kurze Zeit darauf eine versuchte Ver-*

gewaltigung. Die fremde Kultur und die fremde Sprache waren zusätzliche Faktoren, die zum Ausbruch multipler Traumafolgen führten: Ängste und insbesondere Täterintrojekte in Form destruktiver Selbstabwertung, die ihre Arbeit an ihrer Promotion fast unmöglich machten. Die Doktorarbeit wurde zum Trigger, und jedes Mal, wenn sie sich ihr widmete, tauchten Stimmen auf, die ihr sagten: «Du schaffst es nicht, du wirst alles falsch machen und deinen Professor enttäuschen, du bist nicht gut genug für eine Promotion, du wirst keine gute Arbeit liefern etc.» Ihr üblicher Perfektionismus reichte nicht mehr aus. Konzentrationsstörungen und Erschöpfung waren unmittelbare Folgen. Diverse Ängste, Angst, überhaupt unter Menschen zu gehen, und Angst vor der Zukunft breiteten sich immer weiter aus ...

Beispiel 2: *Eine Patientin (50+), die in ihrer Kindheit von ihrem leiblichen Vater über Jahre sexuell missbraucht wurde, verliebt sich in eine Frau. Die Beziehung ist ein Trigger und ruft abgespaltene traumaassoziierte Gedanken («Ich bin schmutzig, ich bin nichts wert ...») und Gefühle (Angst und Ekel) hervor. Sie entwickelt daraufhin massive Selbstmordgedanken.*

Für Außenstehende erscheinen solche Reaktionen widersprüchlich: verliebt zu sein und sich dann umbringen zu wollen. In der Psychotraumatologie sind solche Reaktionen aufgrund der schweren seelischen Verletzung verständlich.

Wie sieht die Therapie aus?

Es geht immer darum, diese Stimmen zu verstehen. Wie sind sie entstanden? Warum sind sie entstanden? Dann in Verhandlung mit ihnen zu treten. Ihre Schutzfunktion damals zu würdigen. Sie zeitlich einzuordnen und das Jetzt zu orientieren. orientieren. Zu fragen, ob sie im aktuellen Leben noch funktionell sind. Sie in funktionale Lösungen zu verwandeln. Und ganz wichtig: sie mit einer Ressource zu verknüpfen. Das funktioniert, weil das Gehirn über Plastizität verfügt. Also: Man prägt das Nervensystem neu und lässt neue positive Verknüpfungen entstehen.[7] Wichtig: Immer den erwachsenen Teil zu stärken! Deswegen wird die Verhandlung immer mit dem erwachsenen Teil geführt.

Über-Ich/Innerer Kritiker:

Psychoanalyse: Im Verlauf unserer Entwicklung verinnerlichen wir gesellschaftliche Normen und identifizieren uns mit ihnen, mit sogenannten «Geboten und Verboten». Es entwickelt sich so eine innere moralische Instanz. Sie entsteht auch, um in Bindung zu bleiben und im gesellschaftlichen Leben nicht ausgeschlossen zu werden. Freud, der das Über-Ich beschrieb, hat es versäumt, eine feministische Analyse des Über-Ichs vorzunehmen. Er hat nicht verstanden, welchen gesellschaftlichen Zwängen Frauen zu seiner Zeit ausgesetzt waren und dass sie sich als Frauen der patriarchalen Ordnung unterwerfen mussten und deswegen krank wurden. Wir mussten auf Simone de Beauvoir warten, bis diese Unterschiede zwischen Mann und Frau herausgearbeitet wurden und die Unterdrückung der Frau der Welt vor Augen gehalten wurde.

Wie sehen Frauenrechte heute aus? Neben der männlichen Gewalt gegen Frauen werden welche Rollenbilder Frauen transportiert? Wird Lesbischsein als eine Option für Frauen dargestellt?

In dem jährlichen Bericht von SOS Homophobie[8], der in Frankreich erscheint, wurde im Jahr 2019 eine Steigerung von 26% homophober Aggressionen (im Vergleich zu 2018) festgestellt. Durch die Corona-bedingten gesellschaftlichen Einschränkungen hat sich auch die Gewalt in den Familien auf die LGBT-Familienmitglieder erhöht. Lesben erleben lesbophobe Aggressionen in Form von Ablehnung (75%), Beschimpfung (43%), Diskriminierung (24%), Belästigungen (21%) und auch körperlicher Gewalt (15%). Die Gewalt ist sehr stark damit verbunden, wenn sie es wagen, sich in der Öffentlichkeit zu zeigen: 22% der Aggressionen finden in den sozialen Medien statt, 19% in der Öffentlichkeit, 16% in den Familien und 9% am Arbeitsplatz. Die Ablehnung lesbischer Mütter ist auch sehr häufig.

Die alltäglichen Beleidigungen gegen Lesben sind extrem hasserfüllt, so der Bericht, denn Lesben weisen zweifach die gesellschaftliche Norm zurück: die Heterosexualität und den dominierenden Mann, da Männlichkeit immer noch sehr stark über Heterosexualität definiert wird.

Die Pornografie festigt dieses Bild: Es sind Darstellungen von grausamen Handlungen, die Männer an Frauen verüben.[9] Es ist eine Gewalt gespeist von Abneigung und Gleichgültigkeit. Die Gewalt in Pornos ist in den Deckmantel der Lust gehüllt: Das macht die Gewalt unsichtbar, weil sie als Form der Befriedigung vermittelt wird. Durch ihre finanziellen Mittel hat die Pornoindustrie enorme Einflussmacht und formt Politik, Gesetze und Kultur mit. Alleine die Website «Pornhub» hat 80 Millionen Besucher pro Tag und somit täglich mehr Besucher als die Filmstreaming-Plattform Netflix. Laut internationaler und nationaler Studien erfolgt der Erstkontakt mit Pornografie in der Regel im elften oder zwölften Lebensalter.

Viele Kinder wachsen mit pornografischen Bildern sexueller Gewalt gegen Frauen auf, verinnerlichen diese und entfremden sich so von ihrer eigenen Sexualität oder werden der Möglichkeit beraubt, sie überhaupt erst zu finden. Junge Frauen erleben sexuelle Gewalt in ihren ersten Liebeserfahrungen und wissen dabei gar nicht, dass es sexuelle Gewalt ist, sondern denken, es muss so sein. Eine Generation von Männern wird mit Pornografie herangezogen, die ein gestörtes Verhältnis zu Frauen hat, indem sie Intimität über die Herabwürdigung und Demütigung der Frau herzustellen versucht.

Eine lesbische Patientin aus Russland erzählte mir, wie die Situation für Lesben und Schwule in ihrem Ursprungsland ist. Ich merkte an, dass es mit Sicherheit auch Konversionstherapien dort gibt. Sie meinte, dass es diese nicht brauche, lesbische Frauen würden sich selbst umpolen. Mit anderen Worten: Was nicht sein darf, wird «weggemacht». Und wie waren ihre Beziehungen mit Männern? Sie hat sich und anderen etwas vorgemacht. Im Nachhinein sagt sie, dass sie es als Gewalt erlebt habe. Sie hatte sich jedoch eingeredet, dass es so zu sein habe. Mit dieser falschen Identifikation wurden ihre eigenen Gefühle und Bedürfnisse abgespalten.

Lesben sind in vielerlei Hinsicht auch noch heute in Deutschland diskriminiert: Juristisch: Das Recht auf Adoption ist erschwert, viele Kinderwunschzentren lehnen lesbische Paare für eine künstliche Befruchtung ab, sie erleben Benachteiligung in Erbschaftsangelegenheiten ... Weltweit betrachtet, haben zahlreiche Länder noch diskriminierendere Gesetze gegenüber Lesben und Schwulen, und in elf Ländern droht die Todesstrafe.[10] Ein Recht auf Asyl wird für diese besonders gefährdeten Frauen in Deutschland nicht wirklich ernst genommen. Für die deutsche Außenpolitik spielt Gewalt gegen Lesben keine Rolle. Die Gesellschaft wird über die dramatische Situation von Lesben in der Welt so gut wie nicht informiert, und so kann sich auch keine kollektive Sorge um diese Frauen entwickeln.

Die Aufarbeitung der verfolgten und verschleppten Lesben während der NS-Zeit ging/geht nur schleppend voran. So konnten weder die Lesben selbst noch die Gesellschaft ein kollektives Bewusstsein darüber entwickeln, dass auch Lesben gezielt Opfer der Nazis waren. Erst 2008 wurde ein Denkmal im Tiergarten in Berlin für Schwule errichtet, und erst 2012 sind Lesben miteingeschlossen worden. Der Paragraf 175, der Schwule kriminalisierte, wurde erst 1994 gestrichen, und Lesben mussten bis zur Einführung des Lebenspartnerschaftsgesetzes 2001 damit rechnen, dass man ihnen ihre Kinder entzog, wenn sie in einer lesbischen Beziehung lebten. Lesbische Mütter galten bis dahin als asozial.

Die Pathologisierung der Homosexualität und die damit verbundene medizinische und therapeutische Gewalt – Elektroschocktherapie, medikamentöse Behandlung, eingesetzte Foltermethoden in der Konversionstherapie (Gehirnwäsche, Strafen, Schlafentzug, Vergewaltigungen ...) etc. – ging bis weit in die 1990er-Jahre und findet in vielen Ländern noch heute statt: 1973 wurde Homosexualität als Krankheit im Klassifikationssystem DSM-II der psychischen Störungen aufgehoben (in den USA), erst 1991 im ICD-10 (gültig für Europa).

Auch wenn Lesben in den letzten Jahren viele Rechte errungen haben, so fehlen insbesondere noch Rollenbilder für sie in der Öffentlichkeit: Lesbische Filme werden so gut wie nicht gezeigt bzw. produziert, lesbische Moderatorinnen/Vorbilder tauchen nur vereinzelt auf. Die Boulevardzeitungen berichten zwar regelmäßig über die Beziehungskrisen von heterosexuellen Paaren, selten jedoch stehen lesbische Beziehungen von Stars im Blickpunkt. Ellen DeGeneres und ihre Frau bilden hier eine Ausnahme. Im Allgemeinen tauchen diese Paare nicht auf. Lesben bleibt nichts anderes übrig, als sich an heterosexuellen Beziehungen zu orientieren. Von manchen lesbischen Frauen erfuhr ich sogar, dass ihre Partnerinnen einen «männlichen Blick» übernommen hatten und sich sexistisch ihnen gegenüber verhielten. Lesbisch sein, lesbisch leben und lesbische Beziehungen sind jedoch ganz etwas anderes!

Treffpunkte für Lesben sind in den letzten 20 Jahren häufig verschwunden. Viele Orte haben sich zu LGBTQI*-Zentren entwickelt mit einer queeren Politik, in der lesbische Anliegen kaum noch zur Geltung kommen. Solche Zentren stehen meistens für eine Self-ID und Transinklusivität bei Lesbentreffen. Kritik kann schnell als Transphobie gedeutet werden und zum Ausschluss aus solchen Zentren führen. Lesbisch sein bedeutet mittlerweile auch, heimatlos zu sein.

Diese Diskriminierungen und Gewalt führen zu schlechterem gesundheitlichen Befinden und können regelrecht krank machen.[11] Insgesamt weisen viele Studien schon lange ein erhöhtes Gesundheitsrisiko für LGBT-Menschen aus: eine 7,1-fach höhere Suizidalität bei LGBT-Menschen[12] im Vergleich zu Heteros (Remafedi 1998). Eine 2014 veröffentlichte Studie stellt eine fünf Mal höhere Suizidgefahr bei schwulen und bisexuellen Jugendlichen als bei heterosexuellen Teenagern sowie erhöhte Depressionsanzeichen fest.[13] Depressionen sind zweieinhalb Mal häufiger bei LGBTQI* als in der restlichen Bevölkerung (2021).[14] Eine erhöhte Erkrankungshäufigkeit wurde auch bei lesbischen Frauen im Vergleich zu heterosexuellen Frauen in verschiedenen Gesundheitsaspekten gefunden, beispielsweise ein hohes Suizidalitätsrisiko, riskanter Substanzmittelkonsum bzw. Substanzmittelabhängigkeit.[15]

Wie können sich Lesben in dieser Welt noch finden?
In vielen Fällen: Überhaupt nicht!

In ihrem Text über ihr Coming-out schreibt Sandra Norak, dass es in der bayrischen Provinz, wo sie groß wurde, keinen Platz für Lesben gab.[16] Es gab sie einfach nicht, sie konnte sich nur an der allgegenwärtigen Heteronormativität orientieren und dann versuchen, sich anzupassen und sich von ihren Gefühlen für Frauen zu distanzieren.

In einer Welt, in der Heterosexualität die Norm ist, kann es für manche sogar psychisch kongruenter erscheinen, das Geschlecht zu wechseln, als die eigenen Gefühle zu ersticken oder sich im Widerspruch mit der verinnerlichten Heteronormativität zu fühlen. So scheint die heterosexuelle Beziehung hergestellt zu sein, und man muss nicht das sein, was sozial verpönt ist oder innerlich abgelehnt wird: eine Lesbe zu sein!

Ob sich Ellen Page wirklich im falschen Körper fühlte, können wir aus der Ferne nicht beurteilen. Mich hatte nur damals im Jahr 2014 ihr Coming-out als Lesbe gewundert. Für mich sprach sie es mit großer Überwindung aus, und ihre Transition zum Mann hat mich anschließend nicht wirklich gewundert.

Der innere Kritiker aus psychotraumatologischer Sicht:
Innere Kritiker entwickeln sich, weil wir als Kinder die Liebe unserer Bezugspersonen nicht verlieren möchten. Die ersten Bindungen sind überlebenswichtig. Um in Bindung zu bleiben und nicht abgelehnt zu werden, können feindselige Äußerungen übernommen werden. Es entstehen innere Kritiker. Sie haben eine innere Schutzfunktion. Es ist eine Überlebensstrategie in einem Abhängigkeitsverhältnis, die mit Angst verbunden ist: Angst, verlassen zu werden, Angst, die Liebe zu verlieren, Angst, beschämt zu werden …

In ähnlichen Situationen, die Angst hervorrufen, können sich dann alte Verknüpfungen im Gehirn durchsetzen. Automatisierte negative Selbstbewertungen können spontan auftauchen, so wie: «Du bist doof, du musst dich mehr anstrengen, du musst perfekt sein, es ist nicht richtig, homosexuell zu sein etc.»

Lesben wachsen von frühester Kindheit in einer Welt auf, die fast ausschließlich von heterosexuellen Werten geprägt ist. Es wird ihnen nichts anderes angeboten. Innerpsychisch löst diese heterosexistische Welt permanente Minitraumata aus, da die äußeren Botschaften nicht mit dem inneren Erleben übereinstimmen: Gefühle der Fremdheit, Einsamkeit und Verwirrung können daraus resultieren. Diese innerpsychischen Verletzungen fordern Bewältigungsstrategien, um einen depressiven Rückzug zu vermeiden. Oft haben Lesben keine andere Wahl, als sich mit der heteronormativen Welt zu identifizieren, und feindselige Bilder gegenüber Lesben werden so verinnerlicht. Die eigene Homosexualität kann abgespalten und antihomosexuelle Wertmaßstäbe können übernommen werden. Es kann so weit gehen, dass man sich mit dem Aggressor identifiziert und selbst homophob agiert.[17]

Verinnerlichte Homophobie ist ein Mechanismus, der unter Lesben weit verbreitet ist: «Ich bin das, was nicht sein darf. Also werte ich das ab, was nicht sein darf.» Ich stehe nicht dazu, sondern bekämpfe es. Alice Weidel und Jörg Haider sind Paradebeispiele dafür: beide homosexuell und rechtspopulistische Politiker. Jörg Haider hatte aktiv schwulenfeindliche Politik befürwortet. Bei Alice Weidel scheint die lesbenfeindliche Politik der AfD keine sichtbaren Konflikte auszulösen.

Lesben haben mit viel Abwertung zu kämpfen. Dass manche diese Abwertungen übernehmen und diese gegen die eigene Gruppe richten, ist nicht selten. Auch bei den massiven Angriffen auf das LFT2021 Bremen war sehr viel Frauen- und Lesbenhass zu sehen, und viel ging von Lesben selbst aus.

Wenn innere Kritiker auftauchen, dann haben wir es mit Angst zu tun. Und bei Angst werden bestimmte Strukturen des Gehirns aktiviert, und zwar die Angststrukturen: Im Mittelhirn haben wir eine ganz andere Struktur des Denkens. Wir sind im impliziten Gedächtnis, also bei automatisierten Reaktionen. Bei Traumata sind vor allem implizite Gedächtnismuster eingraviert. Der Hippocampus ist überwiegend abgeschaltet, die Amygdala ist als Angstreaktion hoch aktiviert.

Diese Logik ist nicht die Logik einer reifen Form, Konflikte auszuhalten. Hier herrscht das Prinzip: Gefahr oder nicht Gefahr, zum Überleben geeignet oder nicht geeignet – also ein Schwarz-Weiß-Denken. Wenn wir uns mit den Sätzen der inneren Kritiker auseinandersetzen, werden wir mit einer Zeit in Kontakt kommen, die sehr schmerzlich war.

Im Cortex haben wir die Logik: Ambivalenz kann ertragen werden. Das ist eine Fähigkeit des präfrontalen Cortex: Dinge nebeneinander stehen zu lassen und ertragen zu können. Impulskontrolle, Affektkontrolle, Empathie ... Das gehört zum reifen erwachsenen Ich. Das ist eine erwachsene Form der Problembewältigung. Das muss man natürlich auch in der Therapie stärken.

Auch hier ein Bezug zum LFT2021: Wie schnell sich so viele Organisationen und Menschen ohne Diskussion vom LFT abgewandt und das LFT abgewertet haben, war sehr erstaunlich, und hier waren mit Sicherheit tiefere Strukturen aktiv. Also nicht der präfrontale Cortex, sondern Angststrukturen, in denen manche nicht mehr gelassen denken konnten. Viele wurden getriggert und haben reflexartig reagiert.

Warum hält unser Gehirn diese Stressmuster immer noch so aufrecht?
→ Je heftiger die Entwertung war, desto heftiger ist die innere Not.
Hier ist viel Aufklärung angesagt: Aufklärung über Lebensentwürfe von Lesben und Lesbophobie. Hier ein Auszug von Gisela Wolfs Arbeit mit Lesben im Coming-out-Prozess:

> *Viele Lesben haben die herrschenden Einstellungen in einer heterosexistischen Gesellschaft internalisiert. Vor diesem Hintergrund gestaltet sich die Entwicklung einer lesbischen Identität als Herausforderung für die betreffenden lesbischen Mädchen und Frauen und ihr soziales Umfeld. Jede Lesbe muss während ihres Coming-outs lernen, sich von der gesamtgesellschaftlich tradierten Ideologie einer Überlegenheit heterosexueller Lebensentwürfe zu distanzieren, und lesbische Identität erfordert vor diesem Hintergrund eine verstärkte Auseinandersetzung mit sich selbst und das Erlernen einer Stärke, die es einem lesbischen Mädchen/einer lesbischen Frau möglich machen kann, die gegen ihre Identität gerichteten Stigmatisierungen zu überwinden.*[18]

Eine kollektive feministische Sichtweise:

Warum haben Frauen das Patriarchat noch nicht abgeschafft? Dee Graham, eine amerikanische Feministin, fragte sich, ob wir Frauen nicht kollektiv vom Patriarchat geschädigt sind.[19] Entwickeln Frauen in einer patriarchalen Gesellschaft ein kollektives Stockholm-Syndrom? Haben sich Frauen kollektiv mit ihren Unterdrückern verbündet, identifizieren sie sich mit deren Bedürfnissen?

Was ist das Stockholm-Syndrom? Ein Opfer bindet sich an einen Täter, wenn eine Flucht nicht möglich ist. Die Bindung an einen Misshandler/Täter hat eine überlebenswichtige Funktion und setzt vier Bedingungen voraus:

- Die Situation ist lebensbedrohlich
- Das Gefühl, dass ich der Situation nicht entkommen kann
- Isolation
- Der Täter zeigt Anzeichen von Güte in einem Kontext von Furcht

Gibt es eine ähnliche Dynamik in einer patriarchalen Gesellschaft? Zwischen Mann und Frau?

- Ist das Überleben von Frauen durch Männer bedroht?
- Können Frauen als Gruppe Männern als Gruppe entkommen?
- Sind Frauen voneinander isoliert?
- Sind Männer ab und zu gut zu Frauen?

Dee Graham antwortet auf alle Fragen mit ja und weist darauf hin, dass Frauen als Gruppe einem kollektiven Stockholm-Syndrom unterliegen. Was bedeutet: Wir sabotieren unsere Befreiung selbst und verbünden uns mit unseren Unterdrückern!

Beispiele unserer Mittäterschaft gibt es unzählige: Wenn man bedenkt, dass wir Prostitution noch zulassen und es erlauben, dass uns Männer kaufen, unsere Bedürfnisse dabei annullieren, uns zu Dienerinnen ihrer männlichen Lust degradieren! Und das auch noch als Beruf zu bezeichnen!

Auch den Angriff auf das LFT2021 kann man als Versuch deuten, das LFT2021 nicht stattfinden zu lassen (Existenzbedrohung), Lesben voneinander isolieren zu wollen sowie Lesben als Gruppe so wenig ernst zu nehmen, dass sie ohne andere Gruppen keine Daseinsberechtigung haben dürfen.

Hier hat gezielt eine Attacke gegen Lesben stattgefunden, und so manche von uns Lesben hat den Attackierenden dabei geholfen.

1 Die Studie von Schröttle und Müller aus dem Jahr 2004 (Bundesministerium für Familie, Senioren, Frauen und Jugend): *Gender Datenreport,* Kapitel 10: «Gewalthandlungen und Gewaltbetroffenheit von Frauen und Männern», S. 641–652), die vom Bundesministerium (BMFSFJ) in Auftrag gegeben wurde (es wurden über 10 000 Frauen zwischen 16 und 25 Jahren interviewt), belegt, dass insgesamt 40% der in Deutschland lebenden Frauen körperliche oder sexuelle Gewalt oder beides seit dem 16. Lebensjahr erlebt haben. 34%, der zwischen 16- und 25-jährigen Frauen haben sexuelle Gewalt erlebt und 58% schwere Formen sexueller Belästigung.

Die Studie von Bange aus den Jahren 1992–96 belegt, dass 29 bis 35% der Mädchen (bis 16 Jahre) sexuelle Belästigung erlebt haben und 22 bis 25% schwere Formen sexueller Gewalt. 6 bis 15% der Jungen haben sexuelle Belästigung erlebt und 5 bis 8% der Jungen sexuelle Gewalt. (Quelle siehe oben, S. 657–658)

Durch die Normalisierung und Liberalisierung von Prostitution und Pornografie in den letzten 20 Jahren müssen wir davon ausgehen, dass das Ausmaß sexualisierter Gewalt bei Kindern/Jugendlichen vehement gestiegen ist.
Hinzu kommt, dass durch die Digitalisierung der Kommunikation über soziale Medien neue Formen sexueller Gewalt hinzugekommen sind: z.B. Upskirting, Dick Pics, unerwünschtes Sexting, sexuelle Nötigung mit Nacktfotos, Hatespeech (wovon Frauen und Mädchen überdurchschnittlich betroffen sind) etc.
Spätestens seit #MeToo wissen wir, dass sexistisches und grenzüberschreitendes Verhalten Normalität für Frauen ist. #Metoo hat uns vor Augen gehalten, wie viele Frauen von sexualisierter Gewalt und Sexismus betroffen sind: nämlich alle! Sie schweigen, um den Job nicht zu verlieren oder weil sie befürchten, dass ihre Beschwerden nicht ernst genommen werden.
Die Bundeszentrale für gesundheitliche Aufklärung hat darüber berichtet, dass 20% der Kinder (im Alter von 11 bis 17 Jahren) klinisch relevante Symptome von Essstörungen aufweisen. Fast die Hälfte der Mädchen empfinden sich als zu dick, obwohl sie normalgewichtig sind, und mehr als die Hälfte der Mädchen hat bereits Diäterfahrungen gemacht.
https://www.bzga-essstoerungen.de/wie-haeufig-sind-essstoerungen/#c742

Fakten weltweit und in Europa:
Die WHO berichtet in ihrem Jahresbericht von 2014, dass 20% der Mädchen weltweit sexuelle Gewalt erleben und 5 bis 10% der Jungen.
In Europa sehen die Fakten so aus (Istanbul Convention: Combatting violence against women. Fact sheet, March 2016:
https://ec.europa.eu/info/sites/info/files/factsheet_istanbul_convention_web_en.pdf):

- Jede 3. Frau hat bis zu ihrem 15. Lebensjahr körperliche und/oder sexuelle Gewalt erlitten.
- 1 Frau von 20 wurde vergewaltigt.
- Über die Hälfte der Frauen (55%) hat sexuelle Belästigung erlebt.
- Jede 3. Frau hat psychische Gewalt in der Partnerschaft erlebt.
- Jede 3. Frau hat körperliche und/oder sexuelle Gewalt in ihrer Kindheit erlebt.
- Jeden Tag werden nicht weniger als 7 Frauen im Zusammenhang mit häuslicher Gewalt getötet.

Gewalt gegen Frauen in der EU. Aktueller Stand, Seite 3:
https://europarl.europa.eu/RegData/etudes/BRIE/2018/630296/EPRS_BRI(2018)630296_DE.pdf

Eine aktuelle Untersuchung der Harvard University belegt, dass jede 16. US-Amerikanerin beim ersten Mal zum Sex gezwungen wird. An den psychischen und physischen Folgen der Vergewaltigung leiden die Opfer noch Jahre später. «In der Zeit, in der Mädchen und junge Frauen erste intime Erfahrungen sammeln, sind sie in erhöhtem Maß physisch und psychisch verwundbar», sagt Laura Hawks, Leiterin der Studie. Die Ärztin verwies darauf, dass auch in früheren Studien zu sexuellen Übergriffen Spätfolgen wie vermindertes Selbstwertgefühl, soziale Isolation und Depressionen beobachtet wurden.
FAZ-Artikel von Christiane Heil: «In Amerika ist erster Sex oft Vergewaltigung.» 18.9.2919, https://www.faz.net/aktuell/gesellschaft/kriminalitaet/untersuchung-der-harvard-university-in-amerika-ist-erster-sex-oft-vergewaltigung-16390926.html

Sehr aufschlussreich sind auch die Studien der französischen Psychiaterin Muriel Salmona über die gesundheitlichen schweren Folgen sexueller Gewalt bei Kindern und Jugendlichen:
96% der Opfer weisen psychische Folgen auf: Angststörungen, Phobien, vermindertes Selbstwertgefühl, Schlafstörungen, posttraumatische Belastungsstörungen, Depressionen mit erhöhter Suizidalität (1 Opfer von 2 hat versucht, sich umzubringen).
69% der Opfer weisen körperliche Folgen auf: chronischen Schmerzen, Essstörungen, Magen-Darm-Beschwerden, Kopfschmerzen, Migräne, chronische Müdigkeit, Schwangerschaft durch Vergewaltigung etc.
Und weiter:
81% der Opfer sexueller Gewalt erleben diese vor ihrem 18. Lebensjahr.
70% der Opfer werden erneut Opfer sexueller Gewalt im Lauf ihres Lebens (hohe Reviktimisierung aufgrund der schweren psychischen Folgen).
96% der Täter sind Männer, und von vier Tätern ist einer minderjährig.
Salmona, Muriel: *Le livre noir des violences sexuelles.* Dunod, Malakoff 2013

2 European Added Value Assessment: «Combatting violence against women.», 2013, S. 24, https://www.europarl.europa.eu/RegData/etudes/etudes/join/2013/504467/IPOL-JOIN_ET(2013)504467_EN.pdf
European Commission: «Istanbul Convention: combatting violence against women.», S. 1, https://ec.europa.eu/info/sites/info/files/factsheet_istanbul_convention_web_en.pdf)
3 WHO, 2020: «Global status report on preventing violence against children 2020». https://www.who.int/teams/social-determinants-of-health/violence-prevention/global-status-report-on-violence-against-children-2020
4 Mémoire Traumatique et Victimologie. 2015 – Enquête IVSEA. https://www.memoiretraumatique.org/campagnes-et-colloques/2015-campagne-stop-au-deni.html
5 Wirtz, Ursula: «Die Therapie – kein sicherer Ort?» In: *Bin ich denn verrückt?! Was Psychotherapie für Frauen leistet und was nicht.* Nuber, Ursula (Hrsg.). Kreuz Verlag, Freiburg i. Brsg. 1994
6 Peichel, Jochen: *Von Schurken, Bösewichtern und sog. Täterintrojekten.* Seminar 14. – 15. Oktober 2016. Heidelberg. Audiotorium, CD 1 bis 7
7 Reddemann, Luise: *Psychodynamisch Imaginative Traumatherapie. PITT – Das Manual.* Klett-Cotta, Stuttgart 2011
8 SOS Homophobie: Rapport sur les LGBTIPHOBIES 2020. https://ressource.sos-homophobie.org/Rapports_annuels/rapport_lgbtiphobies_2020.pdf
9 Makstadt, Rosa: «Pornografie, ein Essay». 3.5.2020. https://www.trauma-and-prostitution.eu/2020/05/04/pornografie/

10 Erster UN-Report zur Menschenrechtslage von Lesben, Schwulen und Transgender, 2011. https://queeramnesty.ch/docs/A_HRC_19_41_Deutsch.pdf
11 Robert Koch Institut: «Die gesundheitliche Lage von lesbischen, schwulen, bisexuellen sowie trans- und intergeschlechtlichen Menschen». In: *Journal of Health Monitoring S1/2020.* https://www.rki.de/DE/Content/Gesundheitsmonitoring/Gesundheitsberichterstattung/GBEDownloadsJ/JoHM_S1_2020_Gesundheitliche_Lage_LSBTI.html
12 Remafedi, G., et al. (1998): «The relationship between suicide risk and sexual orientation: Results of a population-based study.» In: *American Journal of Public Health,* 1998, Heft 88(1), 57-60 Studie in den USA durchgeführt: 394 LGB im Vergleich mit 336 Hetero.
13 Wang, J./Dey, M. et al.: «Psychiatric disorders, suicidality, and personality among young men by sexual orientation.» https://pubmed.ncbi.nlm.nih.gov/24972914/
14 Kasprowski, David/Fischer, Mirjam/Chen, Xiao et al.: «Geringere Chancen auf ein gesundes Leben für LGBTQI*-Menschen.» https://www.lsvd.de/media/doc/2615/2021._diw._gesundheitliche_lage_lsbtiqi.pdf
15 LSVD: «Schlechtere Gesundheit von Lesben, Schwulen, bisexuellen, trans* und inter Menschen.»
«So geben vorliegende internationale Studien Hinweise auf eine erhöhte Prävalenz des riskanten Substanzmittelkonsums beziehungsweise von Substanzabhängigkeit bei lesbischen im Vergleich zu heterosexuellen Frauen.» Quelle: Pöge, K., Dennert, G. et al. 2020. https://www.lsvd.de/de/ct/2615-Schlechtere-Gesundheit-von-Lesben-Schwulen-bisexuellen-trans-und-inter-Menschen#suizidialitaet
16 Norak, Sandra: «Ein Text über mein Outing und warum Prostitution alle Frauen betrifft. » 13.8.2021
https://sandranorak.com/2021/08/13/kannst-du-dir-noch-einmal-eine-beziehung-mit-einem-mann-vorstellen-ein-text-uber-mein-outing-und-warum-prostitution-alle-frauen-betrifft/
17 Rauchfleisch, Udo/Frossard, Jacqueline et al.: *Gleich und doch anders. Psychotherapie und Beratung von Lesben, Schwulen, Bisexuellen und ihren Angehörigen.* Klett-Cotta, Stuttgart 2002; S. 53-70. Seiten 53–70: «Wo liegt das Problem? Heterosexismus, Homophobie und internalisierte Homophobie».
18 Wolf, Gisela: *Erfahrungen und gesundheitliche Entwicklungen lesbischer Frauen im Coming-out-Prozess.* Centaurus Verlag, Pfaffenweiler 2003, S. 58
19 Graham, Dee: *Loving to Survive: Sexual Terror, Men's Violence, and Women's Lives (Feminist Crosscurrents).* University Press, New York 1995

Siehe auch den Vortrag von Anne Ehrlich: «Herrschaft und Liebe aus feministischer Sicht.» 29.12.2020. https://www.youtube.com/watch?v=1udF1JKSr0M

Brüste Körpergefühl Berührung – mein Leben mit Brustkrebs

Puma Lichtblau

Im letzten Jahr hatten wir jede Menge Möglichkeiten, mit dem Thema Nähe und Berührung unsere Erfahrungen zu machen. Sehr irritierend fand ich dieses zwanghafte Ausweichen, Zurückweichen, sich bloß nicht zu nahe zu kommen, Umarmungen zu unterlassen, sich womöglich mit den Ellenbogen oder Füßen verlegen lachend zu berühren, was vor Corona eher eine Unhöflichkeit dargestellt hätte. Ich habe das nie praktiziert, habe weiterhin Freundinnen, die das auch wollten, umarmt. Ich merkte dann aber, dass ein Verbotsschild zwischen uns steckte und keine wirklich entspannte Nähe entstand. Auch nicht angenehm. Als Alleinlebende wurde es mit der Zeit echt kritisch, so ohne Berührung, oder sehr wenig Berührung.

Nicht mal mit den Händen durfte frau ja zusammenkommen.

Ich entwickelte die Idee, «Heilsame Berührung» anzubieten, sobald es dafür wieder Raum gäbe, weil ich merkte, wie wichtig das ist für uns und dass sich jede danach sehnt, einfach in einer angenehmen Umgebung wohltuend berührt zu werden. Ohne den Fokus auf irgendeine körperliche Beschwerde zu lenken, sondern auf das Bedürfnis, gehalten, gestreichelt, berührt zu werden. Ich habe es leider bis jetzt nicht verwirklicht, aber es steht nach wie vor auf meiner Liste dessen, was ich gerne anbieten möchte. Klar stellt sich da die Frage, wie ist das Setting, was ist möglich, wie viel Nähe, wo ist die nötige Grenze? Das lässt sich aber ganz gut herausfinden, denke ich.

Ich habe eine Ausbildung als Atempädagogin und weiß über unsere Körper und die Reaktionen ganz gut Bescheid. Eine Grundlage sind auch die intuitive Massage und Erfahrungen mit Handauflegen, geistigem Heilen und schamanischen Reisen in die geistige Welt.

Über Nähe und Berührung ließe sich jetzt noch vieles schreiben. Ich möchte aber auch über das Thema Brüste berichten und warum es mich so besonders interessiert.

Das Ganze fing damit an, dass mein Herz mir 2014 einen Weckruf schickte, den ich als materialisierten Kummer bezeichnete und der mich völlig aus den Puschen katapultierte. Kurz darauf, 2015, bekam ich dann noch die Diagnose Brustkrebs.

Dieses Jahr war erstaunlicherweise mein intensivstes Lebensjahr. Ich durfte mich ganz viel mit allem, was mit Körper und Krankheit und Gesundheit und Heilen zu tun hat, beschäftigen, weil es jetzt mich betraf.

Die Frage, die immer wieder in unterschiedlicher Weise auftauchte, war, woran glaube ich wirklich, wenn es konkret wird. Da ich aus einer Tradition von Kräuterheilkundigen und Selbstheilgläubigen stamme, hieß es nun, mich zu fragen, was bedeutet Krebs eigentlich – und warum gerade Brustkrebs.

Ich versuchte, alle möglichen Frauen zu finden und zu kontaktieren, die sich selbst geheilt haben bzw. die ohne Operation krebsfrei waren und sind und die Heilerinnen kennen, die mich unterstützen würden. Kein einfaches Unterfangen.

Da kam ich erstmals in Kontakt mit SE – Somatic Experience, einer körperorientierten Traumatherapie –, und ich lernte meine Brüste als personifizierte Anteile von mir kennen. Die mit dem eingezogenen Knoten, den ich das Drachenei nannte, samt Drachin, die auf mich aufpasst, stellte sich als Roxana vor, die wilde wütende unangepasste Außenseiterin, in punkiger Kleidung, die irgendwo an einem einsamen Ort am Hafen hauste, am liebsten oben auf einem Krangerüst rumturnend und gegen die ganze Welt anbrüllend.

Die andere war Bianca und entsprechend ihrem Namen in Weiß gekleidet, in einem wilden wuchernden, total grünen Garten lebend und ziemlich friedlich und ausgeglichen. Erstaunlicherweise verstanden die beiden sich aber sehr gut, und weil Bianca Roxana so nehmen konnte, wie sie war, öffnete diese sich auch allmählich und fasste Vertrauen. Es stellte sich nämlich heraus, dass sie gerne etwas Künstlerisches machen würde, und so fand sie ein Projekt und auch neue Kontakte zu anderen, wo sie wohnen konnte, und es ging ihr besser. Bianca ging es selber gut, aber irgendwann haben die beiden dann mal ihre Rollen getauscht, auch das war eine sehr gute Erfahrung für beide.

So etwas kann passieren, wenn eine sich öffnet für die Botschaften des Körpers.

Immer wieder habe ich nachgeprüft, ob vielleicht doch eine Operation ansteht, und immer wieder kam in mir ein «Nein».

Ich dachte auch, dass ich mit der Krankheit leben will und dann eben gegebenenfalls sterbe, wenn es keine Heilung gibt. Alles, was ich an schulmedizinischen Maßnahmen kennenlernte oder sah, und die Frauen, die ich schon habe sterben sehen mit all diesen Versuchen und Qualen, die auch aus den Behandlungen entstanden, konnten mich nicht überzeugen.

Aber der eigene Körper geht eben auch eigene Wege, also entwickelt Krankheiten, die eine wirklich nicht haben will und nie erwartet hätte, ausgerechnet diese zu bekommen. Mir selbst Freundin zu sein, wirklich hinzuhören, was mein Körper mir vermittelt oder auch nicht und dem dann auch zu folgen ist eine lebenslange Aufgabe, wie ich jetzt mit fast siebzig Jahren feststellen muss. Außerdem gibt es auch einen Überlebensreflex, der nicht zu unterschätzen ist und der einer hilft, in

Notsituationen die Rettung anzurufen und das sehr gut funktionierende Notfallmedizinsystem der sogenannten Schulmedizin zu nutzen.

Gerade bei einer Krebserkrankung ist es wichtig, die eigenen Entscheidungen immer wieder zu überprüfen und gegebenenfalls umzuwerfen.

Ebenso wichtig ist es auch, die Deutungshoheit zu behalten oder überhaupt erst mal zu erlangen. Also sich schlauzumachen, sich Hilfe zu holen, aber immer auch gut hinzuspüren, was fühle ich eigentlich, was will ich ab jetzt für mich tun oder lassen, was bedeutet es für mich, Krebs zu haben und früher oder später vielleicht daran zu sterben. Bei jeder entstehen da ganz eigene Bilder und Vorstellungen und Ängste. Ich denke, es ist sinnvoll, diese zu erkunden und damit zu arbeiten, möglichst mit guter Unterstützung.

Im Jahr 2017 war es dann so weit, dass ich mich doch zu einer Operation entschied, weil meine eigenen Bemühungen und Selbstheilungsarten nicht zum erhofften Ergebnis geführt hatten. Und weil ich auch spürte, dass es für andere, mir Nahestehende, wichtig war, dass ich alles tue, um am Leben zu bleiben. Und da gehörte eine Operation für mich dazu. Allerdings sollte sie brusterhaltend sein. Aber meine Brüste wären dann nie mehr so, wie ich sie kenne, und das brachte mich auf die Idee, Gipsabdrücke von ihnen zu machen. Ich besorgte viele Gipsbinden, um meine Brüste und auch die von anderen Lesben abzuformen, um mit diesen dann in weiter bearbeiteter Form einen Ahninnenbrüste-Wandfries zu gestalten. Schließlich verändern sich die Brüste im Älterwerden auch, und bei der einen oder anderen geht auch die eine oder sogar beide «verloren».

© Puma Lichtblau

Diese Aktion, bei unserem Safia-Sommerfest durchgeführt, war der Beginn einer Serie – und wir fanden Freude an der Erfahrung. So hatte ich den Mut und auch Lust, diese Möglichkeit auf dem LFT2018 in Göttingen als Workshop anzubieten, und es war für alle, soviel ich weiß, ein starkes Erlebnis. Die Frauen erzählten davon, wie ihr Verhältnis zu ihren Brüsten ist, und wir näherten uns der Aktion mit einer kleinen Fantasiereise. Dann zogen wir alle unsere Oberteile aus und arbeiteten halbnackt miteinander.

Auf die gut eingefettete Haut werden vorher zurechtgeschnittene Gipsbindenstücke gelegt, in warmes Wasser getaucht und mit den Händen glattgestrichen. Die Brust wird nachmodelliert, und die Gipsbinden werden somit zu einer festen Oberfläche verbunden. Es entsteht eine sinnliche und intensive Stimmung, die von beiden Frauen sehr unterschiedlich wahrgenommen wird. Jede ist mal die Empfangende und die Modellierende und kommt so in den Genuss beider Rollen.

Es kamen zehn wunderschöne verschiedene Bruststücke heraus. Leider war die Zeit zu knapp bemessen, und am nächsten Tag gab es auch keine Gelegenheit mehr, diese vielleicht zu bemalen oder sich nochmal in Ruhe mit dem Erlebten zu beschäftigen. Das würde ich beim nächsten Mal anders konzipieren.

Ich verarbeitete nach der OP meine Erlebnisse mit dem Eingriff an meiner einen Brust, die jetzt deutlich kleiner war als die andere, in einer Wandinstallation mit vier verschiedenen Brustabdrücken aus Gipsbinden. Ich bearbeitete sie, je nach den Stadien der Veränderung, und montierte sie auf ein Kaninchendrahtgestell. Dieses Gebilde nannte ich *Mama mia.* Ich stellte es beim LFT Göttingen aus. Ich kam darüber immer wieder ins Gespräch mit anderen Betroffenen oder Interessierten, und es hat mir sehr gutgetan, es zu erschaffen.

Es ist ein Akt der Wiederaneignung und Selbstheilung. Eine Anerkennung dessen, was geschehen ist, was mir geschehen ist, vielleicht auch ein Stück Verstehen. Mich in die Hände von Ärztinnen im schulmedizinischen System zu begeben, selbst wenn es ein anthroposophisches Krankenhaus war, bedeutete für mich eine sehr große Herausforderung in mein Vertrauen.

Es ist schon interessant, wie unterschiedlich Lesben ihre Brüste sehen und mit ihnen umgehen.

Ich habe meine Brüste, bis auf die Pubertät, eigentlich immer sehr gern gehabt. In der Wachstumsphase fand ich sie irritierend, störend und auch zu groß. Außerdem erregten sie ungewollte und unerwünschte Aufmerksamkeit bei Männern. Dank der Frauenbewegung legte ich schon mit 17 meine BHs zur Seite, was familiär und

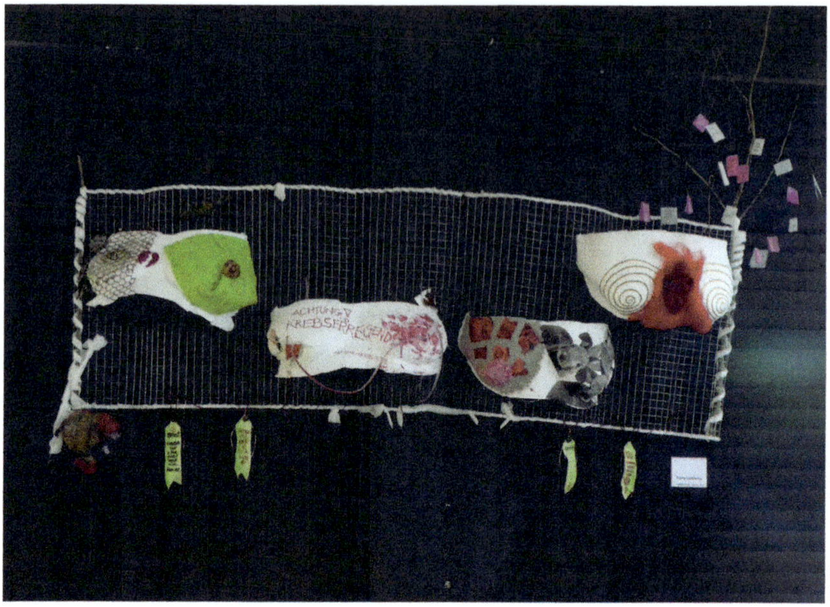

© Puma Lichtblau

anderswo nicht gut ankam. Aber mir hat's gefallen. Auch die Bewegungen, die sie mitmachten, fand ich schön.

Brüste bedeuteten für mich und meine Geliebtinnen eine große Lust. Aber auch da gibt es natürlich alle möglichen Varianten. Eine ließ sich ihre Brüste «abnehmen», andere empfanden nicht so viel bei der Berührung oder es war ihnen sogar unangenehm. Manche versteckten ihre als zu groß empfundenen Brüste unter weiten Hemden und gingen nur mit Weste aus dem Haus. BHs waren in den 1970er- und frühen 1980er-Jahren bei vielen verpönt, frau wollte nicht die heterobetonte Kleiderordnung bedienen. Später lockerten sich die eigenen Beschränkungen, und auch die anderen Bekleidungsvorgaben hatten nicht mehr so viel Gewicht.

Durch meine Brustkrebserkrankung entstand nochmal ein ganz neuer Bezug zu meinen Brüsten, weil nun potenziell etwas Bedrohliches mit ihnen verbunden ist und auch eine Verstümmelung durch die Operation. Das habe ich tagtäglich vor Augen und werde immer daran erinnert, dass etwas nicht mehr ganz ist, auch wenn ich mit ihnen noch Lust empfinden kann und auch froh bin, dass ich sie nicht habe abnehmen lassen. Obwohl auch das ein interessanter Gedanke ist: ohne Brüste zu sein, ganz flach. Aber ich habe auch bemerkt, wie wertvoll mir mein Körper geworden ist, wie wichtig es für mich ist, ihn so gut wie nur möglich zu behandeln und auch von anderen die bestmögliche Behandlung zu fordern. Genau hinzuspüren, was tut mir gut und was nicht und das dann auch sofort zu äußern und nur dem zu folgen, was sich wohltuend anfühlt. Das verändert oftmals eine Menge im Umgang mit anderen, denn genau darum geht es ja: zu sich selbst zu stehen, und auch wenn es noch so wenig konform geht, es geht um das eigene Leben, und jede hat die Freiheit, dieses so zu gestalten und ihrer Überzeugung zu folgen, wie es eben für sie stimmt. Und da wird eine durch eine Krebserkrankung meist hingeführt, wenn sie sich selbst ernst nimmt. Und liebt. Und wunderbar war es auch, dass ich mich geliebt fühlte und angenommen mit meinem entstellten Körper. Das hat mir viel geholfen nach der ersten Operation.

Wahrhaftigkeit und Liebe, das kann sich jetzt endlich Raum nehmen. Ich bin gespannt, welche Erfahrungen ich noch machen werde, welche Tiefen und Höhen ich durchleben kann, und deswegen nehme ich die Herausforderung an, die mir durch das Altwerden und die Erkrankungen geboten werden.

Ich muss mich mit einer womöglich tödlichen Krankheit auseinandersetzen, die von meiner mir lieben Brust ausgeht, die zunehmend kleiner wird, und es ist nicht leicht, sie noch als die meine zu erkennen.

Nach dreieinhalb Jahren wuchs an der Narbe wieder ein Knoten, und die Lymphknoten sahen auch nicht gut aus. Nach anfänglicher Verweigerung entschied ich mich doch für eine weitere Runde. Ich bereute es aber nie, dass ich nicht den ganzen schulmedizinischen Weg gegangen war, außer der OP, sondern immer zunächst den naturheilkundlichen mit Hyperthermie und entsprechenden Pflanzenkräften und anderem stärkenden Frauenwissen.

Also wie mache ich nun weiter? Ich bin durch die zweite OP und die Vorerkrankungen nicht mehr so stark, wie ich es gern wäre. Fühle mich nicht mehr so belastbar, nicht mehr so abenteuerlustig wie früher und wie es zu meiner Identität gehörte. Jetzt heißt es wieder, genau hinzuspüren, was steht an, was brauche ich an Unterstützung, Behandlung, Lebensraum. Und da bekomme ich viel.

In der Reha habe ich meinen Arm, der durch die OP gelitten hat, wieder zu mir nehmen können. Ich fühle mich wieder ganz, mein gesamter Herzraum mit beiden Armen ist mir intensiv ins Bewusstsein gekommen – die Welt zu umarmen und dazuzugehören, auch als Versehrte, auch wenn ich vielleicht nicht mehr so funktioniere. Neue Wege, Rhythmen, Aufgaben und Freuden finden.

Ich habe das in der Reha mit Ton in Figuren zum Ausdruck gebracht. Wichtig war mir dabei, beide Brüste wiederherzustellen, gesund und voll, und die Wirbelsäule zu kräftigen mit einer Schlange vom Kopf aus den Rücken hinunter. Heilsames Tun und Erschaffen in Ton – auch eine Art der Berührung. Genau wie bei den Gipsbinden, die ja mit den Händen und Fingern glattgestrichen werden und sich mit dem Wasser zu einer festen Haut verbinden.

Es gibt viele Arten der Berührung, des Berührtseins. Wenn ich Bäume umarme, kann ich eine Resonanz spüren, es kommt etwas zurück. Oder wenn ich auf der Erde, im Gras liege, mit dem ganzen Körper dicht dran, entsteht eine Verbindung, und Trost und Liebe können fließen.

Als Resümee kann ich sagen, der Krebs ist mir eine unerbittliche Lehrmeisterin, voller Überraschungen und Erkenntnisse, die meinem Leben eine völlig neue Dimension gegeben haben.

Kurz und spritzig: Der Freudenfluss

Laura Méritt

Was ist eine Prostata?
Das Harnröhrenschwellgewebe, also das Schwellgewebe rund um die Harnröhre.

Wozu habe ich eine Prostata?
Um Feuchtigkeit (Ejakulat) zu produzieren, damit alles gut flutscht und der Verkehr reibungslos klappt.

Was hat die G-Fläche mit der Prostata zu tun?
Die Genuss-Fläche ist der spürbare Teil der Prostata. Du kannst sie fühlen, wenn du den Finger in die Möse zur Bauchdecke hin steckst. Sie ist etwas rauer, gerillt und schwammartiger als das andere Gewebe.

Wie ist sie beschaffen?
Sie ist einen Finger lang (ca. 7cm) und bei jeder Frau anders. Sie beginnt rund um den Harnröhrenausgang und zieht sich nach hinten in deinem Vulvakanal. Manche Frauen sind weiter vorn, manche weiter hinten oder mittig sehr empfindlich, also ganz unterschiedlich.

Warum heißt sie G-Fläche und nicht Punkt?
Weil es eine Fläche ist und kein kleiner Punkt. Das G kommt von Genuss oder Göttin. Angeblich hat auch ein Herr Dr. Gräfenberg diese Stelle entdeckt.

Wenn die Fläche gereizt wird, dann ejakuliere ich?
Gut möglich! Wenn du das Gefühl hast, pinkeln zu müssen, dann weißt du, dass die Schwellgewebe voll sind. Schaffst du es, über diesen Punkt hinaus zu kommen und es fließen zu lassen, hast du eine Ejakulation.

Wie viel Ejakulat kann eine Frau haben?
Unterschiedlich. Du hast bis zu 30 Drüsen in dem Schwellgewebe, die ständig Saft produzieren, wenn du erregt bist. Daher kannst du immer wieder ejakulieren.

Wo kommt es raus?
Aus den beiden Löchelchen neben der Wasserstelle, deinem Harnröhrenausgang. Sie heißen Öffnungen der Harnröhrennebenkanäle. Es existieren aber auch noch weitere kleine Löcher, aus denen Flüssigkeit austritt. Aus der Harnröhre fließt das Ejakulat nach einer Rückwärtsejakulation.

Aus was besteht dieses Ejakulat?
Es ist das gleiche wie bei Männern*, nur ohne Spermien. Also Hormone, Vitamine und lauter leckere Bestandteile ...

Es ist kein Urin?
Nein, es sieht weiß bis milchig aus und schmeckt nach dem, wie du dich ernährst oder was du sonst so zu dir nimmst.

Warum ejakulieren manche Frauen und andere nicht?
Weil viele gar nicht wissen, dass es die Prostata gibt, und wir es nicht gelernt haben. Manche glauben, dass sie ins Bett pinkeln, und das ist ihnen sehr unangenehm.

Warum weiß ich nichts davon?
Als im späten 19. Jahrhundert entdeckt wurde, wie Eizellen durch Spermien befruchtet werden, wurde die weibliche Ejakulation und vieles der Sexualität von Frauen nicht mehr beschrieben. Die Ejakulation wurde männlich. In anderen Kulturen ist aber das Wissen um die weibliche Prostata und den Freudenfluss sehr präsent. Erst durch die Frauen-(Gesundheits-)Bewegung ab den 1970er-Jahren wurden die weibliche Prostata und all ihre Drüsen und Säfte wieder zum Fließen gebracht.

Ist ejakulieren gesund?
Ja, viele Beschwerden mit der Blase z.B. könnten durch Prostatamassagen behoben werden. Viele Fehldiagnosen und Operationen könnten vermieden werden.

Alle können es?
Alle tun es. Wenn du nicht nach außen ejakulierst, wenn du erregt bist und deine Drüsen prall gefüllt sind, gehst du nach dem Sex meist auf die Toilette. Da kommt dann der Saft über die Harnröhre raus. Riech und schmeck mal! Der geringste Teil davon ist Urin.

Ist die Ejakulation mit einem Orgasmus verbunden?
Nicht unbedingt, du kannst einen Orgasmus haben, ohne zu ejakulieren, und ejakulieren ohne einen Orgasmus zu haben.

Kann ich nur dann spritzen, wenn die G-Fläche stimuliert wird?
Nein, wenn du erstmal weißt, wie es geht, kannst du es bei jeder Erregung fließen lassen, egal wo und wie du dich anfasst.

Ejakuliere ich dann immer?
Nein, du kannst lernen, es zu steuern. Sex ist eine Kultur, und je mehr du darüber weißt, desto bewusster kannst du sie erleben.

Andere Bezeichnungen?
Freudenfluss, Liebessaft, Weiberwasser, Honig, Liquor vitae, Quelltrunk, Plaisirperlen ... Falls ihr weitere schöne Namen dafür hört oder findet, lasst uns das wissen und schickt eine E-Mail an info@weiblichequelle.de und info@ipsa.de.

Aus: Dr. Laura Méritt & Freudenfluss Network (Hrsg.):
Freudenfluss. Die weibliche Ejakulation. Berlin 2015.
www.weiblichequelle.de

Yoga selbstbestimmt und bewegt – im geteilten Raum nach Innen lauschen

Katharina Pewny

Yoga bedeutet Verbindung, für mich ist das die Verbindung von Denken, Atmung und Körperhaltung/Bewegung, die Verbindung zu mir selbst und zu den anderen – zu den Frauen, die gemeinsam üben. Manche Haltungen führe ich sitzend aus, manche stehend, oder mal so, mal so, je nach Bedürfnis und je nach meiner körperlichen Verfassung: Ist mir nach mehr Schwung und Kraft oder nach Sanftheit und Stabilität, und wie kann ich das überhaupt merken?[1]

Zu Beginn und Ende jeder Praxis, und auch zwischendrin, halte ich inne, lege eine Hand auf meinen Brustkorb, die andere auf den Bauch und lausche nach innen. Manchmal lade ich die, die mit mir üben, ein, drei Fragen an ihre Körper zu stellen, so als ob sie ihre beste Freundin ansprechen würden: «Wie geht es dir? Was brauchst du? Was kann ich für dich tun?» Dann können alle der Antwort lauschen und entsprechend handeln (zum Beispiel einen Schluck trinken) oder die Antwort in den Tag mitnehmen. Dialogische Auseinandersetzung mit dem eigenen Körper ist eine von vielen Weisen, nach innen zu lauschen und bewusster wahrzunehmen, welche Energie da ist, und entsprechend wild oder sanft Yoga zu üben. Auch wenn ich bei einer solchen Selbstbefragung merke, dass ich vollkommen außer mir bin und sich mein gesamter Körper taub anfühlt, kann ich die Yogapraxis entsprechend ausrichten (dann würde ich besonders sanft und vorsichtig üben). Jede kann den Bewegungsradius finden, der für sie passt, und im je eigenen Atemrhythmus üben – gemeinsam in einem realen oder virtuellen Raum und doch jede auf ihre Art, nicht synchron. Zugängliches Yoga verbindet FrauenLesben mit «bunten Bewegungsmöglichkeiten» – so hieß der erste Kurs, den ich im Berliner Frauenkulturzentrum Begine angeboten habe. Da treffen sich Frauen unterschiedlichen Alters mit und ohne chronische Erkrankungen und/oder Behinderungen (Multiple Sklerose, Rheuma, akute oder vergangene Krebserkrankungen, Asthma, COPD, Muskelerkrankungen, Fibromyalgie und so fort). Ich schreibe hier «zugänglich» und nicht «barrierefrei», weil bestimmte Barrieren in einem Raum, der nur über Stufen zugänglich ist, bleiben. In den vergangenen beiden Jahren – also fast der gesamte Zeitraum, in

1 Ich schreibe hier aus meiner Perspektive, weil ich nicht Mutmaßungen über andere und Empfindungen, die andere im vertrauten Rahmen geteilt haben, veröffentlichen möchte. Der Text speist sich allerdings auch aus Gesprächen und Rückmeldungen aus Yogaworkshops und -kursen.

dem ich Yoga unterrichte – fanden die meisten Kurse allerdings online statt: Dies hat die Zugänglichkeit für viele mit Mobilitätseinschränkungen stark erhöht (Rollinutzerinnen waren so nicht auf funktionierende öffentliche Verkehrsmittel oder auf die Pünktlichkeit der Fahrdienste angewiesen), für andere (die gehörlos oder nicht internetaffin sind) wiederum erschwert. Das Gefühl, mit anderen FrauenLesben in einem Raum zu üben, die Energie zu teilen und sich gegenseitig zu stärken, flackert nun wieder ansatzweise auf, weil wir wieder live üben können. Ich kenne es noch aus dem Wen-Do-Üben (das ist feministische Selbstverteidigung) in FrauenLesbengruppen um die Jahrtausendwende, von überregionalen Wen-Do-Camps und von dem kollektiven Üben von Luna Yoga in der ersten Frauengruppe, in der ich (ca. 1990) war. Von damals blieb mir der Wunsch, im Kollektiv Bewegung zu üben.

Zurück zum Yoga heute, zu Variationsmöglichkeiten und Zugänglichkeit: Yogamatten sind in Kursen meist selbstverständlich, wiewohl auch sie Hilfsmittel sind (sie erhöhen die Bodenhaftung). Stuhl und Wand sind weitere Hilfsmittel, die ich sehr gerne und oft verwende, weil sie großartige Varianten einer Haltung oder Bewegung ermöglichen. Alle stehenden Haltungen, die ich kenne, kann ich auch sitzend üben, in beiden Varianten sind die Grundprinzipien eine hüftbreite Ausrichtung der Füße, der vertikal aufgerichtete Oberkörper, Platz zwischen Schultern und Ohren. Das ist die stehende oder sitzende Berghaltung – im liegenden Berg übrigens ebenso! Variationen von Bewegungen sind praktisch, weil viele Übungen so zugänglicher werden. Ich sehe und erfahre die Wahl und Entscheidung zwischen – zum Beispiel – Sitzen oder Stehen erstens als Übung von wohlwollendem Umgang mit meinem Körper und zweitens als konkreten körperlichen und mentalen Ausstieg aus dem herrschenden Wertesystem, das «reibungsloses» Funktionieren von Körpern privilegiert. Drittens werde ich so handlungsfähig und kann selbst entscheiden, wie ich übe, und zwar ausgehend von ganzheitlicher Wahrnehmung und *nicht* davon, was ich denke, wie ich üben sollte.

«Körper» ist für mich nicht statisch, sondern ein Energiefeld, das sich immer wieder stark verändert, Yoga geht mit mir durch Jahrzehnte und schwankende Kräfteverhältnisse. Wenn es mir gutgeht, springe ich in eine Vorbeuge, wenn mir schwindelt, beuge ich mich nicht zum Boden, sondern lege meine Handflächen auf die Sitzfläche eines Stuhls (der rutschfest steht) oder an eine Wand. Oder die Taube (siehe Bilder): Du beugst ein Knie, streckst ein Bein lang aus und lehnst den Oberkörper Richtung Matte. In der Taube dehnst du deine Hüfte, vielleicht lockert sich das Bindegewebe, allerdings wird das gebeugte Knie stark beansprucht – warum das

Gleiche nicht auf dem Rücken liegend probieren? Die Reduzierung des Drucks/des Körpergewichts, das durch die Wirkung der Schwerkraft auf den Gelenken ruht, ist ein einfaches und wirkungsvolles Mittel, Yogaübungen nachhaltiger zu machen!

Ich lade Teilnehmerinnen – und insbesondere die, die sich mit Schmerzen beschäftigen – gerne ein, ihren Bewegungsradius nicht notwendig maximal auszuschöpfen oder stetig zu erweitern, sondern auch mal die Hälfte dessen zu machen, was geht. Wenn ich immer wieder Yoga praktiziere, ohne mich maximal auszupowern, dann erfahre ich, dass auch Stuhlyoga meinen Geist beruhigt und meinen Körper in Schwung bringt, dass ich auch sitzend die Muskeln trainieren und meinen Bewegungsradius erproben kann. So kann ich am Yoga teilhaben, auch wenn die Müdigkeit meinen Körper bleischwer macht oder die nächtliche Angst mich wachgehalten hat.

Weil ich sexualisierte Gewalt überlebt habe, ist es mir besonders wichtig, möglichst sichere Übungsräume für die FrauenLesben, die mitmachen, zu gestalten. Weil ich das selbst so brauche, sage ich immer an, wenn ich durch den Raum gehe, um das Fenster zu schließen; ich betone, dass frau sich in der Endentspannung gerne bewegen kann, wenn ihr danach ist. Weil ich aus eigener Erfahrung kenne, wie sich stocksteifes Liegen mit seelischem Wegbeamen bei gleichzeitigem Stress, sich maximal zu entspannen («Dissoziation»), anfühlt, ermuntere ich vor jeder Entspannung zu Bewegung/Veränderung der Lage, und ich biete immer sitzende oder liegende Meditation an. So spreche ich alle FrauenLesben als Expertinnen ihres Körpers an und fordere sie zur Entscheidung heraus, wie sie üben wollen. Selbstbestimmung über den eigenen Körper kann Handlungsfähigkeit unterstützen, so dass frau/lesbe sich im besten Fall entspannt im geteilten Raum, für sich und mit anderen, bewegen kann. Ich möchte möglichst zugängliche Wege zu einer Schärfung des inneren Erlebens gestalten.

Zwar wird Yoga im globalen Nordwesten seit einigen Jahrzehnten, und zunehmend, als Sport vermarktet und verkauft, es mehren sich jedoch auch die Stimmen, Schulen und Verbände, die Yoga (wie ich auch) im ganzheitlichen Sinn als Zur-Ruhe-Kommen begreifen. Dies kommt den alten Yogaphilosophien näher als die Reduzierung auf sportliche Aktivität, denn sie sprechen im Zentrum davon, das Gedankenkarussell zum Stillstand zu bringen. Ist Yoga also apolitisch oder unreflektiert/unradikal, weil es eine spirituelle, das heißt innerliche Praxis ist?

Nein! Leider gibt es auch in der (internationalen) Yogaszene einen starken Rechtsruck, verbunden mit der Leugnung der Pandemie. Auch wird Yoga, so wie andere südostasiatische Körperpraktiken, oft als Heilmittel gegen fast alles verkauft, auch hier gibt es (wie leider überall) sexualisierte Übergriffe und mittlerweile eine entsprechende «Me Too»-Bewegung dagegen. Unter Yogalehrenden gibt es – lokal und international – lebhafte Diskussionen und Aktivitäten gegen esoterischen Rechtsruck, gegen Rassismus, für sichere Übungsräume, für queere Vielfalt – Vernetzungen lesbischer Yogalehrerinnen habe ich noch nicht gefunden für Teilhabe aller, also behinderter Menschen, und gegen koloniale Aneignung/für Präsenz von BIPOC (Black Indigenous and People of Colour). In der deutschen Vernetzung Shantifa – einer Mischung aus Shanti (Frieden) und Antifa – bieten Yogalehrende spendenbasierte Veranstaltungen an, bei denen die Einnahmen an antirassistische Projekte gehen; es gibt dort Rhetorikseminare zum Umgang mit VerschwörungstheoretikerInnen usw.

Yoga ist für mich (und viele andere) *immer* politisch, weil patriarchale Strukturen, weiße Dominanz und oft problematische, weil ableistische (jung/schlank/fit) und sexistische Körperbilder auch dort den Mainstream formen. Yoga ist für mich auch politisch, weil Entschleunigung und holistische Wahrnehmung zutiefst antikapitalistisch sind: Der Kern des Yoga lässt sich, wie ich finde, nicht ökonomisch verwerten, weil kein veräußerbares Produkt dabei entsteht, das gewinnbringend zirkulieren kann (auch wenn Kurse in der Gesundheitsprävention eingesetzt werden, um ArbeitnehmerInnen arbeitsfähig zu erhalten). (Was) Haben die vielen Videos, die nun digital zirkulieren, noch mit Yoga zu tun? Das steht auf einem anderen Blatt. Ich kann mich im regelmäßigen Üben in einem sozialen Kontext (auch wenn der zeitweise digital sein muss) stabiler mit mir und den anderen verbinden, eben weil dieser Kontext da ist, als wenn ich daheim mit Videos übe, auch wenn das manchmal angenehm sein kann. In regelmäßigen Kursen spüre ich den Fluss der Praxis, die Vertiefung und die spezielle Atmosphäre, wenn FrauenLesben kollektive Bewegungsräume gestalten. Wenn ich die FrauenLesben ansprechen kann, die (ebenso wie ich) bunte Bewegungsmöglichkeiten haben, freue ich mich. Zusätzlich dazu mache ich die Übungsräume so verträglich, wie ich kann: Ich verwende keine Räucherstäbchen oder Duftkerzen, beleuchte den Raum auch während der Endentspannung ausreichend und ermuntere dazu, dass frau/lesbe sich so einrichtet, wie es ihr zuträglich ist. Manche Ausschlussmechanismen, wie zum Beispiel einige Stufen, die zu Übungsräumen führen, konnte ich noch nicht verändern. So üben Rollinutzerinnen online mit mir oder in aufsuchenden Einzelstunden.

Nicht obwohl, sondern *weil* vieles im Argen liegt, ist es für mich wichtig, regelmäßig zur Ruhe zu kommen. Gerade *weil* ich mich als feministische Lesbe politisch informiere und engagiere, suche ich regelmäßig Entspannung, um mich nicht aufzubrauchen. *Weil* ich als ältere Lesbe im Beruf, in der medizinischen Versorgung und im öffentlichen Raum diskriminiert werde, tut es mir gut, immer wieder bewusst wahrzunehmen, wie ich mich (an)fühle. Gail Parker hat zu «Restorative Yoga for Ethnic and Race-based Stress and Trauma», also Entspannungsyoga für ethnisch und rassistisch basierten Stress und Trauma, gearbeitet und veröffentlicht, dadurch fiel mir «Diskriminierungsstress» ein. Yoga bietet mir einen wohltuenden Gegenpol, um meine Energien grundsätzlich und besonders nach Diskriminierungsstress wiederaufzuladen, und ist mir eine willkommene Übung der Selbstbestimmung über meinen Körper und meine Bewegungen. Das bedeutet für mich als Yogalehrerin, Vorschläge zu machen, damit jede selbstbestimmt ihre Bewegungen durchführen kann. Ich erinnere manchmal an gesunde Übungsweisen (ich sage zum Beispiel, übe gerne so, dass dein Nacken entspannt bleiben kann) und ermuntere wiederholt dazu, den eigenen Bewegungsradius zu erkunden und zu finden, der sich im Moment stimmig anfühlt.

Durch Yoga kann ich Schönes bewusst(er) wahrnehmen – das angenehme Körpergefühl der Bewegung, den warmen Raum um mein Herz, wenn ich meditiere, den leckeren Duft der Seife oder von was auch immer, das Grün der Pflanzen und so fort. Kleine Scherze, Lachen, Schnauben, wildes Arme- oder Beineschwingen sind selbstverständlich immer wieder auch dabei! Ich pflege Yoga als feministische, frauenzentrierte Praxis und habe bewusst Lehrerinnen gesucht, die frauenzentrierte Yogahaltungen und Kritik an patriarchalen religiösen Systemen kultivieren. Das sind Adelheid Ohlig mit Luna Yoga, Dinah Rodrigues mit Hormon-Yoga und Tatjana Mesar, die das Grundprinzip der «Welle» (im Unterschied zu linearer Ausrichtung eines als zweidimensional imaginierten Körpers) von Sadie Nardini übernommen hat. Auch habe ich im Yoga gelernt, mein Denken nicht nur als Teil meines Körpers abzutrennen, sondern zu *erleben*. So bewege ich mich ein Stück weit aus der westlich-phallogozentrischen Ordnung des «Ich denke, also bin ich» hinaus, die sich seit der Aufklärung zunehmend durchsetzt bis hin zur Unterordnung aller körperlichen Materialität durch geistig/emotionale Vorstellungen, die sich heute als «Geschlecht als Entscheidung/Empfindung» zeigt: Ich denke, dass ich eine Frau/ein Mann bin, also bin ich eine Frau/ein Mann.

Für mich ist es zuträglicher, das genauer wahrzunehmen, was sich hier und jetzt in meinem ganzen Sein – Körper, Geist und Seele – zeigt. Wieso, und was ist daran politisch/feministisch? Ich bin überzeugt, dass die Art, wie wir mit uns selbst umgehen, auch unseren Umgang mit anderen/mit der Gesellschaft, mit der Natur prägt.

Heute weiß ich, dass die emotionale Härte, die ich lange an den Tag legte (auch in feministischen Gruppen) und die sicher verletzend war für andere, in einer direkten Linie zu der nationalsozialistischen Ausrichtung meiner Herkunftsfamilie stand (gefühltes Besser-Sein als andere, Gefühle möglichst wegdrücken etc.). Schärfe und Wut (auch wenn sie nachvollziehbar und berechtigt sind) als radikale Feministin verdecken oft – mir ging es jedenfalls so – Trauer und Verletztheit/Verletzlichkeit. WenDo half mir durch die Wut, Yoga hilft mir durch die Trauer hindurch, um mit der nötigen Sanftheit und Klarheit, dem Einlassen auf andere, der Wahrnehmung, wo angenehm, und abgrenzen von anderen/Kritik, wo nötig, weiterzuleben. Je sanfter ich – auch durch das Yoga-Üben – zu mir selbst werde, desto genauer kann ich auch andere wahrnehmen und mich desto präziser auf sie beziehen. So ist Yoga für mich eine nachhaltige Praxis, weil es mich mit mir selbst und mit anderen FrauenLesben verbindet. Weil ich lebendig bin/wir lebendig sind (die Natur oder das Klima ist nicht außerhalb von uns, sondern wir sind ein Teil davon). Mein Übungsfeld ist – bei aller Kampfespower und nötiger politischer Schärfe – auch, pfleglich mit mir umzugehen, am liebsten sehr gerne kollektiv mit FrauenLesben!

© Centaura

Meerbusen

Viola Roggenkamp

Das wird niemand drucken. Will ich denn nicht gelesen werden? Ich weigere mich, kryptische Zeichen zu schreiben, mit denen ich meinen Lesern weismachen soll, es seien mit ./._:Innen* sämtliche vom Gender-Zentralkomitee definierten Geschlechtsvariations-Personen jeglicher Hautfarbe gemeint. Ich erzähle von Menschen, nicht von Personen. Ich will mir nicht das Wort verbieten lassen, kein Wort.

Ich weiß schon, sie wollen es allen, die sie für diskriminiert halten, recht machen, und das möglichst platzsparend. Daraus ist die totale Toleranz geworden. Die durchstöbert Literatur und bildende Kunst. Die bemächtigt sich der Sprache. Das hat die totale Toleranz gemeinsam mit faschistischen Systemen, ob rechts oder links. Über die verformte und kontrollierte Sprache wird das Denken reglementiert.

Eilfertig üben Nachrichtensprecher, bevor sie vors Mikrofon treten, das geforderte Zeichen hörbar zu machen durch eine sekundenlange Stolperpause, wie beim Schluckauf. Nach meiner Wahrnehmung fingen Sprecherinnen damit an, Männer wollten dann auch nicht so sein. Sprecher:Innen. Nun sind Frauen zu Innen geworden. Frauen, bleibt Innen, ihr verliert sonst noch euren Staubsauger.

In der Epoche des nach Westen wandernden und im Westen sich verbreitenden Islam, da mit den Flüchtlingen aus der muslimischen Welt rigide Sittlichkeitsnormen Anspruch auf freie Entfaltung erheben und bekommen, wird im christlichen Abendland verbissen Ordnung gemacht, selektiert und sortiert. Verboten wird, was sich nicht moralisch sauber präsentieren lässt. Literatur wird durchleuchtet, Wörter werden amputiert. Etwa das N-Wort. N****. Unaussprechlich, entmenschlicht, fast eine Nummer, und dazu Sendbote der zerknirschten Nichtneger. Sternchen. Man zählt nach, ob auch keines fehle, ertappt sich dabei, das Wort zu vervollständigen und fühlt sich schuldig. Was denn bewirkt die Auslöschung eines solchen Wortes? Das Verschwinden dessen, was gewesen ist, nicht mehr im Wort fassbar. Holocaust? Die Verfremdung deutscher Taten, deutscher Schuld. Man stelle sich vor, die Polen verbieten das Wort Auschwitz, weil es eine polnische Stadt ist.

Eine anschwellende Opfertyrannei reiht sich ein in den islamischen Furor, der Europa wegen der Mohammed-Karikaturen erreichte und bis heute anhält, begleitet von blutigen Anschlägen und Morddrohungen. Wortreich unterwirft sich die westliche Gesellschaft; auf Hasenfüßen allen vorauseilend deutsche Politiker und deutsche Journalisten.

Die Opfertyrannei der *LGBTQ+./._:Innen** wird gelenkt und befeuert vom Genderismus, der sich an Universitäten breitmacht, der auf Lehrstühlen sitzt, der Schrift und Sprache penetriert. Was einst begann als Coming-out, als Wunsch und Forderung nach Integration, nach sozialer und juristischer Gleichstellung mit der zu 90 Prozent heterosexuellen Gesellschaft, hat sich zu einer Gesinnungs-Diktatur ausgewachsen, die Zuwiderhandlung bestraft mit öffentlichem Anprangern. Die totale Toleranz zerrt weiße Männer wegen Sexismus vor ein www.Sondergericht, doch sie begünstigt islamischen Sexismus als kulturelle Eigenart.

Queerperson, Cisperson, Transperson. Was soll das sein? Ein Mensch? Die Sprache der totalen Toleranz suggeriert vorurteilsfreie Vielfalt, alle können alles werden, solange die Zeichen reichen; und sie befördert Hohlheit, Leblosigkeit. Damit einher geht die Verteufelung weißer Kultur und weißer Heterosexualität, in deren Folge wird die Auslöschung von Weiblichkeit betrieben, und in deren Folge die Auslöschung von Lesben. Und alles begleitet von wissenschaftlich sich gerierender Moral. Das reizt mich; das fordert mich heraus.

Ich war 30 Jahre Journalistin und bin seit Beginn dieses Jahrtausends Schriftstellerin; viele Reportagen und Kommentare, von mir geschrieben, wurden veröffentlicht, sowie acht Bücher. Und jetzt schreibe ich für mich. Notgedrungen? Den lesbischen Verlegerinnen bin ich nicht rein-lesbisch genug, den heterosexuellen Verlegerinnen bin ich nicht genug zukunftsweisend in ein Genderparadies, in dem alle sich liebhaben. Ist das öde! Also, ja. Notgedrungen. Doch ich leide nicht. Bin ich beim Schreiben jemals so vergnügt gewesen? Ich schreibe über weibliches Begehren zwischen lesbischer Frau und heterosexueller Frau inmitten der Gesellschaft. Lesben sind Frauen und manche sind zudem Mütter. Einige haben ein heterosexuelles Leben geführt und sich in eine lesbische Frau verliebt. Und es gibt lesbische Frauen, die nie anders gelebt und geliebt haben als lesbisch. Zurzeit arbeite ich an einem Roman, Titel *Meerbusen.* Abgelehnt. Ich schreibe weiter.

1. Kapitel: Feta und Oliven

«Du! Komm her!»

Es ist unverschämt von ihr, mich in dieser Weise anzusprechen, jedoch es stört mich nicht. Als hätte ich es so gewollt. Ich habe sie kommen sehen. Wie erwartet. Die Frau spricht mit dem Akzent einer Osteuropäerin. Ich tippe auf Bulgarien oder Kroatien. Von der obersten Treppenstufe aus habe ich ihren gedrehten Haarturm zwischen parkenden Autos näherkommen sehen, blond und zusammengehalten von einem breiten schwarzen Band. Immer am Mittwoch, immer morgens gegen halb elf. Die Frau geht hoch aufgerichtet, ein stolzer Gang. Sie trägt einen großen

Busen vor sich her, heute überhüllt von einem breiten schwarzen Wolltuch. Und dazu noch in diesem Ton: Du! Komm her! Unverschämt. Doch unverschämt ist nicht die Frau. Unverschämt bin ich.

Die Frau ist auf dem Weg zum Wochenmarkt, wie jeden Mittwoch. Dort, auf dem Platz, gerahmt von einem öffentlichen Klohaus, drei alten Linden und der Sparkasse, verkauft sie Feta und Oliven. Von elf Uhr morgens bis nachmittags um sechs. Sie ist keine Marktfrau mit eigenem Stand. Sie macht den Job wie irgendeinen Job, den sie machen kann.

«Du! Komm da runter!»

Ich komme die fünf Stufen herunter.

Die Frau ist wütend. «Du willst doch was von mir.»

Wir sind etwa gleich groß, wiewohl nicht gleich alt. Die Frau ist jünger als ich.

«Du kommst zum Markt. Du kaufst nicht. Du guckst. Immer guckst du.»

Ich werde sprechen müssen. Der Frau erklären. Sie hat ein Recht darauf. Seit Wochen geht das so. Ich kann den Blick nicht von der Frau lassen und nicht von ihrem Busen.

«Ich bin Schriftstellerin», sage ich. Das soll Eindruck machen auf sie, tut es aber nicht.

«Nu? Und?»

«Ich sehe Menschen an, weiter nichts.» Es habe nichts zu bedeuten. «Wirklich, glauben Sie mir, ich entdecke Menschen und stelle sie in meinen Roman, und dann verändern sie sich, man kann sie nicht wiedererkennen, nicht einmal Sie wird man wiedererkennen, ungeachtet Ihrer», meine Hände wollen sich auf den Weg machen, «ungeachtet Ihres», ich kann es gerade noch verhindern.

Sie runzelt die Stirn.

Eine Schriftstellerin sehe mit anderen Augen, versuche ich es noch einmal. «Wie eine Ärztin. Sie ziehen sich aus, und es ist nichts dabei.»

Ihr Blick verdüstert sich.

«Nicht, was Sie denken, wenn Sie denken, was ich glaube, dass Sie es denken.» Ich verstumme.

Sie sieht auf ihre Armbanduhr. «Weiter», sagt sie.

Ich weiß nicht weiter. «Nichts Unanständiges», beteuere ich, und ich sehe auf ihren Busen. Ich sollte gerade jetzt nicht auf ihren Busen sehen. Welch ein prachtvoller Busen. Weibliche Potenz in andauernder Präsenz.

«Ich schreibe an einem Roman, er ist noch nicht fertig.» Ich könnte ihr gegenüber ehrlicher sein, vielleicht, dass sie aus Mitgefühl mit mir, und also gestehe ich, dass ich mit dem Roman noch nicht einmal angefangen habe. «Ich suche nach etwas, eine Inspiration, und Sie faszinieren mich. Wenn mein Roman erscheint, werden viele ihn lesen, vielleicht eine Million Leser, vielleicht zwei Millionen, das kann man vorher nicht wissen.»

Sie bleibt unbeeindruckt.

«Man wird Sie nicht erkennen, beim Lesen hat man eigene Bilder innerlich bereitliegen, niemand wird wissen, dass Sie, dass ich Sie, dass Sie sich mir als Modell, könnte man sagen.»

Sie steckt sich einen Kaugummi in den Mund. «Wieso ich?»

«Sie sind die Frau, nach der ich suche. Ich meine, für meinen Roman, die Frau in meinem Roman.»

Hinter mir wird die Haustür geöffnet, ein Nachbar kommt die Stufen herunter. Nasses Haar, Fahrradklammer ums untere Hosenbein. Er ist Kundenberater bei der Sparkasse, und seitdem die Summe auf meinem Konto angekommen ist, will er mich davon überzeugen, dass ich mein Geld anders anlegen muss. Ich habe mein Geld nicht angelegt, ich habe überhaupt kein Geld. Ich habe vor vier Wochen ein Vorschusshonorar auf einen Roman bekommen, für den ich noch keine Zeile geschrieben habe, eine Summe mit einer Eins und vier Nullen dahinter, davon soll ich die nächsten zwei Jahre leben, zwei Jahre mindestens brauche ich für einen Roman, und der Mann von der Sparkasse will mich davon überzeugen, mein Geld für mich arbeiten zu lassen, wenigstens die Hälfte würde er in Aktien anlegen. Ich bin ein hoffnungsloser Fall für ihn, dennoch grüßt er mich, er nennt meinen Nachnamen. Ich hoffe, die Frau hat meinen Namen nicht verstanden. Und hinter ihm kommt das Ehepaar, das unter mir wohnt. Sie ist Yogalehrerin, und er ist Frührentner.

Die Frau kaut auf ihrem Kaugummi, sie lässt mich nicht aus den Augen. «Du stehst auf große Titten.»

Ich weiß nicht, was ich sagen soll. Das Wort schockiert mich. Hat sie recht?

Die Yogalehrerin hat es gehört, sie wirft mir einen bösen Blick zu. Der Frührentner grinst. Beide schieben sich an mir vorbei, erst sie, dann er. Der Bürgersteig ist gerade hier sehr eng. Sie gehen zu ihrem Auto. Es parkt direkt vor uns, vor mir mit der Frau. Der Mann kramt im Kofferraum. Die Yogalehrerin klemmt sich hinters Steuerrad wie in die erste Reihe einer Theaterloge, sie sieht durch die Windschutzscheibe auf die Bühne.

«Was ist?» Die Frau macht schmale Augen. Noch immer hängt das Wort in der Luft, das schockierende Wort, und obendrein in Verbindung gebracht mit mir, mit meinem Begehren. Über ihrer Nase steht eine zornige Falte. Sie kann grob werden, kann mich beschimpfen, und außerdem ist sie empfindlich. In den Augen der Frau steht empfindlicher Argwohn.

«Hören Sie», sage ich beschwörend, «könnten wir bitte warten, bis die weg sind?»

Der Kundenberater von der Sparkasse steht am Laternenpfahl bei seinem Rennrad, der Sattel etwas breiter als eine Messerschneide. Er beugt sich über das Schloss, fummelt daran herum. Das dauert. Die Yogalehrerin rollt mit ihrem Mann aus der Parklücke. Der Kundenberater hebt sein edles Bike auf die Fahrbahn, er fährt davon, und ich kann wieder sprechen.

«Sie haben einen unübersehbar schönen Busen.»

Die Frau spuckt das Kaugummi aus. Der Wind ist mein Verbündeter. Er schmiegt sich an den Leib der Frau, er bläst den Rock in ihren Schoß und das große Tuch gegen ihre Brüste. Die Frau zieht den Rock zwischen ihren Schenkeln hervor.

«Wie heißt du?»

Wieder bläst der Wind.

«Therese», antworte ich. Der Name ist mir eben eingefallen.

«Tereza», wiederholt die Frau.

«Und Sie? Wie heißen Sie?»

Die Frau macht eine Handbewegung, mit der sie mich aus ihrem Blickfeld wischt. Sie lässt mich stehen. Sie geht zu ihrer Arbeit. Ich sehe ihr nach, sie geht beschwingt, stolz und beschwingt. Habe ich das bewirkt? Könnte doch sein. Ich traue mich nicht, ihr nachzugehen. Ich kann zum Markt gehen, wie jede andere Frau. Ich wage es nicht. Die Frau weiß, weshalb, käme ich ihr jetzt hinterher. Ich gehe zurück ins Haus, zurück an meinen Schreibtisch, und dort fällt mir nichts ein.

Gegen Mittag gehe ich zum Markt. Ich reihe mich ein am Fischstand. Hier ist die Reihe der Wartenden am längsten, und außerdem befindet er sich gegenüber dem großen Wagen mit der Aufschrift *Giovannis Antipasti,* ein Kühlwagen mit aufklappbarem Tresen, hinter dem die Frau steht und aus erhöhter Position sich zu einem Kunden beugt. Ich könnte nicht sagen, was sie außer Feta und Oliven zu verkaufen hat. Die Auswahl ist groß, dafür habe ich keine Augen. Die Frau legt Papier auf die Waage, wiegt etwas ab, tippt den Preis ein, reicht dem Kunden die Ware. Wiegt noch etwas ab, und dann noch etwas. Der Mann kauft viel ein. Das kommt mir gerade recht. Die Frau hat zu tun, sie beugt sich vor, sie richtet sich auf, sie dreht sich, sie geht dahin und dorthin, sie wischt sich mit dem Handrücken über die Stirn, ihr ist warm geworden, sie hat eine Schürze vorgebunden, deren Lätzchen ihren großen Busen nicht vollständig verdecken kann, und in der Bewegung schiebt sich die rechte Brust hervor, verhüllt von einer schwarzen Bluse. Hochgeschlossen.

Die Frau sieht mir unvermutet in die Augen. Ich fühle mich erwischt, halte aber ihrem Blick stand. Sie rückt die Schürze über ihrem Busen zurecht. Weil mein Blick darauf liegt? Sie hat es gemacht, ohne hinzusehen, und als sie es machte, sah sie nicht zu mir. Der Kunde packt seine Sachen in einen Korb und geht. Wohl eher ein Handgriff, den sie öfter macht, wenn sich eine ihrer Brüste mal wieder aus der Deckung bewegt hat. Und dennoch, das lasse ich mir nicht nehmen, zwischen meinem an ihrem Busen liegenden Blick und ihrem routinierten Griff nach der Schürze gab es diesmal einen Zusammenhang. Triumphierend kichere ich vor mich hin in einer ungewissen Erregung.

Die Frau spricht mit ihrer Kollegin. Beide sehen zu mir, die ich am Fischstand stehe und darauf hoffe, noch nicht an die Reihe zu kommen. Sprechen sie über mich? Die Frau bindet sich die Schürze ab. Sie steigt ein Treppchen herunter und steht auf dem Marktplatz. Wo will sie hin? Sie streicht mit ihren Händen über ihren Leib, über ihre Schenkel. Sie sieht entschlossen aus. Entschlossen, aber zu was? Sie kommt auf mich zu, den Kopf gesenkt, ein blondes Einhorn, den Haarturm zum Stoß bereit. Ich bleibe in der Warteschlange, ich könnte rasch weggehen, ich bleibe. Sie steht vor mir, sie sieht mich an. Drohend. Sie will hier durch. Ich trete zur Seite, und sie geht zum Toilettenhaus. Ich gehe ihr nach. Ich bin dran. Ich gehe ihr nicht nach. Was soll es denn sein, werde ich gefragt. Ich will die Marktfrau.

«Einen Rollmops, bitte.»

Wieder Mittwoch. Sie ist da, steht hinterm Tresen, grüne Schürze, weiße Bluse, hochgeschlossen. Immer hochgeschlossen. Die Kunden sollen auf die Ware gucken und nicht in ihr Dekolleté. Ihre Kollegin ist nicht da. Und niemand, der etwas kaufen will. Ich gehe zu ihr. Was kann ich wollen? Ich möchte Feta. Es gibt mehrere Sorten Feta, mit Kräutern, in Öl, pur. Sie preist mir jede Sorte an. Das tut sie nicht für mich. Sie spricht zu mir wie zu jeder anderen Kundin. Sie will verkaufen. Sie macht ihren Job, und ob sie es für mich tut oder für jemand anderen, ist ihr völlig egal. Sie macht ihren Job, und den will sie gut machen. Ich weiß nicht, für welchen Feta ich mich entscheiden soll. Sie fragt, wofür ich Feta haben will. Ich weiß keine Antwort.

«Für Salat», sagt sie, «für Salat mit Tomaten und Oliven oder Salat mit Bohnen oder in die Pfanne, Zwiebeln, Knoblauch, Tomaten und Feta, kleine Stücke darüber, alles in die Pfanne.» Als hätte ich sie gefragt und nicht sie mich. Sie empfiehlt mir Feta pur.

Ich willige ein.

Ob ich probieren wolle?

Das will ich.

Sie schneidet ein Stückchen ab und will es mir auf der breiten Messerklinge reichen, es fällt zurück in die Schale, in die Salzlake. Das nächste ebenso. Sie lacht und schüttelt den Kopf. Beim dritten Mal nimmt sie das Stückchen Feta auf ihre Handfläche und hält es mir entgegen. Ich lege meine Hand unter ihre Hand und führe sie noch ein bisschen weiter zu mir heran, sie muss sich mit ihrem Leib am Tresen abstützen. Es ist unverschämt, was ich hier treibe, und es sieht aus, als wollte ich ihr das Stückchen Feta aus der Hand schlürfen. Ich will ihr in die Augen sehen. Sie sieht auf den Feta, dass der ihr nicht in die Auslage fällt. Ich nehme das Stückchen und schiebe es zwischen meine Lippen.

«Nu? Schmeckt?»

«Gut, nicht zu salzig.» Davon will ich haben.

Sie legt das Messer an. «So?»

Ich will noch etwas mehr, ich will eine gute Kundin sein. Sie findet, dass es zu viel sei, aber ich will das große Stück.

«Was noch?»

«Oliven.»

Sie stellt mir jede Olivensorte vor, ein halbes Dutzend Plastiknäpfe. Mir gefällt ihr Akzent. Mir gefällt, dass sie von woanders ist. Sie spricht gern. Wie welche Oliven angemacht sind. Sie kennt sich aus. Ihre Stimme ist rau. Sie stützt sich mit beiden Händen auf den Tresen und sieht mich an. Es ist nichts dabei, mich so anzusehen, wie sie es tut, nichts dabei, was mich ermutigen könnte. Sie ist ganz bei ihrer Sache, und ich versuche, auf ihren Busen zu sehen. Das ist nicht einfach. Sie hat mich im Blick. Ich wähle grüne Oliven mit Knoblauch. Sie nimmt ein Plastiksäckchen, nimmt eine Kelle, beugt sich zu dem Napf mit den grünen Oliven. Es steht vorn bei mir, sie muss sich weit vorbeugen, ich sehe ihre Brüste sich bewegen unter der Bluse, halbwegs bedeckt von der Schürze, und die rechte wagt sich hervor.

«Mehr? Noch mehr?»

Ich sehe auf. Ich weiß es nicht. Es soll jedenfalls nicht aufhören.

«Genug», sagt sie.

«Dann ist das wohl alles», sage ich.

«Kein Brot?»

«Doch, ja, Brot.» Nur, welches soll ich nehmen? Sie soll entscheiden, welches Brot nachher auf meinem Tisch liegen wird.

«Die Ciabatta», sagt sie, und dann sei dieser Feta hier, sie hebt einen Plastikbehälter auf den Tresen, dieser Feta sei ihr Lieblingsfeta, «schön cremig». Sie schneidet ein großes Stück ab. «Ist geschenkt», sagt sie. Das Stück Feta ist deutlich zu groß für ein Geschenk. Sie drückt den weichen Klumpen in einen Plastikbehälter. «Immer, wenn du hier kaufst, kriegst du was geschenkt. Machen wir immer so hier.»

Wieder Mittwoch. Sie ist nicht da. Nur die Kollegin. Ich bin enttäuscht. Den Blick auf die Pflastersteine geheftet, laufe ich beinahe in sie hinein. Sie steht unter einer alten Linde. Raucht eine Zigarette. Sie sieht durch mich hindurch. Ihre Zigarettenpause. Nimmt einen Zug. Ich sehe ihr zu. Sie weiß immerhin meinen Vornamen, wenn ich auch nicht so heiße. Und sie weiß noch mehr von mir. Pustet den Rauch in die Luft. Sieht gegen den Horizont. Für sie bin ich nicht vorhanden. Ich kann machen, was ich will, und so gehe ich um sie herum, gehe um die naturgetreue Plastik einer Marktfrau in langen Hosen, mit vorgebundener Schürze, großen Brüsten und rundem Hintern, den Kopf erhoben, darauf ein Haarturm, und zwischen Zeigefinger und Mittelfinger der rechten Hand eine brennende Zigarette, den Ellenbogen in die linke Hand gestützt. Lange Finger, lange Fingernägel, lackierte Krallen. Die Frau bewegt sich nicht. Nur ihre Hand, nur ihre Lippen. Sie führt die Zigarette zum Mund. Ihre Lippen legen sich um den Filter, saugen den Rauch ein, öffnen sich, geben den Rauch frei. Ich betrachte sie. Sollte sie mir eine runterhauen und den Leuten erzählen, sie werde von mir sexuell belästigt, müsste ich ihr zustimmen. Aber nein. Sie hält das gut aus. Mir wird es peinlich. Ich muss etwas sagen.

«Ich möchte Sie fotografieren. Natürlich gegen Geld. Bei mir in meinem Arbeitszimmer.»

Die Frau wirft die Kippe auf den Boden, sie tritt die Glut aus. «Du willst meine Titten sehen.»

Ich schweige. Zu widersprechen wäre grotesk. Sie lässt ihren Blick an mir herunterwandern und wieder hinauf in meine Augen. Dann von meinen Augen zu meinem Mund und wieder in meine Augen.

«Das kostet», sagt sie.

Ich nicke stumm.

«Willst du noch mehr?»

«Ja.»

«Mein Arsch kostet mehr.»

«Wie viel?»

«Wie lange brauchst du?»

«Zwei Stunden.»

«Foto machen ist klickklickklick. Und du brauchst zwei Stunden?»

«Ich bezahle, was Sie verlangen.»

«Eine Stunde Titten ist hundert, mit Arsch ist dreihundert, bei zwei Stunden, na, also, kleines Geschenk, zahlst du nur fünfhundert für zwei Stunden.»

«Wann?»

«Ich bin fertig um sechs. Wo soll ich klingeln? Wie heißt du?»

Meinen Nachnamen nenne ich ihr nicht. Als könnte ich noch etwas von mir bedeckt halten. «Ich werde Sie vorm Haus erwarten», sage ich.

Sie nickt und geht zurück zu *Giovannis Antipasti.*

Früher Abend. Ich stehe auf dem Treppenabsatz vorm Haus. Endlich. Dort hinten. Sie trägt zwei prall gefüllte Einkaufstaschen und über der Schulter ihre Handtasche.

«Proviant vom Chef. Kann ich essen bei dir?»

Ich wohne im vierten Stock. Kein Fahrstuhl. Sie sieht die Treppen hinauf und stöhnt. Ich nehme ihr die Taschen ab und will sie vorgehen lassen.

«Nein», sagt sie. «Du gehst vor. Gucken auf meinen Arsch ist später.»

Beharrlich sagt sie du zu mir, mit einer Unverfrorenheit, die sich ihr Recht nimmt aus dem Wissen, dass unsereins davon ausgeht, so eine wie sie könne kein besseres Deutsch. Wir kommen im dritten Stock an der Wohnung vorbei, in der die Yogalehrerin mit ihrem Frührentner wohnt. Wahrscheinlich drängeln sich beide am Guckloch. Die Tür wird geöffnet. Der Frührentner hält einen Müllbeutel in der Hand. Ich grüße wortlos. Hinter ihm die Yogalehrerin, hinter mir die Frau vom Markt. Er wird sie vom Sehen kennen, er macht die Einkäufe, während die Yogalehrerin zu Hause auf dem Kopf steht.

Ich schließe meine Wohnungstür auf, und diesmal geht sie vor, sie geht über die kleine Diele in die Küche. Ich bleibe auf der Türschwelle. Welch ein Moment. Diese Frau, von der ich nichts weiß, die ich seit Wochen mit den Augen verfolge, sie ist in meiner Wohnung, sie legt das große Wolltuch ab, unter dem sie ihren Busen verborgen hielt, sie hängt es über den Griff der Küchentür, und sie sagt zu mir: «Komm, komm herein.»

Ich bin hier fremd. Ich trage zwei Einkaufstaschen, die mir nicht gehören, ich entdecke im Kühlschrank eine Flasche Weißwein aus dem Hause Antinori. Die Frau, die sich in dieser Küche auszukennen scheint, findet zwei Teller und Besteck, stellt zwei Gläser auf den Tisch, nimmt das große Küchenmesser, schneidet die Ciabatta auf, stellt schwarze Oliven dazu, getrocknete Tomaten und ihren Lieblingsfeta. Sie setzt sich, ich stehe hinter ihr. In dieser Küche ist nicht Platz für zwei Stühle.

Sie steckt sich eine Olive in den Mund, leckt ihre Fingerspitzen ab und knöpft die grünblau gestreifte Hemdbluse auf. «Ist warm hier.»

Mir fällt ein, dass ich sämtliche Heizkörper aufgedreht habe. Ihr soll nicht kalt werden, wenn ich sie fotografiere. Die ersten vier Knöpfe erlauben mir den Blick auf hervordrängende Weiblichkeit, gebändigt von schwarzen Trägern, schwarzem Stoff, Haken und Ösen. Genug, um mir einen Vorgeschmack auf das zu geben, was ich sehen will.

Sie gibt Feta, Oliven, Tomaten und zwei Scheiben Ciabatta auf einen Teller und reicht ihn mir. Den Wein mag sie. «Tut gut.» Sie leert ihr Glas und hält es mir hin. Ich fülle es erneut. Ich scheue mich, sie auszufragen, ich will nicht wissen, wie sie lebt, ob allein oder mit jemandem zusammen, ich verbiete meiner Fantasie, mir einzuflüstern, was ich nicht hören will. Die Gespanntheit vor dem, was kommen wird, verhindert zwischen uns jede und noch die einfachste Konversation.

Nach dem Essen will sie duschen. Ich reiche ihr ein Badetuch und erwarte sie im Zimmer. Auf meinem Schreibtisch liegen fünf Hunderter. Daneben die Kamera.

Sie steht vor mir, barfuß. Um ihren Körper gewickelt das Badetuch. Ihr Haar ist offen. Ihre Lippen sind dunkelrot angemalt. Sie hält das Badetuch mit beiden Händen zusammen. Über dem Busen. Auf ihren nackten Schultern perlen Wassertropfen.

«Du kannst Mira zu mir sagen.»

Ich lasse das Rollo herunter und mache Licht. Sie steht in der Mitte des Raumes und sieht sich um.

«Du hast Schreibtisch und Bett in einem Zimmer?»

«Es gibt nur ein Zimmer in meiner Wohnung.»

«Wie soll ich? Wie willst du?» Noch immer hält sie das Badetuch fest.

Ich greife nach der Kamera, ich will sie schon mal in der Hand halten. Sie könne tun und lassen, was und wie sie wolle. «Ich sehe dir zu, Mira.»

Sie setzt sich auf mein Bett. Ich mache das erste Foto. «Bisschen Beine hoch», sagt sie. «Hab sieben Stunden gestanden auf dem Wagen.» Und streckt sich auf dem Bett aus. Das Badetuch gleitet auseinander, es gibt ihren Schoß frei. Zwischen vollen Schenkeln ein dichter Busch rotblonder Locken. Ihre Brüste hält sie weiter vor mir verborgen. Ich drücke mehrmals auf den Auslöser, bin nur Auge, Kameraauge. Und ich warte.

Sie wendet sich von mir ab, sie dreht mir den Rücken zu, sie lässt mich ihren teuren Hintern sehen. Ich fotografiere. Das Klicken der Kamera ist zu hören. Sie tastet mit ihrer Hand hinter sich, greift nach der Decke, jede Bewegung verschlingt das Kameraauge. Mit einem Ruck zieht sie die Decke über ihren Körper, und ich verstehe. Es wird nicht weitergehen. Nicht ohne ihr mein Begehren zu zeigen. Ich soll mich hervorwagen mit meinem Verlangen, mich bloßstellen vor der nackten Frau.

Den Fotoapparat lege ich beiseite, ich trete zu ihr ans Bett. Ich umfasse ihre Handgelenke. Es ist die erste Berührung zwischen uns. Sie wehrt sich nicht gegen den Druck, mit dem ich sie zwinge, sich auf den Rücken zu legen. Widerstand ist in ihren Augen. Sie könnte mich zurückstoßen. Womöglich ist sie stärker als ich. Sie könnte mir ihr Knie in den Hintern rammen. Und noch immer verbirgt das Badetuch, was ich sehen will.

«Tereza!»

«Ja?»

«Lass meine Hände los.»

Sie deckt sich auf. Sie lässt mich ihre Brüste sehen. Sie beobachtet, wie ich sie betrachte. Vollendete Überfülle. Fruchtbarkeit. Wollust. Venus. Ich habe keine Worte für das, was sie Titten nennt.

«Hab ich noch nie gemacht für eine Frau», sagt sie.

Beuge ich mich über ihre Brüste, kann ich sie nicht betrachten, und versinke ich in diesen Anblick, wollen meine Hände, will mein Mund, wollen meine Lippen, und sie lässt mich nicht aus ihren Augen.

«Ziehst du dich nicht aus, Tereza?»

Hatte ich vor, mit ihr zu schlafen? Sie hält seit Wochen mein Denken besetzt. Wer wagt es, mit Venus zu schlafen? Doch wenn sie danach verlangt? Ich kann sie unmöglich so liegen lassen. Ich ziehe mich aus, ich setze mich zu ihr aufs Bett. Und sie greift nach mir, sie zieht mich auf sich, sie reibt ihre Brüste an mir. Und sie küsst mich. Hatte ich vor, sie zu küssen? Was hatte ich überhaupt vor? Ich bin hingerissen von ihren Brüsten, hingerissen von ihrer Willensstärke, ihrer Entschlossenheit, hingerissen von ihrem teuren Hintern. Und sie schäumt.

Als wir erwachen, mein Gesicht auf ihrem Busen, ihr Schenkel auf meinem Leib, ist es tief in der Nacht.

Sie nimmt einen Hunderter. «Mehr Knipsen war nicht», sagt sie und streicht mit dem Zeigefinger über meine Nase und meinen Mund.

Ich müsse noch mehr Bilder machen, wann sie wiederkommen könne, frage ich. Sie antwortet nicht, sie geht ins Badezimmer. Ich schlinge um meine Nacktheit das Badetuch und gehe zum Schreibtisch, ich mache mir Notizen: Du! Komm her! Komm da runter! So könnte der Roman beginnen. Ihre Hand auf meiner Schulter. Sie dreht mich zu sich herum. Sie ist angezogen, der Haarturm thront auf ihrem Kopf. Sie mustert mich, leckt über ihre Lippen, schweigt, beißt sich auf die Unterlippe, und ich kann es in ihrem Blick lesen. Sie hat mich am Haken. Das freut sie.

Sie nimmt ihre Einkaufstaschen, ihre Handtasche, sie öffnet die Wohnungstür und ist verschwunden.

Wo wohnt sie? Wie lebt sie? Ich sollte mich dafür nicht interessieren. Es kann ja doch aus unserer Leidenschaft keine Liebesbeziehung werden. Wir sind zwei Tiere, ich verfolge sie, wir balgen und verküssen uns ineinander, wir machen es miteinander, und wir werden uns aneinander gewöhnen, wir werden die Attraktivität füreinander verlieren. Ich sollte ihr nicht nachspüren. Es geht mich nichts an. Wo sie wohnt, wie sie lebt. Ich muss es wissen.

Zeiträume – Zeit. Kultur. Kalender. Labyrinthe.

Rafaela Schmakowski

Der Titel «rising to the roots» des LFT2021 und mein Buch *Zeiträume – Zeit. Kultur. Kalender. Labyrinthe.* haben eine Verbindung mit den Zeitzyklen von Sonne, Mond und Sternen. Wenn in früheren Kulturepochen die Gestirne beobachtet und ihre Zyklen aufgezeichnet wurden, dann wurde damit die himmlische Zeit in menschlich und irdisch gut überschaubare Zeiträume eingeteilt. Davon geben Steinkreise, Kalender und Labyrinthe Zeugnis. In der Dynamik und Struktur des Labyrinths stecken die Zyklen von Mond und Sonne und ein Lunisolarkalender, deshalb ist das Gehen in einem Labyrinth eine Möglichkeit, zu den Wurzeln des Lebens zurückzufinden. Der Mond war einst eine göttliche Kulturträgerin und für Frauen und Mädchen eine Identifikationsfigur, deren Eliminierung mit der Einführung eines linearen Kalenders vor 2000 Jahren einen Mangel und eine tiefe Lücke hinterließ. Deshalb sollte der Mond ausgegraben werden – es wäre ein Anfang, die entstandene Lücke sinnvoll zu füllen.

Labyrinth im Werftpark Kiel, 2005
Entwurf, Projektleitung und Copyright
Rafaela Schmakowski

Das Labyrinth empfinde ich als das harmonischste aller geometrischen Gebilde, die ich als Zeiträume bezeichne oder als Zeichen der Zeit. Steinkreise und Spiralen rechne ich dazu, auch Megalithbauten, neolithische Grabanlagen, Tempel und Kathedralen. Alle haben sie mit der Zeit zu tun, die vom Himmel auf die Erde kommt, mit Sonne, Mond und Sternen einhergeht. In dieser Reihenfolge steckt eine Wertung, weil es die Sonne ist, die hier am Anfang steht. Ebenso gut könnte es doch heißen: die Zeit, die mit Mond und Sonne einhergeht, oder die Zeit, die mit Venus, Mond und Sonne einhergeht. Die Reihenfolge hat mit der Bedeutung und Verehrung zu tun, die dem ersten Gestirn entgegengebracht wird, und das hat einen Einfluss auf die religiösen und kulturellen Strukturen einer Gesellschaftsform. Was ist Zeit? Die Zeit sei ein Phänomen, heißt es. Das ist sie in der Tat, weil Phänomen «Erscheinung» auf Altgriechisch bedeutet, also etwas, das «sichtbar wird». Diese Ursprungsbedeutung hat mich elektrisiert, weil sie die Aufmerksamkeit auf den Ursprung der Zeitrechnung lenkt, auf das Erscheinen der Gestirne. In früheren Kulturepochen war der Himmel den Menschen nahe, die Gestirne wurden verehrt und vergöttlicht und zu ihrem Erscheinen wurde ihnen gehuldigt, und dabei entstanden die verschiedenen kulturellen Gesellschaftsstrukturen wie von allein.

Der Weg zum Labyrinth als einem Zeitraum führte mich über ein Ausstellungsprojekt des Kinder- und Frauenhauses in Uelzen unter dem Titel «Labyrinth oder Irrweg – Auswege aus der Gewaltspirale». Um eine Dokumentation der Gewaltspirale gegen Frauen und Mädchen in unserer patriarchal dominierten Gesellschaft sollte es gehen, um sichtbare und unsichtbare Formen der Gewalt, um strukturelle, systemische Gewalt. Bei der Vorbereitung ging es natürlich auch um die Frage, wie gewaltfreie, positiv besetzte, nicht ausgrenzende Gesellschaftsstrukturen aussehen können, und da begegnete mir die Struktur des Labyrinths zum richtigen Zeitpunkt. Das Labyrinth ist kein Irrgarten oder Irrweg, es ist keine Spirale und erst recht keine Gewaltspirale. Seine spezifische Struktur stimmt mit den religiösen, kulturellen Gesellschaftsstrukturen überein, die sich in Übereinstimmung mit den Zyklen der Gestirne entwickelten, die heute jedoch erloschen sind oder zerstört wurden oder von patriarchalen Inhalten überlagert worden sind. Die Struktur eines siebengängigen Labyrinths beruht meiner Forschung nach auf den lunisolaren Zyklen, es ist sozusagen ein begehbarer Lunisolarkalender, dem die drei Sonnenbögen im Jahreslauf zugrunde liegen und die vier markanten Mondphasen im Monatslauf. Im Labyrinth steckt ein kosmologisches Weltbild, in dem religiöse, kulturelle Festkalender den Gemeinschaften ihre spezifischen festlichen Zeitstrukturen verliehen. Bis heute werden Mond- und Sonnenfinsternisse zu spektakulären Medienereignissen, die die Menschen erregen und bewegen, und deshalb scheint es mir, als ob eine Sehnsucht nach den alten Repräsentanten der Zeit noch immer vorhanden ist, was wiederum erstaunlich ist in einer Zeit, in der Fortschritt, Geschwindigkeit und Effizienz favorisiert und belohnt werden. Was wären wir Menschen denn ohne die Sonne, den Mond und die Sterne? Wir kommen von ihnen, wir gehen mit ihnen, und wir vergehen mit ihnen. Was wären wir Menschen denn ohne die Ordnung der Zeit? Ob sie nun göttlich ist oder nicht, mit ihr können wir unser Dasein ordnen und lebendig gestalten. Die Himmelszeit, sie ist ja da, es liegt nur an uns, ob und wie wir uns nach ihr richten und mit ihr leben.

Oldenstadt bei Uelzen, 2000
Entwurf, Projektleitung
Rafaela Schmakowski
© Boris Schmakowski

Den Mond ausgraben

Den Mond ausgraben? Was für eine Idee! Der Mond ist ja am Himmel zu sehen, am Tag und bei Nacht, man muss ihn doch nicht ausgraben. Dennoch, es ist so. Der Mond muss ausgegraben werden. Jedenfalls ist das mein Anliegen. Wohl ist der Mond am Himmel zu sehen, aber aus unserem Bewusstsein ist er verbannt, und deshalb konnte es geschehen, dass der Mond, vor aller Augen stets präsent, wie nicht vorhanden ist und dass unser Leben ohne ihn arm geworden ist. Etwas Wesentliches fehlt – das sind der Mond und seine Zeit.

Die Mondzeit fehlt in unserem Leben, weil sie in unserem Kalender fehlt, im gregorianischen Kalender, einem reinen Sonnenkalender, in dem der Mond als Kürzel ohne Wert mitläuft wie ein braves Hündchen. Vielmehr wie ein Relikt aus alter Zeit. Denn immerhin gibt es noch Monate in diesem Kalender, wenngleich sie mit dem Mond am Himmel nichts zu tun haben. Der Monat beruht im Ursprung auf einem Mondzyklus, daher der Name. Im Ursprung waren Kalender eine reine Himmelsschau auf die Bewegungen der Gestirne, ihr Kommen und Gehen, ihr Erscheinen und Verschwinden, ihr Auf und Ab. Wohin und woher? Wo und wann erscheinen sie? Das müssen die Fragen gewesen sein, die die Menschen über Jahrtausende bewegt haben. Es existieren ja unzählige Kalender auf der Erde, und aus Neugierde und Faszination entstanden dabei wohl unzählige Geschichten, Märchen, Mythen und Sagen, die von Sonne, Mond und Sternen berichten, die als Göttinnen und Götter in übermenschlichen Erscheinungen und Taten am Himmel erschienen, ganz im Sinne des Wortes Phänomen. Das Blaue vom Himmel herunter wurde erzählt, aber die Zeit am Himmel, die wurde an den zehn Fingern abgezählt, später kamen die Zeichen der Zeit dazu. Zunächst waren es winzige Zeichen auf Knochen und Gefäßen: Punkte, Striche, Kreuze, Winkel, Bögen, Kringel, Spiralen. Später dann kamen Zahlen und Buchstaben dazu. Das Erstaunliche ist, dass diese Faszination für die Zeit heute so aktuell ist wie einst, allerdings hat der Mensch nun den gesamten Kosmos im Blick, die langsamen Zyklen der Zeit passen nicht mehr in unser Weltbild. Nach wie vor wird das himmlische Geschehen beobachtet, wird von ihm berichtet, werden die Sterne gezählt, wird gerechnet und berechnet, gezeichnet und abgebildet. Die Zeit wird festgehalten. Oder wird sich an der Zeit festgehalten? Ja, das auch, mit Uhren und Kalendern.

Tag und Nacht läuft er am Himmel herum

Kalender bieten Orientierung in der Welt, und sie verhelfen dazu, Ordnung im Leben zu halten. Kleine Versuche sind es, sich in den unendlichen Dimensionen einer unendlichen und irgendwie auch zeitlosen Zeit einigermaßen zurechtzufinden. Eigentlich müssten wir uns um diese Zeit dort oben am Himmel doch gar nicht kümmern. Soll sie doch kommen und gehen, wie sie will, existieren oder nicht, das könnte uns doch eigentlich gleich sein. Schließlich haben wir es mit unheimlichen und unmenschlichen Dimensionen zu tun, von denen wir da umgeben sind. Und deshalb finde ich es eigentlich erstaunlich und irgendwie rührend, dass wir ausgerechnet mit Hilfe der unendlichen Zeit versuchen, mit der Unendlichkeit, die uns umgibt, mit unserer Endlichkeit auf Erden zurechtzukommen. Vielleicht möchten wir uns irgendwo festhalten? Vielleicht möchten wir uns mit etwas vertraut fühlen, das immer wieder aufs Neue erscheint, auf das wir uns verlassen können. Vielleicht wurden deshalb die Gestirne durch Jahrtausende beobachtet. Ist es nicht beruhigend, dass die Sonne die immer gleichen Bahnen zieht und dass sich der Mond Monat für Monat rundet? Ist es nicht tröstlich, wenn er so freundlich durch die Wolken scheint? Er hat etwas Menschliches an sich, er hat ein liebes Gesicht. Doch bei aller Liebe, wir möchten doch auch wissen, wann genau er wieder erscheint und wo er dann am Himmel zu sehen ist, hinter Hügel und Tal, über Baum und Kirchturm. Wenn der Mond hinter dem alten Birnbaum in unserem Garten aufgeht, dann ist es klar, jetzt ist Vollmond. Der Birnbaum und ein anderer, hinten auf der Wiese, die beiden Birnbäume und der Mond gehören irgendwie zusammen, jedenfalls dann, wenn ich auf der Gartentreppe stehe. Andererseits, auf den Mond muss man richtig aufpassen, sonst ist er einfach verschwunden, immer in Bewegung, er nimmt zu, er nimmt ab, er steigt auf, er sinkt nieder. Tag und Nacht läuft er am Himmel herum. Vom Neumond bis zum zunehmenden Halbmond und weiter bis zum Vollmond, vom abnehmenden Halbmond bis zum Dunkelmond und wieder bis zum Neumond, das ist ein Mondmonat, ein Mondzyklus. In diesem Zeitraum steht der Mond mal hier und da am Himmel, steht in dieser und jener Position zu den Planeten und Gestirnen, Tag und Nacht ist er an einem anderen Ort. Der Mond kann einen wirklich in Atem halten. Mit der Sonne ist es nicht so kompliziert wie mit dem Mond, dafür hat die Sonne ihren Reiz mit dramatischen Auf- und Untergängen. Feurig ist sie, und geliebt wird sie auch, aber in ihrer alles versengenden Kraft wird sie auch gefürchtet. Wenn wir den Lauf der Sonne täglich beobachten, ist festzustellen, dass es im Jahreslauf vier markante Bögen gibt, die beiden Sonnenwenden und die beiden Tagundnachtgleichen, die das Sonnenjahr in vier gleiche Abschnitte einteilen. Wie der Mond, so zieht auch die Sonne ihre Bahnen von Osten nach Westen, wandert in weiten Bögen über den Horizont, und ihre Positionen zwischen Aufgang und Untergang verschieben sich im Jahr zwischen Nordosten und Südwesten. Das ist in jeder Landschaft mit einigen Markierungspunkten gut zu beobachten. Von der Gartentreppe aus zum Beispiel ist zu sehen, dass die Sonne zu den beiden Tagundnachtgleichen immer in einem kleinen Tal zwischen den Hügeln aufgeht, ungefähr dort, wo der Vollmond hinter dem Birnbaum aufgeht. Ja, und dann die Mond- und Sonnenfinsternisse! Das sind spektakuläre Erscheinungen, die weltweit für Aufregung sorgen. Es ist ja auch verständlich, es sind besondere Momente, wenn es so eigenartig still wird und merkwürdig dämmrig am helllichten Tag, wenn die Sonne grau wird und die Vögel und Grillen still und ein kühles Lüftchen aus dem Nichts vorbeiweht. Ja, und der Vollmond, wenn er seinen kupferfarbenen Vorhang vors Gesicht zieht, das ist so wunderbar, dann möchte ich nur noch dastehen und zu ihm hinaufschauen.

Dabei wehte der Rauch zum Himmel empor

Die Himmelsschau, das Beobachten der Gestirne und die Aufzeichnungen der Himmelsordnung gaben den Menschen über Jahrtausende offenbar einen Halt im Leben. Die Gestirne zu beobachten und mit ihnen und ihrem zyklischen Erscheinen zu leben – das bedeutet, in Übereinstimmung mit der Zeit zu leben – das ging mit der Entwicklung von Kultur einher. Zeit und Kultur gehörten zusammen wie Sonne und Mond, und zu dieser Kultur gehörten die Religionen, weil der Himmel heilig war und die Gestirne göttliche Wesen waren, und das ist noch nicht so lange her. Vor 2000 Jahren wurde im alten Rom der Mond noch als leibhaftige Erscheinung der Göttin Juno betrachtet. Wenn sie als hauchdünne Mondsichel am Abendhimmel erschien, wurde sie mit einer bestimmten Anzahl von Rufen begrüßt und verehrt: «Ich rufe Dich, Juno Covella!», so schallte es mehrfach vom Kapitol herab, dem höchsten der sieben Hügel der Stadt Rom. Die Göttin wurde angerufen, aber sie wurde auch ausgerufen, sie wurde sozusagen zu Markte getragen, weil der Markt, der mit Versammlungen und Verlautbarungen einherging, immer zum ersten Halbmond stattfand, und mit der Anzahl der Ausrufe wurden diese Markttage bekannt gegeben. Genau da liegt unser Kalender vergraben, weil das Wort Kalender abgeleitet vom Lateinischen «calare» ist, was bedeutet: «anrufen und ausrufen und zusammenrufen». Deshalb geht es hier bereits um die Zeit als solche und nicht nur um die Verehrung einer römischen Göttin. Im Ursprung beruhten die Kalender auf einer Vorstellung von der Göttlichkeit der Gestirne und auf dem Glauben an das Schicksal aus göttlicher Hand. Wenn man sich den Gestirnen allerdings unterordnet, dann muss man sie zum Zeitpunkt ihres Erscheinens mit Anrufungen und Huldigungen verehren und gnädig stimmen. Warum? Damit sie Schutz gewähren. Die Gestirne wurden also beobachtet, um ihr Erscheinen berechnen zu können, und zu ihrem Erscheinen wurde ihnen Verehrung gezollt, denn sie durften nicht erzürnt werden. Und so geschah es. Den Gestirnen wurden Opfer dargebracht, mit Tanz und Gesang wurden ihnen Speise und Trank aufgetischt, die Früchte des Feldes und Opfertiere wurden auf den Altären verbrannt, und dabei wehte der Rauch zum Himmel empor, zu den Göttinnen und Göttern. So kam mit dem zyklischen Erscheinen der Gestirne die Ordnung des Himmels auf die Erde und in die Kulturen, und von der alten Himmelsordnung sind bis heute einige Reste erhalten: Weihnachten und Ostern zum Beispiel.

Weihnachten war im Ursprung ein Festtag zum Erscheinen der göttlichen Sonne zur Wintersonnenwende. Die Sonne entzündete den Jahreszyklus, deshalb wurde ihr Erscheinen nach der langen Dunkelheit im November und Dezember mit Spannung erwartet, freudig begrüßt und festlich begangen, und diese Rituale sind zum Teil erhalten geblieben. Ich vermute, dass das Fest zur Wintersonnenwende in der Nacht begangen wurde, weil es WeihNacht und HeiligAbend heißt, und mit der Nacht kommt der Mond ins Spiel. Die Wintersonnenwende muss mit bestimmten Mondphasen zu tun gehabt haben. Warum? Weil Mond und Sonne einst das Große Himmelspaar waren. Der Jahresbeginn muss mit dem Erscheinen beider Gestirne gefeiert worden sein, und zwar zu den markantesten Mondphasen, zu Vollmond und Neumond. Für Konstellationen wie diese einige Beispiele aus den vergangenen Jahren: 2004, 2007, 2015 fiel der Vollmond auf den 24. und 25. Dezember, drei Tage nach der Wintersonnenwende. 2003 und 2011 erschien der Neumond am 24. Dezember in der Weihnachtsnacht oder zu Heiligabend und 2006 am 20. Dezember zur Wintersonnenwende. Ein solches Zusammentreffen von Mond und Sonne, ihre Begegnungen am Himmel, sind wie geschaffen für einen Mond- und Sonnenkalender, einen Lunisolarkalender. Mit seiner Hilfe wird die himmlische Zeitordnung mit den irdischen Jahreszeiten in Balance gehalten. Ein reiner Sonnenkalender oder reiner Mondkalender kann das nicht leisten. Ein Sonnenkalender hat ein lineares und willkürlich gesetztes Zeitsystem, das die biologischen Rhythmen außer Acht lässt, und ein Mondkalender hat keine Anbindung an die Vegetationszyklen der Jahreszeiten: «Er verschiebt sich um etwa elf Tage in jedem Sonnenjahr rückwärts. Ein Lunisolarkalender schafft hingegen eine angenäherte Angleichung an die Jahreszeiten, die das religiöse (jahreszeitlich bedingte Festtermine) und das wirtschaftliche (Saat- und Erntetermine) Leben bestimmen.»

Der Vollmond wird regelrecht gemieden

In früheren Kulturen waren Lunisolarkalender weit verbreitet, was ein Beweis dafür ist, dass die Zyklen von Mond und Sonne, in der Reihenfolge, miteinander in Beziehung gesehen und gesetzt wurden. Gemeinsam mit Mond und Sonne wurde das gesellschaftliche Leben in religiöser und kultureller Hinsicht gestaltet. Der jeweilige Abstand zwischen den vier Mondfesten und den vier Sonnenfesten im Jahreslauf beträgt ungefähr sechs Wochen, es kommt dabei immer auf den Mond an, und das Wichtigste ist: In den zeitlichen Zwischenräumen konnten die Vorbereitungen für das erwartete Himmelsereignis getätigt werden. Praktisch bedeutet das heute noch immer, es werden Eier bemalt und Spekulatius gebacken. Die Zwischenräume von sechs Wochen müssen im Ursprung von ebenso großer Bedeutung gewesen sein wie die Ereignisse am Himmel selbst. Kalender sind Erfindungen der Menschheit, die auf den Zyklen von Sonne, Mond und Sternen basieren. Und ich finde, Lunisolarkalender waren besonders kluge Erfindungen. Bei den Lunisolarkalendern werden die Zyklen von Mond und Sonne so verknüpft, dass ein sinnvoller Jahresanfang zu den Tagundnachtgleichen oder den Sonnenwenden festgelegt wird, und dann muss eine Anzahl von Mondmonaten eingefügt werden, damit die Kalenderzeit mit der Jahreszeit in Übereinstimmung bleibt – das ist alles. Vor mehr als 2000 Jahren war im römischen Reich der Vollmond zur Frühlingstagundnachtgleiche noch so bedeutsam, dass das dreitägige Frühlingsfest bei Vollmond der Jahresanfang war, das waren die Iden des März. Der Jahresbeginn mit der zunehmenden Erwärmung der Erde war mit der ackerbäuerlichen Saatzeit in Übereinstimmung, deshalb feierten die Menschen bei Frühlingsvollmond zu Ehren der verehrten Göttinnen und Götter ausschweifend das Erwachen der Natur, es ging um Ekstase und um Fruchtbarkeit.

Das christliche Osterfest ist ein Kirchenfest, bei dem die ursprüngliche Verbindung von Mond und Sonne noch gut zu erkennen ist. Der Ostertermin richtet sich nach wie vor nach dem Vollmond zur Frühlingstagundnachtgleiche, allerdings wird hier der Vollmond regelrecht gemieden. Warum? Weil das höchste Fest im katholischen Kirchenjahr zwar mit dem Vollmond, aber erst nach der Tagundnachtgleiche stattfinden soll, und dabei sind Zeitverschiebungen bis zu einem Monat möglich. Das ist bedauerlich, weil das Wetter zum Frühlingsvollmond plötzlich sehr warm werden kann, und dem folgt ein ebenso plötzlicher Kälteeinbruch. Und genau dann soll das Osterfest sein? Interessant. Vielleicht steckt hinter diesem Ostertermin die Absicht, dass es um Gottes Willen zu keinen ekstatischen Ausschweifungen unter dem Vollmond bei linden Lüften kommt, zu lustvollem Tanz und sexuellen Rasereien in Feld und Flur? Wie es einst üblich war. Jegliche Erotik und Sexualität, insbesondere die weibliche, war den frühen Kirchenvätern suspekt, und der plötzliche Kälteeinbruch nach dem Frühlingsvollmond schob diesem «heidnischen und sündigen Treiben» einen Riegel vor.

Nun bleibt die Frage, wer in einem Lunisolarkalender wichtiger ist, Mond oder Sonne? Wer steht an erster Stelle? Darüber gibt es diverse kulturhistorische Debatten. Hier eine Anekdote, die im Jahr 2008 in der *Neuen Zürcher Zeitung* stand:

> *Zu den liebenswürdig-amüsanten Erzählungen um Nasreddin Hodscha, den türkischen Eulenspiegel, gehört der Bericht von einer Schulstunde: Der Lehrer fragt, welcher Himmelskörper wohl wichtiger sei, die Sonne oder der Mond; der kleine Nasreddin antwortet sofort, wichtiger sei zweifellos der Mond, denn er scheine in der dunklen Nacht, während die Sonne nur den hellen Tag erleuchte […] Um Sonne oder Mond wurde oft genug in der Kulturgeschichte gestritten. Die beiden Gestirne repräsentierten konkurrierende Geschlechter- und Verwandtschaftsordnungen, aber auch differente Bezugspunkte für Zeitrechnungen und Kalendersysteme. Bis heute gilt in der islamischen Welt ein reiner Mondkalender, der kein Datum mit der gregorianischen Chronografie teilt; und als Moses sein Volk durch die Wüste führte, hatte er nicht nur die ägyptischen Fleischtöpfe, sondern auch den Sonnenkalender zurückgelassen: Er befahl die künftige Orientierung am Mond.*

Der Mond ist zwar aus unserem Leben verbannt, dennoch wird er geliebt, kein böses Wort fällt je auf ihn. Früher knieten die Menschen vor ihm nieder, sie verbeugten sich vor ihm, machten einen Knicks, zogen den Hut. Der liebe Mond, der Mann im Mond, die Göttin im Mond. In Versen und Liedern wurde und wird der Mond gepriesen: «Guter Mond, du gehst so stille», «Der Mond ist aufgegangen», «Willkommen, o silberner Mond, schöner, stiller Gefährt der Nacht!». Der Mond wird immer noch bewundert, aber er wird auch erforscht, das Mondgestein wird analysiert und teuer verkauft. Im Jahr 1969 landeten amerikanische Astronauten auf dem Mond, und diese Bilder gingen um die Welt. So scheint der Mond immer noch wichtig zu sein? Ja, aber nur als Forschungsobjekt, nicht in unserem Leben, in unserem Alltag. Die heutige Arbeitswelt richtet sich nach der Sonnenzeit, und zwar auf die Atomuhrsekunde genau. Diese Zeit ist linear, ist zerstückelbar, ist Geld. Weil die mondlose

Zeit in immer kleinere Einheiten zerlegt werden kann, wird sie immer schneller, damit wächst das Kapital. Diese Zeit besteht aus 31 557 600 Sekunden in 52 Arbeitswochen pro Jahr, das ist die Zeit, nach der wir leben sollen und es irgendwann auch wollen. Die Mondzeit hingegen ist resistent gegen jegliche Zerstückelung, sie hat einen Zyklus, der nicht in Abschnitte zerlegt werden kann. Von einem Neumond zum nächsten ist es ein einziger Zeitraum, der nicht zerlegt werden kann. Das Wort Monat stammt zwar noch von Mond, aber den Mond hat er längst verloren, deshalb rast die neue Zeit dahin wie nichts. Die Zeit läuft uns davon, weil wir sie nicht mehr sehen. Dabei wäre es so einfach, sie am Himmel zu zählen und sich irgendwelche Zeichen zu machen. Die vier Mondphasen sind leicht zu erkennen, auch die vier markanten Sonnenbögen im Jahr, eine hügelige Landschaft oder ein Turm reichen aus. Zwar könnte unendlich gezählt und mit Zeichen fixiert werden, doch welchen Sinn hätte das alles, außer Beobachten und Zählen und einer Anhäufung von Zeichen? Es hätte keinen Sinn. Ganz im Gegenteil bin ich davon überzeugt, dass der Sinn nicht in den Zahlenreihen liegt, sondern in der Wahrnehmung von zeitlichen Zwischenräumen, in denen Mond und Sonne in bestimmten Zyklen am Himmel erscheinen. In diesen Zwischenräumen kann das entstehen, was wir Kultur nennen.

Tanz im Labyrinth bei der Einweihung im Werftpark Kiel
© Boris Schmakowski

In unbegrenzten Zeiträumen sind wir verloren

Wenn Gestirne beobachtet werden und ihr Lauf aufgezeichnet wird, werden nicht nur ihre harmonischen Zyklen sichtbar, sondern in den Zeiträumen zwischen den Himmelsereignissen entstehen Zwischenräume der Zeit. Eigentlich eine Leere, aber in dieser kann sich etwas entwickeln, das über das Zählen und das Aufzeichnen hinausgeht: Kultur. Kultur entsteht in der Vorbereitung auf das kommende Himmelsereignis, ob es nun der Vollmond zur Tagundnachtgleiche ist oder der Neumond zur Wintersonnenwende, das spielt nur thematisch eine Rolle. Ich bin davon überzeugt, dass diese Ereignisse festlich gestaltet wurden, weil es um das Erscheinen einer Göttin oder eines Gottes ging. Ob es sich bei der Vorbereitung um das Bemalen von Ostereiern handelt oder um das Einstudieren des Weihnachtsoratoriums.

Was Kultur ausmacht, bestimmen wir in den jeweiligen Lebensumfeldern selber, die so vielfältig sind wie die Lebensräume der Erde und die Kulturepochen im Laufe der Jahrtausende. Aber was wir unbedingt im Leben benötigen, ist Struktur und die begrenzte Zeit von zeitlichen Zwischenräumen. In unbegrenzten Zeiträumen sind wir hoffnungslos verloren, wir schwimmen im Nichts. Erst in begrenzten Zeiträumen können wir im Hinblick auf ein Himmelsereignis etwas gestalten, und wann es so weit ist, das ist am Himmel zu erkennen, und wenn wir wollen, können wir es miteinander teilen und miteinander erleben und in irgendeiner Art und Weise begehen. Dann spielt die Zeit eine andere Rolle als Geld – dann ist sie ein Geschenk des Himmels.

Ich plädiere nicht für einen Mondkalender, in einem Mondkalender fehlt die Sonne. Ich möchte den Mond und seine Zeit ausgraben, um ihn mit der Sonne und mit ihrer Zeit zu verbinden, so wie es in den früheren Kulturen gehandhabt wurde. Es könnte uns zum Nutzen gereichen. Die Zeit erhielte wieder ihren eigenen Rhythmus und das Leben einen neuen Atem. Die großen Gestirne unseres nahen kleinen Himmels gehören in Wirklichkeit zusammen, und sie haben miteinander zu tun. Die Sonne und der Mond sind gleich groß, jedenfalls sieht es aus irdischer Sicht so aus, und sie scheinen miteinander um uns auf der Erde herumzutanzen. Natürlich wissen wir heute, dass sich die Erde um die Sonne dreht, aber sehen wir das denn? Wir wissen auch, dass es ohne die Sonne kein Leben auf der Erde gibt. Aber gäbe es denn ein Leben ohne den Mond? Die Gravitation des Mondes stabilisiert die Rotation der Erdachse, erst dadurch konnte sich das Leben auf der Erde entwickeln. Ohne die Kraft des Mondes taumelte die Erde auf ihrer Sonnenbahn zwischen extremer Hitze und Kälte wie ein Brummkreisel vor dem Umfallen. Der Mond ist unser wahres Glück. Wir leben unter einer Sonne und unter einem Mond, die uns das Leben auf der Erde ermöglichen, und mit ihren Zyklen wiederum prägen wir unser kulturelles Leben auf der Erde. Deshalb meine ich, wenn wir schon unter ihnen leben, wäre es sinnvoll, mit ihnen zu leben, und es wäre so schön. Mir geht es dabei um die Unterordnung unter die himmlische Ordnung, und dabei geht es um vier Aspekte. Der erste Aspekt hat mit der menschengerechten Zeit zu tun, der zweite Aspekt mit den biologischen Rhythmen auf der Erde, der dritte Aspekt mit der Übereinstimmung von Menstruation, Schwangerschaft und Mondzyklus, und im vierten Aspekt geht es um die Göttinnen der verloren gegangenen Mondkulturen.

Alles Weitere ist in meinem Buch *Zeiträume – Zeit. Kultur. Kalender. Labyrinthe.*
zu lesen. Epubli, 2021

In Block 13 des Kakuma-Camps in Kenia willst du keine Lesbe sein

Daniela Weber

Vor dem Lesbenfrühlingstreffen in Bremen zu Pfingsten dieses Jahres hatte ich noch nie vom Kakuma-Camp in Kenia gehört. Und ich war auch nicht darauf vorbereitet zu erfahren, wie es meinen lesbischen Schwestern dort geht. Aber seitdem möchte ich meinen Teil dazu beitragen, dass sie so schnell wie möglich von dort wegkommen.

Das Kakuma-Camp liegt im Nordwesten Kenias. Es wurde in den frühen 1990er-Jahren für die «Lost Boys» gegründet. Dabei handelte es sich um Kinder und Jugendliche aus dem Südsudan, die vor dem dortigen Bürgerkrieg geflohen waren. Sie legten Tausende von Kilometern zu Fuß zurück, um im Kakuma-Camp endlich in Sicherheit zu sein. Ihr Schicksal wurde in dem Film *Lost Boys of Sudan* dokumentiert.

Heute haben 200 000 Flüchtlinge aus verschiedenen afrikanischen Ländern in Kakuma Schutz gefunden. Dies gilt jedoch nicht für die Flüchtlinge in Block 13.

In Block 13 sind die Homosexuellen untergebracht. Das sind Lesben mit Kindern aus Zwangsehen, das sind Schwule und Transgender, die aus Uganda oder Burundi geflohen sind, weil Homosexualität dort nicht nur strafbar ist, sondern auch von ihrem unmittelbaren sozialen Umfeld verurteilt wird. Das Leben der Homosexuellen dort bedeutet, immer den Tod im Nacken zu haben. Viele sind deshalb geflohen, um anderswo ein friedliches Leben zu leben. Im Kakuma-Camp angekommen, hofften sie, endlich in Sicherheit zu sein.

Diese Hoffnung hat sich nicht erfüllt.

Im Gegenteil, in einigen Fällen erleben sie mehr Grausamkeit und Gewalt als in ihren Herkunftsländern, denn auch im Kakuma-Camp müssen sie täglich mit homophoben Angriffen rechnen. Denn jeder im Lager weiß, wer in Block 13 lebt: Das sind diejenigen, die als nicht lebenswert gelten und deshalb angegriffen werden dürfen. Die Täter sind meist andere Flüchtlinge, die aufgrund ihrer Religion und ihres Glaubens Homosexualität als Sünde begreifen und deshalb diese Angriffe und die Gewalt für gerechtfertigt halten.

Die dortigen Lesben sind besonders betroffen. Sexuelle, psychische und extreme körperliche Gewalt sind für sie an der Tagesordnung. Die Angst um ihr Leben und das Leben ihrer Kinder beherrscht ihre Tage und Nächte. An Schlaf ist nicht zu denken, sie können nur ein Nickerchen machen, während andere Wache halten, um jederzeit gegen die heimtückischen Übergriffe gewappnet zu sein, denn von der Polizei ist keine Hilfe zu erwarten. Sie geht den Anzeigen der Menschen in Block 13 nicht nach, so dass die meisten Lesben mittlerweile davon absehen, das, was ihnen angetan wird, anzuzeigen. Die Gefahr, dass eine Anzeige noch mehr Gewalt nach sich zieht, ist einfach zu groß.

Ihre Hütten werden immer wieder mit Benzin übergossen und angezündet. Nicht alle überleben.

Zudem ist die medizinische Versorgung aufgrund der Homophobie auch nur unzureichend. Nach einer Vergewaltigung beispielsweise werden die daraus resultierenden Verletzungen selten untersucht und lediglich mit Schmerzmitteln behandelt, so dass die Frauen oft monatelang unter Schmerzen leiden.

In Block 13 zu leben bedeutet, den Block 13 nicht verlassen zu können, da die Gewalt überall lauert und auch die Kinder nicht verschont, so dass sie nicht zur Schule gehen können.

Die gesamte Situation ist unmenschlich und wird sich durch das gravierende Maß an Homophobie auch zukünftig nicht ändern.

Amnesty Kenia versucht zu intervenieren, hat aber bisher nichts erreichen können. Und leider schätzen die Mitarbeitenden des UN-Menschenrechtsrats die Situation nicht angemessen ein. Sie erkennen die Homophobie nicht, der die Menschen in Block 13 ausgesetzt sind. Oder haben sie Angst, den guten Ruf des Lagers oder ihrer ansonsten guten Arbeit zu gefährden?

Beim Lesbenfrühlingstreffen sah ich Juliet und Anniemarie zum ersten Mal online via Zoom. Sie berichteten uns Zuschauerinnen von den furchtbaren Zuständen, in denen sie in Block 13 leben müssen. Ihre Augen erzählten, was sie erlebt und durchgemacht haben. Die Blicke lassen mich nicht mehr los.

Seitdem stehen wir in Kontakt, und ich bin dankbar dafür, diese beiden tapferen und mutigen Frauen kennengelernt zu haben. Und ich wünsche mir nichts mehr, als dass sie endlich in ein für sie sicheres Land reisen dürfen.

Aber obwohl sich so viele PolitikerInnen mit Regenbogenfahnen schmücken und von Solidarität sprechen, scheinen ihnen die Lesben und Schwulen im Kakuma-Camp, die jeden Tag die schlimmste Gewalt erleben, nicht wichtig genug zu sein, um sich für sie einzusetzen. Vielleicht ist Afrika zu weit weg?

Das muss sich jetzt ändern. Evakuieren Sie Block 13 im Kakuma-Lager jetzt! Sicherer Schutz für Lesben, Schwule und Transgender, sicheres Asyl jetzt!

Lesben mit ihren Kindern © Juliet Wabule

Lebensbedingungen © Juliet Wabule

Anniemarie © Wavamundo Benon

Juliet © Juliet Wabule

Erstveröffentlichung: «You don't want to be a lesbian in Block 13 of Kakuma Camp in Kenya», veröffentlicht auf *Lesbian and Gay News* am 5. Juli 2021, www.lesbianandgaynews.com.

Macht – Sinnlichkeit – Würde: Feministische Positionen um Körper

Panelgespräch am 23. Mai 2021

Vom zentralen Panelgespräch direkt aus dem Studio gibt es leider wegen technischer Pannen keine Aufzeichnung. Gerne hätten wir das so interessante Gespräch der Beteiligten im Original transkribiert und abgedruckt. So viele Ebenen wurden benannt, wurden ganz wörtlich sprechbar, die sich kaum in schriftlich ausgetauschten Texten fassen lassen. Um einen Teil dieses Panels, zu dem die Orga-Gruppe sehr viel positive Rückmeldung bekam, wiederzugeben und auch mögliche Folgeveranstaltungen anzuregen, bilden wir hier die Eingangsstatements der Moderatorin und Referentinnen ab.

Die Reihenfolge entspricht dem Ablauf der ersten Runde des Gesprächs. Das Panel wurde live gesendet, Susan Hawthorne war per Videoschalte aus Australien dabei.

Die Moderatorin Simone Danz in der Nachschau

Als Moderatorin war es meine Aufgabe, die Panelteilnehmerinnen miteinander ins Gespräch zu bringen. Unterschiedliche Sichtweisen und Standpunkte zur aktuellen Diskussion um «den Körper» fanden Platz. Es ging um den Körper als gelebter Leib und um Begehren, Gebären, Sexualität. Ein anderer Fokus war der Körper im Sport und in der darstellenden Kunst sowie in Politik, Pädagogik, Heilkunde oder in der Pharmaindustrie. Auch das Thema Körper als Objekt von Normierungen in Bezug auf Geschlecht, Schönheit und Attraktivität kam zur Sprache. Viele Gemeinsamkeiten in den Sichtweisen und Erfahrungen der einzelnen Referentinnen wurden sichtbar – aber natürlich wurden auch Unterschiede deutlich.

Zum Ende der Diskussionszeit war es mir ein Anliegen, meine Sicht als Contergan-Betroffene einzubringen. Das Gefühl, im falschen Körper zu leben und an gängigen Schönheitsnormen und stereotypen Rollenzuweisungen zu scheitern, begleitet mich nun schon ein ganzes Leben. Ich kenne den Schmerz, den ein Leben in einem vermeintlich unpassenden Körper mit sich bringt, und ich kenne die Sehnsucht nach einem passenderen Körper. Ich habe viel Mitgefühl und Solidarität für alle, denen es auch so geht. Aber die Illusion, es gäbe einen Ausweg, der darin läge, den eigenen Körper zu optimieren oder über die Anpassung juristischer Kategorien den Schmerz und die Sehnsucht nicht mehr spüren zu müssen, halte ich für ein Symptom unserer optimierungswütigen Zeit, in der alles als machbar gilt.

Die Anerkennung von Grenzen und Verletzlichkeit, die Fähigkeit, sich irritieren zu lassen, sehe ich als die wichtigste Herausforderung für eine gute Zukunft für uns alle.

Text aus dem Programmheft

Im Gespräch miteinander bringen die Referentinnen unterschiedliche Sichtweisen und Standpunkte zur aktuellen Diskussion um «den Körper» ins Gespräch: Welche Rolle spielt «der Körper» als gelebtes Subjekt oder Objekt in Politik, Pädagogik, Arbeitsmarkt, Heilkunde oder Pharmaindustrie, zum Beispiel bei Geschlecht, Begehren, Gebären, Sexualität und Behinderung? Das Benennen von Unterschieden und Gemeinsamkeiten könnte kostbar und lohnenswert sein, einander gut zuzuhören.

Einstiegsfragen der Moderatorin

- Wer bist du?
- Was ist deine Sicht auf das Körperpanelthema «Macht – Sinnlichkeit – Würde»? Beziehungsweise: Wo siehst du das Besondere deiner Position?

Susan Hawthorne

Seit fast 50 Jahren bin ich Lesbe. Ich habe Epilepsie. Beide Faktoren haben mich politisiert, wenn auch auf verschiedene Art. Ich studierte Philosophie, habe promoviert in Politikwissenschaft und Frauenstudien und bin Dichterin und Romanschriftstellerin. Bis vor einigen Jahren war ich Trapezakrobatin in einem Frauenzirkus. Ich bin auch Verlegerin und lebe in Australien.

Für Lesben steht der Frauenkörper im Zentrum unserer Erfahrungen und unserer Politik. Lesbisch werden veränderte, wie ich meinen Körper wahrnahm. Es war die beste Entscheidung meines Lebens. Sexualität und Sinnlichkeit wurden so viel stärker, und ich hatte Freude an meinem eigenen Körper. Hie und da macht mir mein Körper Probleme, wenn ich einen epileptischen Anfall habe. Dadurch habe ich viel über Körperschwächen gelernt. Als ich Trapezakrobatin wurde Anfang meiner 40er-Jahre, nahm meine körperliche Stärke sehr zu. Als lesbische Radikalfeministin inspirieren mich Frauenkörper.

Renate Klein

Ich bin Biologin und Soziologin, ursprünglich aus der Schweiz. Seit den 1980er-Jahren in Australien, wo ich Professorin für Frauenstudien war. Seit 40 Jahren forsche ich über Gen- und Reproduktionstechnologien inklusive Mietmutterschaft und habe äußerst kritische Bücher über diese gefährlichen Technologien geschrieben.

Ob für Lesben oder heterosexuelle Frauen – das sind herzlose kalte Laborprozesse total ohne Sinnlichkeit. Frauenkörper werden instrumentalisiert als austauschbare Fragmente (Eizellen, Gebärmütter), wie es die postmoderne Weltanschauung haben will. Um diese Zerstückelung zu überleben, muss eine Frau dissoziieren, d.h. sozusagen aus ihrem Körper heraussteigen, wie wenn er mit ihr gar nichts zu tun hätte. Das ist der gleiche Abwehrmechanismus, den Frauen benutzen, um Vergewaltigungen zu überleben.

Meiner Ansicht nach sind Reproduktionstechnologien Menschenrechtsverletzungen, und ich appelliere an alle Frauen, sich ihnen zu verweigern, damit diese ausbeuterischen Industrien ihre Macht verlieren.

Isabel

Ich bin Studentin und begleite in der Ausstiegshilfe Frauen, die die Prostitution verlassen wollen. Diese Arbeit hat meine Sicht auf Körperpolitik und den Frauenkörper in der Gesellschaft immens geprägt und mir auch über meinen eigenen Körper und mein Körperempfinden viel beigebracht. Wir leben in einer Gesellschaft, die Frauen zuerst als Körper und dann erst, wenn überhaupt, als Menschen sieht. Die sexuelle Ausbeutung in der Prostitution, in der der Frauenkörper direkt als Ware gehandelt wird, ist dafür nur das deutlichste Beispiel. Das trennt uns von unseren Körpern und bringt uns Scham und Distanz bei.

Viele Frauen, darunter auch ich, tragen Rollen und Masken und verlieren darüber die Verbindung zu sich selbst. Von klein auf und durch das Leben werden wir als Frauen darauf sozialisiert, dass unsere Körper öffentliches Eigentum sind und Männern gefallen sollen, ohne dass gefragt wird, was wir selbst wollen. Ich selbst musste mir über Jahre durch Arbeit und Therapie komplett neu beibringen, dass mein Körper mir gehört und etwas Gutes ist, und dass es viel wichtiger ist, was mein Körper alles kann und fühlt, statt dass er jemand anderem gefällt. Oft ist das noch immer ein Kampf. Ich weiß, dass ich damit nicht allein bin. Deswegen muss der Frauenkörper für mich ein Schlüsselstein des Feminismus sein.

Astrid Osterland

Ich bin Sozialwissenschaftlerin, lesbische «Uraltfeministin» (1945), Katzenliebhaberin, verheiratet mit der Liebe meines Lebens und immer noch überzeugt davon, dass es viel zu tun gibt in Sachen Lesben.

Ich hatte das Glück, in der 70er-Jahren des vorigen Jahrtausends, beflügelt vom Geist der neuen Frauenbewegung, ganz andere Ufer des Lebens zu betreten. Die «Inspektion der Herrenkultur» (Pusch) hat mir die Augen geöffnet für die patriarchalen Lebenswelten, und die Frauen haben mein Herz geöffnet für die Liebe zu ihnen.

Ich verstehe mich als lesbische Feministin. Beides gehört für mich zusammen, denn als Frau habe ich die Restriktionen meines Geschlechts schmerzlich erlebt und als Lesbe einen guten Ausweg daraus gefunden.

Es gibt für Frauen kein existenzielleres Recht als das auf die Unversehrtheit ihrer Körper und die Selbstbestimmung darüber. Der weibliche Körper steht im Zentrum patriarchaler Verfügungsgewalten von Anfang an.

Was mich zurzeit umtreibt, sind Bestrebungen, das Geschlecht für irrelevant zu erklären. Das ist die Aufforderung zur Leugnung des «materiellen Bodens», auf dem die Diskriminierung und Ausbeutung des weiblichen Körpers gründet und vollzogen wird. Die Frau als «entkörpertes Geschlecht» zu betrachten, käme einer Erkenntnisreduktion gleich. Das möchte ich nicht.

Monika Barz

Ich bin Sozialwissenschaftlerin und habe als Professorin für Frauen- und Geschlechterfragen 20 Jahre an einer kirchlichen Hochschule gelehrt und geforscht. Ich lebe im Großraum Stuttgart. Mein feministisches Engagement durchzieht mein Leben seit den 1970er-Jahren kontinuierlich bis heute. Für mich ist es eine schlichte Tatsache, dass Menschen ein biologisches Geschlecht haben. Sie behalten es ihr Leben lang. Es ist unveränderbar. Frei bleibt uns Menschen, wie wir mit der jeweiligen Geschlechtlichkeit umgehen. Die patriarchale Gesellschaft macht es uns schwer, diese Freiheit selbstbestimmt zu leben. Einengende Geschlechterrollen durchziehen unser Leben. Als Feministin bekämpfe ich nicht die Biologie. Ich wehre mich gegen künstlich erzeugte Geschlechtsrollen. Diese werde ich nie akzeptieren.

Ich fühle mich wohl in meinem weiblichen Körper und ich finde Frauenkörper schön. Gleichzeitig fühle ich mich im Patriarchat verletzlich, gerade weil ich einen weiblichen Körper habe. Männer hatten Jahrhunderte lang das Recht, sich des weiblichen Körpers zu bemächtigen. Und viele tun das heute noch. In der Werbung, in der Pornografie, in der Vergewaltigung, in der Prostitution, in ‹harmlosen› Männerwitzen. Ich fühle mich mit allen Frauen verbunden, weil wir aufgrund unserer Biologie im Patriarchat gefährdet sind.

Die Tatsache, dass ich schwanger werden kann, hat mich als junge heterosexuell lebende Frau eingeschränkt. Dieses Potenzial meines Körpers wurde für mich eine ‹Gefahr›. Schwangerschaft hätte für mich bedeutet, noch mehr beschnitten zu werden in der Auswahl der Räume, die mir als Frau zustehen. So kehrt sich im Patriarchat das weibliche Potenzial – die Gebärfähigkeit von Frauen – in ihr Gegenteil um.

Inge Kleine

Ich lebe in München und bin dort in Fraueninitiativen, u.a. dem Kofra, dem Kommunikationszentrum für Frauen, aktiv. Meine politischen Schwerpunkte liegen vor allem im Bereich Gewalt gegen Frauen, dabei sexuelle Gewalt und Prostitution. Über diese Themen ist mir «Körper» und vor allem der weibliche Körper als Ort patriarchaler Kämpfe gegen uns wieder sehr viel bewusster geworden, dazu kam, dass ich mich diesen Themen auch wieder bewusst als Lesbe nähern wollte.

Der lesbische Bezug eröffnet ganz besonders den liebevollen Blick auf unseren Körper, nicht nur als etwas, das permanent geschützt werden muss, sondern als erlebter und liebender Teil von uns, und das, woran wir immer wieder arbeiten müssen: unseren Körper lieben zu können und seine Würde zu erleben.

Ich freue mich sehr auf diese Diskussion mit den Fragen, wie über unsere Körper patriarchale Macht gezeigt wird und wo von diesem Körper Kraft, vielleicht Macht ausgeht. Für mich ist die politische Wahrnehmung des Körpers dabei besonders wichtig.

LFT2021 Bremen in der Übersicht

Orga

© Miller

Die Orga-LFT2021-Frauen (v.l.n.r.): Kerstin Franke, Ingrid Keilbach, Susanne Bischoff, Barbara Guth, Mahide Lein, (vorne): Sabine Schiemann. Nicht auf dem Bild: Liane Timmermann, Patrizia Wolf

Konzept

Motto

Mit dem Motto «Lesbenfrühling – rising to the roots» begegnen wir, die Orga-Gruppe, der aktuellen gesamtgesellschaftlichen Situation von Frauen und Lesben und wollen deutlich machen, welche gesellschaftlichen, wirtschaftlichen, ökonomischen, sozialen und kulturellen Prozesse wir uns für Frauen und Lesben wünschen.

Wir blicken zurück, um Kraft zu schöpfen für die gegenwärtigen Auseinandersetzungen in Deutschland, in den umliegenden Staaten und weltweit, in Verbindung mit transnationalen Lebensverhältnissen von Frauen und Lesben, nicht zuletzt des Globalen Südens.

Die Wurzeln unserer eigen-sinnigen Ahninnen und Vorfahrinnen der fernen und nahen Generationen in Verbindung und Auseinandersetzung mit allen Unterschiedlichkeiten haben uns stark gemacht, uns aufgerichtet und uns stolz, kämpferisch, aber auch verletzbar gemacht.

Aus diesen Wurzeln und der langen und wieder sichtbar gemachten Geschichte von Lesben und Frauen schöpfen wir Kraft. Aus diesen Wurzeln heraus bewegen wir uns vorwärts, nehmen altes Wissen mit auf unserem Weg aus einer frauen- und körperfeindlichen Gesellschaft, die oft ihre eigenen – auch die politischen – Mütter ablehnt.

Wir wünschen uns ein freies, ein anderes Leben als das, was die Gesellschaft uns bietet, und wirken daran: mit Kraft, Fantasie und Kreativität. Die Macht der Erotik im Sinne Audre Lordes spiegelt sich in der Labrys, in der Doppelaxt als ein stärkendes Symbol lesbischer Verbundenheit, Zuneigung und Präsenz.

Das LFT2021 bietet Raum und Rahmen, um einander zu begegnen: in Neugier, im Fremd- und Vertrautsein, im Jetzt in Verbindung der Generationen und im Blick auf die Zukunft. Wir nehmen nicht den einfachen Weg – wir gestalten unsere eigenen Wege – rising to the roots, rising with pride to the roots of herstory, of ourstory.

Wurzeln – Roots

Das bundesweite Lesbentreffen hat eine lange Tradition. Seit 1974 – immer zu Pfingsten zunächst in Westberlin – ist es nahezu jährlich ein drei- bis viertägiger Zeit-Raum, an dem Lesben sich treffen, Netzwerke pflegen und gemeinsam feiern. Das Lesbenpfingsttreffen, 1992 in «Lesbenfrühlingstreffen» umbenannt, war und ist ein feministisches Treffen frauenliebender homosexueller Frauen. Seit 1990 können endlich alle Lesben aus Deutschland teilnehmen und mitorganisieren.

Mit allen Themen und aktuellen Debatten ist der Blick, die Bewegung klar ausgerichtet auf eine Vielfalt von Frauen, ihre Liebe, ihr Leben, ihr Schaffen und ihre Geschichte im Verborgenen, Gestohlenen, Ermordeten bis zum revolutionär befreienden Aufbruch – für jede Einzelne und in den vielfältigen Formen von Gemeinschaft. Neue Themen sind hinzugekommen, und eine junge Generation, die sich mitunter erst einmal nicht mit manchen Kämpfen und Errungenschaften der Generationen davor verbinden kann – aus vielen Gründen.

Wir möchten unter anderem deshalb Raum geben für den Dialog zwischen Jungen und Alten, zwischen Kulturen und Lebenswelten.

Politik

Im Grundkonsens «Frau» liegt die Vielfalt der Lebensmöglichkeiten, aber auch die Verwundbarkeit im Alltäglichen für rund die Hälfte aller Menschen als Mädchen und Frauen.

Lesben als Teil der Frauenbewegung wenden sich aus ihren eigenen Erfahrungen heraus gegen jede Form von Ausgrenzung und Abwertung und stehen für Reichhaltigkeit. Wir unterstützen eine Politik, die Lesben und Frauen vor Abwertung, personeller wie struktureller Gewalt, sozialer und wirtschaftlicher Ausbeutung und Benachteiligung schützt.

Frauenliebende Frauen nahmen in den 1970er-Jahren die verstohlenen, abfälligen und ausgrenzenden Begriffe «Lesbierin» und «Lesben» mutig für sich an. Mit zunehmendem Wissen um die Vielfalt, aber auch Ausgrenzung als frauenliebende Frauen haben sie die ihnen zugewiesene Position in den patriarchalen Machtstrukturen lautstark und manchmal schmerzhaft neu formuliert.

Orte und Gemeinschaften sprossen an vielen Orten mit internationalem Bezug jenseits der vorgedachten Normen. Verborgene Geschichten und Biografien von Frauen wurden sichtbar gemacht, Fähigkeiten von Frauen, die im Patriarchat – und speziell durch die bis heute nicht anerkannte Auslöschung durch den NS-Faschismus – verbannt oder abgewertet waren, neu gelebt.

Lesben haben sich gegenseitig bestärkt, Vielfalt zu leben – von der klassischen Butch bis zur Femme, von der Urlesbe bis zur Bewegungslesbe, von der Handwerkerin bis zur Heilerin, von der Stadtlesbe bis zur Landlesbe, von der Schriftstellerin und Musikerin bis zur Bestatterin, von der Postbotin bis zur Gärtnerin, von der Mechatronikerin und Ärztin bis zur Politikerin und IT-Spezialistin, von der Sportlerin bis zur Schauspielerin und viele mehr – mit und ohne Kinder als Mütter und Co-Mütter, auf Musikfestivals und in Widerstandscamps gegen Pershingraketen, auf Lesbenwochen und feministischen Kongressen ...

Nicht zuletzt zunehmend unsichere Situationen, auch wesentlich mehr Druck auf jede Einzelne sowie eine Pseudoemanzipation ließen manche Frauen- und Lesbenorte als nicht erhaltenswert erscheinen. Viele gingen verloren. Ob «queer» in seiner jetzigen Entwicklung tatsächlich ein befreiender Weg ist oder nicht vielmehr zu einer erneuten Verengung von weiblichen Rollenbildern beiträgt und von globalen Kämpfen ablenkt, stellen wir zur Diskussion.

Körper-Politik

«Mein Körper gehört mir» – das war und ist ein Kernsatz der Frauenbewegung. Mädchen- und Frauenkörper werden häufig vom ersten Atemzug an abgewertet. In einigen Ländern ist es auch heute noch lebensbedrohlich, als Mädchen geboren zu werden. Aber auch in der europäischen Gesellschaft und weltweit ist der Blick auf Frauen häufig ein abwertender, werden Frauen als minderwertig oder als

© Barbara Guth

Objekt, als Beute angesehen. Lesben, die Männern potenziell auch nicht sexuell zur Verfügung stehen, werden nach wie vor häufiger angegriffen und ausgegrenzt als andere Frauen. Daran konnte der gesellschaftliche Wandel nur teilweise etwas ändern, da sexuelle und sexualisierte Gewalt zum Grundprinzip patriarchaler Herrschaft gehören, die immer wieder verfeinerte Methoden zur Spaltung von Frauen und Kindern ERfindet.

Die «Machbarkeitsgesellschaft» bringt eine neue Dimension in die Wahrnehmung von Lesben. In dieser Gesellschaft bestimmt der Kopf den Körper. Sinnlichkeit und Körperlichkeit treten in den Hintergrund. Die Kapitalisierung und Optimierung von Körpern und deren Anpassung an die binäre Ordnung treten immer mehr in den Vordergrund. Aus diesen Gründen ist ein Schwerpunkt des Bremer LFTs die Körperlichkeit und die Liebe und Empathie von Lesben für ihren eigenen Körper in ganz unterschiedlichen Bereichen. Unsere Körper gehören uns nicht nur, sie sind in all ihren Eigenheiten schön.

Das LFT2021 möchte Lesben Raum bieten, sich ein Stück weit von Angriffen und Abwertungen zu erholen und die Vielfalt und das Zusammenspiel von Körper, Geist und Seele wieder wahrzunehmen.

Programm

Freitag, 21. Mai

ab 19.00 Uhr	Opening Virtuelles LFT2021 Bremen
19.45 Uhr	Film: Katzenball (CH)
21.15 Uhr	Q&A mit der Regisseurin Veronika Minder
19.45 Uhr	Film: Rafiki (KEN)
19.45 Uhr	Virtuelle LFT2021-Bar

Samstag, 22. Mai, ab 10 Uhr

Ouverture: Live aus dem Studio

Teil I

Susanne Wosnitzka	
Live aus dem Studio	Vortrag und Q&A: Ethel Smyth
Rafaela Schmakowski	Vortrag: Zeiträume – Zeit. Kultur. Kalender. Labyrinthe.
Renate Klein	Vortrag (Video) und Q&A: Reproduktionstechnologien
Felicitas Drubba,	
DV Lesben & Alter	Vortrag: Lesben und Pflege
Dagmar Schultz	Film: Audre Lorde – The Berlin Years

Teil II

Astrid Osterland	
Live aus dem Studio	Vortrag und Q&A: Alles queer hier … oder was?
Panel I	Diskussion: Feministische Biografieforschung unter lesbischen Aspekten
Lesben gegen Rechts	Vortrag und Gespräch: Bundestagswahl
Ingeborg Kraus	Vortrag: Der Feind im Innern – Täterintrojekte
Katharina Pewny	Praxisworkshop: Yoga – Root to Rise – Yoga selbstbestimmt und bewegt
Flying Lesbians	Film: Revival in Berlin 2007

Teil III

Naomi Beukes-Meyer	Film: Another Day in Paradise und Livezuschaltung
Roswitha Wetschka	Praxisworkshop: Jerusalema – let's dance
Ariane Rüdiger	Film: Vortrag über Christa Reinig
Gunda Schumann	Vortrag und Diskussion: Genderidentität statt Geschlecht?

Teil IV

Traude Bührmann	
Live aus dem Studio	Vortrag und Q&A: In die Welt hinaus
Anne Le Naour	Praxisworkshop: Taiji/Qigong
Brigitte Baltscheit	Brustkrebs
Ahima Beerlage	Lesung: Lesbisch – eine Liebe mit Geschichte
Doris Hermanns	Vortrag: Frieda Belinfante – lesbische Cellistin, Dirigentin und Widerstandskämpferin
Christiane Härdel et al.	Vortrag: Zeitzeuginnen-Gespräch mit lesbischen Aktivistinnen der 70er- und 80er-Jahre in Deutschland
Gabriele Freytag	Vortrag: Gefühle und Verhältnisse in Coronäischen Zeiten
Uli Bez	Film: Von heute an – Anke Schäfer
Madeleine Marti	Film: Ilse Kokula

ab 19.00 Uhr	Abendprogramm
19.05 Uhr	Sigrid Grajek (D) – Auszug aus Claire Waldoff: Ich will aber gerade vom Leben singen ...
19.50 Uhr	Rosemary Schonfeld (UK) – Devon especially for LFT2021
20.20 Uhr	Zuckerklub (D) – Indie Pop & Rock aus dem Studio
21.05 Uhr	Oxana Chi (D-USA) – Performance
21.50 Uhr	Rag Doll (D) – to the Roaring Twenties
22.50 Uhr	Onlinedisco von Djane Eléni

Sonntag, 23. Mai
Teil V

Rafaela Schmakowski	Vortrag: Zeiträume – Zeit. Kultur. Kalender. Labyrinthe.
Yvonne Ford	Vortrag und Gespräch: Late Bloomers – nie zu spät, um lesbisch zu sein
Sabet	Vortrag und Gespräch: Detransition in Deutschland und international
Susan Hawthorne	Vortrag (Video) und Q&A: Separatismus
Kirsten Plötz	Vortrag und Q&A: Sorgerecht lesbischer Mütter – Zwangsadoption
Amati Holle	Film: Vortrag 40 000 Jahre Frauengeschichte
Lesbenfrühling e.V.	Infos und Gespräch: Orgas 2022/23 gesucht

Teil VI

Panel II	
Live aus dem Studio	Diskussion: Macht – Sinnlichkeit – Würde: Feministische Positionen um Körper
Kathrin Schultz	Film: 40 Jahre LFT

Teil VII

Panel III	Diskussion: Feministisch Publizieren
Laura Méritt	Vortrag: Weibliche Ejakulation – Freudenfluss
Angela Wild	Vortrag (Eng.): What is the «cotton ceiling?»
Raddykes	Vortrag und Gespräch: Lesbenphobie und Frauenfeindlichkeit aus der «queeren» Szene
Isabel Morgenstern	Textwerkstatt Audre Lorde: Unsere Unterschiede in Stärken verwandeln
Madeleine Marti	Film: Luise F. Pusch
Flying Lesbians	Film: Revival in Berlin 2007

Teil VIII

Susanne Wosnitzka Live aus dem Studio	Vortrag: Die Löwinnen von Paris – Frauen in Hosen an vorderster Front!
Traude Bührmann	Vortrag: Die Welt gehört uns – Monique Wittigs literarisches Werk
Iwesighe Shifra, Anniemarie Josephine Nalugwa, Mary-Audre Chard, Shamsa Ally Hajl, Lepa Mlađenović, Helen Thompson	Lesbians for Feminist Peace Internationally – organised by Lesbians of Women in Black Against War International Network
LFT2021-Orga	Plaudern mit der Orga
Ilona Christa Scheidle	Vortrag und Q&A: Lesbengeschichte BaWü
Siri Kuminovski	Vortrag: Fotoszenisches Essay zur Selbstdarstellung von lesbischen Fotografinnen um 1900
Anne Le Naour	Praxisworkshop: Taiji/Qigong
Mahide Lein	Film: Läsbisch TV

Finale live aus dem Studio ab 17.45 Uhr

ab 19.00 Uhr	Abendprogramm
19.05 Uhr	Olga Krause (UKR) – satirical, lyrical, political & love songs
19.50 Uhr	Shishani (Namibia-Amsterdam)
20.40 Uhr	Mujeres Creando (IT) – from Napels especially for LFT2021
ab 21.30 Uhr	DJ Alister – a sexy eclectic mix from Soul, R and B, Dance, and Women Rock – live aus dem Studio
	Abschluss LFT2021 Bremen

Selbstbestimmt

Wir haben erstmals das virtuelle Lesbenfrühlingstreffen Bremen 2021 unter Corona-Bedingungen gestaltet. Für Lesben unter uns mit sicht- und unsichtbaren Behinderungen waren wir in der virtuellen Durchführung des LFT2021 um einen möglichst barrierearmen Zugang zu den Veranstaltungen besorgt. So haben wir u.a. mit professionellen Gebärdendolmetscherinnen, Schriftdolmetscherinnen, Technikerinnen und weiteren Unterstützerinnen an einer barrierearmen Teilnahme am virtuellen LFT2021 gearbeitet.

Unsere Homepage wurde mit einem Übersichtstext zum LFT in Zusammenarbeit mit einer Expertin um leichte Sprache erweitert. Die Fotos auf unserer Homepage sind mit vorlesbarer Beschreibung «hörbar». Unten auf der Homepage ist die Schriftgröße einstellbar.
Wir danken allen, die zur barrierearmen Durchführung und zum Gelingen des virtuellen LFT2021 Bremen beigetragen haben!

© Barbara Guth

Veranstaltungen bei Beeinträchtigung im Hören

Diese Programmteile haben eine Übersetzung:

GB = Gebärdendolmetscherinnen GS = Schriftdolmetscherinnen UT = Untertitel

Freitag, 21. Mai

ab 19 Uhr	GB, UT	Opening: Virtuelles LFT2021 Bremen
	UT	Film: Katzenball (CH)
	GB	Q&A mit Veronika Minder
	UT	Film: Rafiki (KEN)

Samstag, 22. Mai

ab 10 Uhr	GB, UT	Ouverture/Begrüssung, live aus dem Studio
11.15 Uhr	GB	Susanne Wosnitzka: Vortrag und Q&A: Ethel Smyth, live aus dem Studio
11.15 Uhr	GB	Rafaela Schmakowski: Lesung: Zeiträume – Zeit. Kultur. Kalender. Labyrinthe.
11.15 Uhr	GS	Felicitas Drubba, DV Lesben & Alter: Vortrag: Lesben und Pflege
13.15 Uhr	GB	Astrid Osterland: Vortrag und Q&A: Alles queer hier ... oder was? Live aus dem Studio
13.15 Uhr	GS	Panel I: Diskussion: Feministische Biografieforschung unter lesbischen Aspekten
13.15 Uhr	GB	Lesben gegen Rechts: Vortrag und Gespräch: Bundestagswahl
15.30 Uhr	GB	Naomi Beukes-Meyer: Film: Another Day in Paradise und Livezuschaltung
17.30 Uhr	GB	Brigitte Baltscheit: Vortrag: Brustkrebs
16.30 Uhr	GB, GS	Ahima Beerlage: Lesung: Lesbisch – eine Liebe mit Geschichte

Sonntag, 23. Mai

9.00 Uhr	GB, GS	Sabet: Vortrag: Detransition in Deutschland und international
11.00 Uhr	GB, UT	Panel live aus dem Studio: Feministische Positionen um Körper
13.15 Uhr	GB, GS	Panel: Feministisch Publizieren
13.15 Uhr	GB Eng-D	Angela Wild: Vortrag: What is the «cotton ceiling»?
15.15 Uhr	GB	Traude Bührmann: Lesung: Die Welt gehört uns – Monique Wittigs literarisches Werk
		Susanne Wosnitzka: Vortrag: Die Löwinnen von Paris – Frauen in Hosen an vorderster Front!
17.45 Uhr	GB, UT	Finale: Abschluss Orga, live aus dem Studio

Virtuelle 3D-Kunstausstellung

Beim virtuellen LFT2021 gab es eine Kunstausstellung, in der Lesben ihr künstlerisches Schaffen präsentierten – von Malerei, Druckgrafik, Fotografie über Performance bis hin zu Video- und Installationskunst, Zeichnungen, Skulpturen, Plastiken.

Das Motto der virtuellen 3D-Kunstausstellung des Lesbenfrühlingstreffens 2021 in Bremen war in Anlehnung an «Lesbenfrühling – rising to the roots»
«be on the way – auf dem Weg sein»

«Mit einem Augenzwinkern wollen wir unseren Weg gehen, Denkanstöße mit den Mitteln der Kunst geben.»
In diesem Jahr war Christa Reinig unsere Impulsgeberin: Der Nachruf von Katrin Hillgruber, «Christa Reinig – Ich träume von meiner Verkommenheit», ist im *Tagesspiegel* vom 7. Oktober 2008 nachzulesen.

Gestaltet von L.R. Tesch

An der von den Kuratorinnen Ange Hehsling und L.R. Tesch konzipierten virtuellen 3D-Kunstausstellung nahmen folgende Künstlerinnen teil: Christa Biedermann, Ange Hehsling, Barbara Guth, Ludwiga, Milistu, Sandra Rummler, L.R. Tesch. Die Ausstellung wurde gefördert von Frauen in Aktion (www.frauen-in-aktion.de).

Hier exemplarisch ein Bild von Sandra Rummler:

Berlin Mitte 80er (gezeichnet 2020)

Markt

Da das LFT2021 Bremen aufgrund der Auswirkungen der Corona-Pandemie online stattfinden musste und wir als Orga nicht gänzlich auf den Markt verzichten wollten, haben wir für einen vielfältigen Ständemarkt virtuellen Raum auf unserer Website zur Verfügung gestellt, damit FrauenLesben ihr Geschaffenes, ihre Produkte oder Infos trotzdem aus- und vorstellen können – alle Stände stellten unter vielem anderen auch einen sichtbaren Teil langjähriger Lesbenkultur dar.

Folgende Ständefrauen haben teilgenommen:

www.sappho-stiftung.de
www.casamedusa.de
www.atelier-lutzke.de/online-store
www.krakententakel.de
www.frauen-im-freien.de/shop
www.sexclusivitaeten.de
www.krugschadenberg.de
www.silverweedfrauenschmuck.de
www.annasiotto.com
www.post-trans.com
www.rafaela-schmakowski.de/das-buch.html
www.querverlag.de
www.green-rabbit-design.de
www.womensdeclaration.com/de
www.das-sarah.de
www.ludwiga-farbcoaching.de
www.wildwomynworkshop.com
Ulrike Braun: Alles aus Filz: ulrike.braun@w4w.net
www.musenland.de/shop
www.facebook.com/LGBAllianceDeutschland
www.die-den-wind-sieht.de
www.spinifexpress.com.au
Traude Bührmann: Bücher unter literaturport.de, Bestellungen per E-Mail: t_buehrmann@web.de
www.traumrauch.de
www.die-barke.de
www.feminismus-zeitung.de
www.läsbisch-tv.de
www.laz-reloaded.de
www.hausammeer-nienhagen.de
www.adies.queercut.de

Autorinnenverzeichnis

Brigitte X. Baltscheit

Geboren 1960. Heilpraktikerin in eigener Praxis seit über 30 Jahren mit dem Schwerpunkt Frauen und Kinder, klassische Homöopathin, Lymphdrainage. Vorträge und Lehrtätigkeit. Mitfrau im Berufsverband für Heilpraktikerinnen, www.lachesis.de.

Prof. Dr. Monika Barz

Geboren 1953. Seit den 1980er-Jahren ist sie frauen- und lesbenpolitisch aktiv. Beruflich hat sie seit den 1990er-Jahren an der Evangelischen Hochschule Reutlingen und Ludwigsburg Sozialpädagoginnen und -pädagogen ausgebildet. Ihr Schwerpunkt war die Forschung und Lehre zu Frauen- und Geschlechterfragen. Seit sechs Jahren ist sie im Ruhestand und genießt es, mit mehr Zeit feministische Perspektiven in Politik und LSBTTIQ-Community einzubringen.

Julia Beck

Geboren 1993. US-amerikanische lesbische Feministin und politische Aktivistin. Sie hat mit der Women's Liberation Front (WoLF) bei verschiedenen Kampagnen zusammengearbeitet, einschließlich zweier Zeuginnenaussagen vor dem Kongress zur Verteidigung der Rechte von Frauen aufgrund ihres biologischen Geschlechts. Ihre Texte und Reden sind zu finden auf den Seiten der Women's Liberation Radio News (WLRN), von Feminist Current, Women's Human Rights Campaign (WHRC) und vom Lesbischen Aktionszentrum LAZ reloaded. Julia lebt in Berlin.

Ahima Beerlage

Geboren 1960. Sie hat Germanistik, Kunstgeschichte und Politikwissenschaften studiert und als Autorin, Radiomoderatorin, Galeriemanagerin, Content-Managerin, Kulturmanagerin, Bühnenmoderatorin, Showregisseurin und Storylinerin bei einer Fernsehserie gearbeitet. Ehrenamtlich für die Frauenbewegung hat sie mindestens genauso viel gewirkt. Seit einigen Jahren ist sie Frührentnerin und arbeitet als Autorin. 30 Jahre hat sie in Berlin gelebt, seit einiger Zeit lebt sie in Bad Kreuznach.

Susanne Bischoff

Geboren 1954. Dipl. Sportlehrerin, Körper- und Traumatherapeutin, Qigong- und Taijilehrerin, WenDo-Selbstverteidigungstrainerin u.a. Seit 1981 aktiv in der feministischen Frauen- und Lesbenbewegung, Mitgründerin der Feministischen Sport-

und Bewegungskultur. Initiatorin und Mitorga der 1. Berliner Lesbenwoche 1985. Mit Bettina Schäfer und Evamaria Schmidt Redaktion von *Mit allen Sinnen leben: Dokumentation der 1. Berliner Lesbenwoche 26.10. – 2.11.1985* (Berlin 1986). Mitorga des LFT2018 Göttingen und des LFT2021 Bremen. Viele Jahre in der onkologischen Rehabilitation tätig. Von 2013 – 2016 Zivile Friedensfachkraft in einer NGO in Kinshasa/DR Kongo. www.tanzendes-feuer.de

Ilona Bubeck

Geboren 1951. Dipl. Sozialpädagogin, seit den 1970er-Jahren feministische Aktivistin. 1979 Mitgründerin des Frauenbuchladens Nürnberg, später in Berlin Mitarbeit im Orlanda Frauenverlag und 1995 Mitgründerin und bis heute Teil des Querverlags. Mitinitiatorin des Netzwerks Lesben gegen Rechts und des Treffpunkts Regenbogencafé in Falkensee/Brandenburg. Bücher halfen ihr in ihrer Kindheit und Jugend zum Überleben und beeinflussen bis heute positiv ihr Leben.

Traude Bührmann

Geboren 1942. Schriftstellerin, Fotografin, Dichterin, Übersetzerin aus dem Französischen. In den letzten Jahren neben Stadtrundgängen in Berlin und Paris sowie mit Schreibworkshops besonders im Rahmen lesbisch-feministischer Erinnerungskultur unterwegs.

Oxana Chi

Geboren 1966. International anerkannte Tänzerin, Choreografin, Filmemacherin, Schriftstellerin, Trendsetterin. Seit 2018 ist sie Kuratorin für Tanz beim International Human Right Festival New York. Sie wurde für ihr Engagement vom Tanz-Online-Magazin *The Dance Enthusiast's A-Z* als «People who Power the Dance World» ausgezeichnet. www.oxanachi.de

Prof. Dr. Simone Danz

Geboren 1961. Lesbisch und verpartnert, wohnt in Frankfurt/Main. Vor dem Pädagogikstudium als Gärtnerin im Gemüsebau und als Arbeitserzieherin und nach dem Studium in Hochschulen – zunächst in der Verwaltung – tätig. Nach erfolgreicher Promotion Professorin für Inklusive Pädagogik und Heilpädagogik an der Evangelischen Hochschule in Ludwigsburg.

Felicitas Drubba

Jahrgang 1966. Aufgewachsen in Niedersachsen als Jüngste von vier Geschwistern. Seit über 30 Jahren in Bayern lebend, seit vier Jahren glücklich verheiratet. Sie ist gerne am und im Wasser. In den 1980er-Jahren absolvierte sie die Ausbildung zur Altenpflegefachkraft und später u.a. auch die Weiterbildung zur Lehrkraft für Pflege. Seit über 30 Jahren ist sie im Bereich der Altenhilfe tätig, z.B. mit Projekten zu Themen wie Beschwerdemanagement, Gewaltprävention, LSBTI. Die Dimensionen der Frauen- und Lesbenbewegung hat sie durch für sie unvergessliche Begegnungen mit lesbischen und feministisch geprägten Frauen dieser Generation kennengelernt. Seit Dezember 2020 ist sie im Vorstand des Dachverbands Lesben und Alter e.V. aktiv. www.lesbenundalter.de

Yvonne Ford

Jahrgang 1948. Als sie fast 50 war, hat sie sich in eine Frau verliebt. Dies hat ihr Leben ins Wanken gebracht. Es war der Anlass, sich von ihrem zweiten Mann zu trennen und ihr Leben ganz neu zu ordnen. Als Mutter von vier Kindern und selbstständig berufstätig war dies eine große Herausforderung. Unterstützung in dieser Zeit war schwer zu finden. Sie kannte keine anderen Frauen, die eine solche Entwicklung erlebt hatten. Seit vielen Jahren bietet sie Seminare und Coaching für Frauen an, die ähnliche Erfahrungen machen. Ihre Initiative heißt Late Bloomers, ein englischer Begriff für «Spätblüher». Sie wohnt seit 1979 in Frankfurt/Main, ist in den Vereinigten Staaten geboren. www.lesbischerherbst.de

Caroline Fourest

Geboren 1975. Französische feministische Schriftstellerin, Journalistin und Filmemacherin. Sie hat für *Charlie Hebdo* gearbeitet und ist Herausgeberin des Magazins *ProChoix.* Sie ist Autorin zahlreicher Bücher, u.a. von *Frère Tariq*, in dem sie sich kritisch mit dem Schweizer Islamwissenschaftler Tariq Ramadan auseinandersetzt, und von *Generation beleidigt. Von der Sprachpolizei zur Gedankenpolizei. Über den wachsenden Einfluss linker Identitäten. Eine Kritik* (Übersetzung: Alexander Carstiuc, Mark Feldon, Christoph Hesse).

Johanna Frey

Geboren 1995. Sozialwissenschaftlerin und Gründungsmitfrau der Raddykes, einer Gruppe radikalfeministischer Lesben, die den lesbischen Generationenaustausch in feministischer Tradition voranbringen wollen. Sie vertritt dabei die Perspektive jüngerer Lesben.

Dr. Gabriele Freytag

Geboren 1956. Diplompsychologin, Dr. phil., Autorin, lebt in Deutschland und Italien. Praxis für tiefenpsychologische Psychotherapie in Nordniedersachsen. Mitbegründerin des Frauentherapiezentrums Hamburg 1980, von 1995 bis 2000 wissenschaftliche Mitarbeiterin an der FU Berlin. 2017 erschien *Ein wilder Ort – Autobiografisches Sachbuch über Heilung von Gebärmutterhalskrebs*. Im Juli 2020 *Luft holen – Briefe in Zeiten von Corona*. Expertin bei der Konferenz zum «Coronäischen Zeitalter» auf Kampnagel, Hamburg, September 2020.
www.einwilderort.de

Barbara Guth

Geboren 1971 in Basel, seit 1992 in St. Gallen. Schon immer lesbisch, seit vielen Jahren feministisch unterwegs, beruflich tätig in den Bereichen Übersetzung, Lektorat, Korrektorat und Text mit den Sprachen Deutsch, Italienisch, Französisch, Englisch. Früher mal Schweizer Handball-Nationalspielerin, heute Hobbyfotografin. Hrsg. (2018) von *Ich muss die Farben sehn – ein Trauerbüchlein.* Hat ab Juni 2019 das LFT2021 Bremen mitorganisiert. www.wort-wert.ch / www.wort-los.com

Dr. Susan Hawthorne

Geboren 1951. Kam 1973 zur Frauenbewegung. Sie ist Autorin politischer Sachbücher, schreibt aber auch Literatur und Lyrik. Bis heute sind 17 Bücher von ihr veröffentlicht worden. Ihr Buch *In Defence of Separatism* wurde 2019 veröffentlicht, aber bereits 1976 geschrieben. Sie ist auch die Autorin von *Wild Politics: Feminism, Globalisation and Biodiversity* (2002) und zuletzt *Vortex: The Crisis of Patriarchy* (2020). Zusammen mit Renate Klein gründete sie 1991 den australischen Verlag Spinifex Press.

Doris Hermanns

Geboren 1961. Autorin und Übersetzerin, lesbisch-feministisch seit ihrer Schulzeit. Sie hat bis 2015 in den Niederlanden gelebt, wo sie als Antiquarin tätig war; seither lebt sie in Berlin. Neben ihrer Arbeit als Redakteurin der *Virginia Frauenbuchkritik* und Aviva-Berlin.de, liegt ihr Schwerpunkt auf Biografien von Frauen (u.a. Christa Winsloe) – zahlreiche von ihr verfasste Porträts sind auf www.FemBio.org zu finden. Im März 2022 erscheint ihr nächstes Buch: *Und alles ist hier fremd. Deutschsprachige Schriftstellerinnen im britischen Exil 1933–45.*

Isabel

Geboren 1998. Sie studiert Rechtswissenschaften und will Richterin werden. Neben dem Studium setzt sie sich gegen Pornografie und Prostitution ein, weil Frauen und Frauenkörper keine Ware sind. Sie hat den Großteil ihres bisherigen Lebens mit ihrem Körper gehadert, wäre als Kind lieber ein Junge gewesen und ist inzwischen unendlich froh, eine Frau zu sein. Für die Zukunft wünscht sie sich, dass Frauen endlich frei von Rollenbildern sein können und ihre Körper zurückgewinnen.

Dr. Renate Klein

Geboren 1945. Schweizerisch-australische Biologin und Sozialwissenschaftlerin und langjährige Frauengesundheitsaktivistin. Seit mehr als 30 Jahren hat sie kritisch über Fortpflanzungstechnologien inklusive Mietmutterschaft geschrieben. Sie war Professorin für Frauenstudien an der Deakin-Universität in Melbourne, eine Mitgründerin von FINRRAGE (Feminist International Network of Resistance to Reproductive and Genetic Engineering) und eine Erstunterzeichnerin von Stop Surrogacy Now. Mit Susan Hawthorne hat sie 1991 Spinifex Press gegründet.

Dr. Inge Kleine

Geboren 1965. Seit 2011 Aktivistin gegen Gewalt gegen Frauen, mit den Schwerpunkten sexuelle Gewalt und Prostitution, aktiv und gestaltend im Kofra in München. Seit dem Studium (Geschichte, englische Philologie) Beschäftigung mit Diskursanalyse und der Analyse von Narrativen aus feministischer Sicht. Ihr Engagement in diesen Bereichen macht es ihr unmöglich, sich nicht zu Themen, die Körper und die Situation von Frauen und Mädchen in der Gesellschaft betreffen, zu positionieren.

Dr. Ingeborg Kraus

Geboren 1968. Promovierte Diplompsychologin, Verhaltenstherapeutin, Supervisorin mit Fachqualifikationen in Psychotraumatologie (DeGPT) und EMDR-Therapie. Seit 2012 ist sie in eigener Praxis mit Kassensitz in Karlsruhe tätig. 2014 hat sie das Netzwerk www.trauma-and-prostitution.eu gegründet: ein Netzwerk von PsychotraumatologInnen, das auf die gesundheitlichen und gesamtgesellschaftlichen Schäden von Prostitution hinweist und ein Sexkaufverbot fordert. Sie hat zahlreiche Veröffentlichungen zum Zusammenhang von Trauma und Prostitution geschrieben und publiziert und hält mittlerweile weltweit Vorträge/Fortbildungen zu diesem Thema. 2019 hat sie www.karlsruhe-gegen-sexkauf.de gegründet, um die sexuelle Gewalt beim Namen zu nennen und dem leichten Spiel der Täter in die Quere zu kommen.

Andrea Krug
Geboren 1959. Hat 1993 zusammen mit Dagmar Schadenberg in Berlin den Verlag Krug & Schadenberg gegründet, der auf lesbische Literatur spezialisiert ist. Seit fast 30 Jahren sorgen die beiden Verlegerinnen dafür, dass vielfältige lesbische Protagonistinnen und Perspektiven in der Literatur – Belletristik wie Sachbuch – Eingang und Verbreitung finden.

Puma Lichtblau
Jahrgang 1952, im Dasein alterslos, lesbisches Coming-out in den 70ern in Westberlin, viel gereist, auf dem dänischen Frauenland gelebt, viel geliebt und gelitten, als Künstlerin, Astrologin, Atempädagogin versucht, die Welt zu verstehen und mitzugestalten. Die letzten 16 Jahre im Frauenbildungshaus Altenbücken für die Gruppen gekocht, einem der letzten wunderbaren Frauenorte, für den wir uns Nachfolgerinnen wünschen, einen Neubeginn, eine neue Form.
www.pumalichtblau.de

Audre Lorde
Geboren am 18. Februar 1934 in Harlem, New York City; gestorben am 17. November 1992 in Christiansted, Saint Croix, Amerikanische Jungferninseln. Sie war eine US-amerikanische Schriftstellerin und Aktivistin. Sie wuchs in New York als Tochter karibischer Immigranten auf, studierte an der Columbia University, arbeitete als Bibliothekarin und wurde schließlich Professorin für Englische Literatur am Hunter College. Von 1984 bis 1992 verbrachte sie jedes Jahr einige Monate in Berlin, und ihr Einfluss erreichte insbesondere Schwarze und weiße Feministinnen in Deutschland sowie europaweit. Der Orlanda Verlag veröffentlichte Teile ihres Werks auf Deutsch, Édition Mamamélis in Genf auf Französisch. 1992 starb Lorde im Alter von 58 Jahren nach 14 Jahren Leben mit einer Krebserkrankung. Trotz ihrer Krankheit war sie bis zum Schluss sowohl literarisch als auch politisch aktiv. Lorde las 1984 bis 1992 aus ihrem Werk in Städten in West- und Ostdeutschland, in der Schweiz, in den Niederlanden und in London. Sie leitete ihre Lesungen ein mit dem Satz: *«Ich komme zu euch als Afro-Amerikanerin, Feministin, Lesbe, Kriegerin, Schwarze Aktivistin, Dichterin, Mutter, Krebsüberlebende.»* Film: *Audre Lorde – Die Berliner Jahre 1984 bis 1992*, Produzentin und Regisseurin: Dr. Dagmar Schultz.
www.audrelorde-theberlinyears.com

Gabriele Meixner

Geboren 1948. Lesbisch-feministische Aktivistin und Autorin. Mitbegründerin des Amazonenverlags (1976), später Lektorin im Verlag Frauenoffensive. Verlegerin und Co-Übersetzerin der Werke von Monique Wittig und Adrienne Rich. Seit Mitte der 1980er-Jahre forschte und publizierte sie zu einer Neudeutung urgeschichtlicher Kunst und schuf die Grundlage einer «Archäologie weib-weiblicher Bindungen». Bekannt wurde sie durch ihr Buch *Frauenpaare in kulturgeschichtlichen Zeugnissen* (1995) und die gleichnamige Wanderausstellung. Als Biografin von Marie E.P. König (1999) und Erika Wisselinck (2010) würdigte Gabriele Meixner Wegbereiterinnen feministischen Denkens des 20. Jahrhunderts.

Monika Mengel

Geboren 1950. Zeitungsredakteurin, Hörfunkjournalistin und Moderatorin. Sängerin der ersten reinen Frauenrockband, den Flying Lesbians, in Deutschland und auf dem europäischen Festland. Die Gruppe wurde anlässlich des ersten Frauenfestes in Deutschland, der «Rockfete im Rock» am 11. Mai 1974 gegründet. Sie spielte ausschließlich vor weiblichem Publikum, und ihre 1975 erschienene Langspielplatte wurde ausschließlich in Frauenbuchläden verkauft, mit für eine Indie-Produktion großem Erfolg, nämlich zwei Auflagen mit insgesamt rund 17 000 verkauften LPs. 2007 wurde eine CD produziert, die nach wie vor zu haben ist.
www.flying-lesbians.de

Dr. Laura Méritt

Geboren 1960. Sexpositive Feministin, Autorin und Herausgeberin u.a. des Standardwerks zur weiblichen Sexualanatomie *Frauenkörper neu gesehen.* Sie betreibt Europas ältesten feministischen Sexshop Sexclusivitäten, hält freitags den Freudensalon zu allen sexualpolitischen Themen und führt Workshops, Vorträge, Kampagnen zur Aufklärung durch, frei nach ihrem Motto: «Wissen macht sexy!»
www.sexclusivitaeten.de

Dr. Astrid Osterland

Jahrgang 1945. Sozialwissenschaftlerin, «lesbische Uraltfeministin», auch ohne Stern. Vom feministischen Geist der neuen Frauenbewegung beflügelt, hatte sie das Glück, ganz andere Ufer des Lebens zu betreten und von dort aus andere Blicke auf die Gesellschaft zu werfen. Parteilich. Aus der Sicht von FrauenLesben. Das tut sie bis heute und berichtet gerne darüber.

Dr. Katharina Pewny

Geboren 1967. Dr. habil., selbstständige Yogalehrerin, Coach und Theaterwissenschaftlerin, lebt in Berlin. Botschafterin für barrierefreies Yoga (Accessible Yoga Ambassador), www.birdyoga-berlin.de. Sie gibt fortlaufende Kurse für Frauen/Lesben online und in der Begine – Treffpunkt und Kultur für Frauen in Berlin, Schöneberg, und in «das bunte Leben» in Berlin Schmargendorf. Für Kurse, Workshops in deutscher oder englischer Sprache und Kongressyoga ist sie unter katharina@birdyoga-berlin.de erreichbar.

Viola Roggenkamp

Schriftstellerin, deutsche Jüdin, 1948 in Hamburg geboren, wohin ihre Eltern im Mai 1945 zurückkehrten, aus einem Leben in der Illegalität, im von den Nationalsozialisten besetzten Polen. Sie reiste durch Asien, lebte eine Zeit lang in Indien sowie zwei Jahre in Israel. 1976 wurde sie freie Autorin der Wochenzeitung *Die Zeit*, 1977 gehörte sie zum Gründungsteam der feministischen Zeitschrift EMMA. 1996 erschien mit dem Interviewband *Von mir soll sie das haben?* Viola Roggenkamps erste Buchveröffentlichung im Verlag Krug & Schadenberg. Sie sprach mit sieben Müttern über deren lesbische Töchter. www.viola-roggenkamp.de

Vera Ruhrus

Geboren 1953 am Niederrhein. Lebt und arbeitet seit vielen Jahren gern in Köln, als Erzählkünstlerin, Schreibende, Interviewerin, Feministin und autonome Sozialdemokratin. www.veraruhrus.de

Sandra Rummler

1976 in Ostberlin geboren. Ausgebildete Erzieherin und Grafikdesignerin. Sie hat im Jugendklub, auf Festivals, im Comicladen, im Krankenhaus, im Kindergarten und als selbstständige Hausmeisterin, Grafikdesignerin und Künstlerin gearbeitet. Momentan schreibt/zeichnet sie den zweiten Teil einer Graphic Novel über das Erleben vor und nach dem Mauerfall in Berlin. www.sandrarummler.de

Sabet

Geboren 1993. Hat fünf Jahre lang «als Mann gelebt». Jetzt lebt sie wieder als Frau und berichtet über Gründe für Transition und Detransition. Auch gesundheitliche bzw. medizinische Aspekte der Transition und Detransition sind ihr ein großes Anliegen. Sie begeistert sich zudem für Mathe und Technik.

Ilona Christa Scheidle

Geboren 1965. M. A., lebt als freie Historikerin in Mannheim und arbeitet als Historikerin in Tübingen im baf (Bildungszentrum und Archiv zur Frauengeschichte Baden-Württembergs). Seit 1994 veranstaltet sie Stadtrundgänge zur FrauenLesbenGeschichte in Heidelberg, Berlin, Mannheim, Karlsruhe und Tübingen. Sie sucht, findet, veröffentlicht und vermittelt Geschichte. www.ilonascheidle.de

Rafaela Schmakowski

Jahrgang 1940. Theaterregisseurin und Studienleiterin in Frauenbildungsstätten, Heilpraktikerin und Seminarleiterin für Qigong Yangsheng mit Schwerpunkt Qigong für Frauen, Projektleiterin für Ausstellungen mit Labyrinthanlagen.
www.rafaela-schmakowski.de

Rosemary Schonfeld

Jahrgang 1952. War die eine Hälfte von OVA, dem lesbischen Duo, das in den 1980er-Jahren zahlreiche Tourneen durch Deutschland, Skandinavien und die USA machte. Sie ist eine professionelle Musikerin und Komponistin, die jetzt in Devon lebt. Sie hat sechs Alben aufgenommen und (mit)produziert, ein Aufnahmestudio mitgeleitet und ein Unterrichtspaket für Schlagzeug namens Drum trix erarbeitet. Sie gab in den 1990ern viele Schlagzeugkurse für Frauen in Deutschland. Derzeit arbeitet sie an einer Rockoper. Sie hat auch ein illustriertes Buch mit Nonsense-Gedichten, *Standing on Your Head,* veröffentlicht. Ihr Buch *Finding Relly – My Family, the Holocaust and Me* erschien 2018. www.rosemary-schonfeld.co.uk

Daniela Weber

Geboren 1965. Frühstarterfeministin und Spätzünderlesbe, Igelretterin und Hundemama, lebt in München, arbeitet im Bildungsbereich, war Herausgeberin des feministischen Onlinemagazins *Frauenwelten* und eine der drei Initiatorinnen der Social-Media-Kampagne #ichhabnichtangezeigt zum Thema «sexuelle Gewalt».

Angela Wild

Geboren 1977. Politische Aktivistin, lesbisch-feministische Aktivistin und Autorin. In ihrer Arbeit steht die Infragestellung von Zwangsheterosexualität im Mittelpunkt sowie das Begreifen der Natur der männlichen Sexualgewalt und deren Einfluss auf das Leben von Frauen. Sie setzt sich auch für kompromisslose lesbische Sichtbarkeit ein und die Schaffung von Räumen, die ausschließlich für Frauen sind, sowie für Kunst und Kultur von Frauen. Sie ist Gründungsmitglied der lesbischen Aktivistin-

nengruppe Get The L Out UK und Autorin zum Thema «cotton ceiling»: *Lesbians at Ground Zero.* Als Künstlerin hat sie verschiedene feministische Kunstausstellungen mit lesbischen Themen organisiert. Sie ist die Gründerin von Wild Womyn Workshop, einem Laden für radikalfeministische Aktivistinnen.
www.wildwomynworkshop.com

Susanne Wosnitzka
Geboren 1977. M. A. Seit Jahren forscht sie als Musikwissenschafterin zur Frauenmusik- und Lesbengeschichte, arbeitet u.a. für das Archiv Frau und Musik in Frankfurt/Main und ist im Vorstand von musica femina münchen. Spezialisierung auf historische Zeitungen, die eine Fülle an neuen Funden nicht nur zur FrauenLesbengeschichte bieten. www.susanne-wosnitzka.de

Dr. Layla Zami
Geboren 1985. Interdisziplinäre Künstlerin, Akademikerin aus Paris und Assistant Professorin am Pratt Institute in New York. Sie studierte klassisches Saxophon am Le Conservatoire Le Mans in Frankreich und ist seit 2010 Resident Künstlerin mit Oxana Chi Dance & Arts. www.laylazami.net